KiWi 75 Thomas Berger
Little Big Man

Thomas Berger

Little Big Man

Der letzte Held

Ein Superwestern

Aus dem Amerikanischen von
Johannes Piron

Kiepenheuer & Witsch

Titel der Originalausgabe LITTLE BIG MAN
Vom Autor autorisierte gekürzte Fassung

Aus dem Amerikanischen von Johannes Piron

Umschlag Hannes Jähn, Köln
Umschlagfoto: Archiv Dr. Karkosch
Gesamtherstellung May + Co, Darmstadt
ISBN 3 462 01698 9

Für Mary Redpath

Inhalt

Vorwort eines Literaten

Ich genoß das Vorrecht, den seligen Jack Crabb – Grenzer, Indianerkundschafter, Revolverheld, Büffeljäger, adoptierter Cheyenne – während seiner letzten Tage auf dieser Erde zu kennen. Ein Bericht über meine Beziehungen zu diesem bemerkenswerten Menschen ist hier wohl am Platze, denn ohne meine gewissermaßen katalytische Funktion hätten diese außerordentlichen Memoiren höchstwahrscheinlich nie das Tageslicht erblickt. Diese scheinbar unbescheidene Behauptung wird hoffentlich durch die folgenden Absätze gerechtfertigt.

Nach einer Operation im Herbst 1952, bei der meine etwas krumme rechte Nasenscheidewand gerichtet wurde, erholte ich mich zu Hause in der Obhut einer privaten Krankenschwester mittleren Alters namens Mrs. Winifred Burr. Mrs. Burr war Witwe, und da sie inzwischen selbst das Zeitliche gesegnet hat (infolge eines tödlichen Unfalls, in den ihr Plymouth und ein Bierlastwagen verwickelt waren), wird sie es nicht mehr kränken, wenn ich sie als beleibt, überneugierig und gehässig schildere. Sie besaß auch unglaubliche Kraft, und obwohl ich selbst ein Mann von einigem Umfang bin, wälzte sie mich beim Waschen wie einen Säugling herum.

Sie hielt meinen Gesundheitszustand nicht für bedenklich genug, um eine Krankenschwester zu benötigen (obwohl ich eine geschwollene Nase und zwei blaue Augen hatte). Sie mißbilligte meine Lebensweise – ein bescheidenes Monatsgeld von meinem wohlhabenden Vater erlaubte es mir, mich der Literatur und meinem Interesse für Geschichte zu widmen, ohne mich weiter um die Alltagswelt kümmern zu müssen, vor der ich nichtsdestoweniger großen Respekt habe. Und wie es bei einer Witwe zu erwarten war, sah sie mein Junggesellentum bei einem Alter von zweiundfünfzig Jahren schief an, ja ging sogar so weit, gewisse gemeine Anspielungen fallen zu lassen (die übrigens jeglicher Grundlage entbehrten: ich war früher verheiratet gewesen; ich hatte zahlreiche Freundinnen, von denen mich einige während der Zeit meiner Unpäßlichkeit besuchten; und ich besitze keinen seidenen Morgenrock).

Mrs. Burr bereitete mir manch unerquickliche Stunde, und es mutet vielleicht seltsam an, daß ich ihr so viel Platz in diesem an sich knapp bemessenen Vorwort einräume, mit dem ich ein wesentliches Dokument der amerikanischen Grenze einleiten möchte, um mich anschließend wieder in meine gewohnte Abgeschiedenheit zurückzuziehen. Aber wie so oft in menschlichen Dingen bedient sich das Schicksal einer sonst unergiebigen Person wie meiner ehemaligen Krankenschwester als Instrument, um seine unergründlichen Ziele zu verfolgen.

Zwischen ihren Angriffen mit dem Waschlappen und der Zubereitung des schwachen Tees, des Toasts und der Hühnerbrühe, aus der damals meine Nahrung bestand, trieb ihre unersättliche Neugier Mrs. Burr dazu, wie ein gewöhnlicher Dieb in der Wohnung herumzuschnüffeln. Im Schlafzimmer verschanzte sie sich dabei hinter ihrem barmherzigen Beruf. „Ich muß Sie in einen frischen Pyjama stecken", sagte sie dann und durchwühlte, taub für meine Anweisungen, sämtliche Kommodenschubladen. Aber sobald sie aus meiner Sichtweite war, ließ sie jeden Anstand fallen, und ich konnte von meinem Bett aus hören, wie sie sich nacheinander über die verschiedenen Fächer in den anderen Zimmern hermachte, über Schreibtische, Wandschränke und Truhen – von denen einige recht wertvolle Exemplare kolonialspanischer Handwerkskunst waren, die ich im nördlichen Neumexiko erworben hatte, wo ich jahrelang geweilt hatte, um meine schwachen Lungen in der Höhenluft zu kräftigen.

Als ich hörte, wie sie die Glastüren des Schranks beiseite schob, in dem ich meine geliebte Sammlung indianischer Gegenstände aufbewahre, wurde ich zum Protest gezwungen, obwohl die Schwingungen eines Schreis meine arme Nase schmerzvoll erbeben ließen.

„Mrs. Burr! Ich muß darauf bestehen, daß Sie Ihre Finger von meinen Indianersachen lassen!" rief ich.

Kurz danach erschien sie in der Schlafzimmertür und

hatte sich doch wahrhaftig den prächtigen Sioux-Kriegsschmuck aufgesetzt, der dem großen Häuptling Verrücktes Pferd persönlich gehört haben soll, denn ich hatte vor Jahren dem Händler dafür sechshundertfünfzig Dollar bezahlt. Ich war in diesem Augenblick zu aufgeregt, um genügend zu würdigen, wie lächerlich diese fette Frau unter dem herrlichen Federkranz aussah. Ihr Frevel schockierte mich zu sehr. Unter Indianern waren Adlerfedern ausschließlich Kriegern vorbehalten, und einer Squaw wäre es ebensowenig in den Sinn gekommen, sich einen Kriegsschmuck – und sei es auch nur zum Spaß – aufzusetzen, wie einer modernen Frau, in das Suspensorium ihres sporttreibenden Mannes zu schlüpfen. Der Leser möge diesen groben Vergleich verzeihen, der dennoch seine Berechtigung hat, denn es gibt nur noch wenige Dinge, die sich unsere Frauen nicht anmaßen, und im Grunde verkörperte Mrs. Burr, wenn auch unbewußt, die Malaise unserer weißen Kultur.

Unter lautem Gebrüll vollführte sie einen wilden Kriegstanz in der Türöffnung. Die Energie dieser Person war erstaunlich. Ich wagte nicht mehr, weiter zu protestieren, denn ich fürchtete, sie könnte sonst wütend werden und dem seltenen, fast hundert Jahre alten Kopfputz Schaden zufügen; schon hatten sich ein paar Federn gelöst und schwebten durch die Luft wie die samentragenden Fallschirmchen jener Waldpflanze, die aufplatzt, um sich zu vermehren.

Ich schwieg und wandte meinen Blick ab. Da sie mir keinen Ton mehr zu entlocken vermochte, legte sie den Kriegsschmuck des Häuptlings Verrücktes Pferd schließlich wieder in den Schrank und kehrte in ihrer sogenannten nachdenklichen Stimmung ins Schlafzimmer zurück.

Sie setzte sich auf die Heizungsverkleidung. „Habe ich Ihnen schon erzählt, daß ich als Pflegerin im Altersheim von Marville gearbeitet habe?“

Eine taktvollere Person hätte mein Gemurmel als ausreichende Entmutigung aufgefaßt, aber Mrs. Burr war gegen solche Feinheiten immun.

„Bei diesem Indianerkrempel hier fällt es mir wieder ein.“ Sie räusperte sich mißtönig. „Da war so ein dreckiger Tattergreis, der behauptete, hundertvier Jahre alt zu sein. Na, ich kann Ihnen sagen, er sah ganz danach aus, dieser gemeine alte Knacker, hager wie eine Vogelscheuche, mit einer Haut wie verschlissenes Wachstuch, neunzig war er bestimmt, selbst wenn alles andere eine verdammte Lüge war.

Jedenfalls behauptete er, daß er einmal Cowboy war und früher gegen die Indianer gekämpft hat. In dem Heim da gucken sie sich viele Wildwestfilme im Fernsehen an, und die nannte er reinen Quatsch, denn er wäre selber dabei gewesen. Damit verdarb der alte Schuft den anderen immer den Spaß, wenn sie überhaupt auf ihn hörten. Er behauptete, auf Custers Letztem Posten gewesen zu sein, aber natürlich wußte ich, daß er das Blaue vom Himmel log, denn ich hatte einen Film gesehen, in dem alle irgendwie umkamen. Ich habe immer schon gesagt, daß der Indianer der einzige echte Amerikaner ist, wenn man es sich richtig überlegt."

Sobald sie mein Interesse für „den dreckigen Tattergreis, der behauptete, gegen die Indianer gekämpft zu haben", entdeckt hatte, hetzte mich Mrs. Burr über die lange, beschwerliche, unergiebige Hindernisstrecke ihres Gedächtnisses. Und dann wußte die Leitung des Altersheims von Marville (wohin ich mich begab, sobald meine Nase wieder ihre ursprüngliche Form hatte) nichts von besagter Person, die laut Mrs. Burr „Papp" oder „Stebb" oder „Tarr" hieß.

Auch die Erwähnung, daß er Cowboy gewesen sei, ließ die Leute nicht aufhorchen. Und bei dem angeblichen Alter des von mir Gesuchten lachten mir die Ärzte ins Gesicht: sie hätten nie einen Insassen gekannt, der älter als hundertdrei Jahre geworden sei. Ich gewann schließlich den Eindruck, daß sie diesen Rekord unbedingt halten wollten und wohl einen alten Kauz eingeschläfert hätten, der ihn zu brechen versuchte. Wie alle derartigen Einrichtungen war auch diese schrecklich überbelegt, und der Rollstuhlverkehr gefährdete wirklich die Fußgänger auf den Kieswegen.

Auf dem Fürsorgeamt erfuhr ich von der Existenz weiterer Altersheime in Carvel, Harkinsville und Bardill. Ich reiste zu jedem und interviewte sowohl das Personal als auch die Betagten, von denen manche gute Geschichten über sich selbst vorbrachten: ich sprach mit einer Alten, die eine Baßstimme hatte und einen Bademantel trug, eine halbe Stunde lang, weil ich irrtümlicherweise annahm, sie sei ein Mann;

ich traf sogar einige Großväterchen mit Erinnerungen an den Alten Westen, an denen sie auch noch festhielten, nachdem ein oder zwei Fragen sie als Schwindler entlarvt hatten. Aber keinen Papp oder Stebb oder Tarr, keinen hundertelf Jahre alten Überlebenden der Schlacht am Little Bighorn River.

Hier wird man mich vielleicht fragen, wieso ich überhaupt Mrs. Burrs Aussage, daß es so einen Mann wie Papp gab, oder ihrer ganzen Geschichte Glauben schenkte. Zweifellos handle ich impulsiv, und da ich es mir leisten kann, entschuldige ich mich nicht für diese Schwäche. Ich hege eine Leidenschaft für den Alten Westen, was schon aus meiner Indianersammlung hervorgeht, die einen Wert von etlichen tausend Dollar hat. In meinem Besitz befindet sich eine Sonderausgabe der *Bismarck Tribune*, Dakota Territorium, vom 6. Juli 1876 mit der ersten Liste der Gefallenen, die auf Custers Letztem Posten niedergemetzelt wurden, und *darauf stehen die Namen Papp, Stebb und Tarr*. Sie werden natürlich als tot geführt, aber wegen der Verstümmelung der Leichen konnten nur wenige mit Sicherheit identifiziert werden.

Es lag im Bereich der Möglichkeit, daß etwa Papp oder Tarr – ja sogar Stebb – das fürchterliche Massaker überlebt und aus persönlichen Gründen in dem nächsten Dreivierteljahrhundert die Behörden, Journalisten, Historiker gemieden hatte. Es war nicht ausgeschlossen, aber, wie ich nach monatelanger vergeblicher Suche entschied, höchst unwahrscheinlich. Außerdem hatte Mrs. Burr besagte Person zuletzt 1945 gesehen. Es widerspricht jeder Vernunft, daß jemand das Alter von hundertvier Jahren erreicht, aber es ist einfach absurd, hundertelf zu werden!

Als ich im Begriff war, das Spiel aufzugeben und mich statt dessen ernsthaft meiner immer wieder aufgeschobenen Monographie über die Herkunft südwestlicher *luminaria* (Weihnachtslaternen aus einer brennenden kleinen Kerze in einer mit Sand gefüllten Papiertüte) zu widmen, die ich seit meinem Aufenthalt in Taos, Neumexiko, plante – ich ging gerade meine Aufzeichnungen über dieses Thema durch –, empfing ich einen sonderbaren Brief, der sehr nach einem Schabernack aussah.

Seer geerter herr,

ich höhrte Sie wollen mich finden – ich neme an Sie wollen mich finden weil ich noch ni in diesem heim unter diesen allten ausgebranden vrakks von wem höhrte der so ein Helt wie ich wahr und an der rumreichen Gechichte vom Guten Alten West Theil nahm und sie allesammt gekand hatt. Gen. Custer, Sitzender Stier, Willder Bill, der gemeine kerrl Earp usw. und die sogenande schlacht am Little Bighorn oder Custer Lezter Posten mitgemacht.

Mann hellt mich hier gefangn. Ich binn Hunderd und älf jahre allt und wenn ich mein Einmannscolt hette würde ich mich rausschießen aber den hab ich nich. Inen als Litteraht verkauf ich meine Geschichte für 50 Thausend Dollars wass ich billich finde denn ich bin sicher der lezte Feterahn.

Ir freunt
Jack Crabb

Die Handschrift war miserabel (wenn auch keineswegs kraftlos), und ich benötigte den ganzen Tag, um sie zu entziffern; die obige Wiedergabe kann nur als Annäherung bezeichnet werden. Der Bogen, auf dem der Text stand, trug den Briefkopf des Altersheims von Marville, also der Einrichtung, die ich, wie berichtet, als erste aufsuchte und wo ich einen abschlägigen Bescheid erhielt. Die Forderung von fünfzigtausend Dollar legte die Vermutung nahe, daß es sich um das Werk eines potentiellen Hochstaplers handelte.

Trotzdem manövrierte ich anderntags nach einer Hundert-Meilen-Fahrt durch mehrere Wolkenbrüche meinen Pontiac in eine Lücke auf dem für Besucher reservierten, asphaltierten Parkplatz von Marville. Das war am frühen Nachmittag. Der Verwaltungsdirektor machte einen etwas verwirrten Eindruck, als er mich wieder vor sich erblickte, und einen ausgesprochen herablassenden, als ich ihm den Brief zeigte. Er übergab mich sogleich dem Chefarzt der psychiatrischen Abteilung: einem bläßlichen Mann namens Teague, der gleichgültig das Gekritzel auf meiner Unterlage studierte, seufzte und sagte: „Ja, ich fürchte, das ist einer der Unseren. Manchmal gelingt es ihnen, einen Brief hinauszuschmuggeln. Es tut mir leid, daß Sie belästigt wurden, aber ich kann Ihnen versichern, daß unser Patient völlig harmlos ist. Bei der Andeutung auf Gewalttätigkeit im letzten Absatz handelt es sich um reine Hirngespinste. Außerdem ist er körperlich so schwach, daß er ohne die Hilfe einer Pflegerin nicht aus seinem Stuhl aufstehen kann, und sein Wahrnehmungsvermögen hat sehr nachgelassen. Sie brauchen deshalb keine Angst zu haben, daß er in die Stadt kommen und Ihnen etwas antun könnte."

Ich erklärte dem Arzt, daß Mr. Crabbs Drohung, wenn davon überhaupt die Rede sein konnte, sich gegen das Personal des Altersheims von Marville richtete und kaum gegen mich, aber darüber lächelte er nur mitleidig. Ich habe einige Erfahrung mit diesen Leuten, da ich mich, als ich noch ein Dezennium jünger war, einige Jahre lang zweimal wöchentlich für fünfzig Dollar die Stunde analysieren ließ, ohne daß dadurch meine Alpträume oder Migränen auch nur im geringsten abnahmen.

„Trotzdem", fügte ich hinzu, „*muß* ich darauf bestehen, Mr. Crabb zu sehen. Ich bin gerade hundert Meilen gefahren und habe meinen Vormittag dafür geopfert, den ich sonst einträglicher mit meinem Steuerberater verbracht hätte."

Er pflichtete mir sofort bei. Bei Leuten seines Berufs setzt man leicht seinen Willen durch, solange man ihnen gegenüber Ausdrücke aus dem Wirtschafts-, nicht aber aus dem Gefühlsleben verwendet.

Wir stiegen eine Treppe hinauf und schritten eine gute halbe Meile durch einen Korridor nach dem anderen; die psychiatrische Abteilung war die neueste im Altersheim von Marville, alles Kacheln, Glas und Philodendren: ja sie glich einem Gewächshaus mit hier und da einigen Glatzköpfen, die wie Pilze aus dem Grün hervorragten. Wir gelangten zu der Glasveranda voller Geranien. Draußen hatte sich der frühe Dezember eingenistet, aber dank den Thermostaten behauptete sich in Marville das ganze Jahr über ein innerer Sommer. Plötzlich erschreckte mich ein fürchterlicher Anblick: in einem Rollstuhl hockte, den Rücken zu uns gekehrt, ein gräßlicher schwarzer Vogel – der größte Gänsegeier, der mir je unter die Augen gekommen war. Durch das Fenster spähte er gierig hinunter, als suchte er etwas zu fressen, wobei sein kahler, runzliger kleiner Kopf unmerklich wackelte.

„Mr. Crabb", sagte Dr. Teague zu diesem Vogel, „Sie haben Besuch. Was auch immer Ihre Gefühle mir gegenüber sein mögen, ich bin sicher, daß Sie ihn sehr höflich behandeln werden."

Der Gänsegeier drehte sich langsam um und blickte über seine hängende Schulter. Mein Entsetzen wuchs beim Anblick eines menschlichen Gesichts anstelle eines Schnabels – eines verwelkten natürlich, bedeckt von Mrs. Burrs verschlissenem Wachstuch voller Risse, aber eines Gesichts, ja eines zornigen kleinen Gesichts mit Augen so brennend und blau, wie der Himmel über einem Hochplateau. „Junge", sagte der alte Mann zu Dr. Teague, „ich kriegte mal bei Rocky Ford eine blaue Bohne in den Hintern, die schnitt ich mir eigenhändig mit einem Bowiemesser und einem Spiegel raus, und mein behaarter Arsch war wirklich ein erfreulicher Anblick verglichen mit dem, was du da auf deinem Hals trägst."

Er wirbelte seinen Rollstuhl herum. Als Vogel war er groß gewesen, als Mensch überdurchschnittlich klein. Seine Füße waren winzig und steckten in Cowboyschuhen, vermutlich um seine Vergangenheit hervorzuheben. Was ich für dunkles Gefieder gehalten hatte, war in Wirklichkeit ein vom Alter schwarzgrün gewordener Frack. Die Temperatur auf der Glasveranda konnte eine Geranienknospe zum Platzen bringen, aber der alte Mann trug unter seinem Frack noch einen dicken Wollpullover über seiner Pyjamajacke aus Flanell. Und wo die Pyjamahose an seinen dürren Unterschenkeln hochgerutscht war, konnte man sehen, wie seine langen grauen Unterhosen in schwarzen Socken verschwanden.

Seine Stimme habe ich bis zuletzt aufgehoben. Stellen Sie sich, wenn Sie können, den Klang einer gezupften Gitarre vor, deren Resonanzboden mit Schlacken gefüllt ist: ein schriller Ton, der schnell in Rasseln übergeht.

Dr. Teague lächelte mit all dem Mitleid seines unterdrückten Grolls und stellte uns vor.

Crabb schob hastig einen Satz falscher Zähne, die er in der Hand versteckt gehalten hatte, zwischen seine braunen Gaumen, bleckte sie dem Arzt entgegen und knurrte: „Mach daß du rauskommst, du jämmerlicher Hundesohn!"

Teague senkte die Lider in belustigter Toleranz, schlug sie wieder auf und sagte: „Wenn Mr. Crabb damit einverstanden ist, sehe ich keine Veranlassung, warum Sie sich hier nicht mit ihm in aller Ruhe eine halbe Stunde unterhalten sollten.

Seien Sie doch bitte so nett, im Büro vorbeizukommen, wenn Sie gehen, Mr. Snell."

Jack Crabb schielte mich flüchtig an, spuckte sein Gebiß wieder aus und steckte es in die Innentasche seiner Frackschöße. Ich fühlte mich unbehaglich, da ich wußte, daß alles von meiner Geschicklichkeit abhing, eine Beziehung zwischen uns herzustellen. Sobald ich den Menschen vom Geier unterschieden hatte, zweifelte ich nicht mehr, daß er all das war, was er in seinem Brief behauptet hatte. Dennoch entschloß ich mich, behutsam vorzugehen.

Er richtete seine bemerkenswert blauen Augen auf mich. Ich wartete und wartete, während er mich musterte.

„Sie sind schwul, was, mein Sohn?" sagte er endlich, aber keineswegs unfreundlich. „Ja, Sir, ein großer, fetter warmer Bruder. Ich wette, wenn ich Sie in den Arm kneife, bleiben die Abdrücke eine ganze Weile wie in Talg zurück. Ich kannte einen Kerl, der wie Sie aussah und in den Westen kam und unter die Kiowas ging, die ihn fesselten und von den Squaws mit Weidenstöcken blutig schlagen ließen. Haben Sie das Geld für mich mitgebracht?"

Ich begriff, daß der alte Kundschafter mich auf die Probe stellte, und deshalb zeigte ich ihm keinerlei Gekränktheit, die ich übrigens auch gar nicht empfand.

„Und warum haben sie das getan, Mr. Crabb?"

Er grinste über das ganze Gesicht mit Augen, Mund und dem größten Teil seiner Nase, deren Ende nur noch wie eine Fingerspitze aus einer geballten Faust in einem schäbigen Lederhandschuh herausguckte.

„Ein Indianer", sagte er, „ist versessen darauf, herauszufinden, wie etwas funktioniert. Natürlich interessiert ihn nicht alles. Was ihn nicht interessiert, das sieht er überhaupt nicht. Aber sie interessierten sich für diesen Schwulen und wollten feststellen, ob er wie ein Weib flennt, wenn er verprügelt wird. Das tat er aber nicht, wenn auch sein Rücken wie ein geschälter Käse aussah. Er war ein tapferer

Mann, mein Sohn, und darauf kommt es an: ob man nun schwul ist oder nicht, macht dann nichts mehr aus. Haben Sie das Geld für mich mitgebracht?"

„Mr. Crabb", sagte ich, irgendwie erleichtert durch die Geschichte, obwohl sie mir etwas dunkel blieb, „wir wollen gleich zur Sache kommen: meine Mittel sind sehr bescheiden."

Er erwiderte: „Was können Sie mir denn bieten, mein Sohn, wenn Sie kein Geld haben? Ihre Kleidung ist wirklich nicht viel wert." Er holte einen Spazierstock hinter seinem Rollstuhl hervor und piekste mich damit in den Bauch; zum Glück hatte der Stock eine Gummispitze, so daß es mir nicht weh tat, obwohl er Flecken auf meiner sandfarbenen Weste zurückließ.

„Darüber wollen wir später reden", erkühnte ich mich zu sagen, rückte mir einen Korbstuhl aus einem Gummibaumhain heran und setzte mich. „Ich hoffe, Sie verübeln es mir nicht, wenn ich erst einmal Ihre Geschichte auf ihren Wahrheitsgehalt hin prüfe."

Diese Bemerkung entlockte ihm ein anhaltendes trockenes Lachen, das wie das Schrappen einer Möhre klang. Sein kleiner gelblicher Kopf, nackt wie ein Fetus und durchsichtig wie Pergament, sank auf seine Brust, und mein Herzschlag setzte voll dunkler Ahnung aus: ich hatte ihn zu spät entdeckt; er war gestorben.

Ich stürzte zum Rollstuhl und legte erst meine Hand, dann mein Ohr auf seine Hühnerbrust ... Ich wollte, mein eigenes Herz klopfte so fest und regelmäßig! Er war nur eingenickt.

„Es täte mir leid, wenn Sie sich von Ihrer eigenen Begeisterung irreführen ließen", sagte Dr. Teague einige Minuten später hinter seinem Stahlschreibtisch, auf dem eine kranähnliche Neonlampe stand. „Ich erinnere mich an Ihre Mrs. Burr, die eher eine Pförtnerin als eine Pflegerin war. Sie wurde entlassen, weil sie, glaube ich, gewissen Patienten berauschende Getränke verschaffte, vor allem Jack Crabb. Während ein gelegentlicher schwach-alkoholischer Schluck günstige körperliche Auswirkungen auf Betagte hat, da er den Kreislauf fördert, kann starker Schnaps sehr schädlich für ein altes

Herz sein. Ganz zu schweigen von den körperlichen Auswirkungen. Und ich glaube, daß Mr. Crabbs paranoide Neigungen sogar für einen Laien unverkennbar sind."

„Aber er *könnte* hundertelf Jahre alt sein. Können Sie mir so viel einräumen, Dr. Teague?" fragte ich.

Teague lächelte. „Eine seltsame Formulierung, Sir. Mr. Crabb ist tatsächlich so alt, und das hat nichts damit zu tun, was ich einräume oder was Sie akzeptieren. Es gibt gewisse Methoden, die es der Medizin gestatten, annähernd das Alter eines Menschen zu bestimmen, aber sie werden bei steigendem Alter ungenauer. Bei einem Baby zum Beispiel..."

Ich zog gerade noch rechtzeitig mein Taschentuch heraus, um ein Niesen zu unterdrücken. Hatte ich es mir doch gedacht: eine Nachwirkung von diesen verflixten Geranien. Und meine Nasentropfen befanden sich hundert Meilen weit entfernt. Meine gerichtete rechte Nasenscheidewand schmerzte; der Einschnitt war kaum verheilt. Dennoch enthielt diese Eventualität eine moralische Lektion. Mir fiel Mr. Crabbs Geschichte über den harmlosen Burschen ein, der von den Indianern geschlagen wurde, und nachträglich ging mir ihr Sinn auf: jeder von uns, einerlei wie bescheiden er ist, gerät von einem Tag auf den anderen in Situationen, in denen er die Wahl hat, heroisch oder feige zu handeln. Das Schicksal sucht sich eine kleine Elite aus, die auf einem Hügel beim Little Bighorn River niedergemacht wird, während zahlreiche Durchschnittsmenschen als einzige Herausforderung eine Reifenpanne auf einer verlassenen Straße erleben, die Beleidigung eines Rohlings am Strand oder einen Niesreiz, wenn man gerade nicht über seine Nasentropfen verfügt.

Ich füllte meine Hand an Dr. Teagues rostfreiem Waschtisch mit Wasser und saugte etwas davon mit der Nase auf. Es war eine nicht besonders wirksame Notlösung. Ich mußte in den nächsten fünfundvierzig Minuten andauernd niesen, und meine Nase schwoll zur Größe einer Yamwurzel an, während meine Augen Schlitze wurden. Trotzdem blieb mein Wille ungebrochen.

Es stellte sich heraus, daß Dr. Teagues Interesse ausschließlich dem Thema Geld galt, oder genauer, Marvilles allgemeinem und der psychiatrischen Abteilung besonderem Mangel an diesem höchsten Gut unserer Kultur. Die Medizin konnte fast umsonst das Alter eines Babys bestimmen; bei einem alten Mann kostete das Geld. Rollstühle kosteten Geld. Personal wie die selige Mrs. Burr mußte bezahlt werden, ganz zu schweigen von ausgebildeten Krankenschwestern. Sogar diese widerlichen Geranien belasteten offenbar den Etat.

Mir war bisher noch nie bewußt geworden, daß mein Vater mit einer Reihe von Gesetzgebern auf vertrautem Fuß stand. Dr. Teague erwies sich ungeachtet seiner Tüchtigkeit in seinem eigenen Beruf, in der Medizin oder Quacksalberei, als ein gelehriger Schüler auf dem Gebiet der Politik. Unsere kleine Sitzung in seinem Büro, in dem alles außer uns aus Metall zu sein schien, lief darauf hinaus, daß ich mich bereit erklärte, bei meinem Vater erhöhte Zuwendungen für Altersheime zu befürworten. Als Gegenleistung schätzte Dr. Teague in Erwartung der nötigen Geldmittel für chemische und röntgenologische Untersuchungen, um den Kalkgehalt in Jack Crabbs alten Knochen festzustellen, den alten Kundschafter auf „über neunzig“.

Ich bezweifele, ob Crabb in seiner Blütezeit mit seinem Colt, Modell „Friedensstifter“, besser mit Teague fertig geworden wäre. Ich beschloß, mich durch einen Brief an meinen Vater meiner Verpflichtung zu entledigen. Ob er daraufhin etwas unternahm, weiß ich nicht. Er erwähnte bei meinen monatlichen Besuchen dieses Thema nie. Dr. Teagues Eifer und der des Direktors, der ihn dazu anstachelte, erlahmte in den fünf Monaten meiner fast täglichen Interviews mit Jack Crabb natürlich nie. Ich erinnere mich an keinen einzigen Gang durch die Korridore, bei dem ich nicht dem einen oder dem anderen begegnete. Wir wechselten schließlich feststehende Redensarten: „Wie sieht es aus, Sir?“

„Günstig, Herr Doktor.“

Seit dem Frühsommer 1953 bin ich nicht mehr in Marville gewesen, aber damals erkundigten sie sich immer noch danach.

Nun noch einige Worte zum Aufbau dieser Memoiren. In ihrer ursprünglichen Form bestanden sie aus fünfundsiebzig von Mr. Crabb besprochenen Tonbändern. Von Februar bis

Juni 1953 saß ich an jedem Nachmittag der Woche mit ihm zusammen, bediente das Aufnahmegerät, ermutigte ihn, wenn seine Begeisterung nachließ, regte ihn von Zeit zu Zeit mit passenden Fragen dazu an, seine Erzählung klarer zu gestalten, und machte mich ganz allgemein möglichst unauffällig nützlich.

Schließlich war es sein Buch, und ich fühlte mich besonders geehrt, ihm meine bescheidenen Dienste zur Verfügung gestellt zu haben. Diese Sitzungen fanden in seinem winzigen Schlafzimmer statt, einer freudlosen Kammer in grauem Metall mit Aussicht auf einen Luftschacht, durch den schädliche Dämpfe aus der Küche zwei Stockwerke tiefer aufstiegen. Die Glasveranda, in der ich ihn kennenlernte, wäre zweifellos gemütlicher gewesen, doch meine Allergie gegen ihre Flora sprach dagegen, ganz zu schweigen davon, daß dort die Möglichkeit bestand, von anderen alten Leuten oder dem Personal gestört zu werden.

Außerdem wurde Mr. Crabb in diesen Monaten zusehends schwächer. Ab März mußte er ständig das Bett hüten. Im Juni ist seine Stimme auf den letzten Tonbändern kaum noch zu hören, obwohl sein Verstand ungetrübt blieb. Und am dreiundzwanzigsten Tag dieses Monats begrüßte er mich mit glasigen Augen, die starr blieben, als ich das Zimmer durchquerte. Der alte Kundschafter hatte das Ende seiner Fährte erreicht.

Ich verließ das Motel, in dem ich fünf Monate gewohnt hatte, und kam zu seinem Begräbnis, bei dem ich erwartete, der einzige Trauernde zu sein, da er keine Freunde hatte; doch in Wirklichkeit fanden sich fast sämtliche bewegungsfähige Insassen ein und trugen nach der Art alter Leute bei solchen Gelegenheiten selbstzufrieden ihre Schadenfreude zur Schau.

Die Trauerfeierlichkeiten wurden am 25. Juni 1953 abgehalten, zufällig auf den Tag genau siebenundsiebzig Jahre nach der Schlacht am Little Bighorn River. Im Leben wie im Tod schien sich Jack Crabb auf die Kunst oder den Kunstgriff des Zufalls spezialisiert zu haben.

Was den Text betrifft, so habe ich Mr. Crabbs Geschichte wortgetreu von den Tonbändern niedergeschrieben. Ich ließ nichts aus und fügte nur die nötigen Satzzeichen hinzu. Ich habe keinen Versuch gemacht, die sonderbare Stimme oder Aussprache des alten Kundschafters wiederzugeben, sonst hätte das ganze Buch dem Brief geglichen, den er mir aus Marville geschickt hat.

Er war ein geborener Erzähler und hatte ein scharfes Gehör: nur so kann ich manche Inkonsequenzen erklären. Sie werden bemerken, daß die Erzählung in der Ich-Form sprachlich nicht korrekt ist, während Persönlichkeiten wie General Custer sich stilgerecht ausdrücken. Gegen die Übersetzung der Indianerreden ist grammatikalisch nichts einzuwenden.

Sie zweifeln vielleicht daran, daß Mr. Crabb in seinem ungeschulten Wortschatz gewählte Ausdrücke kannte. Aber man muß bedenken, daß die Grenzer von einst ihre primitive Bildung aus zahlreichen Quellen schöpften: zum Beispiel zogen Shakespeare-Truppen bis zu den entlegensten Vorposten, ebenso wie die Prediger mit der Bibel in ihren Satteltaschen. Zudem werden wir lesen, daß der junge Jack unter der Vormundschaft von Mrs. Pendrake in die Werke von Alexander Pope und zweifellos auch anderer berühmter Dichter eingeführt wurde.

Ich glaube, Sie werden mit mir übereinstimmen, daß Mr. Crabb erstaunlich umsichtig mit der Sprache umgeht. Gelegentliche Grobheiten, gewiß. Aber vergessen Sie nicht den Mann, die Umstände und die Zeit. Doch seiner Haltung Frauen gegenüber wohnt altmodische Galanterie inne: sie ist romantisch, sentimental und, ehrlich gestanden, wohl allzu schwärmerisch. So übertreibt er etwa das Bild von Mrs. Pendrake. Vermutlich war sie ein Frauenzimmer, wie wir es alle von Zeit zu Zeit auf unserem eigenen Lebensweg treffen. Meine eigene Exgattin – nein, es ist Mr. Crabbs Buch und nicht das meinige.

Soviel dazu. Ein Dezennium ist verstrichen, seit Jack Crabb in mein Magnetophon sprach. In der Zwischenzeit starb mein Vater endlich eines natürlichen Todes, und infolgedessen setzte ein endloser Rechtsstreit über die Erbschaft zwischen mir und einem angeblichen unehlichen Halbbruder ein, der plötzlich aus dem Nichts aufgetaucht war. Das wäre hier ohne Belang, wenn ich daraufhin nicht einen seelischen Zusammenbruch erlitten hätte, der mich in diesen zehn Jahren fast ständig kampfunfähig machte. Daher die lange Verzögerung zwischen dem Entstehen dieses Buches und seiner Verbreitung.

Nun habe ich genug gesagt und überlasse die Bühne Jack Crabb. Nur zum kürzesten Epilog trete ich nochmals auf. Erst müssen Sie aber diese erstaunliche Geschichte lesen!

Ralph Fiedling Snell

1.
Ein schrecklicher Irrtum

Ich bin ein Weißer und vergaß das nie, wenn ich auch seit meinem zehnten Lebensjahr von Indianern, nämlich den Cheyennes, erzogen wurde.

Mein Paps war Prediger in Evansville, Indiana. Er hatte keine feste Kirche, überredete aber so 'nen Kneipenwirt, ihm sonntags seinen Saloon zum Gottesdienst zu überlassen. Dieser Saloon lag am Fluß, und die Leute, die hinkamen, waren Schiffer vom Ohio River, Falschspieler aus Indiana auf dem Wege nach New Orleans, Taschendiebe, Zuhälter, Huren und anderes Gesindel, und so eine Gemeinde hatte mein Paps am liebsten, denn unter solchen Typen bestand Aussicht, ein paar gemeine Schufte zu bessern.

Als er zum erstenmal in den Saloon kam und anfing zu predigen, war das Lumpenpack drauf und dran, ihn zu lynchen, aber er kletterte auf die Theke und begann zu brüllen, und nach ein oder zwei Minuten hielten sie die Klappe und hörten ihm zu. Mein Paps wurde durch seine Stimme mit jedem Weißen auf der Welt fertig, wenn er auch nicht groß war und dürr wie ein Besenstiel. Denn wissen Sie, was er tat – er sorgte dafür, daß man sich wegen irgendwas schuldig fühlte, woran man nie gedacht hatte. Hintenherums waren sein Trick. Er starrte zum Beispiel mit funkelnden Augen einen riesenhaften Halunken von den Schiffen an und schrie: „Wie lange hast du deine alte Mama nicht mehr besucht?" Dann rutschte der Kerl meistens unruhig hin und her und schneuzte sich in den Ärmel, und wenn dann meine Geschwister mit ausgespülten Spucknäpfen sammeln gingen, steuerte der was bei.

Paps teilte die Spenden mit dem Kneipenwirt – ein Grund, warum er das Lokal benutzen durfte, der andere war, daß der Ausschank beim Gottesdienst aufblieb. Mein Paps war kein Puritaner. Beim Predigen kippte er selber zwei oder drei Gläser, und man hat nie gehört, daß er auch nur ein Sterbenswörtchen gegen den Alkohol oder die Frauen oder das Kartenspielen oder sonst welche Vergnügen sagte. „Jede Kurzweil wurde vom Herrn erfunden und kann deshalb an sich nicht schlecht sein“, verkündete er. „Schlecht wird sie erst, wenn sie einen Menschen, der ihr nachrennt, zu einem gemeinen Schuft macht, der flucht und spuckt und kaut und sich nie das Gesicht wäscht.“ Das waren die einzigen Sünden, die ich meinen Paps je beim Namen nennen hörte. Er hatte nichts gegen eine Zigarre, wetterte aber gegen Kautabak, Flüche und verdreckte Leute. Solange jemand sauber war, kümmerte sich mein Paps nicht darum, ob er sich zu Tode soff, jeden Cent verspielte und seine Kinder verhungern ließ oder sich bei üblen Weibern ansteckte.

Damals war ich noch zu klein, um es zu ahnen, aber jetzt erkenne ich, daß mein Vater ein Besessener war. Wenn er keine feurigen Reden schwang, war er wie aufs Maul gefallen und antwortete kaum, wenn man was zu ihm sagte, und bei den Mahlzeiten dachte er nur ans Essen, wie ein Tier, das sich den Bauch vollstopft. Bevor er zur Religion kam, war er Barbier, und auch noch danach schnitt er uns Kindern die Haare, und ich sage Ihnen, dabei wurde es einem angst und bange, wenn der Geist über ihn kam: dann sprang und raste er herum und schnitt einem mit der Schere genauso leicht ein Stück Fleisch vom Nacken ab wie was von den Haaren.

Mein Paps fuhr nicht schlecht mit diesem Saloon – wenn auch unter den richtigen Predigern sich was tat, um ihn aus der Stadt zu vertreiben, weil er ihnen die Gemeinde ausspannte, mit Ausnahme der Frauen mittleren Alters, die mehr für das übliche Christentum sind, das alles verbietet –, als er plötzlich beschloß, nach Utah zu gehen, um Mormone zu werden. Unter anderem gefiel ihm die Auffassung der Mormonen, daß ein Mann Anrecht auf mehrere Frauen hat. Mein Paps war nämlich abgesehen vom Fluchen, Tabakkauen usw. für jede Form von Freiheit. Ihm persönlich lag nichts an einer zusätzlichen Frau, aber ihm gefiel eben die Auffassung. Deshalb hatte meine Mama auch nichts dagegen. Sie war ein zierliches Persönchen mit einem runden, unschuldigen, ein bißchen sommersprossigen Gesicht, und wenn mein Paps in Verzückung geriet, aber an diesem Tag nicht predigen ging und sich dadurch keine Luft machen konnte, sagte sie zu ihm, er sollte sich ausziehen und sich in eine Tonne setzen, wo sie ihm dann den Rücken mit einer Bürste bearbeitete, was innerhalb einer Viertelstunde seine Abregung bewirkte.

Paps nahm uns allesamt nach Independence, Missouri, mit, wo er einen Wagen und ein Ochsengespann kaufte, und wir machten uns auf den California Trail. Das muß, wenn ich mich nicht irre, im Frühjahr 1852 gewesen sein, aber wir stießen noch auf ein paar Lahmarschige vom Goldrush, der ja schon '48 begann. Bald hatten wir einen Zug von sieben Wagen und zwei Pferden beisammen, und die anderen wählten Paps zum Führer, wenn er auch nicht mehr vom Überqueren der Prärie verstand als ich vom Kauderwelsch der heidnischen Chinesen, die später beim Bau der Central Pacific Railroad sechzehn Stunden am Tag schufteten. Weil er aber sowieso immer schrie, dachten sie sicher, sie könnten ihn doch nicht zum Schweigen bringen und ihn drum genausogut gleich zum Boß machen. Außerdem predigte er jeden Abend am Lagerfeuer, und darauf bestanden sie sogar alle, weil sie immer wieder die Hoffnung völlig verloren – wie jeder, der alles für eine große Sache aufgibt. Ich sollte eigentlich ein Beispiel für die Predigten von meinem Paps geben, denn wenn wir nicht bald was von ihm hören, wird's dafür zu spät sein, aber der Leser in seinem Schaukelstuhl, oder wo er sonst sitzt, hätte wenig davon, weil inzwischen hundert Jahre um sind, seit mein Paps sie auf der offenen Prärie an einem süßlich riechenden Lagerfeuer aus getrockneten Büffelfladen hielt. Sie würde vielleicht einfach blödsinnig klingen, wenn die echte Erleuchtung dabei nicht deutlich wird, die übrigens, glaube ich, mehr eine Frage der Lautstärke als des Inhalts war, aber das liegt vielleicht daran, daß ich damals noch ein Kind war. Der Witz ist, daß mein Paps viel von einem Indianer hatte.

Indianer. Beim Durchqueren von Nebraska, wobei wir einem schlammigen Fluß, nämlich dem Platte River, folgten, trafen wir dann und wann kleine Trupps von Pawnees. Für mich waren Indianer Indianer, und als Junge fand ich sie eigentlich gut, weil sie kein bestimmtes Ziel zu haben schienen. Diejenigen, die wir sahen, tauchten immer auf dem nächsten Kamm auf, wenn der Zug noch eine Viertelmeile weit weg war, und trotteten auf ihren Ponys dahin, als ob sie gradeaus reiten wollten, dann schwenkten sie, wenn sie mit uns auf gleicher Höhe waren, ab und bettelten um was für ihren Bauch. Was sie haben wollten, war Kaffee, der ihnen lieber war als Speckschwarten und Würfelzucker, die wir ihnen im Fahren rausreichten; und sie versuchten uns anzuhalten, damit wir für sie eine Kanne davon kochten. Am liebsten, lieber noch als Kaffee, war ihnen, glaube ich, daß wir anhielten. Nichts macht einen Indianer so verrückt wie eine regelmäßige, eintönige Bewegung. Darum haben sie auch nicht das Rad erfunden, ja es nicht mal übernommen, nachdem die Weißen es ihnen gebracht hatten, solange sie Wilde blieben, wogegen sie den Nutzen von Pferd und Gewehr und Stahlmesser schnell genug kapierten.

Aber auch den Kaffee mochten sie wirklich, und sie hockten auf ihren Decken, nickten und sagten nach jedem Schluck „Hau, hau", und sie muffelten den Zwieback, den meine Mama ihnen dazu gab, und sagten auch dabei nach jedem Happen „Hau, hau".

Paps war, wie Sie sich vorstellen können, von den Indianern einfach begeistert, denn sie taten, was sie wollten, und er versuchte immer, ein philosophisches Gespräch mit ihnen anzuknüpfen, was natürlich hoffnungslos war, denn sie konnten kein Wort Englisch, und er konnte nicht mal die Zeichensprache. Und das ist schade, denn später kam ich dahinter, daß niemand so in Fahrt geraten kann wie eine Rothaut.

Wenn die Pawnees fertig waren, standen sie auf, stocherten mit den Fingern in ihren Zähnen rum, sagten noch paarmal „Hau, hau", stiegen auf ihre Ponys und ritten weg, bedanken taten sie sich nie; zwar schüttelten uns manche die Hände, was sie gerade von den Weißen gelernt hatten, und weil alles, was ein Indianer annimmt, bei ihm zur Manie wird, schüttelten sie dann uns allen die Hand – Männer, Frauen und Kindern und sogar den Babys in der Wiege. Mich wunderte es nur, daß sie keinen Ochsen beim rechten Vorderhuf packten.

Sie bedankten sich nie, weil das damals bei ihnen nicht Sitte war, und außerdem hatten sie ja schon ihre Höflichkeit mit ihrem dauernden „Hau, hau" gezeigt, daß heißt „gut, gut". Auf der ganzen Welt können Sie keinen finden, der so gute Manieren hat wie ein Indianer. Auch ihre Besuche hatten was damit zu tun, denn diese Kerle sind keine Bettler im Sinne von Weißen, keine Heruntergekommenen, wie ich sie in Großstädten sah, die sich nur so und nicht anders durchs Leben schlagen. Wenn man einen Fremden trifft, ißt oder kämpft man mit ihm – so will es der Indianerbrauch –, aber meistens ißt man mit ihm, denn Kämpfen ist eine zu wichtige Angelegenheit, um sie mit jemand zu verplempern, den man kaum kennt. Wir hätten alle in ihr Lager gehen können, und dann hätten sie uns was zu essen gegeben.

Von Tag zu Tag bewirteten wir mehr von ihnen, vermutlich weil ein Pawnee dem anderen weitererzählte: „Du mußt zu dem Wagenzug da gehen, dann kriegst du Kaffee mit Zwieback", und weil wir mit unseren Ochsen nur zwei Meilen in der Stunde hinter uns brachten, wenn wir unterwegs waren, und das Kaffeekochen uns noch mehr aufhielt, blieben wir zig Wochen in Reichweite dieses Stamms. Immer größere Trupps tauchten auf, inzwischen mit Frauen und Kindern; sie hockten auf Sitzen aus Zeltpfählen, die hinter den Pferden herschleiften – Travois nennt man die. Als wir dann ins Land der Cheyennes kamen, zum Südostzipfel des heutigen Staats Wyoming, und alles mit dem neuen Stamm von vorne anfing, hatte niemand mehr auf den Wagen Kaffee, und hauptsächlich damit wollten wir uns in Fort Laramie eindecken, wo der Laramie mit dem North Platte River zusammenfließt.

In Laramie hatten sie aber keine einzige Bohne mehr, und sie erwarteten erst in der nächsten Woche Nachschub, denn dort gab es damals noch keine Eisenbahn. Komischerweise wollte mein Paps darauf warten, aber die anderen drängte es nach Kalifornien, denn sie hatten sich sowieso schon um drei Jahre verspätet.

Jonas Troy war ein alter Eisenbahner aus Ohio. Ich erinnere mich, daß er einen Ziegenbart hatte und eine dürre Frau und ein Kind, einen Jungen, ein Jahr älter als ich, ein gräßliches Gör, das beim Spielen trat und biß und zu plärren anfing, wenn man's ihm heimzahlte.

„Indianer", erklärte Mister Troy, „haben Whisky noch lieber als Kaffee, wurde mir gesagt. Auch läßt er sich leichter ausschenken. Man braucht die Fahrt nicht zu unterbrechen, sondern den Krug nur rausreichen."

Troy und mein Paps standen gerade vor den Läden innerhalb der Fortpalisaden. Während sie zu diesem Schluß kamen, sind bestimmt Dutzende Leute an ihnen vorbeigegangen, die ihnen genau das Gegenteil davon hätten sagen können – Trapper, Kundschafter, Soldaten, sogar Indianer selbst –, und das hätte ihnen das Leben gerettet, aber natürlich dachten sie gar nicht dran, sie danach zu fragen: Troy, weil er alles glaubte, was er sich ausdachte und mein Paps bestätigte, und Paps, weil er glaubte, daß er nach seinem Umgang mit den Pawnees die Indianer durch und durch kannte.

„Na und ob", sagte Paps. „Ich sage dir, Bruder Troy, daß es den Rothäuten gar nicht drauf ankommt, was sie trinken. Es geht ihnen ums Trinken an sich. Erinnerst du dich – im Buch der Mormonen steht geschrieben, daß die Indianer die verlorenen Stämme Israels sind. Daher fällt es mir schwer, mit dieser edlen Rasse am Platte River zu reden, denn ich kann kein Wort Hebräisch. Ich will es aber unbedingt lernen, sobald wir am Salt Lake sind. Doch der Herr in seiner unergründlichen Weisheit macht es mir möglich, meine roten Brüder von Herz zu Herz zu verstehen, und was ich höre, ist Liebe gepaart mit Gerechtigkeit."

Sie kauften also ein paar Krüge Whisky, und kurz danach brachen wir ohne Kaffee von Laramie auf. Ich sehe noch die Felder westlich vom Fort vor mir: lauter Gerümpel von unseren Vorgängern lag darauf – Eichentische und Eichenstühle, Bücherschränke mit Glastüren, rote Plüschsofas ... Es ist wirklich erstaunlich, womit manche Leute tausend Meilen Büffelgras, Wüste, Fluß und Berg überqueren wollen. Da lagen auch eine Menge Bücher rum, ganz aufgeschwemmt und zerfleddert vom Wetter, und mein Paps schnüffelte schnell darin, weil er hoffte, das Buch der Mormonen zu finden, das er zwar dauernd in den Mund nahm, von dem er aber noch nie ein einziges Exemplar gesehen hatte – alles, was er von den Heiligen der Letzten Tage wußte, hatte er von so einem fahrenden Kesselflicker, der in Evansville in den Saloon kam und dann besoffen war. Wenn ich es mir jetzt allerdings überlege, glaube ich nicht, daß mein Paps überhaupt lesen konnte, sondern seine Bibelzitate nur von anderen Predigern hatte, denen er als Barbier zuhörte.

Nachdem das Fort eine Tagesreise oder so hinter uns lag, hatten wir am Südufer des North Platte, noch im flachen Grasland, aber vor uns schon die Felsen und dahinter die schneebedeckten Gipfel der Laramie Mountains – es muß gegen Anfang Juni gewesen sein –, also da hatten wir die erste Gelegenheit, Troys Theorie auszuprobieren. Denn dort trabte ein Trupp von ungefähr zwei Dutzend Cheyenne-Kriegern vom Fluß heran, und die Hufe ihrer Ponys trieften noch. Die Cheyennes sind ein hübsches Volk, oft groß und gut gebaut, und wie alle tapferen Krieger neigten ihre Männer zur Eitelkeit. Die Kerle hatten sich, als machten sie einen Besuch, mit Perlenketten und Brustpanzern aus Knochen aufgeputzt und Bänder ins Haar geflochten, wie Händler sie einem andrehen. Die meisten trugen eine einzige Adlerfeder, einer dagegen einen Zylinder, der oben abgeschnitten war, damit sein Schädel Luft bekam.

Wie gewöhnlich erschienen sie auf einem Felskamm, als der Zug noch ungefähr eine Viertelmeile weit weg war. Man trifft höchst selten einen Trupp Indianer auf einer Ebene; natürlich ziehen sie auch über flaches Land, aber dann entdeckt sie kein gewöhnlicher Weißer. Sogar nachdem ich ein paar Jahre unter Rothäuten lebte, kam ich nicht dahinter, wieso sie wissen, wenn andere Leute in der Nähe sind. Gewiß, sie stecken eine Messerklinge in die Erde und horchen am Heft, aber im allgemeinen hört man sein Opfer nur, wenn es galoppiert. Oder sie stapeln auf einem Kamm Steine auf, verstecken den Kopf dahinter und überwachen das Tal. Nun ist aber die Prärie gewellt wie ein plötzlich gefrorenes Meer, und da man von einer Erhöhung nur zur nächsten gucken kann, entgeht einem, was dahinter steckt. Und die Indianer wählen nicht jeden Hügelkamm für ihre Zwecke aus, sondern nur ganz bestimmte; doch wenn sie gucken, sehen sie auch meistens was.

Troys Idee, den Whisky von den rollenden Wagen aus zu spendieren, war von vornherein ein Reinfall. Auf einem fahrenden Wagen hatte man damals genausoviel Halt wie auf einer Egge, die über einen holprigen Acker gezogen wird, denn er ruckelte so, daß ein Stück Brot zerbröckelte, ehe man's in den Mund stecken konnte, ganz zu schweigen von irgendwelchen Getränken. Zudem waren die Cheyennes feierlich gestimmt und stiegen ab, sobald wir bei ihnen waren, um uns erst mal die Hände zu schütteln, so daß uns gar nichts anderes übrigblieb als zu halten.

Der Kerl mit dem Zylinder war ihr Anführer. Er trug eine von den Silbermedaillen, wie sie die Regierung bei Friedensverträgen den Häuptlingen umhängt; ich glaube, auf seiner war das Bild von Präsident Fillmore. Er war älter als die anderen und hatte eine alte Flinte bei sich, deren Lauf vier Fuß lang war.

Ich habe sie zwar noch nicht erwähnt, aber meine älteste Schwester war sechs Fuß groß und mit über zwanzig Jahren noch unverheiratet, weil sie ziemlich derbe Züge hatte: ein grobknochiges Ding mit feuerrotem Haarschopf. Sie begeisterte Paps immer, wenn sie ein Ochsengespann lenkte, und konnte besser mit der Peitsche knallen als irgendein Mann außer Edward Walsh, der ein Ire aus Boston war, zwei Zentner wog und sich als Katholik nichts aus Paps' Predigten machte, sie aber duldete, weil nur er und seine Familie katholisch waren, und die anderen duldeten *ihn*, weil er so riesig war.

Diese Schwester nun hieß Caroline, und wegen ihrer Größe und weil sie wie ein Mann schuftete, trug sie auf der Fahrt Männerkleider – Stiefel, Hose, Hemd und Schlapphut –, wenn auch manche sie deshalb um so schiefer ansahen.

Als die Indianer auf uns zukamen, sprang sie vom Bock – eine hünenhafte Gestalt, die einem Angst einjagte –, und Hoher Hut trat auf sie zu und streckte dabei seine rechte Hand aus, während er mit der linken die alte Flinte vor seine Stirn hielt und außerdem seine Decke zusammenraffte, damit sie nicht runterrutschte.

„Es freut mich, Sie kennenzulernen", sagte Caroline, die ein ganzes Stück länger war als der alte Häuptling, und drückte ihm die Hand so fest, daß man sehen konnte, wie der Schmerz ihm zum Hut stieg und am anderen Arm wieder runterkam. Um ein Haar hätte er dabei seine Decke verloren. Darunter war seine Brust nackt, und so entdeckte ich seine Medaille und auch eine Narbe quer über seinem Bauch, die wie eine Lötstelle auf einer Eisenplatte aussah. Daher hatte er den Namen, unter dem er bei den Weißen bekannt war, Narbenbauch, während er bei den Cheyennes Alte Zeltbahn hieß, Mohk-se-a-nis, oder auch Bemalter Donner, Wohk-pe-nu-numa, aber seinen richtigen Namen habe ich nie erfahren, weil der unter Indianern ein Geheimnis ist; und wenn man ihn rausbekommt und den Kerl so ruft, wird er im günstigsten Fall schrecklich beleidigt sein und im schlimmsten Fall zehn Jahre Unglück haben.

Alte Zeltbahn (er stellte sich nicht vor, weil ein Indianer das überflüssig findet, aber später sollte ich noch eine Masse mit ihm zu tun haben) hielt, nachdem er sich von Carolines Händedruck erholt hatte, eine Rede auf Cheyennisch, was die eine Seite seiner Höflichkeit war, und die andere bestand darin, daß er zwischen den Sätzen die englischen Wörter gebrauchte, die er kannte, *„goddam"* und *„Jesus Christ"*, weil frühere Auswanderer und Soldaten in Laramie sie ihm aus Jux beigebracht hatten, denn er wußte ja nicht, daß es Flüche waren und hätte das auch nie verstanden, wenn man es ihm erklärt hätte, weil Indianer in ihren Sprachen keine Flüche kennen, wenn sie auch einen ganzen Haufen Tabus haben: zum Beispiel darf man den Namen seiner Schwiegermutter nicht aussprechen, wenn man verheiratet ist.

Mein Paps stand neben Caroline, und ich weiß nicht mehr, was ihn auf die Palme brachte – die Flüche oder die Aufmerksamkeit, die meiner Schwester erwiesen wurde –, jedenfalls drängte er sich vor sie und sagte: „Wenn Sie den Wagenmeister und geistlichen Führer dieser Herde suchen, der bin ich, Euer Ehrwürden."

Dann schüttelten er und Alte Zeltbahn sich die Hände, und Alte Zeltbahn kramte aus einem perlenbestickten Beutel, den er irgendwo auf seinem Bauch hängen hatte, einen verdreckten, zerknitterten Zettel, auf den irgendein weißer Witzbold folgendes gekritzelt hatte:

„Der dah ist Nahrben-Wannst Der ist ein guter Indjaner

und bahdet einmahl im Jahr obbers nötich hat oder nich. Er wirt Ihnen unter keine Umstenden den Halls abschneiden Solang Sieh ihm ein Geweer aufs Herrtz sezen, dass soo schwarrtz ist wie sein aarsch.

Ihr errgehbener
Billy B. Darn"

Der Häuptling hielt das ganz eindeutig für eine Empfehlung, denn er sah stolz aus, als mein Bruder Bill den Wisch auf die Bitte meines Paps' hin laut vorlas (deshalb glaube ich, wie schon gesagt, daß mein Paps selber nicht lesen konnte; aber das liegt schon über hundert Jahre zurück, und ich kann mich nicht mehr an alles erinnern).

Paps war ein rücksichtsvoller Mensch gegen Fremde, besonders wenn sie Wilde waren; darum tat er so, als würde was Gutes auf dem Zettel stehen, und lud das ganze Pack zu einem Gläschen ein, was die Cheyennes, glaube ich, erst nicht kapierten. „Whisky" hätten sie gleich kapiert, aber Paps drückte sich irgendwie umständlich aus, „Willkommenstrunk" oder so was, und ihnen ging immer noch kein Licht auf, als Troy und unsere Männer mit den Krügen rausrückten. Verstehen Sie, ein Indianer hält einen Weißen für völlig übergeschnappt, wenn er ihnen Schnaps gibt und sich keinen gehörigen Vorsprung verschafft. Händler hoben das Whiskygeschäft bis zuletzt auf, dann erst rückten sie die Fässer raus und ritten weg, so schnell sie konnten.

Die Indianer geben allen voran zu, daß sie keinen Schnaps vertragen können, und sogar schon damals versuchten manche Häuptlinge ihre jungen Männer davon abzuhalten, wenn auch ein rothäutiger Führer nicht mehr tun kann, als Ratschläge geben, und die werden oft überhört. Alte Zeltbahn konnte es einfach nicht fassen, daß zehn weiße Männer, einschließlich der Burschen, von denen bloß die Hälfte bewaffnet war, mit nur zwei Pferden und sieben Wagen, auf denen zwölf Frauen und Mädchen und acht kleine Kinder saßen, zwei Dutzend Cheyenne-Kriegern auf der offenen Prärie Whisky anbieten könnten. Wenn ihm das nämlich aufgegangen wäre, hätte er meinen Paps bestimmt gewarnt, ehe er den ersten Schluck trank, denn so anständig sind Indianer. Sie fühlen sich überhaupt nicht schuldig, wenn sie was unter dem Einfluß von Alkohol tun, weil sie ihn als eine geheimnisvolle Macht ansehen wie einen Tornado – und es ist kein Grund vorhanden, sich Vorwürfe zu machen, wenn man einen Kerl erschlägt, weil ein Wirbelwind einen hochreißt und man dadurch auf dem Armen landet; aber wenn man das kommen sieht, rät man ihm, lieber zu verduften. So sind nun mal Indianer, wenn sie sich vollaufen lassen und gegen einen persönlich eigentlich nichts haben.

Alte Zeltbahn nahm den Blechbecher, den mein Paps ihm hinhielt und leerte ihn in einem Zug, als wäre es Wasser oder kalter Kaffee, wobei er seinen Kopf so weit in den Nacken warf, daß sein Zylinder runterfiel. Das Gesöff war schon in seinem Bauch, bevor er kapierte, was es war, und er wurde gewissermaßen im selben Augenblick, wo es ihm dämmerte, davon besoffen, und seine Augen wurden flüssig wie zwei rohe Eier. Er plumpste rücklings hin und strampelte so toll, daß sein einer Mokassin fortflog und gegen unsere Wagenplane prallte. Seine Flinte fiel hin, die Mündung nach unten, und bekam Dreck in den Lauf, doch davon später mehr.

Mittlerweile nahmen unsere höflichen Männer keine Notiz von ihm, sondern versorgten die übrigen Indianer. Da sie keine weiteren Becher gebracht hatten, reichten sie grinsend und händeschüttelnd die Krüge rum, und Troy war so begeistert von seiner Idee, daß er den Kriegern auf die Schultern klopfte, als wären es Saufkumpane in einem Saloon. Schon mit meinen zehn Jahren merkte ich, daß die Cheyennes daraus nicht schlau wurden: mit der einen Hand schenkt man ihnen was und mit der anderen schlägt man sie, und all das tut ein Wesen einer anderen Rasse – so was macht einen Indianer an seinen Sitten und Gebräuchen irre, wie es auch bei einem Gaul der Fall wäre, wenn man ihn beim Füttern schlagen würde.

Die anderen fielen nicht so schnell besoffen um wie Alte Zeltbahn, bei dem es mehr an der Überraschung als am Schnaps lag. Sie hatten ihm zugeschaut und waren irgendwie darauf vorbereitet – soweit eine Rothaut das sein kann –, darum trat die Wirkung stufenweise ein: erst überschwengliche Dankbarkeit, als sie den Krug bekamen, dann

Verblüffung, als Troy ihnen auf die Schultern klopfte, schließlich zunehmende Begeisterung, als das Zeug in ihrem Magen brannte – all das ging ziemlich ruhig vor sich, bis auf das „Hau, hau“ und beifälliges Gemurmel.

Wir wären nach der ersten Runde noch mit heiler Haut davongekommen, wenn Alte Zeltbahn nicht wieder zum Leben erwacht wäre; er stand auf und gab zu verstehen, daß er sein scheckiges Pony, seinen Zylinder, seine Regierungsmedaille, seine Flinte, ja alles bis auf seinen Lendenschurz gegen einen zweiten Schluck eintauschen wollte.

„Lassen Sie nur“, sagte Paps. „Unsere Gastfreundschaft kostet einen Wüstenpatriarchen nichts. Ich wollte, ich könnte Hebräisch!“ Mit diesen Worten gibt er dem Häuptling einen vollen Krug für sich allein.

Troy bietet einem plattnäsigen Krieger einen zweiten Schluck an und klopft ihm auf die Schulter. Dieser Kerl, Büffelnacken heißt er, schluckt langsam, reicht den Krug zurück, verzieht das Gesicht wie bei entsetzlichem Gestank und fängt an wie ein Kojote bei Vollmond zu heulen. Alle sind gerade still, so daß es wirklich komisch klingt, und zwischen zwei Zügen aus seinem eigenen Krug holt Alte Zeltbahn tief Luft und glotzt Büffelnacken glasig an, was dem offenbar nicht gefällt, denn er zückt seinen eisernen Tomahawk und stürzt sich auf den Häuptling. Der legt seine alte Flinte an und schießt auf den anderen, aber – erinnern Sie sich? – Dreck verstopft die Mündung, und der Lauf platzt wie eine reife Banane fast bis zum Hahn auf.

Trotzdem erschrickt Büffelnacken bei dem Knall, zumal er nicht gleiches mit gleichem vergelten kann, weil er keine Feuerwaffe hat, sondern nur ein Bogen mit einem Köcher voll Pfeilen über seiner Schulter hängt. Er dreht sich also langsam um, leckt sich die Lippen und erblickt Troy, der einem jungen Krieger namens Schatten-Der-Sichtbar-Wird Erfrischung anbietet (diesen Namen habe ich natürlich später erfahren). Büffelnacken mustert kurz Troys Rücken und klopft dann mit der linken Hand darauf, wie es Troy bei ihm getan hat. Der Weiße dreht sich herzlich um wie unter Freunden (er und Paps und unsere anderen Männer haben den Schuß überhört), und Büffelnacken spaltet ihm mit dem Kriegsbeil die Stirn. Es war übrigens so ein Tomahawk, der am stumpfen Ende einen Pfeifenkopf hat, aus dem man rauchen kann, wenn man ein Loch durch den Stiel bohrt.

Schatten-Der-Sichtbar-Wird fängt mit stumpfem Blick den Krug von Troy auf, als der umfällt. Büffelnacken packt Schatten, der schmettert ihm den irdenen Krug so heftig ins Gesicht, daß er zerbricht und beide vor Schnaps triefen.

Von da an wird das Handgemenge allgemein und der Krach barbarisch: Geschrei, Geheul, Gejammer und Gekreisch, das Kratzen von Stahl über Knochen, das dumpfe Geräusch aufgeschlitzten Fleisches, der Knall von Gewehren, das Absirren der Pfeile und das Peng, wenn sie ihr Ziel treffen.

Die Frauen und wir Kinder blieben bei den Wagen, und wenn ich auch meinen Paps in diesem Tumult nicht erkennen konnte, seinen Ruf hörte ich deutlich über dem ganzen Krawall: „Brüder, wo habe ich gefehlt?" Dann gab er seinen Geist auf. Am nächsten Morgen sah ich ihn wieder: er war wie eine Haut, die getrocknet wird, mit lauter Pfeilen an den Boden genagelt. Seinen Skalp hatte er aber noch, denn hier ging es um Whisky und nicht um Krieg, und weil die Indianer nicht so recht bei Verstand waren, sammelten sie keine Trophäen. Sie kämpften untereinander genauso wie mit den Weißen, und Knochenhügel schoß mit so einer Zündhütchenpistole Weißem Gegenteil den Hinterkopf ab, so daß sein Gehirn wie Wasser aus einer durchlöcherten Feldflasche floß; bevor er zusammensackte, torkelte er noch eine ganze Weile herum und klammerte sich an den Krug, der ihn das Leben kostete, und den Knochenhügel schließlich dem Toten aus den Händen hacken mußte.

Unsere übrigen Männer bissen ins Gras, ohne sich groß zu wehren. Weit drüben erkannte ich Jacob Worthing an der Unterseite seiner Stiefel, denn die hatte er in Laramie neu besohlen lassen. John Clairmont aus Illinois lag mit dem Kopf zu den Wagen hin: den erkannte ich an seiner Glatze.

Nachdem die Weißen abserviert waren, schlürften die Cheyennes noch eine ganze Weile die Krüge leer und ließen die Frauen und Kinder links liegen. Dadurch brachten Worthings Frau und Kind es fertig, sich aus dem Staub zu machen: sie packte ihr Kind und rannte, während sie die Wagen als Deckung zwischen sich und den Indianern benützte, auf die beschneiten Laramie Mountains in der Ferne zu, die freilich ganz nah aussahen – so wirken nämlich Berge in der Prärie. Man konnte Mrs. Worthing und Kind noch eine Meile lang erkennen, ihr Auf und Ab zwischen Hügelkämmen und Hügeltälern; schließlich verschwanden sie hinter einem Kamm, und ich habe nie wieder was von ihnen gehört. Wir übrigen waren wie vom Donner gerührt und weinten nicht einmal.

Aber der kleine Troy raffte sich plötzlich zu einer Verzweiflungstat auf. Er rannte zur Leiche seines Vaters, zog ein Metzgermesser aus der Scheide im Gürtel und hieb damit einem riesigen Cheyenne in die Seite, der gerade zwischen den Zügen aus einem Krug einen versoffenen Grabgesang lallte. Ein Indianer bewundert solchen Mumm in einem Kind, und wenn der Kerl nicht voll gewesen wäre, hätte er ihm vielleicht was geschenkt und einen tapferen Namen gegeben, aber er war vom bösen Geist besessen, deshalb hob er die Lanze, an die er sich gelehnt hatte, und spießte den Knirps mit der Spitze auf, die hinten an seinem blauen Hemd mit einem knallroten Fleck wieder rauskam.

Der Knirps wäre vor einem Jungen seines Alters weggelaufen, aber er stürzte sich auf einen sechs Fuß großen Wilden. Ich glaube, die anderen Kinder hielten damals meine Wenigkeit für einen Tyrannen, wenn ich auch nur ein Federgewicht und klein wie ein Spatz war, denn ich war der Jüngste in meiner Familie und bekam von meinen Geschwistern oft tüchtig eins auf den Deckel, was ich dann an denen ausließ, die nicht mit mir verwandt waren. Aber ich muß gestehen, daß ich in die Hosen machte, als ich sah, wie die Indianer mit den Weißen umsprangen.

Etwa ein Dutzend Indianer war noch bei Bewußtsein, als es keinen Tropfen Whisky mehr gab, wenn manche auch wie tot dalagen oder verwundet waren und den Himmel anglotzten. Andere hockten auf ihren dürren Schenkeln und starrten glasig in die Gablung ihrer Beine, und ein paar winselten wie geprügelte Hunde. Alte Zeltbahn kauerte da und hatte sein gefurchtes Gesicht Caroline zugedreht. Nach dem ganzen Krawall, den er höchstens ausgelöst hatte, ohne sich sonst daran zu beteiligen, weil er sich in seinen eigenen Krug vertiefte, versuchte er, sie zu durchschauen, denn meine Schwester hatte ihn, glaube ich, nicht mal beim schlimmsten Gemetzel aus den Augen gelassen. Seit einem Jahr oder so war sie ein bißchen komisch, irgendwie scharf auf Männer, aber auf einzelne, und beileibe keine Hure.

Büffelnacken zertrümmerte den letzten Krug mit seinem Tomahawk und leckte jede Scherbe einzeln ab. Er hatte den breitesten Mund, den ich je bei einem Menschen erblickt habe, und seine schon von Natur aus platte Nase war nun noch platter gequetscht worden. Für einen Cheyenne hatte er große Augen. Er richtete sie auf uns und musterte uns Stück für Stück.

Außer Mrs. Worthing und ihrem Jungen hatte niemand versucht, sich davonzumachen; und außer dem kleinen Troy hatte sich keiner in den Kampf gestürzt. Man sah keine schießenden Pionierfrauen in unserem Wagenzug. Selbst Caroline konnte bloß mit ihrer Ochsenpeitsche umgehen und sonst mit keiner Waffe. Die hielt sie die ganze Zeit am Stiel in ihrer linken Hand, und die lange Schnur ringelte sich hinter ihr auf der Prärie. Zielscheiben gab es zwar in Hülle und Fülle, aber sie starrte eben nur den alten Häuptling an.

Eins unserer Paare stammte aus Deutschland, wir nannten sie alle Dutch Rudy und Dutch Katy, sie waren nur zu zweit, Kinder hatten sie keine. Runde, rotbäckige Typen, jeder zwei Zentner schwer, und sie hatten auf der wochenlangen Fahrt kein einziges Gramm abgenommen, weil ihr ganzer Wagen voll Kartoffeln war. Ich konnte den Bauch von Dutch Rudy wie einen Hügel auf der Prärie vorstehen sehen. Dutch Katy lehnte sich an ihren Wagen, zwei weiter von unserem, sie trug einen blauen Sonnenhut, und wo ihr Haar rausguckte, war es blond und fein wie Maisfäden. Wie alle Frauen von damals sah sie in ihrem Kleid ziemlich unförmig aus, nur hatte sie erheblich mehr aufzubieten. Sie war ein dicker Fleischkloß, und an ihr blieb Büffelnackens Blick hängen.

Er torkelte auf sie zu, und Katy wußte, daß er es auf sie abgesehen hatte und fing an, auf deutsch um Gnade zu flehen, aber bald stellte es sich raus, daß er sie nicht töten wollte, wenigstens nicht, bevor er sie vernascht hatte, und deshalb schmolz sie wie Butter in der Sonne hin, und Büffelnacken zerrte so lange an dem Kattun und dem Zeug darunter, bis ihre dicken Schenkel bloßlagen. Dann zwängte er sich ganz rothäutig, verdreckt, blutig, verschwitzt dazwischen und schnaubte dabei wie ein Maultier. Dutch Katy hatte wie all ihre Landsleute einen Sauberkeitsfimmel. Sie wusch sich bei jedem Halt, badete aus Anstand immer mit einem weiten Hemd im Fluß und entrann öfters nur um ein Haar dem Treibsand, wovon der Platte River voll ist. Ich erinnere mich, daß man ihr mal eine Rettungsleine zuwerfen und sie mit einem Ochsen rausziehen mußte.

Was da vorging, löste einen allgemeinen Sturm der Cheyennes auf unsere Frauen aus, und weil es mehr Wilde als Weiber gab, fing der Kampf, den man um den Whisky geführt und gerade erst beendet hatte, von vorne an, und wieder fällte ein Indianer den anderen, aber es blieben genug übrig, um die Witwe von Troy und Clairmont sowie die Jackson-Schwestern zu bespringen – und wenn Sie vielleicht meinen, daß die Opfer aufschrien, dann irren Sie sich gewaltig: während die einen vorgeknöpft wurden, schauten die anderen umringt von ihren Kindern zu, als warteten sie nur darauf, selber an die Reihe zu kommen.

Caroline wachte endlich auf, als Gefleckter Wolf sich an meine Mama ranmachte. Sie rief Alte Zeltbahn was zu, der bloß grinste. Mein fünfzehnjähriger Bruder Bill und Tom, der zwölf war, rissen sich los und krochen zwischen die Eimer, die unter dem Wagen baumelten. So blieb nur ich in meinen nassen Hosen mit meinen beiden Schwestern, Sue Ann, dreizehn, und Margret elf, zurück, und wir klammerten uns an Mama.

Caroline versuchte nochmals, den Häuptling zum Einschreiten zu bewegen, aber wahrscheinlich wußte er gar nicht, was sie wollte, und auch wenn er es gewußt hätte, hätte er bestimmt nichts dagegen tun können; der Schatten von Gefleckter Wolf, einem riesigen Indianer, fiel schon auf uns, und sein Gestank stieg uns in die Nase. Meine Mama stöhnte und betete. Ich sah auf und in das Cheyenne-Gesicht, das gar keinen grausamen oder geilen Ausdruck hatte, wie man oft meint, sondern eher was Verträumtes und Heiteres, als wäre seine Lust willkommen.

In diesem Augenblick schlängelte sich Carolines schwarze

Peitschenschnur um seinen Hals, zerriß seine Kette aus Bärenkrallen, und er fiel rücklings um, schlug mit dem Kopf auf einen Fels und rührte sich nicht mehr.

„Mama, kletter mit den Kleinen auf den Wagen", sagte Caroline kühl, während sie ihre Schnur zu einer großen Schlinge zusammenrollte. „Keiner von den Wilden da wird dich weiter belästigen." Caroline war völlig gefaßt, als sie das sagte; sie war genauso arrogant wie mein Paps.

Alte Zeltbahn zeigte auf den leblosen Körper von Gefleckter Wolf und schüttelte sich vor Lachen. Einerseits reizte das Caroline, andererseits freute sie sich drüber, und sie knallte irgendwie neckisch mit der Peitsche nach dem Häuptling. Er plumpste mit gespreizten Armen auf den Rücken und lachte die Sonne aus offenem Mund an, der finster wie eine Höhle voll Fledermäusen war. Sein einer Fuß war noch immer nackt, und seine geplatzte Flinte lag neben ihm wie das Gerippe eines aufgespannten Regenschirms.

Mama tat, was Caroline sagte, raffte uns Kinder zusammen, auch die beiden Feiglinge unten im Ochsenmist, und wir krabbelten in den Wagen, wo wir alle Platz fanden, obwohl zwischen den Möbeln, Kisten und Säcken, unseren einzigen weltlichen Gütern, eigentlich keiner vorhanden war. Toms Schuh ragte mir ins Gesicht, was ziemlich Ekelhaftes, wenn man bedenkt, worin er damit rumgetappt war, und ich wand mich um ein Faß voll Geschirr, das früher für Salzheringe gedient hatte und immer noch danach stank, aber wir mußten froh sein, überhaupt noch zu leben, so daß keiner murrte.

Dort harrten wir den ganzen Nachmittag aus – wir fühlten uns wie in einem Sack, der in der prallen Sonne lag, denn der ganze Krimskrams im Wagen schnitt uns die Luft ab und ließ keine frische rein. Draußen verstummte der Lärm nach einer Stunde, und am Spätnachmittag raffte Bill seinen Mut zusammen, hob die Seitenplane ein Stück hoch, guckte drunter raus und meldete, daß er niemand sehen konnte.

Wir fuhren alle zusammen, als draußen der Bock quietschte, weil jemand raufstieg, aber schon steckte Caroline den Kopf durch die Öffnung in der Plane und sagte: „Alles ist ruhig, meine Lieben. Ihr bleibt, wo ihr seid, und braucht keine Bange haben. Ich halte hier oben die ganze Nacht Wache."

Mama flüsterte: „Kannst du irgendwas für deinen armen Paps tun, Caroline? Was ist aus ihm geworden?"

„Er ist mausetot", sagte Caroline ziemlich angewidert, „und alle andern auch, und ich hatte schon genug damit zu tun, die Aasgeier von ihnen wegzuscheuchen."

„Wißt ihr", sagte Mama zu uns allen, „er wäre noch am Leben, wenn er Zeit gehabt hätte, dies Hebräisch zu lernen."

„Ja, Mama", sagte Caroline und zog sich zurück.

Nach einer Weile gelang es mir, einzunicken, und ich schlief um die Tonne rum bis zum Morgen, da pikte mich Sue Ann mit einem Spatenstiel wach, den sie irgendwie durch das Gerümpel zu mir durchgestochert hatte. Alle anderen waren schon draußen auf den Beinen, und ich krabbelte wie gerädert und völlig benommen raus, wo ich erst wieder zu mir kam, als ich Boden unter den Füßen hatte und Geschaufel hörte. Die überlebenden Frauen – und das waren, glaube ich, alle, denn sie waren so klug gewesen, sich nicht zu sträuben, und hinterher hatten die besoffenen Indianer keine Kraft mehr zu neuen Gewalttaten und machten schlapp – schaufelten mit der Hilfe der älteren Kinder Gräber.

Schon gestern, bevor es dunkel wurde, hatten bei der prallen Sonne die Kojoten und Aasgeier Wind von der Sache bekommen und das Schlachtfeld heimgesucht. Das Ergebnis davon war schlimm. Weil jetzt aber Leute rumliefen, kreisten die Vögel hoch am Himmel, und die Kojoten lauerten grade außer Schußweite auf der Prärie.

Die Cheyennes waren samt und sonders fort, und ihre Toten auch. Als ich Caroline danach fragte, die nämlich behauptete, die ganze Nacht gewacht zu haben, es also wissen mußte, sagte sie: „Darüber zerbrich dir nicht den Kopf, sondern hilf lieber bei Paps."

Da sah ich meinen Paps zum letztenmal, wie schon beschrieben. Mama und die restliche Familie zogen die Pfeile aus seiner am Boden festgenagelten Leiche, und wir legten ihn in ein flaches Grab, das Caroline gegraben hatte, und schütteten es zu, und ich erinnere mich, daß wir tüchtig schippen mußten, um seine Nasenspitze unterzukriegen.

Nahbei erwies Dutch Katy auch Dutch Rudy den letzten Dienst. Sie trug ein sauberes Kleid, und ihr blondes Haar war dunkel vor Nässe: offenbar hatte sie schon im Fluß gebadet. Ich will nicht behaupten, daß ich nie einen schmutzigen Deutschen gesehen habe, aber die sauberen treiben es wirklich zu weit.

Wir hatten gerade unsere Männer unter der Erde, als jemand aufsah und wie am Spieße schrie, und da kamen die Cheyennes schon den Hang runter. Es waren diesmal nur drei, Alte Zeltbahn und zwei Krieger, von denen jeder vier reiterlose Ponys führte. Sie schienen überhaupt nichts Grausames im Schilde zu führen, aber ihr zweites Auftauchen war für die meisten einfach zu viel, und zum erstenmal fingen unsere Leute an, zu kreischen und zu flennen. Tom und Bill sausten natürlich wieder wie der Wind runter unter den Wagen. Nur Caroline machte eine Ausnahme. Ich erinnere mich, daß ich mich aus Schiß an ihre knochigen Hüften klammerte, und als ich zu ihrem Gesicht raufschaute, bemerkte ich, daß ihre Nasenflügel recht ungeduldig bebten wie die Nüstern eines Pferds, wenn's Wasser wittert.

Die zwei mit ihrer Herde blieben dreißig Yard oder so von uns stehen, während Alte Zeltbahn auf seinem braunweiß-gescheckten Pony weiterritt, um dessen Augen Kreise gemalt waren. Er hob die Hand und faselte eine Viertelstunde mit komischer Fistelstimme drauflos. Sein Zylinder war ein bißchen verbeulter als gestern, sonst sah er aber tipptopp aus.

Es ist verrückt, aber im Nu wurde bei jedem die Angst zu gräßlicher Langeweile, und genau dieselben Frauen, die gestern einfach wehrlose Opfer waren und die noch vor ein paar Minuten vor Schreck heulten, gingen mit drohenden Fäusten auf ihn los und riefen: „Fort mit dir, du alter Saukerl!“ Was zeigt, wie die Frauen nun mal sind: sie lassen sämtliche Schandtaten über sich ergehen, wenn sie daran interessiert sind, aber wenn man sie anödet, kennen sie keine Bange mehr.

Da sagte Caroline: „Regt euch ab!“ und stolzierte vor allen lang. „Kapiert ihr denn nicht, daß sie wegen mir gekommen sind? Mit den Pferden da blechen sie dafür, daß sie mich holen. Habt ihr denn gestern nicht gemerkt, daß sie mich völlig in Ruhe ließen, während sie *euch* lauter Scheußlichkeiten antaten? Sie haben mich verschont, ja, das haben sie." Die Backen meiner Schwester waren erheblich röter, als sie von der Sonne sein konnten, und sie schwenkte ihr kupferrotes Haar, als wollte sie Fliegen aus ihrem Gesicht verjagen.

„Jetzt überlaßt mich lieber ihnen", fuhr sie fort, „wenn ihr nicht wie die Männer abgemurkst werden wollt."

„Aber Caroline", fragte Mama jammernd, „für was wollen sie dich denn haben?"

„Sicher um mich teuflisch zu martern", antwortete Caroline stolz. Ich persönlich fand es komisch, daß sie damit prahlte, aber ich gab keinen Mucks von mir, weil ich sah, daß meine Schwester genau wie mein Paps war. Das arme Ding hatte sich in den Kopf gesetzt, was Besonderes zu sein.

Da sagte Witwe Walsh: „Na, dann geh schon. Ich stell mich denen da nicht in den Weg", machte kehrt, und die anderen Frauen folgten ihrem Beispiel. Sie hatten ihre Männer verloren, sie waren vergewaltigt worden und mitten in der Wildnis gestrandet: es gab nur einen Weg zurück, nämlich den, den sie seit vielen Monaten gekommen waren, so daß es sie kaum erschüttern konnte, was mit einem einzelnen Mädchen passierte.

Alte Zeltbahn saß unbeweglich auf seinem Pferd und beobachtete uns unter gesenkten Lidern. An seinem Holzsattel baumelte sein runder, mit zehn schwarzen Skalpen geschmückter Schild aus Tierhaut. Statt der geplatzten Flinte trug er jetzt eine Lanze, an deren Schaft noch ein paar Haarbüschel flatterten. Er sah gar nicht so übel aus, hatte sich zumindest in seiner Jugend sehen lassen können, wann immer das auch gewesen sein mochte; seine Zöpfe hatten jetzt graue Strähnen, und seine Muskeln waren zäh. Das Alter eines Indianers läßt sich zwar schwer schätzen, aber bei ihm konnte man schon die Siebzig riechen. Er hatte eine lange Hakennase, und seine Mundwinkel bogen sich irgendwie verschmitzt nach oben, doch seine Augen waren traurig. Meistens setzte er eine gutmütige Miene auf. Man konnte nicht behaupten, daß er gefährlich aussah; eigentlich wirkte Caroline bei der Gelegenheit viel mehr wie eine Wilde.

Früher war sie eine richtige Range gewesen, aber sie wurde langsam älter, und die Männer in Evansville sahen in ihr bloß einen Kameraden. Sie hatte sich in den Schmied dort vergafft, einen Witwer von Vierzig, und lungerte dauernd bei der Schmiede rum, aber das höchste der Gefühle war, daß sie einem Pferd den Huf halten durfte, wenn er es beschlug. Dann kam so ein Bauernsohn dran: ich glaube, daß sie eine Weile zusammen Mist ausstreuten, Heu harkten und so weiter. Nicht mal die fahrenden Händler, von denen behauptet wurde, daß sie sogar eine Schlange vernaschten, wenn jemand ihr den Kopf festhielt, gönnten ihr einen Blick als Frau. Weiße Männer hatten ihr nicht viel Gutes getan, verstehen Sie, und jetzt hatten sich auch noch Paps und die anderen vom Wagenzug umbringen lassen.

Das erwähne ich nur, um Carolines komische Tour von damals zu erklären. Ich glaube, sie fühlte sich direkt beleidigt, weil sie nicht vergewaltigt worden war.

„Na schön, Caroline", sagte Mama in ihrem langen, verwaschenen Kleid; sie sah mit ihrem Sonnenhut wie so ein Püppchen aus, das man aus einer Stockrose machen kann, wobei die Knospe der Kopf ist. Meine Mama war klein, nur fünf Fuß und etwas, und meine Körpergröße habe ich sicher von ihr. „Na schön, Caroline, wir müssen wohl zurück nach Laramie. Dort erzähl ich den Soldaten die ganze Geschichte, und dann holen sie dich wieder."

„Darauf würde ich mich nicht verlassen", erwiderte Caroline. „Indianer verstehen sich prima darauf, ihre Spuren zu verwischen."

„Na, dann mußt du eben dann und wann einen Knopf oder ein Stück von deinem Hemd als Spur fallen lassen."

Caroline wischte sich ungeduldig den Schweiß von der Stirn und rieb sich die Hand am Hosenbein ab. Sie glaubte vermutlich, daß Mama versuchte, die Gefahr zu schmälern und den Ruhm, den sie sich für ihre Person ausgedacht hatte. Das Ergebnis davon war, daß es mir an den Kragen ging.

„Vielleicht verstümmeln sie mich nicht für immer", sagte Caroline. „Vielleicht wollen sie nur Lösegeld für mich haben. Ich nehme nicht an, daß sie mich ermorden, denn warum soll sonst auch Jack mitkommen?"

Das fürchterliche Gejammer stammte aus meinem eigenen Mund, wie ich bald feststellte. Es hatte angefangen, als ich meinen Namen hörte.

Ich muß zu ihren Gunsten sagen, daß Mama zum Pferd von Alte Zeltbahn ging und ihn anbettelte, mich nicht mitzunehmen, weil ich ihr Jüngster war und erst zehn und so mager. Er nickte mit Gefühl, aber als sie fertig war, winkte er seinen Männern, die ritten ran und banden die acht Pferde allesamt an unseren Wagen, als wäre das Geschäft erledigt. Was dann folgte, wäre sicher nicht passiert, wenn die Indianer nicht noch ein bißchen rumgelungert hätten, weil sie auf eine Tasse Kaffee hofften! Indianer verstehen nun mal Weiße nicht, und umgekehrt verhält es sich genauso.

„Bill wird eins der Ponys nehmen und wie der Blitz zu den Soldaten reiten", sagte Mama und drückte mich an sich. „Denk nicht schlecht von deinem Paps, Jack. Er hat sein Bestes getan, wenigstens nach seiner Vorstellung. Wenn die Indianer jetzt dich und Caroline mitnehmen, wollen sie vielleicht auf ihre Art gutmachen, was sie gestern angerichtet haben. Ich glaube nicht, daß sie schlechte Leute sind, Jack, sonst hätten sie nicht die Pferde mitgebracht."

Da hatte man es. Niemand fiel es ein, Caroline zu fragen, woher sie denn wußte, was die Cheyennes vorhatten, wo sie doch überhaupt nicht ihre Sprache verstand. Eine Zeitlang hatte ich meine Mama im Verdacht, daß sie uns tatsächlich los sein wollte, denn die Soldaten kamen nie; bis ich dann ein paar Jahre später rausfand, daß Bill nach Laramie zurückgeritten war, das Pferd verkauft hatte, für die Händler arbeitete und weder der Armee die Sache mit uns meldete noch zu den Wagen zurückkehrte. Nein, meine Mama meinte es gut, aber sie hatte nicht viel Grips. Mein Paps war verrückt, und mein Bruder war ein Verräter. Blieb noch Caroline. Die Familie als solche taugte sicher nicht viel, aber ich war nur so kurz bei ihr.

Mama gab uns beiden einen Kuß, und Caroline schwang sich auf eins der Ponys, die die Indianer gebracht hatten, und zerrte mich hinter sich drauf. Die anderen Kinder winkten stumm, Feigling Bill grinste dreckig. Alte Zeltbahn trödelte in unserer Nähe auf seinem Pferd rum, grunzte komisch und hielt sich die Hand vor den Mund. Damals wußte ich noch nicht, daß Indianer so ihr Erstaunen zeigen – sie sperren den Mund auf und halten ihn rasch zu, damit ihre Seele nicht rausspringt und wegrennt.

Dann setzte er zu noch so einer Rede an, aber Caroline winkte ihn zu sich, bohrte dem Reittier die Hacken in die Seite, es scheute unter dem ungewohnten weißen Hintern, und wir sausten wie eine Kanonenkugel nach Norden ab.

Auf einem Hügel riß sie es mit dem Zügel zurück und wartete auf die drei Cheyennes, die keine Eile hatten, daß muß ich zu ihren Gunsten sagen. Dann ritten wir runter zum Fluß, der war gelb und reißend vom Frühjahrsregen, die Ponys schwammen rüber, ich klammerte mich an den Schwanz von unserm und wirbelte daran um meine eigene Achse wie ein Köder an einer Angelschnur.

2.
Gekochter Hund

Am anderen Ufer zog mich Caroline wieder auf die Kruppe des Ponys und sagte ganz schmachtend und romantisch, was mir bei ihr völlig neu war und mich gerührt hätte, wenn ich vor Angst nicht ganz benommen und jetzt nicht auch noch vom Schlammwasser des Platte durch und durch naß gewesen wäre: „Jack, vielleicht werde ich eine Indianerprinzessin mit lauter Federn und Perlen."

Geritten hatte ich nie viel, und mir tat schon mein Hintern und mein Gekröse weh von dem Gehoppel bei jedem Schritt; und wenn ich die Hacken dem Viech in die gelben Flanken bohrte, blähte es seinen Bauch und wollte seinen Arsch unter mir raus winden. Ich konnte mich mit dem Viech nicht anfreunden, was schade war, weil es mein einziges Beförderungsmittel in einem weiten und fremden Land war, wo es von Wilden nur so wimmelte.

Einer von ihnen kam gerade an unsere Seite, nämlich Alte Zeltbahn selbst, dessen Persönlichkeit sich durch das Überqueren des Flusses verändert hatte. Später fand ich raus, daß es bei ihm mit dem Platte was Besonderes auf sich hatte, weil er den als Südgrenze seines Gebietes ansah, und wenn er auf der anderen Seite war, verließen ihn alle guten Geister, aber im Norden wurde er wieder normal, was das auch immer heißen mochte. Jedenfalls war er kaum aus dem Wasser raus, als er uns unter seinem Zylinder streng anguckte, mit dem Finger über seine knochige Schulter zeigte, von der die Decke runtergerutscht war, als wollte er damit sagen: „Macht daß ihr nach hinten kommt!" und trabte mit seinem Pony das Ufer hoch.

Wir hinter ihm her. Unser Gaul mußte wegen seiner doppelten Last ein paarmal Anlauf nehmen, bevor er den Abhang schaffte – nicht so sehr, weil ich viel Übergewicht darstellte, sondern einfach, weil er keine Gelegenheit versäumte, mich fühlen zu lassen, daß ich ihm lästig war.

Wenn Indianer reisen, schlägt jeder von ihnen seinen eigenen Weg ein – ganz nach seiner Laune. Die zwei Krieger, die mit dem Häuptling gekommen waren, überquerten den Fluß woanders als wir. Einer ritt hundert Yard oder so runter und schwamm da mit seinem Pony rüber, der andere ging eine Meile oder so rauf, dort machte der Fluß einen Knick, und wir verloren ihn aus dem Auge. Vermutlich kannte er eine bessere Stelle. Eine Stunde lang ließ er sich nicht mehr blicken, bis wir über einen Kamm kamen, da hockte er auf dem Boden, und sein Pony graste in seiner Nähe. Alte Zeltbahn gönnte ihm keinen Blick, und der Krieger erwiderte das Kompliment. Er fing freilich an, so jämmerlich zu singen, daß wir es noch ein ganzes Stück hören konnten, als er von weitem bloß noch wie ein winziger Busch aussah.

Nachdem ich eine Zeitlang bei den Cheyennes gelebt hatte und ihre Eigenarten kannte, fiel mir dieser Zwischenfall ein, und da wußte ich, daß der Kerl seine „Stimmung" gehabt hatte. Irgendwas war ihm gegen den Strich gegangen – vielleicht war die Furt, die er benutzte, voll Treibsand, oder ein Frosch am Ufer hatte ihn beschimpft – und so schleppte er sich niedergeschlagen weiter, wollte sterben, setzte sich hin und sang seinen Sterbegesang. Früher, bevor die Weißen auftauchten, kamen die Indianer nur im Kampf oder vor Schande um. Aber die Weißen brachten lauter Krankheiten mit sich mit – wie die Pocken, die den ganzen Mandanstamm ausrotteten –, und da hatte es keinen Sinn mehr, aus moralischen Gründen zu sterben, deshalb ließ man es meistens sein, wenn auch manche Dickköpfe wie unser Freund es noch dann und wann probierten.

Offenbar klappte es diesmal nicht, denn ich sah den selben Kerl am nächsten Tag im Lager wieder, wo er sich in einem kleinen Taschenspiegel beguckte und sich Barthaare mit einer Knochenpinzette ausriß. Seine Eitelkeit hatte den Sieg davongetragen, also mußte er über seinen Tiefpunkt weg sein.

Der Ritt wurde ein bißchen erträglicher, weil der Häuptling gemütlich vor uns her trabte und jede halbe Meile oder so anhielt, sich zu uns umdrehte und Zeichen mit der Hand machte und dabei Laute in seiner Heidensprache ausstieß –

was Caroline als Komplimente an ihre Adresse und solchen Quatsch auffaßte. Dann starrte er uns traurig an und ritt weiter.

Hier sollte ich lieber ein bißchen das Geheimnis lüften, sonst bleibt Ihnen völlig unklar, was Alte Zeltbahn und mir erst viel später aufging. Was Caroline zu wissen meinte oder sich einbildete, darüber brauchen wir uns weiter keine Gedanken zu machen, denn sie war immer ziemlich durchgedreht.

Hauptsache war, daß der Häuptling *mich und Caroline dort bei den Wagen gar nicht kaufen wollte*. Er hatte nur stundenlang das Gemetzel erklärt und jede Verantwortung der Cheyennes daran abgelehnt; weil er aber ein anständiger Kerl war, weil er damals noch eine Schwäche für Weiße hatte und weil er sich auch vorstellen konnte, daß die Geschichte bei den Truppen in Laramie ein schlechtes Licht auf ihn werfen würde, hatte er die Pferde als Schadenersatz für die getöteten Männer gebracht.

Da waren wir also, wegen Carolines Hang zur Romantik und wegen ihrer Begabung, vorschnell Schlüsse zu ziehen, was sie von unserem Paps geerbt hatte, und trabten mit fürchterlich falschen Vorstellungen hinter Alte Zeltbahn über die Prärie. Der Häuptling dachte, daß wir an seinen Fersen klebten, um ihm noch mehr abzuluchsen, und seine Reden, wenn er anhielt, richteten sich nur gegen unsere Ungerechtigkeit, ihn wie Kojoten zu hetzen, was die übrigens manchmal meilenweit tun.

Caroline gaffte ihn verliebt an, und der arme Indianer faßte das als Blick reinster Erpressung auf. Später hatte ich Alte Zeltbahn sehr gern. Er hatte mehr Pech als je ein Mensch, den ich getroffen habe, egal ob weiß oder rot, und das trägt mehr als alles andere dazu bei, jemanden gern zu haben.

Wie gesagt, keiner von uns begriff die Situation, aber ich und Caroline waren wesentlich besser dran als der Häuptling, denn wir wollten ja nur von ihm, daß er in nächster Zukunft für uns aufkam, wogegen er schließlich meinen mußte, daß wir böse Geister waren und nur auf die Dunkelheit warteten, um ihm den Verstand zu rauben; und beim Reiten murmelte er Gebete und Beschwörungen, flehte schlechte Medizin auf uns herab, aber bei seinem ewigen Pech entdeckte er nicht einen einzigen Tierbruder, der ihm bei seinem Zauber helfen konnte – zum Beispiel die Klapperschlange oder den Präriehund –, bloß das Kaninchen, mit dem er es schon seit langem verdorben hatte, weil er nämlich mal ein Präriefeuer, das schon so nah an den Zelten dran war, daß es die Häute ansengte, zu dem Karnickelbau lenken mußte, um es von seinem eigenen Lager wegzubannen. Seit dem Vorfall kannten ihn alle Kaninchen genau, und wenn sie ihn allein trafen, setzten sie sich auf ihre langen Hinterläufe und sagten: „Wir denken schlecht von dir." Sie riefen ihn auch bei seinem richtigen Namen, und das ist das Schlimmste, was man einem antun kann, und dann hoppelten sie weg und zeigten ihm je nachdem ihren weißen oder ihren schwarzen Schwanz, denn beide Arten hatten eben was gegen diesen Indianer.

Und das will ich Ihnen sagen: in meinem Leben habe ich nie so viele verschiedene Tiere gesehen wie in der Gesellschaft von Alte Zeltbahn. Er brauchte nur die Spitze seines Mokassins aus dem Tepee oder Wigwam stecken – und schon sprangen sie im weiten Umkreis massenweise rum wie Funken, wenn man ein heißes Hufeisen in die Esse wirft.

Aber das beste Mittel, sich gegen so was Aufdringliches zu wehren, wie ich und Caroline es ahnungslos für unseren Gastgeber waren, ist für eine Rothaut, einfach das Interesse dran zu verlieren. Wenn ein Indianer nicht bald zum Ziel kommt, langweilt er sich zu Tode und vergißt das Ganze im Nu. So auch Alte Zeltbahn, der wickelte sich nach einer Weile fester in seine Decke, weil das wohl in der prallen Sonne kühler war, als wenn er seinen nackten Rücken entblößt hätte, und ritt weiter, als wäre er die einzige Menschenseele nördlich vom Platte River.

Der dritte Krieger – der Kerl, der auf dem Weg hockte und sich einbildete, daß er sterben würde, den rechne ich als zweiten – spezialisierte sich darauf, immer eine halbe Meile weit entfernt zu bleiben, links, rechts, vorn. Ich nehme an, daß er nach Feinden ausspähte und dabei auch was zu essen suchte. Die ganze Zeit über hatten die Cheyennes vom ersten mehr wie genug und vom zweiten viel zu wenig.

So zogen wir zum Lager der Cheyennes, was nach meiner

Schätzung im Pfeilflug knapp zehn Meilen nördlich oder nordöstlich vom Platte River lag, aber unsere kleine Gesellschaft brauchte drei oder vier Stunden bis hin, wegen der Umwege des Häuptlings und seinen Bemühungen, mich und Caroline abzuschütteln.

Die Sonne hielt sich noch eine Handbreit über dem Horizont, aber die Prärie wurde unter den Hufen langsam lila. Einer der das Land kennt, kann, ohne zum Himmel zu sehen, seinen Blick auf ein Stückchen Torf konzentrieren, und das Licht, das darauf fällt, sagt ihm, wie spät es ist. Ich meine, ein Weißer. Ein Indianer kennt so einen Zeitbegriff nicht, weil er, im Sinne von Weißen, nie ein bestimmtes Ziel hat. Man kann sich vorstellen, wie Kolumbus sagte: „Ich breche lieber auf: es ist 1492, und ich muß am 31. Dezember vor Mitternacht über den blauen Ozean rübersein, sonst wird Amerika erst '93 entdeckt." Aber eine Rothaut rechnet anders. Der Ausdruck für „Tag" ist bei ihnen derselbe wie für „Schlaf". Wenn nun ein Indianer ein Stück Erde anguckt, sieht er, was für Tiere in den letzten zwei Wochen drübergelaufen, was für Vögel drübergeflogen sind und wie weit weg das nächste Wasser ist – ganz zu schweigen von all dem übernatürlichen Zeug, denn er trennt die verschiedenen Welten nicht voneinander.

Wenn ich also sage, daß Alte Zeltbahn geistesabwesend weiterritt, dann meine ich damit, daß sich das nur auf uns bezog. Sonst wußte er genau, wo er war, und gab auch mal dem umherstreifenden Krieger einen Wink – seinen Namen kann ich Ihnen übrigens verraten: er hieß Wird-Rot-In-Der-Sonne; Alte Zeltbahn zeigte zu einem Hügel hin und machte den Finger krumm. Wird-Rot schwenkte nach links ab, glitt von seinem Pony runter, knotete den Lederzügel von seinem Gürtel los und knüpfte ihn an eine Lanze, die er in die Erde steckte. Er ließ seine Decke fallen und streifte seine Leggings ab – Sie wissen schon, diese Ledergamaschen. Nur im Lendenschurz und mit Pfeil und Bogen bewaffnet, schlich er auf die Hügelkette, an deren Fuß wir andern warteten, und warf sich kurz vor dem Kamm platt auf den Bauch. Das Gras rundum war von einer großen Büffelherde zertrampelt, es hatte sich noch nicht wieder aufgerichtet, und man konnte sehen, wie er sich da langschlängelte, bis die Sohlen seiner Mokassins über den Kamm wippten und verschwanden.

Bald darauf trug der Wind das Sirren von zwei Pfeilen zu uns rüber, die von der Sehne losschnellten und das Getrappel kleiner Hufe: dann trabte Alte Zeltbahn über den Hügel, und ich und Caroline natürlich hinter ihm her. An einer Büffelschwemme, die halb voll Wasser war, hockte Wird-Rot-In-Der-Sonne. Neben ihm lag eine Gabelantilope; er schnitt ihr grade die klopfende Kehle durch, denn der Pfeil in ihrer linken Flanke hatte sie nicht getötet, sondern nur niedergestreckt. Der andere Schuß war weit daneben gegangen; immerhin hatte Wird-Rot gute Arbeit geleistet, er war nämlich bis auf fünfzig Fuß an das kleine Rudel rangekrochen, von dem die übrigen vier jetzt eine Viertelmeile weiter vorne wie der Wind davonliefen. Also ich sage Ihnen, diese Viecher können vielleicht rennen!

Als nächstes schnitt Wird-Rot der Antilope die schwarzweiße Blume vom Hintern ab und behielt sie als Schmuck für sich, denn sie war wirklich hübsch. Dann schlitzte er die Brust zwischen den Rippen auf, steckte seine Faust rein und riß das blutige, warme und noch pochende Herz raus. Das bot er mir an.

Beim Anblick dieses triefenden Fleischfetzens schreckte ich zurück, aber Wird-Rot packte mich mit einer Hand im Nacken und stopfte mir mit der anderen das Herz in den Mund. Eigentlich war das ein Zeichen der Anerkennung, denn er war selbst scharf auf frische Antilopenherzen, denen er seinen Ruhm als schnellster Läufer im Trupp von Alte Zeltbahn verdankte, aber natürlich wußte ich das noch nicht. Allerdings hatte ich Angst vor Wird-Rot-In-Der-Sonne, der seinen Namen daher hatte, weil er wie viele Indianer leicht einen Sonnenbrand bekam – im Gegensatz zu denen, die von Natur aus fast schwarz sind – und deshalb seine Backen zum Schutz mit Lehm beschmiert hatte, der, wenn er trocknet, wolfsgrau wird und unter dem mich seine kleinen Augen wie die einer Schlange anblitzten.

Ich biß einen Happen von dem blutigen Herz ab, was gar nicht so einfach war wegen der zähen Adern darin, aber den Rest ersparte er mir, indem er ihn selbst im Ganzen verschlang. Meine Übelkeit verschwand, sobald ich das rohe

Stück runtergeschluckt hatte, dessen Geschmack ich nur als lebendig und glatt beschreiben kann. Sofort summten meine Wadenmuskeln wie gezupfte Saiten, und ich hatte das Gefühl, den Wind einholen zu können, wenn wir nicht gerade wieder aufgestiegen wären; Wird-Rot hatte den Antilopenkadaver, aus dem Blut tropfte, quer hinter sich auf sein Pony geschmissen.

Alte Zeltbahn hatte die Viecher auf der anderen Seite des Hügels entdeckt, dabei konnte er sie unmöglich sehen. Aber für so was hatte er einen Riecher, der sogar für einen Indianer ungewöhnlich ausgeprägt war. Er wußte es einfach, weil er es geträumt hatte. An diesem Tag träumte er beim Reiten durch die Prärie. Dazu brauchte er weder Nacht noch Schlaf.

Nicht lange nach dem Töten der Antilope kamen wir zum Cheyenne-Lager, das an einem nur ladestockbreiten Flüßchen im kümmerlichen Schatten von drei Baumwollsträuchern lag, von denen zwei erst Schößlinge waren. Wir ritten einen kleinen Hügel rauf, damit sie erkennen konnten, daß wir es waren und keine Crows auf geklauten Cheyenne-Ponys. Alte Zeltbahn achtete sehr auf solche Höflichkeiten – anders kann man das nicht nennen, weil niemand im Lager vor Eindringlingen auf der Hut war; mindestens einmal in der Woche wurden sie von Pferdedieben aus feindlichen Stämmen mit Erfolg bestohlen, manchmal sogar am hellichten Tag.

Von dem Hügel war Folgendes zu sehen: ein gutes Dutzend Wigwams aus Häuten am rechten Ufer des Flüßchens. Auf der Wiese dahinter eine Ponyherde von dreißig Stück oder so. Im Wasser ein paar kichernde, kleine braune Nakkedeis, die sich gegenseitig naß spritzten. Ein paar gutgebaute Burschen, die zusammenhockten und rauchten, während sie sich mit Adlerfedern Kühle zufächelten; ein paar andere stolzierten dagegen aufgeputzt vor einer Gruppe von Weibern rum, die irgendwas auf dem Boden zerstampften. Ein paar Mädchen zogen aus der Prärie eine Büffelhaut voll Fladen selbigen Tiers ran, gewissermaßen das Reisig zum Feuermachen in der Prärie, wo es kaum Holz gibt. Eine dicke Frau kaute ein Stück Leder weich. Andere holten Wasser und schleppten Bündel und flickten Zeltbahnen und machten Mokassins und nähten Leggings, fransten Hemden, entmarkten Knochen, zermahlten Beeren, stickten Perlen und all das, was eine Indianerin bis zum Abend noch so tut, wo sie dann auf ihr Lager sinkt und ihr Mann sie besteigt.

Als wir zum Flüßchen runter kamen, nahm niemand im Lager Notiz von uns, aber als nach uns Wird-Rot-In-Der-Sonne als letzter mit der Antilope hinter sich durchs Wasser spritzte, gerieten die Frauen aus dem Häuschen. Später fand ich raus, daß die ganze Gesellschaft schon über zehn Tage keinen Bissen Fleisch mehr gegessen hatte und sich von Prärierüben und altem Leder ernährte und sogar Heuschrecken kaute wie die Paiuten – tiefer kann ein Indianer kaum sinken. Dabei war es spät im Frühjahr; zu der Jahreszeit wimmelte die Prärie damals noch von Büffeln, und Sie erinnern sich doch, daß das Gras auf dem Hügel beim Wasserloch von einer großen Herde ganz plattgetrampelt war. Trotzdem hatten Alte Zeltbahn und seine Leute schon über eine Woche kein Fleisch mehr gegessen. Das meine ich mit ihrem Pech.

Jetzt muß ich noch ihre Hunde erwähnen. So klein die Schar der Indianer auch war, sie hatten doch dreißig und mehr Köter, meistens eitergelbe, wenn auch sämtliche anderen Farben vertreten waren, und eine ganze Masse gefleckte. Die Meute machte dauernd einen Riesenkrach, knurrte, bellte, heulte, stritt sich untereinander, so daß sie eigentlich als Wachhunde nicht die Bohne taugten, nicht mal nachts, weil sie dann den Kojoten antworteten, die ringsum auf den Hügeln winselten, und unterdessen schlichen die Pawnees ran und schnitten ein Dutzend Ponys los, ohne daß sie auch nur von einem einzigen Köter angekläfft wurden.

Die Köter empfingen uns am Ufer, sausten den Ponys zwischen den Beinen rum und sprangen zu dem Antilopenkopf hoch, der leblos über ihnen baumelte. Aber dabei hüteten sie sich vor der Reitpeitsche am Handgelenk von Wird-Rot, der sie lässig gegen die Köter schwenkte wie ein Pferd, das mit seinem Schwanz Fliegen verjagt, deshalb bekamen sie trotz allem Bellen und Schnappen nichts zu packen. Das Geheimnis, warum ein Indianer den Hundelärm überhaupt aushalten kann, besteht darin, daß er ihn einfach überhört;

es gibt kaum schlimmeren. Das begriff ich nicht gleich, und ich mußte eine Menge durchmachen, wie eben jetzt: da war so ein dreckiger weißer Köter mit roten Augen und geiferndem Maul, der für mich eine größere Schwäche hatte wie für den Antilopenkadaver. Dieses Viech duckte sich an der linken Flanke unseres Ponys, glotzte mir ins Gesicht und zog seine obere Lefze dabei zurück, während er den Unterkiefer sacken ließ und so sein gelbes Gebiß grimmig bleckte. Caroline stieß mir die Ellbogen in die Rippen, weil ich mich so fest an sie klammerte.

„Jack, mach mir gefälligst vor unseren Freunden keine Schande", sagte sie und lächelte gezwungen die Cheyenne-Frauen an, die uns noch keines Blickes gewürdigt hatten. Ich glaube, daß Caroline schon da die Nerven verlor. Ich weiß nicht genau, was sie sich vorgestellt hatte, aber beim ersten Anblick eines Indianerlagers wird meist auch das tapferste Herz schwach. Wenn man keine Erfahrungen mit ihnen hat, denkt man: na schön, ich seh zwar die lumpigen Behausungen, aber wo ist die Stadt? Und schon der Geruch allein ist was Eigenartiges: es ist eigentlich kein Gestank, wie Weiße ihn kennen, sondern eine Menge von Gerüchen, die sich zu einer Art von unsichtbarem Dunst vermischt haben und den Platz der Luft einnehmen, deshalb atmet man bei jedem Zug alles ein, was zu Menschen und Vierbeinern gehört. Gerade jetzt stieg uns ein besonderer Duft in die Nase, weil unser Pony gerade unter uns vor sich hin pißte. Außer wenn sich so was ganz in der Nähe abspielt, herrscht kein bestimmter Geruch vor. Man war einfach von der ersten Minute an, wo sich die Lungen mit dieser Atmosphäre füllten, in einer anderen Welt.

Aber wenn man drin lebt, gewöhnt man sich dran wie an alles, und als ich das nächste Mal in eine weiße Siedlung kam, vermißte ich den Geruch von dem, was mir das Leben selber zu sein schien, und ich meinte, ich müßte ersticken.

Wird-Rot-In-Der-Sonne stieg ab und stolzierte durchs Lager, nachdem er dem Weibervolk die Antilope überlassen hatte. Die fielen darüber her und häuteten sie so schnell, wie man eine Pfeife stopft und anzündet, und zerlegten sie genau so rasch. Alte Zeltbahn ritt sein Pony zu einem großen, aber schäbigen Wigwam, dessen Häute zwischen den

Flicken verblaßte blaue und gelbe Zeichnungen aufwiesen – Strichmännchen, gekritzelte Tiere, Dreiecksberge, knopfrunde Sonnen und ähnliches Dort stieg er ab, gab den einleinigen Zügel einem Jungen, der nur in einem Lendenschurz aus Leder und Mokassins rumstand. Dann hielt sich Alte Zeltbahn die Wigwamöffnung auf und kroch fast auf den Knien rein, um bloß nicht mit seinem Zylinder anzustoßen.

„Hier sind wir sicher zu Hause", sagte Caroline. Was ich allerdings von ihrem Gesicht ablas, als sie sich im Sattel rumdrehte, war nicht gerade rosig. „Aber", fuhr sie fort, „gehört es sich für uns, ihm einfach zu folgen? Das ist die Frage."

„Caroline", antwortete ich, „mir ist ganz mies und wund vom Reiten, und mein Paps ist tot, und meine Mama ist weit weg, und dem weißen Hund hier neben mir läuft schon das Wasser im Maul zusammen. Ich habe Angst, runterzusteigen."

Da erwachten die Lebensgeister meiner Schwester wieder. „Ich laß mich doch nicht von so einem dreckigen Köter einschüchtern", sagte sie hitzig, schwang ihr Bein über den Sattel, schrammte mich dabei mit ihrem Absatz und sprang runter. Der Hund nahm überhaupt keine Notiz von ihr. Sie machte es dem Häuptling nach und gab ihren Zügel auch dem Indianerjungen, der mich mit seinen glitzernden schwarzen Augen anglotzte. Aus Rassegründen fand ich ihn nicht besonders sympathisch, aber ich zeigte mit meinem Daumen auf den Hund zu meinen Füßen, der nur darauf zu warten schien, daß ich runter kam, wo er sich bequem über mich hermachen konnte.

Der Junge war nicht auf den Kopf gefallen, kapierte, was ich wollte und gab dem Köter einen Tritt in den Hintern, daß er sich winselnd trollte. Diese Gefälligkeit verstärkte noch meine natürliche Abneigung gegen ihn, und ich hopste hochnäsig vom Pony und folgte grollgeladen Caroline, die tief Luft holte und ins Zelt ging.

Drinnen war es herrlich dunkel, wenn man vom hellen Nachmittag draußen kam, und daß man überhaupt was sehen konnte, lag nur an dem kleinen Büffelfladenfeuer mitten auf dem Boden und an dem bißchen Licht, das durch das Rauchloch oben am Kegel reinfiel. Wenn einen draußen schon der Gestank fast umwarf, so konnte man sich nach einem Atemzug im Zelt nicht mehr daran erinnern; da war es so, als schnappte man. den Kopf unter Wasser, in einem Sumpf nach Luft.

Nach einer Weile konnte ich eine dicke Frau erkennen, die in einem Topf über dem Feuer rührte, aber nicht zu uns hinsah. Am Zeltrand lagen lauter dunkle Gestalten, die Köpfe an der Fellwand, die Füße zum Feuer hin, aber bei näherer Betrachtung entpuppten sie sich nicht als Leute, sondern als struppige Büffelhäute. Es war so dunkel, daß wir von einer zur anderen tappen mußten, wobei wir nie wußten, ob nicht in der nächsten so ein Wilder steckte, der die Störung falsch auffassen könnte. Wir waren halb um das Feuer rum, bevor wir Alte Zeltbahn entdeckten, dessen Lager sich genau gegenüber der Tür befand. Dort saß er stumm, und Caroline wäre um ein Haar über ihn gestolpert, aber sie konnte sich gerade noch an einem Zeltpfahl festhalten, an dem ein paar Lederbeutel und Bündel mit den Siebensachen hingen, die einem Indianer so gehören.

Der Häuptling hielt in der Hand eine Steinpfeife mit so einem Holzstiel von anderthalb Fuß Länge und mit ein paar Messingstiften zur Verzierung, die im Feuerschein funkelten. Er stopfte den Pfeifenkopf aus einem kleinen Lederbeutel, und dann steckte die dicke Frau einen Stock ins Feuer, bis er brannte, blies die Flamme aus, daß er bloß noch glimmte, und hielt ihn Alte Zeltbahn hin. Der zündete seine Pfeife damit an und zog so fest dabei, daß seine Bakken ganz hohl wurden wie bei einem Totenschädel. Wegen der Stiellänge war es verdammt schwer, so eine Pfeife richtig anzubekommen, aber als er damit zufrieden war, gab er sie Caroline.

Meine Schwester hatte in ihrem Leben noch nie geraucht oder Tabak gekaut, so männlich sie auch sonst tat. Sie bewunderte die Pfeife freundlich und reichte sie Zeltbahn zurück. Der Häuptling nahm zu Recht an, daß sie keinen blauen Dunst hatte, was verlangt wurde, und zeigte ihr mit dem Finger, daß sie sich rechts von ihm auf das Büffelfell setzen sollte. Dann beugte sich Alte Zeltbahn zu ihr hin und steckte ihr das Stielende in den Mund, wobei er mit seinen Lippen das Rauchen nachahmte.

Caroline ließ das Mundstück ein und paffte nach dem Beispiel von Alte Zeltbahn. Natürlich hielt sie das für einen typischen Liebesritus oder so was. In Wirklichkeit murmelte der Häuptling Beschwörungen gegen das, was er als ihre böse Medizin gegen ihn betrachtete, und die Tatsache, daß sie die Pfeife genommen hatte, ließ ihn auf die Wirksamkeit seines Zaubers hoffen, denn ein Indianer stellt das Rauchen über alles.

Alte Zeltbahn nahm ihr das Ding schließlich ab, als sie nur noch dünnen Rauch ausstieß, woraufhin Caroline heftig keuchte und in ihr Taschentuch biß. Das tat sie noch eine ganze Weile, aber ohnmächtig wurde sie nicht, und sie mußte auch nicht kotzen. Caroline war wirklich verdammt zäh.

Der Häuptling stocherte jetzt die Asche aus dem Pfeifenkopf und streute sie Caroline über die Stiefelspitzen, was ihr Unglück bringen sollte, aber das wußten wir damals natürlich noch nicht. Dann stopfte er sich wieder die Pfeife aus seinem perlenbestickten Beutel, in dem nur ein paar Krümel Tabak waren und sonst Rotweidenrinde, Sumachblätter, Büffelmark und anderes Zeug.

Nachdem Alte Zeltbahn seine Pfeife aufgeraucht hatte, änderte er sein Benehmen. Er grinste, schwatzte redselig auf Cheyennisch und sagte was zu der Frau beim Feuer, offenbar war es ein Befehl, denn sie ging sofort raus und kam mit einem frischen Stück von dem schon erwähnten Antilopenkadaver zurück.

Die Frau, die ein Vollmondgesicht hatte, hackte das Fleisch klein und schmiß es zu der brodelnden Masse im Topf. Ich nehme an, daß dank dem Essensgeruch nach und nach ein paar Indianer ins Wigwam kamen. Als erster erschien der Pferdejunge, dann eine dicke Frau, die es von hinten mit der Köchin ohne weiteres aufnehmen konnte, und ein splitternacktes kleines Mädchen und genauso ein kaum größerer Junge; danach kam dann ein hochgeschossener, schätzungsweise fünfundzwanzigjähriger Bursche und schließlich Wird-Rot-In-Der-Sonne, der Kostgeber höchst persönlich, immer noch mit seiner Lehmmaske, und ihm auf den Fersen eine ganze Prozession; an der Spitze eine schlanke Frau mit einem Schwall lose geflochtener schwarzer Haare und Rehaugen, hinter ihr drei oder vier Kinder, von denen das älteste vielleicht sechs war.

Die Leute hockten sich alle im Kreis am Zeltrand hin und ließen den Topf nicht aus den Augen. Die meisten von ihnen brachten ihren eigenen Holznapf mit, und manche hatten sogar Löffel, die auch aus Holz oder aus Horn waren. Sie gaben keinen Pieps von sich und gönnten mir und Caroline nicht einen einzigen Blick.

Nach einer Weile schöpfte die Köchin einen Napf für mich und einen für meine Schwester voll, und dann drängten sich die andern ran und kriegten ihre Portion. Alte Zeltbahn aß keinen Bissen, der hockte bloß auf seinem Büffelfell und sah erhaben aus.

Da fiel mir plötzlich ein, daß die Rothäute, die zu unseren Wagen zu kommen pflegten, immer „Hau, hau" sagten, wenn sie Zwieback aßen und Kaffee tranken. Mir war die ganze Sache immer noch höchst peinlich, und wenn ich auch gewaltigen Hunger hatte, war das Essen nicht gerade dazu angetan, daß ich mich wohler fühlte: denn die Zubereitung des Antilopenfleischs ließ viel zu wünschen übrig. Einerseits haben Indianer nichts gegen Fett, andererseits benutzten sie damals noch kein Salz. Zu dem Fleisch gab es zu Mus gekochte Vogelbeeren und ein oder zwei Wurzeln, die nach nichts schmeckten, bis man sie runterschluckte, dann spürte man sie allerdings durch die ganze Kehle bis runter in den Bauch und hatte hinterher das Gefühl, an Sand zu ersticken.

Aber wie gesagt, mir fiel plötzlich dieser höfliche Ausruf ein, und ich stieß ihn aus. Ich wollte mich bei den Leuten beliebt machen. Sie nahmen immer noch keine Notiz von uns, aber ich hatte gesehen, wie schnell sich Indianer ändern können. „Hau, hau, hau", sagte ich Alte Zeltbahn auf den Kopf zu. Ich mußte dabei wirklich meinen ganzen Mut zusammenraffen. Caroline schubste mich in die Seite, aber der Häuptling schien sich darüber tatsächlich zu freuen.

Und er „hau, haute" auch gleich zurück und sagte dann was, was ich später, als ich Cheyennisch lernte, als mein erster Indianername entpuppte: Kleine Antilope, was in ihrer Sprache *Voka* heißt und wie ein Husten klingt. Als Name hatte er keine besondere Bedeutung, denn ich bekam später noch mehr, aber es war immerhin ein Anfang. Jedenfalls kostete mich der Ausruf nicht meinen Skalp, womit ich immerhin ein bißchen gerechnet hatte, denn Sie können sich sicher nicht vorstellen, wie einem zumute ist, wenn man als Junge von zehn unter eine Horde von Barbaren gerät.

Während der Häuptling mich angrinste, sah ich, daß Caroline die Gelegenheit nutzte, um einen großen Fleischklumpen aus ihrem Napf zu fischen und ihn unter der Zeltwand durch ins Freie zu schieben, wo man hörte, wie ein Hund ihn sofort anknapperte. In einem Indianerdorf gibt es nämlich keine Ecke und keinen Winkel, wo nicht gleich ein Köter auftaucht.

Ich nehme an, daß die Indianer durch ihr buntes Aussehn und auch durch ihre Grausamkeit bei den Wagen Caroline den Kopf verdreht hatten; aber je länger wir bei Alte Zeltbahn blieben, um so weniger aufregend fanden wir das Leben der Wilden. Denn ein Indianer kann nun mal jemand abmurksen und sich eine Minute danach in aller Gemütsruhe zum Essen setzen wie ein Büroangestellter in der Stadt. Er macht keinen Unterschied zwischen seinen Taten wie ein Weißer. Indianer sind ganz und gar anders wie irgendein Mensch, den ich je getroffen habe.

Nun sagte der Häuptling was zu der Köchin – weil er aus uns einfach nicht klug werden konnte, wie er später gestand; mal fand er uns nett, mal gefährlich. Jetzt war er uns gerade gutgesinnt, weil wir mit ihm in seinem Wigwam das Brot brachen – oder genauer gesagt die Antilope –, was ein Indianer als eine so große Ehre ansieht, daß er selber nie einen Bissen zu sich nimmt, bis seine Gäste fertig sind; deshalb aß Alte Zeltbahn auch nichts. Der Häuptling sagte also was zu der Köchin, und die machte mir ein Zeichen, daß ich mit ihr kommen sollte; wenn es mir dabei auch ziemlich mulmig zumute war, tat ich es doch und mußte dabei an all den Indianern vorbei, die im Halbkreis wie die Ziegen schmatzten. Als wir durch die Türöffnung nach draußen kamen, hatte der Himmel im Westen bis dorthin, wo er dunkel wurde, lauter rote und rosa Streifen.

Ehrlich gestanden, machte ich mir in diesem Alter nicht viel aus Landschaft und Natur, und sicher sah ich nur deshalb zum Himmel rauf, weil mein Feind, der weiße Hund von vorhin, sofort wieder auftauchte, als ich den Kopf aus dem Wigwam steckte. Ich wollte ihn links liegen lassen, aber er packte mich am Hosenbein und knapperte schon dran und hätte mich vielleicht mit Haut und Haaren aufgefressen, wenn sich die Frau nicht gerade umgedreht hätte.

Sie hieß Squaw Büffelschwemme und war die Frau von Alte Zeltbahn, und die andere Frau bei ihr war ihre jüngere Schwester, Squaw Weiße Kuh, die nach der Sitte der Cheyennes ihre Verwandte begleitet hatte, als die heiratete, und jetzt mußte sie sich dem Häuptling genauso wie sein richtiges Eheweib für alles zur Verfügung stellen, was ein Indianer nun mal von einer Frau verlangt.

Jedenfalls lachte Squaw Büffelschwemme und fragte mich was, wobei sie auf den Köter zeigte. Meine Tränen genügten ihr als Antwort, und sie packte den Hund, der vor Schmerz winselte, aber das nutzte ihm nichts mehr. Denn Squaw Büffelschwemme schleppte ihn schnurstracks in den Wigwam, wo sie ihm den Schädel mit einem Steinhammer einschlug, ihn durchs Feuer rollte, um seine Haare abzusengen, ihn in paar blutige Stücke schnitt und die dann in einem Kessel kochte. Das alles dauerte nicht länger, wie ich jetzt gebraucht habe, um es Ihnen zu erzählen, denn sie hatte Bärenkräfte und lächelte dabei die ganze Zeit.

Alte Zeltbahn platzte fast vor Stolz. Denn ein Indianer ißt nichts lieber als einen Hund, und weiße Hunde am allerliebsten. Wie hoch sie dieses Gericht schätzen, beweist Ihnen schon die Tatsache, daß sie seit über einer Woche kein Fleisch mehr hatten und doch die Finger von ihrer Hundemeute ließen.

Ich fürchte, daß ich und Caroline die Ehre nicht zu schätzen wußten, die man uns damit erwies. Meine Schwester zuckte nicht mit der Wimper, als unsere Leute und ihr eigener Paps niedergemetzelt wurden, aber als sie sah, wie der gräßliche Hund da vor unseren Augen geschlachtet wurde, schwankte sie auf ihren gekreuzten Beinen hin und her und steckte sich die Faust in den Mund.

Gerade da sah Alte Zeltbahn plötzlich Caroline an und nieste so feste, daß ihm sein Zylinder über ein Auge runterrutschte. Er nieste noch mal, und der Hut fiel ganz runter. Seine große Nase explodierte noch zweimal – es klang wie das Bellen eines Fuchses – und dabei flogen seine Zöpfe rum, und seine Medaille hüpfte hoch und bumste dumpf auf sein Brustbein zurück.

Das ganze Gesindel hörte nun damit auf, sich den Bauch vollzustopfen, und gaffte uns an, was sie von Anfang an hätten tun sollen, aber nicht taten, weil sie nun mal ganz einseitig sind und sicher nur an das Antilopenessen dachten. Die hübsche Frau mit den Rehaugen ging sogar so weit, daß sie sich rechts neben Caroline auf das Büffelfell setzte und meine Schwester anstarrte, die ihr Möglichstes tat, nicht zu kotzen, denn der weiße Hund dampfte schon mächtig im Topf: er roch wie ein nasser Regenmantel, den man zum Trocknen ans Feuer hängt.

Die Frau hieß Sternschnuppe, und sie war die Frau von Wird-Rot-In-Der-Sonne und die Mutter von den vielen Kindern, die sie in das Häuptlingszelt mitgebracht hatte, auch von dem winzigen Baby, das auf so einer Brettwiege an einem Zeltpfahl hing und kleine Glasperlenaugen hatte wie ein Vogel. Es war so darauf angebunden, daß es pissen konnte, ohne daß man die Riemen losmachen mußte.

Sternschnuppes Neugier lenkte Carolines Gedanken von dem Aufruhr in ihrem Magen ab, und sie raffte sich zu den Worten auf: „Es ist mir eine Ehre, Sie kennenzulernen", wobei sie Sternschnuppe eine ihrer Pranken hinhielt. Die Indianerin nahm die aber nicht, sondern griff statt dessen meiner Schwester zwischen die Hosenbeine und fingerte da und vorne am Hemd rum. Dann sagte sie nur ein Wort zu Alte Zeltbahn: *„Vehoa!"* und hielt sich schnell die Hand vor den Mund. Der Häuptling folgte ihrem Beispiel und alle andern auch.

Ein Indianer niest früher oder später immer in der Nähe einer weißen Frau. Manche behaupten, daß es am Parfüm oder Puder liegt, aber ich habe nie gesehen, daß meine Schwester was anderes gebrauchte wie Schmierseife.

Aber nun bin ich Ihnen eine Erklärung schuldig: jetzt kamen die Cheyennes nämlich überhaupt erst dahinter, daß Caroline ein Mädchen war.

3.
Ich mache mir einen Feind

Der Unterschied zwischen Männern und Frauen ist für die Cheyennes höchst wichtig – übrigens noch wichtiger als der Unterschied zwischen Toten und Lebendigen –, und sie waren zufrieden, daß sie ihn bei meiner Schwester rausgefunden hatten. Außerdem war die Antilope ratzekahl aufgegessen und der Hund noch nicht gar. Deshalb drängelten sich die übrigen Indianer neugierig um uns.

Auf ihre Art benahmen sie sich anständig. Sie beschränkten sich meist darauf, uns anzugaffen; zwar fummelten manche an unsern Kleidungsstücken rum, aber mit ihren Pfoten kamen sie nicht an unsere Körper selbst. Ich glaube, daß wir, wenn wir Sternschnuppe hätten verstehen können, nichts als Entschuldigungen aus ihrem Munde gehört hätten, weil sie an Caroline rumgefingert hatte – was übrigens durch das Resultat gerechtfertigt wurde. Ich erwähne das bloß, weil ich es als Weißer immer fabelhaft gefunden habe, daß Wilde nur aus Unwissenheit rücksichtslos werden.

Die Kinder interessierten sich natürlich besonders für mich. Bei Kleines Pferd, dem Jungen, der für die Ponys gesorgt hatte, hatte ich bestimmt von Anfang an einen Stein im Brett. Wie gesagt, war er mir nicht gerade sympathisch; aber schon in diesem Alter war ich ziemlich gerissen, mußte es ja sein, sonst wäre ich keine zehn Jahre am Leben geblieben, ganz zu schweigen von einem Jahrhundert, und drum zog ich rasch meine Schuhe aus und bot sie ihm an, als ich sah, wie er sie bewunderte. Aber die Vorstellung, seine Füße in so was zwängen zu müssen, ist eins von den Dingen, bei denen es einem Indianer angst und bange wird, deshalb stellte sich Kleines Pferd dumm.

Der Hund wurde sofort verteilt. Zum Glück war er klein, und viele Münder wollten davon essen, wenn auch ich und Caroline als Gäste die größten Brocken kriegten. Die Cheyennes blieben bis um Mitternacht auf. Damit meine ich, daß mehrere von ihnen kamen und gingen, neue im Zelt auftauchten, um mich und meine Schwester zu begutachten, manche Indianer rollten sich in ihre Büffelfelle und schliefen einfach neben andern Grüppchen ein, die weiterschwatzten und lachten (denn im Gegensatz zu dem, was Weiße glauben, ist niemand so gesellig wie Rothäute unter sich). Jeder tat irgendwas, solange das Feuer brannte: die Frauen machten zum Beispiel ihre Handarbeiten, und Alte Zeltbahn paffte vier oder fünf Pfeifen mit diesem oder jenem seiner Kumpane. Einer davon war ausgerechnet Büffelnacken, der bis auf die große Schorfkruste auf seiner Nase blendend aussah und mich und Caroline freundlich angrunzte. Ich weiß nicht, ob er uns von gestern wiedererkannte oder nicht, aber er war anständig genug, uns wegen seiner Vergewaltigungen und Morde keine Vorwürfe zu machen – denn so sieht ein Indianer nun mal die Dinge.

Caroline saß ganz benommen auf ihrem Fell, seit Sternschnuppe sie untersucht hatte, und aß in dieser Stimmung sogar ihre Portion Hund. Alte Zeltbahn kümmerte sich nicht mehr um sie. Das war keine Beleidigung, sondern einfach Gleichgültigkeit.

Nach und nach wurde das Feuer schwächer, weil Squaw Büffelschwemme keine Fladen mehr auflegte, denn sie hatte wirklich ihre Ruhe verdient und war ins Bett gekrochen. Wie ich am nächsten Tag rausfand, hatten ich und Caroline ihrs, neben dem von Alte Zeltbahn. Zu diesem Zweck hatte sie ihre Kinder von einem Lager zum anderen geschubst, und das ging so weiter wie die Reise nach Jerusalem, bis mein Verehrer Kleines Pferd übrigblieb und nebenan im Wigwam seines Bruders schlafen mußte, der niemand anders war als Wird-Rot-In-Der-Sonne.

Schließlich saßen ich und meine Schwester allein da und starrten in das ausgehende Feuer, von dem sich der dünne Rauch zu dem Loch oben bei den gegabelten Zeltpfählen ringelte und mit der Nacht eins wurde, mit einem Himmel, der durch den goldgelben Staub der Sterne eher dunkelblau als schwarz war.

Neben uns schlief Alte Zeltbahn tief, sein Zylinder baumelte über ihm an einem Lederriemen, die Silhouette seiner großen Hakennase stach in die Luft. Man konnte lautes

Atmen hören, aber kein Schnarchen, weil die Indianer von Geburt an dazu erzogen werden, kein Geräusch zu machen, wenn es nicht nötig ist. Dann und wann knisterte es noch schwach, als das letzte Stück der Büffelfladen zu Asche zerfiel.

Es war komisch, dort zu sein, aber ich selbst hatte eigentlich keinen Schiß mehr. Vielleicht halten Sie mich für schlecht, daß ich, obwohl ich so weit von zu Hause weg war, falls ich ein solches je hatte, und obwohl mein Vater tot war, ganz zu schweigen von all dem anderen, meine Lage nicht mehr zum Verzweifeln fand. In dem Zelt da war es warm, und die Leute hatten sich friedlich aufgeführt. Wenn sie uns am Abend nichts getan hatten, war es mir unvorstellbar, daß sie uns am nächsten Tag was tun würden; man füttert niemand im Dunkeln, um ihn morgens umzubringen. Andererseits kam ich nicht drüber weg, daß sie keine Weißen waren.

„Was denkst du denn, Caroline", sagte ich zu der zusammengesunkenen Gestalt meiner Schwester, die das Kinn in den gespreizten Händen hielt, während ihr Hut ihr über die hängenden Ohren gerutscht war. Sie sah im Dunkeln ganz bedripst aus, und ihre Stimme klang entsprechend.

„Die Wilden taugen nicht viel, Jack", antwortete sie, wie ich fand, rücksichtslos laut, wo doch ihre Gastgeber schlafen wollten. „Hast du gesehen, was sie mit dem armen kleinen Hund da angestellt haben? Und dann fummelten sie an mir rum, als sollte ich als nächste in den Topf kommen, wenn ich auch noch nie gehört habe, daß Indianer Menschenfresser sind. Ich glaube nicht, daß man ihnen trauen kann, Jack." Stöhnend versuchte sie, sich hochzurappeln, was gar nicht so einfach ist, wenn man stundenlang auf seinen gekreuzten Beinen gehockt hat.

Sie sagte noch mal fast dasselbe, aber damals entging mir der feine Unterschied: „Du solltest ihnen lieber nicht trauen, Jack"; und sie torkelte auf ihren steifen Beinen zur Türöffnung – ich nahm an, um sich zu erleichtern, bevor sie sich hinlegte. Ich selber wollte es lieber bis morgens anhalten, weil ich schreckliche Angst vor den rumstreunenden Hunden draußen hatte.

Nun ja, vorläufig war das das letzte, was ich von Caroline sah. Sie ging rüber zur Wiese, schnitt sich aus der

Herde ein Pony los, ritt weg, und erst viele Jahre danach traf ich sie wieder, aber darauf komme ich später zurück. Bis dahin, verstehen Sie, hielt ich sie anfangs für verschollen, und dann habe ich sie völlig vergessen. Kein Mensch kann behaupten, daß ich ihr viel zu verdanken hatte.

Wahrscheinlich hätte ich, als sie floh, ihr Hufgetrappel hören können, wenn ich nicht sofort eingeschlafen wäre, denn kaum was ist zum Einwickeln so gemütlich wie ein Büffelfell, wenn man mal auf den Geschmack gekommen ist. Erst ist es zwar auf der Lederseite ziemlich hart und auf der Haarseite kratzig wie eine Bürste, aber sobald es durch die eigene Körperwärme an einem klebt, hat man das Gefühl, daß es auf einem selber gewachsen ist.

Als nächstes erinnere ich mich, daß Kleines Pferd mich im Morgengrauen weckte. „Komm mit", winkte er; ich schüttelte bibbernd die letzten Reste meines Schlafs ab, was mir bei der Kälte zu dieser frühen Stunde nicht schwer fiel, und ging hinter ihm her zu der Wiese, wo die Ponys grasten. Es waren viel weniger in der Herde als gestern: Carolines Diebstahl war nichts im Vergleich zu dem, was die Utes ein bißchen später geklaut hatten, vielleicht waren es diesmal auch die Pawnees gewesen. Jedenfalls mußte die Gesellschaft bald zu Fuß gehen, wenn sie nicht bald loszogen und ein paar Ponys zurückklauten.

Wie es sich für einen anständigen Indianer gehört, wußte Kleines Pferd schon, daß Caroline auf und davon war, und nahm zu Recht an, daß ich dableiben und zum Stamm gehören würde, denn ich hatte ja keine andre Wahl; daher hatte er mich geweckt, damit ich mit ihm zusammen den Pflichten nachging, die Jungens in meinem Alter hatten: als allererstes am Morgen für die Ponys sorgen. Er wußte also schon mehr über mich wie ich damals selber, aber sein Grinsen war weder spöttisch oder gemein, als wir den Wigwam verließen, in dem die erwachsenen Cheyennes ruhig weiterschliefen. Abgesehen von den Jungens stehen Indianer nämlich morgens nicht früh auf, wenn sie nichts Besonderes zu tun haben.

Draußen war der Morgen blau und frisch. Ich war schon seit Tagen nicht mehr aus meinen Kleidern gekommen und hatte mich zu meiner Freude auch genauso lange nicht mehr gewaschen, worauf ich mordsstolz war, wie ich mich erinnere. Sogar als kleiner Junge kommt ein Weißer auf solche Gedanken, wenn er unter die Indianer gerät: Zum Teufel, was spielt das schon für eine Rolle? Ich bin unter Wilden, brauch mich also nicht zu waschen, kann an Ort und Stelle mein Geschäft verrichten und so weiter. Aber ich sage Ihnen, es verhält sich genau umgekehrt: ein Cheyenne nimmt jeden Tag im nächsten Wasser ein Bad, und auch wenn das unter ihnen nicht Sitte gewesen wäre, hätten sie bestimmt dafür eine andere Vorschrift gehabt. Als Menschenwesen hat man nun mal seine Verpflichtungen.

Auf dem Weg zur Wiese trafen ich und Kleines Pferd noch mehr Jungens zwischen acht und zwölf, die wie wir ihren Pflichten nachgingen; aber durch die Diebstähle waren nur noch so wenig Ponys übrig, daß die Zahl der Hirten fast größer war als die Herde. Unsere Arbeit bestand darin, die Tiere zur Tränke ans Flüßchen zu führen. Danach brachten wir sie auf eine neue Weide, denn die alte hatten sie tüchtig abgegrast, und schließlich gehörte die Prärie, so weit das Auge reichte, ja uns.

Kleines Pferd und die anderen Jungens schwatzten und lachten untereinander nur so drauflos – vermutlich auf meine Kosten. Ich trug als einziger Hose, Hemd, Stiefel und Hut; aber als wir der Leitstute wieder die Beine zusammengebunden hatten, damit die Herde beisammen blieb, und zum Flüßchen zurückkehrten und uns auszogen, um das schon erwähnte Bad zu nehmen, unterschied ich mich nur noch durch meine Hautfarbe von ihnen, und als wir wieder aus dem Wasser rauskamen – das war erst ziemlich kalt, wärmte einen aber schnell, wenn man drin war, besonders weil Indianerjungens dabei gern Reiterkämpfe veranstalten –, da ließ ich meine Siebensachen bis auf meine Wollhosen einfach liegen. Ja, ich verschenkte sogar alles, und das brachte mir auf der Stelle Freunde ein.

Als wir wieder bei den Zelten waren, gingen die Geschenkempfänger rein und kamen mit Cheyenne-Sachen wieder raus. Da zog ich dann meine Hose endgültig aus und stieg in so einen Lendenschurz aus Wildleder, den einer von den Jungens mir gab, und schnürte ihn mit einem Gürtel fest, den ich wieder von einem anderen hatte. Ich zog auch

Mokassins an und kriegte eine dreckige gelbe Decke von einem großen Burschen, der Jüngerer Bär hieß und dafür meine Hose nahm und ihr sofort die Beine abschnitt, um sie in ein Paar Gamaschen zu verwandeln, während er den nutzlosen oberen Teil einfach wegwarf. Niemand konnte was mit meinen Stiefeln anfangen, die am Ufer stehen blieben und noch genauso rumstanden, als das Lager weiterzog. Wenn sich ein Indianer für irgendwas nicht interessiert, sieht er es nicht mal, ja stolpert sogar darüber, ohne auch nur auf den Gedanken zu kommen, es mit einem Tritt aus dem Weg zu schaffen.

An meinem ersten Morgen bei den Cheyennes kriegten wir kein Frühstück, einfach weil nichts zu essen da war. Die Antilope war ratzekahl verputzt worden, und mehr Hunde konnten sie sich momentan nicht leisten, weil sie sahen, wie schnell die Ponys verschwanden, und ein paar Tragtiere brauchten sie schließlich doch. Caroline war auch noch nicht zurück – womit ich damals noch rechnete, denn mir kam nie in den Sinn, daß man sie vielleicht umgebracht hatte –, und niemand war da, mit dem ich in meiner eigenen Sprache quatschen konnte.

Aber bevor die Sonne hoch am Himmel stand, hatte ich schon einen ganz netten Wortschatz der Zeichensprache aufgeschnappt und unterhielt mich mit Kleines Pferd über Dinge, die man mit den Händen ausdrücken konnte. Wenn man zum Beispiel „Mann" sagen wollte, streckte man den Zeigefinger mit der Handfläche nach innen in die Luft. Natürlich half es mir sehr beim Lernen der Sprache, daß Kleines Pferd das Zeichen malte und dann auf das Ding selbst zeigte. Die Bewegung für „weißer Mann", nämlich ein Finger, mit dem man sich über die Stirn fuhr, um einen Hutrand zu beschreiben, kapierte ich nicht gleich, weil Kleines Pferd den Filzhut trug, den ich abgelegt hatte. Er fuhr dauernd mit dem Finger am Rand lang und zeigte auf mich, und erst dachte ich, er meinte „dein Hut" oder „du", bis es mir dämmerte. Das einfache Zeichen für „Mann" bedeutete natürlich „roter Mann".

Für „Cheyenne" klopfte man mit dem rechten Zeigefinger über den linken, als ob man ihn streichelte, weil alle Cheyennes aus den gestreiften Federn des wilden Truthahns die für sie typischen Pfeilenden machen. Übrigens nennen sie sich in ihrer Umgangssprache nie selber „Cheyennes", sondern lieber *Tsistsistas*, das heißt „die Menschenwesen". Was die übrigen sind, ist ihnen wurst.

Nach dem Bad holten die Jungens Bogen, und wir spielten in der Büffelschwemme beim Lager und drumrum Krieg, dabei schossen wir mit Pfeilen aufeinander, die keine Spitzen hatten. Und dann rangen wir miteinander, wobei ich eine ziemliche Niete war und auch zu schüchtern, um richtig aus mir rauszugehen, aber als ich zu doll gequetscht wurde, ging ich zum Boxen über und schlug wenigstens eine braune Nase blutig. Die gehörte Jüngerer Bär, und er wurde daraufhin mit Spott überschüttet, ich möchte behaupten, daß Indianer dafür noch mehr übrig haben als Weiße. Mir tat Jüngerer Bär wirklich leid, als ich sah, daß er meinetwegen ausgelacht wurde.

Das war ein großer Fehler: ich hätte ihm nie eins versetzen sollen oder mich danach damit brüsten, ja ihn vielleicht eher noch mehr verprügeln sollen, um meinen Vorteil auszunutzen: das ist bei Indianern so Sitte. Es darf einem nie leid tun, einen andern geschlagen zu haben, denn wenn man dessen Körper besiegt hat, will man auch noch seine Seele kleinkriegen. Aber das hatte ich noch nicht raus, und darum versuchte ich den ganzen Tag, mich bei Jüngerer Bär einzuschmeicheln, und genau dadurch machte ich mir den ersten echten Feind in meinem Leben, und der verursachte mir jahrelang unzählige Scherereien, denn ein Indianer kann in der Rache seine Lebensaufgabe sehen.

Als nächstes erinnere ich mich daran, daß wir Jungens mit ein paar kleinen Mädchen Lager spielten: wir machten dabei die Erwachsenen genau nach. Die Mädchen stellten Spielzelte auf, und die Jungens waren ihre Männer, gingen auf Kriegspfad und auf Büffeljagd, bei der der Junge, der den Stier darstellt, eine Stechbirne oben an einem Stock trägt. Darauf schießen die Jäger ihre Pfeile, und der Stier gilt als erlegt, wenn sie die Frucht treffen. Wer aber das Ziel verfehlt, der kriegt von dem Büffel-Jungen mit der Stechbirne eins auf den Hintern. Sie sehen also, daß bei allem, was die Cheyennes tun, Schmerzen drohen, ja sogar eintreten können.

Bei dem, was wir bisher getrieben hatten, konnte ich einigermaßen mithalten, aber nicht beim Lagerspiel, und das lag, glaube ich, an Jüngerer Bär, der einstimmig zu unserem Kriegshäuptling ernannt wurde, weil er verteufelt gut mit dem Bogen schießen konnte und sehr überzeugend mit seiner selbstgeschnitzten schrecklichen Kriegskeule einem Scheingegner den Schädel zertrümmerte. So bringt es ein Mann bei den Cheyennes zum Kriegshäuptling: er beweist, daß er besser kämpfen kann als irgendwer sonst. Aber er ist nur im Krieg der Häuptling. Nehmen Sie nur Alte Zeltbahn, der war ein Friedenshäuptling. Der oberste Kriegshäuptling unseres Trupps war Büffelnacken.

Jedenfalls war Jüngerer Bär schon mit elf auf dem richtigen Weg, ein echter Kriegshäuptling zu werden: ein großer Bursche, der mit gewölbter Brust rumstolzierte. Ich muß allerdings einräumen, daß er mich bei dem Kampf zwischen uns hätte kaltmachen können, doch er hatte keinen blassen Dunst vom Boxen. Aber das war nicht mein Fehler; ich bin nie groß gewesen, dafür aber um so gerissener.

In den ersten Tagen war ich auf das angewiesen, was mir die anderen Jungens liehen: Bogen, Pfeile und so ein Stock, den sie als Pony zwischen die Beine steckten und damit rumgaloppierten. Aber wenn es zum Kriegsspiel unter Jüngerer Bär kam, ritten sie alle, sogar Kleines Pferd, auf und davon und ließen mich im Lager bei den Mädchen und den kleinen Knirpsen zurück, die unsre Babys waren. Als das bei den Jungens zur Gewohnheit wurde, nannten sie mich „Antilopenmädchen", weil ich beim Abbrechen der Spielzelte half, und das ist Frauenarbeit.

Auch den Sonnentanz der Erwachsenen machten die Kinder im Spiellager nach. Die Jungens spickten ihre Haut mit Dornen, banden Lederschnüre dran und zerrten damit Schädel von Präriehunden oder Kojoten rum. Vielleicht hätte mich die Verzweiflung dazu getrieben, es selber mal zu probieren, wenn ich nicht schon in diesem frühen Alter zu folgendem Schluß gekommen wäre: ein Weißer ist besser als eine Rothaut, weil der ein Wilder ist. Warum ist er besser? Weil er eben seinen Grips gebraucht. Vor vielen hundert Jahren hatten die Indianer schon rausgefunden, daß man schwere Sachen fortbewegen konnte, wenn man rollende

Pfähle darunterlegte, aber als ich bei ihnen lebte, hatten sie immer noch nicht einen einzigen von diesen Pfählen quer durchgeschnitten, um ein Rad draus zu machen. Sie können das nun für unverbesserliche Dummheit oder Dickköpfigkeit halten: jedenfalls ist es einfach barbarisch.

Ich kroch hinter eins von den Spielzelten und versuchte es erst mal mit einem Dorn, aber die Spitze berührte kaum meine Haut, als ich schon grün wurde. Ich habe nie was dafür übrig gehabt, mir selber weh zu tun. Daher klaute ich einen echten Pfeil mit einer Eisenspitze und brach ihn mit einem spitzen Stein mitten durch. Nun machen die Cheyennes Kaugummi aus dem dick eingekochten Saft von Wolfsmilch. Squaw Büffelschwemme gab mir welchen, den ich aber nicht in den Mund steckte, sondern in meinen Bauchnabel, um damit das Pfeilende mit den Federn festzukleben. Das zweite Stück mit der Eisenspitze klemmte ich mir so zwischen die Hinterbacken, als ob es da rauskäme, und dazu mußte ich meinen Lendenschurz ein bißchen zur Seite schieben. Das Ganze sah nun so aus, als ob mich ein Pfeil im Winkel von fünfundvierzig Grad durchbohrt hätte. Als ich damit fertig war, kam ich hinter dem Zelt vor: ich ging ziemlich komisch mit meinen zusammengepreßten Hinterbacken und hielt das Federende heimlich mit der Hand fest, die ich mir wie vor Schmerz auf den Bauch drückte – das verstieß zwar gegen die Regeln, denn eigentlich muß man den Schmerz mit männlichem Gleichmut tragen, aber ich dachte mir, daß der Auftritt eindrucksvoll genug wäre, um so was Nebensächliches vergessen zu lassen.

Ich hatte recht. Die Mädchen sahen mich zuerst und schlugen sich so fest auf den Mund, daß es wirklich ein Wunder war, daß ihre Vorderzähne drin blieben. Und dann die Jungens mit ihren jämmerlichen Dornen und ihren winzigen Tierschädeln. Kojote riß sich die Dornen aus dem Rücken und schmiß sie weg, und Blut floß in roten Streifen zu seinem Hintern runter. Kleines Pferd führte einen Freudentanz auf und gab damit an, daß ich sein Freund war. Armer alter Jüngerer Bär machte einfach kehrt und trollte sich, die winzigen Schädel schleiften hinter ihm her und hoppelten über den holprigen Boden, und als einer davon unter einem Salbeistrauch hängen blieb, riß zwar der Lederriemen, aber nicht das dicke Fell von Jüngerer Bär.

Von da an stand ich auch beim Kriegsspiel mit den Jungens auf gleichem Fuß, und nicht lange danach machte mir Wird-Rot-In-Der-Sonne einen kleinen Bogen. Wird-Rot war Alte Zeltbahns Sohn von einer seiner Frauen, die schon tot war. Mein eigener Rang war der von einem Waisenkind, das zum Häuptlingszelt gehörte, wodurch ich Anrecht auf das Wohlwollen der ganzen Familie hatte, so als wäre ich richtig blutsverwandt mit ihnen. Fast jeder Wigwam hatte so ein Kerlchen, aber die waren alle reine Indianer. Die Frauen mußten mir Kleidung und Essen geben, und die Männer hatten dafür zu sorgen, daß aus mir ein Mann wurde. Ich erinnere mich nicht, daß man mir meine Rasse übelnahm, solange ich noch klein war. Caroline, zum Beispiel, wurde nie erwähnt – und zwar nur aus dem Grund, weil es für Alte Zeltbahn eine große Schande war, daß er mit jemand eine Pfeife geraucht hatte, der sich später als Frau entpuppte. Ganz früher rauchten die Cheyennes überhaupt nicht, wenn eine Frau im Wigwam war; sie schnürten einfach die Tür zu, damit die nicht rein konnten.

Ein anderer Grund, warum mich der Stamm so schnell aufnahm, war, daß keiner von den Indianern mehr an den Vorfall bei den Wagen denken wollte. Wie schon erwähnt, meldete mein Bruder Bill das Gemetzel nie in Fort Laramie, und die Soldaten kamen nicht, die Sorge waren die Cheyennes also los. Sie wurmte nur, daß sie in ihrer Besoffenheit fast ein paar von ihren eigenen Leuten umgebracht hatten; das ist das Schlimmste, was ein Cheyenne tun kann: einen anderen Cheyenne töten. Dafür ist Besoffenheit keine Entschuldigung. Es bleibt immer Mord, und dem Mörder verfault das Gedärm, und den Gestank riechen alle anderen Stammitglieder, er besudelt die Heiligen Pfeile und vertreibt die Büffel. So ein Kerl darf keine Pfeife rauchen, keiner rührt irgendwas an, wovon er gegessen hat, und meistens wird er aus dem Lager gejagt.

Jetzt meinen Sie sicher, daß Sie mir eins auswischen können. Nach meiner Beschreibung des Whiskykampfs sah es doch ganz danach aus, daß ein paar Indianer getötet *wurden*: zum Beispiel habe ich bestimmt erzählt, daß Knochenhaufen den Hinterkopf von Weißes Gegenteil abhieb, so daß dessen Gehirn auslief. Ich schwöre Ihnen, daß dies tatsächlich geschah, soweit man es als Augenzeuge beurteilen konnte. Aber stellen Sie sich nur meine Überraschung vor, als am ersten Morgen im Cheyenne-Lager, direkt nach dem Bad, das wir Jungens im Flüßchen nahmen, kein anderer als Weißes Gegenteil lebensgroß und unbeschreiblich häßlich ohne irgendeine sichtbare Schramme auftauchte und von uns zu seinem Pferd geführt werden wollte. Ich trödelte hinter ihm her und interessierte mich besonders für seinen Hinterkopf, aber da war wirklich kein Loch drin, darauf leiste ich jeden Eid. Ich sah zwar ein oder zwei Läuse an dieser Stelle über seine Zöpfe krabbeln, aber nicht mal eine Blutkruste. Und es war Weißes Gegenteil, ganz bestimmt, weil er eine unverkennbare Warze auf seinem rechten Nasenflügel hatte.

Jetzt wird Ihnen vielleicht allmählich klar, warum kein einziges Kind sich von dem Pfeil-und-Arsch-Trick angeschmiert fühlte. Indianer rechnen nämlich nicht damit, daß man sie anschwindelt, dagegen sind sie immer für ein Wunder zu haben.

4.
Wie die Gabelantilopen abgeschlachtet wurden

Es ist gar nicht so übel, als Junge unter den Cheyennes zu leben. Man wird nie verdroschen, wenn man was angestellt hat, sondern man bekommt nur zu hören: „So was tut ein Menschenwesen nicht." Kojote lachte mal, als er seinem Vater die Pfeife ansteckte, weil ihm eine Pferdebremse über den Bauch krabbelte. Damit hatte er sich genauso daneben benommen wie ein weißer Junge, der in der Kirche einen laut fahren läßt. Sein Paps legte die Pfeife hin und sagte: „Weil du dich nicht beherrscht hast, kann ich den ganzen Tag nicht rauchen, weil ich sonst gewisse Leute in der anderen Welt gegen mich aufbringe. Ich frage mich, ob du nicht ein Pawnee und kein Menschenwesen bist." Darauf ging Kojote in die Prärie und blieb die ganze Nacht draußen, um seine Schande zu verbergen.

Man muß *das Richtige tun*, wenn man ein Cheyenne ist. Ein Baby darf nicht einfach wie am Spieß plärren – der Stamm hält sich vielleicht gerade versteckt, und das Geplärr verrät dann dem Feind den Schlupfwinkel. Daher hängen die Frauen sie in ihren Bretterwiegen ein Stück vom Lager weg an Büsche, bis die Kleinen kapieren, daß ihnen das ganze Geschrei nichts nützt, und sich daran gewöhnen, still zu bleiben. Die Mädchen werden dazu gedrillt, nicht zu kichern. Ich habe gesehen, wie Schatten-Der-Sichtbar-Wird seine kleinen Töchter vor sich aufreihte und ihnen komische Geschichten erzählte, bei denen sie ihr Lachen unterdrücken mußten. Am Anfang fielen sie natürlich durch und zwitscherten wie die Vögel; dann grinsten und prusteten sie nur noch; und erst nach vielen Unterrichtsstunden konnten sie beim komischsten Witz ein steinernes Gesicht bewahren. Zu passender Gelegenheit stand es ihnen frei, sich vor Lachen zu schütteln, denn ein Indianer hat einen ausgesprochenen Sinn für Humor, und Schatten-Der-Sichtbar-Wird war wirklich ein großer Witzbold.

Bis auf diesen besonderen Unterricht hatten die Cheyennes keine Schule. Sie lasen oder schrieben ihre Sprache nie – wozu also? Wenn man was aus der Geschichte wissen wollte, fragte man einen alten Mann danach, der sich noch daran erinnerte. Zahlen wurden lästig, wenn sie über die zehn Finger gingen, daher kam bei der Meldung über die Größe einer feindlichen Macht, die man entdeckt hatte, so was raus wie: „Die Utes sind dicht beim Hungerhügel. Sie sind so viel wie die Pfeile, die Der-Alles-Unter-Den-Gürtel-Stopft auf die Geisterantilope schoß, als die Kirschen reif waren.“ Das war eine berühmte Geschichte, und alle Leute von Alte Zeltbahn wußten dann auf ein oder zwei Mann genau, mit wieviel Utes sie es zu tun hatten – und wenn jemand bei Gefahr Angst vor was Unbekanntem kriegt, dann bringen sie das einfach mit irgendwas in Zusammenhang, das ihnen vertraut ist.

Ein Cheyenne glaubte, daß sein Tier auch cheyennisch war und das wußte. „Erzähl deinem Pony Geschichten über berühmte Ponys und deren Heldentaten, damit es ihnen nacheifert“, sagte Wird-Rot zum Beispiel. „Erzähl ihm alles von dir. Ein Mann soll vor seinem Pony keine Geheimnisse haben. Es gibt Dinge, worüber er nicht mal mit seinem Bruder, seinem Freund oder mit seiner Frau spricht, aber er und sein Pony müssen alles voneinander wissen, weil sie wahrscheinlich zusammen sterben und über den Hängenden Pfad zwischen Erde und Himmel reiten werden.“

Meine Schwierigkeit war, daß ich mir ganz blöd vorkam, wenn ich mit so einem dummen Tier sprach. Das ist eben der Haken, wenn man ein Weißer ist: uns läßt man nicht viel durchgehen. Von einem Indianer erwartet man nichts anderes; bei ihm sind Verrücktheiten sozusagen normal.

Sie werden verstehen, daß ich Ihnen kein genaues Tagebuch von meiner Erziehung vorlegen kann. Es muß ein paar Monate gedauert haben, bis ich Reiten lernte, ohne mich anzubinden, und noch länger, bis ich richtig mit Pfeil und Bogen umgehen konnte. Aber jetzt muß ich noch mal zum allerersten Morgen zurückkehren und Alte Zeltbahn wekken, den wir für die Welt wie tot liegengelassen haben. Der stand mit dem Vorsatz auf, vierundzwanzig Stunden zu fasten. Er hatte von noch mehr Antilopen geträumt. Und weil er gestern auf eine gestoßen war, mußte er sich an die Arbeit machen.

Nachmittags ging der Häuptling dreihundert Yard oder so das Flüßchen weiter rauf und stellte hinter dem Gebüsch ein kleines Zelt auf, ungefähr so groß wie die Spielwigwams von uns Kindern, in dem er grade sitzen konnte. Beim Sonnenuntergang kroch er rein und trieb bis zum Morgengrauen lauter geheimnisvolle Dinge.

Die ganze Nacht, wo er drin hockte, kamen andere Cheyennes und schlugen von außen gegen das Zelt. Das Ganze war die Vorbereitung für eine riesige Antilopenjagd. Wenn nun bei dem Geklopfe jede Menge Antilopenhaare von der Zelthaut runterfielen, dann bedeutete das große Beute.

Während das stattfand, trieb so ein Pack von Utes die gesamte Pferdeherde weg, und am nächsten Morgen waren nur noch die paar Ponys übrig, die jeder Besitzer direkt vor seinem eigenen Zelt angepflockt hatte. Immerhin lag eine ganze Masse Antilopenhaare auf dem Boden vor dem Medizinzelt – die Aussichten waren also wirklich gut.

Am nächsten Morgen kroch Alte Zeltbahn wieder aus dem kleinen Zelt raus. Er sah ein bißchen anders aus als sonst, weil sein Blick auf was ganz Fernes gerichtet zu sein schien, und dahin schaute er auch. Er trug zwei kurze schwarze Stangen, jede hatte einen Reifen am Ende und war mit Rabenfedern geschmückt, und als er in die offene Prärie ging, zogen alle hinter ihm her – Männer, Frauen, Kinder und Hunde. Ich habe Ihnen schon von Antilopen erzählt, als wir gestern das kleine Rudel bei der Büffelschwemme trafen: sie können in einer Minute eine Meile rennen und sausen wie der Blitz davon, wenn der Wind dreht.

Aber dieses schnelle Viech hat einen Fehler und wird daher meistens nicht alt: es ist naseweis. Wenn man einer Antilope was Flatterndes zeigt, kann sie dem einfach nicht widerstehen. Das ist die praktische Seite der Pfahlreifen, die Alte Zeltbahn trug: die Cheyennes nennen die Dinger Antilopenpfeile, und sie sind tödlicher als echte mit Eisenspitzen, weil sie das scheue Viech so neugierig machen, daß es und seine Familie glatt Selbstmord begehen, nur um sich die Sache näher anzusehen. Außerdem gehört noch allerhand zu so einer Jagd, was nur als Zauber einen Sinn hat und sonst nicht.

Wir müssen etwa drei Meilen in die Prärie gegangen sein – alle außer einem altersschwachen Weib und einem Krieger, der zurückblieb, weil er schlechte Laune hatte. Mitten im flachen Land machten wir halt, und Alte Zeltbahn hockte sich auf den Boden. Seinen Zylinder hatte er im Lager gelassen, dafür steckten aber zwei Adlerfedern in seinem geflochtenen Haar. Jetzt stellten sich die unverheirateten Frauen vor ihm auf, und er suchte die beiden dicksten davon aus, wobei er sie mit dem Antilopenpfeil ranwinkte, sozusagen behexte, damit sie sich neben ihn setzten. Das eine Mädchen war bloß durchschnittlich dick, aber das andere war so fett, daß man genau hinschauen mußte, um ihre Gesichtszüge überhaupt zu entdecken; ihre Augen sahen aus wie Senfkörner.

Diese fette Person sollte eben fette Antilopen anlocken. Die Krieger, die noch Pferde hatten, stiegen jetzt auf, und wir übrigen verteilten uns im Halbkreis rechts und links um den Häuptling und die beiden Pummel. Zwei andere dünnere Mädchen rissen plötzlich Alte Zeltbahn die Antilopenpfeile aus den Händen und rannten damit weg, und zwar in der Form eines Vs, dessen Spitze der Häuptling bildete. Die Reiter nichts wie hinterher, die beiden Führer grapschten sich beim Überholen die Medizinstäbe von den Mädchen, verlängerten die Schenkel des Vs und hielten dabei die Reifen mit den flatternden Rabenfedern in die Luft. Jetzt tauchte aus einer Bodenvertiefung eine Antilope auf, etwa eine Viertelmeile vor den Reitern genau zwischen ihnen, so daß man also eine lotrechte Linie zu Alte Zeltbahn hätte ziehen können. Wie die Menschen stellen die Antilopen beim Grasen Wachtposten auf. Die warnen die Herde, indem sie ihre weißen Blumen als Signalflagge hochstrekken. Was glauben Sie nun, was so ein Gabelantilopenwächter tut, wenn er rechts und links neben sich zwanzig Cheyennes angaloppieren sieht und auch noch mitten auf der Prärie einen ganzen Haufen um einen alten Indianer und zwei kugelrunde Mädchen rum entdeckt?

Also der hier starrte so angestrengt, daß man meinen konnte, die gespitzten Ohren würden ihm aus dem Kopf fliegen. Unterdessen waren die Reiter auf gleicher Höhe mit ihm. Er guckte nach links, er guckte nach rechts, aber die Kräfte, die von beiden Flanken gleich stark auf ihn einwirkten, zwangen seine Aufmerksamkeit irgendwie wieder zur Mitte, und sogar aus der Entfernung konnte man sehen, wie er am ganzen Leib zitterte, nur seine gelben Backen und sein schwarzes Maul waren vor Staunen wie erstarrt.

Alte Zeltbahn rührte sich nicht in seiner roten Decke, nur ein leichter Wind bewegte die weißen Spitzen seiner beiden Adlerfedern. Die zwei Mädchen kauerten immer noch wie Erdklumpen da, und sogar von den Hunden streckte kein einziger Köter die Zunge raus; sie waren eben auch cheyennisch.

Der Antilopenwächter setzte einen zierlichen Huf nach dem anderen vor, als wäre es jedesmal ein neuer Entschluß, und dabei bauschte sich seine weiße Halskrause wie ein Spitzenkragen. Über dem Kamm hinter ihm tauchten wie lauter Zinken kleine Hörner auf, denen allmählich kleine hellbraune Köpfe folgten, die uns anglotzten. Die vordersten Reiter kamen nun zu dem Hügel und setzten drüberweg, wobei sie den Trichter immer breiter machten, dessen Hals auf Alte Zeltbahn zeigte, der ein gehöriges Stück davon weg in der von seinem Stamm gebildeten Sichelform hockte. Die Reiter reichten nun aus, um die Seitenlinien anzudeuten, und ließen zwischen sich so viel Platz, daß ein ganzes Volk von Antilopen durch jede Lücke durchkonnte, aber die Viecher waren eben behext und dachten überhaupt nicht daran abzuhauen.

Der Wächter trabte nun den Hang runter; hinter ihm wimmelte der Horinzont nur so von Tieren, und immer mehr drängten nach. Er kam hundert Yard näher, und die Herde hinter ihm nahm immer noch kein Ende; mit ihm vorneweg bildeten sie eine riesige, auf Alte Zeltbahn gerichtete Pfeilspitze. Die Cheyennes und die Tiere bewegten sich tadellos im Takt, den der alte Häuptling schlug. Angeblich haben die Götter persönlich die Musik dazu geschrieben. Wenn Sie das nicht glauben, haben Sie aber eine verflixt harte Nuß zu knacken, um zu erklären, wieso rund tausend Antilopen in ihr Verderben rannten; und auch, woher Alte Zeltbahn wußte, daß die Herde da und nirgendwo anders war, denn als er sich auf die Prärie setzte, hatte noch kein Tier auch nur eine einzige Haarspitze sehen lassen.

Die beiden vordersten Reiter hatten mit ihren Reifenstangen das Ende der Herde erreicht, da wechselten sie die Seiten, galoppierten zu Alte Zeltbahn zurück und überreichten ihm die Zauberstäbe. Der Bannkreis hatte sich jetzt um die Tiere geschlossen, und mit einem Zauberstab in jeder Hand lockte der Häuptling sie immer näher ran.

Er riß die Arme hoch, und die riesige Herde begann loszurennen, mit der Spitze nur siebzig Yard weit von uns weg, mit dem Hinterteil noch immer jenseits der Hügel. Gut dreihundert Yard Prärie waren mit Tieren vollgestopft, Flanke an Flanke, und hinten war das Gedränge von Ost nach West ungefähr genau so breit: ein gewaltiger Keil aus lauter Antilopen. Wir setzten uns jetzt in Bewegung, um die Spitzen der Sichel zu verlängern und das V unten zu einem U abzurunden, und die Tiere strömten in den lebenden Pferch mit seinen Zäunen aus Cheyennes – Männer, Frauen, Kinder –, und die ausgebreiteten Decken, sowie die Hunde zwischen ihren Beinen mußten zur Verstärkung herhalten.

Ich stand etwa in der Mitte des linken Flügels und versuchte, den ersten Antilopenwächter zu entdecken, aber er war inzwischen von schnelleren Tieren eingeholt worden und in dem ganzen Gedränge einfach untergegangen, und schon bald gab es in dem Gequirl unzähliger Beine und dem aufwirbelnden Staub keine besonderen Kennzeichen mehr. Der Häuptling schwenkte die Reifen, als die Antilopenführer in die Falle liefen und nach links abbogen, dort aber gegen die Cheyenne-Wand rannten; rechts erging es ihnen nicht besser. Er kreuzte die Zauberstäbe zweimal, und die Augen der vordersten Antilope folgten ihm, sie schnaubte, schlug die Hufe zusammen und sank in die Knie, wodurch sie für die Tiere direkt hinter ihr zu einem unüberwindlichen Hindernis wurde.

Sie schoben sich nun einfach übereinander, genau vor meinen Augen, und von da an war alles nur noch reine Panik: ein Tier lief auf das andere auf, sie rannten sich gegenseitig die Schädel ein, durchbohrten sich die Bäuche oder zertrampelten sich einfach. Wir rückten ihnen immer näher zu Leibe, und die Reiter schlossen den Kreis, jeder mit einer

Keule oder einer Axt oder bloß mit einem großen Stein bewaffnet, aber natürlich in dem engen Raum ohne irgendwelche Wurf- oder Schußwaffen. Ich möchte behaupten, daß es über eine Stunde dauerte, bis die allerletzte Antilope erschlagen war, wenn wir uns auch keine Ruhe gönnten und viele Viecher von selber abkratzten.

Alte Zeltbahn ließ die Zauberstäbe nicht einen Augenblick sinken, ja er fuchtelte damit rum, bis kein Tier mehr am Leben war, das er sehen konnte: das war einfach seine Pflicht und Schuldigkeit, aber an dem Gemetzel selbst nahm er nicht teil. Ich persönlich hatte in diesem Alter noch nicht mal die Kraft, einem schwachen Tier viel Schaden zuzufügen, aber ich half den Leuten, so gut ich konnte, und schlug mit einem Stein auf braune Felle, wenn ich irgendwo eine Lücke fand. Vielleicht bekam in dem ganzen Durcheinander auch Jüngerer Bär ein- oder zweimal was von mir ab, denn er war dauernd um mich rum. Da versuchte dieser Kerl doch tatsächlich, einer Antilope das Genick mit den bloßen Händen zu brechen, was ein paar bärenstarke Männer konnten, indem sie einfach die Hörner rumdrehten. Aber er schaffte es nicht und mußte dem Tier schließlich mit seiner Axt eins hinter die Ohren hauen.

5.
Meine Erziehung als Menschenwesen

Sie haben vielleicht gemerkt, daß Alte Zeltbahn bis jetzt in meiner Erzählung ein bißchen als Hanswurst erschien. Der Eindruck entsteht aber, mit Verlaub, nur bei Weißen. Unter den Cheyennes war er eine Art Genie. Er brachte mir als Junge alles bei, außer was mit dem rein Körperlichen zu tun hat wie zum Beispiel Reiten und Schießen. Und zwar tat er das mit Geschichten. Ich schätze, daß er mir und den anderen Kindern ein paar hundert Geschichten erzählt hat, und manchmal hörten auch die Erwachsenen zu, weil er als weiser alter Indianer galt und nie sein hohes Alter erreicht hätte, wenn er das nicht gewesen wäre.

Ich will Ihnen zwei von seinen Geschichten erzählen. Eine davon hat mir das Leben gerettet, als ich das erste Mal zum Pferdestehlen auszog. Die andere, die er bei einem Kriegsrat mit ein paar Sioux vortrug, gibt Ihnen eine bessere Vorstellung vom Unterschied zwischen Roten und Weißen als alles übrige, wenn man nicht gerade wie ich als beides gelebt hat.

Mehrmals war Schnee gefallen und wieder geschmolzen, seit ich bei den Cheyennes war, und ich muß etwa dreizehn gewesen sein. Wir Jungen spielten mal wieder Krieg, und Jüngerer Bär, der von Monat zu Monat größer wurde, schoß so einen Pfeil mit stumpfer Spitze derartig kräftig ab, daß ein Bursche, der Roter Hund hieß, wie tot umfiel, als das Geschoß gegen seine Stirn prallte. Ich glaube, es sollte eigentlich mich treffen, aber ich bin immer eine sehr bewegliche Zielscheibe gewesen. Zufällig kam gerade Alte Zeltbahn mit einem Indianer vorbei, der hieß Zwei Babys und war nackt und vom Scheitel bis zur Sohle schwarz angemalt, weil er wegen irgendwelchem Gelübde den Skalp eines Feindes erobern wollte.

Zwei Babys bewegte sich wie in Trance, aber als Alte Zeltbahn Roter Hund bewußtlos am Boden liegen sah, beugte er sich über ihn und sagte: „Komm schon und iß was!" Sofort rappelte sich der Bursche auf, und der Häuptling schickte ihn zu Squaw Büffelschwemme, um sich von der was geben zu lassen, und das heilt einen Indianer so ziemlich von allem.

Dann sagte Alte Zeltbahn zu Jüngerer Bär: „Das ist mir ein tapferer Krieger, der seine eigenen Freunde tötet." Und Jüngerer Bär schämte sich schrecklich.

Alte Zeltbahn breitete seine Decke auf dem Boden aus, und wir setzten uns alle um ihn rum. Seine Zöpfe waren in Wieselfell gewickelt, und er trug ein Stirnband, das war mit den altmodischen Perlen aus der Zeit bestickt, bevor die Weißen ihren Glaskram brachten: diese Perlen also waren aus dem roten Teil von Meermuscheln gemacht, und weil die Cheyennes mitten im Land lebten, mußten sie eine lange Handelsreise hinter sich haben, die vielleicht schon vor einem Jahrhundert anfing, als irgendein Küstenwilder in Oregon und Massachusetts so eine Muschel aufbrach, das gummiartige Fleisch raussaugte und mit seinem Steinbohrer aus der leeren Schale ein Schmuckstück schuf.

Der Häuptling sprach: „Ich will euch heute von einem Krieger erzählen, der seine Freunde liebte. Es geschah vor vielen Schneefällen, als ich noch ein junger Mann war. Damals sah man nur selten ein Gewehr unter uns, weil wir nur wenig Handel mit den Weißen trieben und die anderen Indianer natürlich alle Feuerwaffen für sich behielten, die sie ergattern konnten. Wir hatten nicht einmal viele Pfeilspitzen aus Eisen, und im Kampf ritten wir möglichst nah an den Feind heran, damit der mit Pfeilen auf uns schoß und wir dadurch zu ein paar Eisenspitzen kamen."

Er lachte schallend und zog seine Leggings hoch, um uns seine rechte Wade mit den vielen runden Narben von früher zu zeigen.

„Das war damals das einzige Mittel, sich welche zu beschaffen. Um uns Pferde zu besorgen, zogen wir meistens nach Süden zum Land der Snakes; denn die sind großartige Reiter und haben die besten Ponys. Und zwar, wie es heißt, weil sie sich mit ihren Pferden paaren, aber mit meinen eigenen Augen habe ich das nie gesehen." Er meinte damit die Komanchen, die besten Reiter der Welt, die alle anderen Indianer darin übertreffen; ob sie sich nun mit Stuten paarten oder nicht, ich weiß nur, daß sie tatsächlich ihre Frauen wie Hengste besprangen, nämlich von hinten, und dabei wieherten und schnaubten; sie waren nun mal alle pferdetoll.

„Manchmal hatten wir die Pferde eigentlich gar nicht nötig, dann zogen wir einfach zum Kämpfen hin, denn die Snakes sind tapfere Leute, und das Herz schlägt einem höher, wenn sie zum Angriff auf einen losreiten, besonders am frühen Morgen, wenn der Sonnenball noch ein Jüngling am Himmel ist; später, wenn er ein reifer Mann ist, wird es in ihrem Land zu warm, und daran seht ihr, warum die Menschenwesen sie früher dahin vertrieben haben, und warum wir die Stelle hier, die einfach vollkommen ist, für uns selber behalten haben."

Kriegsgeschichten stimmten Alte Zeltbahn immer heiter. Dann wurde er zusehends ein paar Jahrzehnte jünger, seine Augen fingen an zu funkeln, seine hohlen Backen füllten sich, und an einer besonders blutrünstigen Stelle lachte er aus vollem Hals.

„Einmal waren sechs Menschenwesen im Land der Snakes hinter Pferden her: Falke-Der-Raubt, Kleines Fell, Großer Hengst, Eisenhemd, Tolles Maultier und Kleiner Mann. Außerdem begleitete sie Behaarte Brust von den Arapahos, die, wie ihr wißt, von jeher unsere Freunde sind und gewöhnlich mit den Menschenwesen in einem Lager leben. Die Gesellschaft war eigentlich ausgezogen, um Wildpferde zu fangen und nicht welche von den Snakes zu stehlen. Sonst wäre Behaarte Brust nicht mitgekommen, denn in dem Jahr herrschte gerade Frieden zwischen den Arapahos und den Snakes.

Bei der Quelle des Washita stießen unsere Leute auf Spuren eines großen Snake-Dorfs und beschlossen, es nach Einbruch der Dunkelheit zu überfallen, wenn sie auch keine Gewehre hatten und nur noch ein paar Pfeile und deshalb nicht lange kämpfen konnten, falls die Snakes sie später einholen sollten.

Nachdem sie den Lagerplatz entdeckt hatten, versteckten sie sich bis zur Nacht. Behaarte Brust nahm wegen des Vertrags zwischen seinem Volk und den Snakes an dem Überfall nicht teil. Er wartete vor dem Lager und paßte auf die Ponys der Menschenwesen auf, schloß sich ihnen aber nicht an, als sie die Herde wegtrieben. Sie ritten die ganze Nacht und den halben Tag, ohne zu rasten, bis die Sonne so stand, daß sie genau in das Rauchloch eines Wigwams gucken konnte. Inzwischen hatten sie den Stinkenden Fluß erreicht, dessen Wasser zwar ein Pferd trinken kann, aber kein Mann. Also tränkten sie die Herde.

Aber sie hatten doch nicht schnell genug reiten können, weil sie die gestohlenen Pferde treiben mußten, und bevor sie den Stinkenden Fluß verließen, holten die Snakes sie ein, je zehn Mann auf ein Menschenwesen und auch zehn auf Behaarte Brust. Unsere Leute sprangen auf ihre Ponys und galoppierten auf einen kleinen Hügel, wo sie die Tiere töteten, um einen Wall daraus zu errichten, zogen sich Leggings und Hemden aus und stimmten ihren Sterbegesang an.

Bevor die Snakes angriffen, ritt ihr Anführer – Vollmond hieß er – so nah an den Hügel heran, daß er deutlich zu sehen war, und sagte in der Zeichensprache: ‚Du Mit-Tätowierungen-Besäter‘ – so nennen die Snakes unsere Freunde, die Arapahos –, ‚wieso stiehlst du unsere Pferde mit den Gestreiften Pfeilen? Dein Stamm und mein Stamm haben Frieden geschlossen. Bist du ein schlechter Mensch?‘

Behaarte Brust stand auf und antwortete: ‚Ich habe meinen Fuß nicht in euer Lager gesetzt und auch nicht eure Pferde gestohlen. Dies hier sind meine Freunde. Ich habe mit ihnen zusammen gelebt, mit ihnen zusammen gegessen und an ihrer Seite gekämpft. Und wenn ich auch mit euch keinen Streit habe, so glaube ich doch, daß heute ein guter Tag ist, um mit ihnen zu sterben.‘

‚Ich höre dich‘, winkte ihm Vollmond zurück und ritt wieder zu seinen Leuten; die stürmten den Hügel und töteten Eisenhemd, Falke-Der-Raubt und Kleines Fell, aber die vier Übriggebliebenen wehrten sich so tapfer, daß die Snakes sich zurückzogen, nachdem sie einige Tote und Verwundete zu verzeichnen hatten. Dann griffen die Snakes erneut an, aber nicht das ganze Pack, sondern nur ein Dutzend von ihnen, und Behaarte Brust wurde an der Stelle, der er seinen Namen verdankte, von einer Lanze durchbohrt, aber vor seinem Tod schoß er dem Täter noch seinen letzten Pfeil in den Hals. Der stürzte von seinem Pferd und klammerte sich an die Mähne, was dem Pony mißfiel, so daß es ausschlug und sein Huf dabei Tolles Maultier in den Bauch traf, den dann ein vorbeigaloppierender Snake mit einem Keulenschlag auf den Kopf den Rest gab. Auch Großer Hengst wurde so schwer verwundet, daß er bald darauf starb.

Jetzt war nur noch Kleiner Mann am Leben, und der hatte keine Pfeile mehr. Er mußte warten, bis ein Snake einen Pfeil auf ihn schoß, damit er den aus seinem Fleisch reißen und zurückschießen konnte. So tötete er einen Reiter und verwundete einen anderen, als der Angriff über den Hügel rollte. Aber jetzt kamen schon wieder sechs oder sieben von der anderen Seite im Galopp und mit eingelegten kurzen Lanzen auf ihn zu.

Kaum war der erste Snake oben, da ergriff Kleiner Mann eine Decke von dem Haufen Kleidern, die unsere Leute ausgezogen hatten, und schwenkte sie mit lautem „Hu, hu, hu!“ dem Pony an den Kopf. Das Tier scheute und wich ein Stückchen von der Angriffslinie ab, so daß die Lanze Kleiner Mann verfehlte und statt dessen die Decke aufschlitzte. Kleiner Mann packte den Reiter beim Gürtel und riß ihn rücklings vom Pony. Sobald der Snake den Boden berührte, machte Kleiner Mann ihm mit dem Messer drei Querschnitte über die Kehle, aber zum Skalpieren blieb ihm keine Zeit, weil die anderen Snakes über ihn herfielen. Er sprang auf das Pony und setzte ihnen mit der erbeuteten Lanze so blutig zu, daß die Snakes sich zu ihrer Hauptmacht auf die Prärie zurückzogen.

Kleiner Mann ritt auf den Hügel zurück und sang seinen Sterbegesang, während die Snakes Kriegsrat hielten. Dann kam Vollmond nochmals heran und sagte in der Zeichensprache: ‚Du bist ein tapferer Mann. Wir haben die Pferde wieder, die ihr gestohlen habt, und wir wollen nicht weiterkämpfen. Du kannst heimgehen.‘

Aber Kleiner Mann sagte: ‚Ich höre dich nicht.‘ Und Vollmond machte kehrt, und die Snakes griffen von neuem an, jetzt mit zwanzig Mann, und Kleiner Mann tötete ein paar von ihnen mit seiner Lanze und blieb selber unverletzt. Da wurde den Snakes wirklich angst und bange; sie hatten noch nie gegen eine so mächtige Medizin gekämpft.

Vollmond ritt zum drittenmal vor und sagte in der Zeichensprache: ‚Du bist der tapferste Gestreifte Pfeil, den wir je gesehen haben. Behalt das Pony, auf dem du sitzt, behalt auch die Lanze, und wir geben dir noch ein Pferd dazu. Geh zu deinem Volk zurück. Wir wollen nicht mehr kämpfen.'

‚Nein, vielen Dank', sagte Kleiner Mann. ‚Alle meine Freunde sind tot, unter ihnen einer, der den Menschenwesen die Treue hielt, obwohl er ein Arapaho war. Ohne meine Freunde könnte ich bloß den ganzen Tag herumsitzen und weinen. Es ist besser, daß ihr auch mich tötet. Heute ist ein guter Tag zum Sterben'.

Daraufhin hob Kleiner Mann die Lanze über seinen Kopf, stieß seinen Kriegsruf und den Namen seines Volkes aus und griff die gesamte Streitmacht der Snakes an. Vollmond war ein tapferer Häuptling, aber als er Kleiner Mann auf sich zu galoppieren sah und seine fürchterlichen Schreie hörte, kreischte er los und wollte fliehen, aber Kleiner Mann holte ihn ein und rannte ihm die Lanze in den Leib, in dessen Mitte sie stecken blieb. Daher zückte Kleiner Mann sein Messer und setzte seinen Angriff auf die Snakes fort. Die wichen zurück, und er ritt wie ein Wirbelwind zwischen sie, wobei er so wild um sich stach und schnitt, als hätte er an jedem Finger ein Messer, und die Snakes heulten vor Angst, wenn sie auch an und für sich ein tapferes Volk sind.

Schließlich erschoß ein Snake mit einer Flinte Kleiner Mann von hinten, und er sackte zu Boden, und die Snakes schlugen ihm den Kopf ab. Aber als sie das getan hatten, sprang der Rumpf von Kleiner Mann hoch und kämpfte mit dem Messer weiter, das seine Hand immer noch umklammerte. Und sein Kopf, den sie auf einen Speer gesteckt hatten, brach wieder in Kriegsgeschrei aus. Das war für die Snakes wirklich zu viel. Sie galoppierten davon, so schnell sie konnten, und einige wagten sich umzudrehen und sahen, wie Kleiner Mann ohne Kopf hinter ihnen her rannte und sein Messer schwang. Als sie außer Reichweite waren, kehrte der Rumpf auf den Hügel zurück und legte sich oben zwischen seine Freunde. Niemand weiß aber, was aus seinem Kopf geworden ist, den der Speerträger fallen ließ, als der Kopf wieder zu brüllen begann.

Vollmond erholte sich zwar von seiner Wunde, hatte aber für den Rest seines Lebens einen Buckel wie ein Büffel. Er schämte sich nicht, daß er vor Kleiner Mann geflohen war, weil Kleiner Mann an dem Tag eine Medizin hatte, der kein Snake standhalten konnte. Vollmond persönlich erzählte mir später die Geschichte, als unsere Stämme Frieden geschlossen hatten, und die Snakes fanden auch den Bruder von Kleiner Mann und gaben ihm das versprochene Pferd, damit sie zur Stelle zurückkehren konnten, an der Kleiner Mann starb, ohne von seiner Leiche überfallen zu werden."

Ich hatte keinen Weißen mehr gesehen, seit Caroline nachts aus dem Lager verduftet war. Nur einmal, als wir am Surprise River, am Überraschungsfluß, lagerten und wir Jungen Präriehühner jagten, entdeckten wir ein paar Meilen vor uns Gestalten, die sich bewegten und die ich für Büffel hielt, aber Kleines Pferd mit seinen Indianeraugen sagte nein, das wären Weiße, einer hätte blondes Haar und wäre mit einem Gewehr bewaffnet und würde auf einem Fuchs reiten, dessen rechtes Vorderbein ein bißchen lahmte; und der andere hätte einen Bart und einen Rotschimmel, der vom Sattel wundgerieben war. Sie hätten sich verirrt, aber er könnte sehen, daß der Fuchs Wasser witterte, und bald würden sie auf den Fluß stoßen und wissen, wo sie wären. Daher schlugen wir die entgegengesetzte Richtung ein.

Es gab einen Grund, warum wir nicht besonders scharf darauf waren, die Weißen zu treffen: sie brachten den Cheyennes Unglück. Sie wissen doch noch, was bei dem Wagenzug meiner weißen Familie passierte: ein paar Cheyennes hätten sich um ein Haar gegenseitig umgebracht. Dann geschahen auch von Zeit zu Zeit schlimme Dinge drüben beim Fort Laramie, wo einige Indianer vor den Palisaden lagerten, um Handel zu treiben. Es kam immer wieder vor, daß ein junger Bursche sich besoff und auf einen Soldaten schoß oder sich mit ein paar Pferden aus dem Staub machte. Und einmal stieß ein Sioux auf eine alte kranke Kuh, die aus einem Wagenzug von Auswanderern weggetrottet war, und tötete sie wegen ihrem Fell. Da geriet die Armee in Weißglut, griff das Indianerlager an, und auf beiden Seiten wurden ein paar abgemurkst.

Wir waren bei diesem Zwischenfall sechzig oder siebzig Meilen von Laramie weg am War Bonnet Creek, am Soldatenmützenfluß, aber wir hörten ziemlich schnell davon. Ein paar Minneconjous, eine Art Sioux oder Lakotas, ritten zu uns und hielten Rat mit Alte Zeltbahn, Büffelnacken und unseren anderen Anführern. Jeder kann zu so einer Versammlung kommen und seinen Senf dazu geben, wenn der was taugt, aber gewöhnlich reden nur die Häuptlinge, weil sie klüger sind, darum sind sie ja Häuptlinge.

Zum Glück war ein Mann unter den Minneconjous, der Cheyennisch konnte, denn wenn die Menschenwesen und die Sioux auch schon seit Generationen Verbündete waren, sprechen sie ganz verschiedene Sprachen und müssen sich meistens durch Zeichen unterhalten, als hätten sie nicht mehr gemein wie ein Russe und ein Portugiese. Der Mann dolmetschte also.

Großer Elch, ein Minneconjou, stand auf, erzählte, was drüben in Laramie passiert war, und schloß: „Ich habe viel Wasichus getroffen" – so nennen die Sioux die Weißen – „und ihren Kaffee getrunken und ihre Melasse gegessen, die gut schmeckt". Da sagten viele der Cheyennes, die rundum im Zelt hockten: „Hau, hau."

„Aber ich habe nie rausgefunden, warum sie in unser Land gekommen sind", fuhr Großer Elch fort. „Erst gab es nur wenige von diesen armen Heimatlosen, und sie taten den Lakotas leid und kriegten von ihnen was zu essen. Dann kamen viele mit dem häßlichen Vieh, das man nicht essen kann, weil es keine Hoden mehr hat und das Fleisch zäh ist, und nur zum Ziehen der Wasichu-Wagen taugt, die mit lauter unnützem Zeug vollgeladen sind, bis auf den Kaffee und den Zucker und die eisernen Faßbänder, aus denen man Pfeilspitzen machen kann. Die Wasichu-Frauen sehen krank aus und bringen mich zum Niesen. Dann kamen die Soldaten mit ihren großen, schwarzen Pferden, und von denen hat nicht mal jeder Mann eine Frau für sich allein, nein, sie müssen ein paar Weiber unter sich teilen und ihnen jedesmal was schenken, wenn sie mit einer schlafen.

Wenn ein Wasichu was tut, was einem anderen Wasichu nicht gefällt, dann binden sie ihm ein Seil um den Hals und werfen ihn von einer hohen Stelle runter, als ob sie ihm die

Seele aus dem Leib ziehen wollen. Sie reden von großen Dörfern, die sie da haben, wo die Sonne aufgeht, aber wenn das stimmt, warum kommen sie denn dann in unser Land und vertreiben die Büffel? Ich will euch sagen, warum: die Wasichus sind krank, und wenn sie wirklich diese großen Dörfer hatten, mit denen sie prahlen, dann ist dort jeder gestorben, weil er mit den kranken Frauen schlief und den stinkenden Speck aß, und die Übriggebliebenen kommen her, und wenn wir sie nicht alle töten, dann stekken sie die Lakotas und unsere Freunde, die Shyelas, auch an."

Die Sioux nannten nämlich die Cheyennes Shyelas. Großer Elch setzte sich hin und kratzte seine Läuse, ein anderer Sioux stimmte ihm bei, und dann stand unser Büffelnacken auf, um seine Meinung zu sagen. Er war kein großer Redner, aber er hatte bestimmt viel Sinn fürs Praktische.

„Wenn wir gegen die Weißen kämpfen wollen, dann müssen wir uns erst mal Gewehre und Pulver verschaffen. Wir können aber nur genug Gewehre und Pulver und Kugeln zum Kampf gegen die Weißen von eben den Weißen selber kriegen. Ich glaube aber nicht, daß sie uns das gerade zu diesem Zweck geben werden; wir haben ihnen nicht viel zu bieten, sogar, wenn sie bereit sind, uns das zu diesem Zweck zu verkaufen; mit Gewalt können wir ihnen das bestimmt nicht abnehmen, denn wenn wir es könnten, dann brauchten wir keine Gewehre und kein Pulver und keine Kugeln mehr für diesen Zweck.

Ich meine, wir sollten den Weißen aus dem Weg gehen, weil wir keine Gewehre und kein Pulver und keine Kugeln haben."

Großer Elch stand noch mal auf und sagte: „Im Fort war ein junger Soldatenführer, der behauptete, daß er mit zehn Mann das ganze Volk der Shyelas ausrotten könnte, und mit dreißig Mann sämtliche Völker der Prärie. Aber wir Minneconjous haben mit ein paar Oglalas ihn statt dessen umgebracht. Das hier ist sein Ring, den ich an einer Schnur um den Hals trage. Ich hatte auch noch seinen Finger, aber den habe ich verloren."

Schließlich ergriff Alte Zeltbahn das Wort und erhob seine Fistelstimme, wie es sich für einen anständigen Redner ziemte. Was er jetzt sagte, stieg tief aus seiner Brust rauf, kam aber ganz hoch und zittrig heraus, nachdem es sich den Weg durch seine zugeschnürte Kehle gebahnt hatte. Wenn man ihn zum ersten Mal hörte, meinte man, daß der arme Teufel erwürgt würde; aber wenn man seinen Stil einmal raus hatte, wurde man einfach mitgerissen.

Eine Weile schmeichelte er den Minneconjous und den übrigen Lakotas. Dann erinnerte er sie an die Theorie der Cheyennes, daß die schon in den Black Hills, den Schwarzen Bergen, wohnten und viele Pferde besaßen, als die Sioux bettelarm zu ihnen kamen und nur Hunde als Tragtiere hatten, und daß die Menschenwesen Mitleid mit ihnen kriegten und ihnen von Zeit zu Zeit Pferde schenkten, wodurch die Sioux es zu dem großen Stamm brachten, der sie heute sind.

„Und was nun die Weißen angeht", sagte er nach einer Stunde oder so, „in meinem Volk sah sie der Großvater meines Großvaters zum ersten Mal. Sein Name war Beide-Füße-Auf-Dem-Boden. Damals lebte unser Volk beim See-Über-Den-Man-Gukken-Kann in Lehmhütten und baute Mais an. An einem Morgen nun folgte Beide-Füße-Auf-Dem-Boden mit ein paar anderen Menschenwesen an einem Fluß der Fährte von einem Bär, als sie auf die Spur eines anderen Tiers stießen, das sie noch nie gesehen hatten. Die neue Spur war fast so groß wie die eines Bären, aber sie zeigte keine Zehenabdrücke, sondern sie war rund und glatt. Unsere Leute glaubten, daß es die Spur eines Wassertiers war, dessen Zehen zusammengewachsen waren, damit es besser schwimmen konnte.

Sie folgten der Spur, bis sie zu einer Lichtung im Wald kamen, und da erblickten sie sechs von diesen neuen Tieren und auch den Grislybär, der ihnen wiederum nachgeschlichen war. Die neuen Tiere sahen für unsere Leute komisch aus. Sie schienen nackt zu sein, der Pelz oder das Fell eines jeden waren anders beschaffen, und ihre Köpfe hatten ganz verschiedene Formen. Unsere Leute hielten sie für Vettern oder sogar Kinder des Grislybären, weil sie wie er auf den Hinterpfoten standen, dicke Leiber hatten und ihre Vordertatzen als Hände gebrauchten.

Aber im nächsten Augenblick stürzte sich der Grislybär

auf die neuen Tiere, und da holten ein paar ihre Schwänze zwischen den Beinen hervor, die länger als ihre Arme waren, legten sie an die Schulter, und feuerten daraus mit großem Krach Flammen und Rauch gegen den Grislybär, bis er tot umfiel.

Unsere Leute bekamen es furchtbar mit der Angst zu tun, und sie rannten durch den Wald zu ihrem Dorf zurück, um es den anderen zu erzählen, und die anderen wurden ganz aufgeregt und wollten die neuen Tiere mit ihren eigenen Augen sehen. Darum gingen alle Krieger aus dem Dorf wieder zu der Lichtung mit den neuen Tieren, wo sie sich hinter Büschen versteckten und sie beobachteten. Eines von den Tieren häutete plötzlich seinen Körper und seinen Kopf, und unsere Leute hielten sich erstaunt die Hand vor den Mund. Aber als die Haut runter war, sah das Tier genau wie ein Menschenwesen aus, nur daß sein Fleisch weiß war und es lauter Haare auf dem Gesicht hatte. Es wusch sich in dem Fluß und schlüpfte wieder in seine Haut, und da merkten unsere Leute, daß das, was sie für ein Fell gehalten hatten, in Wirklichkeit Kleider waren.

Ein paar von den Tieren hatten behaarte Gesichter, und unsere Leute nahmen an, daß das Männchen waren und die mit dem glatten Gesicht die Weibchen. Und sie sahen, daß die feuerspuckenden Stöcke nicht die Schwänze dieser Tiere waren, wenn es auch so aussah, weil sie die manchmal zwischen die Beine steckten.

Unsere Leute zogen sich in den Wald zurück und hielten Rat. Hungriger Bär sagte: ‚Ich meine, daß wir diese Tiere nicht stören oder reizen sollen, denn sie sind sehr komisch, und man weiß nicht, was sie tun werden.‘

Schwarzer Wolf, der nicht bei der ersten Gruppe gewesen war, die die Schießerei gesehen hatten, sagte: ‚Wir könnten sie leicht töten, aber das weiße Fleisch sieht nicht besonders schmackhaft aus, wenn man auch aus der Haut ein hübsches Hemd machen könnte.‘

Aber Beide-Füße-Auf-Dem-Boden, der sehr weise war, sagte: ‚Diese Tiere sind zwar keine Menschenwesen, aber sie sind Menschen. Ihr kennt doch die alte Weissagung unseres großen Helden Süße Medizin, daß eines Tages ein neues Volk mit weißer Haut und komischen Sitten zu uns kommen wird. Und ihr wißt, daß er sagte, es würde uns Unglück bringen. Aber jetzt sind sie nun mal hier, und so ist es besser, daß wir sie aufstöbern, bevor wir uns von ihnen überraschen lassen.

Darum mache ich euch diesen Vorschlag: ich gehe zu ihrem Lager und sehe sie mir an. Ihr anderen beobachtet mich aus den Büschen. Wenn die Weißen mich angreifen, dann müssen wir gegen sie kämpfen, und jemand muß zum Dorf zurück und die Frauen und Kinder in Sicherheit bringen. Wenn ich nicht angegriffen werde, dann könnt ihr auch ins Lager kommen.‘

Beide-Füße-Auf-Dem-Boden zog sich bis auf seinen Lendenschurz aus und ging allein auf die Lichtung. Der erste Weiße, der ihn erblickte, legte seinen Feuerstock an, aber ein anderer – einer ohne Haar im Gesicht, so daß er wie eine Frau aussah – trat vor ihn und hielt seine Hand Beide-Füße-Auf-Dem-Boden entgegen. Der Großvater meines Großvaters blieb stehen und guckte ihr in die Augen, denn unser Volk hatte damals noch nichts vom Händeschütteln gehört. Dann drängten sich andere Weiße um Beide-Füße, und unsere Leute im Gebüsch spannten schon ihre Bogen, aber bald merkten sie, daß die Weißen dem Menschenwesen nichts Böses antaten, sondern ihn anlächelten und mit ihm redeten, und so kamen ein paar von uns aus dem Gebüsch und gingen zum Lager.

Die Glattgesichter entpuppten sich auch als Männer wie die Haarbäckigen, und einer von ihnen trug ein goldenes Kreuz um den Hals, und als er den Hut absetzte, war seine Kopfhaut fast kahl bis auf ein paar Fransen über den Ohren. Er nahm zwei Stöcke, machte daraus ein Kreuz, steckte das in die Erde, und da fielen alle Weißen auf die Knie, während der Glatzkopf die Augen schloß, die Hände faltete und was sagte. Dann zeigten die Weißen den Menschenwesen ihre Donner-und-Blitz-Stöcke und ließen sie am Hahn ziehen, aber unsere Leute hatten bei den Schüssen immer noch Heidenangst.

Diese ersten Weißen blieben dort einen Mond oder so und bauten ein viereckiges Haus aus Holzpfählen. Unsere Leute besuchten sie täglich, und der Mann mit dem Kreuz gab ihnen Geschenke und machte ihnen Zeichen, daß sie niederknien sollten, wenn er mit den gekreuzten Stöcken redete, die waren nämlich seine Medizin, und das taten sie dann auch aus Höflichkeit.

Aber in einer Nacht, als die eine Hälfte der Weißen schlief, töteten die anderen sie und nahm ihnen alles ab und steckten das Haus an und gingen zum Großen Wasser und stiegen in ein Boot, was sie dort hatten, und fuhren weg.

Das ist die Wahrheit, wie sie mir überliefert wurde", sagte Alte Zeltbahn. „Und so was passierte später oft, immer wenn die Weißen kamen. Sie können sich nicht leiden, und früher oder später tötet der eine den anderen, und zwar meistens nicht im Kampf, in dem unsere Leute ihre Tapferkeit beweisen und sich über den mutigen Tod unserer Feinde freuen und an einem guten Tag sterben, sondern indem sie sich von hinten erschießen oder den Hals in die Länge ziehen oder gegenseitig mit einer Hustenkrankheit und anderen Übeln anstecken oder Leute durch Whisky den Verstand verlieren lassen.

Aber ich sage, sie sind Weiße und nicht wie wir, und vielleicht haben sie einen Grund, warum sie so handeln, den man nicht verstehen kann, wenn man selber kein Weißer ist. Wenn sie mich je angreifen, wehre ich mich. Aber bis dahin gehe ich ihnen aus dem Weg."

Das war, als wir in das Land des Powder River, des Schießpulverflusses, zogen, wobei wir keine besondere Eile hatten und erst ein oder zwei Tage weiter südlich am Surprise River, am Überraschungsfluß, Büffel jagten. Das war noch vor der Zeit der Eisenbahn und der weißen Berufsjäger, und man konnte Herden von hunderttausend und aberhunderttausend Stück antreffen, die auf etwa eine Quadratmeile so dicht nebeneinander standen, daß man das Gras zwischen ihnen nicht mehr sehen konnte, und die Cheyennes brachten sie dazu, daß sie sich dauernd im Kreis drehten, und fällten ein Tier nach dem anderen mit Pfeil oder Speer, aber die Herde wurde dadurch nicht nennenswert kleiner. Dann kamen die Frauen zum Zerlegen, und danach zerrten sie die brauchbaren Stücke auf einer Büffelhaut ins Lager, die dort entfleischt und für Felle oder Zeltbahnen auf einen Rahmen gespannt wurde. Wir aßen gekochte Zunge und gerösteten Nacken, den größten Leckerbissen auf der Welt, neben dem Ihr bestes Beefsteak wie eine versengte Schuhsohle schmeckt. Aber das war einmal.

Nun gab es zwar keine Weißen beim Powder River, dafür aber lauter Crows, übersetzt heißt das Krähenfußindianer. Die Cheyennes und die Crows waren eigentlich Feinde, hatten aber vor ein paar Jahren Frieden geschlossen, als die Regierung die meisten Stämme, die miteinander auf Kriegsfuß standen, am Horse River, am Pferdefluß, östlich von Laramie versammelt hatte und sie einen Vertrag unterzeichnen ließ, sich nicht mehr gegenseitig zu bekämpfen. Das klappte auch ganz gut, solange die Stämme nicht miteinander in Berührung kamen, aber es war aus, wenn das doch passierte, denn es ist nun mal für einen Cheyenne normal, mit einem Pawnee zu kämpfen. Und wenn man nicht kämpfte, war man eben ein Weib.

So stand es auch mit den Crows, die übrigens Freunde der Weißen waren, weil sie behaupteten, nie einen Weißen getötet zu haben, und daher durften sie auch immer ihr Land behalten. Die Crows waren tapfere Männer, wenn sie mit den Cheyennes und Sioux kämpften, aber aus ihnen wurden oft Feiglinge, wenn sie der U.S.-Kavallerie als Kundschafter dienten. Ich weiß nicht warum.

Jedenfalls hatten wir den Powder River kaum erreicht, als auch schon ein paar von unseren Spähern mit der Meldung zurückkamen, daß sie ein großes Crow-Lager am Crazy Women's Creek, am Tollen-Frauen-Fluß, entdeckt hatten.

„Wenn es ein großes Lager ist, dann müssen sie eine Menge Ponys haben", sagte Büffelnacken.

Schatten-Der-Sichtbar-Wird, einer der Späher, sagte: „Diese Crows da sind reich an Pferden. Es sind die schönsten Ponys, die ich je gesehen habe. Ich habe mich den ganzen Tag im Gebüsch versteckt, nur um mir die Ponys anzusehen."

„Ich habe dich gehört", sagte Büffelnacken und seufzte. Die Gruppe ging zu Alte Zeltbahn, um mit ihm darüber zu beraten, und wir Jungens nichts wie hinter ihnen her.

„Brauchst du Ponys?" sagte der Häuptling, nachdem sie ihm über alles berichtet hatten. Schatten nickte traurig und sagte: „Ich bin noch nie so arm gewesen."

Alte Zeltbahn stellte den anderen dieselbe Frage und kriegte dieselbe Antwort. Dann fummelte er unter seiner Decke rum und sagte: „Ich habe diese Medaille bekommen, weil ich mein Zeichen unter das Friedenspapier zwischen uns und den Crows gesetzt habe. Darauf ist das Gesicht des Großen Vaters, der im Hauptdorf der Weißen lebt. Ich habe gesagt, daß ich nicht mit den Crows kämpfen will, solange die Sonne scheint, und ich rede nicht mit doppelter Zunge. Aber keiner von euch trägt diese Medaille. Ich glaube nicht, daß der Große Vater weiß, wer ihr seid. Von allen Pferden habe ich gefleckte am liebsten."

Also versammelte sich ein Trupp von Pferdedieben in der Dämmerung: Schatten-Der-Sichtbar-Wird, Kaltes Gesicht, Gelber Adler, Vogelbär und Lange Kinnlade. Es war Herbst, und die Nächte wurden kühl, aber natürlich zogen sie sich splitternackt aus, damit die Kleider sie bei dieser schnellen Arbeit nicht störten.

Wir Jungens lungerten rum und machten uns bei den Männern nützlich, die wir bewunderten; wir wetzten ein Messer, füllten einen Köcher mit Pfeilen und so weiter, bis Jüngerer Bär zu Schatten trat und sagte: „Ich bin bereit, mitzukommen."

Schatten zog seine Mokassins hoch und antwortet: „Na schön", ohne ihn dabei anzusehen.

Jüngerer Bär sagte: „Ich habe schon oft geübt und den Frauen Fleisch geklaut." Er meinte damit das Spiel, das wir wie alle anderen spielten, um uns auf ernstere Dinge vorzubereiten: die Frauen schnitten Büffelfleisch in dünne Scheiben und hingen die an Lederriemen zum Trocknen in die Sonne; wir schlängelten uns dann auf dem Bauch ran und stibitzten davon, wobei jede Scheibe als Pony zählte. Wenn eine Frau einen entdeckte, gab sie einem einen Klaps mit dem Stock, und dann war man aus. An sich war Jüngerer Bär bei dem Spiel einer von den schlechtesten, weil er mehr Stärke als List besaß. Aber er ging schon auf die Vierzehn zu und drohte vor lauter Körperkraft zu platzen, wenn er noch länger ein Junge blieb.

„Ich habe vor zwei Tagen einen Büffel getötet", fuhr er fort. Das wußte jeder, weil sein Vater sein Lob durchs ganze Lager posaunt hatte und dann ein großes Fest gab.

„Das habe ich gehört", sagte Schatten. „Du darfst mit."

„Ich bin der stärkste Junge im Lager", sagte Jüngerer Bär.

„Du schwätzt auch viel", sagte Kaltes Gesicht, der sich einen kleinen Medizinbeutel als Glücksbringer hinters Ohr band. „Wir bleiben hier, und du kannst allein zu den Crows gehen und ihnen eine Rede halten, denn die haben eine Schwäche für Großmäuler."

„Du darfst mit", sagte Schatten, „wenn du jetzt die Klappe hältst. Die Menschenwesen sind das größte Volk auf Erden und die tapfersten Krieger, sie haben die schönsten und tugendhaftesten Frauen und leben an einem Ort, der einfach vollkommen ist. Das ist allen bekannt, sogar unseren Feinden. Ein Menschenwesen *ist* so und hat es nicht nötig, darüber zu reden."

Der ganze Quatsch ging mir noch mehr gegen den Strich als die freiwillige Meldung von Jüngerer Bär. Ich hatte die Cheyennes wirklich gern und fühlte mich inzwischen sozusagen als ihr Vetter zweiten Grads, aber immer wenn ich auf ihre Arroganz stieß, kam mir hoch, daß ich im Grunde ein Weißer war. Das größte Volk auf Erden! Mein Gott, sie hätten nicht mal Eisenmesser, wenn Kolumbus nicht zufällig an ihren Küsten gelandet wäre. Und wer hatte ihnen denn überhaupt die Ponys gebracht?

Ich stand neben Kleines Pferd und flüsterte ihm zu: „Ich gehe mit." Er sagte: „Ich nicht", und verließ Schattens Zelt. Das war das erste Zeichen, an das ich mich erinnere, für den Weg, den er im Leben einschlagen sollte.

Ich trat zu den Männern und fragte: „Darf ich mit?"

Ich war nicht in der richtigen Stimmung für so ein gefährliches Abenteuer, bei dem es aufs Zusammenhalten ankommt, denn ich sonderte mich ja gerade von meinen Kameraden ab, weil ich anders war wie sie. Die Cheyennes glotzten erst mich an und wechselten dann untereinander Blicke. Ich war fast Dreizehn, ziemlich schmächtig und hatte rotes Haar, blaue Augen und eine Haut, die, wenn sie vielleicht auch von der Sonne gebräunt, dreckig und zerkratzt war, alles in allem doch bleich wie ein Fischbauch aussah.

Ich glaube, daß ihnen bei meinem Anblick wieder einfiel, daß die Crows ja Freunde der Amerikaner waren und daß es ziemlich hirnverbrannt war, einen Kerl, dessen Treue nicht durch Blutsbande gesichert war, zu so was mitzunehmen, was für manche höchstwahrscheinlich ein tödlicher Ausflug war. Ganz zu schweigen von einem unerfahrenen Knirps.

Aber Schatten sagte: „Na schön." Wenn man nämlich einem Indianer die Wahl läßt, trifft er bestimmt die unbesonnenste Entscheidung: er neigt dazu, jedem seinen Willen zu lassen. Vor allem die Cheyennes, die keine Einweihungsriten für Jungens haben. Wenn man ein Mann sein will, dann versucht man eben, den Männern nachzueifern, und nichts hält einen davon zurück – höchstens der Feind.

6.
Ein neuer Name

Ich zog meine Leggings und mein Hemd aus und schmierte mich mit schwarzer Farbe ein, so daß ich keinen Nachteil von meiner weißen Haut hatte, und Kleines Pferd kam mit einem ganzen Wolfsfell wieder, das war so groß, daß ich reinkriechen konnte und kaum was von mir rausguckte. So sollte es auch sein: der Kopf paßte genau über meinen eigenen Schädel, und ich linste durch die Augenhöhlen.

Wir brachen auf, sobald es völlig dunkel war, sieben Mann hoch, und ritten im Trab zwanzig Meilen über eine Grasebene; dann gingen wir zu Fuß, sagen wir, noch mal drei und führten unsere Tiere am Zügel. Dabei ging's meistens von einer Schlucht in die nächste, durch lauter Gestrüpp, und das alles nur beim Licht des Halbmonds, der dieselbe Wolke wie einen Schatten mit sich über den Himmel zu nehmen schien. Ich hätte höchstens meine Hand auf Armeslänge erkennen gekonnt, wenn ich sie nicht schwarz gemacht hätte. Aber Schatten-Der-Sichtbar-Wird bewegte sich genau so gewandt wie am hellichten Tag, und drei Mann hinter ihm folgte ich ihm im Schlepptau meines Pferdes.

Wir kamen zu einer tiefen Felsspalte, die zum Crazy Woman's Creek runterging, und drüben am Wasser standen die Wigwams der Crows, von denen jedes wegen dem Feuer innen wie eine Lampe glühte, denn je älter eine Zelthaut ist, um so mehr wird sie wie Butterbrotpapier, und manchmal kann man nachts draußen stehen und durch sie durch die Leute drin sehen. Dafür waren wir noch zu weit weg, aber was ich sah, war verdammt hübsch, wie ein Spielzeug, und der Wind, der von ihnen zu uns blies, trug den Geruch von gebratenem Fleisch zu uns rüber. Wir hatten den ganzen Tag noch nichts gegessen, denn man stopft sich nicht den Wanst voll, wenn man Pferde stehlen will. Gelber Adler schnupperte neben mir und sagte: „Vielleicht sollten wir sie erst besuchen." Wir hätten ganz friedlich ins Lager gehen können, und dann hätten die Crows uns was zu essen geben müssen, denn das ist bei den Indianern so Sitte.

„Wir lassen die Ponys hier“, flüsterte Schatten-Der-Sichtbar-Wird, „und du und du, ihr haltet sie fest“, dabei tippte er mich und Jüngerer Bär an. Mir war's recht, aber Jüngerer Bär begann so heftig zu protestieren, daß man glauben konnte, er flennte.

Darüber wurde Gelber Adler böse. Ich kannte den Mann nicht gut, denn er war erst vor ein paar Monaten zu uns ins Lager gekommen, aber er besaß eine Menge Skalpe und einen Zündhütchenkarabiner, was damals unter den Cheyennes eine Seltenheit war. Lange blieb das das einzige Gewehr in unserer Schar, aber viel nützte es auch nicht, denn es gab keine Zündhütchen dazu, weil wir auf Alte Zeltbahn hörten und den Weißen, also auch den Händlern, aus dem Wege gingen. Dagegen statteten die Sioux und andere Cheyenne-Stämme sonstwo den Amerikanern auf dem Oregon-Trail kurze Besuche ab und nahmen den Auswanderern ihren Kaffee ab, ohne darauf zu warten, bis sie den angeboten bekamen, und manchmal auch noch alles übrige. Ich bemerkte unter der Skalpsammlung von Gelber Adler Haar, das viel zu hell aussah, um je auf dem Kopf eines Pawnee oder eines Snake gewachsen zu sein. Der Karabiner stammte vermutlich aus derselben Quelle.

Gelber Adler kochte vor Wut über das schlechte Benehmen von Jüngerer Bär.

„Du hast oft genug den Schnee erlebt“, schimpfte er auf ihn los, „um zu verstehen, daß unter den Menschenwesen ein alter Krieger über Pferdestehlen besser Bescheid weiß wie ein junger Kerl. Es hat überhaupt nichts damit zu tun, wer tapfer ist und wer nicht: kein Menschenwesen ist je ein Feigling gewesen. Dir wurde gesagt, hier zu bleiben, weil jemand die Ponys halten muß, was genau so wichtig ist, wie ins Lager der Crows zu schleichen, und du weißt, daß wir die Beute ehrlich teilen werden. Ich höre keine Klagen von Kleine Antilope. Er ist ein besseres Menschenwesen als du, dabei ist er weiß.“

Sonst sagte keiner ein Wort, und Gelber Adler hatte geflüstert. Trotzdem trat eine fürchterliche Stille ein, wie nach einem Riesenkrach. Jüngerer Bär hatte zwar unrecht gehabt, aber Adler noch mehr. Seit ich beim Stamm war, hatte niemand je was über meine Rasse gesagt, nicht mal Bär selber, der mich haßte. So was tat man nicht, das konnte nicht gutgehn, wie die Indianer sagen, und Gelber Adler merkte seinen Fehler, sobald er es ausgesprochen hatte.

„Das hätte ich nicht sagen dürfen", sagte er zu mir. „Ein Teufel ritt meine Zunge."

Ich schlüpfte gerade in das Wolfsfell, das ich beim Reiten hinter mich gebunden hatte, und rückte die Augenhöhlen zurecht, damit ich rausgucken konnte. Das Licht war schwach, und alles wirkte haarig.

„Ich denke nicht schlecht von dir", antwortete ich, „denn du bist noch nicht lange in unserem Lager."

„Ich finde die Nacht nicht gut zum Pferdestehlen", sagte Schatten und wollte schon wieder aufsteigen, während die anderen ihm murmelnd zustimmten und seinem Beispiel folgten.

„Nein", sagte Gelber Adler, „ich werde das Unglück, das ich gerade gebracht habe, wieder von euch nehmen." Er sprang auf sein Pferd und ritt in die Richtung, aus der wir gekommen waren.

„Ich bleibe und paß auf die Ponys auf", sagte Jüngerer Bär zerknirscht und senkte den Kopf. „Mit dem da", damit meinte er mich.

Er ließ sich also drei Halfter geben, ich nahm genauso viel, und damit niemand uns gegen den Mond sehen konnte, drückten wir uns an die linke Seite der Felsspalte, die dort ungefähr sieben bis acht Fuß tief war, also günstig, um Menschen und Tiere vor irgendwem auf dem Plateau drüben zu verstecken. Die vier großen Cheyennes schlichen zum Lager der Crows, das am anderen Ufer schimmerte. Innerhalb einer Minute konnte keiner von uns beiden sie noch sehen oder hören. Nach einer Weile wurde der Mond endlich seine Wolke los und schien heller, aber nicht hell genug, um Schatten zu werfen.

Ich setzte mich in meinem Wolfsfell hin, über das ich schon allein deshalb froh war, weil es so schön wärmte, und mir tat es überhaupt nicht leid, daß ich nicht zum Lager unterwegs war. Wenn ich doch mit gemußt hätte, dann hätte ich mir allerdings keine besseren Kameraden wie die vier da auswählen können. Mir begann allmählich zu dämmern, was die Cheyennes meinten, wenn sie dauernd vom Sterben redeten: ich begann ihre Treue zu Freunden zu verstehen, was mir aber abging, war die Bereitschaft, den eigenen Kopf hinzuhalten. – Nachdem die anderen weg waren, fing Jüngerer Bär wieder an zu murren.

„Das hätten sie mir nicht antun dürfen“, murmelte er. „Ich hätte mit gemußt. Du hättest die sechs Ponys allein halten können.“

„Das hättest *du* auch gekonnt“, sagte ich, „und dann wäre ich mit.“

„Du hättest Schiß gehabt“, erwiderte er. „Deine Medizin ist vielleicht beim Spielen ganz schön und gut, aber sie legt keinen Crow rein. Jetzt muß man ein Mann sein.“ Da stand er, wie gewöhnlich Brust raus, aber er war nicht mehr so breit wie früher, sondern mager und schlaksig, wie es nun mal Halbwüchsige sind.

Ich weiß nicht, was ich in diesem Augenblick alles getan hätte, nur um nicht gegen diesen Indianerbengel den kürzeren zu ziehen – höchstwahrscheinlich hätte ich einfach die Halfter fallen lassen, wenn er sich geweigert hätte, sie mir abzunehmen, so daß wir die Pferde verloren hätten, und dann wäre ich zum Lager der Feinde gerannt, um mich den Angreifern anzuschließen, so daß ich mein Leben verloren und die anderen in Gefahr gebracht hätte.

Aber ich wurde auf seltsame Weise gerettet. Plötzlich sprang ein riesiger Crow in die Felsspalte und schlug Jüngeren Bär mit einer Kriegskeule bewußtlos. All das passierte in völliger Stille, bis auf den Aufprall seiner Mokassins im Sand, was kaum zu hören war, und das Geräusch der Keule auf Bärs Kopf, bloß ein kurzer Bums, wie wenn man einen Stein gegen ein leeres Faß wirft.

Blitzschnell zückte er sein Messer, und seine linke Hand zog Bärs Zöpfe so straff, daß der Skalp einfach runterkommen mußte, sobald er zu schneiden anfing.

Da fiel ich über den Crow her, der mich nicht beachtet hatte, vielleicht weil er mich für einen echten Wolf hielt, mit dem Bär sprach – ein Indianer hätte daran nichts Komisches gefunden –, ich fiel also über ihn her und kletterte an ihm rauf wie an einem Baum, denn er war riesengroß mit all seinen gespannten Muskeln und seiner Haut, die rauh wie Rinde war. Aber oben wußte ich nicht recht, was ich mit dem Hundesohn anfangen sollte. Ich war jetzt zu nah an ihm dran, um mit dem Bogen zu schießen, den hatte ich sowieso fallen lassen, und ich griff nach meinem Messer, aber das Wolfsfell hatte sich so gebauscht, daß ich es nicht finden konnte.

Natürlich ließ das der Crow nicht einfach belustigt und tatenlos zu. Dieser Teufelskerl krümmte den Rücken und schleuderte mich an die Wand von der Felsspalte, wo ich das Bewußtsein verlor, weil mein Kinn mit meinem rechten Knie zusammenstieß. Eine Sekunde später kam ich wieder zu mir, als die Spitze seines Messers schon die Haut über meinem rechten Ohr aufgeschlitzt hatte und gerade zum Hinterkopf abbiegen wollte. Ich machte eine Bewegung, und das Messer kratzte über den Knochen. Das klingt ganz gräßlich, und man spürt es bis runter in die Hoden.

Nun war mein Haar zwar länger als damals, als ich noch bei meiner weißen Familie war, aber längst nicht so lang wie das eines Indianers. Von Natur aus sah es nämlich wie alter Draht aus, und wenn ich es einen Monat wachsen ließ, sah ich weder indianisch, noch weiß, männlich oder weiblich aus, sondern eher wie der Bauch von einer Ziege, der durch frischen Mist geschleift war, denn je länger das Haar war, um so dunkler wurde das Blond und ging in Braun über, und jedes Tierfett, mit dem ich es einrieb, gab ihm einen Stich ins Grüne.

Deshalb schnitt ich es dann und wann ab, wenn es mir halb in den Nacken runterhing. Darum zögerte dieser Crow auch, der schon dabei war, mich zu skalpieren, als sich dieses kurze Haar so komisch anfaßte, weil es bestimmt zu keinem geborenen Cheyenne gehörte.

Dieser unterbrochene Rhythmus brach für mich den Bann, einfach stillzuhalten, während mein Kopf geschält wurde und mir das Blut ins rechte Ohr lief. Ich konnte ihn nicht im Ringen unterkriegen, ich hatte keine Waffe, Jüngerer Bär war, soviel ich wußte, mausetot, und die anderen Cheyennes waren inzwischen im Dorf und zu weit weg, um mir zu helfen, und wenn ich Krach schlug, dann würde ich die restlichen Crows wecken und sie würden meine Freunde umbringen. Wegen so was hatte uns Alte Zeltbahn als Jungens die Geschichte von Kleiner Mann im Kampf mit den Snakes erzählt. Er wußte, daß es uns früher oder später von Nutzen wäre. Ich konnte unmöglich zulassen, daß ein *Crow* so was einem *Menschenwesen* antat!

Mit einem Ruck wich ich zurück und fletschte die Zähne. „*Nixono!*" zischte ich. „Ich bin ein Cheyenne!" Es hätte imposanter geklungen, wenn es mir möglich gewesen wäre, das als Kriegsschrei auszustoßen, aber ich habe schon erklärt, warum ich das nicht konnte.

Und wissen Sie was – dieser Crow zog darauf sein Messer weg, hockte sich auf seine Fersen und hielt sich die linke Hand vor den Mund. Sein Daumen war nämlich bei meiner Bewegung ausgerutscht und über meine Stirn gefahren und hatte dabei eine weiße Spur in meiner Bemalung aus Ruß und Büffelfett hinterlassen. Er verstand nicht, was ich sagte, denn die Crows und die Cheyennes sprechen verschiedene Sprachen, aber wie zur Antwort sagte er auf Englisch: „Kleines Bleichgesicht? Legt Crow rein. Hahaha, große Reinlage. Willst du was essen?"

Er hatte eine Heidenangst, daß ich beleidigt wäre, verstehen Sie, weil die Crows den Amerikanern immer Honig ums Maul schmieren, und wollte mich drum in seiner plumpen Art mit in sein Zelt nehmen. Natürlich war das alles nicht sein Fehler, aber ich habe seitdem diesen Kerl auf dem Gewissen. Offenbar war er in dieser Nacht aus irgendwelchem Grund allein unterwegs, als er auf mich und Bär stieß, und ging ganz leise vor, weil er nicht wußte, wie viele von uns sonst noch in der Nähe waren. Aber das konnte ich nicht wissen; ich konnte ihm auch nicht in der Zeit, die mir blieb, die Lage erklären; und am allerwenigsten konnte ich als sein Gast ins Lager gehen oder ihn noch länger laut darüber reden lassen.

Also mußte ich ihn töten, einen so netten Kerl wie ihn ermorden, und was schlimmer ist, ihn rücklings erschießen. Denn während ich mein Wolfsfell aufhob, das in der Hitze des Gefechts zu Boden gefallen war, fand ich meinen Bogen und meinen Köcher wieder. Der Crow kraxelte gerade die Felswand rauf, um sein Pony zu holen, das er oben auf dem Plateau gelassen hatte.

Drei Cheyennenpfeile *tang, tang, tang* schnurgerade in sein Rückgrat. Seine Hände lockerten ihren Griff, und sein großer Körper rutschte runter, bis seine Mokassins auf dem Boden landeten, und da blieb er steif an der steilen Wand stehen.

Das war das erste Mal, daß ich einen Menschen umbrachte, und was Sie auch davon denken, es war mit das beste Mal. Ich rettete meine Freunde, und dafür hat man nie eine Entschuldigung nötig. Und schließlich *hatte* er mich schon fast halb skalpiert, was, wenn er dann auch freundlich wurde, doch Spuren zurückließ, das kann ich Ihnen sagen. Auf der rechten Seite klebten mein Gesicht und mein Hals wie Sirup von meinem leibeigenen Blut – das mir sehr teuer ist –, und ich hatte Angst, hinzufassen, weil vielleicht meine ganze Kopfhaut schon runterhing. Dann wurde mir schwarz vor den Augen.

Als ich die Augen wieder aufschlug, lag ich in einem kleinen Zelt aus Zweigen, und neben mir hockte ein Kerl, den Teil eines Büffelschädels mit Hörnern und verfilzten Haaren auf den Kopf gestülpt, und sang, während er mir mit einem Büffelschwanz im Gesicht rumwedelte. Ich hatte schreckliches Kopfweh; mein Schädel fühlte sich wie eine zusammengeschrumpelte Erbse an. Ich schien eine Schlammkappe auf zu haben. Ich fingerte dran rum, aber da schnaubte mich der Medizinmann wie ein Büffel an und spuckte mir einen Mundvoll zerkaute Blütenblätter ins Gesicht.

Ich war schon lange genug bei den Cheyennes, um mich nicht zu mucksen. Außerdem schwoll mein Kopfweh nur noch einmal kurz an und verebbte dann. Ich setzte mich auf, und Linkshändiger Wolf, so hieß nämlich der Medizinmann, fing an, auf dem Fell rumzutanzen, auf dem ich lag, und sang schnaubend und rülpsend Heillieder. Und er kaute immer noch getrocknete Blüten aus einem kleinen Beutel an seinem Gürtel und prustete sie bei jeder Vierteldrehung auf mich.

Dann beugte er sich über mich und klopfte mit einem Stöckchen auf meine Hirnschale, und die Schlammkappe fiel in zwei Hälften ab und ließ ein paar von meinen drahtigen Haaren mitgehen. Jetzt fühlte sich mein Kopf ganz kühl an, als würde tatsächlich der ganze Skalp fehlen, aber Wolf spuckte noch mal Blüten drauf, und er tat mir überhaupt nicht mehr weh.

Jetzt tanzte er langsam vor mir her und schlenkerte dabei so mit dem Büffelschwanz, daß ich ihn grade nicht packen konnte. Ich machte einen schwachen Versuch, ihn zu erwischen, aber Wolf wich immer ein Stückchen zurück. Ich fühlte, daß aus meinen Fußsohlen Kraft aufstieg, und als sie meine Knie erreicht hatte, stand ich auf und folgte ihm, wobei ich noch immer den baumelnden Schwanz schnappen wollte, den er vor mir herschwenkte. Sein Gesicht war schwarz angemalt und seine Augen und Nasenlöcher rot umrandet.

Linkshändiger Wolf wich durch die Zeltöffnung zurück, und ich kam immer noch eifrig nach dem Schwanz grapschend hinter ihm her, und als ich draußen war, erblickte ich das ganze Lager – Krieger, Frauen, Kinder, Babys – im Spalier vom Zelteingang bis runter zum Fluß aufgereiht. Durch ihre Anwesenheit wollten sie mir alle dabei helfen, gesund zu werden. Kein Cheyenne leidet nämlich allein. Ich war von diesem Anblick sehr gerührt und spürte die Kraft, die von ihnen ausstrahlte, also machte ich den Rücken grade und ging fast wieder normal.

Als wir zum Ufer kamen, sagte Linkshändiger Wolf: „Streck dich aus."

Das tat ich, und auf einmal floß schwarzes Blut aus der Stelle über meiner Schläfe, wo der Crow sein Messer angesetzt hatte, tropfte ins Wasser und wurde von der schnellen Strömung des Powder River fortgetragen und löste sich auf. Dann kam gutes rotes Blut raus, das Linkshändiger Wolf mit getrockneten Blüten stillte.

„Jetzt bin ich wieder gesund", sagte ich. Und, bei Gott, das war die reine Wahrheit und das Ende des ganzen Zwischenfalls. Später guckte ich in einen Spiegel und entdeckte eine dünne blaue Linie an meinem Haaransatz, aber auch die verschwand restlos nach ein oder zwei Tagen.

Die Sache hatte aber noch ein moralisches Nachspiel. Erst mal zog ein Ausrufer durchs Lager und sang, was für ein großer Held ich war, und lud die Leute zu einem Festessen ein, das Alte Zeltbahn mir zu Ehren gab. Nun pflegte ein Häuptling, der so eine Feier veranstaltet, seine meisten Pferde an arme Cheyennes wegzugeben, die keine hatten, und nach dem Gelage allen Gästen Geschenke zu machen, Decken, Schmuck und so – bis er selber fast nackt war. Er hielt auch eine Rede, die ich bis auf die wichtigsten Punkte aus Bescheidenheit übergehen will.

Nach der ausführlichen Schilderung meiner Heldentat in so blütenreicher Sprache, daß sie in der Übersetzung einfach albern klingen würde, sagte er: „Dieser Junge hat bewiesen, daß er ein Menschenwesen ist. Heute nacht gibt es großes Klagen in den Zelten der Crows. Die Erde erbebt, wenn er darüber geht. Die Crows weinen wie Weiber, wenn er kommt! Er ist ein Menschenwesen! Er geht wie Kleiner Mann, der Berühmte, der ihm im Traum erschien und ihm die Kraft verlieh, den Crow zu töten!"

Das war natürlich ein bißchen übertrieben, aber wie gesagt, ich hatte wirklich an Kleiner Mann gedacht und zuckte deshalb vor dem Messer zurück; dadurch rutschte die Hand des Crows ab, und er sah, daß ich ein Weißer war. Ich hatte Alte Zeltbahn nur von meiner Kleiner-Mann-Eingebung erzählt, um ihm eine Freude zu machen. Daher hatte er das.

Nach ein paar Minuten von dem Quatsch da, der mir überhaupt nicht peinlich war, weil alle mich anstrahlten, auch die jungen Mädchen, die unter den Zelthäuten rauslinsen durften – in dem Alter fing ich nämlich an, mich für Mädchen zu interessieren –, danach also sagte der Häuptling:

„Weil ihm Kleiner Mann erschienen ist, hatte dieser Junge eine Medizin. Er selber ist zwar nur klein von Gestalt, und jetzt ist er ein Mann. Aber sein Herz ist groß. Darum soll sein Name von jetzt an Kleiner Großer Mann sein."

Das war das, und seitdem wurde ich von den Cheyennes so genannt. Ganz nach Indianerbrauch nannte niemand mich bei meinem richtigen Namen; ja, den kannte sogar keiner. Er ist Jack Crabb.

Der Pferdediebstahl stellte sich übrigens auch noch in anderer Hinsicht als Erfolg raus. Die vier Krieger waren in das Crow-Lager geschlichen, ohne eine Seele dabei zu wekken, und hatten dreißig Pferde oder so mitgenommen und sie während der letzten Nachtstunden bis zum frühen Morgen in unser Lager getrieben. Als sie zu mir und Jüngerer Bär zurückkehrten, kam Bär mit einer Beule auf dem Kopf, ansonsten aber völlig in Ordnung, gerade wieder zu sich. Zu unserem Glück war mein Crow ohne Pfeil und Bogen rumgestreift, andernfalls hätte er uns vom Kamm aus einfach niedergestreckt und den Unterschied gar nicht bemerkt. So aber banden sie mich auf mein Pony und brachten mich heim.

Ich kriegte vier Ponys von der Beute ab, was mich ziemlich wohlhabend machte, aber noch großartiger fand ich, als ein Junge von Acht oder Neun, Rotz-An-Der-Nase hieß er, mich fragte: „Darf ich jetzt, wo du ein Mann bist, für deine Pferde sorgen?“ Dadurch hätte ich nämlich jetzt morgens liegen bleiben können, wenn die Jungens aufstanden und ihre Arbeit erledigten. Ich hätte es vielleicht gekonnt, aber ein Cheyenne schindet nun mal keine Vorteile für sich raus. Schatten-Der-Sichtbar-Wird, der erfahrenere Krieger, der den Überfall leitete, behielt zum Beispiel von seinen drei Beutepferden nur das schlechteste für sich und schenkte das beste Alte Zeltbahn und das zweitbeste Büffelnacken – nicht weil sie Häuptlinge waren, so was zieht nicht; kein Cheyenne kriecht der Obrigkeit in den Arsch –, sondern weil sie ihm gute Ratschläge gegeben hatten. Kaltes Gesicht und Vogelbär schenkten je eins von ihren Ponys Gelber Adler, der zwar einen Fehler begangen, aber den auch wieder gutgemacht hatte. Auch ich gab ihm eins von meinen aus demselben Grund und weil ich dabei eine Rolle gespielt hatte. Dann bot ich Linkshändiger Wolf eins an, der es natürlich ablehnte, weil man für seine Heilung nichts bezahlen darf. Er fand es aber ganz in Ordnung, daß ich es seinem Bruder schenkte, was ich auch tat.

So antwortete ich Rotz-An-Der-Nase: „Durch das Töten eines Crows kann ich mich noch lange nicht mit den großen Kriegern unter den Menschenwesen messen. Deshalb will ich weiter für meine eigenen Pferde sorgen, aber weil du ein braver Junge bist, schenke ich dir das schwarze Pony, auf dem ich geritten bin.“

Alle sagten: „Hau, hau.“

Keiner von uns, die Kopf und Kragen riskiert hatten, wurde also stinkreich, außer an Stolz und Ehre, aber gerade dafür hätte damals jeder Cheyenne sein Leben gegeben.

Daß Jüngerer Bär nicht zum Fest erschien, wird Ihnen natürlich einleuchten. Es dauerte bis tief in die Nacht, und ich aß viel zuviel gekochten Hund, der wirklich ein Hochgenuß war: inzwischen war ich nämlich auf den Geschmack gekommen, dagegen habe ich mich nie daran gewöhnt, mich wie ein Indianer mal vollzufressen und mal zu fasten. Als der ganze Rummel vorbei war, ging ich auf die Prärie, um mich zu erleichtern, und setzte mich danach auf einen Hügel. Der Mond war einen Strich dünner als gestern nacht, aber es war hell genug zum Reiten. Trotzdem würde es morgen regnen: das spürte man in der Nase und an den Mokassinsohlen auf dem alten Herbstgras und sogar durch die Hinterbacken am Boden. Niemand hatte mir das beigebracht. Das lernte man, wenn man so lebte wie wir, wie ein Großstädter eben einem Laden von außen ansieht, daß dort Tabak verkauft wird.

Eine Meile oder so entfernt bellte ein Kojote, mal kläffte er, mal heulte er, mal winselte er in lauter verschiedenen Tönen. Es klang wie ein ganzes Rudel, aber es war nur einer, denn die Viecher sind alle geborene Bauchredner. Im Norden antwortete ihm ein Grauwolf mit langem, kläglichem Geheul – oder Crow-Diebe, denn die können ihn täuschend nachahmen; aber es war eine Stunde lang immer wieder an derselben Stelle zu hören, es muß also ein echtes Tier gewesen sein.

Nachdem ich dort lange genug gehockt hatte, um die Erde mit meinem Hintern zu wärmen, ringelte sich eine Klapperschlange auf mich zu, denn denen ist es immer kalt, und sie kriechen bis zu einem ins Bett, wenn man es zuläßt, nur um sich ein bißchen anzuwärmen. Aber ich hörte im Wind ihren Leib über den Boden schleifen und machte das Geflatter eines Adlers nach, was sie sofort vertrieb.

Ich, Jack Crabb, war also ein Cheyenne-Krieger. Hatte meinen ersten Menschen mit Pfeil und Bogen getötet. War skalpiert und durch Hokuspokus wieder geheilt worden. Hatte einen alten Wilden, der nicht Englisch sprach, zum Paps, und eine fette braune Squaw zur Mama und einen Kerl zum Bruder, dessen Gesicht ich vor lauter Lehm oder Farbe so gut wie nie sah. Lebte in einem Fellzelt und aß junge Hunde. Mein Gott, es war einfach zum Lachen.

Solche Gedanken gingen mir damals durch den Kopf, und das war typisch weiß. Die Kinder, mit denen ich in Evansville einmal spielte, würden mir kein Wort davon glauben, auch die von den Wagen nicht. Sie wußten zwar immer, daß ich gemein war, aber nicht, daß ich so verdorben war. In der Nacht meines größten Triumphs saß ich also da und fühlte mich ganz klein. Bis auf meinen echten Paps, der verrückt war und bei den Wagen getötet wurde, gab es in der Stadt kaum einen Menschen, der einen Indianer nicht noch mehr verachtete als einen Negersklaven.

Da hörte ich plötzlich ein Geräusch. Ich dachte, die Klapperschlange hätte sich die Sache anders überlegt und sei auf ihre träge, dickköpfige Art zu dem Schluß gekommen: Was hat ein Adler hier mitten in der Nacht zu suchen? und hätte kehrtgemacht, um ihr Glück noch mal bei der Wärmequelle zu versuchen.

Aber es war Jüngerer Bär. Das zeigt Ihnen, wie gefährlich es sein kann, mitten auf der Prärie wie ein Weißer zu denken. Ich hatte ihn nicht kommen hören. Ich hätte meinen Skalp, der grade erst wieder angewachsen war, dabei verlieren können, wenn es ein Feind gewesen wäre.

Er hockte zehn Fuß oder so von mir weg, starrte in die Nacht und dachte wahrscheinlich wie ein Roter. Ich sagte nichts. Schließlich sah er zu mir hin und sagte: „Komm her!"

„Ich war zuerst hier", sagte ich.

„Ich habe was für dich", sagte er. „Komm her und hol es dir."

Ich ließ mir nichts mehr von ihm gefallen, nachdem ich ihm das Leben gerettet hatte, sondern drehte mich um, und schon kam er angekrabbelt.

„Hier", sagte er. „Hier ist ein Geschenk für Kleiner Großer Mann."

Ich konnte nicht sehen, was er hinter seinem Rücken hatte, und beugte mich vor, da rieb er mir den großen wuscheligen Skalp meines Crows unter die Nase und lachte wie verrückt.

„Das ist ein blöder Witz", sagte ich. „Du bist der größte Dummkopf, der mir je begegnet ist."

Er ließ das Haarbüschel fallen und schmiß sich hin.

„Ich fand es komisch“, sagte er. „Das ist ein schöner Skalp und mit Moschus parfümiert. Riech nur, wenn du mir nicht glaubst. Er gehört dir. Ich habe ihn zwar genommen, aber du sollst ihn haben. Du hast ihn getötet und mir das Leben gerettet. Wenn ich irgendwas für dich tun kann, dann tu ich es. Du kannst mein Pony haben und meine schönste Decke, und ich will für deine Pferde sorgen.“

Ich war immer noch wütend über seine Albernheit; wenn es auch ein typischer Indianerscherz war, so war es doch geschmacklos und in diesem Augenblick reichlich böswillig. Ich ließ mich keine Minute von seiner scheinbaren Freundlichkeit täuschen.

„Du weißt doch“, sagte ich, „daß ein Menschenwesen sich von einem anderen nicht bezahlen läßt, wenn er ihm das Leben gerettet hat.“

„Ja“, erwiderte Jüngerer Bär mit Grabesstimme, „aber du bist ein Weißer.“

Es gibt keine Flüche auf Cheyennisch und die meisten Schimpfwörter gehen höchstens so weit, daß man den anderen Kerl ein Weib oder einen Feigling oder so nennt, und sogar in meiner Wut fiel es mir nicht ein, wenigstens die Jüngerer Bär an den Kopf zu werfen. Außerdem saß das, was er gesagt hatte, weil ich gerade dasselbe gedacht hatte. Aber Sie wissen ja, wie es ist: es gibt Frauen, die einen gegen Bezahlung an sich ranlassen, aber wehe Ihnen, wenn Sie sie „Hure“ nennen.

In den Augen dieses Indianers war das schlimmste Schicksal, was man sich nur vorstellen konnte, das, kein Cheyenne zu sein. Er hatte mich wirklich gekränkt. Ich hätte es wie ein Indianer tragen, nämlich so lange schmollen und fasten sollen, bis er sich entschuldigte, und wegen meines hohen Ansehns im Stamm gerade zu dieser Zeit wäre er nicht drumrum gekommen. Eigentlich glaubte Bär nur halb an seine Beschuldigung. Er war eifersüchtig und schleuderte mir deshalb die gemeinste Beleidigung ins Gesicht, die er sich ausdenken konnte. Wenn ich klug gewesen wäre, hätte ich den Spieß umgedreht: dann hätte er beweisen müssen, daß er ein Cheyenne war, ich hatte das ja schon getan.

Statt dessen sagte ich hitzig: „Das stimmt, du Idiot. Da

ich dir dein Leben wiedergegeben habe, schuldest du mir ein Leben. Und du kannst mich nicht mit dem Skalp da oder einer Decke oder deinen sämtlichen Ponys bezahlen. Da zählt nur ein Leben, und ich lasse dich wissen, wenn ich eins haben will."

Er steckte den Crow-Skalp in den Gürtel und stand auf.

„Ich habe dich gehört", sagte er und trollte sich zum Lager.

Ich hatte das gesagt, weil ich wütend war und mich aufspielen wollte. Ich wußte damals nicht genau, was ich damit meinte. Es war vielleicht nur jungenhafte Aufschneiderei. Ich vergaß es auf der Stelle, wenn ich mich auch noch eine Zeitlang an die Abneigung erinnerte, die Jüngerer Bär gegen mich hatte: dann vergaß ich auch die, weil ich nichts mehr davon zu spüren bekam. Er schoß keine Spielpfeile mehr auf mich, er steckte mir keine Kieselsteine mehr unter den Sattel, ja, er schien sich nun ebenso große Mühe zu geben, in mir ein anständiges Menschenwesen zu sehen, wie er vorher versucht hatte, genau das Gegenteil davon zu beweisen.

Die Sache ist nur, daß er nie vergaß, was ich ihm auf dem Hügel beim Powder River sagte, und ungefähr zwanzig Jahre später und ungefähr fünfzig Meilen von der Stelle entfernt, wo wir in jener Nacht saßen, zahlte er mich voll und ganz aus.

Wie gesagt, ich fing an, mich für Mädchen zu interessieren. Doch gerade da änderte sich die Lage so, daß ich an kein einziges Cheyenne-Mädchen in meinem Alter mehr rankam. Sie kriegten ihre Tage und wurden von da an von den Jungens ferngehalten, waren immer mit ihren Müttern oder Tanten zusammen und trugen einen Gürtel zwischen den Beinen, bis sie heirateten. (Den trugen sie auch noch jedesmal nach der Hochzeit, wenn ihr Mann fort war.) Es blieb einem nicht viel andres übrig, als tüchtig anzugeben, wenn die Angebetete grade guckte. Das überrascht Sie sicher. Sie denken vielleicht, daß die Indianer es wie die Kaninchen treiben, aber das tun die Cheyennes nicht mit ihren Frauen, außer wenn sie verheiratet sind, aber da die verheirateten Männer immer ein Keuschheitsgelübde ablegen, bevor sie auf Kriegspfad gehen, und wir meist gegen irgendwen kämpften, tat sich da nicht viel. Das ist der Grund, warum sie so tapfere Krieger sind oder das wenigstens glauben. Ich habe nie einen Mann kennengelernt, der nichts für sein eigenes Glied übrig hatte, aber für einen Cheyenne war es eine Zauberrute.

Nachdem Jüngerer Bär gegangen war und ich mich abgeregt hatte, dachte ich an ein Mädchen, das Howaheh hieß – und Sie können es mir glauben, *Howaheh* bedeutet „Nichts“. Als wir noch kleiner waren und Lager spielten, mußte ich zum Schein öfter Nichts zur Frau nehmen, weil die anderen Jungens es besser verstanden, sich die hübscheren zu angeln, und ich mit diesem Mädchen sitzenblieb, das ziemlich häßlich war. Aber in letzter Zeit war sie, wie das bei Mädchen nun mal so ist, plötzlich schön geworden wie ein samtfelliges Fohlen, mit großen, scheuen Augen wie eine Antilope und zierlichen Gliedern wie ein Reh. Als ich mir noch nichts aus ihr machte, mochte sie mich natürlich gern, aber jetzt gönnte sie mir, wie zu erwarten, keinen Blick mehr.

Nun ja, bei Nichts war im Augenblick nichts zu machen, also stand ich auf und ging zum Lager zurück. Dort war ein Hund wach und wollte gerade mit seinem Bellen einem Kojoten antworten, obwohl er genau wußte, daß er das nicht durfte, weil er damit rumstreifenden Crows vielleicht unser Lager verriet. Deshalb sagte ich zu ihm: „So was tut ein Cheyenne nicht“, und er klappte die Schnauze zu und schlich davon.

Sonst schliefen alle, die Feuer waren aus. Ich fand mein Fell nicht weit von der Türöffnung und war schon dabei, reinzukriechen, als ich merkte, daß es das Fell von Kleines Pferd sein mußte, weil er sich da reingewickelt hatte, also rutschte ich zu dem leeren daneben weiter, wenn ich auch gewöhnlich links von ihm lag.

Aber er war noch wach und flüsterte: „Das hier ist deins.“

„Das macht nichts“, sagte ich. „Bleib nur drin.“

„Ja wirklich?“ fragte er, und es klang sehr enttäuscht.

Dann schlief ich ein und dachte nicht mehr daran. Wenn ein Cheyenne glaubt, daß er im Leben nicht seinen Mann stehen kann, dann braucht er es auch nicht zu tun. Dann kann er ein *homoneh* werden, das heißt halb Mann, halb Frau. Diese Burschen machen sich auf ihre Art nützlich, und jeder hat sie gern. Manchmal sind sie so was wie Drogisten, besonders erfahren im Brauen von Liebestränken, und meistens gute Unterhalter. Sie tragen Frauenkleider und können jeden anderen Mann heiraten, wenn der Spaß daran hat.

Kleines Pferd begann kurz nach diesem Vorfall, sich als *homoneh* zu üben. Vielleicht hatte er in dieser Nacht wirklich aus Versehen die Betten verwechselt und sich nichts dabei gedacht. Wie dem auch sei, er war nicht mein Typ.

7.
Wir lassen uns mit der Kavallerie ein

Am nächsten Tag kamen die Crows hinter uns her, und wir führten einen hübschen Krieg, der unentschieden ausging. Deshalb machten wir weiter. Wir kämpften gegen die Utes, und wir kämpften gegen die Shoshonen, und nach einem Pferdehandel mit den Blackfeet, also den Schwarzfußindianern, kämpften wir auch gegen die. Diese Kämpfe machten den Cheyennes Spaß, solange sie den Feind töteten, aber sie wurden ganz traurig, wenn es umgekehrt war. Dann konnte man die Klagen der Trauernden von morgens bis abends hören. Denn wenn die Indianer auch den Krieg lieben, so möchte ich bei Ihnen doch nicht die falsche Vorstellung erwecken, daß sie dabei gern ihre Verwandten verlieren. Im selben Stamm haben sie sich gegenseitig wirklich gern. Und was den Feind betrifft, so hassen sie ihn zwar als solchen, wollen aber unter allen Umständen, daß er ihr Feind bleibt.

Wenn die Cheyennes die Prügel austeilten, wurde tüchtig gefeiert. Spielte sich die Keilerei bei unserem Lager ab, so rannten die Frauen und Kinder raus, um die rumliegenden verwundeten Feinde zu erschlagen und zu erstechen und um die Toten zu verstümmeln, wobei sie Nasen, Ohren und intimere Teile als Andenken mitnahmen. Das war ein gefundenes Fressen für sie. Wenn Sie gesehen hätten, was ich gesehen habe, dann hätten Sie auch so einen starken Magen bekommen wie ich. Squaw Büffelschwemme war so was wie meine Mama und wirklich eine herzensgute Seele. Ich kann es nicht mehr zählen, wie oft sie mich, als ich noch klein war, an ihren dicken Bauch gedrückt und mit ihrem fettig glänzenden Vollmondgesicht angelächelt hat oder mir ein besonders saftiges Stück Hundefleisch gegeben, mich abends in mein Büffelfell eingemummelt, mir ein bißchen indianischen Kaugummi zugesteckt, Perlen an meine Kleider genäht hat und so weiter und so weiter. Sie war eine hundertprozentige Frau, wie Alte Zeltbahn ein ganzer Mann war, und ich frage mich, ob wohl ein ganzes Dutzend weiße Frauen zusammen solche Qualitäten hätten wie sie. Aber was würden Sie denken, wenn Sie sehen würden, wie diese reizende Person irgendeinen wehrlosen Crow mit dem Messer aufschlitzt und ihm die Gedärme rauswickelt?

Ich will Ihnen was sagen: nach einer Weile machte ich mir keine Gedanken mehr darüber. Die Crows und Utes und Shoshonen protestierten nie dagegen, weil sie genau das gleiche taten – was zum Teufel ging es mich also an? Sie erinnern sich sicher noch an Alte Zeltbahns Haltung den Weißen gegenüber: er fand ihr Benehmen zwar unverständlich, glaubte aber, daß es einen Sinn hatte. Ich ließ mich doch nicht in Toleranzfragen von einem Indianer ausstechen. Wenn Squaw Büffelschwemme oder so ein brauner Knirps stolz wie ein Pfau mit einem Stück Menschenfleisch vom Schlachtfeld kam, na, dann sagte ich eben ihr Wort für „Klasse!"

Ich hatte ein viel größeres Problem. Ich war noch jung, aber ich hatte schon einen Mann getötet, deshalb war es für mich gar nicht so leicht, mich vor einem großen oder kleinen Krieg zu drücken. Mir sagte es nicht zu, ein *homoneh* wie Kleines Pferd zu werden, womit ich ihn keineswegs herabsetzen will. Eine andere Wahl gab es nicht. Da ich kein echter Cheyenne war, versuchte ich also, möglichst wenig von denen zu töten, gegen die wir jeweils kämpften; das heißt, ich ging ganz aus mir raus, wenn wir uns verteidigen mußten, aber wenn wir am Siegen waren, ließ mein Eifer erheblich nach.

Mit anderen Worten, ich probierte noch ein paar Überbleibsel der Zivilisation zu bewahren, ohne was dabei zu tun, was meine barbarischen Freunde in Gefahr gebracht hätte. Ich bewegte mich da auf einem ziemlich schmalen Grat. Natürlich war es auch nicht immer möglich, gewisse wilde Bräuche zu umgehen, Sie wissen schon, was ich meine. Mein Gott, wahrscheinlich haben Sie keine Ahnung. Na schön: ich legte es zwar nicht drauf an, aber hin und wieder kam ich einfach nicht um ein Haarbüschel rum. Und da ich gerade beim Beichten bin, so müssen Sie wissen, daß in diesem Fall das Opfer nicht immer tot, ja nicht mal bewußtlos ist, und das Messer ist nicht immer scharf, und manchmal macht es ein gräßliches Geräusch, wenn der Skalp sich vom Schädel löst. Ich beschränkte es zwar auf ein Minimum, aber es kam vor, daß Jüngerer Bär auf dem Schlachtfeld in meiner Nähe war, und dann konnte ich nicht anders. Mit fünfzehn baumelten schon so viele Skalpe an ihm rum, daß er von weitem ganz behaart wie ein Grislybär aussah.

Ich will mich nicht weiter über diesen Brauch auslassen. Zu meinem Glück gab es einen anderen, der noch höher geschätzt wurde: ich meine damit den Handstreich, bei dem man mitten unter die Feinde ritt und einen davon mit dem Griff einer Waffe oder mit einem kleinen Stock, der eigens dazu diente, schlug. Das war eine größere Leistung, als ihn zu töten, weil es für den Ausführenden gefährlicher war, und wenn man das ganze Cheyenne-Leben mit einem Wort beschreiben müßte, so könnte man sagen, daß es sich aus lauter Risikos zusammensetzt.

Ich konnte immer auf den Handstreich zurückgreifen, wenn ich Blutvergießen vermeiden wollte, und das tat ich oft, wenn ich darin auch nicht zu den Besten gehörte. Um sich dabei hervorzutun, mußte man verrückt sein. Ich beschränkte mich also aufs Nötigste und versuchte nie, mit Kojote zu wetteifern, der in meiner Altersstufe Meister auf diesem Gebiet war und dadurch ein größerer Held wurde als Jüngerer Bär mit all seinen Haarbüscheln. Bär strengte sich übrigens mächtig an, aber in letzter Minute konnte er einfach nicht umhin, seinen Handstreichstock mit seinem Beil zu vertauschen und drauflos zu hacken, statt bloß leicht zuzuschlagen. Kojote ritt dagegen unbewaffnet ins tiefste Gewühl und teilte mit seiner Gerte so schnelle Klapse aus, daß man sie gar nicht zählen konnte, und wenn auch seine Gegner alles dran setzten, ihn umzubringen, kam er meistens ohne eine Schramme zurück, denn er hatte eine großartige Medizin.

Nun könnte ich Ihnen stundenlang von meinen Kriegserlebnissen erzählen, aber wenn sie im betreffenden Augenblick auch immer ganz verschieden sind und nie langweilig, weil man dabei Kopf und Kragen riskiert, ähneln sie sich doch, sobald man davon erzählt. Ich will Sie also nicht weiter damit anöden, denn sonst kämen Sie vielleicht auf den Gedanken, daß Kämpfen so eine Routinesache ist wie das

Fahren mit der Straßenbahn. Auch auf meine zahlreichen Wunden will ich nicht eingehen, obwohl von denen noch heute schwache Spuren da sind, die wie verblaßte Tätowierungen aussehen.

Im selben Sommer, wo wir am Powder River oder Schießpulverfluß waren, griff ein Oberst, Harney hieß er, die Brulé-Sioux in ihrem Lager am Blue River, oberhalb vom North Platte, an und tötete achtzig von ihnen. Ich brauche wohl kaum zu erwähnen, daß diese Indianer weißenfreundlich waren, sonst hätte die Armee sie gar nicht erst gefunden; und daß sie sich nicht wehrten, sonst wäre es ihnen nicht so dreckig gegangen. Zu dieser Zahl gehörten auch Frauen und Kinder, weil die Krieger bei dem Kavallerieangriff zurückwichen. Das klingt idiotisch, aber in Wirklichkeit war es Unwissenheit. Ich meine bei den Indianern und bei den Weißen. Nur ein Feigling tötet Frauen, aber ein Soldat aus dieser Zeit konnte sie im vollen Galopp oft nicht von den Kriegern unterscheiden, und die Kinder wurden vom blinden Kugelregen erwischt.

Was nun die fliehenden Krieger angeht, so muß ich Ihnen die Indianerbräuche erklären, damit Sie das kapieren. Wenn sie gegeneinander kämpfen, greift die eine Partei an und die andere zieht sich zurück; dann machen sie es umgekehrt. Dadurch entsteht ein hübscher Wettkampf, bei dem jeder mal zum Zuge kommt. Die Armee hielt sich aber nicht an die Spielregeln und hätte es wohl auch nicht getan, wenn ihr die bekannt gewesen wären, denn ein Weißer hat nun mal am Krieg selbst keine Freude; er würde überhaupt nicht kämpfen, wenn er ohne den seinen Willen durchsetzen könnte. Er hat es auf Ihr Denken abgesehen und nicht auf Ihren Körper. Das gilt für die Militaristen wie für die Pazifisten, und die gibt es beide nicht unter den Cheyennes, die einfach kämpften, weil es ihnen Spaß machte. Sie interessierten sich ganz und gar nicht für das, was wir unter Macht verstehen.

Wir hörten schon am Powder River von der Sache, als sie noch im Gange war, und zwar auf die Indianerart, die ich Ihnen, wie schon gesagt, nicht erklären kann, Sie müssen es eben einfach hinnehmen, wie ich es auch tat. Roter Hund erzählte mir davon, und soviel ich weiß, hatte er es von einem Adler, denn er war ein Adlerfänger, das ist ein besonderer Beruf bei den Cheyennes. Innerhalb von ein oder zwei Minuten machte es die Runde im ganzen Lager. Die Häuptlinge hielten diesmal keinen Kriegsrat, erstens weil kein Sioux mit Vorschlägen erschien, und zweitens weil ja die ganze Sache nur die Weisheit von Alte Zeltbahn bestätigte, nämlich den Weißen lieber aus dem Weg zu gehen und ihnen einfach keine Gelegenheit zu geben, sich nicht an die Spielregeln zu halten.

Wir blieben den Rest dieses Jahres über in dem Gebiet, das hübscher war als das Land beim Platte und näher bei den Zeltpfählen, dem Brennholz, den Elchen und Bären, denn fünfundsechzig Meilen im Westen ragten die Big Horn Mountains auf, die wir von ihrem purpurroten Fuß bis zu ihren silbernen Gipfeln sehen konnten. Diese Berge waren reich an Wald und Wild und Wasserläufen, die auch den ganzen Sommer dank dem geschmolzenen Schnee frisch waren. Als der Winter anbrach, ließen wir das Kämpfen in größerem Ausmaß sein, wenn wir auch dann und wann noch auf kleine feindliche Trupps stießen, die Büffel auf den Berghängen jagten, was wir dort auch gerade taten, und dann färbte sich das Weiß hier und da rot.

Aber manchmal war es bei dem büffelschulterhohen Schnee einfach zu kalt dafür, und ich erinnere mich, daß vier von uns auf dem Heimweg von einer erfolglosen Jagd im Schneegestöber sechs Crows trafen, wir griffen müde nach unseren Bogen, aber sie winkten uns zu: „Wir wollen mit dem Kampf lieber warten, bis das Wetter besser ist", und zogen weiter. Wir waren mordsmäßig erleichtert, denn wir konnten sie kaum sehen.

Als es wirklich eisig wurde, als einem die Worte froren, sobald sie einem über die Lippen kamen, und einem als beißender Reif gegen die eigenen Backen bliesen, blieben wir bei den Wigwams und aßen das im Sommer erbeutete und in Lederhäuten aufbewahrte gedörrte Fleisch, je fetter, desto lieber, weil ein Bauch voll zergehendem Fett einen schneller aufwärmt und länger vorhält wie alles, was ich sonst kenne. Auch der Wert von dicken Frauen stieg in der Schneezeit, und ich glaube, daß das kugelrunde Mädchen von der Antilopenjagd in diesem Winter den Preis für ihre Hand auf sechs Pferde raufschraubte neben unzähligen anderen Brautgeschenken (die übrigens allesamt ihre Familie einsteckte), bevor sie in den Wigwam ihres Bräutigams geführt wurde.

Als Nichts vor ihrem Zelt Schnee in einem Kessel sammelte, um ihn zu Wasser zu schmelzen, schlich ich mich ran und trillerte wie ein Vogel, aber sie behandelte mich wie Luft, und schon stürzte ihre Mama raus und schmiß mit einem kleinen Knochen nach mir und keifte: „Mach daß du weg kommst, du Bösewicht!" Darin bestand mein ganzes Liebesleben in diesem Winter.

Als es zu tauen anfing, waren wir alle, Menschen und Tiere, so ziemlich bis auf Haut und Knochen abgemagert, und unsere Zungen lechzten nach frischem Zeug. Das Frühjahr war damals wirklich was, worauf man sich freute, wenn man dürr und hungrig und jung war. Alte Zeltbahn war zwar schon seit über fünfzig Jahren nicht mehr jung, aber der Saft stieg in ihm noch früher auf als in den Bäumen, und er machte seiner jüngeren Frau, Squaw Weiße Kuh, wieder mal ein Kind. Ich habe bisher nur Wird-Rot und Kleines Pferd als seine Sprößlinge erwähnt, weil ich denen am nächsten stand, aber es liefen noch andere in jeder Größe rum und noch mehr waren tot; von den kleinen Mädchen darunter nahm ich keine Notiz und von den weiblichen Wesen in meinem Alter, sozusagen von meinen Schwestern, hielt mich die Sitte fern.

Sternschnuppe, die Frau von Wird-Rot, war auch schwanger, genauso wie viele andere Frauen nach dieser Zeit ohne Krieg. Die neuen Kinder würden unsere Gefallenen ersetzen, die männlichen jedenfalls, vorausgesetzt, daß sie überhaupt groß wurden. Augenblicklich gab es fünf bis sechs Frauen auf einen erwachsenen Krieger. Ich habe bis jetzt das Thema des Todes ganz ausgelassen, als ob wir dauernd siegten. Dabei verloren wir genauso oft; alles in allem hielten sich Sieg und Niederlage ungefähr die Waage. Das Besondere an den Cheyennes war, daß sie längst nicht so zahlreich waren wie ihre Feinde; aber ihre Devise lautete, die Menge allein macht es nicht.

Was nun die Abfuhren betrifft, die wir verpaßt bekamen,

so will ich Ihnen gar nicht erst all unsere Wunden aufzählen, die von den Medizinmännern auf die schon beschriebene Art und Weise geheilt wurden, auch wenn sie manchmal scheinbar tödlich waren, aber vielleicht können Sie sich ein Bild von unseren Verlusten machen, wenn ich Ihnen sage, daß von den fünf erwachsenen Männern, mit denen ich die Crow-Pferde gestohlen habe, drei tot waren, als der Winter anfing: Kaltes Gesicht, Lange Kinnlade und Gelber Adler. Gefleckter Wolf, der – wie Sie sicher noch wissen – es auf meine Mama abgesehen hatte, als Caroline ihm eins mit der Peitsche auf den Deckel gab, biß schon im Frühjahr davor ins Gras. Ich erwähne nur die, weil Sie ihre Namen kennen. Bei vollem Einsatz bestand unsere ganze Streitmacht jetzt bloß noch aus knapp vierzig Kriegern.

Lange Zeit dachte ich, daß die Schar von Alte Zeltbahn das gesamte Cheyenne-Volk war, wenigstens der Haupttrupp dieses Stamms, aber in Wirklichkeit stellte sich raus, daß es bloß eine einzige große Familie war: die meisten davon waren durch Blut oder Heirat oder Adoption miteinander verwandt, und nur dann und wann gab es darunter ein paar Zugewanderte, aber die änderten an der Sache auch nicht viel.

Ein Cheyenne klatscht nicht über sich und seine Familie. Daher kam ich erst nach einer Weile dahinter, warum sich die Sippe von Alte Zeltbahn immer für sich hielt.

Vor vielen Jahren, als Alte Zeltbahn noch ein Junge war, hatte sein Paps in einem Streit um eine Frau einen anderen Cheyenne getötet und war aus der Schar der Verbrannten Schlagadern ausgestoßen worden. Er und seine Verwandten zogen fort und lebten nun abseits, und als er schließlich starb, hatte sich seine Sippe so daran gewöhnt, für sich zu sein, daß sie keine Lust mehr hatte, zu den anderen zurückzukehren. Sie trugen auch weiter die Schande, und wenn sie andere Menschenwesen trafen, legten sie das Kinn auf ihre Brust und schielten nur nach oben, wenn sie überhaupt mal hochzublicken wagten. Daher nannte man sie schließlich die *tatoimanas*, das heißt die „Scheuen Leute".

Später wählten sie Alte Zeltbahn zum Häuptling, weil er Weisheit und Tapferkeit und Großzügigkeit bewiesen hatte, und sie wurden von den Verbrannten Schlagadern zu einem

Sonnentanz eingeladen, zu dem sich der ganze Stamm einfand. Mein Gott, da geriet doch dieser Indianer wahrhaftig in den gleichen Schlamassel wie sein Paps – es lag nun mal in der Familie, andern Hörner aufzusetzen: er klaute einem Mann von der Fellhemd-Sippe die Frau, und obwohl er zu ihrer Bezahlung zwei Pferde zurückließ, war der andere Kerl mit dem Handel ganz und gar nicht einverstanden, sondern ritt ihm nach und kriegte bei der Auseinandersetzung einen Pfeil in die Luftröhre und erstickte daran.

Danach legte Alte Zeltbahn keinen Wert mehr darauf, diesen Tanz noch mitzumachen, und seine restliche Familie stieß auf der Prärie zu ihm, und sie wanderten wieder jahrelang allein rum. Irgendwann wurden sie wieder gesellschaftsfähig. Als ich zu ihnen kam, konnten sie wieder zu allen gemeinsamen Cheyenne-Zusammenkünften gehen, aber sie wurden nicht grade dazu ermutigt, im Umkreis der Verbrannten Schlagadern zu lagern. Sie blieben lange Zeit sehr scheu.

Aber jetzt hatte das dicke Mädchen den letzten verfügbaren Ehemann in unserem Lager gekriegt, denn die Cheyennes haben nichts für Blutschande übrig, und wir hatten seit Gelber Adler keine neuen Männer mehr aufgegabelt.

Ich glaube nicht, daß man Alte Zeltbahn einen Vorwurf draus machen kann, weil er sich entschloß, im Frühjahr weiter nach Süden zu ziehen, wenn es auch seiner Absicht widersprach, den Weißen aus dem Weg zu gehen. Wir mußten frisches Blut haben, bevor wir noch mehr verlieren konnten, und die meisten anderen Cheyennes waren unten beim Platte. Es gab zwar Sioux am Powder River, die im Kampf unsere Verbündeten waren, aber Alte Zeltbahn zeigte sich als richtiger Snob, wo es um Familienverbindungen ging. Er vergaß nie die Stelle aus der Geschichte der Cheyennes, die er auch den Minneconjous erzählt hatte: die Menschenwesen hatten schon Pferde, als die Dakotas noch Hunde benutzten. Er sprach es nie aus, aber ich weiß, daß er die Sioux für minderwertig hielt.

Also brachen die Frauen das Lager ab und machten aus den Zeltpfählen *„Travois“*, auf die sie die gefalteten Zelthäute und ihre Siebensachen packten, und die leichteren Dinge kriegten die größeren Hunde auf den Rücken, und zu dem ganzen Krempel bekamen sie auch noch die kleinen Kinder aufgeschnallt, und wer von uns noch ein Pferd hatte, stieg auf, und die anderen gingen zu Fuß, und in einer meilenlangen kunterbunten Karawane, die von den Kriegern flankiert wurde, zogen wir nach Süden und ließen eine breite Spur von Pferdemist, abgetragenen Kleidern, abgenagten Knochen und der Asche von vielen Lagerfeuern hinter uns zurück.

Ich war auf dem Wege, wieder ein Weißer zu werden, wenn ich damals auch noch keine Ahnung davon hatte.

Wir zogen bis zum Solomon, einem Arm des Kansas River im Norden des Staats, der heute nach diesem Fluß heißt, und dort trafen wir in einem sich über Meilen hinziehenden Lager am Ufer das gesamte Cheyenne-Volk an, das bis auf uns dort überwintert hatte. Es war eine gewaltige Versammlung, die gewaltigste, die ich bisher gesehen hatte, und ich war richtig stolz: schätzungsweise tausend Zelte in einem Kreis, in dem jede Sippe mit ihren Zelten wieder einen eigenen Kreis bildete. Und alle Sippen waren dort: die Fellhemden, die Grindköpfe und so weiter, die ich bisher nur vom Erzählen her kannte, ganz zu schweigen von den Kriegerverbänden wie zum Beispiel die Hundesoldaten, die als Polizei auftraten, und die „Gegenteile", die alles verkehrt rum machen.

Bei unserem Einzug war es Alte Zeltbahn nicht ganz wohl zumute: das konnte ich sehen, denn ein Indianergesicht ist genauso ausdrucksfähig wie irgendein anderes, wenn Indianer unter sich sind, aber niemand stellte sich uns in den Weg und fragte: „Wo wollt ihr hin? Was habt ihr hier zu suchen?", was sie bestimmt bei einem getan hätten, der nicht dazugehörte, und nach einer Weile entdeckte ich, daß der alte Mann hinter seiner würdigen Häuptlingsmiene sichtlich erleichtert darüber war.

Kurz danach kamen die Häuptlinge der Verbrannten Schlagadern, begrüßten ihn wie einen Bruder und luden uns ein, in ihrem Kreis zu lagern. Das Verbrechen von früher war demnach vergeben und vergessen. Alles war also in bester Ordnung, und da sie auf einer großen rituellen Jagd bei der Quelle des Republican River Büffel erlegt hatten, mußten wir an diesem Tag sechs oder sieben Mahlzeiten hintereinander verputzen, weil jeder Indianer, der einen sah, einen in sein Zelt zog und ein Festessen veranstaltete.

Dann wurden Reden geschwungen, Lieder gesungen, und die *homonehs* – für die sich Kleines Pferd endgültig entschieden hatte – tanzten einen Tanz, der sehr anmutig war und begeistert aufgenommen wurde. Überall wurde Klatsch ausgetauscht. Schatten-Der-Sichtbar-Wird machte seine Witze, und man beschenkte sich gegenseitig, wobei man verteufelt aufpassen mußte, daß man nicht was, das man gerade gekriegt hatte, an den nächsten weitergab.

Ich war mitten in dem Rummel. Manche von den Neuen musterten mich, und ich nehme an, daß sie hinter meinem Rücken über mich klatschten, bis sie alles genauestens wußten, aber es passierte mir nichts direkt Peinliches – bis auf den übertriebenen Beifall, den die Prahlerei von Alte Zeltbahn, Wird-Rot und Kleines Pferd über mich auslöste.

Alles schien großartig zu klappen, aber nach den reinen Indianerangelegenheiten kamen die Weißen zur Sprache, und das war wie eine Gewitterwolke, die die Sonne verdunkelt. Im Frühjahr davor hatte es einen Streit um vier Pferde gegeben, von denen die Cheyennes behaupteten, sie wären frei auf der Prärie rumgelaufen, die Soldaten sagten dagegen, sie gehörten ihnen, worauf sie ein Menschenwesen ermordeten und ein zweites ins Gefängnis warfen, wo es starb. Und im Sommer war ein Trupp von jungen Männern auf eine Postkutsche gestoßen, und sie hatten den Kutscher um ein bißchen Tabak gebeten, der aber schoß wie wild auf sie, so daß sie ihm einen Pfeil in den Arm schickten, worauf die Soldaten am nächsten Tag ihr Lager angriffen, sechs Indianer umbrachten und ihnen sämtliche Pferde abnahmen. Auf der Flucht vor diesem Überfall trafen die Cheyennes einen Wagenzug und rächten sich an den Weißen, indem sie zwei Männer und ein Kind töteten.

Es gab noch weitere Scherereien mit einem Häuptling, der Großer Kopf hieß und bei einem Freundschaftsbesuch in Fort Kearny verwundet wurde. Das ging den Cheyennes besonders gegen den Strich, denn nach ihrer Auffassung hatten sie die Weißen immer liebenswürdig behandelt. Sogar nach all diesen bösen Ereignissen schickten sie noch eine Delegation zum Regierungsvertreter für Indianer und entschuldigten sich. Sie gaben auch eine Frau zurück, die sie erbeutet hatten. Aber wissen Sie, die ganze Geschichte hatte einen Haken: die Indianer waren nie organisiert. Welche entschuldigten sich, aber das waren nicht dieselben wie die, die die Weißen getötet hatten. Und die, die die Soldaten gewöhnlich bestraften, waren nie diejenigen, die solche Grausamkeiten begangen hatten. Und die Weißen, an denen sich die Indianer rächten, hatten überhaupt nichts mit den Soldaten zu tun.

Schon recht früh kam ich dadurch zu der Einsicht, daß die schwierigsten Situationen im Leben, wenigstens in meinem Leben, so ähnlich waren wie die, als ich den Crow umbrachte: er verschonte mich, weil ich weiß war, und ich tötete ihn, weil ich ein Cheyenne war. Jedem von uns blieb nichts anderes übrig, und es wäre einfach zum Lachen gewesen, wenn es nicht tödlich ausgegangen wäre.

Jedenfalls glaubten die Cheyennes jetzt, daß sie demnächst sämtliche Weißen auf der Prärie ausrotten mußten, und das klang gar nicht so hirnverbrannt, wenn man sah, wie groß ihr Lager war. Sogar ich schloß diese Möglichkeit keineswegs aus: wir selber konnten fünfzehnhundert Krieger oder so aufbieten, und die Kiowas und Komanchen, die nur ein Stück südlicher lebten, waren inzwischen unsere Freunde, und unsere alten Kumpane, die Arapahos, und die Sioux im Norden würden uns bestimmt auch helfen. Ich fühlte mich wirklich als Indianer und hatte keine schlaflosen Nächte wegen dem, was meiner ursprünglichen Rasse bevorstand, vor allem wenn ich daran dachte, wie wenig sie für mich getan hatte. Außerdem war ja keine Rede davon, St. Louis oder Chicago – oder auch nur Evansville – zu erobern, wo die Weißen eben hingehörten.

Das war, bevor ich die schöne Phrasendrescherei von zwei Medizinmännern hörte: sie hießen Eis und Nacht und hatten große Zauberkräfte. Sie brauchten gegen die Soldaten nur bestimmte Zeichen machen, und wenn die dann ihre Gewehre abfeuerten, kullerten die Kugeln langsam durch den Lauf und fielen harmlos zu Boden.

Ich stellte mich regelmäßig an dem Weg auf, den Nichts ging, wenn sie Wasser aus dem Fluß holte, und wenn sie vorbeikam, zupfte sich sie kurz am Rocksaum. Davon hatte ich aber auch nichts, höchstens daß sie Kojote, der sich auch in sie vergafft hatte, nicht mehr Aufmerksamkeit schenkte wie mir. Er und ich machten ihr abwechselnd den Hof: wenn ich ihr also auf dem Weg zum Fluß auflauerte, ließ er es sein und versuchte erst wieder mit ihr anzubändeln, wenn sie Büffelfladen sammelte. Weil aber keiner von uns bei ihr was erreichte, waren ich und Kojote nicht eifersüchtig aufeinander, sondern unsere Beziehungen blieben genauso unpersönlich wie eh und je. Sie wissen ja, wie das ist: man hat seine Freunde und seine Feinde, und dann gibt es auch noch diesen ganzen Haufen der anderen, die einem schnuppe sind – genauso ist das bei den Indianern.

Auch mein Zeitgefühl hatte sich indianischen Verhältnissen angepaßt. Ich muß etwa fünfzehn gewesen sein, als wir am Solomon lagerten und ich so verschossen in Nichts war, aber ich wurde nicht ungeduldiger als sie: ein Cheyenne wirbt fünf Jahre oder so um eine Frau, und ich fing sogar schon ziemlich früh damit an. Ich gehe jede Wette mit Ihnen ein, daß Sie nicht wußten, wie langsam Rothäute auf diesem Gebiet sind. Aber als Krieger lassen die Cheyennes lieber den Stöpsel zu. Versuchen Sie mal zu kämpfen, wenn Sie es grade toll getrieben haben, dann verstehen Sie, was ich meine: da will man einfach nichts wie schlafen.

Also, mein Herr, es war wirklich interessant in diesem Riesenlager mit dem ganzen Treiben da, und schon bald veranstalteten sie einen Sonnentanz, der acht Tage dauerte und höchst raffiniert war, was einem aber nichts sagt, wenn man kein Indianer ist, immerhin bestätigte er die Cheyennes in ihrem Gefühl der Überlegenheit, falls das überhaupt noch möglich war, denn sie glaubten ja fest, daß niemand auch nur im entferntesten an sie rankam. Bei den Selbstfolterungen tat sich Jüngerer Bär natürlich hervor. Er hatte sich mit Holzstiften gespickt und riß sie alle Viertelstunde wieder raus, um sie an andere Stellen zu stecken und zerrte die ganze Nacht an den Lederriemen. Am nächsten Tag war sein Oberkörper eine einzige offene Wunde, und er behandelte ihn überhaupt nicht mit Salbe oder Schlamm oder sonstwas, sondern stolzierte mit lauter Blutkrusten rum.

Nun werden Sie es vielleicht typisch für die Cheyennes

finden, daß sie nach dem ganzen Gerede, wie sie die Weißen ausrotten wollten, und nach all den Zeremonien, die dazu gehörten, das Lager abbrachen und mit der Absicht weiterzogen, Scherereien zu vermeiden. Aber nachdem sie so viel Trara darum gemacht hatten, wäre es enttäuschend gewesen, tatsächlich zu kämpfen, und die Indianer, die sich dauernd untereinander bekriegen, hatten keinen Spaß daran, sich mit Weißen einzulassen, weil das immer eine heikle Angelegenheit war, sogar wenn man gewann.

Die Sippen machten sich zwar einzeln auf den Weg, aber ein Stück lang bildeten sie zwei große Züge: einer nach Norden, einer nach Süden, denn der Stamm teilte sich für die meiste Zeit des Jahres in zwei Gruppen auf, der größere Teil streifte in Gruppen beim Platte rum, und der kleinere hielt sich bei dem Fort von William Bent, dem Händler, am Purgatory River, am Fegefeuerfluß, und am Arkansas River in Süd-Colorado auf. Wir Leute von Alte Zeltbahn waren natürlich Nord-Cheyennes und zogen jetzt mit den Verbrannten Schlagadern in diese Richtung. Vorher muß ich aber noch erwähnen, daß wir bei dem großen Treffen recht gute Geschäfte gemacht und die meisten von unseren heiratsfähigen Frauen an den Mann gebracht hatten und die Männer nun bei uns waren. Das und die Tatsache, daß er wieder in seine eigene Sippe aufgenommen wurde, hatten Alte Zeltbahn in so übermütige Laune versetzt, daß er vermutlich wieder unter einem fremden Büffelfell in Schwierigkeiten geraten wäre, wenn man das Lager damals nicht abgebrochen hätte. Ich hatte beobachtet, wie er ein paar fetten Weibern geile Augen machte. Ich persönlich war noch nicht scharf auf Nichts, sondern wäre schon damit zufrieden gewesen, ihre scheue, sanfte Stimme zu hören oder einen flüchtigen Blick aus ihren glänzenden schwarzen Augen zu erhaschen.

Wir waren noch nicht sehr weit gekommen, als unsere Kundschafter mit der Meldung zurückkehrten, daß eine Kolonne Soldaten einen halben Tagesritt vor uns in unsere Richtung trabte. In dem Riesenlager hatte es ein paar Flinten gegeben, und so waren drei oder vier von unseren Kriegern damit bewaffnet. Büffelnacken, der schon jahrelang auf so eine Gelegenheit wartete, wollte unbedingt weiterreiten und mit den Soldaten kämpfen. Aber Alte Zeltbahn und die Häuptlinge der Verbrannten Schlagadern machten sich Sorgen um die Frauen und Kinder, so daß wir umkehrten und unseren nach Süden gezogenen Stammesgenossen schleunigst nachsetzten. Ein Stück weiter östlich holten wir ein paar Gruppen ein und vereinten uns mit ihnen bei der Solomon-Gablung. Es war zwar nicht mehr der ganze Stamm beisammen, aber wir hatten immerhin an die dreihundert Krieger und, sagen wir, zehn bis fünfzehn Flinten, was die Cheyennes für eine recht ansehnliche Bewaffnung hielten.

Die Aufregung war so groß, daß ich keine Zeit hatte, meinen eigenen Standpunkt nochmals zu überdenken. Wie gesagt, war ich theoretisch schon zu dem Schluß gekommen, daß die völlige Ausrottung der Bleichgesichter auf der westlichen Prärie mich einen Dreck scherte: ich kannte keinen Weißen westlich von St. Joe, abgesehen von den Resten meiner eigenen Familie, die aber schon längst Salt Lake erreicht haben mußte. Aber wenn ich es mir richtig überlegte, hatte ich mir nie ausgemalt, daß ich tatsächlich an so einem Gemetzel teilnehmen könnte. Jetzt stand uns eine Schlacht mit der U.S.-Kavallerie bevor, und ich galt als Cheyenne-Krieger mit einigem Ruhm. Ich hatte also die Wahl ein Feigling zu sein oder eine Art Verräter. Ich erinnere mich, daß ich mir wünschte, wir würden immer noch gegen die Crows kämpfen.

Es war wirklich ein ernstes Problem für mich, aber die ganze Zeit über, wo ich mir den Kopf zerbrach, zog ich mich aus, schmierte mich mit roter und gelber Farbe ein und spitzte meine Pfeile mit einem Wetzstein an. Es gibt Leute, die sich in Augenblicken der Unschlüssigkeit still hinsetzen, um ihren Gedanken freien Lauf zu lassen, aber zu denen gehöre ich nicht: ich beschäftige dann meine Hände und bilde mir ein, daß mein Gehirn ihnen nacheifern wird. Wenn das nicht klappt, ist kein Grund vorhanden, anzunehmen, daß ich weiter gekommen wäre, wenn ich mich hingesetzt und mein Kinn in die Hand gestützt hätte.

Wir schickten die Frauen und Kinder nach Süden über den Arkansas River rüber, wenn die Cheyennes auch so zuversichtlich waren, daß sie die Zelte wieder aufstellten und stehen ließen. Dann führte uns Eis, der Medizinmann, zu einem kleinen See in der Nähe, wo wir uns unverwundbar machten, indem wir die Hände ins Wasser steckten. Wenn die Soldaten auf uns schossen, brauchten wir bloß die Handflächen heben, und die Kugeln würden mit knapper Not aus der Mündung kommen und dann zu Boden kullern.

Da ging mir ein Licht auf: ich würde sterben.

Bis dahin kann man den Indianern folgen, aber dann geschieht so was. Ich weiß, daß die Medizin von Linkshändiger Wolf meine Kopfwunde heilte, aber ich glaube, das glückte nur, weil ich fast während der ganzen Prozedur bewußtlos war, und wenn man den Verstand verloren hat, scheint es keine Regeln zu geben, was möglich ist und was nicht. Ein Sternhagelbesoffener kann ohne weiteres einen Sturz tun, der ihn wie eine Tomate zerquetscht hätte, wenn er nüchtern gewesen wäre. Ich will nicht engstirnig sein und behaupten, daß eine Kugel unter keinen Umständen durch Zauberei aufgehalten werden kann. Ich meine nur, daß sie nicht von jemand aufgehalten werden kann, der für sich nicht daran glaubt. So verhielt es sich bei mir. Büffelnacken oder Wird-Rot-In-Der-Sonne oder Jüngerer Bär glaubten dagegen fest daran.

Wenn Sie mir genau zugehört haben, dann werden Sie sich erinnern, daß ich mich mal schwarz angemalt habe, und zwar für den Kampf mit den Crows. Der erste, den ich tötete, hatte sogar im Dunkeln rausgekriegt, daß ich weiß war: wie stand es aber mit denen, gegen die wir am hellichten Tag kämpften? Ich bemalte mir Gesicht und Körper, was sollte ich aber mit meinem roten Haar anfangen? Ich will es Ihnen verraten. Nach der ganzen Begeisterung über meine erste Heldentat wollte ich natürlich nicht die besonderen Umstände dabei erwähnen, denn daß der Crow meine Rasse entdeckte, daraufhin freundlich wurde und so weiter, hätte die Menschenwesen nur verwirrt. Aber als wir wieder auf dem Kriegspfad ritten, legte ich mein Problem Alte Zeltbahn folgendermaßen vor:

„Großvater", sagte ich, denn so redet man einen Mann seines Alters an, „ich möchte was tun, aber ich weiß nicht richtig wie. Ich will nicht, daß die Crows meine Haarfarbe sehen, aber auch nicht, daß sie mich für einen Feigling halten, der sich das Haar abgeschnitten hat, damit sie mich nicht skalpieren können. Ich bin noch zu jung und habe noch zu wenig Handstreiche vollbracht, um vollen Kriegsschmuck auf dem Kopf zu tragen."

Der Häuptling dachte darüber nach, dann nahm er seinen Zylinder und setzte ihn mir auf. Er war mir zu groß und rutschte mir über die Ohren, aber tarnte mich dadurch um so besser.

„Immer, wenn du kämpfst, darfst du ihn tragen", sagte er, „gib ihn mir aber in Friedenszeiten zurück, denn er gehört zu der Medaille, die mir der Große Vater aus dem Hauptdorf der Weißen geschickt hat."

Und das tat ich auch; ich polsterte das Band innen ein bißchen aus, damit er besser saß, und außerdem knüpfte ich ihn noch mit einem Lederriemen unter dem Kinn fest. Mein Haar im Nacken malte ich einfach an. Ich hatte natürlich immer noch keine Zöpfe, und die Crows nahmen mich als Cheyenne sicher nicht für voll, denn Indianer haben sogar in der Hitze des Gefechts scharfe Augen, aber ich hätte ein Mischling sein können.

Nun waren wir im Begriff, gegen die Truppen zu kämpfen, also ging ich zu Alte Zeltbahn hin, wo der mit den anderen Häuptlingen unseren Schlachtplan beriet, was sie genauso feierlich taten wie Berufssoldaten. Ich machte ihn auf mich aufmerksam und bat ihn um den Zylinder, den er aufhatte.

Er zog mich beiseite; ja, wir stiegen beide auf und ritten zum Steilufer rauf, er auf einem von seinen tollen gefleckten Ponys, das ihm gehorchte, ohne daß er ein Wort sagte oder auch nur den Zügel berührte. Ganz oben hielten wir an, und er spähte in die Ferne und stellte fest, daß zweihundertfünfzig berittene Soldaten noch fünf Meilen oder so entfernt waren, denen im Abstand von zwei oder drei Meilen eine Abteilung Infanterie folgte. Ich konnte außer der hügeligen Prärie rein gar nichts sehen.

Dann richtete er seine klaren alten Augen auf mich und sagte: „Mein Sohn, diesmal sind es Weiße, die wir vernichten, und zum ersten Mal stehe ich den Weißen als Feind gegenüber. Ich habe immer geglaubt, daß sie einen Grund für das haben, was sie tun, und das glaube ich auch immer noch.

Sie sind seltsam und scheinen nicht zu wissen, wo der Mittelpunkt der Welt ist. Daher habe ich sie nie gemocht, aber ich habe sie auch nie gehaßt. Nun haben sie aber kürzlich die Menschenwesen schlecht behandelt. Deshalb müssen wir sie ausrotten."

Er sah irgendwie verlegen aus und kratzte sich an der Nase. „Ich weiß nicht, ob du dich noch an die Zeit erinnern kannst, bevor du ein Menschenwesen und mir so teuer wurdest wie ein Sohn, den ich mit Squaw Büffelschwemme oder den anderen gemacht habe, denn du hast mein Herz mit Stolz erfüllt und Ehre in meinen Wigwam gebracht ... Ich möchte nicht über diese früheren Zeiten reden, die du wahrscheinlich vergessen hast. Ich möchte nur sagen, daß du, wenn du dich noch daran erinnerst und glaubst, es sei böse Medizin, gegen die Weißhäutigen zu kämpfen, nicht mitzukämpfen brauchst, und keiner wird deswegen schlecht von dir denken. Du hast viele Male bewiesen, daß du ein Mann bist, und ein Mann muß das tun, was ihm am Herzen liegt, und niemand darf das in Frage stellen."

Verstehen Sie, er sagte nicht, daß ich weiß war, aber er ließ mir eine Hintertür auf. Mit seiner üblichen Arroganz nahm er natürlich an, daß jeder lieber ein Cheyenne war; aber bei seiner genauso üblichen Rücksicht erkannte er die Tatsache meiner Herkunft an.

„Großvater", sagte ich, „ich glaube, es ist ein guter Tag zum Sterben."

Wenn man das zu einem Indianer sagt, dann fängt er nicht gleich an, einen zu trösten und zu behaupten, daß man sich irrt, daß alles glatt gehen wird und so weiter, denn es sind keine leeren Worte wie bei den Weißen. Es ist auch kein Selbstmord, wie ihn jemand begeht, der das Leben fade findet und es einfach wegwirft. Es heißt nur, daß man bis zum Umfallen kämpfen will. Das Leben ist nicht bitter, sondern süß, und man genießt es eben bis zur Neige. Bevor ich zum Stamm kam, kriegte mal ein Trupp Cheyennes die Cholera von ein paar Auswanderern, und diejenigen von ihnen, die noch am Leben waren, zogen ihren Kriegsschmuck an, stiegen auf ihre Kriegsponys und forderten die unsichtbare Krankheit raus, sich ihnen zu stellen und mit ihnen wie ein Mann zu kämpfen.

Ehrlich gestanden, ich weiß nicht, ob ich es im Sinne der Indianer sagte, aber Alte Zeltbahn faßte es so auf und gab mir seinen Zylinder. In diesem Augenblick tauchte ganz in unserer Nähe ein Karnickel auf und machte ihm eine lange Nase. Er sah besorgt aus, wirbelte herum und galoppierte runter zur Flußniederung. Es dauerte Jahre, bis ich wieder mit ihm sprach.

Die Truppen erreichten das Ufer etwa zwei Meilen weiter westlich und zogen flußabwärts auf uns zu. Sie wußten, daß wir in der Nähe waren, aber als sie um eine Krümmung des Solomon River bogen, waren sie doch überrascht, auf dreihundert Cheyenne-Krieger zu stoßen, die dort hoch zu Roß in Schlachtlinie auf sie warteten, mit der linken Flanke zum Fluß hin, der rechten zum Steilufer.

Die Menschenwesen waren in Galauniform, die Krieger und Ponys bemalt und mit Federn geschmückt, viele trugen ihren vollen Kriegsschmuck, und die Sonne hob die grellen Farben hervor und blitzte auf den Lanzenspitzen und Flintenläufen. Manche Krieger redeten mit ihren Pferden, die sich bäumten und aus geblähten Nüstern schnaubten, als wären sie schon mitten im Angriff. Sie witterten die großen Kavalleriegäule und fingen an, stolz zu wiehern, denn sie dachten genauso über sie wie Cheyennes über die Weißen.

Ich ritt einen Falben, den wir damals den Crows geklaut hatten, ein verteufelt gutes Tier, wenn er sich auch nur mit den gebräuchlichen Begrüßungen von mir und sonst ohne Zusprachen durchs Leben schlagen mußte. Zum ersten Mal war ich nah dran, mit ihm über philosophische Dinge zu reden. Ich war wirklich nervös, weil ich den Verdacht hatte, daß nicht alle meine Kameraden Alte Zeltbahns Meinung über meine Anwesenheit in der Mitte der ersten Reihe teilten. Vor allem Jüngerer Bär nicht, der erst am rechten Flügel war, dann aber zu mir ritt und sein Pony neben mich zwängte. Er war von der Hüfte aufwärts kohlrabenschwarz angemalt, hatte Zinnoberrot im Haar, weiße Ränder um die Augen und weiße Querstriche auf den Backen.

Ich konnte nicht erkennen, ob er mich angrinste oder die Zähne fletschte; es war die erste Aufmerksamkeit, die er mir seit langem erwies. Ich erwiderte sie nicht; mir war nicht gerade wohl in meiner Haut, und ich war verflixt dankbar für meine eigene Kriegsbemalung. Das ist das Herrliche an der Bemalung: wie man sich auch innen fühlt, nach außen sieht man immer noch furchterweckend aus.

Büffelnacken und die anderen Kriegshäuptlinge ritten dauernd die Schlachtlinie lang, Eis, der Medizinmann, war auch dabei und brüllte sein Hokuspokus und schwenkte Rasseln, Büffelschwänze und anderen Kram gegen die Kavallerie, die eine Viertelmeile vor uns am Ufer halt gemacht hatte und uns zu mustern schien. Ich hoffte, daß sie sich totlachen würden – ich meine die Soldaten. Danach war mir zumute. Man bekommt nämlich ein komisches Gefühl vor dem Angriff; und je länger es dauert, bis man absaust, um so heftiger wird die Aufregung, so daß man, wenn es schließlich losgeht, wirklich das zu tun glaubt, worauf man mehr wie auf alles andere in der Welt gewartet hat.

Hinzu kam noch, daß ich so gut wie nackt war und einen Zylinder aufhatte, daß wir drei- oder vierhundert Weiße mit Feuerwaffen gegenüber standen und daß ich seit fünf Jahren angeblich ein Indianer war – und ich schüttete mich vor Lachen aus, bestimmt, um in mir für das heiße Blei Platz zu schaffen.

Ich tat freilich mein möglichstes, mein Lachen zu unterdrücken, so daß es wie Gemurmel oder wie ein tiefer Kehlgesang klang, den die Cheyennes ganz normal finden. Auf jeden Fall schien es Eindruck auf Jüngerer Bär zu machen, denn er übernahm es und dann die Krieger auf beiden Seiten, und schon bald ertönte es aus jeder Brust und wurde zum Kriegslied der Cheyennes, und zu dieser Melodie setzten wir uns in Bewegung, bis auf ein paar vortänzelnde Ponys ordentlich in Reih und Glied. Noch hielten wir unsere Kraft zurück, sparten sie auf, während der Zauber unseres Anmarsches wirkte und die Weißen bannte.

Ich vergaß mich selber völlig, war nur noch ein Teil von dem Zauberkreis, der die Cheyennes, wie sie glaubten, immer umschloß, der der Reigen von Erde und Sonne ist, auch von Leben und Tod, denn die Trennung zwischen ihnen ist nur scheinbar, so daß alle Cheyennes, die je lebten, mit denen, die nun leben, ein einziges Volk bilden: die unverwundbaren, unbesiegbaren Menschenwesen, das höchste Produkt der ganzen Natur.

Während die Truppen uns immer noch beobachteten, hatten wir vielleicht zwei- bis dreihundert Yard auf diese Art zurückgelegt; offenbar waren sie genauso behext wie die Antilopen damals bei der Jagd und im Begriff, auch so abgeschlachtet zu werden – denn tatsächlich hatte sich eine ganze Menge von unseren Kriegern die Bogen wieder umgehängt und Kriegskeulen oder Tomahawks ergriffen, weil sie überzeugt davon waren, sie brauchten die wehrlosen Soldaten bloß noch aus dem Sattel schlagen –, als sich in den blauen Reihen ein hundertfaches Geglitzer erhob und die Blechstöße aus dem Signalhorn unser Lied übertönten.

Sie hatten die Säbel gezogen und griffen an.

Wir hielten. Sechshundert Yard Flußniederung lagen zwischen ihnen und uns. Schon bald waren es nur noch vierhundert, dann dreihundert, und unser Gesang verstummte. Das Horn schwieg nun, und kein anderes Geräusch war mehr zu hören als das Getrappel von tausend eisenbeschlagenen Hufen, in das sich das Klirren der Scheiden mischte. Und ich sah keine Standarten, keine Uniformen, nicht mal Pferde, sondern eher eine Art Apparat, eine große Mähmaschine mit hundert blitzenden Klingen, die alles Leben vor sich zu Staub hackte und ihn in einer langen aufwirbelnden gelben Wolke hinter sich wieder ausspuckte.

Jetzt waren wir die Gelähmten und wie am Boden festgenagelt, bis die anstürmenden Reihen nur noch hundert Yard vor uns waren, dann fünfundsiebzig, und da erst stoben wir Hals über Kopf davon. Verstehen Sie, der Zauber war nur gut gegen Kugeln, aber nicht gegen lange Messer.

Ich sage „wir" wegen der allgemeinen Reaktion. In Wirklichkeit schnitt ich auf des Messers oder des Säbels Schneide alle meine Cheyenne-Bande hastig durch, schmiß den Zylinder von Alte Zeltbahn hin, wo er kurz danach von den galoppierenden Hufen zertrampelt wurde, und wischte mir mit dem losen Lappen meines Lendenschurzes die Bemalung aus dem Gesicht, dabei brüllte ich auf Englisch, was ich doch seit fünf Jahren nicht mehr gesprochen hatte, so daß meine Angstschreie zum Teil nichts als Gestammel waren.

Was ruft man in solchen Augenblicken, damit ein anderer raushört, daß man tatsächlich kein Indianer ist? Mein Wortschatz war wirklich sehr beschränkt, weil ich keine Übung mehr hatte, und ich kann Ihnen sagen, daß es die Phantasie nicht gerade beflügelt, wenn ein sechs Fuß großer Soldat auf einem Riesenfuchs mit geschwungenem Schlachtmesser auf einen zudonnert und um einen rum noch mehr solche Leute die ehemaligen Verwandten und Freunde verfolgen, die wie eine in Panik geratene Büffelherde wegrennen.

Also, ich brüllte: „Gott segne George Washington!“, während ich meine Stirn mit dem Lendenschurzlappen blankscheuerte und mich zu diesem Zweck im Sattel vorbeugte. Das rettete mir das Leben, denn der hünenhafte Soldat säbelte mit seiner Klinge genau an der Stelle vorbei, wo mein Adamsapfel normalerweise gewesen wäre. Nun ja, die Sache mit Washington klappte nicht, so daß ich, als er zum zweiten Schlag ausholte, diesmal Rückhand, brüllte: „Gott segne meine Mutter!“

Um seinem grimmigen Hieb auszuweichen, mußte ich im Indianerstil auf der anderen Seite von meinem Pony runterrutschen und im Kreis rum reiten, während er mir nachsetzte und in die Luft schlug, das zischte aber auch ganz scheußlich. Inzwischen brauste die übrige Kavallerie vorbei, und ich war darauf gefaßt, von hinten in Stücke gehackt zu werden, bevor dieser Hundesohn mich traf oder verstand, was ich wollte. Denn er war riesig, und für jeden Inch, den ein Mann über fünf Fuß wächst, wird sein Gehirn entsprechend kleiner, ob Sie's mir nun glauben oder nicht. Mein Leben lang hatte ich ein Vorurteil gegen solche hochgeschossenen Kerle.

Dieses Katz-und-Maus-Spiel dauerte lang genug, um festzustellen, daß er mich zwar einerseits nie treffen, daß er aber andererseits auch nie aufhören würde, es zu versuchen. Er war kein guter Reiter: nach jedem Hieb riß der Schwung seines Säbelarms sein linkes Knie hoch, so daß er fast die Balance verlor, während sein Pferd rumwirbelte. Er hatte das einmal zu oft getan, und ich stieß ihm meinen Mokassin in die Rippen und hob ihn mit einem Ruck aus dem Sattel, so daß er mit scheppernder Säbelscheide, klirrenden Sporen und was sonst noch an so einem Soldatenburschen rumbammelt, runterpurzelte.

Ich sprang von meinem Pony, machte den Kampfzügel von meinem Gürtel los, preßte dem benommenen Soldaten ein Knie in jede Schulter und setzte ihm die Klinge meines Skalpiermessers in die Kehle – mit der stumpfen Seite, um ja nicht in Versuchung zu geraten.

Plötzlich fiel mir ein Schwall Wörter ein, die ich von den Erwachsenen in Evansville gehört hatte.

„Also du ...", sagte ich mit allem Nachdruck. „Muß ich dir deine ... Kehle durchschneiden, damit es in deinen ... Dickschädel dringt, daß ich ein ... Weißer bin?"

Er sah immer noch genauso blöde aus, sagte aber: „Warum bist du denn dann so verkleidet?"

„Das ist eine lange Geschichte", sagte ich und ließ ihn aufstehen.

8.
Zum zweitenmal adoptiert

Vermutlich können Sie in Büchern was über diesen Kampf lesen, denn es war das erste echte Gefecht zwischen der Armee und den Cheyennes und erregte damals viel Aufsehen. Die Soldaten behaupteten, daß bei dem Säbelangriff dreißig Indianer getötet wurden, der Oberst meldete neun, und in Wirklichkeit gab es nur vier Tote und ein paar Verwundete. Das war im Juli 1857.

So was stellt man fest, wenn man wieder in die Zivilisation zurückkehrt: was für ein Datum es ist und was für eine Tageszeit, wieviel Meilen es bis Fort Leavenworth sind und wieviel die Händler dort für Tabak kriegen, wieviel Bier Flanagan trank und wie oft es Hoffmann mit einer Hure schaffte. Zahlen, Zahlen – ich hatte vergessen, wie wichtig sie waren. Kansas war inzwischen auch „Territorium" geworden, was mich einen Dreck kümmerte.

Dieser Soldat, Muldoon hieß er, brachte mich, als die ganze Aufregung vorbei war, zum Oberst, und meine Version von der Geschichte lautete, daß die Cheyennes mich bei Todesstrafe gezwungen hatten, in ihrer Streitmacht zu dienen, nachdem sie fünf Jahre vorher meine gesamte Familie ermordet und mich seitdem grausam gefangen gehalten hatten. Muldoon schwor, daß ich ihn bestimmt hätte töten können, aber davon abgesehen hatte. Mit der inzwischen restlos abgewischten Bemalung und dem grauen Wollhemd und der blauen Hose, die mir Muldoon von seiner Reserveuniform geliehen hatte und die mir mindestens acht Nummern zu groß waren, sah ich wirklich recht harmlos aus. Ich brauchte mir keine Sorgen machen. Damals konnte man den Leuten über die Indianer alles erzählen – sie schluckten es immer, und zwar das Militär noch leichter als die Zivilisten, weil ein weißer Soldat besser die Nerven behält, wenn er glaubt, daß sein Feind bis zur Lächerlichkeit verächtlich ist. Manche Soldaten dachten, daß die Indianer Menschenfleisch aßen und Verhältnisse mit ihren eigenen Töchtern hatten.

Daher zeigte mir der Oberst sein Mitgefühl, dann versuchte er mich über den Standort der Cheyenne-Zelte und die Größe ihrer Pferdeherde auszufragen, weil er die Zelte nämlich niederbrennen und die Gäule erbeuten wollte, aber ich tat so, als hätten mich die jahrelangen Folterungen halbblöd gemacht und drückte mich so vor den Antworten. Später stellte sich raus, daß er das Lager trotzdem fand, weil er einfach den Spuren folgte, und die zurückgelassenen Wigwams einäscherte. Zum Glück war der Wigwam von Alte Zeltbahn nicht drunter; Squaw Büffelschwemme und Squaw Weiße Kuh mußten also Zeit gehabt haben, ihn vor der Flucht zusammenzufalten. Von dort aus verzweigte sich die große Spur in lauter kleine, das ist nämlich bei fliehenden Indianern so Sitte. Die Krieger, die nach Ost geflüchtet waren, machten einen Bogen, und alle kamen, wenn die Gefahr vorbei war, wieder zusammen.

Die Armee lungerte fast den ganzen Sommer über in diesem Gebiet rum, nur einmal stießen sie westlich bis zum Fort von Bent vor, wo sie die Vorräte beschlagnahmten, die laut dem bestehenden Vertrag die Indianer als Jahrestribut kriegen sollten, kehrten aber danach zum Solomon River zurück. Einen Cheyenne fanden sie freilich nicht mehr, und schließlich zogen sie wieder zum Fort Laramie ab.

Ich blieb natürlich in der Zeit bei ihnen, und Muldoon kümmerte sich ein bißchen um mich; er dachte lieber nicht mehr daran, daß ich ihn ohne weiteres hätte töten können, und behandelte mich wie ein hilfloses Kind. Na ja, ich ließ ihn, denn er war ein netter Trottel. Er brachte mich dazu, mich oft gründlich mit amerikanischer Seife zu waschen, weil er behauptete, daß ich noch Wochen nach meinem Abschied von den Cheyennes wie eine Ziege stank. Ich fand, daß *er* stank und alle übrigen Soldaten auch; aber es handelte sich wohl nur um die Relativität von Gerüchen, denn ich konnte mich daran erinnern, daß ich den Gestank der Cheyennes fürchterlich fand, als ich vor Jahren mit Caroline in ihr Lager kam.

Die anderen Soldaten behandelten mich genauso, und abgesehen von ihrem dummen Gerede, hatte ich von ihnen nicht viel auszustehen. Auf so einem Feldzug fiel es einem leichter, ins Leben der Weißen zurückzufinden als sonst. Wir waren wenigstens im Freien und schliefen auf dem Boden, und wenn auch der Armeefraß, hauptsächlich gepökelter Schweinebauch und Schiffszwieback, abscheulich schmeckte, schoß ich dann und wann Wild, denn ich hatte Pfeil und Bogen und mein Cheyenne-Pony zurückgekriegt, und die Soldaten hatten auch viel für frisches Fleisch übrig, so daß ich mich bei ihnen ziemlich beliebt machte, wenn ich auch nicht viel redete, was sie meiner Schwachsinnigkeit durch die jahrelange Gefangenschaft zuschrieben.

Man hätte meinen können, daß der Oberst sich für meine Erfahrungen von fünf Jahren unter den Barbaren interessieren würde. Es dauerte nicht lang, bis ich rausfand, daß es in der weißen Welt höchst selten jemand gibt, der hören möchte, was ein anderer sagt, um so mehr, wenn der andere weiß, wovon er spricht.

Ehrlich gestanden, versagte meine Medizin, als wir nach Laramie kamen. Als ich in der Schlacht beim Solomon River weiß wurde, hatte ich nichts anderes im Kopf, als mein Leben zu retten, ohne zu türmen. Ich malte mir bestimmt nicht aus, was so ein Entschluß auf die Dauer mit sich bringen würde. Ich war so lange von der Zivilisation weg, daß ich vergessen hatte, wie dort alles organisiert wird: man zieht nicht einfach in irgendein Zelt, und damit ist es gut.

Kurz nach unserer Ankunft in Laramie, wo ich immer noch bei den Soldaten hauste, ließ mich zum Beispiel der Oberst rufen.

„Die Akten in diesem Bezirk sind bei weitem nicht vollständig", sagte er. „Der unselige Zwischenfall, bei dem die roten Teufel die Wagen deines Vaters angriffen, wurde nie eingetragen, soweit wir es aus den Unterlagen ersehen können. Ich fürchte, es wird uns schwerfallen, die betreffenden Übeltäter aufgrund deiner spärlichen Auskünfte über ihre Identität zu bestrafen – das erschwert natürlich noch das Problem, Indianer überhaupt zu erwischen, auch wenn sie deutlich identifiziert wurden. Denn sie sind eine listige Bande, wie du ja weißt. Ich glaube, wir müssen sie schließlich alle ausrotten – ich sehe keine andere Möglichkeit angesichts ihrer barbarischen Verstocktheit. So viel über diese unseligen Erinnerungen. Wichtig ist das Leben, das jetzt vor dir liegt", und so weiter. Es lief darauf hinaus, daß er mich am nächsten Tag mit einer Abteilung mitschickte, die nach Osten zum Fort Leavenworth, dem Bezirkshauptquartier, abkommandiert wurde. Leavenworth lag am Missouri ganz in der Nähe von Westport, das später in Kansas City umgetauft wurde, und Independence, wo mein Paps seinen Wagen und das Ochsengespann kaufte. Das war höchste Zivilisation oder was man damals dafür hielt.

Ich hatte das Gefühl, zu ersticken, als ich das erfuhr. Es gab schon so viel Weiße in Laramie, daß man kaum atmen konnte, und ich schlief schlecht in den viereckigen Baracken, weil ich mich bei den Cheyennes an die Vorteile einer runden Behausung gewöhnt hatte. Ich glaube, ich erwähnte schon ihre Anschauung über Kreise, den Kreis der Erde und so weiter. Sie hatten was gegen den rechten Winkel, der jegliche Kontinuität einfach abschnitt. Alte Zeltbahn pflegte zu sagen: „Im Quadrat steckt keine Kraft."

Jetzt kehrte ich also in eine Welt von lauter scharfen Ecken zurück, während die Menschenwesen sich irgendwo draußen auf der Prärie wieder versammelt und ihre Toten beklagt hatten, gerösteten Büffelnacken aßen, träumten, beim Büffelfladenfeuer Geschichten erzählten, den Pawnees Ponys klauten, selbst welche geklaut bekamen und wo Nichts in ihrem mit Fransen besetzten weißen Antilopenkleid rumlief.

Sie wußten, wo ich war, wenn es ihnen vielleicht auch niemand erzählt hatte, wie sie eben alles wußten, was ihr Volk anging, aber weiter nichts. Sie hätten nichts von den Sklavenkrawallen, John Brown oder was auch immer damals im weißen Kansas passierte, gehört oder verstanden.

Aber an und für sich tat es mir nicht leid, Laramie zu verlassen, das zu dem häßlichsten Ort angewachsen war, den man sich nur vorstellen kann – das dachte ich wenigstens damals, bevor ich andere weiße Orte sah. Ein Pack Indianer schlug rundrum ihre Zelte auf, unter ihnen, wie ich zu meinem großen Bedauern bekennen muß, auch ein paar Menschenwesen, aber die waren ganz anders als die, die ich gekannt hatte, und die einzelnen Stämme spielten dabei auch keine besondere Rolle, weil sie alle zu der verkommenen Sorte gehörten, die Rumlungerer-Beim-Fort genannt wurde. Die frei rumstreifenden Gruppen hielten nicht viel von ihnen. Eine ganze Masse von diesen Kerlen hockte bei den Palisaden stumpfsinnig in ihren Decken rum und guckte bloß zu, was sich abspielte, denn sie durften nach Belieben im Fort ein und aus gehen, wenn aber ein Soldat ihren Platz haben wollte, verjagte er sie wie einen Hund. Manche trieben ein bißchen Handel mit minderwertigen Häuten, manche boten ihre Frauen feil, und alle lebten von den Zuteilungen der Regierung, die sie bekamen, weil sie eben „weißenfreundlich" waren. Natürlich kriegten sie gewöhnlich nur die Hälfte von dem, was ihnen laut Gesetz zustand, denn die Regierungsvertreter für Indianer unterschlugen den Rest, um ihn an weiße Auswanderer zu verkaufen, oder die Armee beschlagnahmte das Zeug zum eigenen Gebrauch, weil die Militärvorräte wegen den Gaunern von Lieferanten im Osten oder den ewig klauenden Furagemeistern meistens nicht langten.

Es verstieß auch gegen das Gesetz, Indianern Schnaps zu verkaufen, aber die Rumlungerer-Beim-Fort waren öfter besoffen als nüchtern, weil die Soldaten ihnen Whisky zusteckten, um mal eine Tour mit ihren Weibern und Töchtern zu haben, ein jämmerlicher Haufen, aber besser als nichts – weiße Frauen gab es nämlich dort kaum. Auch die Händler machten ziemlich offen ein recht gutes Geschäft mit Feuerwasser, und mir kam nie zu Ohren, daß sie dafür bestraft wurden, vermutlich weil die Fortindianer sinnlos betrunken noch harmloser waren als bei vollem Verstand.

Ich erwähne das nur, weil ich in Laramie einen alten Bekannten traf. Ich war aus Sehnsucht nach meinem früheren Leben zum Indianerlager gepilgert, aber die dreckigen Squaw-Vetteln, die mir räudige Büffelfelle andrehen wollten, und ihre grinsenden und scheinheiligen Zuhälter-Männer trieben mich schon fast wieder zum Fort zurück, als ich ein Segeltuchzelt entdeckte, aus dem von Zeit zu Zeit so ein Drecksindianer raustorkelte, ja manchmal sogar der Länge nach hinfiel, bevor er sein Ziel erreichte, oder den ganzen Boden vollkotzte.

Als ich reinlinste, sah ich ein paar Krieger, von denen jeder heiser was anderes grölte oder einfach vor sich hinlallte. Es stank dort unbeschreiblich. Im Hintergrund stand ein offenes Faß, an dem eine verrostete Kelle hing, und daneben ein Weißer in speckigen Wildlederhosen. Er sah so aus, als ob er sich seit dem Tag, an dem er geboren wurde, das Gesicht nicht mehr gewaschen hatte; man hätte den Dreck wie ein Stück Rinde davon abschälen können. Ein Rasiermesser hatte er allem Anschein nach nie besessen.

„Na, wie geht's mein Freund", sagt er und bleckt seine verschimmelten Zähne. Da schwankt gerade ein Indianer auf ihn zu, zieht sich die Mokassins aus und hält sie diesem Saukerl hin. Der untersucht sie und schüttelt den Kopf. Also schlüpft der Indianer hastig aus seinem Wollhemd, das ursprünglich mal grau, jetzt aber vom Fett ganz schwarz war, und reicht ihm das rüber.

Der weiße Schuft streckt zwei eingeknickte Finger in die Luft und sagt: „Eine halbe, du Arschloch. Eine halbe, du Scheißer." Er füllt die Kelle halb, der Indianer packt sie und kippt sie runter.

„Du kriegst eins von mir spendiert", damit lädt der Weiße meine Wenigkeit ein.

Ich starre ihn nur an, da sagt er schon: „Ich meine nicht von dieser Pferdepisse. Ich habe hier eine Flasche echtes Zeug." Er holt sie aus einem Sack am Boden und steckt gleich das Hemd und die Mokassins rein, die gerade in seinen Besitz übergegangen sind.

„Für das Faß da nehme ich auf vier Liter eine Pinte Whisky, gebe Schießpulver, Tabak, Schwefel, Tabasco und schwarzen Pfeffer dazu und fülle den Rest mit Wasser auf. Diese Hundesöhne merken den Unterschied sowieso nicht. Aber ich schwöre dir, das hier ist prima. Trink nur." Er hält mir die Flasche hin.

„Nein, danke", sage ich.

„Na schön, aber bleib trotzdem hier. Bei diesem Lumpenpack kann ich mich tagsüber kaum mal mit jemand Vernünftigem unterhalten." Er setzt die Flasche an und säuft gurgelnd, worauf ein Indianer zu ihm torkelt, aber er gibt ihm einen Tritt ins Gekröse, und der Indianer, den Zöpfen nach ein Cheyenne, sackt ohnmächtig zu Boden. Die andern achten nicht weiter drauf.

„Natürlich", sagt der Schuft, während er die Flasche wieder absetzt, „gehe ich abends meistens zum Fort und esse mit dem Kommandeur, der ist ein guter Freund von mir, aber tagsüber fühle ich mich hier ziemlich einsam. Es ist wirklich nicht leicht für mich, diese Saubande zu ertragen, denn sie haben vor meinen eigenen Augen meine ganze Familie ermordet – sogar alle Frauen. Ich rechne damit, als Senator in den Kongreß zu kommen, wenn Kansas demnächst ein Staat wird." Er nimmt noch einen Schluck. „Bist du sicher, daß du nichts davon abhaben willst? Es ist noch was drin."

Aber ich drehte mich um, stieg über das auf dem Boden liegende Menschenwesen und verließ das Zelt. Damals trank ich noch keinen Whisky, außerdem hatte ich die Lügen meines Bruders Bill nie ausstehen können. Ich war nur froh, daß er mich nicht erkannt hatte.

In Leavenworth, einem ziemlich großen Fort, wurde ich beim Feldprediger einquartiert, der für sich und seine Familie ein kleines Haus hatte. Er war ein hagerer Kerl mit einem Pferdegebiß und einer Frau, die ihm sehr ähnlich sah, und mehreren blonden Kindern, die nichts von beiden hatten. Ich blieb ein paar Wochen bei ihnen, während denen der Prediger mich immer, wenn seine Frau und seine Kinder weg waren, in sein Arbeitszimmer holte und salbungsvoll über mein Seelenheil sprach, wobei er mir unweigerlich seine Spinnenfinger aufs Knie legte. Ich glaube, er war ein *homoneh*, wenn er auch nie weiter ging. Es tat mir nicht leid, ihn zu verlassen, denn es kam noch dazu, daß seine Frau behauptete, ich würde immer noch stinken, und mich dauernd in die Badewanne steckte.

Schließlich zitierte mich der Oberbefehlshaber von dort zu sich, ein General mit Backenbart, und sagte: „Na, Jack, endlich haben wir ein schönes Zuhause für dich. Du wirst dort unterrichtet, bekommst anständige Kleidung und hast einen großartigen Vater, der für dich sorgt. Du mußt viel nachholen, aber du bist ja nicht auf den Kopf gefallen. Und wenn du später die Militärkarriere einschlagen möchtest, um dich mit unseren tapferen Jungens unter unserer Standarte zu sammeln, dann kannst du dich gern auf mich berufen."

Nach diesen Worten vertiefte er sich in einen Stapel Papiere, und sein Adjutant brachte mich wieder raus, wo sich der Feldprediger, bei dem ich wohnte, mit einem riesigen, dickbäuchigen Mann unterhielt, der in einer zweirädrigen Kutsche saß.

Ich will hier noch schnell erwähnen, daß ich den General nur dieses eine Mal sah. Niemand in Leavenworth fragte mich je nach den Indianern, bei denen ich fünf Jahre gelebt hatte. Allerdings war es auch den Cheyennes nie eingefallen, mich nach den Weißen zu fragen, nicht einmal, nachdem sie von denen aufgerieben wurden. Man muß einen Mann niederschlagen und ihm das Messer an die Kehle setzen, bevor er auf einen hört, so wie ich es bei diesem Soldaten tat. Die meisten Leute scheinen die Wahrheit zu hassen.

Ich wurde also zu dieser zweirädrigen Kutsche gebracht, und der Feldprediger sagte: „Hier ist unser kleiner Wilder."

Der andere Mann hatte einen viereckiggestutzten schwarzen Bart und trug einen schwarzen Gehrock, aber sein Bauch war zu dick, um den darüber zuzuknöpfen. Allerdings war sein Fett nicht wabbelig, sondern fest. Sie verstehen schon, was ich meine. Früher hatten starke Männer eben so einen riesigen Schmerbauch, der sich freilich wie Muskeln anfühlte, wenn man sie dort traf. Ich hatte schon Bilder von solchen Typen gesehen und dachte, daß dieser Kerl vielleicht Modell dafür gestanden hätte.

Daher kam mir sofort die Idee, wir würden von Theater zu Theater reisen, Vorstellungen geben, sechzehn Zwerge mit einer Hand stemmen, Eisenketten sprengen und so, denn der Feldprediger sagte: „Jack, das ist der gute Mann, der so freundlich war, dich zu adoptieren. Du mußt ihn wie deinen eigenen Vater ehren, denn dem Gesetz nach ist er das jetzt."

Der Dickbauch warf mir einen Blick über seinen Bart zu, hob seine mächtigen Schultern und sagte mit einer Baßstimme, die aus einem tiefen Cañon zu kommen schien: „Kannst du einen Wagen lenken, Junge?"

Ich bewunderte ihn und wollte ihm gefallen, also sagte ich: „Ja, und ob, sogar gut."

„Du lügst, Junge", donnerte er. „Denn wo willst du denn gelernt haben, einen Wagen zu lenken, wenn du von den Indianern erzogen wurdest? Wir werden dir das Lügen ausprügeln müssen." Er beugte sich vor, packte mich vorne beim Hemd und hob mich mit dem linken Arm in die zweirädrige Kutsche. Ich hatte das Gefühl, daß ich mit einem Baumstamm in die Höhe gewuchtet wurde.

„Ach, Jack", quiekte der Feldprediger, „du mußt ehrerbietig zu Hochwürden sein und ihm zeigen, daß du wenigstens in der kurzen Zeit bei uns ein paar gute Manieren gelernt hast."

So verhielt es sich also: mein neuer Paps war kein Artist, sondern wieder so ein verdammter Prediger, als ob ich davon nicht schon genug gehabt hätte, und er hieß Reverend Silas Pendrake. Außer dem schwarzen Bart hatte er noch buschige schwarze Augenbrauen, und seine Haut war weiß wie eine Meerschaumpfeife. Er sah wirklich gemein aus. Mein Skalpiermesser steckte immer noch unter dem Hemd in meiner Militärhose, und ich überlegte mir, ob ich es ihm in den Rücken bohren sollte, als wir zum Missouri runterfuhren. Aber ich wurde durch den Anblick seiner gewaltigen Massen entmutigt, denn sein Körper war von Schulter zu Schulter ungefähr vier Fuß breit und fast genauso dick. Ich glaubte, meine Klinge würde daran wie an einer Steinmauer abrutschen.

Dieses Messer und die Kleider des sechs Fuß großen Muldoon waren meine ganze Habe. Sie hatten mir mein Pony abgenommen, als wir nach Leavenworth kamen, und ich habe es nie wieder gesehen. Ich glaube, der Feldprediger verkaufte es als Entgelt für meinen Unterhalt, und seine strohblonden Kinder zerbrachen beim Spielen meinen Cheyenne-Bogen.

Am Fluß fuhr Pendrake seine zweirädrige Kutsche sofort auf das Deck eines Heckraddampfers, der dort lag. Sein Pferd war übrigens ein großer, geduldiger Grauschimmel; Sie können sich vorstellen, wie stark er sein mußte, um seinen riesenhaften Besitzer zu ziehen. Der Gaul konnte mich nicht riechen, das sah ich an seinen geblähten Nüstern: ich nehme an, daß er den Indianer in mir witterte, wenn ich mich auch bestimmt vier oder fünf Mal von oben bis unten gewaschen hatte, seit ich die Cheyennes verließ.

Nach einer Weile setzte sich der Dampfer in Bewegung,

das war an und für sich interessant, aber mir gefiel es nicht recht, weil mir der Ausspruch von Alte Zeltbahn einfiel, daß ein Menschenwesen sterben muß, wenn es über ein großes Wasser fährt. Natürlich war ich in Evansville am Ohio aufgewachsen, aber das lag schon lange zurück, und der Anblick des Missouri flößt einem nicht gerade viel Vertrauen ein. Er unterspült zusehends mehr seine Ufer, so daß er vermutlich sein Bett bis nach Nevada graben und dort die Wüsten bewässern wird.

Ich will Ihnen nicht unser Ziel verraten, sondern nur soviel sagen, daß es eine ziemlich angesehene Stadt in West-Missouri war. Der Grund für meine taktvolle Verschwiegenheit wird Ihnen schon im weiteren Verlauf ersichtlich werden, wie es so schön heißt. Deshalb überschlage ich ein paar Stunden und komme gleich zu unserer Landung: wir fuhren vom Dampfer runter und durch die Stadt in die feinere Wohngegend, wo Pendrake eine richtige Kirche für sich hatte und daneben ein zweistöckiges, ziemlich imposantes Haus mit einem Schuppen dahinter, in den er die zweirädrige Kutsche lenkte; wenn ich mich nicht irre, sagte er dort die ersten Worte seit unserer Abfahrt von Leavenworth zu mir: „Weißt du, wie man ein Pferd ausspannt, Junge?“

Ich hatte meine Lektion gelernt. „Nein, Sir“, sagte ich, „davon habe ich keine Ahnung“.

„Dann mußt du sehen, wie du damit fertig wirst“, polterte er, wenn auch keineswegs mehr so gemein wie in Leavenworth, und mir kam sofort der Gedanke, daß er durch sein Auftreten dort vielleicht beabsichtigte, die gezierte Art des Feldpredigers wettzumachen, damit ich nicht alle Geistlichen über einen Kamm schor. Ich will Ihnen jetzt ohne Umschweife von Pendrake erzählen: er schien sich nur beim Essen natürlich benehmen zu können; sonst fühlte er offenbar die Verpflichtung, sich irgendwem oder irgendwas gegenüber würdig zu zeigen. Ich glaube, er wäre, wenn er sich geschnitten hätte, einfach verblutet, bis er mühsam rausklamüsert hätte, daß er einfach einen Verband anzulegen brauchte.

Nun ja, es gehörte nicht viel dazu, ein Pferd auszuspannen, das mir bis auf sein träges und schweres Kopfschütteln keine Schwierigkeiten machte, und ich brachte es in den

Stall. Danach saß ich freilich in der Klemme, weil ich Pendrake zutraute, daß er mir tüchtig eins verpassen würde, falls ich was Falsches anstellte. Wenn ich im Stall blieb und er mich im Haus erwartete, würde die Strafe sicher hoch ausfallen. Wenn ich dagegen ins Haus ging, hätte er es vielleicht lieber gehabt, daß ich im Stall geblieben wäre. Ich entschloß mich wie gewöhnlich zum Handeln und lief zum Haus, benutzte aber nicht wie er die Hintertür, sondern machte einen Bogen nach vorne, weil ich ihm so noch eine Zeitlang aus dem Weg gehen und auch die Lage vom Haus sondieren konnte, falls ich Reißaus nehmen mußte.

Ich ging auf die Veranda und durch die Vordertür in ein Vestibül mit einem Geweih als Hutständer, dann betrat ich einen Salon, der mir damals mit den Petroleumlampen aus Messing und den gehäkelten Schutzdeckchen gegen fettige Haare auf den Möbeln mächtig imponierte, denn wenn auch Pendrake nicht gerade stinkreich war, so war er doch bestimmt nicht so schlecht dran wie meine eigene Familie und auch kein armer Militärgeistlicher.

Da sagte hinter mir seine Donnerstimme: „Du bist im Salon?" Er war eigentlich nicht wütend, sondern nur entgeistert.

„Ich habe nichts kaputt gemacht", sagte ich hastig.

Noch hatte ich mich nicht rumgedreht. Ich dachte, er würde mit seinem Hünenleib direkt hinter mir stehen und war dann überrascht, daß er in Wirklichkeit viel weiter weg war, als ich erwartet hatte. Bei seiner Stimme hätte er hundert Yard entfernt sein können, und sie hätte einem immer noch wie direkt im Nacken gedröhnt.

Jetzt aber stand zwischen ihm und mir eine Frau mit dunkelblondem Haar, das nach beiden Seiten aus ihrem Gesicht gekämmt und hinten zu einem Knoten hochgesteckt war. Sie hatte blaue Augen und eine blasse Haut, wenn auch nicht so eine leichenblasse wie er, und trug ein blaues Kleid. Ich schätzte sie auf zwanzig, Pendrake dagegen auf fünfzig, so daß ich sie für seine Tochter hielt.

Sie lächelte mich an, und ihre Zähne über der vollen Unterlippe waren viel kleiner, wie man es gewöhnlich sieht. Ohne den Blick von mir abzuwenden, sprach sie mit Pendrake.

„Ich glaube kaum, daß er schon einen Salon gesehen hat", sagte sie mit samtweicher Stimme. „Willst du dich nicht setzen, Jack? Hierher", und sie zeigte auf eine Art grüne Plüschbank. „Das nennt man einen ‚Liebessitz'."

Pendrake brummte etwas tief in seiner Luftröhre, nicht aus Wut, sondern aus Verblüffung.

Ich sagte: „Nein danke, Madame."

Daraufhin fragte sie mich, ob ich ein Glas Milch und ein Stück Kuchen wollte.

Nichts wollte ich weniger wie Milch, denn sollte ich je Geschmack daran gefunden haben, dann war das schon längst vorbei, aber ich dachte, es ist besser, auf das Mädchen einzugehen, wenn ich einen Freund im Haus haben will, und folgte ihr in die Küche; auf diese Weise ging ich auch Pendrake eine Zeitlang aus dem Weg, denn er verschwand in einem Zimmer neben dem Salon. Dort schrieb er seine Predigten und sagte sie manchmal laut auf, man konnte ihn durch die Holztäflung poltern hören, und dann klirrte das Glas im ganzen Haus.

In der Küche traf ich eine andere Person, die von Anfang an freundlich war. Ihr blieb auch nichts anderes übrig, denn sie war farbig. Wenn sie auch eine Freigelassene war, wurde sie deswegen nicht frech, das muß ich Ihnen sagen, denn damals durfte man in Missouri nach dem Gesetz noch Sklaven halten. Und wenn man mal einer gewesen ist, stellt man sich immer vor, daß man wieder einer werden könnte. Sie ging mir allerdings mit ihrer ewigen guten Laune ziemlich auf die Nerven, weil mir die ein bißchen künstlich vorkam, während ich mich mit ihrem Urgroßvater, der noch speerschwingend in Afrika rumlief, bestimmt blendend verstanden hätte. Die Köchin hieß Lucy und war mit einem Kerl verheiratet, der draußen arbeitete, das Gras mähte und so; er war auch ein Freigelassener und hieß Lavender. Sie lebten in einer kleinen Hütte hinter dem Stall, und manchmal konnte ich hören, wie sie sich dort mitten in der Nacht zankten.

Die weiße Dame, die ich für Pendrakes Tochter hielt, war in Wirklichkeit seine Frau. Sie war fünf oder sechs Jahre älter, wie ich sie zuerst geschätzt hatte, er dagegen etwas jünger. Trotzdem bestand immer noch ein erheblicher

Altersunterschied zwischen ihnen, und ich wunderte mich schon am ersten Nachmittag, was sie nur an ihm fand. Ich kann Ihnen gleich sagen, ich bin nie dahinter gekommen. Vermutlich hatten die Eltern die Heirat arrangiert, denn ihr Paps war ein Richter, und so jemand will keinen Kneipenwirt zum Schwiegersohn haben.

Mrs. Pendrake saß mir am Tisch gegenüber, während ich die Milch trank, und sie machte großen Eindruck auf mich, weil sie sich für mein früheres Leben interessierte oder wenigstens so tat. Sie war die erste Seele, die mich je nach meinen Abenteuern fragte, und das überraschte mich bei einer weißen Dame in einer Stadt am Missouri, denn die farbige Lucy machte sich überhaupt nichts draus und hielt mich sicher für einen Lügner, wenn sie auch dauernd lachte und „Heiliger Bimbam" rief.

Ich merkte schnell, was meine Erzählungen wert waren und ließ sie deshalb nicht alle auf einmal vom Stapel. Ich versuchte mich auch an die Tischmanieren zu erinnern, die mir die Frau des Feldpredigers eingetrichtert hatte, wo ich mir bei der ersten Mahlzeit das Fleisch mit den Fingern von der Platte holte. Jetzt wußte ich es besser und schnitt den Kuchen, den Mrs. Pendrake mir gab, in kleine Stücke, die ich mir auf der Messerspitze elegant in den Mund steckte.

Als ich fertig war, sagte sie: „Du weißt gar nicht, wie froh wir sind, dich bei uns zu haben, Jack. Es gibt sonst keine jungen Leute im Haus. Du bringst Sonne hinein." Das fand ich hübsch ausgedrückt.

Als nächstes staffierte sie mich von oben bis unten neu aus. Sie holte sich Haube und Sonnenschirm und wir gingen zu Fuß zum Einkaufsviertel der Stadt, denn das war nicht weit und das Wetter Anfang Oktober schön, wenn ich mich richtig erinnere. Wir begegneten ein paar Leuten, die Mrs. Pendrake kannte, und sie glotzten mich an und fragten sie manchmal, wo ich herkam. Die Frauen kicherten und lächelten meistens blöde, aber manche guckten mich auch feindselig an, vor allem die alten Jungfern, Lehrerinnen, Bibliothekarinnen und so, denn mein Haar war seit fünf Jahren nicht mehr ordentlich geschnitten worden und auch sonst muß ich nicht gerade sehr anständig ausgesehen haben, wenn ich mir auch die größte Mühe gab.

Ich möchte wetten, daß von den Männern, die wir trafen, kein einziger später sagen konnte, ob ich groß oder klein war, denn die gafften alle Mrs. Pendrake unentwegt an. Sie brachte die ganz schön durcheinander. Ich glaube, daß ich ihr bei meiner bisherigen Beschreibung nicht gerecht geworden bin, denn am ersten Tag ging ich noch von meinem eigenen Geschmack aus. Da ich in den für meine Entwicklung entscheidenden Jahren bei den Indianern gelebt hatte, gefielen mir in erster Linie Frauen mit schwarzem Haar und dunklen Augen. Außerdem sollte sie meine Adoptivmama sein, also hielt ich mich irgendwie zurück, in ihr nur eine Frau zu sehen. Aus Fairness muß ich hinzufügen, daß weiße Männer Mrs. Pendrake sicher für eine Schönheit hielten, und die meisten von ihnen, die wir an diesem Nachmittag trafen, benahmen sich so, als würden sie allein schon auf ihre Bitte hin auf allen vieren kriechen und die Zunge dabei heraushängen lassen.

9.
Sünde

Natürlich mußte ich in dieser Stadt zur Schule gehen, und vielleicht wundern Sie sich, wenn ich Ihnen sage, daß ich das gar nicht so schlimm fand. Das Ärgste dabei war das stundenlange Sitzen auf einer harten Bank, und für die säuerliche alte Jungfer, die uns Unterricht gab, konnte ich mich nicht gerade begeistern, außerdem war es mir peinlich, daß ich zu den Kleinen gesteckt wurde, weil ich bisher noch nicht viel gelernt hatte. Ich konnte schon ein bißchen lesen, bevor ich zu den Indianern kam, auch zählen konnte ich schon und wußte, daß George Washington einmal Präsident war, allerdings nicht wann.

Immerhin paukte ich fleißig, Mrs. Pendrake griff mir dabei zu Hause unter die Arme, und im Frühjahr hatte ich es so weit gebracht, daß ich wie ein Zwölf- oder Dreizehnjähriger lesen konnte und mit Aufsätzen recht passabel fertig wurde, wenn Rechtschreibung auch nicht meine starke Seite war, aber im Rechnen blieb ich buchstäblich in den Kinderschuhen stecken. Das liegt alles freilich schon viele Jahre zurück, und lange ging ich nicht zur Schule.

Die Pendrakes müssen in meiner Gegenwart wohl manchmal miteinander gesprochen haben, aber ich schwöre Ihnen, daß ich mich nicht an einen solchen Fall erinnern kann. In der Erinnerung sehe ich sie immer nur vor mir, wie Hochwürden beim Abendessen oben am Tisch sitzt, Mrs. Pendrake unten, ich zwischen ihnen an der Längsseite, und Lucy eine dampfende Schüssel nach der anderen anschleppt. Nach dem Tischgebet, das Pendrake zwar nicht übertrieben laut, aber so eindringlich sprach, daß es sicher zähes Fleisch weichmachte, haute er rein. Er war ein erstaunlicher Vielfraß und übertraf darin sogar noch einen Cheyenne, denn ein Indianer stopft sich zwar dann und wann tüchtig voll, aber oft läuft er auch mit knurrendem

Magen rum, so daß er im Monat knapp auf das kommt, was ein Weißer, der keine von seinen drei Mahlzeiten täglich ausläßt, so verputzt.

Aber bei all seiner Gefräßigkeit hatte er die anständigsten Tischmanieren, die ich je gesehen habe. Bis aufs Brot faßte er kein Gericht mit den Fingern an, und bei allem anderen gebrauchte er Messer und Gabel so zierlich wie eine Frau ihre Nadeln bei der Handarbeit. Und wenn er alles intus hatte, blitzte sein Teller wie frischgespült, und die Knochen stapelten sich blankpoliert auf einem Extrateller, den Lucy ihm eigens zu diesem Zweck bringen mußte. Es war ein richtiges Schauspiel, ihm beim Essen zuzugucken, und ich genoß es wirklich und vertrieb mir damit die Zeit, nachdem ich satt war.

Mrs. Pendrake stocherte nur auf ihrem Teller rum, das war nicht weiter erstaunlich, denn sie tat ja nichts, wodurch sie viel Hunger kriegen konnte. Ich war nun mal an Indianerinnen gewöhnt, die vom frühen Morgen an rumwirtschafteten, bis sie abends todmüde in ihre Büffelfelle krochen, und auch schon früher jammerte meine eigene Mama trotz der Hilfe meiner Schwester immer, daß der Tag zu kurz wäre, um alle Arbeit zu schaffen. Mrs. Pendrake dagegen hatte Lucy zum Kochen, eine andere Farbige, die oft zum Putzen kam, und außerdem diesen Lavender für den Garten, zum Einkaufen und für was weiß ich noch alles außerhalb vom Haus. Da war also eine kerngesunde weiße Frau in der Blüte ihres Lebens, die nichts weiter zu tun hatte, wie mir ein oder zwei Stunden bei meinen Hausaufgaben zu helfen, wenn ich aus der Schule heimkam.

Da mich Wilde erzogen hatten, waren meine Manieren sicher nicht gerade geschliffen, aber ich benahm mich doch ganz rücksichtsvoll. Auf jeden Fall ging ich nicht zu Mrs. Pendrake und sagte: „Ich habe den Eindruck, daß Sie hier überflüssig sind." Obwohl ich das fand, es sollte aber keine Kritik sein, denn ich hatte sie gern und half ihr, wo ich nur konnte. Sie hatte die Vorstellung, meine Mama zu sein, darum tat ich aus Gefälligkeit dann und wann mal so, daß ich ihre Bemutterung brauchte.

In den ersten Schulmonaten wurde ich von den Jungens meines Alters ziemlich gehänselt, weil ich bei den Zehnjährigen sitzen mußte. Ich machte mir zuerst nichts weiter draus, aber Sie wissen ja, wie das ist: sie wurden immer frecher, weil sie dachten, daß ich mich nicht dagegen wehren könnte, und warfen mir so was wie „dreckiger Indianer“ an den Kopf.

Eines Nachmittags lauerte mir schließlich das ganze Pack auf dem Heimweg von der Schule an einer Ecke auf. Als ich vorbeikam, beschimpften sie mich als Indianer, und das war wirklich ungerecht, denn sie glaubten ja, daß die Indianer mich fünf Jahre gefangenhielten. Jetzt können Sie zwar sagen, daß ich ihre Sticheleien mehr verdiente, als sie ahnten, aber ich finde, daß sie unter den gegebenen Umständen nicht das Recht dazu hatten.

Ich ging stumm weiter, als einer von ihnen sich vor mir aufpflanzte, ein fünf Fuß zehn großer, verpickelter Bursche von sechzehn.

„Ich könnte jeden Tag einen dreckigen Indianer kurz und klein schlagen“, sagte er.

Das glaubte ich gern, wenn es um Faustkämpfe ging, denn darin haben die Cheyennes keine Übung. Indianerjungen ringen manchmal miteinander, aber wie ich schon x-mal erklärt habe, besteht für sie kaum Anlaß, unter Freunden zu kämpfen, da der Feind meistens hinter der nächsten Büffelschwemme wartet. Und wenn sie sich mit dem Feind einlassen, geht es ihnen nicht darum, ihn unterzukriegen und seine Nase in den Dreck zu stecken, sondern ihn zu töten und ihm die Kopfhaut abzuziehen. Ich sah den Burschen also nur verächtlich an und drängte mich an ihm vorbei. Da traf er mich mit seiner verflixten Faust unter dem rechten Ohr. Ich muß acht bis zehn Fuß durch die Luft geflogen sein, denn seine Hand war breit und saß an einem wuchtigen Arm; unterwegs ließ ich meine Bücher fallen. Die anderen Kerle johlten, krakeelten und pfiffen. Nun hatte ich seit dem Säbelangriff keine Übung mehr, denn in so einer Stadt richtet man sich nach den Sitten und Gebräuchen, wie man's so tut, wenn man irgendwohin verschlagen wird, darum rappelte ich mich mühsam auf und dachte nach, als der Bursche auf mich zustürmte und nach meinem Hinterteil treten wollte.

Dabei verliert man bekanntlich das Gleichgewicht: das hätte er wissen sollen, wenn er schon Leuten mit dem Fuß zu Leibe rückte, aber er mußte es noch lernen. Ich rollte mich einfach unter sein in die Höhe geschwungenes Bein und riß das andere unter ihm weg. Er plumpste wie ein Mehlsack hin. Ich setzte ihm meinen Stiefel auf den Hals und zog mein Skalpiermesser aus dem Hemd ...

Nein, nein, ich ritzte ihn nicht mal damit. Och, wenn ich nicht den Absatz von seinem Hals runtergenommen hätte, wäre er sowieso erstickt, denn er röchelte schon und lief blau an. Aber ich war kein Indianer, was ich zu beweisen meinte, indem ich mein Messer wegsteckte, meine Bücher aufsammelte und weiterging.

Als ich heimkam, war mein Kieferknochen unter dem Ohr so dick, wie wenn ich eine Backe voll Nüsse gehamstert hätte. Mrs. Pendrake sah es sofort und sagte: „Mein Gott, Jack, ich muß mit dir auf der Stelle zum Zahnarzt."

Ich sagte nein, es wäre nicht mein Weisheitszahn. Sie trug an dem Tag ein tiefblaues Kleid, das ihr prima stand, besonders als ihre Augen vor Traurigkeit genau dieselbe Farbe kriegten. Im Spätjahr wird das Büffelgras braungelb, und wenn man einen Hang raufklettert, auf den schräg die Sonne fällt, dann haben Sie so ungefähr die Tönung ihres Haars. Wir saßen wie gewöhnlich nebeneinander auf dem plüschbezogenen „Liebessitz", ich möglichst weit von ihr weg, weil ich an der Seite einer so feinen Dame immer noch Angst hatte, zu stinken, wenn ich auch bei den Pendrakes jeden Samstag ein Bad nahm, ob ich's nun nötig hatte oder nicht.

„Eine Keilerei", sagte ich. „Hier habe ich eins von einem Jungen abbekommen."

Sie machte ein O mit ihrem Mund, der halb auf blieb, so daß man die Elfenbeinzähnchen hinter ihrer rosa Lippe sehen konnte, und sie legte ihre kühle Hand auf meine. Verstehen Sie, sie wollte eine Mutter sein, wußte aber nicht wie man das machte. Nach einer Keilerei schimpft eine Mama einen aus, wenn man nichts abgekriegt hat, oder pflegt einen, wenn man eine Beule heimbringt. Aber Mrs. Pendrake glaubte, sie müßte traurig sein, denn ihr schwebte immer ein Ideal vor.

Jetzt tat ich was, woran Sie sehen, was ich damit meine, wenn ich sage, daß ich ihr immer möglichst helfen wollte:

ich senkte den Blick auf ihren gewölbten Busen und hob ihre Hand auf meine Backe.

„Ach, wie das pocht", sagte sie. „Armer Jack." Na ja, Sie wissen, wie so was läuft, ich weiß wirklich nicht, ob es mehr an ihr oder an mir lag, aber schon bald preßte ich mein Gesicht an ihre Brust, und mein Pochen wechselte sich mit dem von ihrem Herz ab.

Sicher denken Sie jetzt von mir: was für ein durchtriebener kleiner Schuft. Also von mir aus können Sie denken, was Sie wollen, aber vergessen Sie dabei nicht, daß Mrs. Pendrake nur ungefähr zehn Jahre älter war als ich. Es fiel mir schwer, in ihr die Mama zu sehen, aber bis zu diesem Augenblick habe ich in ihr nie eine Frau gesehen, wenn Sie verstehen, was ich meine. Und was den Idealismus angeht, so hatte ich ganz bestimmt auch welchen. Ich habe Ihnen erzählt, daß die Cheyennes prüde waren und daß man beim Kämpfen genau so viel Kraft vergeudet wie beim Liebesleben. Die Friedenszeit ist die Paarungszeit. Die meisten fetten Kaufleute in dieser Stadt waren im Vergleich zu einem Indianerkrieger ausgesprochen geile Böcke. Und die weißen Jungens meines Alters schlichen schon ins Bordell oder trieben es mit Dienstmädchen.

Dazu kam noch das körperliche Nichtstun und so, vor allem die ganze Lernerei – ich verstehe nicht viel von Gelehrten, aber ich nehme an, daß es bei denen recht fleischlich hergeht, denn bei meiner Erfahrung mit dem geistigen Leben führte es trotz meinem Interesse daran oft zu gewissen Spannungen, weil das, was man lernt, unsichtbar ist. Man kann es nicht sehen, man kann es nicht anfassen, und doch fordert es die ganze Aufmerksamkeit von einem. Das machte mich manchmal ganz kribbelig, und dann dachte ich zur Ablenkung an Frauen.

Das war also der Hintergrund von diesem Vorfall, vorher dachte ich nie was Unanständiges im Zusammenhang mit Mrs. Pendrake. Aber jetzt will ich Sie nicht länger auf die Folter spannen, denn weiter passierte nämlich gar nichts. Sie war eine feine Dame: wenn ich das noch nicht gewußt hätte, so hätte ich es jetzt an der Härte ihres Busens gespürt, denn der tat meinem ramponierten Kiefer mehr weh als alles andere. Sie war ganz in Fischbein geschnürt. Wenn

Squaw Büffelschwemme einen an sich drückte, versank man wie in einem Kissen.

Außerdem erschien in diesem Augenblick eine kleine Delegation im Haus: der Junge, mit dem ich mich geprügelt hatte, sein Paps und ein Polizist, der mich vermutlich am liebsten wegen Anwendung einer tödlichen Waffe gleich gehenkt hätte.

Wenn auch Mrs. Pendrake als Mutter manches zu wünschen übrig ließ, in dieser Situation hätte sie nicht großartiger sein können. Im höflichen Umgang sozusagen war sie die Königin von England.

Erst mal ließ sie die Leute im Vestibül stehen, während ich und sie auf dem „Liebessitz" sitzen blieben. Ich meine nicht, daß sie sagte, bleiben Sie gefälligst draußen; sie brachte es einfach fertig, weil sie es so wollte. Daher füllte der Polizist, ein Muskelprotz, die ganze Tür aus und mußte zur Seite treten, wenn der Paps was sagen wollte. Dabei rempelten sie sich dauernd an. Den Jungen selbst bekamen wir überhaupt nicht zu Gesicht.

„Missis", sagte der Polizist, „wenn es Ihnen ungelegen ist, dann können wir ja ein andermal wiederkommen." Er wartet eine Weile, aber Mrs. Pendrake geht auf solche Vorschläge nie ein. „Also ich habe hier einen Jungen, Lucas English, Sohn von Horace English, dem das Tierfuttergeschäft gehört . . ."

„Mr. Travis, ist das hinter Ihnen Mr. English?" fragt Mrs. Pendrake, woraufhin der Polizist und English, ein Kerl in Weste und mit Ärmelhaltern, ihren Wechseltanz vorführen und Travis seinen Helm verliert; dann sagt English: „Ja, aber das Ganze ist nicht persönlich gemeint, Frau Hochwürden, denn ich bin Hochwürden sehr verpflichtet, weil er schon jahrelang sein Futter von mir bezieht . . ."

Da erwidert Mrs. Pendrake mit kühlem Lächeln: „Ich nehme an, daß Sie das Futter für die Tiere von Hochwürden meinen, nicht wahr, Mr. English, und damit nicht andeuten wollen, daß Mr. Pendrake Hafer frißt."

English erstickt fast an einem gekünstelten Lachen, so daß der Polizist ihn beiseite schiebt und in die Türöffnung tritt.

„Die Sache ist die, *Missis*", sagt er. „Anscheinend fand

eine Keilerei zwischen zwei Jungens statt. Der eine Junge hat ein Messer und sagt laut der Aussage von ersterem, daß er sich nach Indianerbrauch dessen Skalp holen will." Er grinst. „Und das verstößt natürlich gegen das Gesetz."

Mrs. Pendrake erwidert: „Der Dichter sagt: Irren ist menschlich, Mr. Travis. Ich bin überzeugt davon, daß der Junge von English nicht die Absicht hatte, sein Messer gegen meinen lieben Jack zu benutzen, sondern nur damit drohte, wie Kinder das so tun. Wenn Jack ihm das vergeben kann, werde ich keine Anzeige erstatten." Sie guckt mich an und fragt: „Ja, Liebling?" – „Natürlich", sage ich und mir ist wirklich komisch zumute, wie ich sie zum erstenmal Liebling sagen höre.

„Nun denn, Mr. Travis", sagt Mrs. Pendrake. „Für mich ist damit die Sache erledigt." Sie dankt ihm und ruft Lucy, damit sie die drei rausläßt.

Nun dachte ich, daß ich Mrs. Pendrake für diesen blendenden Auftritt was schuldig wäre. Ach, schon damals nahm ich nicht an, daß sie es nur für mich getan hatte, wenn auch eine kluge Frau wie sie genau wußte, daß ich das Messer hatte. Sie ließ sich einfach von keinem Mann zur Rede stellen, nicht mal indirekt. Die Tatsache, daß ich zu ihr gehörte, machte mich nach ihrer Ansicht völlig immun. Ich hatte bisher noch nie eine Frau getroffen, weder eine weiße noch eine rote, die so von sich eingenommen war, was ja Macht bedeutete, wenn man auch sagen könnte, im negativen Sinn. Hätte sie diese Macht im positiven Sinn angewendet, dann wäre sie eine Mannsperson gewesen, aber niemand konnte Mrs. Pendrake für was anderes halten als für eine zweihundertprozentige Frau, auch wenn man keineswegs seine Mama in ihr sehen sollte.

Aber jetzt dachte ich, daß ich ihr eine Gefälligkeit erweisen könnte, wenn ich eben gerade das vortäuschte. Vielleicht hatte sie geschauspielert, als sie mich „Liebling" nannte, aber ehrlich gestanden, ich genoß das in Gegenwart dieser Halunken.

Daher sagte ich: „Mutter" – ja, ich sagte „Mutter" – „Mutter, welcher Dichter hat dieses Zitat da geschrieben?"

Also, mein Herr, das Wort tat ihr richtig gut, wenn ich es auch vielleicht beim ersten Mal nicht besonders überzeugend aussprach. Natürlich zeigte sie das nicht, sondern ging zum Bücherschrank und kam mit einem Buch zurück.

„Alexander Pope", sagte sie, „er schrieb auch: ‚Narren stürzen herein, wo Engelsfüße zögern'."

Sie las mir noch mehr Gedichte von diesem Mann vor, und es klang wie Pferdegetrappel, wenn man nicht auf die Worte aufpaßte oder wie ich die meisten gar nicht verstand. Was ich davon kapierte, fand ich reichlich dickköpfig, als wollte der Kerl immer das letzte Wort haben.

Leider war er für einen Dichter nicht besonders romantisch. Stellen Sie sich einen Jungen vor, der so ein Leben wie ich hinter sich hatte, den halten Sie dann doch bestimmt für realistisch, wenn nicht sogar für zynisch. Das kann sein, aber bei mir traf das nicht auf Frauen zu, wenigstens nicht auf schöne weiße Frauen, die für praktische Dinge nichts taugen.

Ich vergaffte mich auf der Stelle in Mrs. Pendrake. Vermutlich habe ich sogar noch jetzt in meinem Alter eine Schwäche für elegante und anmutige Damen. Die Autorität spielt dabei natürlich auch eine Rolle, zum Beispiel wie sie den Polizisten und den Futterhändler von oben herab behandelte. Sie *tat immer das Richtige*, soweit es die Zivilisation betraf, genauso wie ein Indianer, soweit es die Barbarei betrifft. Und da erkannte ich, daß eben ihre Nutzlosigkeit dabei unentbehrlich war. Wenn man so eine Frau an die Arbeit setzt, verliert sie ihren besonderen Wert, wie wenn man aus einer Statue einen Kleiderständer macht.

Ich dachte, daß ich damals das weiße Leben begriff. Es hatte nicht unbedingt was mit der Dampfmaschine oder mit dem Rechnen oder sogar mit den Gedichten von Mr. Pope zu tun. Es brachte vor allem eine Mrs. Pendrake hervor.

Ich sagte „vergafft", aber nennen Sie es ruhig Liebe, und sofort kriegte ich deshalb einen ziemlichen Schreck und rückte wieder zum äußersten Ende des Sofas.

Gerade als mein Popo über den Plüsch rutschte, kam hinter uns Hochwürden durch die Verbindungstür zwischen Salon und Arbeitszimmer rein. Als die Männer erschienen waren, hatte er aufgehört, vor sich hin zu poltern. Er pflanzte sich in seinem ganzen Umfang vor uns auf und wartete, bis seine Frau ihr Gedicht zu Ende vorgelesen hatte. Dann sprach er mich an.

„Junge", sagte er wirklich freundlich. „Junge, ich finde, daß du in den drei Monaten, die du bei uns bist, fleißig gelernt hast." Er machte eine Pause und strich sich den Bart. An diesem Tag rissen die Wunder gar nicht ab. Seit dem ersten Nachmittag hatte er nicht mehr mit mir geredet, genauso wenig wie in meiner Hörweite mit Mrs. Pendrake.

„Ich möchte nicht, daß du die falsche Vorstellung bekommst", sagte er schließlich, „daß wir hier das Leben immer nur als Pflicht betrachten. Drum möchte ich dich morgen, am Samstag, wenn Mrs. Pendrake dich nicht nötig hat und du mit meinem Vorschlag einverstanden bist, gern zum Angeln mitnehmen."

Nun war es November, zwar noch nicht richtig Winter, aber doch schon kalt und feucht und wirklich nicht die Jahreszeit, wo ein vernünftiger Mensch einfach nur zum Spaß angeln geht – trotzdem nahm ich die Einladung sofort an. Weil ich außerdem Hochwürden eigentlich nur beim Essen leiden konnte, wird es Ihnen wohl kaum einleuchten, warum ich das tat, aber ich kann Ihnen sagen, ich hatte in diesem Augenblick irgendwie ein Gefühl, daß ich genauso in seiner Schuld stand wie er offenbar bei seiner Frau.

Wir zogen also am nächsten Tag bei ziemlich miserablem Wetter los; der Himmel war ein dicker Schwamm voll Wasser, und kaum hatten wir den Fluß erreicht, da drückte den jemand aus, und es goß in Strömen. Lavender hatte uns in einem leichten Wagen hergefahren, und nur er war so klug gewesen, was zum Schutz gegen dieses Sauwetter mitzunehmen, denn sein großer Zeh war ein unfehlbarer Wetterprophet.

Ich merkte sofort, daß Hochwürden überhaupt nichts vom Angeln verstand, und zwar daran, wie er die Teigkugeln an dem Haken festmachte – so was benutzten wir nämlich, weil Lavender behauptete, daß man Ende November keine Würmer finden kann. Außerdem war der Tag unfreundlich genug, um sogar einen leidenschaftlichen Angler zu vergraulen. Aber Pendrake hatte nun mal gesagt, er wollte angeln gehen, also beharrte er drauf, während das Wasser durch seine Hutkrempe strudelte und ihm vom schwarzen Mantel triefte. Er hatte übrigens seine übliche unbequeme Tracht an.

Lavender bot uns scheinheilig seinen Schirm an, was ich ihm wirklich nicht übelnahm, aber Pendrake sagte nein, er brauchte keinen, also hielt Lavender sich den Schirm selber über den Kopf, breitete unter einem Baum eine Decke aus, setzte sich drauf und guckte sich eine Illustrierte an, die ihm jemand gegeben hatte, und wenn er auch nicht lesen konnte, schien er mehr davon zu haben als Leute, die lesen können, denn er lachte laut dabei.

Ich und Hochwürden gingen unten am Ufer zu ein paar Weiden, die jetzt braun waren, und er sagte: „Was hältst du von dieser Stelle, Junge?"

„Die ist so gut wie jede andere", sagte ich. Mein Haar war vom Regen klitschnaß, und das Wasser lief mir nur so die Backen runter; es war einfach lächerlich zu erwarten, daß wir an dieser Sache Spaß hatten, obwohl es mir an und für sich nie etwas ausgemacht hat, durchweicht zu werden, denn ich war schon oft genug vor oder sogar in einem Wigwam tüchtig naß geworden, weil Zelthäute meistens nach einer Weile lecken, besonders an den Nähten.

Doch da sah er mich aus seinem schwarzen Bart an und sagte richtig mit Gefühl, denn seine Stimme donnerte viel leiser: „Ach, Junge, was wirst du naß." Dabei zog er ein großes Taschentuch raus und wischte mir liebevoll das Gesicht ab.

Ich weiß nicht, wie ich es erklären soll, aber das war eins von den nettesten Dingen, die ein Mensch je für mich tat. Es spielte dabei überhaupt keine Rolle, daß ich gar nicht bedripst war oder es albern wirken konnte, daß er den Regen erst entdeckte, nachdem es schon eine Weile goß. Er legte seine große Hand auf meine nasse Schulter und guckte mich unendlich mitleidig an. Ich hatte ihn mir noch nie genau angesehen. Seine Augen waren rehbraun und hatten schmale Lider. Ohne seinen Bart hätte er längst nicht so imposant gewirkt, wenn er auch bestimmt riesige Muskelkräfte besaß.

„Wir brauchen nicht zu bleiben, wenn du nicht willst", sagte er. „Wir können wieder heimfahren. Es war kein glücklicher Gedanke." Er schüttelte den Kopf wie ein Büffelstier, und Tropfen flogen aus seinem Bart, dann drehte er sich rum, starrte den schlammigen Fluß an und sagte: „Er läßt regnen über Gerechte und Ungerechte."

„Wer?" fragte ich, denn ich wußte es nicht.

„Natürlich unser Vater im Himmel, Junge", sagte Pendrake, nun wieder grimmig verschlossen, und warf seine Schnur ins Wasser, das von dem prasselnden Regen so aufgewühlt war, daß der Schwimmer die ganze Zeit auf und ab tanzte und man nicht mal erkannt hätte, wenn ein Wal angebissen hätte.

Die Indianer fischten immer mit dem Speer, was für mich interessanter war als mit der Angel. Auch setzte mir der Regen allmählich zu: ich war schon in den paar Monaten verweichlicht. Aber ich wollte die Gefühle von Hochwürden nicht verletzen, also machte ich ihm einen großartigen Vorschlag.

Daraufhin hieß er Lavender den Wagen bis zum Ufer runterfahren, das dafür breit und flach genug war, das Pferd ausspannen und es wieder unter den Baum führen; dann krochen wir unter den Wagen, steckten unsere Angeln raus und hatten so ein Schutzdach gegen das Unwetter über dem Kopf.

Jeder Idiot konnte dadrauf kommen, aber auf Hochwürden machte meine „Genialität", wie er es nannte, einen Mordseindruck. Er schien erleichtert zu sein, daß ich nicht länger pitschnaß wurde. Bei ihm persönlich lag die Sache komplizierter: verstehen Sie, der Haken bei ihm war, daß er sich außer der Esserei kein anderes Vergnügen gönnen konnte. Er hätte es vorgezogen, durchweicht zu werden und sich unbehaglich zu fühlen – denn ich konnte sonst keinen Grund finden, warum wir überhaupt den offenen Wagen und nicht seinen zweirädrigen Wagen mit Verdeck genommen hatten. Ich bin auch nie dahinter gekommen, warum Lavender dabei war, es sei denn, Hochwürden hatte Skrupel, mit mir allein zu sein.

Ein Mann von seinem Umfang mußte ziemlich eingezwängt unter dem Wagen hocken. Wir rochen nach nasser Wolle, während die Strömung unsere Schnüre verhedderte, sie unbrauchbar ans Ufer spülte und bestimmt rasch die Teigkugeln auflöste. Schließlich sagte Pendrake: „Junge, deine Frage von vorhin über den Regen macht mir eine Unterlassungssünde bewußt." Da kauerte er, den Bart auf seinem gewölbten Bauch, und starrte durch den Wasservorhang auf den Fluß.

„Ich habe dich in der Unwissenheit eines Tieres leben lassen, obwohl es gerade meine Aufgabe ist, die Menschen zur Gotteserkenntnis zu führen. Gestern", fuhr er fort, „ging mir auf, daß du dich rasch dem Reich des Erwachsensein näherst, daß der Junge bald zum Mann wird."

Einen Augenblick hatte ich eine Heidenangst, daß er mich am Busen seiner Frau gesehen und die Sache falsch aufgefaßt hatte.

„Mrs. Pendrake", sagte er, und ich zog schon die Beine an, falls ich abhauen mußte, „Mrs. Pendrake ist als Frau in solchen Dingen völlig unschuldig. Die Lüge lag ihr gänzlich fern. Sie betrachtete dich mit den Augen einer Mutter und sah keinen Makel an dem Jungen, den sie kennt, und das spricht für sie.

Aber ich bin ein Mann, und daher ist mir die Unreinheit nicht fremd. Ich habe selber die Jahre durchgemacht, in denen du jetzt stehst. Ich kenne den Teufel, Junge, ich habe ihm die Hand geschüttelt, ich habe ihn umarmt und seinen stinkenden Atem gerochen, der mir wie das feinste Parfüm vorkam."

Er wurde bei diesen Worten ganz aufgeregt und stemmte den Kopf gegen den Wagenboden, dabei zerquetschte er seinen Hut und hob den Karren ein Stück aus dem Schlamm hoch.

Dann beruhigte er sich wieder und redete leise weiter. „Ich habe das Gespräch durch die Tür meines Arbeitszimmers gehört. Ich weiß, daß du das Messer hattest, Junge, und ich kann mir nur allzu gut vorstellen, aus welchem Grund du es gegen den anderen benutzt hast ... Wer das Mädchen ist, interessiert mich nicht. Ich will gern glauben, daß du den Teufel nicht in seinem weiblichen Gewand erkannt hast, wenn du auch sein Werk tatst. Hat sie samtweiche Wangen, Junge, und seidige Haare und wie Damast glänzende Augen unter langfransigen Wimpern? Es spielt keine Rolle, hinter dieser Maske steckt immer ein weißer Schädel mit leeren Augenhöhlen, und dieser sanfte rosenrote Mund ist die Gruft des Todes."

Ich zuckte nur mit der Angel, als ob ein Fisch angebissen hätte, denn was sollte ich dazu sagen? Die Mädchen, mit denen ich bisher zusammenkam, waren die zehnjährigen Gören aus meiner Klasse.

„Ich verdamme dich nicht, Junge", sagte Pendrake. „Glaube mir, ich kenne das Feuer, das von den Lenden aufsteigt und alles verzehrt. Ich weiß, daß die primitiven Leute, bei denen du deine Kindheit verbracht hast, aus dieser Brunst etwas Heiliges machen. Aber besteht nicht der Unterschied zu ihnen eben darin, daß wir unsere tierischen Triebe zügeln? Daß wir nicht besudeln, sondern behüten? Die Frau ist ein Gefäß, und es liegt in der Macht des Mannes, daraus einen goldenen Kelch oder einen Mülleimer zu machen."

Ungefähr an dieser Stelle kam Lavender unter seinem Regenschirm zum Ufer runter und schleppte einen Riesenkorb, der mit Wachstuch zugedeckt war. Er hockte sich hin und guckte uns unter dem Wagen an.

Mit Hochwürden sprach er in einem trägen, quengelnden, fast blöden Stil, den er sich, wie ich herausfand, nur für diesen Zweck vorbehielt, denn sonst war er, wie gesagt, nicht auf den Kopf gefallen, wenn auch ungebildet.

„Euer Hochwürden", sagte er, „möchtet Ihr ... wollt Ihr ... habt Ihr beide ... Lust auf ... das Mittagsmahl hier?"

„Stell es nur hin, du bist ein braver Kerl", sagte Pendrake kurz angebunden, als wollte er dadurch Lavender zur Eile bewegen, allerdings ohne Erfolg.

Als Lavender sich schließlich trollte, sagte Pendrake: „Da haben wir zum Beispiel so einen Fall. Kannst du dir vorstellen, daß Lavender und Lucy zusammengelebt und die Gebote von Gott und den Menschen nicht beachtet hätten, wenn ich nicht drauf bestanden hätte, sie zu trauen?"

Hier sollte ich vielleicht erwähnen, daß ich nicht weiß, ob Pendrake für oder gegen die Abschaffung der Sklaverei war. Er hatte Lavender freigelassen, wenn das was besagt. Und wenn er dafür war, dann nur, weil er meinte, daß die Freiheit die Farbigen weniger lüstern machen würde.

Hochwürden verstummte an dieser Stelle und zog das Wachstuch vom Korb. Lucy hatte uns mehr Proviant eingepackt, als die Sippe von Alte Zeltbahn im ganzen Winter aß. Da waren zwei oder drei kalte gebratene Hühner, ein großes Stück Schinken, ein gutes Dutzend hartgekochte Eier, zwei Laiber Brot und ein Schokoladenkuchen, um nur das Wichtigste zu nennen.

Bisher hatten wir bloß unter dem Wagen gehockt, ohne sonst was zu tun, und ich hatte überhaupt noch keinen Kohldampf. Auch fühlte ich mich in der nassen Wolle unbehaglich; bei den Indianern trägt man nämlich Leder, und das stößt den Regen fast so ab wie die eigene Haut. Vielleicht berührte mich auch das Gequassel von Pendrake über ganz private Dinge peinlich. Vermutlich wußte ich darüber schon mit zehn Bescheid, noch bevor ich zu den Indianern kam, aber mir war völlig entfallen, daß die Vereinigung von Mann und Frau bei den Weißen als was Schmutziges gilt, so daß das Gesetz dazu herhalten muß. Lucy und Lavender schliefen im selben Zimmer, aber das verstieß gegen das Gesetz von Gott und den Menschen, bis Pendrake ein paar Worte zu ihnen sagte, und danach war alles in Ordnung.

Es war wirklich unterhaltsam, zu sehen, wie Hochwürden das Mittagessen wegputzte. Ich aß einen Flügel, ein Ei, eine Scheibe Brot, ein Stück Kuchen und fühlte mich prallvoll. Der Rest verschwand bald in Pendrakes dickem Bauch. Nach einer Viertelstunde blieb nur noch ein Stapel abgenagte Knochen und Eierschalen im Korb zurück.

Dann bürstete er sich den Bart mit den Fingern ab, wenn ich auch unsere ganze Bekanntschaft über nie gesehen habe, daß er je einen Krümel in dieses Dickicht fallen ließ – ich glaube, er aß so anständig, weil er sich nicht das kleinste Häppchen entgehen lassen wollte –, stocherte in seinen Zähnen rum und spülte mit einem tüchtigen Schluck aus dem Krug Wasser nach, den Lucy ebenfalls mitgeschickt hatte.

„Es erfüllt mich mit Genugtuung, daß ich dieses Gespräch mit dir hatte, Junge", sagte er danach. „Und ich hoffe und baue darauf, daß es dir von Nutzen sein wird. Wir hatten bisher keine Gelegenheit, uns kennenzulernen, denn während ich dein Vater auf Erden bin, habe ich so viel damit zu tun, meinem eigenen Vater im Himmel zu dienen. Aber Er ist auch dein Vater, und wenn ich Ihm richtig diene, diene ich auch dir. Mein Bemühen darum läßt mir wenig Zeit für den herrlichen Sport, der uns heute erfreut, obwohl es keine Sünde ist, sich in Maßen zu erfreuen."

Ich habe noch nicht erwähnt, daß ich sonntags in der Kirche hocken und Pendrakes Gequatsche über mich ergehen lassen mußte. Mein einziger Trost war, daß auch Mrs. Pendrake in ihren feinen Kleidern mitkommen mußte, und es erfüllte mich mit Stolz, neben der schönsten Frau aus der ganzen Stadt zu sitzen, während alle Männer, auch die Kirchenältesten, ihr verstohlene Blicke zuwarfen, während ihre Frauen sie durch die Bank weg ziemlich schief ansahen. Und diese Predigten! Der Haken bei Pendrake war, daß er kein Feuer hatte. Im Gegensatz zu meinem Alten lockerte ihn die Religion überhaupt nicht, sondern machte ihn bloß noch verkrampfter. Das hat ihn vielleicht davor bewahrt, von Wilden getötet zu werden, aber wahrscheinlich ist es viel schlimmer, seinem Herz nie Luft machen zu können.

Jedenfalls redete er immer eine Masse über die „Sünde", und während wir nun beisammen saßen, überlegte ich mir, was er wohl darunter verstand. Sie wissen sicher noch, daß für meinen Paps Fluchen, Tabakkauen, Spucken und ein ungewaschenes Gesicht Sünde war. Höchstwahrscheinlich war Pendrake darin anderer Ansicht. Jedenfalls fingen wir offenbar keine Fische mehr, das Mittagessen war vorbei, und trotz der Bemerkung von Hochwürden, daß ihn das Gespräch mit mir mit Genugtuung erfüllt hatte, sah er immer noch unsicher aus. Ich nehme an, daß ein Mann, der dauernd redet, sich schließlich überlegt, ob seine Worte überhaupt ankommen.

So wie ich Mrs. Pendrake „Mutter" genannt hatte, nämlich um ihr einen Gefallen zu tun, fragte ich ihn jetzt nach der Sünde. Er war kein schlechter Mensch, und er hatte mir das Gesicht abgewischt. Darin bin ich wie ein Indianer: wenn ich nett behandelt werde, will ich mich revanchieren.

Er hatte einen umfassenderen Begriff von der Sünde wie mein Paps und auch eine längere Liste, vermutlich lag das daran, daß mein Paps als Prediger nur ein Amateur war und nicht lesen konnte. Denn das Sündenregister von Pendrake war, wie er zugab, nicht sein eigenes, sondern das von dem Paul aus der Bibel.

„Die Werke des Fleisches", antwortete mir Hochwürden. „Die Werke des Fleisches, als da sind: Ehebruch, Hurerei, Unreinigkeit, Unzucht, Abgötterei, Zauberei, Feindschaft, Hader, Neid, Zorn, Zank, Zwietracht, Rotten, Haß, Mord, Saufen, Fressen und dergleichen."

Das Komische daran war nur, daß mein zweiter Vater, nämlich Alte Zeltbahn, mich in den entscheidendsten Jahren meiner Entwicklung erzogen hatte. Streichen Sie jetzt „Neid" von der Liste – denn er begehrte nicht viel, weil er glaubte, daß er alles Wichtige schon hatte –, dann haben Sie eine vollkommene Charakterbeschreibung von diesem Indianer. Trotzdem hatte er unter den Cheyennes den denkbar größten Erfolg.

Ich persönlich hatte nur ein paar von diesen Verbrechen begangen; allerdings war ich ja noch jung.

Für den Rest des Tages und sogar sieben Wochen danach blieb ich ziemlich rein. Denn so wirkte sich das weiße Leben auf mich aus: als ich in der Zivilisation zum ersten Mal durchnäßt wurde, bekam ich sofort eine Lungenentzündung.

10.
Der Spalt

Ich war richtig krank, wie seit meiner frühen Kindheit nicht mehr. Es macht mir nichts aus, verwundet zu sein, aber ich hasse es, krank zu sein. Ich meine, ich lasse mich nicht gern verwunden, aber wenn man schon eine Strafe aufgebrummt bekommt, dann ist mir eine anständige Verwundung doch lieber als alle anderen Krankheiten, bei denen man im Bett bleiben muß.

Haben Sie gemerkt, daß ich Strafe sagte? Trotz meiner zynischen Art damals mit knapp sechzehn, hatte der Quatsch von Hochwürden auf mich abgefärbt, und in der Nacht nach dem Angelausflug hatte ich Träume, in denen ich gegen mein besseres Wissen mein möglichstes tat, um aus dem goldenen Kelch der Frau einen Mülleimer zu machen, wie er es so schön ausdrückte.

Sie können nun sagen, daß er mich auf den Gedanken brachte, genauso wie ich ihm die Lungenentzündung verdankte, weil er mich bei diesem Sauwetter mitnahm, denn die hatte ich am nächsten Morgen, wenn ich sie auch erst bloß für einen Schnupfen hielt und wie gewöhnlich aufstand. Aber beim Frühstück fühlte ich mich so elend und mir wurde schwindlig, als Pendrake, wenn auch manierlich wie immer, über seinen Berg Eier herfiel, so daß mir Mrs. Pendrake ihre kühle Hand auf die Stirn legte, die glühte, während ich bis auf die Knochen fror.

Kurz darauf lag ich wieder im Bett, und schließlich kam ein alter Arzt mit einem weißen Backenbart, aber er hatte nicht so eine Medizin wie Linkshändiger Wolf, das können Sie mir glauben. Drei Wochen oder so war ich krank, und später fand ich raus, daß man in den ersten Tagen dachte, ich müßte sterben, daher kam Hochwürden auch zu mir und betete für mich.

Das hat mir Lavender erzählt. Er guckte öfters rein, als ich mich langsam erholte. Ich erinnere mich noch, daß ich mir einbildete, wieder bei den Cheyennes zu sein, als ich aus einem Nickerchen aufwachte – damit verbrachte ich die meiste Zeit – und ihn zum ersten Mal neben meinem Bett stehen sah. Er hatte eine sehr schwarze Haut, aber die Indianer malten sich manchmal auch so an: jedenfalls war er nicht weiß.

Darum sagte ich was auf Cheyennisch zu ihm.

„Was?" sagte er und sperrte die Augen auf; da erkannte ich ihn und schämte mich.

„Bleib schön ruhig", sagte er. „Du brauchst vor dem alten Lavender keine Bange haben. Er wollte nur sehen, wie es dir geht."

Gewöhnlich redete er von sich wie von einem Dritten. Ich nehme an, er meinte, man würde nicht zulassen, daß er „ich" oder „mich" sagte.

Ich sagte: „Ich dachte, du wärst ein Indianer."

Manchmal gewinnt man mit einer einzigen Bemerkung einen Freund, und meistens ohne es drauf anzulegen, denn ich habe festgestellt, daß man nur höchst selten absichtlich ein überzeugendes Kompliment machen kann. Ich will damit nicht sagen, daß ich vorher mit Lavender nicht gut stand; wir waren eben einfach Junge und Diener füreinander. Vermutlich hatte er mich nur aus Neugier besucht.

Er sagte: „Ich bin hergeschlichen, weil niemand außer Lucy zu Hause ist, und Lucy weiß nichts davon, sonst würde sie mir die Hölle heiß machen."

Ich hatte im zweiten Stock ein Zimmer ganz für mich allein, mit einem großen weichen Bett, wo ich erst nicht einschlafen konnte, ohne seekrank zu werden.

„Bist du noch nie hier gewesen?"

„Ich habe die Möbel raufgebracht", sagte Lavender, „und mal die Fenster geputzt, aber ich war noch nie auf Besuch hier oben. Wenn rauskommt, daß ich hier war, kannst du vielleicht sagen, daß du mich drum gebeten hast."

„Aber natürlich", sagte ich ihm und, na, Sie wissen ja, wie ein Mensch sich selbst bedauert, wenn er krank ist: „Du bist sicher der einzige, dem es nicht schnuppe ist, ob ich am Leben bleibe oder sterbe. Du bist der einzige, der mich besucht."

„Du erinnerst dich bloß nicht daran", sagte er. „Die Lady

war die ganze Zeit hier, und Hochwürden betete, und wenn er das nicht getan hätte, wärst du, glaube ich, jetzt mausetot, und man hätte ein Loch in die Erde gegraben und dich reingelegt und es wieder zugeschippt und den Boden festgestampft."

„Da es aber nun mal nicht passiert ist", sagte ich, „wäre es mir lieber, wenn du nicht auf solche Einzelheiten eingehen würdest. Meinst du, daß Gott mich gerettet hat, weil Hochwürden Ihn drum bat?"

Lavender machte ein verschmitztes Gesicht. „Der Arzt hat es kaum getan, denn er hat Lucy davon abgehalten, dir was von ihrer Medizin zu geben, die aus Wurzeln und so was gemacht wird und jede Krankheit heilt. Weißt du, bei mir wurde mal alles, was ich aß, Gift und mein Magen war wie ein Fischnetz. Da gab mir Lucy ihre Medizin, und schon nach einer Woche konnte ich wieder wie ein Hund einen Knochen kleinkauen und runterschlingen, als wenn's Brei wäre."

Ich sagte: „Warum setzt du dich nicht auf den Stuhl da?"

„Mir soll's recht sein", sagte er und ließ sich nieder; er war erst ein bißchen steif, wurde dann aber immer ungezwungener. „Du, was hast du da Komisches über mich und einen Indianer gesagt? Ich habe nie gewußt, daß die schwarz sind."

Inzwischen bemerkte ich, daß ich einen Senfumschlag auf der Brust hatte, denn es fing an zu jucken, und deshalb kratzte ich mich, während wir uns unterhielten.

Ich sagte: „Ich habe am Solomon einen Cheyenne gesehen, der genau so schwarz war wie du. Sie nannten ihn Mohkstavihi, und genau denselben Namen geben sie allen Farbigen wie dir."

„Schwarzer Mann?"

„Nein, Schwarzer Weißer Mann."

Darüber lachte er laut, verstummte plötzlich und nickte ernst. „Ich muß jetzt noch Blätter verbrennen", sagte er und ging raus. Ich überlegte mir, ob ich seine Gefühle verletzt hatte, aber es war die Wahrheit, und die soll einen doch angeblich irgendwie befreien.

Aber am nächsten Tag kam er wieder, als Mrs. Pendrake beim Einkaufen war und Hochwürden in seinem Arbeitszimmer, und diesmal hatte Lavender keine Angst vor Lucy, denn er war so kühn gewesen, Pendrake zu bitten, ob er mich besuchen durfte, und der hatte ihm die Erlaubnis gegeben.

Diesmal setzte er sich auch unaufgefordert auf den Stuhl, was mir nur recht war, denn durch meine Erziehung hatte ich keine Ahnung, wie weit man einem Schwarzen etwas durchgehen lassen durfte, obwohl sich damals viele Weiße in Missouri den Kopf darüber zerbrachen.

Es stellte sich raus, daß Lavender von den Indianern einfach fasziniert war. Ich habe schon erzählt, daß Mrs. Pendrake sich am ersten Tag meine Erlebnisse anhörte, aber danach nie wieder, so daß ich annehme, daß sie es bloß aus Höflichkeit tat. Und jeder andere hätte sich lieber die Zunge abgebissen, als mich danach zu fragen.

Aber Lavender konnte gar nicht genug davon hören. Ich hätte fast gedacht, daß er ein Buch darüber schreiben wollte, wenn er kein Analphabet gewesen wäre.

Nach einer Weile sagte er: „Ich habe über diesen dunklen Indianer nachgedacht, den du am Solomon River gesehen hast – vielleicht ist er mit mir verwandt." Lavender war ein gescheiter Kerl; er konnte zwar weder schreiben noch lesen und hatte keinen einzigen Tag die Schule besucht, aber er wußte viel. Er fing an, von Captain Lewis und Captain Clark zu erzählen, bei denen wir in der Schule noch nicht waren, denn ich kannte ihre Namen nicht.

„Also diese Weißen", sagte er „gingen den Fluß rauf, bis der so schmal wurde, daß sie mit einem Fuß auf dem rechten Ufer und mit dem anderen auf dem linken stehen konnten, und dort fanden sie ein winziges Loch, wo er raussikkerte und das man mit einem Finger zustopfen konnte, dann hätte es keinen Missouri mehr gegeben, nur noch einen zweitausend Meilen langen Graben voll Schlamm, der in der Sonne austrocknet und Risse kriegt."

Ich glaubte ihm nicht, aber später hörte ich, daß es stimmte – ich meine, daß Lewis und Clark wirklich gelebt haben; ob sie nun den Missouri mit einem Finger zustopfen konnten, das ist eine andere Frage.

„Captain Lewis und Captain Clark nahmen einen Farbigen mit, der hieß York, und die Indianer hatten noch nie einen

Farbigen gesehen und dachten deshalb, daß York sich angemalt hatte. Sie spuckten sich in die Hände und versuchten, die Farbe von York abzureiben, und als sie das nicht konnten, erzählten sie allen anderen Rothäuten im ganzen Umkreis davon, und die kamen auch und alle versuchten, die Farbe von York runterzureiben.

York war für die Indianer das Interessanteste an Captain Lewis und Captain Clark. Und weißt du, was er machte, denn er hatte Sinn für Humor. Er erzählte den Indianern, daß er früher ein wildes Tier war und Captain Clark ihn mit einem Fallstrick fing und zu einem Menschen zähmte. Dann brüllte er und fletschte die Zähne, so daß die Indianer wegrannten. Aber sie konnten ihn sehr gut leiden, machten ihm Geschenke und ließen ihn mit ihren Frauen schlafen, damit sie schwarze Babys kriegten."

Lavender runzelte die Stirn und sagte: „Es ist also wahrscheinlich, daß man dort jetzt seine Nachkommen trifft, und anscheinend bist du ja einem von ihnen begegnet. York war ein richtiger Vetter von meinem Opa. Ich glaube, er war der berühmteste Mann aus meiner ganzen Familie."

„Möglich", sagte ich.

„Je mehr ich drüber nachdenke, desto überzeugter bin ich davon", sagte Lavender, dann beugte er sich ganz nah zu mir und flüsterte: „Ich kann dir ruhig verraten, daß ich selber vorhabe, dorthin zu gehen ... Wenn du das aber Lucy verrätst, dann sitze ich in der Tinte."

„Nimmst du sie denn nicht mit?"

„Wegen ihr geh ich doch", flüsterte er und guckte ängstlich zur Tür. „Wenn du dich von einer Frau fangen läßt, tut es dir jede Minute am Tag leid. Nun hat Hochwürden mich meinem alten Herrn abgekauft und laut Gesetz freigelassen. Ich habe gehört, wie er sagte: „Kein Mensch darf einen anderen besitzen." Und dann läßt er mich Lucy heiraten, denn vermutlich denkt er, daß eine Frau ruhig einen Mann besitzen darf. So wie ich es sehe, hat das Gesetz für mich Vor- und Nachteile, also bin ich nun quitt, und bevor ich was verliere, will ich dahin, wo es überhaupt keine Gesetze gibt und alle Wilde sind."

„Vielleicht sollten wir zusammen hingehen", sagte ich. Bisher hatte ich nie daran gedacht, von den Pendrakes wegzulaufen, denn sie hatten mich gut behandelt, aber ich war jetzt schon ein paar Monate in der Zivilisation und konnte immer noch keinen Sinn darin entdecken, außer wenn Mrs. Pendrake in der Nähe war. Hinzu kam, daß ich zu meiner Schande krank wurde: man durfte nicht vom Regen krank werden, der was ganz Natürliches ist. Das hieß also, daß ich nicht richtig lebte. Ungefähr das einzige Mal, wo ich mich in der Stadt wohl fühlte, war, wie ich diesen Luke English umschmiß und mein Messer zog. Ich glaubte auch, daß mein Blut allmählich wäßrig wurde, weil ich keine rohe Büffelleber zu essen bekam. Und von allem, was ich bisher hier so gelernt hatte, war nur eins wirklich hängengeblieben, nämlich lüsterne Gedanken, und die waren, wie Hochwürden sagte, schlecht.

„Wenn du warten könntest, bis ich wieder gesund bin ...", fing ich an.

Aber Lavender runzelte die Stirn und sagte: „Auf so was höre ich nicht. Der Unterschied zwischen mir und dir besteht darin, daß ich ein Farbiger bin und du ein Junge. Nun hat zwar niemand ein Recht, einen Farbigen davon abzuhalten, wegzulaufen, wenn er kein Sklave ist, aber wenn er einen Jungen mitnimmt, hat er gleich wieder Scherereien mit dem Gesetz."

„Hör mal", sagte ich, „wenn wir am Fort Leavenworth vorbei sind, nehme *ich dich* mit."

Das verletzte seinen Stolz, er murmelte was mit niedergeschlagenen Augen und räumte ein: „Ich gehe sowieso schon heute abend fort. Ich würde gern warten, wenn ich könnte, aber ich kann nicht."

„Was spielen denn ein paar Tage für eine Rolle?" Ich dachte nämlich, daß ich bis dahin wieder auf den Beinen wäre.

„Jede Stunde ist eine Todesqual", sagte Lavender. „Es ist eine Ungeheuerlichkeit in der Natur, daß ein Mann von einer Frau unterjocht wird."

Ich stellte mir vor, daß er die Worte irgendwie von Pendrake hatte und fragte ihn deshalb, warum er sich nicht bei Hochwürden Rat holte, wenn Lucy ihm so lästig fiel.

„Also hör mal", erwiderte Lavender, „ich sage nichts gegen deinen Papi."

Ich sagte: „Er ist mein Paps nur nach dem Gesetz, von dem du gesprochen hast, und es ist wirklich erstaunlich, wie schnell ein Mann neue Verwandte kriegt, wenn er nur so einen Wisch unterschreibt." Das saß zwar bei Lavender, daß ich keine hohe Meinung vom Gesetz hatte und wie er dessen Opfer war, aber es beruhigte ihn nicht.

Er zuckte mit dem Mund und flüsterte: „Er kriegt keine auf die natürliche Art."

Mein Rücken tat durch einen Muskelkrampf plötzlich weh, so daß ich mich anders hinlegte.

„Was soll denn das schon wieder heißen?" Aber ich wußte es genau, und mein Rücken tat in der neuen Lage noch weher.

Lavender fuhr zusammen und wich zurück. „Ich will keine Scherereien haben."

„Ich dachte, du willst heute abend weglaufen."

Er riß die Augen auf. „Ja, richtig", sagte er und grinste erleichtert. „Ja, richtig, und ob!"

„Gib mir mal das Blatt Papier und den Bleistift vom Schreibtisch, ich werde für dich eine Karte zeichnen, wo du die Cheyennes finden kannst." Ich sagte ihm eine ganze Masse nützliche Dinge, wie er mit den Indianern gut auskommen konnte, und schloß: „Sei also ruhig freundlich zu ihnen, aber kriech nie vor einem Cheyenne auf allen vieren, was er auch tut, sonst treibt er es noch schlimmer mit dir. Ich erwähne das nur, weil sie in letzter Zeit großen Schlamassel mit den Weißen hatten und dadurch ziemlich voreingenommen sind."

„Gegen Weiße?"

„Von denen du ein schwarzer bist", sagte ich. „Ich gebe nur das wieder, was sie glauben, und das ist die Wahrheit, wenn man unter ihnen lebt, so wie hier das Gesetz."

Ich zeichnete die Karte, wobei ich ein Buch zur Unterlage benutzte. Lavender konnte nicht lesen, aber er mußte doch imstande sein, den Flußläufen zu folgen.

„Wenn du noch ein bißchen warten würdest, könnte ich dir ein paar Zeichen und vielleicht auch ein paar Wörter Cheyennisch beibringen", sagte ich.

„Nein", erwiderte er mir, „das geht nicht. Aber vielen Dank."

„Einen Augenblick noch", sagte ich, als er aufstehen wollte. „Du hast doch eben angefangen, was über Hochwürden zu sagen, und warst noch nicht fertig damit."

Lavender ging raus, guckte sich auf dem Flur schnell um und kam dann wieder neben mein Bett.

„Er schläft nicht mit seiner Lady", sagte er. „Sicher weil er ein Prediger ist, aber die anderen Prediger in der Stadt haben Kinder, also kann es nicht gegen das Gesetz sein."

„Meinst du, nie?" fragte ich. „Ich habe nämlich Indianer gekannt, die es eine Zeitlang nicht taten, weil sie was geträumt hatten oder weil es bald Krieg gab."

„Nie", sagte Lavender. „Lucy kann das an einem Eidotter sehen. Sie ist eine Hexe. Deshalb verlasse ich sie auch. Jedesmal, wenn ich was mit einer andren Frau habe, sieht Lucy es in einem Ei."

Lavender lief in dieser Nacht nicht weg. Er besuchte mich am nächsten Tag wieder und entschuldigte sich nicht mal dafür, daß er seinen Plan nicht ausgeführt hatte. Statt dessen redete er so, als ob er die nächste Nacht meinte, und dasselbe passierte am nächsten Tag und so weiter. Leute, die *reden* statt zu *handeln*, bringen mich auf die Palme. Ich nehme an, daß Lavender nur jemand suchte, dem er was vorjammern konnte, und das ist ja in Ordnung, wenn er es nur zugegeben hätte. Andererseits muß man wohl einen Menschen anders beurteilen, der bis zweiundzwanzig ein Sklave war. Er braucht eine ganze Weile, bis er weiß, was möglich ist, und auf jeden Fall spricht es wohl für ihn, daß er überhaupt eine Vorstellung von echter Freiheit hatte. Jedenfalls durfte ich nichts dagegen haben, daß er blieb, denn er war der einzige Mensch in der Stadt, mit dem ich ungezwungen reden konnte. Der Junge, den ich Mores gelehrt hatte, dieser Luke English, besuchte mich übrigens, als ich krank war. Er haßte mich immer noch und dachte, daß ich ihn reingelegt und nicht besiegt hatte – Weiße denken immer so was, wenn sie gegen Indianer den kürzeren ziehen –, aber sein Paps wollte sich bei den Pendrakes einschmeicheln und schickte ihn mit einem von seiner Mama selbstgebackenen Kuchen. Luke war unterwegs irgendwo stehengeblieben und hatte die ganze Verzierung abgeleckt, was mir freilich nichts ausmachte, weil ich noch immer keinen Appetit hatte und einen so schweren Brocken auch dann nicht hätte essen können, wenn ich gesund gewesen wäre.

Sobald Mrs. Pendrake, die Luke raufgebracht hatte, wieder unten war, fing er an zu schweinigeln. Er und Hochwürden hätten mit einer Schaubude rumziehen sollen, um Reden über dieses Thema zu schwingen, denn sie vertraten die beiden entgegengesetzten Standpunkte davon.

„Du", sagte Luke und musterte mein Zimmer mit seinen gemeinen Augen, „du hast ja hier einen richtigen Wigwam. Hast du schon mal ein Mädchen reingeschmuggelt?"

„Hast du das schon mal getan?" fragte ich verächtlich.

„Ich habe kein eigenes Zimmer. Ich muß mit drei Brüdern zusammen pennen. Mein Alter und meine Alte trieben es so doll, daß das ganze Haus jetzt voll ist. Ich habe auch noch vier Schwestern. Die älteste ist gerade achtzehn. Irgendein Kerl kriecht jede Nacht zu ihr ins Bett und treibt's mit ihr. Paps weiß nicht, was er dagegen tun soll."

Ich war so verblüfft, daß ich fragte: „Warum erschießt er ihn nicht?"

Luke sagte kichernd: „Es ist doch ihr Mann."

Er setzte sich ans Fußende meines Betts. „Wie ist es denn mit einer Squaw? Ich habe gehört, daß sie fürchterlich stinken. Ich habe gehört, daß man, wenn man eine haben will, einfach eine Bohne übers Feuer schmeißt und daß die mit muß, vor der die Bohne landet, auch wenn sie mit dem Häuptling verheiratet ist. Ich habe noch nie eine Indianerin gehabt. Und die ich gesehen habe, waren verdammt häßlich. Dann ist mir noch ein fettes Schaf lieber, wenn ich nichts andres finden kann.

Natürlich fahre ich trotzdem gar nicht so schlecht. Neulich kam ich in mein Zimmer, als unser Negermädchen putzte. Sonst war niemand oben, wenn auch meine Mama und meine Schwestern unten in der Küche rumwirtschafteten. Mensch, ich wurde vielleicht steif, warf die Schwarze auf den Rücken, und nichts wie rein in sie . . ."

Ich habe schmutzige Geschichten, wahre oder unwahre, nie leiden können; wenn sie stimmen, machen sie einen neidisch; wenn nicht, dann gibt es, finde ich, nichts Langweiligeres auf der Welt. Je mehr Luke erzählte, desto überzeugter war ich, daß seine Erfahrung sich allein darauf beschränkte, bis zum Wahnsinn mit sich selber zu spielen.

Trotzdem wurde ich ziemlich eifersüchtig, als Mrs. Pendrake raufkam und uns beide fragte, ob wir ein Glas Buttermilch haben wollten, und ich nein sagte und Müdigkeit vortäuschte, er dagegen ja sagte und sie ihn mit in die Küche nahm; er gaffte sie dabei von oben bis unten an, sobald sie den Kopf rumgedreht hatte. Denn sogar so ein übler Lümmel gehört zum starken Geschlecht, und Mrs. Pendrake wußte das. Sie konnte nicht anders, sie mußte einen einfach daran erinnern, daß sie eine Frau war. Ich meine damit nicht, daß sie irgendwas tat, was man mit dem bloßen Auge erkennen konnte, und wie gesagt, behandelte sie die meisten Männer ausgesprochen kühl und benahm sich so, als ob sie zehn Fuß unter ihr im Pferdemist stehen würden.

Nach einer ganzen Weile, in der er vier Liter hätte trinken können, kam Luke wieder rauf, denn er hatte seine Mütze liegen gelassen. Er leckte sich seine dicken Lippen, was absolut verständlich war, denn er hatte einen Buttermilchschnurrbart. Aber ich hatte mein Messer unter dem Kissen, und ich erinnere mich, daß ich mir hoch und heilig schwor, ihm sein schwarzes Herz rauszuschneiden, wenn er auch nur eine einzige Anspielung auf Mrs. Pendrake machen würde.

Aber er sagte nur: „Na ja, ich werde meinem Paps erzählen, daß du nicht an den Prügeln stirbst, die ich dir verabreicht habe. Ich nehme es dir auch nicht weiter übel, wenn du es nicht tust. Wenn du wieder auf den Beinen bist, stelle ich dir eine prima Hure in Mrs. Lizzies Puff vor."

Ich war frühzeitig ein Mann geworden, aber jetzt war ich wieder ein Baby, das tagein, tagaus einfach dalag, und wenn man nicht mit mir redete, starrte ich die Decke an und sah dort eine nackte Frau. Nicht Mrs. Pendrake, das muß ich schnell hinzufügen – auch keine Indianerin, wie ich sie manchmal ohne Kleider gesehen hatte, wenn die Cheyenninnen an sich auch sittsam sind und ich nichts dabei gefunden hätte, wenn mir Nichts mit nichts an begegnet wäre –, sondern eher das *Bild* von einer nackten Frau, das hinter der

Theke von dem Saloon in Evansville hing, wo mein Paps vor vielen Jahren predigte.

Das Komische daran ist, daß mir das Bild aus einer Zeit einfiel, wo es noch nichts für mich bedeutet hatte. Während dem Gottesdienst wurde immer eine Decke drüber gehängt, und ich kann mich erinnern, daß Bill kicherte und meine Schwestern rot wurden, aber ich persönlich fand es einfach langweilig: die Frau hatte fette Brüste und Hüften und schlug die Beine übereinander, so daß man ihren Schoß nicht sehen konnte. Ihre Brustwarzen waren dunkelrot, mehr konnte ich damals nicht von ihr sagen, und das auch nur, weil sie mich an Pflaumen erinnerten.

Aber da war sie nun auf einmal wieder an der Decke meines Schlafzimmers. Ich nehme an, daß sie zu allem übrigen im Haus paßte, nämlich, daß es sie nur in der Vorstellung gab und nicht in Wirklichkeit: genauso wie die Mütterlichkeit von Mrs. Pendrake, die geistige Autorität von Hochwürden und die Freiheit von Lavender.

Schließlich fühlte ich mich wieder stark genug, draußen spazierenzugehen, wenn ich mich warm genug einmummelte, denn es war während meinem Krankenlager Winter geworden und hatte ein- oder zweimal geschneit. Nach dem Mittagessen sagte eines Tages Mrs. Pendrake: „Liebling, vielleicht zerstreut es dich ein bißchen, mit mir in die Stadt zu gehen. Wir können ein Glas Limonade trinken und ein paar neue Kleider kaufen."

Ich überspringe die Einkäufe, die Mrs. Pendrake für eine Frau erstaunlich schnell erledigte, wenn sie auch einen Haufen Zeug für mich und sich selber erstand. Vermutlich verhielt es sich bei ihr mit den Kleidern so wie bei Hochwürden mit dem Essen: sie war zwar unersättlich, wahrte aber den Anstand. Trotzdem war ich noch nicht wieder richtig auf dem Posten, und in Läden wurde es mir sowieso immer schwindlig. Das merkte sie und sagte: „So, jetzt trinken wir unsere Limonade."

Ich kannte das Lokal nicht, in das wir gingen und das während meiner Krankheit gerade neu eröffnet worden war, ziemlich luxuriös, mit kleinen Marmortischen und schmiedeeisernen Stühlchen und Messingverzierungen, es gab auch eine große Marmorbar, und darauf stand ein versilbertes Gefäß, das wie eine Urne aussah, mit einem sitzenden Amor als Deckel und zwei rausstehenden Elefantenköpfen auf den Seiten. Unter einen der sechs oder sieben Hähne am Fuß dieses Monstrums stellte man sein Glas, spritzte irgendeine Flüssigkeit rein, hielt das Glas dann einem Elefanten unter den Rüssel, drehte an seinem Ohr, und daraufhin kam Sprudelwasser raus.

Den Lokalbesitzer konnte ich schon auf den ersten Blick nicht leiden, ein Riesenkerl, der von sich sehr eingenommen war, eine Brokatweste trug und eine künstliche Blume im Knopfloch hatte. Manche fanden ihn vielleicht schick mit seinen glattrasierten Backen und schwarzen gelockten Haaren. Bestimmt er selber. Besonders stieß mich die hochmütige Art ab, wie er ein Lokal führte, wo Frauen und Kinder was zur Erfrischung haben wollten.

Dieser Kerl nun zapfte eigenhändig das Sprudelwasser, stellte die Gläser auf ein silbernes Tablett, das ein mit Turban und Pumphose wie ein Araber verkleideter Negerjunge zu den Tischen brachte. Ich gab dem Mohr als Trinkgeld den Penny, den mir Hochwürden geschenkt hatte, aber er bedankte sich nicht mal dafür, sondern biß nur drauf, um zu sehen, ob er echt war, und steckte ihn dann in seinen Schnabelschuh. Ich tat das, weil ich den erwachsenen Begleiter von Mrs. Pendrake spielen, also die Rollen vertauschen wollte, denn ich war inzwischen fast sechzehn. Beim Gehen war ich kleiner als sie, aber im Sitzen hatten wir ungefähr die gleiche Größe.

Sie durchschaute das sofort, denn wo es um das Verhältnis zwischen Mann und Frau ging, wußte Mrs. Pendrake immer gleich Bescheid, und steckte mir unauffällig einen Dollar zu, damit ich später die Rechnung bezahlen konnte.

Zwei Minuten lang fühlte ich mich im siebten Himmel, während ich mit ihr so zusammensaß, sie mich dauernd „Liebling“ nannte und die Kirschlimonade, die sie trank, ihre Unterlippe noch röter machte. Ich hatte noch nie was so Reizendes gesehen wie ihr Gesicht zwischen der Pelzmütze und dem Pelzkragen. Sie und ich waren nur füreinander da und haßten alle anderen im Lokal, ja vielleicht auf der ganzen Welt.

Da kam doch dieser gemeine Lokalbesitzer mit gefletschten Zähnen zu uns, er hielt das sicher für ein Lächeln, und sagte zu Mrs. Pendrake: „Vielleicht möchte der Kleine ein Stück Kuchen." Er redete nicht gebildet wie sie oder ungebildet wie ich, sondern einfach plump. Er war auch der erste Mann, den ich traf, der nicht vor Mrs. Pendrake auf dem Bauch kroch, sondern sie aus zusammengekniffenen Augen frech anstarrte.

Sie wurde dadurch unsicher und stammelte: „Das ist Mr. Kane, Jack."

Inzwischen wußte ich, was sich gehörte, stand also auf, um ihr keine Schande zu machen, aber er gab mir weder die Hand, noch nahm er sonstwie die Vorstellung zur Kenntnis, sondern ging wieder zur Marmorbar, legte Kekse und Süßigkeiten auf ein Tablett und ließ es mir von dem Mohr bringen.

„Ist das nicht nett von ihm?" sagte Mrs. Pendrake. Sie nahm ihren Muff vom dritten Stuhl. „Liebling, während du das ißt, möchte ich schnell meine restlichen Einkäufe erledigen. Ich habe noch einiges zu besorgen, und ich könnte es mir nie verzeihen, wenn ich dich gleich beim ersten Ausgang übermüden würde."

Mir machte es immer so viel Freude, sie reden zu hören, daß mir manchmal der Sinn ihrer Worte entging. Diesmal auch. Ich kapierte erst, daß sie mich verließ, als sie mir die Hand auf die Schulter legte und dann durch die Tür verschwand, die sie selbst aufmachen mußte, weil dieser Lokalbesitzer ihr den Rücken zukehrte. Eine Minute später sprang er dagegen auf und bücklingte in seiner öligen Art zwei hagere alte Weiber raus, in denen ich die Frau von einem Kirchenältesten und ihre unverheiratete Schwester erkannte.

Na, dachte ich, wenn der denkt, daß er für diese Süßigkeiten den Löwenanteil von meinem Dollar kriegt, dann ist er schief gewickelt. Ich hatte sowieso keinen Appetit und nahm es Mrs. Pendrake ein bißchen übel, weil sie vergessen hatte, daß der Arzt sagte, ich sollte mit Süßigkeiten noch vorsichtig sein. Mürrisch starrte ich zur Decke des Lokals und erblickte wieder meinen alten Quälgeist, die Frau von dem Saloonbild. Es muß daran gelegen haben, daß ich an Luke English dachte, denn mir fiel ein, was er über die

Hure in Mrs. Lizzies Puff gesagt hatte. Bestimmt hatte er gelogen, aber ich wußte, wo Mrs. Lizzies Puff war, über einem Saloon am anderen Ende von der Stadt, und da gab es eindeutig Huren, die man aus dem Fenster hängen sehen konnte und die manchmal einem Jungen meines Alters zuriefen: „Für einen Dollar mach ich dich erwachsen."

Es würde Mrs. Pendrake ganz recht geschehen, wenn ich mit meinem Dollar dahin ging. Sie hätte mich eben nicht allein lassen dürfen, dachte ich. Ich stand auf und ging mit der Rechnung zur Bar, um zu zahlen, wobei mir klar wurde, daß ich keinen Dollar übrigbehalten würde, denn jede Limonade kostete fünf Cents, und vielleicht knöpfte mir dieser Schuft außerdem noch was für die Süßigkeiten ab, obwohl ich die überhaupt nicht angerührt hatte. Trotzdem fühlte ich mich irgendwie erleichtert, nicht mehr zu Mrs. Lizzies Puff zu müssen. Damals war ich wirklich ganz durcheinander, denn kaum hatte ich eine Idee, da wurde die auch schon wieder von der nächsten verdrängt.

Der Schuft war aber nicht mehr da; ich wußte nicht, wo er steckte, nachdem er einen alten Kerl mit einem Schnauzbart hinter der Bar gelassen hatte, der mir sagte, meine Rechnung wäre schon bezahlt. Ich hatte also immer noch meinen Dollar, was ich greulich fand, denn als ich auf die Straße kam, schlotterten mir die Knie. Ich spähte nach Mrs. Pendrake aus, damit ich nur nicht weitergehen brauchte. Auf nichts hatte ich so wenig Lust wie auf eine Hure, aber ich fühlte mich irgendwie dazu herausgefordert, seit ich aufgestanden war, statt in dem Limonadenlokal zu warten.

Da entdeckte ich die Spuren ihrer Stiefel im Matsch. Ich kann Ihnen nicht sagen, wodurch sie sich von anderen Fußabdrücken unterschieden; ich kannte sie eben, denn alles an ihr war mir vertraut. Ich konnte in einem Zimmer riechen, ob sie in den letzten zwei Tagen drin gewesen war. In dieser Hinsicht waren meine Sinne durch das Stadtleben noch nicht abgestumpft. Die Spuren führten über den Bürgersteig, bogen an der Ecke links ab, an der nächsten Ecke noch mal links – ich folgte ihnen, wenn ich auch so tat, als ob ich einfach rumtrödelte –, und als sie nach der zweiten Linksbiegung in eine Wohnstraße führten, die parallel zu der Geschäftsstraße verlief, dämmerte mir, daß sie mich angelogen hatte.

In der Mitte des Häuserblocks befand sich ein Durchgang, der zur Geschäftsstraße zurückführte. Gerade war ein Karren rausgekommen, den ein Maultier zog und ein ungefähr siebzigjähriger Neger lenkte: ein Indianer hätte auch gewußt, wie alt das Maultier war.

Jedenfalls waren die Stiefelchen von Mrs. Pendrake durch diesen Durchgang getrippelt, wieder in Richtung der Läden, nur daß sie an deren Rückseite in ein Tor abbogen, den Hof mit dem Abort überquerten und vor einer Tür endeten.

Ich blieb am Zaun stehen, weil der Neger mit seinem Maultierkarren wieder erschien. Die Neger, also auch Lavender, haben gut reden, was für Geheimnisse sie in einem Ei sehen und so weiter, aber ich glaube, daß sie damals alles nur deshalb wußten, weil sie immer was durch Hintergassen fuhren, Schlafzimmer aufräumten und was weiß ich noch, dann stößt man leicht auf schmutzige Dinge, ohne überhaupt danach zu suchen. Er grüßte mich und fuhr quietschend vorbei; dann knurrte ein Hund auf der anderen Seite von diesem Durchgang, verstummte aber bald wieder.

Eine Minute lang war der Durchgang leer und still, da schlich ich auf den Spuren von Mrs. Pendrake durch das Tor. Na schön, ich erreichte dieselbe Tür wie sie, doch was nun? Die hatte nämlich kein Schlüsselloch und würde sowieso nur in einen dunklen Gang führen. Ich legte mein Ohr dran und hörte nicht das geringste. Sollte ich einfach reinstürzen – aber vielleicht probierte sie grade ein Korsett an? Der Gedanke war mir entsetzlich und gleichzeitig erregte er mich auch.

Neben der Tür stand eine große Holzkiste und darüber befand sich ein Fenster. Jemand von meiner Größe konnte sich gut auf die Kiste ducken und ins Fenster gucken, und zwar durch einen schmalen Spalt in den geschlossenen Läden, der keiner Menschenseele in der Hintergasse was verriet.

So aufmerksam ich auch auf dem Weg dahin war, ich hatte nicht gemerkt, daß ich an der Rückseite des Limonadenlokals landete. Das, aber auch nur das allein, sah ich, als ich ein paar Minuten danach zurücktaumelte und mich irgendwie nach Hause schleppte.

Durch den Spalt hatte ich diesen Lokalbesitzer und Mrs. Pendrake gesehen. Sie hatten zwar ihre Kleider noch an, knutschten sich aber stürmisch ab. Gerade als ich reinlinste, fletschte er seine großen Zähne, zog ihren hohen Kragen ein Stück runter und biß sie in den weißen Hals. Ich wäre sofort reingestürzt und hätte ihn umgebracht, wenn ich von ihrem Gesicht nicht abgelesen hätte, daß sie das maßlos genoß.

11.
Hoffnungslos

Thanksgiving Day, das Erntedankfest, fiel in die Zeit, wo ich krank im Bett lag, deshalb konnte ich nicht mitfeiern. Daher war Weihnachten mein erstes weißes Fest seit über fünf Jahren. Schon im Herbst hatte ich mich drauf gefreut, aber seit der Affäre hinter dem Fensterspalt war es für mich von vornherein verdorben – wie alles andere.

Ich verbrachte den Winter in dumpfer Qual, aber offenbar befruchtete mein gebrochenes Herz irgendwie meinen Verstand, und ich lernte ausgesprochen gut. Nach meiner Lungenentzündung vergaß Mrs. Pendrake, daß sie mir vorher bei den Hausaufgaben geholfen hatte, und ging immer öfter aus. Daher blieb ich länger in der Schule, wo inzwischen eine hübsche junge Lehrerin den Platz der häßlichen alten Jungfer einnahm, die sich zurückgezogen hatte oder gestorben war oder so. Glauben Sie jetzt bloß nicht, daß ich mich in die Neue vergaffte. Für mich war so was ein für allemal vorbei: ich meine nicht die Liebe und auch nicht die Lust, ich meine meine idiotische Anhimmelung von Mrs. Pendrake, die einfach meiner Unschlüssigkeit zuzuschreiben war. Ich konnte mich nie entschließen, ob sie nun meine Mutter oder meine Geliebte war, bis ich durch den Fensterladen guckte und sah, daß sie keins von beiden war.

Ich blieb also nach dem Unterricht in der Schule, weil mir vor zu Hause graute, und die Gesellschaft der neuen Lehrerin befriedigte mich ausschließlich wegen dem, was ich bei ihr lernen konnte, denn sie war wirklich gescheit. Daher ließ es sich wohl nicht vermeiden, daß sie sich in mich verliebte, sobald ihr sozusagen meine Gleichgültigkeit aufging, denn weiße Frauen sind, wenn überhaupt etwas, der Widerspruch in Person. Sie hieß Helen Berry, war erst ungefähr achtzehn und recht hübsch, ein bißchen pummelig mit einer Stupsnase. Während dem Unterricht lächelte sie mich an, aber wenn ich mit ihr allein war, wurde sie ausgesprochen schüchtern, sobald ich ihr in die Augen sah.

Ich hätte sie küssen können, wann ich wollte. Ich tat es aber nicht, weil mich Hochwürden mit seinem Gerede über die Sünde tatsächlich gepackt hatte – irgendwie hintenrum, indem seine Frau sich von diesem Leckermaul in den Hals beißen ließ. Ich hatte die Nase voll von goldenen Kelchen, die sich in Mülleimer verwandelten, genau so wie ich nicht mehr das Bild mit den purpurroten Brustwarzen vor mir sah. Das schaffte ich freilich nur, weil ich schnurstracks zu den Mülleimern ging. Als ich im Februar sechzehn wurde, war ich schon Stammkunde in Mrs. Lizzies Puff.

Das Geständnis, daß ich zu den Huren lief, ist leicht im Vergleich zum nächsten Bekenntnis, das ich Ihnen aber wohl oder übel machen muß, wenn Sie die ganze Wahrheit hören wollen. Ich wurde eine Miniaturausgabe von diesem Limonaden-Kane, ein richtiger Stutzer. Früher genierte ich mich, die feinen Sachen mit Pelzbesatz und so zu tragen, die Mrs. Pendrake für mich gekauft hatte, aber jetzt war mir nichts lieber wie aufgedonnerte Kleidung.

Damals trugen Jungens Kattunhosen und Baumwollkittel in der Schule, aber so wie ich mich aufputzte, hätte man mich für den Direktor halten können, wenn ich nicht so klein gewesen wäre: rehbraune Hosen, dunkles Jackett, Satinweste und Lackschuhe. Miss Berry, die, wie gesagt, in mich verliebt war, hatte nichts dagegen, und wenn Sie meinen, daß ich Schwierigkeiten mit Luke English und seiner Bande hatte, dann sind Sie auf dem Holzweg. Sobald ich mich so anzog und mich entsprechend geckenhaft benahm, scharwenzelten sie ganz schamlos um mich rum, allen voran Luke.

Natürlich galt das auch für die Mädchen in diesem Alter: sie luden mich zu ihren Geburtstagsfeiern und so ein, wo ich mit überlegenem Lächeln auftrat und sarkastische Bemerkungen machte, sogar zu den Eltern, und mein Gott, wie oft hörte ich, daß eine Mutter mich als Gentleman rühmte, nachdem ich sie grade für meine Begriffe beleidigt hatte.

So verging der Winter, und ich nehme an, daß Mrs. Pendrake ihre Besuche im Hinterzimmer dieses Limonadenlokals fortsetzte, wenn ich ihr auch nicht mehr folgte, weil es mir sonst das Herz gebrochen hätte. Denn ich sage Ihnen, ich liebte sie. Ja, ich liebte sie noch mehr, seit ich durch den Fensterladen geguckt hatte. Ich haßte sie zwar auch, aber ich liebte sie, weil sie mich dazu brachte, sie zu hassen. Ich äffte Kane nach, weil sie ihn liebte. Ich lief zu den Huren, weil ich sie liebte.

Ich liebe sie immer noch, und wenn Sie überhaupt was von solchen Gefühlen verstehen, dann wissen Sie, wie eng sie mit der Hoffnungslosigkeit zusammenhängen und deshalb so ziemlich das einzige in der Zivilisation sind, was mit der Zeit nicht verkümmert.

Das Frühjahr brach an. Es muß wohl April gewesen sein, denn ich erinnere mich, daß es nachts in Strömen regnete, aber der nächste Tag hell und klar war und die Magnolie im Vorgarten der Pendrakes alle ihre rosanen Kelche geöffnet hatte.

Gegen zwei Uhr mittags ging ein kleiner dünner Kerl in das Limonadenlokal, zerrte Kane auf die Straße und schlug ihn mit einer Pferdepeitsche halbtot.

Nein, nicht ich. Der Mann hieß John Weatherby und besaß einen Droschken- und Pferdeverleih. Er war fünf Fuß groß, um die Vierzig, hatte eine Glatze und eine sechzehnjährige Tochter, die ich flüchtig kannte. Es stellte sich raus, daß auch Kane sie kannte, allerdings intimer, und ihr bei der Gründung einer eigenen Familie geholfen hatte.

Ich weiß allerdings, daß Kane kurz darauf die Weatherby-Tochter heiratete, sein Lokal zumachte und nach St. Louis zog. Auch daß sie schon nach einem Monat oder so wieder zurückkam, als sie anfing, dick zu werden, denn in der Großstadt war er ihr entwischt.

Ich brannte darauf, zu sehen, wie sich die neue Entwicklung der Dinge auf Mrs. Pendrake auswirken würde. Sie ließ sich aber nichts anmerken, blieb freilich jetzt nachmittags öfter zu Hause. Sie war reizend traurig wie immer, aber ich glaube nicht wegen dieser besonderen Enttäuschung, sondern mehr über ihr Leben im allgemeinen. Ich vermute, daß es nicht ganz das erfüllte, was sie nach den Vorstellungen von ihrem Paps, diesem Richter, erwarten durfte, und das wäre nicht das erste Mal, daß ein Rechtsverdreher jemand einen falschen Rat gibt. Vielleicht las sie auch zuviel. Vielleicht wäre sie mit Schielaugen und Pferdegebiß glücklicher geworden.

Aber ich Narr fiel sofort in meine eingebildete Romanze zurück, vergaß und vergab ihr alles, las wieder Pope und so weiter. Ich stellte meine Besuche bei Mrs. Lizzie ein.

Um den ersten Juni herum schlenderten wir nachmittags, statt zu lesen, zum Geschäftsviertel. Mrs. Pendrake hakte sich bei mir ein, und wir zwei sahen wirklich großartig aus. Sie hatte beschlossen, daß ich ein neues Paar Schuhe haben mußte. Ich besaß zwar schon vier oder fünf, aber sie sagte, daß der neue Schuhmacher ein Lederkünstler wäre, direkt aus Florenz in Italien, und daß es fast eine Schande wäre, keine Meisterstücke von seiner Hand zu tragen, wo man sie jetzt doch kaufen konnte.

Also gingen wir zu dem Laden, der einem wabbeligen Kerl namens Cushing gehörte. Als wir reinkamen, sprang er auf, und es fehlte nicht viel und er hätte den Boden unter Mrs. Pendrakes Füßen geküßt. Der italienische Schuhmacher saß an seinem Arbeitstisch im Hintergrund, ein drahtiger, dunkelhäutiger Bursche Mitte Zwanzig. Er trug ein ärmelloses Lederwams und war am Unterarm behaart wie ein Tier, vermutlich auch auf der Brust, denn in seinem Halsausschnitt kräuselte es sich schwarz.

Cushing holte ein Paar Pantoffel aus Juchtenleder, die Mrs. Pendrake schon früher bestellt hatte, ohne mein Wissen übrigens. Es waren niedliche rote Dinger, denn sie hatte winzige Füße. Cushing fing fast an zu sabbern, denn ein Frauenfuß galt damals als nahezu unerträglich aufreizend.

„Ich habe persönlich die elegante Arbeit überwacht", sagte er. „Sie können sich immer auf einen Italiener verlassen, wenn es um Sachen für die Damen geht. Sehen Sie sich nur die Nähte an, Madame . . ."

Mrs. Pendrake sagte: „Haben Sie vielleicht die Güte, sie mir ins Haus zu schicken?"

„Selbstverständlich, Madame, ich schicke den Italiener sofort hin."

„Auf keinen Fall, Mr. Cushing. Ich brauche Angelo, damit er diesem jungen Herrn ein Paar Stiefel anmißt."

Ich befürchtete, daß Angelo nichts zu lachen hatte, wenn

der Alte zurückkam, und er tat mir leid, denn ich mochte den Italiener auf den ersten Blick, wenn vielleicht auch nur deshalb, weil er in dieser Stadt sogar noch fremder war als ich.

Er kam hinter seinem Arbeitstisch vor und machte einen Abdruck von meinem Fuß. Dann schaute er lächelnd zu Mrs. Pendrake hoch, und da sah ich auf ihrem Gesicht denselben Ausdruck wie damals mit Kane.

Der Unterschied bestand bloß darin, daß Angelo den Kopf mit den dichten schwarzen Locken meistens gesenkt hielt, und wenn er Mrs. Pendrake flüchtig anguckte, war sein Gesicht höflich, unschuldig und offen. Italiener haben den Ruf, heißblütig zu sein, aber Angelo schien nicht mal lauwarm zu sein. Außerdem konnte er kaum Englisch. Er kannte anscheinend nur zwei Wörter: „Lady" und „yes", die er auf seine eigene Art aussprach.

Sie sagte: „Angelo, ich bin sehr glücklich über diese Pantoffel. Du hast sie so gemacht, als ob du bei der Arbeit dauernd meinen Fuß festgehalten hättest."

Er antwortete: „Jäss, Leddie."

„Aber ...", sagte sie.

Er zog seine buschigen Augenbrauen hoch. „Leddie?"

„Aber ich glaube, ich hätte sie lieber in Blau. Findest du nicht, daß blau mir besser steht?"

„Jäss?" fragte er und widmete sich die ganze Zeit über meinem Fußabdruck, mit dem er bald fertig war, weil er unglaublich geschickte Finger hatte.

Ich glaube, er kapierte kein Wort von dem, was sie sagte, aber sie redete trotzdem weiter, und er nickte, sagte „Jäss" und „Leddie", lächelte ausdruckslos, verbeugte sich und ging zu seinem Arbeitstisch zurück, von dem er ein Stück Leder nahm und im Nu freihändig eine Sohle rausschnitt.

Gegen Angelo hatte ich nie was. Es ist schwer, einen Mann zu hassen, den man nur so kurz wie ihn gesehen hat und der sich dabei weit mehr für Leder zu interessieren schien als für Mrs. Pendrake. Aber ich hatte die ganze Sache einfach satt.

Daher zog ich mir am nächsten Morgen gegen drei Uhr bei runtergedrehter Lampe die praktischsten Kleider an, die ich finden konnte, raffte mein Geld zusammen – ich hatte drei bis vier Dollar gespart –, steckte mein Skalpiermesser in den Gürtel, schlich die Treppe runter und verduftete auf Nimmerwiedersehn.

Bevor ich ging, schrieb ich allerdings noch einen kurzen Brief, weil sie auf ihre Art wirklich nett zu mir gewesen waren, und legte ihn so hin, daß sie ihn bestimmt finden würden.

„Lieber Hochwürden und liebe Mrs. Pendrake,

ich muß jetzt fort, aber das ist nicht Ihre Schuld, denn Sie sind besonders nett zu mir gewesen. Der Haken ist nur, glaube ich, daß ich nie so zivilisiert werden kann wie Sie beide. Denn ich werde mit Ihrer Lebensweise nicht fertig, wenn ich auch weiß, daß es die richtige ist. Lassen Sie mich bitte nicht verfolgen. Ich verspreche Ihnen, nie meine Beziehung zu Ihnen zu verraten, damit ich Ihnen keine Schande mache. Grüßen Sie Lucy und Lavender von mir, denen ich dafür danke, daß sie mich so verwöhnt haben.

Herzlichst
Ihr Sie liebender ‚Sohn'
Jack."

Das ist also der Grund, warum ich Ihnen den Namen von dieser Stadt oder von der Kirche nicht verraten habe, der Hochwürden angehörte, auch hießen diese Leute natürlich gar nicht „Pendrake".

Teilweise liegt das an meinem Versprechen in dem Abschiedsbrief da, aber hauptsächlich daran, weil ich bei allem, was ich in meinem Leben getan habe, und das waren manchmal ziemlich gemeine Dinge, nie so tief gesunken bin, was Schlechtes über eine Lady zu sagen. Jedenfalls nicht so, daß man weiß, wer sie ist. Der Schuft, der das tut, sollte erschossen werden.

12.
Auf der Suche nach Gold

Als ich die Pendrakes verließ, schwebte mir natürlich vor, zu den Cheyennes zurückzukehren. Gott weiß, wie oft ich darüber nachdachte und mir immer wieder einredete, daß ich im Grunde ein Indianer war, so wie ich immer wieder unter den Indianern merkte, daß ich bis in die Knochen ein Weißer war.

Aber als ich dann frühmorgens zum Fluß kam, wo ich mit der Fähre zum westlichen Ufer übersetzen und auf die Auswandererstraße stoßen wollte, hatte ich plötzlich keine Lust mehr zu diesem Abenteuer. Ich konnte mir einfach nicht mehr vorstellen, daß ich zu dem Büffelfell in Alte Zeltbahns Wigwam zurückkehrte. Genau so wenig konnte ich es noch länger bei den Pendrakes aushalten, aber die Rückkehr zur Barbarei, nachdem ich neun oder zehn Monate anders gelebt hatte, schien mir auch nicht der richtige Ausweg zu sein. Es ist gar nicht so leicht, primitiv zu sein, nachdem man was Besseres kennengelernt hat. Wenn man, um nur ein Beispiel zu nennen, regelmäßig sein Essen kriegt, fällt es einem schwer, wieder eine Lebensart anzunehmen, bei der das nicht garantiert wird.

Das war vermutlich eine der Überlegungen, die mich von meinem Vorhaben abbrachten. Ich war noch zu unerfahren, um zu bedenken, daß ich bei den Pendrakes meine festen Mahlzeiten nur deshalb vorgesetzt bekam, weil ich nicht selber für mein Essen zu sorgen brauchte. Außerdem hatte ich in unserer Stadt eine Masse über St. Louis gehört und dachte mir, daß ich diese Großstadt unbedingt sehen müßte, solange ich noch in diesem Staat war, wo sie lag. Nach Westen konnte ich immer noch, aber die Gelegenheit, einen Blick auf die lokalen Sehenswürdigkeiten zu werfen, sollte ich mir wirklich nicht entgehen lassen.

Also zog ich ostwärts nach St. Louis, meistens zu Fuß, um Geld zu sparen, das aber trotzdem sehr zusammengeschrumpft war, als ich die Stadt erreichte, und bei der ersten Mahlzeit dort ganz draufging, denn sie knöpften mir dafür fünfzig Cent ab, weil die Preise in St. Louis wirklich horrend waren.

Einzelheiten, wie ich mich dort über Wasser hielt, will ich Ihnen ersparen, nur so viel: es gelang mir nur mit Mühe und Not. Ich verkloppte meine Kleider, scheuerte Abtritte, bettelte und stahl: aus dem verpäppelten Söhnchen von Mrs. Pendrake war nach einem Monat ein verdreckter Vagabund geworden, der in Hinterställen pennte.

Fragen Sie mich nur nicht nach dem tollen Theaterleben oder den schicken Geschäften oder den Feinschmeckerlokalen in St. Louis oder den luxuriösen Schiffen auf dem Mississippi, die kenne ich nämlich nur von außen, wo ich als zerlumpter Bettler rumstand und kaum was einnahm, bis ein Polizist mich verjagte.

Aber St. Louis war ein beachtliches Handelszentrum für den Westen, und ich hatte schließlich ziemlichen Dusel: ich wurde als Führer eines Maultierzugs mit Kurzwaren und solchem Krempel nach Santa Fé in Neumexiko engagiert. Dafür mußte ich freilich ein bißchen schwindeln, doch wirkte ich durch mein fließendes Cheyennisch absolut glaubwürdig. Ich war noch nie in Santa Fé gewesen, aber ich fand raus, daß der Weg dorthin in all den Jahren deutlich ausgefahren war, und dachte mir, daß ich ihm bloß folgen brauchte. Jedenfalls waren die Zugbesitzer stockdumm, und es fiel mir nicht schwer, ihnen das Unwahrscheinlichste einzureden. Westlicher wie St. Joe waren sie noch nie gekommen, aber sie hatten ihr ganzes Geld in diese Expedition gesteckt und versprachen sich davon einen Riesengewinn bei den blöden Mexikanern. Sie hießen Wilkerson Brothers. Die Komanchen warfen aber all ihre Pläne über den Haufen, fielen über uns her, töteten die beiden Wilkersons und sämtliche Maultiertreiber, klauten die Waren und verbrannten die Wagen. Diese Katastrophe ereignete sich am Cimarron River, nachdem wir die fünfzig Meilen der wasserlosen Prärie von Arkansas überquert hatten.

Sicher haben Sie schon gemerkt, daß ich nicht zu den Opfern dieses Gemetzels zählte. Ich wurde dabei nicht mal verwundet. Ich verstand es eben, auf mich aufzupassen, und nachdem alle anderen ins Gras gebissen hatten, fand ich es sinnlos, gegen fünfzig Wilde zu kämpfen, zumal ich bloß einen Vorderlader hatte.

Na, da lag ich also hinter der Barrikade aus Warenkisten, während der Kreis der kreischenden Komanchen sich immer enger um mich schloß, und wenn man einen Vorderlader abgefeuert hat, braucht man erst mal die nächste Viertelstunde, um ihn wieder zu laden: hatte man es mit mehr als drei Feinden zu tun, dann konnten sie einen sozusagen mit bloßen Händen zu Tode prügeln, ehe man seinen Ladestock überhaupt zu packen kriegte. Daher sah ich mich gezwungen, die Waffe, die auf meinem Hals saß, zu gebrauchen. Mir fiel die unschätzbare Geschichte von Kleiner Mann wieder ein!

Hinter der Barrikade zog ich hastig mein Hemd aus, rollte es zu einem Ball in der Größe meines Kopfes zusammen und drückte meinen Filzhut drauf, mit der Krempe nach unten, so wie man in der grellen Sonne am Cimarron River den Hut trägt. Dann kroch ich in meine Jacke, zog den Kopf wie eine Schildkröte ein und knöpfte die Jacke oben drüber zu. Die Ärmel hingen lose runter, und mit einer Hand steckte ich diesen Stoffkopf mit dem Hut durch den Jackenkragen.

Ich stand auf, ein richtiger Riese, und marschierte auf den angaloppierten Kreis dieser Snakes zu, dabei linste ich durch den Spalt zwischen den beiden obersten Jackenknöpfen raus. Nun brauchte ich bloß noch darauf hoffen, daß sie die Sage von Kleiner Mann, dem großen Cheyenne, kannten. Aber Sie können mir glauben, daß sie erst noch ganz schön mit Pfeilen auf mich schossen, von denen einer meinen schlaffen Ärmel durchbohrte, bevor sie einen Entschluß faßten.

Dann waren sie aber doch beeindruckt und gingen sofort vom Galopp zum Trab und schließlich zum Schritt über, blieben dabei allerdings immer noch im Kreis. Jetzt kommt der Knalleffekt, dachte ich. Ich war gerade an der Leiche des einen Wilkersons vorbei gekommen, der mit zwei Pfeilen in der Brust glasig in den Himmel glotzte. Ich stieß also meinen künstlichen Kopf von meinen künstlichen Schultern.

Er kullerte über den Boden, ohne sich aufzulösen oder den Hut zu verlieren, denn ich hatte ihn fest gewickelt.

Die Komanchen blieben wie angewurzelt stehen. Ich erinnere mich, daß ich dachte: Da habe ich euch also, ihr Hundesöhne, was? Oder etwa nicht? Ich hatte den Kriegsgesang von Kleiner Mann vergessen, sonst hätte ich den auch noch angestimmt.

Ich hatte sie aber keineswegs. Ein Krieger ritt plötzlich ran, spießte den Stoffkopf mit der Lanze auf, guckte ihn sich an und schmiß ihn weg. Dann nahmen sie mich gefangen.

Nein, einen Mißerfolg kann man es nun wieder auch nicht nennen. Denn hätte ich das nicht getan, dann wäre ich von ihnen umgebracht worden. Außerdem hatte ich was Wichtiges dabei gelernt: es lohnt sich nicht, einen Indianer anzuschmieren, der schon viele Weiße gesehen hat. Die Komanchen überfielen den Santa Fé Trail seit vierzig Jahren.

Sie behandelten mich nicht schlecht. Ich nehme an, sie wollten mich gegen Gewehre oder so was eintauschen, aber da sie mich zum Hüten ihrer Pferde anstellten, klaute ich mir eines Nachts eins und ritt wie der Blitz davon. Schon bald brach es unter mir zusammen, und ich schleppte mich zu Fuß nach Neumexiko. Erst gegen Ende des Sommers erreichte ich Taos in den Bergen nördlich von Santa Fé. Seit langer Zeit hatte ich keinen nennenswerten Ort mehr gesehen, drum freute ich mich richtig beim Anblick der Behausungen der Pueblos, wenn ich auch nie viel für diese Art von Indianern übrig hatte, die immer Bauern waren und seit grauer Vorzeit wie Fledermäuse zusammenklebten. Während die ganze Welt ihnen offenstand, siedelten sie sich an und züchteten auf kleinen Feldern Bohnen. Die Komanchen plünderten sie regelmäßig aus, und die Navahos und Apachen trieben es genauso. Ein wilder Indianer mag nun mal keinen zahmen.

Eine weiße Stadt lag bloß ein Stück weiter wie die Indianerstadt, ich also nichts wie hin. Nach all den Wochen in der Wüste und in den Bergen muß ich wirklich toll ausgesehen haben. Wenn ich mich hinkniete und aus einem Tümpel trank, machte ich dabei immer die Augen zu, um nur nicht mein abscheuliches Spiegelbild zu sehen.

Ich kann also einem berühmten Helden kaum sein Benehmen übelnehmen, als ich vor seiner Tür erschien. Mir fiel dieses Haus, das um so einen Innenhof rum gebaut war, auf, und ich dachte mir, daß ich dort vielleicht Arbeit finden könnte. Daher ging ich auf die Veranda, wo die Tür aufstand, weil es glühend heiß war, und rief in den dunklen, kühlen Korridor: „Ist da jemand?"

Daraufhin erschien aus dem Schatten ein Mann von meiner Größe, das heißt, er war kurzgewachsen, hatte einen sandbraunen Schnurrbart und echte O-Beine und sagte: „Mach, daß du fort kommst, du lausiger Hurensohn."

Das ließ ich mir nicht zweimal sagen, denn er sah wirklich gemein aus. Später sagte mir ein Mexikaner, den ich um ein paar Tortillas anbettelte, daß es Señor Kit Carson war.

Ein oder zwei Tage danach erreichte ich Santa Fé unten im Tal mit seinen mexikanischen Frauen in bunten, schulterfreien Kleidern, mit den Pueblos, die rumhockten, um ihren Mist zu verkaufen, mit ein oder zwei Utes, die in roten Dekken arrogant rumstolzierten, und spanischen Cowboys in ihren engen, am Knöchel geschlitzten Hosen zwischen den mehr oder weniger gewöhnlichen Leuten, wie man sie überall sieht. Für die Zeit und die Gegend war es damals eine recht ansehnliche Stadt, aber das konnte man unmöglich auf den ersten Blick erkennen. Die meisten Leute lebten in diesen Häusern aus getrocknetem Lehm, die einem erst ein bißchen wie Kindersandkuchen vorkommen. Sogar der Gouverneurpalast an dem großen Platz war aus dem Zeug gebaut. Wenn einem St. Louis als Stadt vorschwebte, fand man nicht viel an Santa Fé, das ein tüchtiger Regen sicher in einen Schweinepfuhl verwandeln mußte.

Mir sollte es aber nur recht sein, und ich fuhr dort auch viel besser als in St. Louis. Ich meine nicht, daß ich reich wurde oder überhaupt danach strebte. Ich ließ mich mit einer fetten Mexikanerin ein, die *chili con carne, tamales* und solches Zeug auf der Straße über einem offenen Feuer kochte und verkaufte. Es fing damit an, daß sie Mitleid mit mir hatte, weil ich so dürr war. Bald danach zog ich in ihr kleines Haus, das wir mit fünf oder sechs von ihren Kindern teilten. Ihr Mann war ihr weggelaufen oder getötet worden, was, das wußte sie auch nicht so genau. Manchmal nahm sie an, er war nur durchgegangen, und dann drohte sie mir mit seiner Rückkehr und daß er mich erstechen würde; manchmal aber auch, daß er tot war, dann wollte sie mit mir zum Priester gehen und mich festnageln.

Estrellita kreischte und schimpfte unaufhörlich, und manchmal geriet sie so in Rage, daß sie mich mit dem Messer bedrohte, aber schon bald entdeckte ich, daß das einfach ihr mexikanisches Temperament war und sie genau so schnell wieder gute Laune hatte, wenn ich sie zum Beispiel ganz romantisch „meine kleine Pfefferschote" nannte oder so. Apropos Pfeffer, mein Magen wurde auf Jahre hinaus von dem spanischen Fraß ruiniert, und ich kriegte in diesen Monaten mehr Schwielen auf der Zunge als an den Händen. Denn ich arbeitete nicht. Den lieben langen Tag lag ich einfach im Schatten rum, und erst abends, wenn es sich soweit abgekühlt hatte, daß es nicht mehr zu anstrengend war, sich ein paar Schritte zuzumuten, raffte ich die nötige Kraft zusammen, um mich zur *cantina* zu schleppen, wo ich ein Glas *pulque* nach dem anderen kippte, wofür mir Estrellita das Geld gab.

Moralisch war ich damals ziemlich auf den Hund gekommen, und das mit gerade sechzehn. Es lag wohl in der Familie, denn ich hatte ja meinen Bruder Bill gesehen, deshalb zerbrach ich mir darüber nicht weiter den Kopf. Wenn Sie sich mal richtig entspannen wollen, brauchen Sie nur in der Gosse landen, dann werden Sie ein glücklicher Mensch. Schuld an den meisten Schwierigkeiten sind eben Niveauansprüche.

Ich wäre bei diesem Fraß wahrscheinlich an einem Leberleiden krepiert, wenn mich nicht ein Pionier gerettet hätte, den ich in der *cantina* kennenlernte. Dieser Kerl war um die Siebzig, hatte einen weißen Bart, stotterte, angeblich weil die Apachen ihn als jungen Burschen gemartert hatten, und er behauptete, ein hervorragender Goldsucher zu sein. Alle nannten ihn Crazy Charley oder Loco Carlos, also Verrückter Karl, je nach Sprache, und daraus können Sie sehen, was sie von seinen Fähigkeiten als Schürfer hielten.

Daß ich trotzdem was für Charley übrig hatte, nämlich die Schnäpse, die ich ihm von Estrellitas schwerverdientem

Geld kaufte, lag an meiner angeborenen Schwäche für Leute mit optimistischer Lebensanschauung. Wenn er vielleicht auch nur ein alter Säufer ohne jeden Penny war, sein Plan konnte sich auf jeden Fall sehen lassen. Nachdem er fünfzig Jahre geschürft hatte, stieß er, wie er behauptete, auf die größte Goldader in der „organisierten Welt" (so nannte er es, denn Charley drückte sich immer pompös aus), und ausgerechnet da klauten ihm die Utes seine Tragtiere mit all seinen Werkzeugen. Als er sie verfolgte, verirrte er sich in der wasserlosen Wüste, verlor eine Weile den Verstand, lief sich die Schuhe durch und schleppte sich barfuß bis nach Taos. Trotz diesen „haarsträubenden Schicksalsschlägen" wußte er noch genau, wo dieses Gold war: in einer Ecke von Colorado zwischen dem Arkansas und dem South Platte River.

Dann nahm Charley einen Schluck Schnaps, rollte ihn in seinem zahnlosen Mund rum, gurgelte ihn mit flatterndem Backenbart runter und sagte: „Wenn ich deine finanziellen Mittel hätte, mein Süßer, würde ich mir die notwendigsten Geräte anschaffen, mich schnurstracks in nördliche Richtung dirigieren und in einem halben Jahr als ein so reicher Mann retournieren, wie ihn sich die Algebra nicht einmal in ihren kühnsten Träumen vorstellen kann." Näher komme ich an seinen Stil nicht ran, und Sie müssen sich vorstellen, daß er wegen der Narbe auf seiner Zunge bei allen S anstieß. In Wirklichkeit nannte er mich, mal abgesehen von dem komischen Wort überhaupt, „Schüscher". Wenn er sein Glas geleert hatte und ich ihm kein neues spendierte, bettelte er im Lokal rum und fiel den Leuten auf den Wecker, daß der große Mexikaner, dem die Bude gehörte, ihn früher oder später rausschmiß. Wenn man schließlich selbst ging, lag er der Länge nach auf der Straße und pennte, während die Schweine neben ihm rumschnüffelten.

Eines Tages wurde in Santa Fé bekannt, daß man am Cherry Creek, am Kirschenfluß, in Colorado Gold gefunden hatte, genau in dem Gebiet, von dem Charley dauernd redete. Der Pennbruder war plötzlich ein Held. Auf einmal hätte er so viel hinter die Binde gießen können, wie er nur wollte, und außerdem hagelte es überall Angebote, daß er die Expeditionen leiten sollte, die überall ausgerüstet wurden. Aber sobald Charley obenauf war, rümpfte er die Nase. „Schippt ruhig Sand, bis eure vier Buchstaben darin versinken", sagte er zu den anderen. „Schüscher hier hat mich immer zu Erfrischungen eingeladen, und deshalb will ich ihm zum Reichtum verhelfen."

Erst im Herbst '58 erreichten wir nach einer mühsamen Reise Colorado, denn unterwegs wurden wir von den Apachen überfallen, dabei kriegte ich einen Pfeil ins Bein, stürzte hin und schlug mit dem Kopf so auf, daß ich die Besinnung verlor. Als ich wieder zu mir kam, waren unsere Pferde und Maultiere verschwunden und die Vettern vom *cantina*-Besitzer ebenfalls. „Sind die auch futsch?" fragte ich den alten Charley, der offenbar unversehrt da hockte, sich den zahnlosen Gaumen mit einem Finger rieb und mit seinen Triefaugen in die Ferne starrte.

„Die mußte ich den Apachen überlassen", sagte er. „Ich habe es nicht gerade gern getan, aber sonst hätten wir nicht weiter nach Gold suchen können."

Wie die meisten Indianer an der Grenze hatten es die Apachen besonders auf die Mexikaner abgesehen. Damit sie die drei Vettern in aller Gemütsruhe gräßlich zu Tode martern konnten, hatten sie mich und Charley laufenlassen. Er war ein verräterischer alter Bock, das müssen Sie wohl zugeben. Aber statt ihm für meine Rettung dankbar zu sein, schloß ich danach kaum noch ein Auge, denn schließlich konnte er ja jetzt bloß noch mich verschachern, wenn Not am Mann war. Außerdem war ich verwundet, zwar nicht schlimm, aber doch so, daß ich vorläufig nicht abhauen konnte.

Indianer trafen wir keine mehr, aber da wir sämtliche Werkzeuge und Gewehre eingebüßt hatten, konnten wir als einziges Wildbret nur noch Klapperschlangen mit dem Knüppel erlegen. Das ist übrigens nicht das schlechteste Essen auf der Welt, vorausgesetzt, daß man sie auf der Stelle erschlägt, ohne gebissen zu werden.

Charley kannte angeblich die Gegend, aber durch seine jahrelange Sauferei hatte er seine Ortskenntnisse vergessen. Das Gedächtnis käme ihm bestimmt wieder, sagte er, wenn er was Geistiges zu trinken hätte, aber wir besaßen natürlich keinen Tropfen mehr. Ich wäre schon mit einem Schluck

Schlammwasser zufrieden gewesen, als wir uns hoffnungslos durch die große Sandwüste in Süd-Colorado schleppten. Wir wären unweigerlich verdurstet, wenn uns nicht die nach uns aufgebrochene Expedition gerettet hätte.

Inzwischen werden Sie sicher schon gemerkt haben, daß Charley der mieseste Goldsucher auf der ganzen Welt war. Er verstand überhaupt nichts von seinem Beruf. Das war für mich eine richtige Offenbarung. Ich hatte geglaubt, daß ein Kerl, der einen Beruf hat, darin auch selbstverständlich eine Leuchte sein muß. Das stimmt aber nicht. Er kann darin sein Lebtag eine Niete sein.

In unserem Zustand konnten wir es schlecht ablehnen, daß die Gesellschaft sich uns anschloß, und endlich kamen wir gegen Winteranfang zum Cherry Creek. Alle anderen waren durch die Zeitungsberichte im ganzen Land schon lange vor uns da. Ungefähr achtzig Hütten standen bereits, und falls Sie es nicht wissen sollten, das war der Grundstein für die Stadt Denver, Colorado, wenn sie auch in den ersten Jahren noch Auraria genannt wurde.

Ich will nicht darauf eingehen, was für ein Glück wir bei unserer Goldsucherei hatten. Ich glaube, daß es bei allen Goldentdeckungen ähnlich ist: jemand siebt ein bißchen Staub, posaunt es raus, so daß tausend andere angerannt kommen und kein einziger bei dem Gedränge was Nennenswertes abkriegt, bis schließlich ein Großunternehmen die meisten Claims aufkauft und das Bombengeschäft mit seinen eigenen Maschinen macht. Am besten fahren noch die dabei, die sich irgendwie bei den Goldsuchern nützlich machen: die Leute, die Läden und Saloons und so weiter eröffnen, denn am Anfang des ganzen Theaters kriegen sie, was sie verlangen, und wenn der Rauch sich verzieht, haben sie schon längst ihre Siebensachen gepackt.

Im Frühjahr und Sommer darauf sollen an die hundertfünfzigtausend zum Platte River, Arkansas River und zu den Smoky-Hill-Flüssen in Colorado gekommen sein; zwei Drittel davon zogen am Ende des Jahres wieder enttäuscht heim.

Ich und meine Kumpel versuchten eine Zeitlang unser Glück mit Gold, verschafften uns ein Claim, bauten sogar eine richtig wissenschaftliche Abflußrinne, denn wir waren zu siebt oder acht, aber es lohnte sich nicht. Oh, es gab dort schon Gold, wir holten in drei Monaten Staub im Wert von siebzig bis achtzig Dollar raus, dafür gaben wir aber hundert Dollar für Hacken und Schippen aus, hatten keine Zeit mehr zum Jagen, so daß wir unser Essen kaufen mußten, das im schicksten Hotel von St. Louis billiger gewesen wäre, und außerdem ging das meiste sauer erschuftete Gold bei Charley für Whisky und bei einem der Mexikaner für Huren drauf, denn die erscheinen auf jedem Goldfeld, sobald das erste Körnchen gefunden wird.

Aber ein paar von uns waren gerissen genug, um das nicht lange mitzumachen: ich meine nicht mich, ich verstand nie was von Geschäften, sondern zwei der Kerle, John Bolt und Pedro Ramirez, die machten schon bald eine Gemischtwarenhandlung auf und organisierten regelmäßig Nachschubszüge aus Santa Fé. Ich wurde ihr Wagenmeister. Die Sache ließ sich gut an, und wir scheffelten ein hübsches Sümmchen, das wir unter uns drei aufteilten, denn von unserer ursprünglichen Gesellschaft waren ein paar bei einem Saloonkrawall hops gegangen und Charley verschwunden. Später stellte sich raus, daß er nach Santa Fé zurückgekehrt war, wo er wieder bei der *cantina* rumlungerte, von der guten alten Zeit in Colorado erzählte, Schnäpse schmarotzerte und mit den Schweinen pennte.

Diese regelmäßigen Fahrten brachten mich zwar wieder in Estrellitas Reichweite, aber das lief glimpflich für mich ab, denn sie hatte sich schon einen anderen Mann geangelt, als ich das erste Mal zurückkam. Ein neues Kind hatte sie sich auch zugelegt – vielleicht war es sogar von mir, aber mit Siebzehn hatte ich noch überhaupt kein Verantwortungsgefühl. Falls es zutrifft, und dieser Sohn noch lebt, wäre er heute ungefähr vierundneunzig.

In dieser Zeit kaufte ich mir ein eigenes Pferd, um genau zu sein, ein gescheccktes Indianerpony. Allerdings erstand ich es von Weißen, die mit einer ganzen Herde nach Denver gekommen waren. Damals erwarb ich auch meinen ersten Zündhütchenrevolver, einen Colt's Dragoon, mit dem ich auf der Fahrt nach Santa Fé tüchtig übte, bis ich so gut damit umgehen konnte, daß ich vor niemand mehr zu kriechen brauchte und trotzdem am Leben blieb, gar nicht so leicht für jemand von meiner Größe: ich muß es in dieser Zeit bis auf fünf Fuß vier gebracht haben, dann aber hörte ich ein für allemal auf zu wachsen. Ich ließ mir in Santa Fé ein Paar Stiefel nach Maß anfertigen, die mich zwei Inch größer machten, und trug außerdem einen hohen, schwarzen, silberverbrämten mexikanischen Sombrero. Im Umriß maß ich nun sechs Fuß, aber einiges davon war Luft.

Nicht weit von der Weißensiedlung im Denver jener Zeit lag ein Lager der Arapahos, die, wie Sie sich vielleicht erinnern, gute Freunde der Cheyennes waren, und gelegentlich zogen sogar kleine Trupps von Menschenwesen durch die Gegend. Ich hatte keinen gesehen, den ich kannte, aber ich guckte auch nicht so genau hin. Ich weiß nicht, warum ich mich davor scheute, denn schließlich war ich weiß und tat, was man von Weißen erwartete, aber in Wirklichkeit genierte ich mich irgendwie wegen den Indianern.

Ich konnte mich blendend fühlen, aber sobald ich einen Trupp Rothäute erblickte, wurde ich ganz melancholisch. Ich hatte einfach vergessen, wie schäbig Indianer wirkten, bis ich wieder welche sah. Nicht weil sie immer arm waren; ein Indianer macht nun mal einen lumpigen Eindruck, auch wenn er in seinen Augen Gala trägt. Alte Zeltbahn sah nach weißen Maßstäben sogar in seinem Festtagsstaat wie ein begossener Pudel aus. Bevor ich zwischen den Siedlungen am Missouri hin und her pendelte, war mir das nie aufgefallen.

Zuerst war unser Laden in einem Zelt; als dann das Geschäft florierte, bauten wir ein Blockhaus, und dort lungerte ich zwischen meinen Fahrten nach Santa Fé rum. Ein paar Arapahos kamen rein, um Häute zu verkloppen und zu spielen, wenn sie ein paar Cents dafür übrig hatten. Da merkte ich erst, wie fürchterlich ein Indianer stinkt. Wenn drei drin waren, konnte man kaum atmen. Drum mußten wir sie unbedingt aus dem Blockhaus raus halten und den Handel mit ihnen in einem offenen Schuppen abwickeln. Ihre Waren taugten sowieso nicht viel; wenn sie frisches Wildbret brachten, war es schon halb verwest und wimmelte von Maden, und ihre Häute waren schlecht gegerbt und steif wie ein Brett.

Wenn man diesen Limonadenbrunnen in Missouri gesehen hatte und die eleganten Stiefel, die ein Bursche wie Angelo anfertigte, und Mrs. Pendrake mit ihrem Reifrock und dem Untergestell aus Fischbein, mußte man einfach die Indianer grob, gemein, stinkend, verlaust und ungebildet finden. Sie wissen ja, ich hatte eine Schwäche für sie, und mir fiel es wirklich nicht leicht, die Wahrheit einzugestehen. Aber jetzt begann ich sie zu hassen, und eben drum schämte ich mich und verschwieg meinen Partnern, daß ich zu Rothäuten engere Beziehungen hatte wie sonst ein x-beliebiger Weißer. Da ich nicht viel mit den Geschäften im Laden zu tun hatte, konnte ich ohne weiteres verduften, wenn die Arapahos dort auftauchten.

Bisher war ich kein großer Verehrer der Zivilisation gewesen, wahrscheinlich weil ich bei ihrem Aufbau nicht die Hand mit im Spiel hatte. Ich machte mir, wie gesagt, nicht viel aus Missouri. Bei Denver verhielt es sich nun ganz anders, das sah man vor seinen eigenen Augen wachsen. Da stand im nächsten Sommer eine richtige Stadt, denn dauernd kamen Leute über die Prärie hin, und wenn auch nicht viele auf Gold stießen und, mein Gott, andere auch pleite machten und wieder heimzogen, blieben doch noch genug da. Die Zelte wichen festen Häusern, eine Zeitung erschien, und es dauerte nicht lange, da schoß auch schon eine Kirche aus dem Boden – dem Pfarrer ging ich übrigens genau wie den Indianern möglichst aus dem Weg, aber damals mußte eine echte Stadt nun mal eine Kirche haben.

Als die Persönlichkeit, zu der ich mich gemausert hatte, als Geschäftspartner, der genug Geld verdiente, um sich auffällige Kleider zu kaufen und sich auch mal die spanischen Mädchen in Santa Fé vorzuknöpfen, fand ich es großartig, daß weiße Unternehmer das Land der Indianer an sich rissen. Selbst die schäbigste Hütte war ein Triumph über die öde Wildnis.

Das dachte ich jedenfalls damals.

Wenn ich es auch nie darauf anlegte, hörte ich im nächsten Jahr oder so dann und wann was über die Cheyennes, denn die Goldsucher aus dem Osten mußten mitten durch das Land der südlichen Stämme, durch das auch die Gescheiterten auf ihrem Rückweg zogen. Sie können sich sicher ausmalen, wie sich dieses Hin und Her auf die Büffelherden auswirkte, die für die Indianer lebensnotwendig waren. Es gab auch einen festen Postkutschendienst, dessen Route am Republican River entlang ebenfalls durch ihr Land führte, und ich glaube, ich habe schon erwähnt, wie sehr so was Regelmäßiges, so was nach Fahrplan, einen Indianer auf die Palme bringt.

Trotz dieser Herausforderungen gab es weniger Zwischenfälle, wie man meinen könnte: bei aller Wildheit, vielleicht gerade deshalb, ist eine Rothaut ein geduldiger Kerl und erst mal gegen alles Außergewöhnliche tolerant. Die Cheyennes hielten die nach Westen strömenden Goldsucher für verrückt und belästigten sie schon aus diesem Grund kaum. Von Zeit zu Zeit klaute vielleicht ein junger Bursche den Weißen ein Pferd, und es war immer noch üblich, daß die Indianer zu den Planwagen der Auswanderer kamen, um Kaffee und Tabak zu bekommen, aber sie bettelten nicht mehr wie früher darum, sondern verschafften sich das eher durch Drohungen. Und das machten sie auch nur, weil es bei Weißen besser zu funktionieren schien, wie Gastfreundschaft von ihnen zu erwarten. Wenn die Auswanderer nichts rausrückten, ließen die Indianer sie sogar meistens ungeschoren. Zum Teil lag es daran, daß die Cheyennes nie gut bewaffnet waren. Wenn sie ein paar moderne Flinten ergattert hatten, fehlten ihnen Pulver und Blei dazu. Sogar Pfeilspitzen aus Eisen konnten sie nicht ohne weiteres auftreiben: sie mußten den Rohstoff dafür von den Weißen kriegen, einen Faßreifen oder so was.

Ich erwähne diese Tatsachen nur wegen dem Klatsch, den man in Denver hörte. Die Indianer hätten sich in dieser Stadt vermutlich nur dann beliebt gemacht, wenn sie einen Massenselbstmord begangen hätten. Es wurde immer wieder davon gesprochen, die Arapahos auszurotten, und wenn ich mich nicht irre, waren nicht so sehr die Wohlhabenden dafür, sondern die, die kein Glück beim Goldsuchen hatten. Wenn man all sein Hab und Gut verkauft hatte, um sein Glück im Westen zu suchen, und dann pleite machte, schob man den Indianern die Schuld dafür in die Schuhe.

Aber zurück zu meinen eigenen Angelegenheiten: durch

die Konkurrenz aus Missouri wurden die Preise von Bolt, Ramirez und mir unterboten, weil die Waren in Santa Fé teurer waren wie in den östlichen Siedlungen; außerdem mußten wir sowieso einen großen Teil davon von Missouri herschaffen, denn der Weg nach Santa Fé war zwar kürzer, aber wegen den Bergen, den Wüsten und dem Wassermangel gefährlicher wie der über die Prärie. Um diese Zeit rum gaben mir Bolt und Ramirez den Auftrag, nach Westport, Missouri, zu fahren, das ist heute Kansas City, und einen Wagenzug mit Waren zu holen, die „konkurrenzfähig" waren, wie sie es ausdrückten, denn beide konnten sich als Geschäftsmänner wirklich sehen lassen.

Ich ritt also allein mit einem Saumpferd und einem Haufen Geld ohne Zwischenfälle nach Missouri, wo ich in Westport wie geplant Maultiertreiber anwarb, Waren, Tiere und Wagen erstand, so daß wir uns ein paar Wochen später auf den Rückweg nach Colorado machen konnten.

Eines Mittags gegen Ende August rasteten wir am Arkansas River im West-Kansas, an einer Stelle, wo sein Ufer meilenweit baumlos ist, so daß ich, um etwas Schatten zu finden, unter einen Wagen kroch. Ich legte mich dort auf eine zusammengerollte Satteldecke und paffte eine kurze Pfeife, denn dieses Laster hatte ich mir seit kurzem angewöhnt. Vielleicht war ich auch eingeduselt, als ich plötzlich eine merkwürdige Stille spürte. Ich stand mit den Maultiertreibern nicht auf besonders gutem Fuß, die murrten, weil so ein Knirps sie angeworben hatte, und öfters mußte ich meinen Colt's Dragoon ganz unmißverständlich zeigen.

Daher hatte ich jetzt den Verdacht, daß sie trotzdem über mich herfallen wollten, und das riß mich aus meinen Träumen.

Aber ich sah nur zwei gefranste Leggings und ein Paar Mokassins mit roten und blauen Perlenschnüren über dem Spann und einer durchbrochenen weißen Perlenschnur vom Knöchel bis zu den Zehen. Ich hatte mal Sternschnuppe zugeguckt, wie sie solche Perlen auf eine Sehne aufreihte und dann mit der Knochennadel annähte.

Sie gehörten zu Wird-Rot-In-Der-Sonne, der sie in diesem Augenblick anhaben mußte, wenn ich ihn von meinem Platz auch nur bis zur Hüfte sehen konnte. Er war nicht allein, sondern von fünfzehn bis zwanzig Paar anderen Mokassins umringt. Und irgendwas an diesen Füßen und Beinen machte einen nicht grade freundlichen Eindruck.

Es wird Sie sicher interessieren, wieso. Na schön, ich konnte von unten keine Waffen sehen. Das hieß, die Indianer hielten sie schußbereit.

13.
Heimkehr zu den Cheyennes

Ich hatte keine große Eile, aus meinem Versteck zu kommen, vor allem nicht vor den Füßen dieser Indianer, aber es blieb mir nichts anderes übrig, denn sie hatten den Wagen von allen Seiten umzingelt.

Also kroch ich raus, und als ich mich aufrichtete, guckte ich tatsächlich Wird-Rot-In-Der-Sonne ins Gesicht. Selbstverständlich dick bemalt, und das war nur gut, denn sonst hätte ich ihn nicht erkannt.

Ich darf nicht verschweigen, daß mich sofort zwei andere Indianer bei den Armen packten und mir Revolver und Messer abnahmen. Dieser Trupp hatte bestimmt keine freundlichen Absichten. Sie hielten mich weiter in der Zange, und ohne viel Aufhebens davon zu machen, konnte ich feststellen, daß meine Maultiertreiber auf alle möglichen Arten gefangen gehalten wurden, rumstanden oder rumlagen, obwohl allem Anschein nach kein Kampf stattgefunden hatte.

Sogar bei meinen Empfehlungen fand ich die Lage ausgesprochen heikel. Wird-Rot ließ sich Zeit, mich zu erkennen. Ich hatte auch vergessen, was für einen Schreck einem ein bemaltes Gesicht einjagt, wenn man es plötzlich vor sich hat.

Ich riß meinen Sombrero runter, damit Wird-Rot sich mein Gesicht genau ansehen konnte. Seit unserem letzten Zusammensein war ich zwar ein oder zwei Jahre älter geworden und kriegte allmählich einen Schnurrbart, aber das genügte wirklich nicht, um jemand irrezuführen.

Trotzdem sprach er sehr kühl. Seine Augen starrten mich über zinnoberroten Backen und neben einer Nase, über deren Rücken ein weißer Strich lief, unfreundlich an. Er trug seinen vollen Adlerfederschmuck.

„Warum", fragte er, natürlich auf Cheyennisch, „hast du das Pferd meines Vaters gestohlen?"

Erst da merkte ich, daß ein Indianer nicht weit von uns das gescheckte Pony am Halfter hielt, das ich in Denver gekauft hatte. Auch er war ein alter Bekannter von mir, nämlich Schatten-Der-Sichtbar-Wird, der Anführer bei meinem ersten Überfall auf die Crows, wobei ich mir, wie Sie sich wohl noch erinnern, einen eigenen Namen verdiente. Jetzt starrte er aber mürrisch in die Gegend.

„Bruder", sagte ich hastig zu Wird-Rot, „erkennst du mich denn nicht?"

Man hätte meinen können, daß er sich überlegte, wieso ich eigentlich fließend Cheyennisch sprach. Aber das kam ihm überhaupt nicht in den Sinn.

„Ihr Weißen", sagte er voller Verachtung. „Wir haben euch aufgenommen und euch Essen gegeben, wenn ihr hungrig und verloren wart, weil die Träume vom gelben Staub euch den Verstand raubten. Und dann stehlt ihr unsere Pferde. Ihr seid alle schlechte Leute, und wir wollen keinen Vertrag mit euch schließen."

Die anderen stimmten ihm brummig bei. Ich wurde aber aus diesen Beschuldigungen nicht recht klug, also erklärte ich, wo und wie ich das Pony erstanden hatte und daß er es trotzdem haben könnte, weil er ja mein Bruder war.

Ich hatte inzwischen das Wort „Bruder" ein paarmal gebraucht, und allmählich drang es Wird-Rot durch die Adlerfedern in seinen Dickschädel ein. Nachdem er noch eine Zeitlang gegen die Weißen gewettert hatte, wobei er gefährlich mit seiner Flinte rumfuchtelte, und die zwei Indianer, die mich an den Armen festhielten, schüttelten mich dabei tüchtig, während die anderen murrend meine Maultiertreiber anstierten, die jetzt die Angst lähmte, wenn sie auch sonst Rohlinge und Großmäuler waren, was ihr Beruf nun mal mit sich bringt. Nach einer Ewigkeit, als ich schon fast alle Hoffnung aufgegeben hatte, denn selbst wenn man fünf Jahre unter Indianern gelebt hat, können sie einem wirklich die Nerven zermürben, sagte er schließlich aufgebracht über meine Anrede, die in völligem Widerspruch zu seinen Vorwürfen stand:

„Warum nennst du mich denn dauernd ‚Bruder'? Das verbitte ich mir. Ich bin nicht dein Bruder. Ich bin ein Menschenwesen."

Da sagte der dunkelhäutige Kerl, der meinen rechten Arm umklammert hielt und am Gürtel lauter Skalpe trug, wovon einer maisgelb war und bestimmt nicht von einem Pawnee stammte: „Ich finde, wir sollten ihn erst töten und dann reden." Diesen Mann kannte ich nicht, wohl aber Vogelbär, Dürrer Mann und Rollender Bulle, der meinen linken Arm gepackt hatte.

„Nun ja", sagte ich kühn, „offenbar kann man den Menschenwesen nicht mehr trauen wie den Weißen, die euch Böses angetan haben. Der Schnee ist erst zweimal gefallen, seit ich euer Bruder war, im Wigwam von Alte Zeltbahn lebte, mit den Menschenwesen jagte und kämpfte, ja mindestens einmal sogar fast für sie starb. Wahrscheinlich werdet ihr mit eurer Zunge-die-zwei-Richtungen-einschlägt behaupten, daß ihr noch nie was von Kleiner Großer Mann gehört habt."

Wird-Rot-In-Der-Sonne sagte: „Er ritt neben mir in der Schlacht der Langen Messer, wo die Weißen nicht nach den Regeln kämpften. Er wurde getötet, nachdem er viele Blaujacken ausgerottet hatte. Aber die Weißen erbeuteten seine Leiche nicht. Er verwandelte sich in eine Schwalbe und flog über die Hügel davon."

„Ich sage dir doch", rief ich, „daß ich Kleiner Großer Mann bin. Wie könnte ich denn sonst was von ihm wissen?"

„Alle kennen ihn", sagte Wird-Rot mit rothäutiger Dickköpfigkeit. „Er ist ein großer Held der Menschenwesen. Jeder kennt die Menschenwesen, also kennt auch jeder Kleiner Großer Mann. Darüber brauche ich kein Wort zu verlieren." Er nahm seine Flinte in die linke Hand und umklammerte mit der rechten den Griff seines Skalpiermessers. „Du bist nicht nur ein Pferdedieb, sondern auch der größte Lügner, von dem ich je gehört habe", fuhr er fort. „Außerdem ein Narr. Ich sage dir doch, daß ich gesehen habe, *wie Kleiner Großer Mann fiel und sich in einen Vogel verwandelte.* Daher kannst du nicht er sein. Und du bist dazu auch noch ein Weißer, Kleiner Großer Mann war ein Menschenwesen."

„Guck mich an", sagte ich.

„Oh", sagte Wird-Rot, „Kleiner Großer Mann hatte vielleicht eine helle Haut, aber das heißt nicht, daß er ein Weißer war. Außerdem zeigst du mir dich selber und nicht ihn."

Na, da hat man den Salat. Nichts auf der Welt, nicht mal der störrischste Maulesel, ist so halsstarrig wie so ein verdammter Indianer. Ich dachte, ich bin geliefert, vor allem, weil Wird-Rot sagte, er wollte mir die Zunge rausschneiden, weil ich gelogen hatte, was den gemeinen Kerl an meinem rechten Arm sichtlich aufheiterte. Er war fast noch ein Kind, als ich den Crow umbrachte. Ich hatte ihn, wie gesagt, nicht erkannt, aber jetzt wußte ich wieder, wer er war. Kein anderer als Rotz-An-Der-Nase, der nun ein Bursche war und nicht mehr der Knirps, dem ich nach meiner Heldentat, wodurch ich meinen Erwachsenennamen kriegte, ein Pony geschenkt hatte.

Wird-Rot zückte sein Messer. Ich guckte Rotz-An-Der-Nase an. Zum Teufel, ich mußte es einfach versuchen.

Ich fragte ihn: „Hast du immer noch den Rappen, den ich dir am Schießpulverfluß geschenkt habe?"

Sein grimmiger Blick wurde etwas freundlicher, und er antwortete: „Nein, die Pawnees haben ihn mir gestohlen, als wir vor zwei Schneefällen am Altweiberhügel lagerten."

„Hast du das gehört?" fragte ich Wird-Rot.

Sein Gesicht wurde blaß, soweit man das hinter der Bemalung erkennen konnte.

„Es stimmt", sagte er, „hier verstehe ich irgendwas nicht."

Ich schoß ein Schnellfeuer von anderen genauen Erinnerungen auf ihn ab, die aber weiter keinen Eindruck auf ihn machten. Allerdings steckte er sein Messer wieder weg. Diese Einzelheit über das Pferd rettete mir das Leben oder wenigstens die Zunge. Leute kamen und gingen damals, aber bei Pferden handelte es sich um was Seriöses.

Daher beschlossen die Indianer, mich mit ins Lager zu nehmen, damit ältere Männer die Sache entscheiden sollten. Ich durfte mich wieder frei bewegen, aber meine Waffen behielten sie vorsichtshalber. Sie ließen einen Wächter bei den Maultiertreibern, denen ich empfahl, sich mit dieser Unbequemlichkeit abzufinden; es blieb ihnen ja auch nichts anderes übrig.

Die Cheyennes hatten ihre eigenen Pferde in einer Mulde eine halbe Meile weiter zwei jüngeren Kriegern anvertraut.

Schatten führte immer noch das gescheckte Pony, aber ich fand es fehl am Platz, es jetzt zu besteigen, und mein Ersatzpferd stand bei den Wagen.

„Worauf soll ich reiten?" fragte ich Wird-Rot.

Das war ein richtiges Problem für den armen Teufel. Nachdem er mit seiner Dickköpfigkeit in der Sache meiner Identität nicht so ganz zum Zuge gekommen war, wußte er nicht mehr recht, was er nun von allem übrigen halten sollte.

Er stierte mich mit ganz verkniffenem Gesicht an.

„Mir tut's zwischen den Ohren weh", sagte er, griff hinten durch seinen Federschmuck und rieb sich den Skalp. Da ging mir zum ersten Mal auf, wie dumm er war. Als Junge hatte ich Wird-Rot für einen gescheiten Kerl gehalten, weil er so gut mit Pfeil und Bogen umgehen und so toll reiten konnte, was er mir beibrachte. Darauf verstand er sich auch bestimmt, aber sonst war er nicht gerade eine Leuchte.

„Ich denke nicht dran, den ganzen Weg zu Fuß zu gehen", sagte ich.

Man sah ihm an, wie er bedauerte, mir nicht die Zunge rausgeschnitten zu haben, nicht weil Wird-Rot besonders grausam war, sondern einfach weil er dann nicht so in die Klemme geraten wäre.

„Reit hinter mir", sagte Rotz-An-Der-Nase, der mir zu sieben Achtel traute, seit ich den ihm geschenkten Gaul erwähnt hatte. Also sprang ich hinter ihm aufs Pferd und hielt mich an seinem Gürtel fest, denn ich wagte nicht, dem Tier meine spanischen Absätze in die Flanken zu bohren. Dann zogen wir zwei Stunden nordwärts und stießen auf ein wirklich einmalig winziges Bächlein mit einem jämmerlichen Rinnsal.

Am anderen Ufer standen die Wigwams der kleinen Gruppe von Alte Zeltbahn, ungefähr so viel wie gewöhnlich, aber, mein Gott, dachte ich, sind sie immer so schäbig gewesen? Das Komische war nun, daß der Gestank mir jetzt mehr zusetzte als damals als zehnjähriger Junge, als ich mit meiner Schwester Caroline zum ersten Mal in ihr Lager kam. Um Ihnen deutlich zu machen, wie stark der allgemeine Gestank war, obwohl er von einem tüchtigen Wind zerstreut wurde, so kann ich Ihnen nur sagen, er übertraf sogar den Körpergeruch von Rotz-An-Der-Nase, und der stieg mir ganz kräftig in die Nase, weil ich direkt hinter ihm saß.

Wir ritten zu dem vertrauten Häuptlingszelt, in dem ich fünf Jahre gewohnt hatte, mit den verblaßten Zeichnungen und Flicken und Fetzen. Den äußeren Anzeichen nach mußte Alte Zeltbahn eine lange Pechsträhne gehabt haben. Drekkige Kinder und bellende Hunde rannten rum, während die Erwachsenen in Grüppchen zusammen standen, denn unsere Gesellschaft war natürlich allmählich eingetrudelt, und die Erstankömmlinge erzählten den anderen Indianern gleich das Neuste.

Da begann ich nervös zu werden, denn wenn einem auch unter Amerikanern die Leute weniger Angst einjagen, je besser man sie kennt, so traf das meiner Erfahrung nach bei den Indianern noch lange nicht zu, denn engere Beziehungen mit ihnen führten einen eher zu dem Schluß, daß sie zu allem imstande waren. Meine Knie zitterten heftiger, als Rotz-An-Der-Nase und ich abstiegen.

Zwischen einer Gruppe von Kriegern schlüpfte ich durch die Zeltöffnung. Innen war es dunkler als früher, denn es brannte kein Feuer, und meine Augen waren nicht mehr daran gewöhnt, vom grellen Sonnenschein ins Finstere zu kommen. Wir bogen nach rechts ab und blieben, wie es sich gehörte, eine Minute stehen, als die Kehlstimme von Alte Zeltbahn aus der Dämmerung vor mir ertönte.

„Geht bitte raus", sagte er zu den Indianern, „und laßt mich mit dem Weißen allein reden."

Sie gingen raus, und ich ging im Bogen zu dem Platz, wo der alte Häuptling hockte. Man hätte meinen können, daß es vernünftig war, grade durch die Mitte zu gehen, aber das tat man nun mal nicht: in einem Zelt folgte man eben dem Kreisumfang.

Es dauerte eine Weile, bis meine Augen sich ans Dunkle gewöhnt hatten, dann erkannte ich ihn. Indessen saß er still da. Ich sah, daß er nichts auf dem Kopf hatte, und als mir einfiel, daß ich den von ihm geliehenen Zylinder in der Solomon-Schlacht weggeschmissen hatte, schämte ich mich richtig. Jetzt trug ich einen mexikanischen Sombrero, der mit seinem Band aus Silbermünzen und seiner bestickten Krempe wirklich hübsch war.

„Großvater“, sagte ich, „ich habe dir ein Geschenk mitgebracht“, und überreichte ihm den Hut.

Jetzt hatte ich mein Möglichstes getan. Wenn die Cheyennes entschlossen waren, mich als Betrüger zu töten, so konnte ich nichts mehr daran ändern.

„Mein Sohn“, sagte Alte Zeltbahn, „das Wiedersehn mit dir läßt mein Herz wie einen Habicht emporschwingen. Setz dich hier neben mich.“

Ich fühlte mich erleichtert und setzte mich links von ihm auf das Büffelfell. Er beugte sich zu mir und umarmte mich. Ich muß Ihnen gestehen, daß mich das tief rührte. Dann nahm er meinen Sombrero, schnitt mit dem Messer geschickt die Spitze ab, steckte eine einzige Adlerfeder in das Silberband und setzte ihn sich auf.

„Ist das derselbe Hut, den ich früher hatte?“ fragte er. „Dem eine weiche Haut gewachsen und der fetter geworden ist?“

„Nein, Großvater, es ist ein anderer.“

„Jetzt müssen wir auf deine Heimkehr rauchen“, sagte er, stopfte zeremoniös seine Pfeife, zündete sie an, brachte den vier Himmelsrichtungen ein Rauchopfer dar und so weiter, dadurch dauerte es eine ganze Weile, bis ich endlich einen Zug von der würzigen Rotweidenmischung abkriegte.

„Ich habe dich im Traum gesehen“, sagte er nach einiger Zeit. „Du hast aus einer Quelle getrunken, die aus der langen Nase eines Tiers kam. Das Tier habe ich nicht erkannt. Neben der Nase wuchsen zwei Hörner. Das Wasser, das ihm aus der Nase sprudelte, war voll Luft.“

Sie können mir nun glauben oder nicht, aber vielleicht überlegen Sie sich, daß ich Ihnen einen größeren Bären aufbinden könnte, wenn ich es darauf anlegte. Er redete natürlich von dem Limonadenbrunnen mit den Elefantenköpfen in Kanes Lokal. Erklären kann ich es Ihnen nicht.

Wir hockten eine Stunde oder so rum, bevor wir zu dem kamen, was mir am Herzen lag, aber bei einem Indianer kann man nun mal die Dinge nicht überstürzen.

Endlich sagte Alte Zeltbahn: „Sei Wird-Rot-In-Der-Sonne und den anderen nicht böse. Sie haben letztes Jahr schlechte Erfahrungen mit Weißen gemacht, die sie krank und hungrig an einem Ort ohne Wasser herumirren fanden.

Diese Weißen hatten auf der Suche nach dem gelben Staub den Verstand verloren, und unsere Leute bekamen Mitleid mit ihnen, gaben ihnen was zu essen und pflegten ihre Geisteskrankheit. Als die Weißen wieder gesund waren, stahlen sie nachts sechsundzwanzig von unseren Pferden, die Flinte von Gefleckter Hund und machten sich aus dem Staub."

Alte Zeltbahn zog ruhig an der Pfeife, und der Rauch ringelte sich ihm aus Mund und Nase.

„Manche Menschenwesen regen sich besonders darüber auf", fuhr er fort, „weil wir hierhergekommen sind, um an einer Friedenskonferenz im Fort von Bent teilzunehmen, zu der uns der Vater der Weißen eingeladen hat. Deshalb tragen wir unsere guten Sachen, und da stoßen Wird-Rot-In-Der-Sonne und die anderen auf deine Maultierwagen und sehen das gescheckte Pony, das zu den gestohlenen Pferden vom vorigen Jahr gehört."

Ich nahm die Pfeife entgegen. „Ich verstehe nicht, warum sie mich nicht erkannt haben."

„Doch", sagte Alte Zeltbahn. „Willst du was zu essen?"

Da er nie was nur leichthin sagte, wußte ich, daß ich laut Etikette jetzt was zu mir nehmen mußte, sagte also ja, und da kam auch schon Squaw Büffelschwemme rein, machte das Feuer an, kochte ein paar Hundewelpen und trug sie in Näpfen auf, aus denen die winzigen Pfoten als Zeichen besonderer Anerkennung rausguckten. Sie hielt aber noch die Augen gesenkt, und wir begrüßten uns nicht, denn Alte Zeltbahn hatte mir ihr gegenüber noch nicht seinen Segen gegeben. Nach dem Essen war es schon fast Abend.

Der Häuptling wischte sich mit der Sombrero-Krempe das Fett vom Mund ab. Es handelte sich dabei keineswegs um schlechte Manieren: nach ein paar Mahlzeiten war dieser Kopfputz nämlich so fettig, daß kein Regen ihn je wieder durchweichen konnte.

Dann setzte er das unterbrochene Gespräch fort.

„Mir ist nicht ganz klar, was dir in der Schlacht der Langen Messer zustieß, bei der die Reitersoldaten sich nicht an die Regeln hielten", sagte er. „Wir zogen uns wegen der falschen Medizin zurück. Aber als alle Menschenwesen sich wieder versammelt hatten und du nicht lebendig drunter warst, sahen wir eine Schwalbe, die eine Weile über uns flog. Natürlich nahmen wir an, daß du das warst. Auch gefiel uns dieser Gedanke, denn du warst ein Mann, für den die Menschenwesen Achtung und Zuneigung empfanden. Später träumte ich von dem langnasigen Tier, das dir in einem Dorf der Weißen etwas zu trinken gab, aber das habe ich niemandem verraten, weil es dir sonst vielleicht Unglück gebracht hätte.

Daher", sagte er, „kannst du Wird-Rot-In-Der-Sonne wegen seiner Unwissenheit keinen Vorwurf machen." Er stand vom Büffelfell auf, bedeutete mir, ihm zu folgen, und trat vor das Zelt, wo das ganze Lager gewartet hatte. Die Sonne ging im Westen über der unermeßlichen Prärie farbenprächtig unter, und ihr Licht brachte die Bemalung und Kleider der Leute zum Leuchten.

Alte Zeltbahn sah mit seinem Sombrero blendend aus. Er stand in seiner roten Decke neben mir und ließ eine lange Rede vom Stapel, auf die man da gefaßt sein mußte. Ich will nur auf seine Schlußfolgerungen eingehen.

„Ich habe über diese Angelegenheit nachgedacht, geredet, geraucht und gegessen", sagte er. „Und meine Entscheidung lautet, daß Kleiner Großer Mann wieder heimgekehrt ist."

Er kehrte in sein Zelt zurück, und das übrige Lager begrüßte mich aufs herzlichste mit Umarmungen, Komplimenten, liebevollem Geschwätz; ich mußte noch fünf- oder sechsmal essen, stundenlang plaudern, und es rührte mich wirklich, besonders weil ich wußte, daß ich trotzdem nie mehr ein Indianer sein konnte.

Nun ja, ich erfuhr, was diese Leute seit der Solomon-Schlacht gemacht hatten: ungefähr das, was sie seit undenklichen Zeiten machten, sie waren wie gewöhnlich den größten Teil des Jahres im Norden geblieben, nur in den beiden Sommern zum Stammestreffen nach Süden gekommen. Hatten keine weiteren Schwierigkeiten mit den Soldaten gehabt, weil sie ihnen aus dem Weg gingen. Und es schien, daß sie beim Hauptstamm noch immer gesellschaftsfähig waren, daß Alte Zeltbahn also diesmal die Finger von den Frauen anderer gelassen hatte.

Wenn ein Indianer die besonderen Ereignisse eines Jahres hervorheben will, dann sagt er etwa: „Das war die Zeit, als Flinker Wolf sich das Bein brach“ oder „Im Winter fiel ein Baumwollstrauch auf den Wigwam von Vogelbär“. Aus solchen Ereignissen setzte sich ihr geistiges Tagebuch zusammen, falls sie überhaupt eins führten, und was wirklich Wichtiges fand darin meistens seine Beachtung. Den Rückzug bei der Solomon-Gablung erwähnten zum Beispiel nur Wird-Rot und Alte Zeltbahn; alle anderen hatten die Schlappe möglichst rasch wieder vergessen. Und wenn man einen Cheyenne gefragt hätte, was er in diesem Sommer denn Besonderes getan hat, dann würde er sicher so was antworten wie: „Mein Fuchs hat ein Rennen gegen den Rappen von Schlitzbauch gewonnen.“

Wie ja Alte Zeltbahn schon erwähnt hatte, waren sie jetzt wegen der Friedenskonferenz, die die Regierung im Fort von Bent einberufen hatte, in dieser Gegend. Wie ich erfuhr, hatte der Kommissar für Indianerangelegenheiten versprochen, höchst persönlich zu erscheinen, und das hatte den Häuptling ungeheuer beeindruckt. Er erwartete noch eine Medaille und vielleicht auch einen neuen Zylinder. Sonst aber stand er der Sache mit gemischten Gefühlen gegenüber.

Eins der Festessen mir zu Ehren fand im Zelt von Büffelnacken statt, der immer noch Kriegshäuptling war und sich überhaupt nicht verändert hatte.

„Willkommen, mein Freund“, sagte er zu mir, als wir uns trafen. „Hast du mir zufällig als Geschenk Pulver und Blei mitgebracht?“ Also schenkte ich ihm die Reservepatronenhülsen und Zündhütchen von meinem Colt's Dragoon und behielt nur die Ladung, die schon in den Kammern steckte. Dafür hätte man mich gehängt, wenn die Armee dahintergekommen wäre.

„Komm rein und iß“, sagte er. Auch Alte Zeltbahn war eingeladen, und Schatten-Der-Sichtbar-Wird, Wird-Rot, sowie ein paar andere von meinen alten Freunden, und dort redeten wir über den Vertrag.

„Ich weiß nicht recht“, sagte Alte Zeltbahn nach der gekochten Büffelzunge, „ob es sich für ein Menschenwesen ziemt, ein Bauer zu werden, wenn auch Gelber Wolf diese Ansicht vertrat, und der war ein weiser Mann.“

Büffelnacken sagte: „Gelber Wolf war ein großer Häuptling, aber die Weißen haben ihn behext, sonst hätte er diese Ansicht nie vertreten. Er streifte zu viel bei den Forts rum."

„Ich möchte jetzt das Wort haben", sagte Schatten-Der-Sichtbar-Wird. „Ich glaube, ich würde lieber sterben, als Kartoffeln anpflanzen."

Wird-Rot-In-Der-Sonne nahm den Goldsuchern immer noch ihre Gemeinheit übel. Er sagte: „Was wir auch tun, die Weißen werden uns immer betrügen. Wenn wir Kartoffeln anpflanzen, werden sie uns die stehlen. Wenn wir Büffel jagen wollen, werden sie das Wild verscheuchen. Wenn wir kämpfen, werden sie sich nicht an die Kriegsregeln halten." Er kam zu keinem Schluß, sondern versank in einer seiner trüben Stimmungen, die bis zum nächsten Morgen dauerte. Starr und steif saß er im Zelt von Büffelnacken, ohne was zu sagen oder zu trinken oder zu essen, während die Familie von Büffelnacken einen Bogen um ihn machte und ihn in Ruhe ließ.

„Das kann sein", sagte Alte Zeltbahn. „Andererseits kommen die Weißen in immer größerer Zahl und bauen sich feste Wohnungen. Wenn sie kein Holz finden, schneiden sie Steine aus Lehm oder graben sich ein wie die Präriehunde. Was man auch von den Weißen halten mag, man muß einsehen, *daß man sie nicht loswerden kann.* Sie schöpfen aus dem vollen. Es gab immer nur eine begrenzte Anzahl von Menschenwesen, weil wir etwas Besonderes und Überlegenes sein wollen. Selbstverständlich kann nicht jeder ein Menschenwesen sein. Also muß es viele minderwertige Leute geben. Meiner Ansicht nach fällt in dieser Welt diese Aufgabe den Weißen zu. Daher müssen wir am Leben bleiben, weil die Welt ohne uns keinen Sinn hat.

Aber es ist nicht leicht, am Leben zu bleiben, wenn die Weißen die Büffel verjagen. Vielleicht sollten wir versuchen, Ackerbau zu treiben. Andere Rote haben das auch getan. Als ich ein Junge war, bebaute ein Volk, das Madan hieß, das Land am Großen Schlammfluß. Allerdings griffen die Lakotas dauernd ihre Dörfer an und töteten viele von ihnen. Dann bekamen die Madans die Pocken von den weißen Händlern und starben bis auf den letzten Mann wie die Fliegen. Es gibt keine Madans mehr." Alte Zeltbahn runzelte die Stirn. „Vielleicht waren sie kein großes Volk."

„Ich habe noch nie gehört, daß Bauern ein großes Volk waren", sagte Büffelnacken. „Ich nehme an, daß du eine Menge Pulver und Blei in deinen Wagen hast, was?" fragte er mich dann.

Ich schwieg, denn ich wollte nicht darauf eingehen. Das war auch in Ordnung, weil ich mir grade selber eine Rede zurechtlegte. In dieser Gemeinschaft hatte ich einen ziemlich hohen Rang, nicht etwa weil ich bedeutend genug war, einen Wagenzug zu leiten – auf so was pfiffen sie, auch erkundigten sie sich nicht danach, was ich seit unserem letzten Zusammensein getrieben hatte –, nein, ich hatte solchen Einfluß, weil ich zurückgekehrt war, obwohl ich scheinbar bei der Solomon-Gablung getötet wurde.

Ich dachte: Alte Zeltbahn hat über siebzig Jahre auf der Prärie verbracht, und was ist dabei für ihn herausgekommen? Die Indianer liebten ihr Land, aber das Eigenartige daran war, daß sogar die schäbigste Hütte der Weißen eine Beziehung zur Erde hatte, die keine rumwandernde Rothaut für sich beanspruchen konnte. Nun drückte meiner Ansicht nach bei einer echten Bindung ein Teil dem anderen seinen Stempel auf: zum Beispiel ist der Baum mit der Erde verbunden und umgekehrt. Jetzt bauten sie in Denver schon Häuser mit Fundamenten: also nicht nur auf dem Boden, sondern auch darin; falls die Weißen diesen Ort später je räumen sollten, würde er noch lange Zeit ihren Stempel tragen, denn ich habe nie gehört, daß natürliche Kräfte Keller aus der Erde reißen.

Vielleicht waren die Weißen natürlicher als die Indianer, dachte ich. Sogar Präriehunde hatten ihre festen Behausungen ... Heute weiß ich, daß jedes Lebewesen nicht mehr oder weniger natürlich ist wie ein anderes, aber damals war ich noch jung, deshalb wurmten mich solche Unterschiede und widersprüchlichen Behauptungen: die Indianer hielten sich für „natürlicher" als die Weißen, und die wiederum hielten sich für „menschlicher".

Wie dem auch sei, ich wußte plötzlich genau, daß es mit der Lebensweise der Cheyennes ein für allemal vorbei war. Ich erkannte das nicht erst hier im Lager, sondern schon in Denver; denn manchmal entdeckt man Wahrheiten bereits an einem Ort, der weit weg von dem ist, wo sie zutreffen.

Meine Rede zielte also aufs Praktische hin. Ich stand im Zelt von Büffelnacken auf. Ich trug die beste rote Decke von Wird-Rot. Wir hatten nämlich Geschenke ausgetauscht, und er hatte mir nach Indianersitte das Schönste gegeben, was er besaß.

„Brüder", sagte ich, „wenn ich unter euch sitze, denke ich an das herrliche Land beim Schießpulverfluß, wo wir so viel Spaß hatten, als ich noch ein Junge war. Erinnert ihr euch an die Zeit, als Kleiner Falke in seinem Zelt schlief und plötzlich durch einen Moschusgeruch aufwachte und die Zeltklappe hochhob und einen Crow sah, der sein Pferd stehlen wollte, und den tötete? Und als Zwei Babys von seinem einsamen Kriegspfad gegen die Utes heimkehrte, nachdem er ein ganzes Jahr fortgeblieben war, am Gürtel lauter Skalpe, und das Lied sang, das ihm ein Adler beigebracht hatte, als er verwundet in einem ausgetrockneten Flußbett lag?

Erinnert ihr euch, wie wunderschön der Wolkengipfel mit seiner weißen Mütze und seinem purpur-blauen Schulterumhang aussah? Und denkt nur an das klare, kalte Wasser vom Tollen-Weiberfluß, das durch den geschmolzenen Bergschnee den ganzen Sommer über frisch ist. An die Wälder von Zeltstangen und Brennholz, den Elch mit seinem Riesengeweih, den Bär in seinem dicken Pelz . . . Ich finde, daß wir es am Schießpulverfluß besser haben als hier.

Ich weiß nichts über diesen Vertrag, aber ich weiß, daß immer mehr Weiße durch diese Gegend hier kommen werden, denn sie schwirren wie die Pferdebremsen von einem weißen Dorf, das Denver heißt, zu einem anderen großen weißen Dorf, das Missouri heißt. Ich bin an beiden Orten gewesen, und ich weiß, daß keiner davon bald verschwinden, sondern eher noch wachsen wird. Und dann werden den Augen der Menschenwesen diese Dörfer und das Land dazwischen immer weniger gefallen." Ich holte Luft; es fällt einem nicht leicht, übernatürlich zu werden, wenn man darin keine Übung mehr hat. „Ich hatte nach der Schlacht der Langen Messer einen Traum", sagte ich. „Ich flog über dieses ganze Land und sah unter mir, wie Weiße lauter viereckige Häuser bauten, aber im Norden am Schießpulverfluß sah ich, wie das große Volk der Menschenwesen dort glücklich lebte, mit den Crows und Snakes aus den Bergen kämpfte, Büffel und Elche erlegte und Pferde stahl."

Alte Zeltbahn sprach: „Ich glaube, ich habe Weisheit gehört. Wir wollten über diesen Vertrag reden, um unsere südlichen Brüder zu unterstützen. Schwarzer Kessel und Weiße Antilope gehen hin, und sie sind große Häuptlinge. Mir kam auch zu Ohren, daß die Arapahos, Kiowas und Snakes darüber reden wollen. Es ist ein hübscher Anblick, alle die Stämme mit ihren zahllosen Ponys und in ihren besten Kleidern bei so einer Friedenskonferenz zu sehen. Der Vater der Weißen macht jedem Geschenke. Wenn man zu so einer Friedenskonferenz geht, dann heißt das noch lange nicht, daß man deshalb die Feder zur Hand nimmt.

Der Vater möchte den Menschenwesen und den anderen das Land abkaufen, wo der gelbe Staub liegt. Bent wird dort sein, und er ist ein braver Mann, denn er hat eine Frau der Menschenwesen geheiratet. Ich war bereit, hinzugehen und über den Ackerbau zu reden, weil Schwarzer Kessel und Weiße Antilope, die weise Männer sind, gesagt haben, daß die Menschenwesen daran denken müssen, sich niederzulassen.

Aber Träume sprechen nicht doppelzüngig, und es muß ja einen Grund geben, warum Kleiner Großer Mann zu uns zurückgekehrt ist, um uns von seinem Gesicht zu erzählen."

Ich hatte ihn nicht auf neue Gedanken gebracht. Die Indianer waren nicht unbedingt Trottel, wenn es darum ging, was sie tun sollten oder nicht. Sie hatten manchmal bloß Gründe, die ein Weißer nicht ohne weiteres verstand. Alte Zeltbahn wollte hauptsächlich zu der Konferenz, um noch eine Silbermedaille zu kriegen und sich die Spiele anzugukken, die bei solchen Stammestreffen stattfanden, die Reiterkunststücke und die Galatrachten, die Eindruck auf die Regierungsvertreter machen sollten. Er wäre vielleicht sogar so weit gegangen, den Vertrag zu unterzeichnen, ohne auch nur im entferntesten daran zu denken, nun Ackerbau zu treiben.

Auf meinen Vorschlag hin beschloß er, die ganze Sache zu vergessen und wieder in das nördliche Land zurückzukehren. Aber ich will Ihnen was verraten: das tat er nie und nimmermehr wegen meinem „Traum", sondern weil er verdammt gut wußte, daß ich ein Weißer war und wirklich was von der Lage in Kansas und Colorado verstand.

Und das wußten die anderen auch, und wenn Sie sich noch mal die Sage betrachten, die sie um Kleiner Großer Mann aufgebaut hatten, werden Sie verstehen, was ich meine. Sie hatte nicht unbedingt was mit mir persönlich zu tun, und wenn ich damit identifiziert werden wollte, mußte ich mich eher nach ihr richten wie umgekehrt. Wenn ich was tat, was nicht zur Legende paßte, dann hieß das eben, daß ich nicht Kleiner Großer Mann war. So halten die Indianer ihre Anschauungen sauber und ihre Helden makellos, ohne dabei lügen zu müssen. Aber ich glaube, daß so was nicht bei jedem funktioniert, der das Prinzip von Dingen wie das Geld oder das Rad kapiert.

Nach diesem Gespräch im Zelt von Büffelnacken kam mein anderer Pflegebruder Kleines Pferd als Cheyennin verkleidet rein und unterhielt uns mit sehr anmutigen Liedern und Tänzen. Ich freute mich für ihn, daß er als *homoneh* solchen Erfolg hatte.

Ich übernachtete im Wigwam von Alte Zeltbahn. Am nächsten Tag traf ich noch einen alten Bekannten. Ich kam grade vom Waschen in dem Bächlein zurück, als ich einen Indianer sah, der entweder blind sein mußte oder absichtlich durch Salbeisträucher und Kaktusse marschierte. Nachdem ich ihn einige Zeit beobachtet hatte, kam ich zu dem Schluß, daß er sich nur vorsätzlich einen so beschwerlichen Weg ausgesucht haben konnte. Schließlich erreichte er das Bächlein, wo er sich wusch. Allerdings nicht mit Wasser, sondern mit Ufersand.

Ich erkannte ihn sofort. Es war Jüngerer Bär. Nach seiner seltsamen Säuberung ging ich zu ihm. Ich wußte nicht, ob er sich immer noch als mein Feind betrachtete oder nicht. Es lag schon so lange zurück, daß ich überhaupt nicht mehr daran gedacht hatte.

Auf meinen Gruß hin drehte er sich keineswegs unfreundlich um, aber statt auf Cheyennisch „Guten Tag“ zu sagen, sagte er „Auf Wiedersehn“. Dann stieg er in das Bächlein und setzte sich ins Wasser, so wie jemand sich nach einem Bad zum Trocknen ans Ufer setzt. Ich fand das nach seiner Sandwäsche logisch: er tat alles einfach verkehrt rum, und da ging mir auf, was er geworden war.

Später bestätigte es mir Kleines Pferd, der seine Perlenstickerei weglegte und das Weibervolk verließ, wo er sich meistens aufhielt, um ein bißchen mit mir zu tratschen.

„Das stimmt", sagte er. „Jüngerer Bär ist letztes Jahr ein Gegenteil geworden. Er hat Weißem Gegenteil den Donnerbogen abgekauft."

Das muß ich Ihnen näher erklären. Wie Sie wissen, ist der gewöhnliche Cheyenne als Krieger kaum zu übertreffen. Aber ein Gegenteil geht sogar noch weiter. Er ist durch und durch Krieger, so daß er im Leben bis aufs Kämpfen alles verkehrt rum macht. Er benutzt keine Wege, sondern marschiert mitten durchs Gestrüpp. Er wäscht sich mit Erde und trocknet sich im Wasser. Wenn man ihn um was bittet, tut er das Gegenteil. Er schläft auf dem nackten Boden, am liebsten da, wo es am unbequemsten ist, und nie in einem Bett. Er darf nicht heiraten. Er lebt allein ein Stück vom Lager entfernt; und wenn er kämpft, dann kämpft er allein und nicht mit der Hauptmacht der Cheyennes. Er trägt in der Schlacht den Donnerbogen, der an jedem Ende eine Lanzenspitze hat. Wenn er den in der rechten Hand hält, darf er sich nicht zurückziehen.

Es gibt bestimmt noch Tausende von anderen Regeln. Aber weil das so was Besonderes ist, findet man in einem Lager höchstens ein oder zwei Gegenteile.

„Erinnerst du dich noch an Kojote?" sagte Kleines Pferd. „Den haben die Pawnees getötet. Die Utes haben Roter Hund getötet ..." Er zählte noch mehr blutrünstige Neuigkeiten auf. Dann sagte er neckisch: „Ich spiele mit dem Gedanken, als zweite Frau in das Zelt von Gelber Schild zu ziehen."

Ich gratulierte ihm und schenkte ihm einen Taschenrasierspiegel, über den er sich sehr freute und worin er sich stundenlang bewunderte, nachdem wir uns getrennt hatten.

Aber zuvor fragte ich ihn noch nach meiner alten Flamme Nichts.

„Die ist mit Weißes Gegenteil verheiratet", sagte er, „und kriegt ein Kind."

Ich sah sie kurz danach: sie hockte vor ihrem Wigwam und zerstampfte Beeren. Erstaunlich, wie sich das Mädchen in zwei Jahren verändert hatte! Sie war auch ohne ihren schwangeren Bauch ausgesprochen fett geworden. Ihre Nase hatte sich über ihr ganzes Gesicht ausgebreitet, und ich erinnerte mich nicht, daß sie früher so schmierig aussah. Ihr einst glänzendes schwarzes Haar wirkte jetzt mehr wie der Schwanz eines Pferdes, das durch ein Dornengestrüpp geritten worden war.

Aber am stärksten hatte sich ihre Persönlichkeit verändert. Als ich sie traf, schimpfte sie mit der schrillsten Stimme, die ich je gehört habe, auf einen Hund, und als ihr Mann aus dem Zelt kam, keifte sie den an. Cheyenninnen können prächtige Ehefrauen abgeben, aber manchmal sind sie auch zänkische Hexen.

Man darf wohl behaupten, daß der Säbelangriff bei der Solomon-Gablung mich davor bewahrt hatte, mein Lebtag auf so was hören zu müssen.

Nach einer Weile rissen sie ihr Lager ab und bereiteten ihren Zug nach Norden vor. Alte Zeltbahn und ich standen dabei und guckten zu, wie die Frauen die Zelte abbrachen, aus den Stangen Pony-Schlitten machten und die vollpackten. Er hatte den Sombrero auf, der durch die verschiedene Größe unserer Köpfe ein bißchen hoch auf seinen Zöpfen saß. Da es sich eigentlich nur um einen Ersatz für seinen Zylinder handelte, hatte ich ihm im Grunde noch nichts geschenkt, deshalb blieb mir nichts anderes übrig, als ihm meinen Colt's Dragoon zu geben. Einerseits war das recht wenig. Andererseits hatte ich nun kein Pony und keine nennenswerte Waffe mehr, keinen Hut, keine Jacke – ich hatte meine Büffelnacken überreicht –, dafür aber eine Decke, eine Steinpfeife, eine Perlenkette und solchen Kram gekriegt, der mir wenig nützen würde, wenn ich mit diesen unfreundlichen Maultiertreibern die restlichen Meilen nach Denver zurücklegte. „Großvater", sagte ich, „ich kann nicht mit euch zum Schießpulverfluß kommen."

„Ich habe dich gehört", antwortete Alte Zeltbahn und sonst nichts. Er hätte nie nach dem Grund gefragt.

Aber ich konnte es nicht dabei lassen. Vielleicht wollte ich mich selber überzeugen, denn nun am zweiten Tag fand ich die Cheyennes schon längst nicht mehr so unangenehm. Ich gewöhnte mich wieder an den Lagergestank. Ich konnte mir vorstellen, daß ich wieder so wurde wie früher.

Vielleicht auch nicht, jedenfalls spürte ich die Gefahr.

Ausschlaggebend war dabei, daß es mir in Denver gut ging. Ich hatte einen Hang zum Ehrgeiz entdeckt. Ohne den bringt man es in der Welt der Weißen zu nichts. Aber so was ließ sich auf Cheyennisch nicht ausdrücken.

Indianerjungens wollen zwar große Krieger werden, und manche fühlen sich zum Häuptling berufen, aber das alles sind persönliche Ziele, denn ein Häuptling besitzt ja keine Macht. Er führt nur durch sein Vorbild. Nehmen Sie zum Beispiel diesen Zug zum Powder River, zum Schießpulverfluß – Alte Zeltbahn befahl seinem Volk keineswegs, dorthin zu ziehen. Er entschloß sich bloß hinzugehen, Büffelnakken entschloß sich hinzugehen und so weiter, und die anderen folgten ihnen nur, weil sie die für weise Männer hielten – und hätten es vielleicht nicht getan, wenn das nicht der Fall gewesen wäre. Wird-Rot hatte noch keinen Entschluß gefaßt: er hockte immer noch auf dem Platz, wo der Wigwam von Büffelnacken gestanden hatte, der durch dessen Frauen und Töchter um ihn rum abgebrochen worden war.

Andererseits hatte ich, während ich den Maultierzug nach Colorado zurückführte, mit dem Gedanken gespielt, mich geschäftlich selbständig zu machen. Wie gesagt, hatte ich keinen Riecher fürs Geschäftliche, aber ich redete mir ein, daß man den nicht brauchte, um in einem funkelnagelneuen Ort wie Denver ein reicher Mann zu werden. Schon waren Bewegungen im Gange, Colorado zum „Territorium" zu machen. In ein paar Jahren könnte ich mich sogar als Gouverneur aufstellen lassen, wenn ich genug Geld gescheffelt hätte: ich konnte schreiben und lesen, was die Hälfte der Durchschnittsbevölkerung am Cherry Creek nicht von sich behaupten konnte.

Aber wie sollte ich einem Indianer wie Alte Zeltbahn davon auch nur die leiseste Vorstellung geben?

In diesem Augenblick kam mir Jüngerer Bär zu Hilfe, der auf uns zu ritt. Er saß natürlich verkehrt rum auf seinem Pony, das heißt zum Schwanz hin – wodurch seine falschen Befehle und Zügelbewegungen allerdings wieder richtig wurden. Er lenkte nach links, meinte dabei rechts, weil er aber zur Kruppe guckte, drehte sich die Richtung um, was das Pony betraf, so daß es doch wieder das Richtige tat.

„Warum", sagte ich, „wurde Jüngerer Bär ein Gegenteil?"

Der Häuptling gab mir die erwartete traditionelle Antwort: „Weil er Angst vor Donner und Blitz hatte."

„Eben darum muß auch ich mit meinem Maultierwagen nach Westen ziehen", sagte ich, was ja, wie Sie wissen, sogar einigermaßen der Wahrheit entsprach.

Als ich erfuhr, zu was der Friedensvertrag schließlich führte, war ich wirklich stolz darauf, daß ich mitgeholfen hatte, meine Freunde vor dem Verderben zu bewahren. Schwarzer Kessel, Weiße Antilope und die anderen südlichen Cheyennes, sowie die Arapahos, die die Feder zur Hand genommen hatten, kriegten eine Reservation am Arkansas River in Südost-Colorado zugeteilt, wo es kein Wild, wenig Wasser und nur unfruchtbaren Boden gab. Ein paar Jahre später, als sie in dieser Gegend ganz friedlich am Sand Creek, am Sandfluß, lagerten, wurden sie von der Dritten Freiwilligen Colorado-Kavallerie einfach niedergemetzelt.

14.
Wir werden überfallen

Das Gemetzel am Sand Creek fand Ende '64 statt. Der Bürgerkrieg war inzwischen zu Ende, sonst hätte das nämlich überhaupt nicht passieren können, weil dann die Truppen mit anderen Dingen beschäftigt gewesen wären.

Ich persönlich wurde nach dieser Maultierexpedition nach Missouri und zurück ein richtiger Stubenhocker, denn ich hatte mir in den Kopf gesetzt, ein großer Geschäftsmann zu werden und vielleicht sogar in die Politik zu gehen. Außerdem traute ich meinen sogenannten Partnern Bolt und Ramirez nicht mehr, die alles redlich mit mir teilen sollten, wie aber konnte ich das kontrollieren, wenn ich dauernd unterwegs war? Wenn Sie gehört hätten, wie die dagegen protestierten, als ich ihnen sagte, daß ich künftig in der Nähe des Geschäfts bleiben wollte, wäre auch Ihnen mein Mißtrauen berechtigt vorgekommen.

Na ja, ich verstand nicht viel von Buchhaltung, deshalb konnte ich nie beweisen, um wieviel sie mich in der Vergangenheit beschubst hatten, aber mein Anteil nahm erheblich zu, als ich keine Expeditionen mehr machte. Als nächstes baute ich mir ein Haus und heiratete!

Ich war damals um die Zwanzig rum. Die Frau, die ich heiratete – genauer ein achtzehnjähriges Mädchen –, war eine gebürtige Schwedin, die vor ein paar Jahren mit ihrer Familie in dieses Land gekommen war und sich in Spirit Lake, Iowa, angesiedelt hatte, wo ihre Mama und ihr Paps bei dem berüchtigten Massaker umgebracht wurden, das eine Bande von geächteten Santee Sioux veranstaltete. Das lag fünf Jahre zurück, so daß sie damals noch klein genug gewesen war, um sich in einem Kartoffelkeller zu verstekken, und so am Leben blieb. Sie hieß Olga. Als ich sie heiratete, hätte sie sich nicht mehr in einem Kartoffelkeller verstecken können: sie brachte es im Stehen auf fünf Fuß neun und wog entsprechend viel, wenn auch kein Gramm Fett an ihr war. Sogar wenn ich meine hochhackigen Stiefel anhatte, überragte sie mich ein Stück.

Olga hatte eine wirklich weiße Haut und helles, feines Haar. Sie war mit irgendwelchen Leuten nach Denver gekommen, die sich nach der Katastrophe ihrer angenommen hatten, wofür sie von ihr freilich eine Menge Arbeit verlangten: sie mußte für sie kochen, auf ihre Kinder aufpassen, putzen und das ganze Brennholz kleinhacken, während die Frau schlechtgelaunt in der Hütte rumlag und ihr Mann dauernd probierte, Olga den Popo zu tätscheln.

Ich verliebte mich auf den ersten Blick in sie, nicht nur, weil sie tatsächlich hübsch war und wegen ihrer außergewöhnlichen Größe für mich besonders begehrenswert, sondern hauptsächlich, weil sie die gutmütigste Person war, die ich je getroffen habe. Es war einfach unmöglich, Olga auf die Palme zu bringen, und ich hatte immer eine Schwäche für geduldige Frauen. Zum Beispiel kam es ihr nie in den Sinn, daß diese Familie doppelt und dreifach das aus ihr rausholte, was sie für Olga tat. Nach unserer Hochzeit hatte ich große Mühe, sie davon abzuhalten, weiter zu diesen Leuten zu gehen und ihnen den Mist wegzuräumen, wenn sie bei uns nachmittags mit der Arbeit fertig war. Ein Jahr darauf hatten ich und Olga selber ein Kind, und ich baute, wie ich schon sagte, dieses Haus, ein wirklich nettes Haus ganz aus Holz mit einem Schrägdach und vier Zimmern. Mit dem Pendrakeschen ließ es sich natürlich nicht vergleichen, aber in Denver konnte es sich sehen lassen. Olga bekam einen Jungen, den wir nach ihrem Vater Gustav nannten. Schon als Kind sah er mit seinem maisgelben Haar und seinen blauen Augen wie ein echter Schwede aus.

Meine Jugend unter den Cheyennes hatte mich zu der Überzeugung gebracht, daß ich gerissen war, woran nicht mal mein Aufenthalt in Missouri rütteln konnte, denn ich glaube, daß Liebe nichts mit Gescheitheit zu tun hat. Wohl aber was mit Geschäften, und ich hielt mich eben für gescheit. Wir hatten nie einen schriftlichen Vertrag über unsere Partnerschaft gemacht. Bolt erwähnte das jeden Samstagabend, wenn er die Wocheneinnahmen zusammenzählte, die Unkosten abzog und den Rest durch drei teilte, wenn ich auch nach einer Weile feststellte, daß nur ich dabei eine

Handvoll Bargeld kriegte. Er und Ramirez ließen ihr Geld lieber im Panzerschrank. Als ich wissen wollte, warum, bekam ich zu hören, daß sie „ihren Gewinn aufspeicherten". Bolt verstand es großartig, alle undurchsichtigen Dinge mit solchen Phrasen zu erklären.

„Wovon lebt ihr dann denn täglich?" fragte ich. Ramirez lachte und bleckte sein Pferdegebiß, aber Bolt sagte trokken: „Natürlich von Kredit. Wir haben jetzt hier die Zivilisation, Jack, und die beruht nicht auf Geld, sondern mehr auf dem *Geldbegriff*. Nimm mal die Indianer, die mit uns Handel treiben: die bringen uns eine Tierhaut und wollen dafür sofort was Gleichwertiges haben. Es käme ihnen nie in den Sinn, sich bei uns ein Konto einzurichten, so daß sie Vorräte und andere Waren holen könnten, wenn sie die brauchten, wobei die Preise dafür dann auf ihren Namen eingetragen und später durch die Fellieferungen verrechnet würden.

Dadurch könnten sie das Auf und Ab ihrer Wildenökonomie ausgleichen und das ganze Jahr durch, in fetten oder mageren Zeiten, ungefähr denselben Lebensstandard halten, indem sie den in schlechten Tagen gemachten Kredit in guten Jagdmonaten wieder abbezahlen würden."

Na ja, er erläuterte die Geschäftstheorie noch genauer, daß er und Ramirez lieber ihre Anteile wieder in den Laden steckten, wie ihn Dollar für Dollar auszugeben. Sie hatten Rechnungen beim Barbier, im Saloon und so weiter, während sie das Notwendigste von unseren eigenen Waren nahmen und es sich selber in den Kassenbüchern ankreideten, im Gegensatz zu meiner eigenen Methode, denn wenn ich Olga zum Beispiel irgendeinen Stoff kaufte, legte ich das Geld dafür in die Kasse, natürlich nach Abzug des Besitzerrabatts.

Aber zurück zu dem, was er so oft erwähnte: daß unsere Partnerschaft bloß auf einem Händedruck beruhte. Das schien ihn mächtig stolz zu machen, während es mich beunruhigte. Vermutlich sprach er so oft davon, weil ich mit der gleichen Regelmäßigkeit vorschlug, daß wir einen schriftlichen Vertrag aufsetzen lassen sollten.

Immerhin verstärkten sie durch diese Taktik mein Mißtrauen so sehr, daß ich eines Tages mit der Faust auf den

Tisch schlug. Daraufhin nahmen wir einen Rechtsanwalt, der das gewünschte Papier verfaßte, das mir ein Drittel garantierte. Jedenfalls dachte ich das, denn ich studierte aufmerksam diese Urkunden, weil ich ja, wie Sie wissen, lesen kann. Aber das Recht spricht seine eigene Sprache.

Olga war mir ein großer Trost, vor allem weil sie nie viel Englisch gelernt hatte und ich natürlich kein Wort Schwedisch konnte. Da wir also kaum miteinander reden konnten, kamen wir blendend miteinander aus, und es fiel nie ein böses Wort zwischen uns.

Unser Kind, der kleine Gus, war ein aufgewecktes Kerlchen, und mir machte es Spaß, mit dem Fuß seine Wiege zu schaukeln, während er drauflos plapperte und krähte und was so ein winziger Wicht sonst noch tut. Dann lächelte mich Olga, die in dem kleinen Zimmer irgendwas nähte, auf ihre goldige schwedische Art an, wenn ich ihr einen Blick zuwarf, und fragte, ob ich was essen wollte, denn darin war sie wie eine Indianerin und meinte, daß man dauernd Hunger hatte.

Eines Tages im Herbst '64 verdufteten Bolt und Ramirez plötzlich und ließen mich mit all ihren Schulden sitzen. Dafür mußte ich nämlich laut unserem Vertrag aufkommen, was ich erst jetzt entdeckte: das Geschäft war mit allen Schulden auf mich allein übertragen worden, und ich habe ja schon erwähnt, daß sich diese Schufte sogar auf Geschäftskosten rasieren und die Haare schneiden ließen.

Ich war also ganz schön in die Klemme geraten. Wenn es auch nach außen hin anders aussah, ging der Laden in letzter Zeit mies. Bolt und Ramirez hatten nämlich die Preise so runtergeschraubt, daß wir, je mehr wir verkauften, um so mehr verloren. Ich meine, was den *Geldbegriff* betraf, denn wie gesagt, zahlten sie nie was in bar.

Ich machte mich auf und davon. Ich und Olga, die, glaube ich, nie ganz den Grund dafür kapierte, und der kleine Gus, wir packten also eine große Reisetasche, erwischten gerade noch die erste Postkutsche am nächsten Tag und ließen Haus, Geschäft und meinen Ehrgeiz, eine Respektsperson zu werden, hinter uns. Ich war noch nicht ganz dreiundzwanzig Jahre alt und schon bankrott. Trotz allem fühlte ich mich irgendwie erleichtert. Natürlich hätte ich gern Erfolg gehabt, aber andererseits gibt einem eine Pleite größere Freiheit, das steht nun mal fest. Als wir über die Straße nach Colorado City und Pueblo südwärts ruckelten, war ich ganz gelassen, wenn auch nicht so ausgesprochen heiter wie Olga. Ich glaube, sie dachte, wir machten Mitte Dezember '64 eine Ferienreise, denn die Straße bog am Arkansas River nach Osten ab, und wenn man in dieser Richtung immer weiter fuhr, kam man zu Weihnachten nach Fort Leavenworth. Ich hatte Billette für die ganze Strecke genommen, so daß ich grade noch genug Geld überhatte, um an den Etappenzielen essen und übernachten zu können, wenn ich auch anfangs ein bißchen sparte, weil Olga einen Riesenkorb voll Proviant gepackt hatte. Vielleicht schwebte mir vor, in Leavenworth den Missouri zu überqueren, zu der Stadt zu fahren, wo Hochwürden Pendrake lebte, und mir von ihm Geld zu pumpen. Ich sage, vielleicht. Vielleicht wollte ich mich aber auch an den Befehlshaber in Leavenworth wenden, der mir als Junge seine Hilfe versprochen hatte, falls ich in die Armee eintreten wollte. Einen festen Plan hatte ich auf jeden Fall nicht. Vermutlich hatte ich gelernt, die Dinge zu nehmen, wie sie kommen, ohne was erzwingen zu wollen, und in diesem Gemütszustand waren Olga und der kleine Gus wirklich ein großer Trost für mich.

Gus war ungefähr zwei, und wir schnitten ihm nie seine blonden Haare, weil sie sich so schön lockten, und mit seinen kleinen türkisblauen Augen entdeckte er alles, was es zu sehen gab. Es war seine erste Fahrt, und je holpriger der Weg wurde, um so besser gefiel es ihm, er lachte und lachte, wenn wir wie Kerne in einem Kürbis hin und her geschüttelt wurden, denn damals schlug einem das Geschuckel von so einer Postkutsche fast die Zähne aus. Er war ganz die Mutter, was mir nur lieb sein konnte, denn mein Aussehen hätte ich keinem gewünscht, übrigens auch nicht meinen Charakter.

Noch nicht erwähnt habe ich, daß zwei Wochen vorher das Gemetzel am Sand Creek stattfand, bei dem Colonel Chivington im Morgengrauen das Lager der Cheyennes und Arapahos überfiel und dem Boden gleichmachte; zwei Drittel der Opfer waren Frauen und Kinder.

Nun ja, ich war nicht am Sand Creek, sollte also nicht

näher drauf eingehen, obwohl der Vorfall nicht ohne Einfluß auf meine Zukunft blieb. Denn in den Tagen darauf zogen die Cheyennes an der ganzen Grenze auf Kriegspfad. Colonel Chivington und seine Truppen trafen wir dagegen am Arkansas River, flußabwärts von Fort Lyon, wo er immer noch die Überlebenden der Sand Creek-Indianer verfolgte.

Die Kolonne machte halt, und ein junger Leutnant ritt ran, salutierte vor Olga, die aus dem Wagenfenster guckte, und sagte zu dem Kutscher auf dem Bock: „Der Colonel läßt alle Insassen grüßen. Wir haben das ganze Gebiet flußabwärts gesäubert und können Ihnen versichern, daß es bis zu den Grenzen unserer Gerichtsbarkeit gefahrlos ist."

Der Kutscher war bei dieser Nachricht sichtlich erleichtert, die auch mir gefiel, denn seit dem letzten Etappenort redete er von nichts anderem als der Möglichkeit, auf Feinde zu stoßen, und wenn auch Olga sonst nicht viel verstand, sobald jemand Indianer erwähnte, wurde sie plötzlich ganz hellhörig.

„Hast du das gehört?" sagte ich und tätschelte ihre Hand, die zwar vielleicht nicht so weich war wie die von Mrs. Pendrake, aber eben mir gehörte. – Sie hielt den kleinen Gus aus dem Fenster und sagte zu ihm: „Guck nur, was für ein schönes Pferd!" Sie meinte nicht das Tier vom Leutnant, sondern einen gigantischen Hengst an der Spitze der Reiterkolonne, fünfzig Yard oder so von uns entfernt. Auf dem seinen Rücken saß Chivington höchst persönlich, den ich von Denver her kannte. Ja ich hatte ihm sogar mal die Hand gegeben, und danach war meine eigene für den Rest des Tages einfach gefühllos. Mein Gott, was für ein Hüne, wobei sich das meiste unterhalb der Brust befand, wenn auch schon sein Kopf allein so groß war wie der kleine Gus vom Scheitel bis zur Sohle.

Er merkte, daß wir ihn beobachteten, erstarrte samt Gaul zu einem Monument, salutierte dann mit seiner Hackmesserhand und brüllte mit donnernder Predigerstimme: *„O wie haben wir es diesen Teufeln heimgezahlt!"*

Dann zogen die Truppen nach Westen, und wir setzten unseren Weg nach Osten fort. Schätzungsweise vier Stunden nach dieser Begegnung, kurz nachdem wir die Furt über einen Fluß überquert hatten und aufs Steilufer rauffuhren, wobei ich Gus manchmal zum Fenster raushielt, damit er das Wasser von den Rädern tropfen sehen konnte, hörte ich Olga wimmern, drehte mich um und erblickte ihr kreideweißes Gesicht und ihre verschleierten blauen Augen.

Ich spähte nach vorne, wo auf den Hügeln im Norden fünfzig Reiter aufgetaucht waren: Indianer, und niemand brauchte mir sagen, daß es Cheyennes waren. Im nächsten Augenblick hatte sie auch der kleine Gus spitz bekommen, plapperte glücklich, klatschte in die Händchen, und als ich ihn seiner Mama zurückgab, stürmten sie im Galopp auf uns zu.

Wir rasten oben auf der Prärie durch den klaren Winternachmittag, und die kalte Luft blies durch die Seitenvorhänge rein. Ich holte meinen Revolver raus, aber der Abstand war noch zu groß. Der idiotische Beifahrer auf dem Bock verlor dagegen sofort die Nerven und feuerte seine Schrotflinte völlig nutzlos ab, denn der vorderste Indianer war mindestens noch eine Viertelmeile entfernt, und als die Horde schließlich in Schußweite kam, hatte er seine Munition schon verballert.

Nun wurden Schrotflinten grade aus dem Grund benutzt, weil kein Mensch aus einer fahrenden Postkutsche mit einem Gewehr oder einem Revolver ein Ziel treffen konnte, höchstens mal rein zufällig, denn nicht nur der Schütze, sondern auch sein Ziel wackeln wie wild hin und her. Der einzige Vorteil war, daß auch die Indianer nicht ohne weiteres jemand aufs Korn nehmen konnten. Solange wir in Fahrt blieben, waren wir noch längst nicht verloren. Zwar waren unsere Tiere nicht mehr frisch, aber das bedeutete, daß der nächste Etappenort, wo sie ausgewechselt wurden, nur noch fünf bis sechs Meilen entfernt lag.

Allerdings hatte ich die Rechnung ohne unsere Mitreisenden gemacht. Es waren drei: ein windiger Händler, der schon in Colorado City zugestiegen war und seitdem versuchte, uns allen was anzudrehen. Er hatte außer einem vollgepfropften Koffer eine Reisetasche bei sich, die er auf dem Schoß hielt und aus der er wirklich den erstaunlichsten Krempel rauskramte. Dann gab es noch einen stattlichen Farmer so um die Fünfzig, der dauernd eine Unterhaltung über den Sieg von Chivington anknüpfen und wissen wollte, „ob damit das Indianerproblem tatsächlich ein für allemal aus der Welt geschafft wurde". Schließlich war am letzten Etappenort ein ausgesprochen gemein aussehender Kerl wortlos zugestiegen, hatte den Händler vom hinteren rechten Eckplatz verdrängt, sich selbst drauf gefläzt und den Griff seines großen Colts im Gürtel so zurechtgerückt, daß er ihn sofort auf den anlegen konnte, der nur in seine Richtung hin atmete. Ich kann Ihnen sagen, daß ich mir von diesem Hundesohn so was nicht hätte gefallen lassen, aber mir gegenüber nahm er sich diese Freiheit nicht raus, also hielt ich mich kusch, denn schließlich war ich ja nicht mit diesem Händler verwandt.

Aber bei dem Angriff jetzt war ich für die Anwesenheit dieses gemeinen Kerls sehr dankbar. Denn mit dem kopflosen Beifahrer vorne auf dem Bock, dem unbewaffneten Händler und dem Farmer – er hieß Perch und schlug vor, wir sollten halten und versuchen, uns von den Cheyennes freizukaufen, denn wie sich rausstellte, hatte er mal Land von den freundlichen Osagen gekauft und glaubte nun, daß mit jedem Indianer zu handeln war –, also bei solchen Begleitern faßte ich schnell Zuneigung zu dem anderen, den ich wegen der Farbe seines Schnurrbarts Schwarz nennen will, denn seinen richtigen Namen fand ich nie raus. Er war wirklich kaltblütig, starrte bloß vor sich hin, ohne sich je nach unseren Verfolgern umzudrehen, aber sein Revolver steckte für den Notfall griffbereit in seinem Gürtel.

Dieser Notfall trat schneller ein, als ich angenommen hatte. Wir sausten vielleicht eine halbe Meile über die offene Prärie, ohne daß unser Vorsprung kleiner wurde, dann aber holten die Cheyenne-Ponys rasch auf. Ich spähte von der vorderen Ecke links nach hinten, und als der führende Indianer bis auf hundert Yard rankam, lehnte ich mich raus und schoß auf ihn, denn während es bisher keinen Sinn hatte, wie der Beifahrer die Munition unnötig zu verplempern, war es jetzt, wo der Abstand sich verringert hatte, ratsam, ihnen zu zeigen, daß wir uns wehren konnten.

Natürlich verfehlte ich den Krieger, aber er schwenkte zur anderen Seite der Kutsche ab. Deshalb sagte ich zu Schwarz: „Na, Partner, versuchen Sie jetzt einmal Ihr

Glück bei ihm.“ Aber er rührte keinen Finger, sondern stierte nur ausgesprochen gemein vor sich hin. Da dachte ich: Na warte, du wirst was erleben, wenn wir hier mit heiler Haut davonkommen. Aber dazu war jetzt keine Zeit, also ließ ich ihn in Ruhe, außerdem zupfte mich der Händler am Ärmel.

Er sagte: „Ich habe hier eine Mischung aus Flintenöl und einem Lösemittel, die jeden Lauf im Nu reinigt.“ Er holte eine kleine Flasche aus seiner Reisetasche, bot mir eine kostenlose Probe an und versprach mir einen billigen Literpreis.

Sie sehen also, wie nützlich sich meine Begleiter erwiesen. Ich schlug ihm die Flasche aus der Hand, der Korken flog raus, und der Inhalt floß auf die Stiefel von Perch, wo er sich sofort durch die Spitze fraß, denn es handelte sich sicher um reine Säure, so daß Perch den linken Stiefel hastig auszog und aus dem Fenster schmiß. Na, mein Herr, stellen Sie sich vor, daß zwei der vordersten Indianer, als die bei dem Stiefel ankamen, die Zügel zurückrissen und abstiegen, um sich das Ding anzusehen. Da hatte ich eine Idee, kletterte raus, wobei ich einen Fuß im Fenster ließ, das ist gar nicht so leicht bei einer Kutsche in voller Fahrt, und rief die Leute auf dem Bock. Der Kutscher hatte keine Zeit zu einem Schwätzchen, und der Beifahrer legte seine Schrotflinte auf meinen Kopf an, der sich in Dachhöhe befand. Bestimmt hätte er mich abgeknallt, wenn seine Munition nicht schon alle gewesen wäre. Er hielt mich nämlich für einen Indianer.

Es dauerte eine ganze Weile und kostete mich viel Puste, bevor ich mich bei seiner Hysterie und dem Windgeheul verständlich machen konnte, aber schließlich kapierte er meinen Plan, kroch zu dem Gepäck, das auf dem Dach festgeschnallt war, öffnete es Stück für Stück und streute alles, was drin war, kunterbunt aus. Der Koffer des Händlers bot die meiste Abwechslung: Mäntel, Anzüge, Kragen, Stoffballen, die sich im Wind flatternd aufrollten – einer davon klatschte einem Indianer um die Brust, der im Galopp die beiden Zipfel um sich wickelte, dann aber doch nicht umhin konnte, anzuhalten, um sich in seinem Spiegel zu bewundern. Natürlich gab es in dem Koffer auch Spiegel, aber die zersplitterten genau wie die Flaschen mit Haaröl beim Aufprall in tausend Scherben, die Blechteller dagegen nicht, und wenn ein Cheyenne so einen fand, stieg er ab und hob ihn auf, aber das war gar nichts zu dem Erfolg, den die lossegelnden Damenhüte hatten. Die und der Inhalt von unserer Reisetasche, die als nächste dran glauben mußte, beendete diesen Abschnitt der Verfolgung. Bevor die Kutsche einen Abhang runterraste, sah ich noch als letztes, wie zwei Cheyennes sich um den mit Bändern verzierten Schlüpfer von Olga stritten, den sie von einem Pferd zum anderen auseinanderzogen, und wie ein halbes Dutzend sich mit Pelz und Volants besetzte Damenhüte aufsetzte.

Dann löste sich ein Rad von der Kutsche, und wir rissen zweihundert Yard Prärie auf, bevor die Tiere zum Stillstand gebracht werden konnten, denn das Gespann war zwar müde, aber so in Panik, daß es zusammengeschirrt davonrannte, sobald der Kutscher es ausgespannt hatte.

Der Kutscher und ich zankten uns, ob wir dort bleiben oder zu Fuß weitergehen sollten. Wir befanden uns am Steilufer über dem Fluß, weil das Flußbett noch nicht befahrbar war. Auf der anderen Seite des Arkansas River, der im Winter sehr seicht und von einer dünnen Eiskruste bedeckt ist, lagen Sandhügel; da konnten wir uns vielleicht verschanzen, bis der nicht eingehaltene Fahrplan entdeckt und Truppen von Fort Larned ausgeschickt wurden, was damals freilich lange dauern konnte, weil keiner sich Sorgen machte, wenn eine Postkutsche sich um einen Tag verspätete.

Eines stand fest: die Cheyennes ließen sich mit ihren neuen Besitztümern nicht für ewig ablenken. Sie würden uns bald nachsetzen, wenn sie auch unseren Unfall in dem flachen Tal nicht gesehen haben konnten.

Niemand hatte sich dabei verletzt, denn die Kutsche kippte nicht um, und vielleicht war sogar unsere kleine Gesellschaft wachgerüttelt, sozusagen in die Wirklichkeit zurückgebracht worden, wenigstens Perch und der Händler. Auch Olga schien jetzt nicht mehr so besorgt zu sein. Alle stiegen aus, und ich hatte einen Wortwechsel mit dem Kutscher, als ich feststellte, daß Schwarz nicht rausgekommen war; also guckte ich drinnen nach, und obwohl die Karre ganz schief stand, hockte er immer noch in seiner Ecke und glotzte aus seinem gemeinen Gesicht vor sich hin, allerdings sahen seine Augen jetzt wie zwei trübe Tümpel aus. Vergeblich fuchtelte ich ihm mit der Hand vor der Nase rum, zog dann seinen Colt aus dem Gürtel, holte die Munition aus seiner Tasche, kramte kurz nach seinen Papieren, denn ich durfte nicht viel Zeit verplempern, fand aber keine.

Ich nehme an, daß er schon vor einer Weile an einem Herzschlag gestorben war, ob aus Angst, konnte keiner wissen, aber ich verschwieg es vorläufig den anderen, denn wir mußten schnellstens durch den Arkansas River waten. Im eisigen Wasser kriegten wir nasse Füße und konnten die nicht mal trocknen, weil wir es erst nicht wagten, Feuer zu machen, und nach unserer Entdeckung hatten wir dann was anderes zu tun. Kurz nachdem wir die Sandhügel am südlichen Ufer erreichten, sahen wir die Cheyennes auf dem Kamm auftauchen und zu der verlassenen Postkutsche runterreiten, in der sie uns noch vermuteten; sie umzingelten sie mit Kriegsgeschrei, fielen darüber her.

Viele von ihnen hatten Frauensachen an: schicke Hüte, Korsetts, und der Krieger, der schließlich bei Olgas Schlüpfer Sieger geblieben war, hatte den entzweigerissen und trug jedes Bein als Ärmel. Die Blechteller hatten sie mit Messern durchlöchert, rote Bänder durchgezogen und sie als Klappern an ihre Tiere gehängt. Manche hatten sich in die Kleiderstoffe gewickelt. Offenbar waren nicht alle Flaschen mit Haarwasser kaputt gegangen, denn ich sah, daß ein paar Indianer draus tranken, und fragte den Händler, was eigentlich drin war. Da er sie jetzt nicht mehr verkaufen konnte, sagte er einmal die Wahrheit: nichts wie gefärbtes Wasser – ich dankte Gott dafür.

Dann entdeckten sie unsere Spuren durch den Fluß. Wir hatten eine Verteidigungslinie um den höchsten Sandhügel angelegt, hinter den wir Olga, Gus und den Händler steckten, der zwar kein Hasenfuß, aber eben unbewaffnet war. Der Kutscher hatte einen Karabiner, der Beifahrer zum Glück noch ein paar Pistolen außer dieser nutzlosen Schrotflinte bei sich. Ich gab Perch meinen Remington und benutzte selber den großen Colt von Schwarz. Die Cheyennes besaßen bloß zwei oder drei Flinten, die höchstwahrscheinlich in schlechtem Zustand waren. Wenn wir unsere Salven möglichst wirksam verteilten, und zwar bevor sie uns mit Pfeilen treffen konnten, ließen sich die Menschenwesen dadurch vielleicht abschrecken.

Daher wies ich jedem unserer Männer ein bestimmtes Ziel unter den vordersten Reitern an, als ihre Tiere durch die Eisdecke am Flußrand krachten; sie traten dabei vorsichtig auf, um sich ja nicht zu schneiden, und als sie dann im offenen Wasser zu galoppieren begannen, feuerten wir los.

Mir war meine neue Waffe nicht vertraut, drum schoß ich zu hoch und kappte nur das weiße Ende der Felder auf dem Kopf von einem Krieger. Aber Perch traf mit meinem kleinen Revolver und mehr Glück als Verstand ein Pferd am Knie, hobelte ihm zwar vom Knochen bloß ein Stück runter, ohne den zu brechen, aber immerhin warf das Tier seinen Reiter ins aufspritzende Wasser, und zwei weitere Krieger prallten zusammen, als sie ihm ausweichen wollten. Unser Kutscher zersplitterte den Bogen in der Hand eines Kriegers, der ihn wie ein heißes Eisen fallen ließ.

Das genügte, um die Angriffsflanke zu lähmen und ihnen die allgemeine Stimmung zu vermiesen, aber zwei Indianer waren auf den Handstreich aus, wären also bis in die Mündung eines Kanonenrohrs geritten. Nun lud unser Kutscher grade wieder unsere einzige weittragende Waffe, während der Beifahrer wie gewöhnlich blindlings drauf losknallte und Perch kein Glück mehr hatte.

Ich selber schoß zweimal glatt vorbei, als die beiden Krieger nebeneinander, der eine auf einem gescheckten, der andere auf einem schwarzen Pony, siebzig Yard vor mir durch den seichten Arkansas River plantschten und rasch näher kamen. Ich lag vom Bauch bis zum Kinn im Sand und hatte zu allem noch ein paar Körner in den Mund gekriegt, die sich wie Pickel unter der Zunge anfühlten. Der Kerl auf dem Gescheckten stimmte sein Siegeslied an, das ich natürlich verstand, und es war wirklich ein seltsames Gefühl, zu wissen, daß er sich in diese cheyennische Raserei hineingesteigert hatte und nur als Leiche vor irgendwas haltmachen würde.

Noch vierzig Yard – mein Ziel tauchte nun aus dem

Wasser auf und peitschte sein Tier auf unseren Sandhügel rauf. Da verschoß ich meine letzte Kugel, aber der Kutscher hatte inzwischen seinen Karabiner geladen und traf den Cheyenne mitten in die Brust, ein ausgezeichneter, sogar aus so kurzer Entfernung sehr schwieriger Schuß, so daß der Wilde mit flatternden Volants auf seinem Damenhut, den ich erst jetzt bemerkte, über den Schwanz seines Ponys fast wieder in den Fluß flog, den Hut verlor, Gesang Gesang sein ließ und sich nicht mehr aufrappelte, wenn er auch noch lebte, als es dunkel und so still wurde, daß wir seinen Atem hören konnten.

Ich erinnere mich nicht mehr, was aus dem anderen wurde: vielleicht machte er kehrt, weil seine Medizin nichts mehr taugte; zweimal griff die ganze Horde noch vor der Dämmerung an. Es gibt wirklich angenehmere Erlebnisse, als im kalten Sand zu liegen, während fünfzig heulende Cheyennes auf einen zustürmen. Aber wir wehrten sie ab, verwundeten dabei ein paar von ihnen, allerdings kriegte auch Perch vor ihrem zweiten Rückzug noch einen Pfeil in die Schulter.

Als die Sonne unterging, besetzten die Indianer das andere Ufer, aber sie brüllten wenigstens keine Herausforderungen mehr, noch schwangen sie weiter ihre Speere: dieser Teil des Kampfes langweilte sie. Beim ersten Tagesschimmer mußten wir mit einem neuen Angriff rechnen. Inzwischen starrten sie zu uns rüber, und als es dunkel wurde, machten ein paar Lagerfeuer, denn es wurde immer kälter. Dann wickelten sie sich in ihre Decken und aßen Dörrfleisch aus ihren Lederbeuteln.

Da saßen wir nun, als die Dunkelheit anbrach und der Wind aufkam und es sogar zum Schneien zu kalt wurde. Perch hatte diese Schulterwunde, und sein Fuß war erfroren, weil er mit nur einem Stiefel durch den Fluß waten mußte. Ich nahm an, daß er seine Haxe verlieren würde, aber er wollte von einem grausamen chirurgischen Eingriff nichts wissen, denn er behauptete, daß der Schmerz sich nicht mit dem in seiner Schulter messen konnte.

Der Kutscher hatte einen großen Kanister mitgebracht, so hatten wir wenigstens genügend Wasser für die Nacht. Aber nichts zu futtern. Wir konnten auch kein Feuer machen, weil es nichts Brennbares in diesen öden Sandhügeln gab. Immerhin trug jeder seine dicksten Wintersachen, und die Mulde hinter unserem Kamm schützte gegen den Wind, daher krochen wir alle rein, als die Finsternis undurchdringlich wurde, und wechselten uns bei der Wache auf dem Gipfel ab.

Ich habe schon erzählt, daß Olga sich beruhigte, sobald die Postkutsche ein Rad verlor und unsere Lage kritisch wurde. Das blieb auch so, sie verband Perchs Schulter mit Fetzen von ihrem Unterrock und versuchte, das Blut wieder in seinen erfrorenen Fuß zu reiben. Und der hagere, langnäsige, nervöse Beifahrer, der wie wild drauf losknallte und zwischen den Angriffen zuckte und rumschnupperte und sich am ganzen Körper kratzte, als ob er Läuse hatte, also, als der in die Mulde kam, wischte ihm Olga die Stirn ab, auf der trotz der Kälte der Schweiß stand, und er sagte, Gott segne Euch, *Missis*, und schlief sofort wie ein Kind ein.

Ich will damit sagen, daß sie eine gute und nützliche Frau war. Nun, und der kleine Gus geriet in helle Begeisterung, als die ersten Schüsse fielen, wollte selbst schießen und krabbelte deshalb auf den Hügel, aber Olga holte ihn zurück. Dann ließ sein Interesse an dem Kampf nach, und er spielte in der Mulde ganz für sich allein, wobei er ausgesprochen intelligente Striche in den Sand malte. Ich war richtig stolz auf die beiden und auch in Sorge um sie, daher entschloß ich mich, ein Risiko einzugehen, um ihr Leben zu retten.

Ich wollte nach Fort Larned, das etwa vierzig Meilen entfernt lag, aber schon zehn Meilen weiter gab es einen Etappenort, wo ich mir ein Pferd verschaffen konnte, wenn die Cheyennes den nicht dem Boden gleichgemacht hatten. Ich hätte am nächsten Abend eigentlich mit der Armee wieder zurück sein können. Solange konnten sich unsere Leute bestimmt halten.

Die anderen erklärten sich damit einverstanden, wenn auch dieser mutige kleine Händler lieber an meiner Stelle gehen wollte, weil er behauptete, daß er als Kämpfer doch nichts taugte, und der Kutscher seinen Beifahrer aus demselben Grund losschicken wollte, aber ich wußte, daß ich die meiste Erfahrung in so was hatte, und blieb dabei.

Ich schüttelte allen die Hände und küßte Olga. Der kleine Gus schlief auf ihrem Arm, und ich wollte ihn nicht wecken, drum gab ich ihm nur einen Kuß auf seine Pausbacke und zog dann seine Wollmütze noch tiefer drüber, wenn er auch wie eine Kohle in eisiger Nacht glühte, denn er war wirklich ein kräftiges Kerlchen.

„Kopf hoch, mein Schatz, alles wird schon wieder gut", sagte ich zu Olga.

„Ich warte hier", sagte sie und klopfte auf den Sand, und ich glaubte ihr, denn sie war wirklich widerstandsfähig. Deshalb gab ich in keineswegs hoffnungsloser Stimmung meine Waffe dem Händler, brach durch die völlige Finsternis auf, watete eine Meile weiter zum nördlichen Ufer, zog dort meine Stiefel an und marschierte zum Etappenort. Dort war alles in Ordnung, freilich wurde ich fast erschossen, als ich mitten in der Nacht auftauchte. Nur drei Kerle hielten sich dort auf, also nicht genug, um sie mitzunehmen und fünfzig Indianer zu verjagen, außerdem war einer sternhagel besoffen und die anderen zwei so feige, daß sie in ein unterirdisches Versteck krochen und sich mit Soden zudeckten, als sie von Feinden in der Nähe hörten. Aber ich kriegte ein Pferd, ritt es bis zum Fort beinah zu Tode, trug dort meine Geschichte dem Befehlshaber vor, er ließ ohne größere Verzögerung eine Kolone aufsteigen, ich nahm mir ein frisches Pferd und zurück ging's, für die Armee sogar ziemlich rasch.

Eine Stunde vor Sonnenuntergang gelangten wir auf einen Kamm, von wo aus ich mit einem geliehenen Feldstecher unsere verlassene Postkutsche sehen konnte. Kein Cheyenne ließ sich mehr weit und breit blicken. Auch konnte ich niemand von unseren Leuten auf dem Sandhügel sehen, aber dort lagen sie bestimmt flach auf dem Boden, weil sie uns aus dieser Entfernung für weitere Indianer halten mußten.

Das redete ich mir jedenfalls immer wieder ein, als wir näher rantrabten. Ich peitschte meinen müden Kavalleriegaul durch die weiße Flußniederung, die in der Sonne getaut war, ins Wasser, und als der auf dem Weg zum anderen Ufer vor Erschöpfung strauchelte, sprang ich runter und rannte rufend den Hügel rauf.

Als ersten fand ich den Händler. Ein Zug Ameisen hatte schon seine Augen erreicht, wenn er auch erst seit ein paar Stunden tot sein konnte. Drei Pfeile steckten in ihm, und sein Kopf war kahl und roh. Daneben lag in ähnlichem Zustand der Kutscher, ihm fehlte auch noch die rechte Hand, denn er war ein guter Schütze, was die Cheyennes damit gewürdigt hatten.

Der Beifahrer war tüchtig zerschnippelt worden. Perch dagegen überhaupt nicht, denn er eignete sich sozusagen mit seiner verbundenen Schulter, seinem erfrorenen Fuß und seiner Glatze nicht gut für Trophäen.

Irgendwie mußten sie überrumpelt worden sein. Vielleicht hatte es den Kutscher erwischt, und daraufhin verloren die übrigen die Nerven. Ich weiß es nicht. Ziemlich benommen ging ich runter in die Mulde, aber ich fand dort keine Olga, keinen kleinen Gus. Auch nirgends sonstwo in der ganzen Gegend. Die Cheyennes hatten meine Familie entführt.

15. Union Pacific

Ich will nicht näher auf die hoffnungslose Verfolgung am nächsten Tag eingehen, denn wie gewöhnlich teilten sich die Cheyennes in viele kleine Gruppen auf, und niemand konnte wissen, zu welcher nun Olga und Gus gehörten. Vielleicht war es auch gut so, denn wenn wir den Indianern mit der Armee zu dicht auf die Fersen gerückt wären, hätten sie wahrscheinlich aus reinem Unmut meine Frau und mein Kind umgebracht.

Wie die Sache nun mal stand, wollten sie später vielleicht Lösegeld für sie haben. Wenn die Cheyennes sie nicht am Arkansas River getötet hatten, würden sie es nach der ganzen mühsamen Entführung wohl kaum noch tun.

Damals dachte ich nur: diese Schufte haben meine Frau und mein Kind. Vielleicht hätte ich sogar was gegen Alte Zeltbahn gehabt, wenn er nicht am Powder River gewesen wäre.

Natürlich sehe ich jetzt ein, daß ich durch ihn und seine Sippe meine Familie am ehesten hätte aufspüren und zurückkaufen können. Falls ich den Häuptling gefunden hätte, ohne schon auf der Suche nach ihm das Zeitliche zu segnen – man konnte ja einem Indianer kein Telegramm, ja nicht mal einen Brief schicken. Wie dem auch sei, ich habe es nie versucht. Ich kehrte mit den Truppen nach Fort Larned zurück und verdingte mich eine Zeitlang als Kundschafter, aber am Arkansas River war nichts mehr los. Der Angriff auf unsere Postkutsche blieb eine Ausnahme. Der richtige Kampf fand oben beim Platte River statt, wo die Cheyennes die Kriegspfeife mit den Sioux und Arapahos geraucht hatten und mit einer vereinigten Streitmacht von tausend Kriegern Anfang Januar Julesburg überfielen und die Läden dort plünderten. Einen Monat lang terrorisierten sie die Gegend am South Platte River, zerstörten Farmen und Poststationen, rissen die Telegraphenleitungen runter und eroberten Wagenzüge. Im Februar plünderten sie Julesburg noch mal und brannten es nieder. Im Frühjahr zogen die Feinde nordwärts in die Black Hills und weiter zum Powder River. Die Armee brach im Sommer nach dort auf, wurde in einer Reihe von Scharmützeln geschlagen, geriet in einen frühen Herbststurm, wo die meisten Pferde draufgingen, und kehrte zerlumpt und barfuß zurück, was sie überhaupt nur schafften, weil Frank North und seine Pawnee-Kundschafter sie fanden und heimführten. Im Jahr drauf vertrieben die Sioux und Cheyennes Colonel Carrington aus dem nördlichen Land, und die Armee mußte die Forts räumen, die er gebaut hatte, um die Straße zu den Goldminen von Montana zu schützen.

Mir dreht sich heute noch der Magen um, wenn ich Ihnen gestehe, daß ich zum Säufer wurde, statt ernsthaft nach Olga und Gus zu suchen. Das ist ein schweres Selbstbekenntnis, und es war mir vorher noch nie passiert, aber es stimmt: ich hatte keinen Mumm mehr.

Je mehr ich trank, um so weniger gefielen mir die Indianer im allgemeinen und die Cheyennes im besonderen. Ich will nicht näher darauf eingehen, denn im Grunde genommen verstärkten sich nur bei mir die Gefühle, die sich schon in Denver geregt hatten. Nur so viel noch: ich fand es nicht mehr blöde, wenn einer sagte, daß wir die Indianer mit Stumpf und Stiel ausrotten sollten. Vielleicht war ich selbst sogar der Kerl, der das lauthals verkündete, denn es dröhnte mir dauernd in den Ohren, wenn mein Krug zur Neige ging, und manchmal kauerte ich ganz allein an den Palisaden.

Vielleicht würde ich lieber alles noch mal durchmachen, wie Ihnen von meiner Rumirrerei im Sommer '65 zu erzählen, denn wenn ich nicht besoffen war, hatte ich einen furchtbaren Kater, und das ist noch schlimmer. Ich schleppte mich nach Osten, wo Kansas, nachdem der Bürgerkrieg vorbei war, errichtet wurde, Farmen und sogar Städte auf dem früheren Büffelgebiet entstanden, ein Wagenzug hinter dem anderen kam, und wo Weiße sind, da gibt's auch Whisky.

Freilich hatte ich kein Geld mehr für einen Saloon und war auch nicht mehr in dem Zustand, irgendwo und -wie zu arbeiten, zum Beispiel indem ich jagte, denn ich hatte kein Gewehr und hätte meine Hand sowieso nicht ruhig halten können. Sicher kriegte ich ein oder zwei Gläschen aus reiner Gastfreundschaft, aber ich konnte mir unmöglich die Menge Schnaps verschaffen, die ich inzwischen brauchte, ohne was dafür zu bieten.

Das ist der Grund, wieso ich ein Hanswurst wurde. Ich meine, ich ging zu einem Wagenzug, wenn sie abends Rast machten, oder zu einer Farm oder in die Stadt in einen Saloon und sagte: „Wie wär's mit einem kleinen Jux? Ihr zahlt, und ich biete euch was."

Damals waren die Leute sehr neugierig, und einer erklärte sich mit dem Kuhhandel immer einverstanden. Dann raffte ich die nötige Kraft zusammen, um das Zittern zu unterdrücken, das mir dauernd durch die Knochen lief, wenn ich nüchtern war, und stellte mich öffentlich zur Schau. Ich sang und tanzte, wobei mich der Schnaps beflügelte, denn von Natur aus war ich für so was nicht begabt, ich kam nämlich schon heiser zur Welt, und das Feuerwasser machte meine Kehle noch rauher, und ich muß wohl gekrächzt haben wie ein Rabe, der seinem Schwarm verkündete, daß er gerade ein saftiges Aas auf der Prärie entdeckt hat.

Eins meiner Lieder hatte ich unten in Santa Fé gelernt, das über ein kleines Maultier, und ich erinnere mich undeutlich, daß ich es mal in einem Saloon in Omaha, Nebraska, sang, wo auch ein paar Maultiertreiber waren, die aus Gürteln und irgendwelchem Kram einen Saumsattel zusammenbastelten und mir den auf den Rücken packten. Ich kroch damit auf allen vieren rum, während sie mich in den Hintern kickten, den ein besonders gemeiner Typ mit seiner langen Peitsche bearbeitete, so daß ich schon dachte, er würde ihn häuten, als ein anderer Kerl auf ihn zutrat und sagte: „Gib das Ding her!"

„Ich denke nicht dran!"

Ich war zusammengesackt und glotzte die zwei aus blutunterlaufenen Augen an: mir war es eigentlich Wurst, ob ich ausgepeitscht wurde oder nicht. Ich konnte mich nicht mal mehr erinnern, wie ich nach Omaha kam und warum. Ich sage das, denn wenn jemand eine tüchtige Tracht Prügel verdiente, war ich das.

„Na schön, du blauarschiger, büffelhodiger, pissesaufender Saukerl, dann werde ich dir eben dein verdammtes Gebiß raushauen“, sagte mein Retter, schwang tatsächlich seine Rechte und schlug den Peitschenschinder zusammen.

Seine Freunde schleppten ihn sofort raus, während die anderen pfiffen und johlten: „Mein Gott, *du* bist also das Langhaar, ein richtiges Zwei-Zitzen-Wunder“ und so weiter. Dann beugt sich der Sieger runter, schnallt den Saumsattel unter meinem Bauch los, rafft mich wie ein Kind auf, wirft mich wie ein Mexikaner seine zusammengefaltete Decke über die Schulter und stapft raus. Dann schleppt er mich eine schmale Treppe rauf und schmeißt mich unsanft auf ein Messingbett.

Da komme ich erst mal dazu, mir den Fremden anzusehen, denn er hat seinen Hut abgesetzt, und sein hochgestecktes langes rotes Haar fällt runter. Aber es ist kein Mann, sondern eine Frau. Und sie plumpst neben mir aufs Bett.

Und sagt: „Ich weiß nicht, warum ich das getan habe, Kleiner, aber ich habe wirklich eine große Schwäche für dich. Wenn du auch nur ein jämmerliches Wiesel bist, und jetzt werde ich dich lieben. Du bist mein kleiner Goldschatz“, und so weiter.

Ich sage: „Das reicht, Caroline. Erkennst du denn deinen Bruder Jack nicht?“ Ich mußte es paarmal sagen, weil meine Stimme schwach war, bevor sie es überhaupt mitkriegte, denn sie war tatsächlich ganz Feuer und Flamme für den Falschen.

Endlich sperrte sie den Mund auf, verlor fast ihren Kautabak und sagte: „Ach, mein Gott!“ Dann: „Du Hurensohn!“ Es folgten noch ein paar auserlesene Flüche, denn darin konnte es keiner mit meiner Schwester aufnehmen.

Schließlich brach sie in Tränen aus, küßte und umarmte mich schwesterlich, holte eine Blechschüssel voll Wasser, wischte mir den Dreck vom Gesicht, sah, daß ich es wirklich war, und das Ganze fing noch mal von vorne an.

Ich freute mich, die alte Caroline wiederzusehen, und mehr noch, daß ich jemand gefunden hatte, der mir zugetan war, aber nach all den Monaten der Ausschweifung und Schande war ich mit meinen Kräften so am Ende, daß ich bald einschlief.

Am nächsten Tag fühlte ich mich miserabel und schrie nach Whisky, bloß um überhaupt am Leben zu bleiben, aber den schlug sie mir glatt ab und steckte mich statt dessen stundenlang in einen Zinnkübel, der sich in dem Haus befand. Den ganzen Tag und auch noch den nächsten schüttete sie immer wieder Kessel mit kochendem Wasser rein, sobald das Bad einigermaßen erträglich für mein Fell wurde, und als ich aus dieser Behandlung schließlich auftauchte, hatte ich zwar vielleicht das Gift rausgeschwitzt, aber auch den Rest von meinem Lebenssaft, und meine Beine zitterten wie die eines Füllen.

Caroline hatte sich kaum verändert. Nur ihre Gesichtszüge waren noch gröber geworden, und sie kaute dauernd Tabak, was ihren Zähnen nicht gerade gut tat; wenn sie sich auch so regelmäßig wusch wie die meisten, stank sie doch immer nach Maultieren, denn damit verdiente sie ihren Lebensunterhalt: sie fuhr mit einem Gespann Zeug aus Omaha zur Union-Pacific-Eisenbahn, die damals am Platte River gebaut wurde.

Während ich noch so schwach dalag, erzählte sie mir von ihren Erlebnissen, seit sie mich im Wigwam von Alte Zeltbahn zurückgelassen hatte.

Sie war weiter nach Westen gezogen, bis nach San Francisco. Dort wollte sie sich als Seemann anheuern lassen, aber die Schiffsmannschaft entdeckte ihr Geschlecht schneller als die Cheyennes und warfen sie in der Bucht über Bord.

Als dann der Bürgerkrieg ausbrach, kam sie auf eine bessere Idee, zog nach Osten und pflegte die Verwundeten, das konnte sie bei ihren Muskeln und ihrer Körperkraft und ihrer fraulichen Natur dahinter sicher ganz hervorragend. Sie verliebte sich in cinen Mann, den sie in einem Lazarett bei Washington, D. C., traf, Sie sehen also, wie weit sie nach Osten gelangte. Es war kein Verwundeter, sondern ein Krankenpfleger, der mit ihr zusammen arbeitete, ein richtig gebildeter Mensch, der sogar in seiner Freizeit Gedichte schrieb.

Ich brauche Ihnen wirklich nicht die ganze Geschichte in allen Einzelheiten erzählen, denn es lief darauf hinaus, daß dieser Kerl, als er sah, wie sympathisch ihn Caroline fand, ihr gestand, daß er einen lockigen Trommeljungen liebte, dem eine Kugel die rosige Schulter zerschrammt hatte. Es kam meiner lieben Schwester nie in den Sinn, sich zu fragen, wieso ein so großer gesunder Mann freiwillig Bettpfannen leerte, statt zu kämpfen.

Soviel über Caroline, die ihr gebrochenes Herz wieder nach Westen trieb, wo sie Maultierkutscherin wurde. Es war ihr überhaupt nicht peinlich, daß sie mich erst für einen eventuellen Liebhaber hielt, denn ihre verschiedenen Schwierigkeiten auf diesem Gebiet hatten sie hart gemacht. Vermutlich sagte sie sich, daß sie nur einen Mann kriegen konnte, wenn sie ihn sich packte wie mich.

Ich fragte sie, ob sie auf ihrer Rumreiserei irgendwen vom Rest unserer Familie getroffen hatte.

„Nein, nie", sagte sie, schlug die Beine übereinander und spuckte einen dünnen Strahl Tabaksaft in den Napf, den ihre Wirtin zu diesem Zweck hingestellt hatte, „wenn ich auch von einem Soldat im Lazarett hörte, daß er mit einem Bill Crabb zusammen diente, der bei Fredericksburg den Heldentod starb. Ich nehme an, daß es unser kleiner Bruder war. Gott sei seiner Seele gnädig."

Ich hielt es für höchst unwahrscheinlich, daß Bill sich seit unserer Begegnung '58 gebessert hatte, aber das verschwieg ich ihr. Außerdem saß ich ja selber im Glashaus.

Dann sagte Caroline: „Erzähl mir was von dir, Jack. Wieso bist du so auf den Hund gekommen?"

Das faßte meine Lage treffend zusammen. Also erzählte ich meine Geschichte, und ich muß zu Carolines Gunsten sagen, die mir als Kind nie viel Aufmerksamkeit schenkte und mich sogar bei den Indianern im Stich ließ, daß sie diesmal nach einer Weile erkannte, daß ich ein paar Dinge vollbracht hatte, die tatsächlich ihre Aufmerksamkeit verdienten. Ausgerechnet sie, die in ihren eigenen Angelegenheiten immer großen Mist machte, zog mich nun komischerweise durch ihre Einstellung zu meinem Riesenpech aus der Hoffnungslosigkeit, in die ich gesunken war.

Denn als ich ihr von der Entführung von Olga und dem kleinen Gus erzählte, sagte sie ganz unbarmherzig: „Du solltest sie am besten vergessen, Jack. Die sind bestimmt schon längst abgemurkst worden."

„Sag nicht so was, Caroline."

„Ach, vielleicht haben sie deine Frau nicht mal *umgebracht*. Sondern bloß ..."

Komisch, wie eigene Familienangehörige es verstehen, einen mitten ins Herz zu treffen. Dieser Fall lag allerdings komplizierter: entsinnen Sie sich noch, daß ich immer meinte, Caroline wäre sehr enttäuscht gewesen, weil die Indianer sie nicht vergewaltigt hatten? Caroline war aus mehreren Gründen unbesehen eifersüchtig auf Olga: weil die verheiratet war, weil die ein Kind hatte, weil die höchstwahrscheinlich vergewaltigt wurde; hinzu kam noch die natürliche Abneigung einer Schwester gegen die Frau, die sich den Bruder geschnappt hat.

All das änderte Carolines Haltung. Sie stoppte die Prozedur, wieder einen anständigen Menschen aus mir zu machen – also die Bäder, ordentlichen Mahlzeiten und so weiter – und brachte mir einen Krug Whisky, in dem ich meine Sorgen ertränken sollte.

Sie fand mich vermutlich als Wrack befriedigender. Meine Schwester hatte wirklich denselben Geschmack wie die Männer, die sich über meine Erniedrigung amüsierten. Die Cheyennes wären niedergeschlagen gewesen, wenn sie mit angesehen hätten, wie ein Mitglied ihres Stammes so auf den Hund kam; sie hätten geglaubt, daß es allen Menschenwesen Schande machte. Im Gegensatz zu ihnen genießt es ein Amerikaner förmlich, zu sehen, wie ein anderer in der Gosse landet. Und meine Schwester bildete darin keine Ausnahme.

Vermutlich hätte ich mich zu Tode gesoffen, wenn ich nicht meiner Schwester begegnet wäre; und hätte sie ihre Besserungsversuche fortgesetzt, dann wäre dieser Vorgang wohl noch beschleunigt worden. Aber sobald sie darauf brannte, meinen Ruin mitzuerleben, und wohl auch ins Auge faßte, bis an mein Lebensende für mich zu sorgen, mich aus Saloons rauszuholen, meine Peiniger zusammenzuschlagen und so weiter – von diesem Augenblick an trank ich keinen Tropfen mehr. Jedenfalls nicht in diesem Lebensabschnitt.

Ich meine damit nicht, daß ich von einer Minute zur anderen wieder ein normaler Mensch wurde. Es dauerte ein paar Wochen, bevor ich mich wieder einigermaßen auf den

Beinen halten konnte und dann noch einen Monat oder so, bis ich wieder die Kraft hatte, Männerarbeit zu leisten. Ich übertreibe nämlich nicht, wenn ich behaupte, daß ich ganz runtergekommen war.

Gegen Sommerende bekam ich wieder Arbeit. Genau wie Caroline sollte ich ein Maultiergespann lenken, wenn sie sich auch größte Mühe gab, mir einen Strich durch die Rechnung zu machen, und so weit ging, dem Unternehmer, der uns anstellte, zu erzählen, daß ich ein unheilbarer Alkoholiker wäre, so daß er mir um so schärfer auf die Finger sah und ich doppelt so viel schuften mußte wie alle anderen.

Ich kriegte diesen Job überhaupt nur, weil sie jeden Mann für den Bau der Union Pacific brauchten, denn inzwischen hatten sie es damit sehr eilig, nachdem sie am Anfang schrecklich getrödelt hatten. Eigentlich sollte '63 damit begonnen werden, aber die ersten Schienen wurden nicht vor dem Sommer '65 gelegt, von dem ich gerade erzähle, und im Oktober waren erst zehn Meilen fertig. Allerdings waren dann im Winter die Nachwirkungen des Kriegs vorüber und Regierungsgelder trafen ein, so daß im April darauf die Strecke bei North Bend endete und im Juli noch achtzig bis neunzig Meilen weiter in Chapman.

Zur Schwerarbeit setzten sie damals hauptsächlich Iren ein, die nach Amerika ausgewandert waren, aber auch viele Kriegsveteranen, so daß sie '66 gewaltig vorankamen, denn sie schafften zwei Drittel Meile pro Tag, diese kräftigen schwitzenden Teufelskerle schlugen Riesennägel wirklich wie Teppichstifte ein, während andere ein Stück weiter die Schwellen und Schienen legten. Und direkt hinter ihnen puffte und schnaubte schon eine Lokomotive. Ihre Funken steckten manchmal das in Brand, was noch vom Präriegras übrig war, nachdem die Menschenherde es platt getrampelt hatte, und die Büffel selbst hatten sich schon längst aus dem Staub gemacht.

Am Streckenende stellten Fuselverkäufer ihre Zelte auf, zogen neben der Eisenbahn her und boten Schnaps, Glücksspiele und Huren feil. Außer ihnen gab es Lieferanten und Händler, sogar Prediger, Soldaten und ein paar weißenfreundliche Indianer, die was eintauschten oder ihre Weiber verkauften oder einfach gafften.

Solange die Union Pacific nach Westen vorstieß, fehlte es mir und Caroline nicht an Arbeit, denn wir vermieteten uns an die Abteilungen, die das Schienenbett ebneten.

Ortsansässige Unternehmer schlossen jeweils einen Vertrag über ein, zwei Meilen ab und heuerten alle verfügbaren Wagen und Gespanne, weil die den Schienenlegern ja immer voraus sein mußten, und die schufteten so schnell, daß man dauernd Gefahr lief, vom Stahl über den Haufen gerannt zu werden. Man konnte nur staunen, wie rasch sie diese Eisenbahn dort bauten, wo meine Familie sich noch ein Dutzend Jahre vorher mühselig mit den Ochsen weitergeschleppt hatte. Es war beängstigend.

Ich und Caroline fingen als Kutscher an und rackerten uns für die ab, denen das Gespann gehörte, aber in Lone Tree schafften wir uns selber Maultiere und Wagen an. Wir legten alles zusammen, was wir bisher verdient hatten, und Caroline besaß auch noch ein paar Münzen, die sie in einem alten Strumpf als Mitgift aufbewahrte, falls sie je heiraten sollte. Aber das Ganze reichte nicht im entferntesten, so daß wir einen Geschäftspartner nehmen mußten, um den Rest zusammen zu kriegen. Dieser Kerl hieß Frank Delight. Ich weiß nicht, ob er mit diesem Nachnamen, der ja Vergnügen bedeutet, geboren wurde, aber es paßte ausgesprochen gut zu dem Geschäft, das er grade betrieb. Er besaß nämlich zwei von diesen tragbaren Vergnügungszelten, die mit der Eisenbahn mitzogen, um den Streckenarbeitern immer zur Verfügung zu stehen: eins davon war ein Saloon, wo man den miserabelsten Whisky der Welt trinken konnte – ich probierte ihn zwar nicht selber, aber ich konnte seine Qualität schon feststellen, wenn ich draußen vorbeiging und bloß tief Luft holte –, das andere ein ambulantes Bordell. Weil sie so bequem zu erreichen waren, warfen sie großen Gewinn ab. Denn wenn ein Mann den ganzen Tag Schienen legt, hat er abends keine Lust mehr, weit zu laufen, um was zum Trinken oder zum Vernaschen zu finden.

Wir lernten Frank kennen, weil Caroline ein paar Freundinnen unter seinen Weibern hatte, die sie beim Wäschewaschen am Fluß getroffen hatte. Diese Huren fanden es eine Schande, daß ein Mädchen sich mit Maultieren abplagen mußte, und wollten meine Schwester zu ihrem Beruf bekehren, den man im Liegen ausübt. Caroline tat dagegen ihr möglichstes, die Huren zu bessern, aber weil sie dabei keinen Erfolg hatte, ließ es Frank ruhig zu. Ja schließlich amüsierte sie ihn sogar so, daß er ihr Whisky spendierte, nur damit sie ihn als Zuhälter ausschimpfte. Als er rauskriegte, daß wir Geld brauchen konnten, um uns ein Gespann zu kaufen, bot Frank es uns gegen eine Gewinnbeteiligung an, hauptsächlich aber wohl deshalb, weil er Caroline einen Gefallen tun wollte, wenn er auch sonst nie eine Gelegenheit verpaßte, um einen Extra-Dollar einzustreichen. Seit Bolt und Ramirez war ich auf Geschäftspartner ziemlich sauer, aber Frank war kein übler Bursche, und außerdem verwaltete ich das Geld.

So durchquerten wir '66 Nebraska, im Winter kamen wir nicht ganz so schnell voran, und im April '67 endete die Strecke in Paxton, das nur fünfzig Meilen vom Nordwestzipfel von Colorado entfernt lag, wo die Eisenbahn einen Knick nach Süden machen sollte, um in diesem „Territorium" Julesburg anzulaufen, und dann wieder zurück nach Norden durch das restliche Nebraska und hinein nach Wyoming.

Als das Wetter wärmer wurde, stießen wir dort immer öfter auf die Cheyennes und Sioux. Sie klauten uns nachts Tiere, schikanierten tagsüber die Arbeiter, wobei sie immer in kleinen Trupps Überfälle machten, und richteten zwar Schaden an, konnten aber das Vordringen der Schienenstränge nicht aufhalten. Es muß, wenn ich heute daran zurückdenke, sehr entmutigend für sie gewesen sein, am nächsten Tag wiederzukommen und zu entdecken, daß wir trotzdem drei Meilen weiter waren, und am nächsten wieder drei und so weiter, bis schließlich der Kontinent mitten durchgeschnitten war. Natürlich brachten sie es nie fertig, alle ihre Krieger zu einem Massenangriff zu sammeln, der wirklich Erfolg gehabt hätte. Aber vermutlich hätte dann die US-Armee Ernst damit gemacht, sie auszurotten, und sie alle auf einmal ins Verderben gestürzt, in das sie so nun nach und nach gerieten. Sie hatten Colorado verloren, und jetzt puffte und schnaubte diese merkwürdige Maschine durch Nebraska und ließ eine bleibende Metallspur hinter sich zurück. Ich glaube, ich habe schon erwähnt, daß die

Eisenbahn die Büffelherden in zwei Hälften teilte, denn diese Viecher überquerten die Geleise nicht mal, wenn weit und breit kein Zug zu sehen war, und das wußten die Indianer inzwischen.

Ich persönlich hatte mir schon gedacht, daß die feindlichen Indianer auftauchen würden, sobald wir in ihr Gebiet vorstießen, und hatte deshalb diese Arbeit angenommen: ich hielt es für die beste Methode, mit den Cheyennes in Verbindung zu kommen und nach dem Aufenthalt meiner Frau und meines Sohns zu forschen. Diesen Plan hatte ich schon in Omaha ausgeheckt, als ich mich aus meiner Versumpfung aufrappelte.

Mir schwebte vor, die Cheyennes sozusagen zu mir kommen zu lassen, und zu diesem Zweck lenkte ich nun seit zwei Jahren gewissenhaft meine Maultiere, aß abends meinen Fraß, fand mich mit Caroline ab, die eigentlich nie vernünftiger wurde, legte mich früh in mein Zelt und wartete, wartete einfach, bis es soweit war.

Als die Indianer endlich die Eisenbahn überfielen, schienen sie ausgerechnet meinen Abschnitt zu meiden, denn sie griffen die Planierer weiter westlich und die Schienenleger weiter östlich an. Und wenn sie auch alles mitnahmen, was sie nur erwischen konnten, ließen sie doch die Finger von meinen Maultieren, die ich in der Nähe meines Zelts festband, wo ich fast die ganze Nacht mit einem zusammengerollten Lasso auf der Lauer lag. Bloß fangen wollte ich den Krieger, der sich ranschlich, nicht abschlachten. Ich wollte nicht seinen Skalp, sondern lieber Olga und Gus zurückbekommen, und dazu mußte ich was zum Tauschen haben. Aber wie gesagt, kein Cheyenne ließ sich in meiner Gegend blicken.

Mitten im Sommer kriegte ich endlich meine Chance. Das Streckenende befand sich kurz hinter der früheren Poststation Lodgepole, und ich arbeitete damals für die Planierer westlich davon, hatte aber was in Julesburg zu erledigen und wollte grade wieder zurück, als eine Lokomotive dort hielt, um Wasser zu tanken. Ich sah, daß sie mehrere mit Frank North und seinen Pawnee-Kundschaftern beladene Güterwagen zog, weil die Regierung Frank North zum Schutz gegen die feindlichen Indianer engagiert hatte.

„Was ist denn los, Frank?“ fragte ich, denn ich kannte ihn. Und er antwortete: „Die Cheyennes machen Scherereien am Plum Creek, und wir fahren hin, um sie zu bekämpfen.“

„Ist es dir recht, wenn ich mich euch anschließe?“

Er sagte, daß wir in einem freien Land sind, also stieg ich auf. Ich war mit einem Ballard-Gewehr, Kaliber .56, bewaffnet, und in meinem Gürtel steckte auch noch eine Remington .44. Ich hatte keine Zeit mehr, mein Reitpferd zu holen, das grade beim Schmied neu beschlagen wurde, denn die Lokomotive fuhr los, während das Wasser noch aus dem Tank sprudelte. Ich fragte North, ob er mir ein Pferd beschaffen könnte, und er meinte, daß die Pawnees sicher ein Extra-Pony bei sich hätten, allerdings käme das nur für ganz besondere Reiter in Frage.

Ich lachte mir ins Fäustchen. Ich hatte nämlich noch keinem dort was von meinen Jahren bei den Cheyennes erzählt, die aus begreiflichen Gründen damals als Stamm nicht gerade beliebt waren, und in diesen Zeiten schöpfte man leicht Verdacht, wenn jemand eine Weile bei den feindlichen Indianern verbracht hatte und lebendig zurückgekommen war.

Während wir über die Schienen ratterten, torkelte ein Pawnee zu meiner Wagenecke – ich meine damit nicht, daß er besoffen war, sondern bei dieser Fahrt ging es so ruckelig her, daß man praktisch kriechen mußte, wenn man woandershin wollte – und starrte mich an. Nun kämpften die Pawnees früher gegen die Weißen auf dem Santa Fé Trail, wurden aber friedlich, als der Verkehr so zunahm, daß sie nicht mehr damit fertig wurden, und da sie außerdem Erbfeinde der Sioux und Cheyennes waren, machten sie seit einiger Zeit gemeinsame Sache mit den Amerikanern. Bei den Pawnees war es Sitte, sich den Kopf an seinen beiden Seiten kahl zu scheren und nur eine Skalplocke stehen zu lassen. Nun hat jeder seinen eigenen Geschmack, was die Indianer betrifft, und mir war es Wurst, wie sie aussahen, was bei meiner Erziehung ja auch ganz natürlich war. Sie erinnern sich wohl noch, daß ich als junger Bursche gegen die Pawnees kämpfte.

Dieser Krieger musterte mich also eine Weile, dann krabbelte er zu North und redete auf Pawneeisch mit ihm. Er mußte dabei schreien, denn der Zug machte einen Heidenspektakel, aber ich verstand trotzdem kein Wort davon, weil ich diese Sprache nicht konnte.

Schließlich hielt Frank seine Hände wie einen Trichter vor den Mund und brüllte mir zu: „Er behauptet, daß er mal am Niobrara River mit dir gekämpft hat, als du ein Cheyenne warst ... Lach nicht, sonst kränkst du ihn."

Diese Warnung hätte er sich schenken können: mir war nämlich gar nicht zum Lachen zumute, denn zweifellos sprach dieser scharfäugige Indianer die Wahrheit. Ich erinnerte mich, daß ein paar Pawnees mal am hellichten Tag beim Surprise River, beim Überraschungsfluß, unsere Ponys klauten und daß wir Menschenwesen ihnen nachjagten. Das Pferd eines Pawnees wurde getroffen, so daß es ihn abwarf, und da ich ihm zufällig am nächsten war, versuchte ich ihn über den Haufen zu reiten, aber er wehrte mich mit einem Hagel von Pfeilen ab, bis ein Kumpel von ihm kehrtmachte, er sich auf die Kruppe von dessen Pony schwang und sie beide mit Siegesgebrüll unversehrt durch unseren Lanzen- und Kugelregen fliehen konnten, wenn wir ihnen auch wie der Blitz nachsetzten und die Skalpe der restlichen Bande erbeuten konnten.

Dieser Mann mußte also einer von den beiden sein, die uns damals entwischten. Trotzdem verblüffte es mich, daß er mich nach all den Jahren ohne Bemalung und in amerikanischer Kleidung wiedererkannte. Bis zur Station am Plum River, am Pflaumenfluß, sagte ich nichts mehr. Dort stiegen wir aus. Ich ließ North im Glauben, daß es sich um einen Witz handelte, denn ich wollte ihm die Sache nicht erklären, aber während er mit einem anderen weißen Offizier die Lage erörterte, ging ich zu dem Pawnee und sagte in der Zeichensprache zu ihm: „Damals hattest du eine großartige Medizin."

Dieser Indianer hieß Verrückter Bär. Ausdruckslos sagte er: „Damals warst du ein Cheyenne. Jetzt bist du ein Weißer." Dann machte er das Zeichen für „Das verstehe ich nicht."

„Das ist eine lange Geschichte", erwiderte ich. „Aber die Cheyennes haben mir inzwischen meine weiße Frau und mein weißes Kind geraubt, und ich kämpfe mit dir gegen sie und will nicht, daß was Böses zwischen deinem Herzen und meinem Herzen steht." Ich fügte eine Indianeransicht hinzu: „Alles ändert sich außer der Erde."

„Und jetzt ändert sich auch die Erde", bedeutete er mir und zeigte auf die Eisenbahn. Dann fuhr er fort: „Ich glaube dir, nicht wegen dem, was du mir gesagt hast, denn du siehst wie ein Lügner aus. Ich glaube dir, weil Ober-Pawnee (das war Frank North) sagt, daß du nur ein Narr bist, der einen Wagen lenkt. Er bat mich, im Kampf auf dich aufzupassen."

Bevor ich Ihnen von unserem Kampf erzähle, muß ich Ihnen erst noch berichten, was die Cheyennes am Plum River angestellt hatten, denn das war ein Riesenerfolg für sie und, soviel ich weiß, bisher noch nie vorgekommen. Sie brachten einen ganzen Güterzug zum Entgleisen! Irgendwie rissen sie die Nägel raus und verbogen die Schienen so, daß die nächste Lokomotive, natürlich mit sämtlichen Wagen, runtersauste. Ich weiß nicht, woher die Indianer diesen Einfall hatten. In früheren Berichten hieß es, daß die Cheyenne-Krieger neben dem Zug herritten und versuchten, die Lokomotive mit dem Lasso zu fangen und das klang absolut glaubwürdig, denn ein Wilder hat nun mal kein Gefühl für Masse oder Größe bei so einem Ungetüm aus Stahl: weil ein Weißer damit fahren kann, denkt er, daß dann auch ein Roter es mit dem Lasso fangen kann.

Wir blieben ein paar Tage am Plum River und die Pawnees patrouillierten in der Umgebung, ohne irgendwas Verdächtiges zu entdecken. North und seine Offiziere wollten gerade wieder zum Streckenende zurückkehren, als eine Streitmacht der Cheyennes am südlichen Ufer auftauchte, wohl darum, weil Indianer eben immer wieder zu dem Ort kommen, wo sie schon mal gesiegt haben: vergessen Sie nicht, daß auch Julesburg zweimal von ihnen heimgesucht wurde.

Die Pawnees stießen ihren Kriegsschrei aus und stürmten zu der Brücke bei der früheren Poststation, die aber zu schmal für die ganze Horde war, so daß viele hoch zu Roß ins Wasser preschten, doch am anderen Ufer blieben die Pferde im Schlamm stecken, und sie mußten absteigen und raufkraxeln. Das verwirrte nun die Cheyennes, die nicht mit

Widerstand gerechnet hatten, wo ihnen doch vorher alles so leicht gefallen war, und als die Pawnees eine mörderische Salve aus ihren Spencey-Mehrladekarabinern abfeuerten, die gleich ein halbes Dutzend tötete, machten die Menschenwesen kehrt und flohen, obwohl sie in der Überzahl waren.

Ich ritt mit North über die Brücke. Wie ich schon angedeutet habe, hielt er nicht viel von mir, aber als der Kampf anfing, konnte er sich keine Gedanken mehr darüber machen, was ich tat, und sobald wir ans andere Ufer gelangten, galoppierte ich auf dem geliehenen Pawnee-Pony los. Ich fühlte mich richtig befreit, wieder auf so einem Reittier zu sitzen. Schon seit Jahren hatte ich keinen Stoffsattel mehr unter mir gehabt, aber wenn man einmal den indianischen Reitstil gelernt hat, vergißt man ihn nie wieder.

Da stürmten wir also los, eine Handvoll Weiße und vierzig Pawnees hinter ungefähr hundertfünfzig Cheyennes her, die über die Prärie flohen. Die Hufe donnerten, die Pawnees brüllten, ihre Spencers knallten, während die Menschenwesen nur wirkungslos ein paar Pfeile verschossen, während sie sich in wilder Panik aus dem Staub machten.

Der Boden stieg leicht zu einer Hügelkette an. Von Zeit zu Zeit stürzte ein Cheyenne von seinem Pony und ein Pawnee sprang ab, um ihm den Todesstoß zu versetzen, falls er noch atmete, und um ihn zu skalpieren. Ich hatte noch keinen Schuß abgegeben und wollte das auch nur aus Notwehr tun, aber dieser Pawnee, Verrückter Bär, dessen Tolle sich im Wind flachlegte, wich nicht von meiner Seite und beobachtete mich dauernd, so daß ich meinen Ballard schließlich abdrückte, allerdings genau zwischen die beiden Cheyennes vor mir zielte. Aber ich hatte bisher wenig Übung, von einem galoppierenden Pferd aus zu schießen, weil ich in meinen Pony-Tagen kein Gewehr besaß, und aus Zufall knallte ich dem einen Mann den fliegenden Zopf ab, der mit einem blauen Band umwickelt war.

Wir erreichten jetzt die Abhänge und erblickten weiter oben die Frauen und Kinder der Cheyennes mit ihrem Lagergepäck auf den Pony-*travois* auf der Flucht. Da sie nicht schnell genug waren, verteilten sich die Krieger um sie, machten kehrt und gingen zum Angriff gegen uns über, den aber die Pawnees mit ihren Schnellfeuerkarabinern abwehrten. Daraufhin stiegen die Cheyennes ab, gaben ihre Ponys den Frauen und Kindern, die ihr Gepäck im Stich ließen und hinter der Barrikade ihrer zurückweichenden Männer um ihr Leben rannten.

Sie zogen sich so gut zurück, wie Indianer das ohne Disziplin oder Strategie konnten, also nicht mehr in wilder Flucht, trotzdem sie dabei dauernd Männer verloren. An diesem Nachmittag wurden siebzehn Cheyennes getötet und unzählige verwundet; eine Stunde lang sah es ganz danach aus, daß die ganze Schar bis zum Abend niedergemetzelt würde, denn wie gewöhnlich hatten sie nur ein paar Flinten, und zwischen den Angriffen knallten die Pawnees außerhalb der Reichweite der Cheyenne-Pfeile einen nach dem anderen ab.

Dann überholten wir sie an den Flanken, weil sie zu Fuß waren und sich mit all ihren Frauen und Kindern auf die Hügel und Täler verteilten, und wenn auch North sein möglichstes tat, um es zu verhindern, töteten seine Leute ein paar Wehrlose, denn die Medizin der Pawnees war an diesem Tag großartig und mit frischem Blut getränkt, außerdem betrachtet ein Indianer seinen Feind als gerechte Beute, einerlei zu welchem Geschlecht er gehört oder wie klein er noch ist. Ich sah, wie eine Cheyennin von ihrem Pferd runtergeschossen wurde. Sie war fett und kam mir irgendwie bekannt vor, drum ritt ich ran, während ein Pawnee sein Messer über ihrem Ohr ansetzte und zuschnitt. Einen Augenblick dachte ich, daß es meine Pflegemutter Squaw Büffelschwemme war – zum Glück irrte ich mich, und ich galoppierte weiter.

Immerhin versetzte es mir einen Schock, denn bei diesem Kampf handelte es sich um was anderes als bei der Entführung von Olga und Gus. Mir machte es keinen Spaß, auf der Seite der Pawnees zu stehen: schließlich war ich dazu erzogen worden, die zu hassen. Mir war die ganze Sache eher peinlich, und es gefiel mir überhaupt nicht, auf die Cheyennes zu schießen, die nur ihre Familien verteidigten. Und stellen Sie sich nur vor, wenn ausgerechnet diese Gruppe Olga und Gus gefangenhielt: dann würde ich bald auf ihre Leichen mit eingeschlagenen Schädeln stoßen. Ich hatte eine große Dummheit begangen, als ich in Julesburg auf diesen Zug stieg.

Mit diesen trüben Gedanken ritt ich weiter, und ehe ich mich's versah, wurde ich von den Pawnees getrennt, die jetzt die rechte Flanke der Cheyennes angriffen, die unter heftigem Widerstand langsam zurückwich. Ich fand mich auf der linken Seite und ritt hinter der ersten Hügelkette ins Tal runter. Vor mir peitschten weitverstreut Cheyenne-Frauen und -Kinder ihre Ponys an, hier und da von Pawnees verfolgt.

Da es sehr trocken war, vermischten sich die aufwirbelnden Staubwolken mit dem Pulverdampf, und der Wind verteilte dieses Gemisch als dünnen Dunst über das Land, durch den der Sonnenschein durchsickerte. Ich hatte mich ungefähr eine halbe Meile vom Kampfgetümmel entfernt, so daß ich die Schüsse nur noch dumpf knallen hörte und sie mir nicht mehr fast das Trommelfell zerrissen.

Unter solchen Beobachtungen hatte ich mein schaumbedecktes Pony zum Rand einer tiefen Schlucht geführt, um ihm etwas Ruhe zu gönnen. Eine schlechte Raststätte mitten im Kampf, was es als Indianerpferd wußte, so daß es trotz seiner Müdigkeit weiter wollte. Und dann stieß es einen lauten Seufzer aus und brach unter mir zusammen, als säße ich auf einem großen Getreidesack, der ein Loch hat und aus dem die Körner allmählich rauslaufen. Aber bevor es am Boden lag, sprang ich runter, denn ich war Reiter genug, um zu wissen, daß es einen Pfeil in den Bauch gekriegt haben mußte, obwohl ich weder Flug noch Einschlag gehört hatte.

In der Schlucht lauerte ein Cheyenne. Ich legte mich platt an den Rand und wartete, daß er auftauchte, während mein Pferd sein Leben aushauchte, sonst aber nichts zu hören war. Ich steckte meinen Hut auf den Lauf des Ballard und schob den über den Rand – *Peng*! schon durchbohrte ein Pfeil die Krempe, flitzte samt den Federn durch und hätte mich beim Runterfallen um ein Haar getroffen, wenn er auch keine Kraft mehr hatte. Ehe ich meine Waffe zurückziehen konnte, hatte der Cheyenne sie schon so heftig am Lauf gepackt, daß ich auf ihn runtergeplumpst wäre, wenn ich sie nicht losgelassen hätte. Vorher drückte ich noch schnell ab, doch die Kugel wirbelte nur Sand an der gegenüberliegenden Wand auf, ohne ihn zu verwunden. Allerdings riß er beim Rückschlag die Finger weg, als hätte er sie sich verbrannt. Dann kippte der Kolben hoch und verschwand.

Nun war das aber ein Einlader, der ihm nichts nützte, wenn er keine passenden Kugeln dazu hatte. Deshalb zog ich meine Pistole, stürzte an den Rand und hätte ihn auf der Stelle erschossen, wenn er an der Wand geblieben wäre, wo er mein Gewehr zu packen kriegte, aber er hatte sich schon auf den Grund der Schlucht zurückgezogen, neben sich den vom Sand ganz verdreckten Ballard, der ja, und das war ihm klar, leer war. Und da er auch keine Pfeile mehr hatte, zückte er sein Messer, stand auf und stimmte seinen Sterbegesang an.

Da erkannte ich ihn. Es war Schatten-Der-Sichtbar-Wird. Ich wollte, er hätte mich auch erkannt, denn als ich die Wand runterkletterte, kam er feindselig mit dieser gewetzten Waffe auf mich zu.

16.
Meine Indianerfrau

„Halt ein, Bruder", rief ich auf Cheyennisch. „Laß uns miteinander reden." Aber weil ich meine ganze Aufmerksamkeit auf ihn richtete, verlor ich auf diesem Steilhang die Balance und fiel direkt auf ihn zu, dabei drückte ich aus Versehen auch noch meine Pistole ab, weil meine Hände sich bei dem Sturz unwillkürlich verkrampften.

Er hielt sein Messer mit der Spitze senkrecht nach oben und umklammerte mit der linken Hand das rechte Handgelenk, um für den Aufprall besser gerüstet zu sein. Für mich bedeutete dies, daß ich in Kürze ein Stück unterhalb meines Brustkastens aufgespießt würde. Mein Zufallsschuß ging nämlich ins Leere.

Ich stürzte zwar nur sechs Fuß runter, aber bei jeder Art von Bewegung ist die Zeit relativ, und ich erinnere mich, daß ich wie auf einer photographierten oder gemalten Darstellung unbeweglich im Raum hing. Zwei schräg zueinander stehende Adlerfedern steckten im Haar von Schatten. Schweißtropfen glitzerten auf seinen braunen Schultern. Er hatte eine mit blauen Perlenschnüren gestreifte Halskrause aus Stachelschweinstacheln um und trug am linken Arm zwischen Bizeps und Ellbogen einen Kupferreifen; zwischen seinen Beinen baumelte ein schmutziger Lendenschurz aus rotem Kattun. Die schwarzen Pupillen in seinen zusammengekniffenen Augen starrten genau auf meinen Magen, und er spreizte die Beine, um den Zusammenstoß leichter auffangen zu können. Über sein zinnoberrot bemaltes Gesicht zuckten gelbe Blitze.

Ich schwebte sozusagen in aller Gemütsruhe auf seine Messerspitze zu, und als ich darauf landete und irgendwie gelassen dachte, daß ich jetzt aufgeschlitzt war, beschleunigte die Zeit wieder ihr Tempo. Immer noch nicht verwundet plumpste ich mit ziemlicher Geschwindigkeit auf ihn, denn unbewußt hatte ich meine Fallrichtung ein bißchen geändert und erwischte so die Klinge zwischen Arm und Rippen bloß mit dem Hemd. In dieser Gegend wurde es mir warm, nachdem ich der Gefahr mit knapper Not entronnen war; wäre ich durchbohrt gewesen, dann hätte ich nichts gespürt: das ist das Merkwürdige bei Messerstechereien. Jetzt rollten wir zusammen durch Sand und Gestrüpp, und trotz seiner fünfzig Jahre war er noch ein kräftiger Indianer. Ich hatte meine Pistole verloren, er dagegen sein Messer behalten. Ich versuchte immer noch, mit ihm zu reden, aber sein Daumen bohrte sich so weit in meine Kehle, daß er mir fast schon wieder zum Mund rauskam. Da ich klein und gewandt war, stieß ich ihm das Knie öfters in den Unterleib, aber seine eisernen Hoden hielten das unerschütterlich aus, und ich konnte wegen der lähmenden Halsklammer unter meinem linken Ohr das Maul nicht aufmachen.

Bald nahmen mich seine von vierzig Jahren Ponyreiten stahlhart gewordenen Schenkel so in die Zange, daß ich mich jetzt nur noch danach sehnte, durch einen Messerstoß daraus befreit zu werden, denn mir ging die Puste aus, und es wurde mir schwarz vor den Augen.

Er hob die Klinge in die Höhe, ein Metzgermesser ohne Stichblatt, das ich nie vergessen werde. Da war plötzlich ein kleines Loch unter seinem Kinn, aus dem Blut zu sprudeln begann. Dann erst hörte ich den Schuß. Seine Schultern zuckten zusammen, als bekäme er einen Stoß von hinten: noch ein Schuß. Er ließ das Messer fallen und sank auf mich.

Dann landete dieser Pawnee, Verrückter Bär, mit einem Satz in der Schlucht, hielt die Mündung seines Spencers einen Inch vor Schattens Stirn, knallte ihm den dritten Schuß zwischen die Augen und trennte ihm kurzerhand das Haar ab, das sich leicht von der Schädeldecke löste. Er grinste mich an, riß Schatten den Lendenschurz runter und rieb den Skalp über dessen Geschlechtsteil, während er triumphierend was auf Pawneeisch sagte.

Natürlich hatte er mir das Leben gerettet, aber ich konnte mir vorstellen, was Jüngerer Bär empfand, als ich ihm vor vielen Jahren den gleichen Dienst erwies: ich war ihm nicht dankbar dafür. Schatten-Der-Sichtbar-Wird hatte mich auf meinen ersten Überfall mitgenommen, und er war für mich wie ein älterer Bruder oder Onkel. Was mir weh tat, war nicht, daß er umgebracht wurde, denn sterben müssen wir alle einmal. Auch nicht, daß es gewaltsam geschah, denn das entsprach nur dem Wunsch eines jeden Cheyenne. Nicht einmal, daß ich seinen Tod indirekt herbeigeführt hatte. Nein, ich war traurig, weil Schatten nicht mehr erfuhr, wer ich war. Er hatte mich als Feind bekämpft. Aber war ich denn nicht hier, um gegen die Cheyennes zu kämpfen?

Mein Gott, was für verflucht kräftige Beine hatte er. Ich schnappte immer noch nach Luft. Ich stand auf und sah Verrückter Bär nach, der den Hang raufkraxelte, noch mal flüchtig auf seinem Pony oben am Rand erschien, stolz sein Gewehr schwenkte und davontrabte. Er verlor kein Wort über den Verlust des Pferds, das ich mir von ihm geliehen hatte.

Bisher hatte ich noch keine Zeit gehabt, mir zu überlegen, wieso Schatten eigentlich in diese Schlucht geraten war, aber während ich jetzt mühsam – denn ich fühlte mich wie gerädert – mit seinem eigenen Messer ein flaches Grab für ihn buddelte, ihn reinlegte und es wieder zuschaufelte, kam mir in den Sinn, daß vielleicht noch andere Menschenwesen irgendwo im Gestrüpp steckten, die mich einfach rücklings erschießen konnten, und das wäre mir nur willkommen gewesen. Lieber das, wie meinen alten Freunden und Brüdern unter die Augen treten.

Ich hatte seine lange Nase gerade mit Sand bedeckt, als ich ein Stück weiter in den Büschen was rascheln hörte, und es ist merkwürdig, wie sich mein Selbsterhaltungstrieb ganz unbewußt regte: ich ergriff meinen runtergefallenen Revolver, putzte ihn, blies den Lauf sauber und lud nach. Das alles im Handumdrehen, dann schlich ich durch die Schlucht. Der Busch zitterte, aber was auch drin steckte, blieb drin. Ich lauerte kurz, dann bog ich die Zweige auseinander und kroch rein, den Revolver voran, das Gesicht direkt hinter dem Hahn. Ich blickte in eine Lichtung, gerade groß genug für eine Person, und diese Person lag auf dem Rücken. Es war eine Indianerin mit hochgerafftem Rock und nackten gespreizten Beinen, zwischen denen sie gebärte.

Der winzige braune Kopf guckte schon mit geschlossenen Augen vor, ein bißchen verdrießlich über seinen Eintritt in die Wirklichkeit, und jetzt zwängten sich die kleinen Schultern raus. Alles ging ganz lautlos vor sich, nur das eine Knie streifte vor Anstrengung den Busch, und das hatte ich gehört. Die Indianerin beobachtete, was vorging, und biß von Zeit zu Zeit in einen Zipfel ihres Wildlederkragens; vielleicht quoll auch eine Träne aus ihren Augen, aber sonst merkte man ihr nichts an. Sie lag schon die ganze Zeit dort, und darum war auch Schatten dagewesen und hatte so verbissen gekämpft.

Cheyenne-Frauen gehen, wenn es soweit ist, immer allein ins Dickicht, und wenn sie es hinter sich haben, kommen sie mit dem Baby wieder raus und setzen ihre übliche Arbeit fort. Der einzige Unterschied hier bestand darin, daß ihre Wehen mitten in der Schlacht anfingen. Aber das Kerlchen konnte nun mal nicht länger warten.

Ich war aus mehreren Gründen verwirrt, denn bei den Cheyennes ist die Geburt eine besonders schamhafte Angelegenheit, so schamhaft, daß diese Frau vermutlich Schattens Tod leichter nehmen würde, als daß ich zuguckte. Trotzdem fesselte es mich, denn keine halbe Meile von meinen Fußsohlen entfernt ging das Geknalle weiter und auch das Siegesgebrüll der Pawnees ... Aus ihr kamen jetzt die fest zusammengepreßten Popobäckchen. Sie strengte sich noch mal an, und der Rest schlüpfte glatt wie ein Fisch auf die am Boden ausgebreitete Decke. Sie setzte sich auf, biß die Nabelschnur durch, knotete sie am Bauch des Babys ab und gab ihm einen Klaps, damit es aufwachte, was es auch wie ein echter Cheyenne tat: mit einem leisen Schauder, aber fast ohne Geräusch. Ich nahm an, es wußte bereits, daß ein Schrei den Feind auf seinen Stamm hetzen würde, deshalb unterdrückte es den jetzt wie auch in Zukunft. Es war auch der erste und letzte Klaps, den es von seiner Familie kriegen würde.

Ich zog mich zurück und kroch wieder zu dem Sandhaufen, unter dem Schatten lag. Kurz danach kam sie aus dem Gebüsch, mit kräftigen, energischen, zielbewußten Schritten, während der Babykopf aus der Decke an ihrem Busen vorlugte. Als sie mich erblickte, griff sie nach dem Messer in ihrem Gürtel, und vermutlich hätte ich trotz des Neugeborenen nichts zu lachen gehabt. Allerdings hielt ich ihr meinen Revolver entgegen, das erscheint zwar grausam, aber inzwischen haben Sie sicher gemerkt, daß ein Cheyenne oder eine Cheyennin verteufelt dickköpfig sein können, wenn sie sich einen Weißen anhören sollen.

„Ich werde dich und dein Kind erschießen", sagte ich, „wenn du mir nicht zuhörst. Schatten-Der-Sichtbar-Wird wurde von einem Pawnee getötet. Das war der Schuß, den du gehört hast, und dann hast du gehört, wie er wegritt. Wenn du mit Schatten verwandt bist, dann hast du vielleicht schon von Kleiner Großer Mann gehört, so wurde ich nämlich genannt, als ich mit der Sippe von Alte Zeltbahn zusammenlebte. Ich war ein Freund der Cheyennes, bis sie mir meine Frau und meinen Sohn raubten. Deshalb bin ich jetzt hier. Ich werde dich mitnehmen und dich gegen sie eintauschen."

Sie musterte mich mit ihren dunklen Augen und sagte: „Na schön."

„Gern tu ich es nicht", sagte ich, „bei deinem Neugeborenen und so weiter, aber mir bleibt nichts andres übrig."

„Na schön", antwortete sie, setzte sich hin, machte ihr Kleid unter der Achsel auf und legte das Baby an die Brust.

„Hör zu", sagte ich, „wir müssen schnellstens auf die offene Prärie. Hier kann uns der erste beste Pawnee überrumpeln und umbringen, bevor man Zeit zu einer Erklärung hat."

„Erst muß es was zu essen kriegen", sagte sie ruhig und hockte sich unbeirrt hin.

Während des folgenden Gesprächs hielt ich Wache am Rand der Schlucht. Ich kannte diese Frau nicht – sie war wohl noch zu jung, als ich unter den Cheyennes lebte, um mir aufzufallen, falls sie überhaupt schon bei ihnen war. Ich nahm an, daß sie die Frau von Schatten war, was seine Beschützerrolle erklärte, aber sie entpuppte sich als eine von diesen kleinen Töchtern, die er, wie ich schon erzählte, drillte, nicht über seine komischen Geschichten zu lachen.

„Dein Mann ist getötet worden?"

„Von den Weißen", sagte sie ohne sichtbare Leidenschaft. Sie war bei näherer Betrachtung eigentlich eine reizende Indianerin mit ihrem beerenrunden Gesicht, ihren großen, leicht schrägen, funkelnden Augen, ihren feinen, kurzen Brauen unter dem zinnoberroten Mittelscheitel. In ihre glänzenden Zöpfe war Otterfell geflochten, und sie trug Messingohrringe mit glitzernden Perlen.

Ich wollte sie grade fragen WO und nicht WER, denn wahrscheinlich hätte sie mir sowieso den Namen nicht verraten können, als ich das Getrappel von mindestens drei Reitern oben auf der Prärie hörte: unbeschlagene Pferde, das hieß Indianer, aber ob es Pawnees oder Cheyennes waren, konnte ich nicht feststellen, und außerdem konnte ich beide jetzt nicht gebrauchen. Da ich kein Pawneeisch sprach, hätte ich wohl kaum Zeit gehabt, mich durch Zeichen verständlich zu machen, bevor sie die Frau einfach abknallten. Und was die Cheyennes mit mir angestellt hätten, können Sie sich ja denken.

Ich erwähne das nur, weil Sie sich sonst vielleicht über meine Reaktion wundern: ich packte die junge Frau, schubste sie hastig samt dem Säugling an ihrer Brust wieder ins Gebüsch und kauerte mich dort neben ihr hin und hielt sie fest, obwohl sie sich nicht rührte.

Als sie näher kamen, hörten wir, daß es Pawnees waren, die die Schlucht von oben musterten, ohne runterzusteigen. Dann ritten sie weg, nachdem einer, nach dem Geräusch zu urteilen, seine Blase einfach vom Sattel aus geleert hatte.

Ich und die junge Frau blieben aber noch eine Weile in unserem Versteck, und sie lehnte, auf den Fersen hockend, ihren festen Körper rückwärts an mich. Ich steckte ganz unbewußt meine Hand durch die seitliche Verschnürung ihres Nährkittels, während ich sie festhielt, so daß ihre unbenutzte linke Brust, schwer von Milch, auf meiner Hand ruhte, die sich ganz sanft wie von selbst darum schloß, denn unter diesen Umständen regte sich bei mir bestimmt keine Lust. Aber ich und sie und das Kerlchen, das nun einschlief, während sein Mündchen immer noch an der vorstehenden Brustwarze nuckelte, bildeten eine Art Familie. Ich hatte sie beschützt, wie sich das für einen Vater gehört und was ich bei Olga und Gus unterlassen hatte.

Sie bog den Kopf zurück und schmiegte ihre warme Backe an meine Stirn. Sie roch süß-säuerlich nach Milch und nach all dem Cheyennischen, was ich von früher her kannte: Feuer, Erde, Fett, Blut, Schweiß und reine Wildheit.

Sie sagte: „Jetzt glaube ich dir. Du bist Kleiner Großer Mann, und ich will jetzt deine Frau sein und dir die verlorene ersetzen, und das hier ist dein Sohn." Sie legte ihn in meine Arme, dabei wachte er kurz auf, und ich schwöre Ihnen, daß er, so winzig er auch war, mich aus seinen schwarzen Perlenaugen anlächelte. Mir wurde ganz komisch zumute.

Sie sagte: „Ich glaube, wir sollten lieber gehen. Höchstwahrscheinlich versammeln sie sich am Frühlingsfluß."

„Wer?"

„Unsere Leute", antwortete sie, als wäre das die selbstverständlichste Sache der Welt. „Heute hatten die Pawnees großartige Medizin, aber das nächste Mal werden wir sie schlagen und ihnen die Schwänze abschneiden, dann müssen ihre Frauen allein schlafen und die ganze Nacht weinen."

Ich hielt immer noch das Baby.

„Du hast einen schönen Sohn", sagte sie und guckte uns beide voller Bewunderung an, dann nahm sie ihn mir ab. „Hast du Gepäck, das ich für dich tragen kann?"

Ich war völlig verdutzt und antwortete nicht, also verstaute sie das Baby an ihrer Brust, schnallte ihren Gürtel fester, um seine Beinchen zu sichern, kraxelte den Hang zu meinem toten Pferd rauf, von dem sie die Decke und meinen Mantel holte, den ich ausgezogen und hinten draufgebunden hatte, und rutschte wieder zu mir runter. Sie sah enttäuscht aus, daß sie nicht mehr zu schleppen hatte.

„Die Wölfe werden heute nacht meinen Vater fressen", sagte sie. „Wir sollten ihn auf ein Totengerüst legen, aber hier gibt es kein Holz, und es ist viel zu weit, ihn bis zu Bäumen zu tragen."

Dann trat sie zurück, damit ich als Mann vorangehen konnte. Ich glaube, daß mir da erst ihre Absicht dämmerte.

„Wir können doch nicht zum Stamm zurückkehren", sagte ich.

„Meinst du vielleicht, die Weißen lassen es zu, daß du ein Menschenwesen zur Frau hast?" fragte sie. Daran war was Wahres, allerdings übertrieb sie ein bißchen. Es wäre kein Verbrechen, aber Frank North hätte sich bestimmt gewundert, wenn ich aus der Schlacht mit einer Familie zurückkäme, die ich mir plötzlich beim Feind angelacht hatte. Natürlich konnte ich diese Frau mit ihrem Kind als rechtmäßige Gefangene ausgeben, aber dann würde sie von den Pawnees mißbraucht und danach in irgendeinem Fort der Armee ausgeliefert werden – Tauschware gegen Weiße, die den Cheyennes in die Hände gefallen waren. Eigentlich wollte ich ja ursprünglich selbst diesen Kuhhandel vornehmen und dafür Olga und Gus zurückfordern. Aber in dieser ziemlich ungewöhnlichen Lage wurde ich plötzlich realistisch. Ich hatte nie das geringste Lebenszeichen von meiner weißen Familie erhalten, obwohl ich bei sämtlichen Forts am Arkansas River nach ihnen forschte, und später auch am Platte River, als ich für die Eisenbahn arbeitete.

Ehrlich gestanden, ich hatte grade entschieden, daß sie tot waren, ohne es zuzugeben.

Ich sagte: „In ihrer jetzigen Stimmung werden mich die Cheyennes auf der Stelle erschießen."

Meine Frau antwortete: „Ich werde bei dir sein."

So kam ich wieder zu den Menschenwesen. Es tat mir überhaupt nicht leid, denn ich ließ bloß mein Pferd beim Schmied in Julesburg und meinen Anteil an diesem kleinen Transportunternehmen zurück. Was meine Schwester Caroline betraf, so muß ich noch erwähnen, daß sie kurz vor meinem Aufbruch nach Julesburg sagte, Frank Delight, der Zuhälter und Kneipenwirt, hätte um ihre Hand angehalten und sie wäre geneigt, ihm ihr Jawort zu geben.

Ich will Ihnen die Einzelheiten von unserem Marsch durch die Schlucht ersparen, bis wir zu einer kamen, die unsere kreuzte und hinter einen Hügel führte, wo uns die Pawnees nicht mehr sehen konnten. Von denen trafen wir übrigens keinen mehr. Dann ging es meilenweit auf und ab, bis uns die Dunkelheit überraschte, so daß meine Frau Decken als Dach über ein paar Büsche breitete und wir darunter Wange an Wange schliefen, um warm zu bleiben, denn nachts wird es auf der Prärie meistens recht kühl, weil immer ein Wind weht.

Am nächsten Tag erreichten wir den Spring Creek, den Frühlingsfluß, und fanden dort den Sammelplatz des Stamms, während noch Nachzügler wie wir eintrudelten. Wie ich erwartet hatte, entging ich nur mit Müh' und Not ein paar jungen Hundesoldaten, aber meine Frau verscheuchte sie, wie sie versprochen hatte, denn sie hatte eine scharfe Zunge und wußte, was sie wollte.

Alte Zeltbahn hatte sich seit unserer letzten Begegnung einen neuen Wigwam angeschafft, aber ich erkannte ihn an seinem Schild, der vor dem Eingang hing.

„Warte hier, Weib", sagte ich, sie gehorchte, und ich ging rein.

„Großvater", sagte ich.

„Mein Sohn", begrüßte er mich, als hätte ich ihn erst vor zwei Minuten gesehen. „Willst du was essen?" Er war der ausgeglichenste Mensch, den ich je getroffen habe.

Er kam mir unverändert vor, als ich ihn langsam im Halbdunkel erkennen konnte, nur hielt er die Augen geschlossen. Ich nahm an, daß er träumte, und wahrhaftig gelang es ihm, sich die Vorgänge in der Schlucht auszumalen und mit mir darüber zu sprechen.

„Ich habe gesehen, daß du zu uns heimkehren würdest", sagte er. „Du hättest nichts für Schatten-Der-Sichtbar-Wird tun können. Er wußte, daß er heute sterben mußte, und sagte es mir. Unsere Medizin taugte nichts gegen diese Schnellfeuergewehre. Vielleicht hätten wir die Finger von der Eisenbahn lassen sollen, aber unsere jungen Männer wollten noch mehr Feuerwagen zerstören, wenn sie die zu packen kriegten. Es muß lustig aussehen, wenn dieses Ungetüm heranschnaubt und pufft und Funken sprüht, als wollte es die ganze Welt auffressen, und dann zu der Spur kommt, die wir in die Luft gebogen haben, und immer noch dampfend und schnaubend auf den Rücken fällt und mit lautem Gezisch stirbt. Das wurde mir wenigstens erzählt."

Ich setzte mich neben ihn, und dann rauchten wir natürlich. Nachdem ich beobachtet hatte, daß er dabei die Augen zu ließ, sagte ich mir schließlich, daß er sie nicht mehr aufmachen konnte, und war so taktlos, mich danach zu erkundigen.

„Ja, ich bin blind", sagte er, „wenn die Kugel auch nicht meine Augen traf, sondern nur meinen Nacken durchbohrte und dabei den Tunnel durchschnitt, durch den das Sehen zum Herz wandert. Guck nur", sagte er und öffnete die Lider, „meine Augen sehen noch, aber sie behalten alles für sich, und es nützt mir nichts mehr, weil mein Herz es nicht empfängt."

Seine Augen sahen wirklich ganz klar aus. Ich nehme an, daß der Sehnerv durchgeschnitten oder irgendwie gelähmt wurde.

„Wo ist das denn passiert, Großvater?" Ich reichte ihm die lange Pfeife zurück.

Die Frage schien ihm peinlich zu sein, und der Rauch blieb lange in ihm, bevor er wieder aus Mund und Nase hervorquoll.

„Am Sandfluß", sagte er schließlich.

Ich stöhnte: „Aber nein!"

„Ich erinnere mich an deinen Rat", sagte er, „aber trotz allem zogen wir nicht zum Schießpulverfluß, sondern gingen zur Friedenskonferenz. Ich will dir erzählen, wie es war. Büffelnacken hatte noch nie eine Konferenz mitgemacht und wollte so gern eine Silbermedaille haben wie meine. Außerdem sagten unsere jungen Männer: ‚Warum sollen wir uns nichts von den Weißen schenken lassen, wenn wir dafür nur mit ihnen zu reden brauchen? Wir hocken immer im Norden, und die südlichen Cheyennes heimsen alles ein.' Ich muß gestehen", fuhr Alte Zeltbahn fort, „daß ich persönlich auch nichts gegen eine neue rote Decke hatte. Also machten wir kehrt und nahmen mit den Weißen die Feder zur Hand, die ihr Vater geschickt hatte, und Büffelnacken erhielt seine Medaille und die jungen Männer ihre neuen Pfeifentomahawks, Messer und Fernrohre, und dann wollten wir zum Schießpulverfluß, aber der Soldatenhäuptling sagte: ‚Ihr müßt hier bleiben. Damit habt ihr euch einverstanden erklärt, als ihr die Feder in die Hand genommen habt.' Aber du kannst mir glauben, daß ich das nicht begriffen hatte. Nun verstehe ich nicht viel von Verträgen, nahm aber an, daß der Soldatenhäuptling recht hatte, also blieben wir, obwohl das Land sehr häßlich war, ohne Wasser und Wild. Dann griffen die Soldaten das Dorf an, wo wir mit Schwarzer Kessel lagerten, und töteten viele von uns. Dabei wurde ich im Nacken getroffen und blind."

Ich ahnte das Schlimmste und erkundigte mich nach Squaw Büffelschwemme.

„Sie kam am Sandfluß um", sagte Alte Zeltbahn. „Auch

Squaw Weiße Kuh. Und Wird-Rot-In-Der-Sonne und seine Frau Sternschnuppe. Und Büffelnacken und Großer Wolf und Abgeschnittene Nase und Vogelbär."

„Auch mein Bruder Wird-Rot-In-Der-Sonne?"

„Ja, und seine Frau und seine Kinder. Und noch viele mehr, die ich dir nur nennen will, wenn du vorhast, um sie zu trauern, obwohl es schon mehrere Winter her ist und sie inzwischen sicher das Andere Ufer erreicht haben, wo das Wasser süß ist, wo es Büffel in Hülle und Fülle gibt, aber keinen einzigen Weißen."

Das letzte Wort sprach er jetzt anders aus als früher: nicht gerade haßerfüllt, denn Alte Zeltbahn war zu sehr Mann, um herumzuhocken und seine Feinde schlecht zu machen. Das taten Verlierer wie die Südstaatler nach dem Bürgerkrieg. Und er war kein Verlierer. Er war zwar kein Sieger, aber bestimmt auch kein Versager. Man konnte die Cheyennes nicht als Nieten bezeichnen, nur weil sie noch keine eigene Lokomotive hatten, die übrigens nie so gut funktionieren würde wie die Union Pacific, oder ein Gewehr erfanden, das nicht gerade schießen konnte.

Um meinen Eindruck bestätigt zu bekommen, fragte ich ihn: „Haßt du die Amerikaner?"

„Nein", sagte er und schloß seine leuchtenden, aber toten Augen. „Aber ich durchschaue sie jetzt. Ich halte sie nicht mehr für Narren oder Verrückte. Ich weiß jetzt, daß sie die Büffel nicht aus Versehen vertreiben oder zufällig mit ihrem Feuerwagen die Prärie in Brand stecken oder aus Mißverständnis die Menschenwesen ausrotten. Nein, sie *planen* das alles und sie schaffen es auch. Sie sind ein mächtiges Volk." Er kramte was aus seinem perlenbestickten Gürtel, streichelte es und sagte: „Die Menschenwesen glauben, daß alles lebt: nicht nur Menschen und Tiere, sondern auch Wasser und Erde, Steine und Tote und Dinge wie zum Beispiel dieses Haar hier. Der Mann, dem dieses Haar gehörte, ist nun am Anderen Ufer kahl, weil ich hier seinen Skalp habe. So *ist* es nun einmal.

Aber die Weißen glauben, daß alles tot ist: Steine, Erde, Tiere und Leute, sogar ihr eigenes Volk. Und wenn die Dinge trotzdem leben wollen, rotten die Weißen sie aus.

Das", schloß er, „ist der Unterschied zwischen Weißen und Menschenwesen."

Ich betrachtete den Skalp, den er streichelte, näher, weil er seidig und blond war. Einen Augenblick war ich überzeugt davon, daß er von Olgas Kopf stammte, und nahm an, daß Alte Zeltbahn auch die feine Kopfhaut des kleinen Gus irgendwo zwischen seinem schmuddeligen Kram aufbewahrte, dieser stinkende alte Wilde, der ein Leben voller Mord, Vergewaltigung und Schmutz führte, so daß ich ihn fast erstochen hätte, mich dann aber doch beherrschte und erkannte, daß dieses Haar honiggelber war wie das meiner schwedischen Frau.

Ich erwähne das nur, um Ihnen zu zeigen, wie die Leidenschaft einen Menschen völlig umkrempeln kann, sobald er an seinen eigenen Verlust erinnert wird. Eben noch hatte mich sein Mißgeschick am Sand Creek gerührt, und schon eine Minute später war ich drauf und dran, ihn umzubringen.

Aber Alte Zeltbahn merkte trotz seiner Blindheit was von meiner Gemütsverfassung.

„Hast du", fragte er, „großen Kummer oder bist du nur mit Bitterkeit erfüllt?"

Da erzählte ich ihm meine Geschichte, doch ihm war nie was von Olgas und Gus' Entführung zu Ohren gekommen. Er log bestimmt nicht. Ich habe schon die seltsamen Wege erwähnt, wie Indianer Ereignisse erfahren, die in der Ferne passierten; genauso gibt es Dinge, von denen sie nie was hören. In dieser Gegend war die Entführung von weißen Frauen und Kindern was Alltägliches. Ein Cheyenne von der einen Sippe wußte kaum, wen eine andere gefangen genommen hatte, wenn die beiden Sippen nicht zufällig zusammen lagerten.

Dann sagte Alte Zeltbahn: „Unsere jungen Männer sind heutzutage zornig. Oft haben sie nicht die Geduld, das Lösegeld und den Gefangenentausch abzuwarten, sondern geraten außer sich vor Wut und bringen ihre Beute um. Aber hörte ich nicht eben die Stimme von Sonnenschein vor meinem Wigwam? Sie ist die Witwe von Kleiner Schild, der vor zwei Monden getötet wurde, aber jetzt wird sie deine neue Frau sein und dir einen neuen Sohn schenken, so daß du wie früher eine Familie hast, und sogar eine bessere, denn natürlich ist eine Frau der Menschenwesen allen anderen überlegen."

Das meinte er nicht herzlos, sondern er machte nur das Beste aus der Situation, weil einem Indianer bei dem Leben, was er führte, gar nichts anderes übrigblieb. Seine beiden eigenen Frauen waren niedergemetzelt worden, also trauerte er so lange um sie, wie es sich gehörte, und suchte sich dann Ersatz. Der ging während unseres Gesprächs im Wigwam ein und aus: zwei junge Frauen, wieder Schwestern, vermutlich fünfzig Jahre jünger als der Häuptling, aber wenn beide nicht schwanger aussahen, fresse ich einen Besen.

„Na schön", sagte ich. „Aber eins sage ich dir: wenn ich meine erste Frau und meinen ersten Sohn wiederfinde, nehme ich sie jedem Mann ab, der sie festhält. Und wenn sie umgebracht wurden, bringe ich ihren Mörder um."

„Aber natürlich", sagte Alte Zeltbahn, denn nichts konnte ein Indianer besser nachfühlen als Rache, und er hätte mich verachtet, wenn ich nicht drauf aus gewesen wäre.

Die Zeit hätte nicht schlechter sein können, um sich den Cheyennes anzuschließen. Sie wurden die ganze Grenze lang gehetzt, und wenn sie ihren Verfolgern entwischten, verübten sie neue Anschläge auf die Weißen. Einerseits drohte mir nun als Überläufer zu den Cheyennes Gefahr von meiner gesamten eigenen Rasse. Andererseits schwebte ich bei den Cheyennes selber dauernd in Lebensgefahr, denn schon allein der Anblick eines weißen Gesichts erweckte in vielen Mordgelüste. Vermutlich entging ich dem Tod nur, weil die Sippe von Alte Zeltbahn sich woanders versammelt hatte als die Hauptmacht unter Häuptling Truthahnkeule, der den Befehl bei der Eisenbahnschlacht führte, so daß ich mich meistens in der Sippe aufhielt, die mich erzogen hatte und wo die Legende von Kleiner Großer Mann noch ein bißchen Einfluß besaß. Meine Frau Sonnenschein war ein guter Schutz, und natürlich auch Alte Zeltbahn. Aber es gab Krieger, die erst erwachsen geworden waren, nachdem ich den Stamm verließ, wie Schlitzbauch, der eines Tages eine Poststation überfiel, mit einem Krug Whisky zurückkam und zu mir sagte:

„Geh auf die Prärie und versteck dich, denn ich werde dich gegen meinen Willen umbringen, wenn ich mich besaufe. Es tut mir leid, denn mir wurde gesagt, daß du ein braver Mann bist, aber es wird trotzdem passieren."

Nun kam man aber mit Sicherheit um, wenn man sich von so einem Schnösel rumkommandieren ließ, daher sagte ich: „Ich finde, daß du zum Saufen lieber auf die Prärie gehen sollst, denn ich bin so veranlagt, daß ich manchmal rasend werde, wenn ich einen Besoffenen sehe und den einfach erschießen muß, auch wenn es mein eigener Bruder ist. Ich kann nichts dran ändern: ich bin nun mal so."

Er folgte sofort meinem Rat, und ich überlebte solche Bedrohungen, aber ich kann nicht grade behaupten, daß ich sehr beliebt war, was weh tat, wenn ich an mein Knabenalter als Kleiner Großer Mann am Powder River zurückdachte, doch inzwischen war ich erwachsen und das bringt immer Enttäuschungen mit sich. Ich hatte wirklich Dusel, daß mir überhaupt noch mein Haar auf dem Kopf geblieben war. Ich lebte von einem Tag zum anderen, und dieser Lebensstil hat was Angenehmes, sogar wenn man wie ich ein fernes Ziel hatte. Ich ließ die Dinge aber auf mich zukommen und jagte ihnen nicht nach, und weil ich wußte, daß es eines Tages eintreffen *würde*, konnte ich wie ein Indianer scheinbar ziemlich ziellos leben, gerösteten Nacken essen, wenn wir auf Büffel stießen, mir den Gürtel enger schnallen, wenn das nicht der Fall war, unter einem Baumwollstrauch liegen und zugucken, wie meine Frau Sonnenschein schuftete, während der kleine Wicht in der Brettwiege auf ihrem Rücken schlief. Er hieß Frosch-Am-Hang, denn wir hatten einen Frosch auf unserer Flucht nach der Eisenbahnschlacht gesehen, und der Säugling schien da grade aufzuwachen und ihm zuzunicken, so daß ich und Sonnenschein fanden, daß ein Junge das Recht hatte, sich seinen eigenen Namen auszusuchen.

Als wir ins Indianerlager kamen, mußte Sonnenschein um ihren toten Vater trauern, und wenn sie auch gar nicht so übel weinen oder ohrenbetäubend jammern konnte, war sie gezwungen, damit aufzuhören, wenn sie Frosch stillte, außerdem behinderte sie das Baby auf dem Rücken, so daß sie sich nicht richtig die Haare raufen oder das Gesicht zerkratzen konnte. Daher halfen Verwandte ihr dabei aus, zwei ganze Nächte lang, denn Schatten stand in hohem Ansehen, und das Schlimmste war, daß er nicht mal ein Gerüst hatte, um seine Leiche gegen Wölfe zu schützen. Diese Frauen nun heulten und stöhnten, bis sie nach Luft schnappten wie ein Kind, das sich hysterisch geschrieen hat – ich meine ein weißes Kind, denn kleine Indianer tun so was nicht.

Nehmen Sie zum Beispiel Frosch in seiner Brettwiege mit seinem braunen bohnenähnlichen Köpfchen; wenn er nicht schlief oder trank, musterten seine scharfen schwarzen Augen alles in seiner Nähe wohlwollend. Er erinnerte mich oft an den kleinen Gus, denn mein Junge hatte das ausgeglichene Temperament von seiner Mama, aber es gab doch einen auffallenden Unterschied. Gus freute sich immer über meine Taschenuhr, die ich tickend vor ihm hin und her baumeln ließ, wie das jeder bei Babys macht, weil sie so viel Spaß dran haben. Nicht Frosch. Es ärgerte ihn zwar nicht irgendwie, das tat nichts, aber er kümmerte sich einfach nicht darum: er sah sozusagen durch sie durch und hörte an ihr vorbei.

Vielleicht lag es auch daran, daß derjenige, der die Uhr festhielt, ihn nicht interessierte. Wenngleich Sonnenschein und Alte Zeltbahn Frosch als meinen Sohn bezeichneten – er selber ließ sich nicht an der Nase rumführen. Er haßte mich nicht; ich war für ihn bloß so was wie eine Vorrichtung, die ihn manchmal aufnahm und umarmte oder ihn hoch in die Luft schwang und wieder auffing, und er hatte die Bewegung und Berührung gern, ohne darin was Persönliches zu sehen.

Hinzu kam, daß ich trotz meiner Zuneigung zu ihm nicht zu seiner Zeugung beigetragen hatte und mir nichts von unserer Zukunft als Vater und Sohn versprach, egal ob ich nun Gus und Olga wiederfand oder nicht. Mit den Cheyennes war es aus. Sie wußten das, und ich wußte das, und kleiner Frosch war in dieses Wissen hineingeboren worden. Als Vater hätte ich ihn am besten nach Omaha oder Denver bringen und dort in die Schule stecken sollen. Ihn zum Weißen machen, zum Leben in einem festen viereckigen Haus erziehen und nach einem Stundenplan arbeiten lassen sollen.

Aber Sie haben ja selber gesehen, was er von diesem Instrument hielt, das die Zeit mißt.

Immerhin hätte ich mir keine feurigere Frau wünschen können als Sonnenschein. Sie war mir so ergeben, daß sie mich – ich hasse es zu sagen, aber es stimmte – daß sie mich zu langweilen begann. Ich nehme an, daß die Umstände unserer Begegnung was mit meiner und ihrer Haltung zu tun hatten. Sie fand es besonders rührend, daß ich in der Stunde ihrer Not erschienen war – obwohl sie dabei übertrieb: sie war kräftig genug, um das Kind allein zu kriegen und zu fliehen, wogegen sie für mich eine Bürde gewesen war, die ich zwar in der Schlucht aus der Notlage heraus freiwillig auf mich nahm, die mir aber während unseres Lebens im Lager immer schwerer erschien.

Das muß ich Ihnen näher erklären: Sie wissen ja, daß ein Cheyenne nie so schuftet wie die Weißen. Wenn ich nicht jagte, lag ich meistens auf dem Rücken unter einem Baum oder, wenn keiner da war, im Schatten eines Zelts. Ich spielte ein bißchen mit anderen Kriegern und ließ manchmal mein Pony, das mir Alte Zeltbahn geschenkt hatte, um die Wette laufen, hielt mich aber beim Gewinnen zurück, weil ich keine Scherereien mit den Verlierern haben wollte. Ich nahm weder am Krieg noch an Überfällen teil, denn die richteten sich jetzt immer gegen die Weißen. Sicher finden Sie meine Lage unmöglich, wenn Sie die Indianer nicht kennen, mit denen kann man nämlich unter allen Bedingungen außer offener Feindschaft zusammenleben, und wahrscheinlich bleibt man sogar auch dann noch am Leben, wenn man treue Beschützer hat. Ich hatte zwei: den Häuptling und meine Frau. Manchmal erschien ein überspannter junger Mann mit einem frischen weißen Skalp und versuchte mich damit zu beleidigen, aber entweder behandelte ich ihn wie Schlitzbauch oder einfach wie Luft, je nach der Situation und meinem Urteil über seinen Charakter. Oder wenn Sonnenschein sich in der Nähe aufhielt, keifte sie ihn so grob an, daß ich innerlich schließlich seine Partei ergriff, denn sie hatte eine ausgesprochen spitze Zunge, und ich weiß nicht mehr, ob ich schon erwähnte, daß Cheyenninnen als Mädchen schüchtern und auch beim Reden zurückhaltend sind, als verheiratete Frauen aber ein ganz schönes

Mundwerk kriegen und sich auf Ausdrücke spezialisieren, die in der Zivilisation eher in eine Kneipe gehören als in einen Damensalon. Vermutlich konnten sie sich diese Freiheit rausnehmen, weil sie in der Praxis so sittsam waren. Nur selten habe ich unter den Menschenwesen eine Frau mit einer abgeschnittenen Nase gesehen – habe ich schon erzählt, daß ein Prärieindianer seiner Frau die Nasenspitze abschneidet, wenn sie mit einem anderen Mann anbändelt?

Na ja, mein Herr, ich nehme an, daß auf der ganzen Welt ein Junggeselle gegen eine anständige verheiratete Frau den Kürzeren zieht, und Sonnenschein spielte auf die Impotenz von so einem jungen Burschen an, während die Frauen drumrum lachten, ja vielleicht auch das Mädchen, auf das er ein Auge geworfen hatte, und dann trollte sich der arme Teufel, der als Held eingetroffen war und nun als Gehänselter abzog.

Als ob es nicht schon schlimm genug war, in diesem Stil von einer Frau verteidigt zu werden, fing doch Sonnenschein wahrhaftig noch an, sich mit mir zu brüsten. Erst gab sie damit an, wie ich sie vor den Pawnees gerettet hatte, und bei ihrer Geschichte versteckte ich mich nicht mehr mit ihr im Gebüsch, sondern kämpfte gegen fünf oder sechs und tötete drei von ihnen. Sie war keine Lügnerin: vermutlich sah sie die Dinge in der Erinnerung wirklich so verzerrt. Und da sie sich über die geschlechtlichen Fähigkeiten eines anderen Manns ausließ, von denen sie keine Ahnung hatte, können sie sich vorstellen, was sie dann aus einem Mann machte, bei dem sie die anerkannte Autorität war: ich wurde ein Meisterdeckhengst.

Und sie können mir glauben, daß mir das peinlich war, aber Sie wissen ja, wie es ist, man fällt manchmal seiner eigenen Eitelkeit zum Opfer. Also, ich brachte mich fast selber bei dem Versuch um, nachts unter dem Büffelfell meinem Ruf gerecht zu werden. Mein Gott, es gab Morgen, wo ich nicht mehr grade stehen konnte, als hätte mir ein Pferd einen Tritt ins Kreuz versetzt. Vermutlich ist es nicht recht von mir, daß ich Ihnen das erzähle, denn Sonnenschein war meine Frau, und wenn auch ein Mann endlos von seinen Seitensprüngen und Hurereien schwätzen darf, gehört es, ich weiß nicht warum, zum schlechten Geschmack, sobald es sich um die ehrenwerte Paarung dreht.

Schließlich kam ich nur von Sonnenschein los, weil sie eines Tages schwanger wurde. Das muß Ende März '68 gewesen sein, wenn man davon ausgeht, was neun Monate später geschah; sonst hätte ich überhaupt keinen Zeitbegriff mehr gehabt, denn inzwischen war ich seit drei Wintern bei den Cheyennes und datierte die Dinge zum Beispiel wieder nach dem Nordflug der Wildgänse, das hieß genauso wie die Haarbildung auf den ungeborenen Kälbern, die wir aus getöteten Büffelkühen holten, Frühlingsanfang.

Während der ganzen Zeit hielten wir uns hauptsächlich zwischen dem Arkansas und dem Platte River auf, wo heute Süd-Nebraska und Nord-Kansas liegen, und da näherte sich grade eine andere Eisenbahnstrecke ihrem Ende: die Kansas Pacific am Smoky Hill River entlang, und das Wild wurde deshalb immer knapper, und wir aßen mehr Wurzeln als Fleisch. Außerdem setzten uns die Armee und die Pawnees nach, aber durch die trotz seiner Blindheit überlegene Führung von Alte Zeltbahn entwischte ihnen das ganze Lager mit allem Drum und Dran, wenn auch unsere Überfalltrupps manches Scharmützel bestehen mußten.

Unsere Schar lebte weiter getrennt von den anderen Cheyennes, obwohl wir von Zeit zu Zeit ein paar trafen, und dann erkundigte ich mich nach Olga und Gus. Für mich als Weißen war das eine ziemlich heikle Angelegenheit, und vielleicht kriegte ich nicht immer die Wahrheit zu hören. Jedenfalls brachte mich das mehr als einmal in Lebensgefahr, denn manche von diesen Gruppen hielten andere Weiße gefangen und wollten nicht, daß ich bei ihren Zelten rumschnüffelte.

Alte Zeltbahn war dabei auch keine große Hilfe für mich. Durch seine Blindheit war er zwar nicht mehr so geil – er konnte kein Auge mehr auf fette Weiber werfen –, jedoch um so entschlossener, seinen eigenen Weg zu gehen. Im Herbst '67 unterzeichnete nun die Regierung noch einen Vertrag mit den südlichen Cheyennes, den Arapahos, Kiowas und Komanchen, die sich dadurch einverstanden erklärten, unten in West-Oklahoma zu bleiben. Ein Kundschafter fand unser Lager und überreichte Alte Zeltbahn eine Einladung, aber der Häuptling hatte nach seiner Erfahrung am Sand Creek von Verträgen die Nase voll und weigerte sich, die Konferenz mitzumachen. Er dachte auch nicht dran, sich an dieses Abkommen zu halten.

„Ich will nicht an diesem schlechten Ort leben", sagte er zu mir und meinte damit West-Oklahoma, das damals „die Nationen" hieß. „Dort gibt es wenig Gras, und das Wasser ist bitter. Eigentlich gehört das Land den Snakes, die zwar jetzt unsere Freunde sind, aber sie paaren sich mit ihren Pferden, und das finde ich sonderbar. Auch das Volk der Süßholzraspler – nämlich die Apachen – ziehen hin, sie sind zwar tapfer, aber fürchterlich häßlich mit ihrem kleinen Wuchs und ihren O-Beinen und können sich mit der Schönheit der Menschenwesen überhaupt nicht messen. Als wir vor langer Zeit noch mit ihnen kämpften, erbeutete ich eine Apachin, aber bei ihr lag's sich wie bei einem Kaktus, so daß ich sie mit ein paar Geschenken zu ihrem Volk zurückschickte, was eine große Beleidigung war ...

Ich habe gehört, daß Schwarzer Kessel diese Konferenz mitmacht. Ich kenne diese Art von Verträgen, bei denen er die Feder zur Hand nimmt, nur zu gut. Ich war mit ihm am Sandfluß und verlor dort meine Familie, meine Freunde und mein Augenlicht. Ohne Augen sehe ich klarer als er."

Nun wäre es in meinem Interesse gewesen, im Süden zu bleiben, ja ihn dazu zu drängen, sich der Hauptmacht der südlichen Cheyennes anzuschließen, denn wenn meine eigene Familie noch am Leben war, hielt sie sich höchstwahrscheinlich dort auf. Aber das konnte ich einfach nicht. Ich hatte für diesen alten Indianer wirklich eine Schwäche.

Daher sagte ich: „Ich verstehe nicht, warum du nicht rauf zum Schießpulverfluß gehst. Wenn du das getan hättest, als ich es dir das erstemal riet, dann wärst du nicht am Sandfluß gewesen."

„Ich will dir sagen, warum nicht", sagte Alte Zeltbahn. „Ich bin viel lieber in dem Land am Schießpulverfluß. Ich wurde dort am Rosenknospenfluß geboren. Ja, meine Medizin ist nur halb so wirksam, wenn ich den Muschelfluß überquere" – so nannte er den Platte River. „Aber bis auf ein paar Trapper machen sich die Amerikaner nichts aus diesem

Land. Wenn die Menschenwesen dort bleiben, werden sie nicht von Weißen belästigt."

„Das meine ich ja eben", sagte ich und fragte mich, ob der alte Teufel nicht nur das Augenlicht, sondern auch den Verstand verloren hatte.

„Ja", sagte er, „und ich, der Häuptling der größten Krieger auf dieser Erde, soll der Gefahr aus dem Weg gehen wie ein Hasenfuß? Ich soll mich aus dem Land vertreiben lassen, wo ich seit achtzig Sommern Büffel und Pawnees getötet habe? Ein Menschenwesen ist immer dahin gegangen, wohin es wollte, und wenn jemand es davon abzuhalten versuchte, brachte es den um oder wurde von ihm getötet. Wenn ich so feige wäre, würde mein Volk mich nicht mehr achten. In dieser Schar gibt es viele tüchtige junge Männer, die nicht mehr so zweifeln und unsicher sind wie unsere Krieger früher. Sie sind entschlossen, gegen die Weißen zu kämpfen, wo sie die treffen, die Eisenspuren rauszureißen und die Feuerwagen zu vertreiben. Wenn das geschehen ist, werden sie die restlichen Amerikaner ausrotten, damit wir wieder ungestört jagen und gegen die Pawnees Krieg führen können."

„Großvater", sagte ich, „hältst du das wirklich für möglich?"

„Mein Sohn", sagte Alte Zeltbahn, „wenn es nicht möglich ist, wird die Sonne an einem guten Tag zum Sterben scheinen."

Die Schlacht von Beecher Island fand statt, bei der fünf- bis sechshundert Cheyennes fünfzig weiße Kundschafter auf einer Sandbank mitten in der Arickaree-Gabelung umzingelten und neun Tage belagerten. Aber wieder waren die Weißen mit Spencer-Mehrladern bewaffnet, wehrten jeden Angriff ab und töteten viele Indianer, unter ihnen den großen Cheyenne-Krieger Hakennase. Dann kam die Kavallerie.

Ich war nicht dabei, unsere jungen Männer dagegen wohl, und sie kehrten erschöpft und geschlagen ins Lager zurück. Ich blieb eine Zeitlang im Zelt, um Zwischenfälle zu vermeiden, doch bei ihrer Stimmung wäre das gar nicht nötig gewesen. Die Cheyennes besaßen immer noch keine nennenswerten Feuerwaffen, und einem Mann muß es wirklich bitter zumute sein, wenn er in der Überzahl ist und trotzdem von den anderen besiegt wird, nur weil die besser bewaffnet sind. Ich hatte schon längst meine Pistole vergraben und hielt den Ballard meistens versteckt: es hatte keinen Sinn, noch mehr böses Blut zu machen.

Deshalb versuchten die Indianer, das Problem andersrum zu lösen, und sich eine Medizin auszudenken, die sie gegen Kugeln feite. Ein Kerl hatte sie angeblich entdeckt, dem bei Beecher Island eine Kugel die Brust durchbohrte. Er machte daraufhin irgendwelchen Hokuspokus, und die Wunde schloß sich ohne weiteren Schaden, und er nahm den Namen Kugelsicher an. Also stattete er mehrere andere Krieger mit seiner Medizin aus, und ein paar Wochen nach der Inselschlacht kämpften sie wieder gegen die Kavallerie. Von den sieben Menschenwesen mit der Medizin wurden zwei auf der Stelle abgeknallt. Kugelsicher brachte sie ins Lager zurück und versuchte sie wieder zum Leben zu erwekken. Einer zuckte zwar noch mal kurz mit dem Bein, stand aber auch nicht mehr auf. Da gab Kugelsicher seinen Mißerfolg zu.

Ich nehme an, daß Alte Zeltbahn und sogar seine stolzen jungen Männer wegen dieser Vorfälle ihren Ehrgeiz aufs bloße Überleben beschränkten, und eine Weile danach befanden wir uns im Dorf von Schwarzer Kessel, den die Weißen später manchmal den großen Staatsmann der Indianer nannten, vermutlich weil er dauernd Verträge unterschrieb, um den Frieden zu bewahren und immer mehr von den Jagdgründen der Cheyennes an die Eisenbahner und Farmer abzutreten.

Jedenfalls geriet ich dadurch in die Schlacht am Washita. Und wie gewöhnlich auf die Seite der Verlierer.

17.
Im Washita-Tal

Gegen Ende der großen Büffeljagd im Sommer, zu der sich alle Stämme aus der ganzen Gegend versammelten, schlossen wir uns Schwarzer Kessel an und zogen über den Canadian River an den Antilope Hills vorbei bis zum Washita in jene Reservation, die durch den Vertrag von Medicine Lodge den Cheyennes zugewiesen worden war. Dort reihten sich mehrere Lager zehn Meilen am Fluß lang, unterhalb von uns, weitere Cheyennes, dann Arapahos, Kiowas, Komanchen und auch ein paar Apachen. Die Indianer wollten in diesem Tal überwintern, wo viel Baumwollbäume wuchsen.

Es war dort wirklich hübsch, und Alte Zeltbahn hatte mit seiner miesen Schilderung wirklich übertrieben. Er behauptete immer noch, das Wasser wäre bitter, aber ich konnte das nicht schmecken. Aber ich nahm ihm das nicht übel, denn in dieser Versammlung übertrafen sich Schwarzer Kessel, der Arapaho-Häuptling Kleiner Rabe und Satanta, der berühmte Halsabschneider der Kiowas, der sich bis zur Taille rot anmalte und mit einem Tuthorn rumlief, an Rang und Ansehen. Keiner von ihnen nahm groß Notiz von Alte Zeltbahn, weil er die Zusammenkunft von Medicine Lodge boykottiert hatte, weil er arm war und nur eine so kleine Sippe anführte. Unter allen Völkern, Weißen oder Indianern, gibt es immer Leute, die die Nase hochtragen, sobald sie ans Ruder kommen.

So hockte mein alter Häuptling meistens allein da, träumte vor sich hin oder schwang von Zeit zu Zeit eine Rede, ohne viel Zuhörer anzulocken, denn die jungen Männer seiner Sippe warfen ihm jetzt vor, daß er nicht zu dieser Konferenz gegangen war, zumal die anderen Indianer sich jetzt mit den Geschenken brüsteten, die sie dort bekommen hatten, und mit den Reiterspielen der verschiedenen Stämme für die Regierungsvertreter, weil eine Rothaut nun mal ungern eine Vorführung oder ein Fest versäumt. Ganz früher, als ich noch ein Kind war, lagerten wir mal neben ein paar Sioux am Surprise River, und an einem Sommertag fingen sie plötzlich an zu schreien und drauflos zu feuern, so daß wir dachten, sie wurden angegriffen, und ihnen zu Hilfe eilten, aber wir stellten bald fest, daß sie bloß feierten. Als Büffelnacken sie fragte, was sie denn feierten, wußten sie das zwar nicht und sagten nur, daß die Soldaten drüben in Fort Laramie feierten und die Sioux ihnen darin nicht nachstehen wollten. Büffelnacken meinte daraufhin, die Menschenwesen sollten dann lieber auch feiern, so daß wir den ganzen Tag johlten und tobten und Munition verballerten. Später sagte ich mir, daß es sicher der 4. Juli war.

Vielleicht interessiert es Sie, was wohl aus den beiden Indianern wurde, die in meiner Jugend bei den Cheyennes eine so große Rolle spielten, die aber bei meinem zweiten Aufenthalt offenbar verschwunden waren. Ich meine meinen Feind Jüngerer Bär, das Gegenteil, und Kleines Pferd, den *homoneh.*

Keiner von beiden war getötet worden, denn ich hatte mich nach ihnen erkundigt und erfahren, daß sie sich anderen Gruppen angeschlossen hatten, vermutlich um in der Gesellschaft von Gleichgesinnten zu sein, da das Lager von Alte Zeltbahn zu klein war, um mehr wie je einen Vertreter ihrer ausgefallenen Gattungen hervorzubringen. Ein Gegenteil muß sich schrecklich einsam fühlen, wenn er gezwungen ist, mit allen normalen Leuten rückwärts zu sprechen, und wenn auch ein *homoneh* meistens bei den Frauen rumhängt, mit ihnen plaudert, näht und so, sehnt er sich wahrscheinlich doch nach der Gesellschaft von anderen, die seinen Standpunkt teilen.

Ich vermißte die beiden aus ähnlichen Gründen. Ich hatte außer Alte Zeltbahn keine Freunde mehr und keine persönlichen Feinde. Man war zwar, wie gesagt, oft ziemlich grob zu mir, und kaum hatte ich gelernt, mehr oder weniger unauffällig an den jungen Männern in der Schar von Alte Zeltbahn vorbeizugehen, als wir uns der großen Versammlung um Schwarzer Kessel anschlossen und die Reibereien von vorne anfingen. Wenn die Cheyennes jetzt auch offiziell Frieden hielten, bezogen sie das nicht auf Weiße und überfielen immer noch Farmen, solange das Wetter gut blieb, so daß sie, wenn sie zurückkehrten, schon bei meinem Anblick mitten in unserem Dorf nach den Waffen griffen. Diese jungen Krieger hatten nichts gegen *mich persönlich*, nur was gegen meine Haut. Für Jüngerer Bär sprach hingegen, daß er mich sehr gut kannte, was nun mal bei persönlichen Feinden immer der Fall ist, und durch seine Abwesenheit wurde mir erst bewußt, daß mir seine Feindschaft irgendwie gefallen hatte, denn sie war was Besonderes, da wir ja zusammen aufgewachsen waren.

Und bei Kleines Pferd befand man sich immer in guter Gesellschaft, seit der Druck durch seine Lebensweise von ihm gewichen war; er unterhielt einen mit einem Lied, einem Tanz oder tratschte etwas, denn er brauchte sich nicht wie ein Cheyenne-Krieger den Kopf über seine Männlichkeit und seine Medizin zerbrechen. Gegen einen Indianer als *homoneh* habe ich nichts, denn er kennt seinen Platz im Leben, im Gegensatz zu seinen weißen Artverwandten.

Beide, Kleines Pferd und Jüngerer Bär, traf ich in diesem großen Lager am Washita wieder, und ich will Ihnen von ihnen erzählen.

Ende November kriegte der Fluß eine Eisschicht und das Tal eine fußhohe Schneedecke, die tagsüber ein bißchen schmolz und nachts wieder zu einer Kruste fror, so daß man auf dem plattgetretenen Lagerboden wie eine Büffelherde einkrachte und sich dazu noch die Knöchel wundschnitt. Indianer strömten immer noch aus allen Himmelsrichtungen zu diesem Winterquartier: Kriegertrupps und ganze Dörfer mit Frauen, Kindern, Pferdeherden und Hunden. Sobald sie sich niedergelassen hatten, schnüffelte ich dauernd nach Bleichgesichtern rum, aber weil es dabei zu vielen unangenehmen Begegnungen mit reizbaren Kriegern kam, malte ich mich wieder, wie vor Jahren in der Schlacht bei der Solomon-Gablung, an und tauschte bei einem Medizinmann ein paar von Sonnenscheins gegerbten Wildlederlappen gegen so eine Büffelschädelhaube mit Hörnern ein, um darunter mein rötliches Haar zu verstecken. Allerdings bemalte ich mich nicht bunt, sondern lieber pechschwarz mit Holzkohle und Fett. Da meine amerikanische Kleidung sowieso verschlissen war, trug ich Leggings und eine blaue Decke. Zwar wußten die Leute immer noch, daß ich weiß war, aber ich hielt es für ratsamer, mich in einen Indianer zu verwandeln, soweit das menschenmöglich war.

Also, mein Herr, an dem Tag, von dem ich rede, war grade so ein Dorf eingetroffen und hatte sich eine Meile unterhalb von uns bei der Hufeisenkrümmung des Washita niedergelassen, wo das Wasser direkt neben dem Ufer ungefähr acht Fuß tief war, was die Ortskundigen den Neuankömmlingen sagten, falls die nach Cheyenne-Sitte ihr tägliches Morgenbad nehmen wollten. Mein Gott, manche sprangen tatsächlich gleich rein, während die Frauen die Zelte aufstellten. Ich kam zufällig vorbei und erkannte Jüngerer Bär mitten im Fluß. Er hatte einen ulkigen Schwimmstil: nach jedem Wechselschlag hob er den Kopf bis zu den Nasenlöchern aus dem Wasser, hielt die Augen geschlossen, während sie überspült wurden, und da er nicht durch den Mund atmete, sah er wie eine auftauchende Wasserleiche aus.

Während ich ihn noch beobachtete, begrüßte mich jemand mit einer Stimme, die für einen Cheyenne-Krieger oder eine erwachsene Frau zu melodisch klang, aber einem Mädchen gehören konnte, und als ich mich umdrehte, stand Kleines Pferd vor mir. Er trug das bezauberndste Kleid aus weißem Antilopenfell mit langen Fransen, das ich je gesehen habe. Die Brust war mit herrlichen Glasperlen in allen Farben bestickt, so daß man sich sogar in der kühlen Wintersonne ein Bild davon machen konnte, wie der Grand Canyon wohl im Nordlicht aussieht. Außerdem trug er ein halbes Dutzend Armreifen und eine so lange Perlenkette, daß er fast darüber stolpern mußte, und seine Ohrläppchen wurden von schweren Kupferringen wie schmelzende Sahnebonbons in die Länge gezogen.

Aus der Art, wie er sich an mich ranmachte, schloß ich, daß er mich aufgabeln wollte, drum sagte ich rasch, wer ich war.

„O ja, ich kenne dich“, kicherte er. Das gehörte jetzt wohl zu seinen festen Angewohnheiten und ging mir auf den Wecker, aber das versuchte ich ihm aus alter Freundschaft nicht zu zeigen. So plauderten wir dort am Ufer im plattgetretenen Schnee, und natürlich fragte er mich nicht, was ich hier zu suchen hatte, denn das wäre zwischen zwei Burschen, die zusammen aufgewachsen sind, unhöflich gewesen, allerdings mußte ich seine Umarmung über mich ergehen lassen, die eher schwesterlich als brüderlich war.

„Du hast also deine Sippe verlassen?" fragte ich, nachdem er mich losließ.

„Ganz richtig", sagte er und spielte mit seinen Perlen. „Nach der Sache am Sandfluß. Mein Vater riet mir dazu. Er sagte, seine Medizin wäre schlecht und hätte seiner übrigen Familie Unglück gebracht, er wollte nicht, daß mir was zustieß, dazu wäre ich viel zu hübsch. Trotzdem wäre ich nicht gegangen, wenn sich Jüngerer Bär" – er zeigte zum Fluß – „sich nach der Sache am Sandfluß nicht auch von uns getrennt hätte. Dort ging bei ihm nämlich was schief. Du weißt ja, daß ein Gegenteil nicht auf einem Bett sitzen oder liegen darf, sondern immer auf dem nackten Boden schlafen muß. In der Nacht vor unserem Angriff stand nun Jüngerer Bär im Traum vom Boden auf, machte sich aus einem Büffelfell ein Bett, legte sich drauf und verbrachte so den Rest der Nacht. Zu seinem Entsetzen fand er sich am nächsten Morgen darauf wieder. Das weiche Büffelfell hatte ihm all seine Kraft als Gegenteil geraubt, so daß er im Kampf schwach wie ein Säugling war und ich ihm helfen mußte, vor den Soldaten durch das trockene Flußbett zu fliehen und sich zu verstecken."

„Das tut mir aber leid", sagte ich aufrichtig, denn die Feindschaft zwischen mir und Jüngerer Bär war immer einseitig gewesen, wenn er mich auch manchmal auf die Palme brachte.

Aber Kleines Pferd winkte, und das war wohl typisch für einen *homoneh*, lässig ab. „Oh", sagte er, „er ist drüber weggekommen. Wir schlossen uns den Rotgefiederten Spechten an, und Jüngerer Bär verkaufte seinen Donnerbogen sowie seine Kraft als Gegenteil an einen anderen, so daß er wieder heiraten konnte."

In diesem Augenblick stieg der Betreffende aus dem Washita, schüttelte das Wasser ab, bevor es frieren konnte, und da Kleines Pferd unser Gespräch unterbrach, um Jüngerer Bär mit einer roten Decke abzutrocknen und ihm beim Anziehen zu helfen, dämmerte mir, wer wen heiratete.

Als Bär fertig angezogen war und mich musterte, mußte

ich ihn doch ein bißchen sticheln, denn wenn auch ein Cheyenne einen *homoneh* nie verurteilt, ist es völlig in Ordnung, dem Kerl, der mit ihm zusammenlebt, eins auszuwischen.

Daher sagte ich: „Ich habe grade mit deiner reizenden Frau geplaudert."

„Wie nett", sagte er ohne jede Bissigkeit, und quetschte sich einen Liter Wasser aus jedem Zopf. „Komm jetzt mit und lern meine andere kennen."

Er wechselte die nasse Decke gegen eine trockene, die Kleines Pferd ihm reichte, wickelte sich rein und führte mich durch die Zelte und durch eine Meute von Hunden, unter denen er auf ein spitzschnäuziges Tier zeigte, das viel von einem Kojoten hatte; vermutlich beauftragte er Kleines Pferd, den für seinen Gast zu kochen, denn Kleines Pferd schlug dem Köter mit einem Knüppel den Schädel ein und trug den schlaffen gelben Körper an den Hinterpfoten samt der nassen Decke zu einem schäbigen Zelt, in das wir gingen.

Ein tüchtiges Feuer brannte in der Mitte, und darüber hing der übliche schwarze Topf, in dem die übliche dicke Frau rührte, die allerdings unter dem Schmutz ein weißes Gesicht hatte und trotz des rußigen Fetts blonde Haare. Es war Olga.

Jüngerer Bär drehte sich zu mir um und grinste mich, wie ich damals meinte, gemein an, aber jetzt weiß ich, daß er es aus reinem Stolz tat, denn er hatte keine Ahnung, daß seine weibliche Frau und ich auch noch durch was anderes als die Rasse miteinander verbunden waren.

„Wir wollen rauchen", sagte er, „und dann wollen wir essen."

Olga sah in ihrem dreckigen Wildlederkleid, den Leggings und mit den alten zerlumpten Mokassins schrecklich aus. Vielleicht nahm Bär ohne Rücksicht auf die Temperatur regelmäßig sein Bad, aber ich glaube, daß Olga genauso regelmäßig darauf verzichtete. Ich sagte eben, daß ich ihr blondes Haar sah, aber in Wirklichkeit war es eher grünlich, und der Schwanz von einem ungestriegelten Pferd hätte nicht zerzauster sein können.

Nun hatte ich all meine Waffen in meinem eigenen Zelt gelassen, gewissermaßen, um jedem feindlichen Krieger, den ich traf, meine friedliche Absicht zu beweisen, und Jüngerer Bär war ein über sechs Fuß langer Hüne, außerdem befanden wir uns mitten in einem Lager, wo er bestimmt sehr viele Freunde hatte. Aber das war mir völlig schnuppe. Vor mir sah ich nur mein geliebtes holdes Weib, das dieser verdammte Wilde zu einer Sklavin erniedrigt hatte, und meine Finger krümmten sich zu mörderischen Krallen, und ich wäre im nächsten Augenblick über Bär hergefallen und hätte ihm den Hals umgedreht ... wenn Olga da nicht den Kopf gehoben und einen Ton angeschlagen hätte, der an reiner Heiserkeit Carolines Stimme bei weitem übertraf, oder die von Nichts, als ich sie mal ihren Mann ausschimpfen hörte, ja sogar die aller weißen oder roten Frauen, die mir je das Trommelfell zu zerreißen drohten.

„Kannst du mir vielleicht verraten, was wir essen sollen, du Nichtstuer, du Strolch", keifte sie. „Ich weiß schon gar nicht mehr, wann du zum letztenmal Wild heimgebracht hast. Da ist ja Kleines Pferd noch mehr Mann als du!" Der war draußen geblieben, um den Hund vorzubereiten, kam jetzt aber mit den blutigen Fleischbrocken rein, natürlich mit aufgekrempelten Kleiderärmeln, um die nur nicht schmutzig zu machen, und versuchte Olga zu besänftigen, die freilich Jüngerer Bär nicht in Ruhe ließ. „Ich finde, du solltest die Kleider mit Kleines Pferd tauschen, aber du bist sogar zu blöd und zu tölpelhaft, um ein *homoneh* zu sein! Und wer ist der idiotische Bettler, den du eingeladen hast, um uns noch das bißchen wegzuessen, was wir haben und wofür du nicht mal gesorgt hast? Sag ihm, er soll seinen Büffeltanz woanders aufführen."

Jüngerer Bär brummte: „Weib, halt den Mund, wenn du nicht eine Tracht Prügel haben willst."

„Du weißt genau, wer die Prügel kriegt", fauchte Olga. „Ich schlag einen Knüppel auf deinem faulen Kreuz kaputt." Sie strich sich das Haar zurück, verschmierte sich dabei die Stirn und spuckte verächtlich ins Feuer. Dann nahm sie Kleines Pferd die Hundestücke ab und schmiß sie in den Topf, so daß Blut und kochendes Wasser aufspritzten und Kleines Pferd erschrocken aufschrie, weil sein Kleid was abgekriegt hatte. Daraufhin sagte Olga: „Es tut mir leid, Liebling", und führte ihn vors Zelt, um sich den Schaden bei Tageslicht anzusehen.

Man hätte meinen können, daß Jüngerer Bär sich vor mir schämte, aber er ließ sich nichts anmerken. Er zuckte die Achseln und steckte seine Pfeife an. „Im allgemeinen", sagte er, „ist diese Frau sanft wie eine Taube. Ich glaube, sie benimmt sich nur so, um vor dem Gast anzugeben, denn ich bin ein guter Ernährer. Habe ich nicht grade den Hund mitgebracht? Ich bin ein großartiger Liebhaber, denn als Gegenteil habe ich meine Kräfte jahrelang aufgespeichert, weil ich damals keine Frau haben durfte, und jetzt . . ."

Na, er schnitt vielleicht auf und log – es war wirklich erschreckend, wie tief er gesunken war, das können Sie mir glauben. Ich habe ja schon öfter erzählt, daß die Cheyennes diese beiden Untugenden verachten, aber dieser Indianer hier frönte ihnen wie ein Kneipenbruder.

Allerdings dachte ich das damals nicht – nein, mich lähmte immer noch Olgas Anblick. Sie war kein Opfer, soviel stand fest, sondern ihre ganze Persönlichkeit hatte sich verändert. Erinnern Sie sich noch, wie lieb, ja sanftmütig sie war, als ich sie heiratete. Damals lernte sie in all den Jahren fast kein Wort Englisch, während sie hier schon fließend Cheyennisch schimpfen konnte. Vielleicht fiel ihrer schwedischen Kehle eine andere rauhe Sprache leichter. Aber wie verhielt es sich mit ihrer Angst vor den Indianern, die sie doch hatte, seit ihre Familie von den Santee Sioux abgeschlachtet wurde?

Mein Gott, es klingt komisch, aber über diesen Grübeleien hatte ich den kleinen Gus ganz vergessen, der plötzlich reinstürzte, wie ein Wilder angezogen und mit blonden Zöpfen. Er mußte jetzt ungefähr fünf sein, ein kräftiger Knirps mit einem stämmigen kleinen, trotz der Kälte halbnackten Körper. Er hatte einen Bogen und hielt den Jüngerer Bär hin.

„Vater", sagte er, „die Sehne ist gerissen. Mach mir bitte eine neue, denn ich brauche sie unbedingt für unseren Krieg."

Bär lächelte Gus wirklich liebevoll an, obwohl er ihn tadelte: „So unterbricht kein Menschenwesen das Rauchen mit einem Gast." Aber er holte einen Lederriemen aus dem Köcher, der an einem Zeltpfahl hing und bespannte den Bogen neu.

Endlich fand ich die Sprache wieder und fragte Gus, das Kind aus meinen eigenen Lenden: „Gegen wen kämpfst du denn? Gegen die Pawnees?"

Meine Stimme muß gezwungen geklungen haben, aber er nahm weiter keine Notiz davon. Er keuchte immer noch vom schnellen Laufen, und wie alle Kinder hatte er nur seinen eigenen Kram im Kopf. Daher riß er den reparierten Bogen Jüngerer Bär aus den Händen und antwortete erst beim Rausrennen.

„Nein, nicht gegen die Pawnees", sagte er mit seiner hohen stolzen Stimme in dieser Kehllautsprache. „Gegen die Weißen!"

„Komm zurück und begrüße den Gast, wie es sich gehört", sagte Jüngerer Bär, aber ich fand, nicht sehr energisch, und bevor er ausgeredet hatte, war mein Gus schon wieder bei seinen Spielkameraden. Man hörte sie heulen. Er bildete sich ein, ein reinrassiger Indianer zu sein.

Ich wußte nicht, was Olga dachte, aber da ich sie so in Rage gesehen hatte, wollte ich es auch nicht mehr rauskriegen. Die Kiowas hatten drüben in ihrem Lager eine weiße Frau, die sie wie die niedrigste Sklavin behandelten. Weil ich nicht viel Schutz im Dorf genoß, hielt ich mich dort nur so lange auf, um festzustellen, daß es nicht meine Frau war, hatte aber das arme Ding mit ihrem achtzehn Monate alten Baby gesehen – wahrhaftig ein erbarmenswerter Anblick.

In meinem Fall bekümmerte mich nur die Haltung von Jüngerer Bär, als Olga gegen ihn vom Leder zog. Nachdem wir allein waren, fing er wieder an, sich damit zu brüsten, daß er Olga einem südcheyennischen Krieger für zehn Ponys abkaufte, der sie beim Arkansas River gefangengenommen hatte. Normalerweise wurden dem Vater nur drei oder vier Tiere für ein Indianermädchen gezahlt.

Vielleicht denken Sie nun, daß ich dort saß und mit den Zähnen knirschte. Nicht ich. Ich fühlte mich wie im Traum und sagte völlig ruhig: „Der Junge hat eine helle Haut."

„Und Haare wie die Morgensonne", sagte Jüngerer Bär. „Er heißt Aufgehende Medizin, aber wir nennen ihn Dickbauch. Ich glaube, er wird der mächtigste Kriegshäuptling der Menschenwesen. Du weißt doch, daß Verrücktes Pferd, der große Oglala, helle Haut und blondes Haar hat und gegen Kugeln gefeit ist."

„Hast du dieses Kind gemacht?" Ich zog tief an der Steinpfeife und reichte sie ihm zurück. Ich erwartete, daß er das bejahen würde, aber er starrte aus zusammengekniffenen Augen eine Weile ins Feuer und antwortete dann: „Nein, sein Vater war derselbe Medizinvogel, der am Sandfluß zu mir kam und sagte: ‚Hör auf, ein Gegenteil zu sein! Renn weg! Kümmer dich nicht darum, was die anderen Leute sagen. Dir ist ein größeres Schicksal bestimmt, als heute gegen diese Blaujacken zu kämpfen. Du sollst eine Frau mit blondem Haar heiraten und meinen Sohn großziehen!' Und ich gehorchte ihm."

Olga und Kleines Pferd erschienen wieder, kochten den Hund, setzten uns den vor, und meine Ex-Gattin knurrte von Zeit zu Zeit Jüngerer Bär an, ohne mich nach wie vor zu beachten. Wenn Kleines Pferd ihr was über mich erzählt hatte, dann war es vermutlich eine so phantastische Geschichte, daß Olga dadurch bestimmt nicht an Jack Crabb erinnert wurde.

Irgendwie aß ich so viel, wie es die Höflichkeit erforderte, und sprach danach sogar die Gegeneinladung aus, wie es der Anstand verlangte.

Ich sagte: „Ich bin mit der Tochter von Schatten-Der-Sichtbar-Wird verheiratet, der, wie du weißt, ein großer Krieger war." Auch ich hatte meinen Stolz, und es brachte mich allmählich auf die Palme, daß dieser Indianer damit protzte, meine weiße Frau in seinem Wigwam zu haben. Obwohl ich ihm eigentlich nicht böse war, und wenn ich ihn haßte, dann nicht auf die Art, wie ich mir den Haß gegen den Mann vorgestellt hatte, der Olga festhielt. Denn er behandelte sie nicht als Gefangene, das stand fest. Und wenn sie auch schlecht gelaunt zu sein schien, war er ein Typ, der eine Frau seltsamerweise befriedigt. Sie hatte einen Trumpf gegen ihn; wahrscheinlich war sie durch Kleines Pferd dahinter gekommen, daß er sich am Sand Creek als Hasenfuß entpuppt hatte – das würde sie ihn immer spüren lassen.

Während unserer Ehe hatte ich diese Seite von Olga Gott sei Dank nie kennengelernt, obwohl mir jetzt dämmerte, daß auch mir das hätte passieren können, wenn sie was von meiner Pleite in Denver erfahren hätte. Aber das war nicht der Fall. Sie hatte damals nichts anderes im Sinn als den Haushalt und die Pflege von Gus. Sie konnte kaum Englisch, daran lag es wohl. Aber, herrjesses, wie hatte sie sich dem Leben der Cheyennes angepaßt! Nachdem sie den Hund gekocht hatte, ging sie raus, um mit den anderen Indianerweibern zu arbeiten und rumzualbern, von denen man sie bis auf ihr Haar und ihre Haut nicht unterscheiden konnte.

Ich will verdammt sein! Entschuldigen Sie den Fluch. Aber es war für mich wie ein Wunder, anders kann ich es nicht ausdrücken. Ich war weder traurig noch wütend. Ich war nicht mal bestürzt, was allerdings ohne meinen Büffelschädel und meine Gesichtsbemalung vielleicht der Fall gewesen wäre. Denn Jack Crabb hatte seine Frau verloren, nicht Kleiner Großer Mann; so mußte man es betrachten. Vielleicht meinen Sie, daß ich darauf brannte, die Einzelheiten über die letzten Augenblicke zu erfahren, als die kleine Gruppe von Weißen unten am Arkansas River von den Indianern über den Haufen gerannt und Olga mit Gus entführt wurde, und darauf, Jüngerer Bär den Namen des Kriegers zu entlocken, der sie an ihn verkauft hatte, um diesen Indianer dann zu töten und so meine Ehre zu retten.

Aber das kam mir damals überhaupt nicht in den Sinn. Nein, beim Anblick von Olga und Gus im Wigwam von Jüngerer Bär, denen es beiden auf ihre Art gut zu gehen schien, fühlte ich mich eher gezwungen, meine eigene Heirat mit Sonnenschein bekanntzugeben. Ja, ich ging sogar noch weiter: ich brüstete mich damit, daß ich kein einziges Pferd für sie bezahlen mußte, weil ihr Vater tot war und sie keine Brüder hatte.

Wie alle Prahlhänse konnte es Jüngerer Bär nicht zulassen, daß jemand ihm die Schau stahl. Er schmatzte und kaute ewig an demselben Knorpel rum. Mit dem Alter wurde er schlitzäugiger, ja, seine Augen schienen jetzt ganz unter seiner niedrigen gewölbten Stirn und hinter seinen Tränensäcken zu verschwinden, von denen beim Baden nicht alle Bemalung abgegangen war. Mir war während des ganzen Besuchs so, als hätte er mich nicht erkannt – das heißt, er wußte natürlich, daß ich trotz meines Cheyenne-

Aufzugs ein Weißer war, brachte mich aber mit seiner Kindheit überhaupt nicht in Verbindung. Seit damals hatte ich ihn nur einmal gesehen, nämlich als Gegenteil, wie er ganz vertieft in seine Verkehrtrummethode war.

Also, mein Herr, er sagte kein Wort mehr, bis wir alles intus hatten, uns die Hände an den Kleidern abwischten und rausgingen, wo Olga und ein paar andere Frauen ein frisches Fell entfleischten, das sie auf einer vom Schnee gesäuberten Stelle festgesteckt hatten – sie streckte mir ihren dicken Hintern entgegen, den ich nie erkannt hätte, denn früher war Olga zwar kräftig, aber nie fett gewesen. Der kleine Gus rannte vorbei und wich einer natürlich eingebildeten Kugel aus dem Gewehr eines braunen Spielkameraden aus, auf den das Los gefallen war, den weißen Feind darzustellen. Nur mein Sohn konnte so ein Täuschungsmanöver vollbringen, und, zum Teufel, das rührte mich mehr als alles bisher. Ich war drauf und dran, ihm zuzurufen: „Mein Junge, ich bin dein Paps! Erinnerst du dich denn nicht mehr an deinen alten Papi?"

Natürlich hielt ich den Mund, denn es war weder der geeignete Ort noch der geeignete Zeitpunkt dazu, und verflucht noch mal, wie hätte ich einem Fünfjährigen meine Aufmachung erklären sollen? Ich sage Ihnen die Wahrheit, und die Wahrheit setzt sich immer aus lauter Teilchen zusammen, die beim Wiedererzählen albern klingen. Aber ich gebe zu, daß ich meine Frau und meinen Sohn vielleicht nur darum nicht wieder zu mir nahm, weil ich die ganze Zeit über diese Büffelhörner trug.

Na ja, ich verabschiedete mich von Jüngerer Bär und wiederholte meine Einladung, daß er am nächsten Tag zum Essen in mein Zelt kommen sollte. Dabei ging ich sogar so weit, um meine Rührung über den Anblick von Gus zu vertuschen, daß ich hinzufügte: „Und bring deine ganze Familie mit!"

Plötzlich erwachte Bär aus seiner Betäubung und sagte zu mir eifrig: „Du hast dich also entschlossen, zu bleiben." Demnach erinnerte er sich doch an mich.

„Ich habe dir nie gebührlich gedankt", fuhr er fort. „Das möchte ich jetzt tun."

Ich hatte Angst, er würde wieder die alte Sache aufrollen,

daß er mir sein Leben verdankte und wollte daher unbedingt gehen, aber er sagte: „Warte, ich möchte mich für die Unhöflichkeit meiner Frau entschuldigen. Sie ist ein braves Weib, aber sie kann nun mal Weiße nicht ertragen, weil die ihren Vater und ihre Mutter umgebracht haben ...

Hör zu", setzte er hinzu, „auf dem Weg hierher haben wir eine frische Spur weißer Soldaten gekreuzt. Ich glaube, sie suchen nach diesem Dorf, obwohl die Häuptlinge die Feder zur Hand genommen haben und wir im Frieden leben."

Jüngerer Bär verstand sich besonders gut darauf, mich immer an meine eigene Rasse zu erinnern. Ich hätte bei ihm immer auf der Hut sein sollen, aber jedesmal überrumpelte er mich wieder. Wenn es nicht um Prinzipienreiterei ging, war ich im allgemeinen für die Indianer; selbst wenn Alte Zeltbahn oder Sonnenschein sich abfällig über die Weißen äußerten, vielleicht weil sie irgendwie mit mir verwandt waren. Aber Bär brachte mit diesem Thema immer mein Blut zum Wallen.

„Vielleicht", sagte ich, „sind sie hinter der Streitmacht her, die grade von den Überfällen auf die friedlichen Farmen am Rauchhügelfluß zurück ist. Oder sie suchen die weiße Frau und ihr Kind, die von den Kiowas gefangengehalten werden."

Er schob den Unterkiefer ausgesprochen starrköpfig vor. „Davon weiß ich nichts. Ich bin kein Kiowa, sondern ein Menschenwesen. Ich habe niemanden und nichts am Rauchhügelfluß überfallen. Trotzdem nehme ich an, daß ein Soldat mich erschießt, sobald er mich sieht."

Darin hatte er recht, und ich konnte ihm auch nicht erklären, warum. Aber ich nahm ihm seine unausgesprochene Anspielung übel, daß es *meine* Schuld war. Und da haben Sie die Streitfrage zwischen mir und Jüngerer Bär. So wie ein Soldat keinen Unterschied zwischen dem einen Indianer und dem anderen macht, einerlei ob sie nun demselben Stamm angehörten oder nicht, so halste mir Bär die Verantwortung für alles auf, was Weiße anrichteten, obwohl ich grade mit ihm in einem Dorf lebte und mich wie ein Wilder anzog.

Ich ging zu meinem eigenen Zelt zurück. Ich habe zwar

schon erwähnt, daß Sonnenschein keine Brüder hatte, aber noch nicht, daß ihre drei Schwestern bei uns lebten, seit ihr Vater umkam. Eine davon war auch Witwe und hatte zwei kleine Kinder. Ich als einziger erwachsener Mann in dieser Hausgemeinschaft mußte für die ganze Bande was zu essen beschaffen. Dafür erledigten all diese Frauen die Arbeit, und ich nehme an, daß ich auch mit ihnen hätte schlafen können, wenn ich gewollt hätte. Aber ich schlief mit Sonnenschein, weil sie allein schon mich bis zu ihrer Schwangerschaft völlig fertigmachte, und danach war ich enthaltsam, denn ein Harem war nie nach meinem Geschmack gewesen.

Als ich auf meinem Büffelfell lag und Sonnenscheins trächtig-gewölbten Bauch betrachtete, dachte ich nur, daß Olga vielleicht in eben diesem Augenblick den Samen des Wilden da in sich trug. Sie war für immer besudelt. Ich konnte jederzeit mein Zelt verlassen, in die Zivilisation zurückkehren, baden und wieder weiß sein. Sie nicht. Das *Cheyennische* war ihr ins Blut gegangen. Indianer verursachten mir Übelkeit. Ich konnte kaum den Gestank in meinem eigenen Heim aushalten, wo diese Schlampen, für die ich sorgte, den Fraß zum Abendessen zubereiteten. Es gab kein frisches Fleisch, weil ich, statt auf die Jagd zu gehen, den Hund aß, den meine rechtmäßige Frau im Zelt ihres unrechtmäßigen Manns gekocht hatte.

Während ich so giftig war, watschelte kleiner Frosch zu mir und gab mir das winzige Holzpferd, das ich für ihn geschnitzt hatte. Er war jetzt ungefähr im selben Alter wie Gus bei seiner Entführung. Ich gab ihm das Spielzeug zurück. Erst guckte er mich ernst an und dann das Holzpferd, stellte es behutsam auf mein Bett und verschwand. Das war für mich der erste Hinweis auf die Stimmung im Zelt, dann aber merkte ich, daß die Frauen ungewöhnlich still waren und daß die Kinder von meiner verwitweten Schwägerin, ein Junge und ein Mädchen, denen ich vor dem Essen meistens einen Witz oder eine Geschichte erzählte, sich abseits hielten.

Sonnenschein setzte mir einen Napf voll zerstampften Wurzeln und Beeren vor. Die Zutaten waren im Sommer zuvor gesammelt und getrocknet worden. Es schmeckte wie Dreck.

„Wo ist die Büffelkuhkeule geblieben, die ich gestern heimgebracht habe?" fragte ich knurrig.

Sie erschrak zwar, verbesserte mich aber: „Das war vor drei Tagen."

„Wenn ich gestern sage, dann war es gestern, wenn du keine Tracht Prügel haben willst, Weib!"

Sie bat mich sofort um Verzeihung und sagte: „Du hast recht, gestern. Ich bin dumm und ..."

„Ach, halt's Maul", sagte ich. „Hier gibt es zu viele Münder, die gestopft werden müssen. Daher kann ich uns nie genug Fleisch beschaffen. Warum heiraten denn deine Schwestern nicht?" Die Frauen senkten alle den Kopf. Ich räusperte mich, um diesen miesen Brei aus der Kehle zu kriegen.

„Wenn ihr glaubt, daß ich mich zu euch lege", sagte ich ganz allgemein, „dann spinnt ihr."

Eine der Frauen ging zu Sonnenschein, flüsterte ihr was ins Ohr, und meine Frau sagte dann: „Meine Schwester geht raus, um ihr besticktes Kleid gegen Fleisch zu tauschen, wenn du die Güte hast, solange zu warten."

Zufällig wußte ich, daß dieses Hemd der einzige Besitz dieser Schwester war, wofür sie mehr als einen trockenen Knochen kriegen konnte. Außerdem taugte es nicht viel, denn es war fleckig und geflickt, auch fehlten an manchen Stellen Perlen. Wir waren keine reiche Familie, das kann ich Ihnen versichern, mit nur einem Mann, der dazu ich war, denn ich nahm doch nie an Überfällen auf Siedlungen teil, und wir kamen nie mit Händlern in Berührung, bei denen ich mich sowieso nicht blicken lassen wollte, und außer dem Pony, das mir Alte Zeltbahn geschenkt hatte, besaß ich keine Pferde.

„Nein", sagte ich, „ich habe keinen Hunger." Ich schämte mich irgendwie, schämte mich aber auch, es zu zeigen. Ich wußte, warum keine von ihnen geheiratet hatte: weil sie in dem Wigwam eines Weißen lebten. Da lungerten keine Cheyenne-Krieger als Freier vor der Tür rum und spielten Serenaden auf ihren Medizinflöten. Vor allem nicht, da seit Jahren ein Überschuß an Frauen im Stamm herrschte, weil so viele Männer getötet wurden. Ich nehme an, daß ich diese Frauen um mich mit einem Fluch beladen hatte. Aber wessen Idee war es, Sonnenschein zur Frau zu nehmen? Bestimmt nicht meine.

„Es tut mir leid, daß du mir böse bist“, sagte Sonnenschein. Sie hatte einen vollen Arbeitstag hinter sich, außerdem Brennholz gehackt, das sie hochgehäuft auf einer Büffelhaut eine Viertelmeile zu unserem Zelt ziehen mußte. Dabei konnte ihr Kind jeden Augenblick kommen. Dann würde sie die Axt wegschmeißen, sich hinter einem Baum verkriechen, es im Schnee kriegen, ihr Hacksoll erledigen und die Scheite samt dem Baby heimbringen.

„Setz dich hierhin und iß“, sagte ich. „Ich bin dir nicht böse.“

Sie gehorchte und schaufelte sich den Brei mit einem großen Hornlöffel in den Mund, die anderen fingen auch an zu essen, und dabei schmatzten sie, wie wenn eine ganze Armee durch einen Sumpf waten würde. Wenn ich kein solcher Dummkopf bei den Geschäftsdingen in Denver gewesen wäre, dann würde ich jetzt wohl in meinem eigenen Riesenhaus sitzen, von Porzellan und Silber essen und mir einen kahlköpfigen befrackten Butler aus England leisten. Wenn mein Paps nicht gesponnen hätte, dann wäre Gott weiß was aus mir geworden. Ich nehme an, daß jeder mit solchen Gedanken spielt.

Als Sonnenschein fertig war und die vom Löffel runtergefallenen Essensreste von ihrem Kleid abgeklopft und am Boden aufgewischt hatte, denn irgendwas wurmte sie immer noch – wie alle anderen, obwohl meine Laune sich gebessert hatte –, also, als sie damit fertig war und unsere Näpfe abräumte, zögerte sie kurz und sagte dann leise:

„Wann tötest du ihn?“

„Wen?“ fragte ich von neuem gereizt, denn ich wußte genau, was sie meinte, und weil sie mich gegen meinen Willen an mein früheres Leben erinnerte, wurde ich nur noch gereizter. „Du solltest“, sagte ich, „deine Nase lieber nicht in Dinge stecken, die dich nichts angehen.“

Sonnenschein bückte sich und glättete die Büffelhaut neben meiner. „Ich mache ein schönes Bett für sie“, sagte sie, „und gebe ihr meine beste rote Decke. Und der weiße Junge kann, wenn er will, neben unserem Neffen Geflecktes Pony schlafen.“

Ich sagte gelassen: „Die weiße Frau von Jüngerer Bär ist nicht meine Frau und der Junge nicht mein Sohn. Meine Familie wurde am Arkansas River getötet." Ich packte meinen Bogen, der an einem Zeltpfahl hinter mir hing und den ich zum Jagen benutzte, um Pulver und Blei zu sparen. Dann sagte ich: „Wenn ich darüber noch je was von dir höre, altes Klatschweib, dann kriegst du eine Tracht Prügel, die du dein Lebtag nicht vergißt."

Sonnenschein hatte durch ihre Schwangerschaft beträchtlich Fett angesetzt – obwohl sie auch jetzt noch wesentlich dünner war als Olga – und lächelte mich aus ihrem Vollmondgesicht an. Sofort wurden auch die anderen Frauen und Kinder wieder vergnügt, obwohl ich leise gesprochen hatte, sie futterten laut und fingen an, wie gewöhnlich zu schwatzen und zu lachen, denn eigentlich ging es in unserem Zelt fröhlich zu.

Verstehen Sie, sie hatten alle geglaubt, daß ich Jüngerer Bär abmurksen und Olga mit Gus in mein Zelt holen würde, und es soll mich nicht wundern, wenn sie glaubten, daß ich bei Bär nicht haltmachen, sondern meine Wut auch an ihnen auslassen würde, denn Cheyenninnen wußten, wie weit Leidenschaft einen Mann treiben kann.

Jetzt fühlten sie sich beruhigt, weil Kleiner Großer Mann niemand Scherereien machen wollte. Andererseits war ich mehr oder weniger verpflichtet, mich zu revanchieren und Jüngerer Bär mit seiner Familie morgen bei mir zu empfangen. Danach war die Sache für mich erledigt. Ich hatte nicht die Absicht, mich mit Mr. und Mrs. Bär anzufreunden und die gegenseitigen Essenseinladungen fortzusetzen. Ich erwartete nicht, daß Olga bei ihrer Veränderung je die wahre Lage der Dinge entdecken würde – denn ich trug diesen Büffelschädel und hatte das Gesicht schwarz bemalt. Sie suchte sicher überhaupt nicht nach mir. Aber einer von den Indianern würde bestimmt was wittern, denn für so was hatten sie eine feine Nase. Zwar nicht Jüngerer Bär mit seiner Dummheit und seinem Dünkel, aber wahrscheinlich Kleines Pferd oder eine meiner eigenen Frauen. Oder vielleicht Gus, was mir den Rest geben würde.

Daher beschloß ich, direkt nach dem Festessen am nächsten Tag zu verduften und wieder zur Eisenbahn zurückzukehren. Ich hatte gefunden, was ich bei den Cheyennes suchte.

In dieser Gemütsverfassung zog ich mir ein paar Tierhäute und schmutzige Decken über die Ohren und versuchte zu schlafen. Die Frauen und Kinder hatten sich zurückgezogen, und auf dem Feuer lagen genug Scheite, daß es die ganze Nacht über brennen würde, sonst wären wir sogar in unseren vielen Hüllen erfroren, da eine eisige Luft durch die zugeschnürte Türöffnung und die Bodenplane eindrang. Gelegentlich hörte ich, wie sich mein Pony draußen warmstampfte. Ich pflockte es lieber vor dem Eingang an, als es mit der übrigen Herde grasen zu lassen. Da es damals mein einziges Tier war, konnte ich es mir nicht leisten, daß ein Pawnee sich damit aus dem Staub machte; allerdings hatte ich nichts davon gehört, daß sich welche in der Nähe aufhielten.

Was nun den Bericht über die Soldatenspuren betraf, so hielt ich das für eine weitere Dummheit von Jüngerer Bär. Wir befanden uns hier in einer Reservation, die den Cheyennes durch die Konferenz von Medicine Lodge zugewiesen war – warum sollten also die Soldaten hinter uns her sein? Ich meine, hinter der Sippe von Alte Zeltbahn? Wenn sie jemand suchten, dann doch die Streitmacht, die in die Dörfer flußabwärts zurückgekehrt war. Aber sogar das schien bei diesem Wetter unwahrscheinlich. Niemand kämpfte im Winter, am allerwenigsten die U.S.-Armee, denn ihre großen Gäule wurden mit dieser Schneekruste nicht fertig.

Das alles ging mir so durch den Kopf, weil ich nicht einschlafen konnte. Selbst wenn ich beschlossen hatte, daß die Sache mit Olga und Gus für mich erledigt war, gab die Sache selbst sich nicht damit zufrieden. Meine Schläfen pochten, und mein Gekröse ließ mich nicht in Ruhe. Ich meine, ich hatte das Gefühl, daß es sich zusammenzog wie ein verschrumpelter Apfel. Allmählich dämmerte mir, daß ich Lust in einer anderen Form als bisher verspürte, besonders seit ich bei den Indianern war. Ich habe Ihnen doch schon erzählt, daß Sonnenschein feuriger war als meine Wenigkeit. Jetzt aber tastete ich nach ihr, wobei ich ihre gesegneten Umstände ganz vergaß.

Ich berührte den Gipfel ihres dicken Bauchs durch die

Büffelfelle, und sie wurde gleich hellwach, zog ihre Hand vor und streichelte damit meine.

Sie sagte: „Deine Worte haben Wunhais Gefühle verletzt."

Das war die Schwester, die angeboten hatte, ihr Perlenkleid gegen Fleisch einzutauschen. Sie hieß „Brennendes Etwas"; vielleicht hatte sie sich als Mädchen mal den Finger verbrannt oder so was. Sie war ausgesprochen hübsch und der jüngste Sproß von Schatten-Der-Sichtbar-Wird, einige Jahre jünger als Sonnenschein, mit schöneren Augen und glänzenderem Haar, dabei schlank wie eine Weide. Eigentlich erinnerte sie mich an meinen Jugendschwarm Nichts, bevor die heiratete und fett und schlechtgelaunt wurde; auch die arme Nichts gehört übrigens zu den Opfern am Sand Creek.

Jedenfalls hatte ich Wunhai bisher als Schwägerin im Sinne der Weißen betrachtet und nie den Standpunkt der Cheyennes in diesen Dingen eingenommen. Sonnenschein meinte, ich hätte durch meinen Ausspruch von vorhin, daß ich mit keiner von diesen Frauen schlafen wollte, Wunhai gekränkt.

Ich tätschelte Sonnenscheins Bauch und zog meine Hand zurück. Wie gewöhnlich stand ich vor dem Problem, mich zu entschließen, ob ich nun ein Weißer oder ein Indianer war. In ersterem Fall hätte ich einfach schlafen sollen: daß Olga eine Wilde wurde, war ihre Sache, nicht meine. Andererseits erkannte ich allmählich die Verantwortung, die ich für die Schwestern von Sonnenschein hatte: es genügte nicht, bloß für sie zu sorgen. Meinetwegen wurden sie alte Jungfern. Ich mußte mehr für sie tun, denn sie waren schließlich nette Frauen. Vielleicht machte ich mir was vor, ich weiß nicht, das überlaß ich Ihnen. Jedenfalls erinnere ich mich, daß ich aufstand, durch den Feuerschein im Halbkreis durchs Zelt lief und neben Wunhais Büffelfell niederkniete. Ihre Augen schimmerten im Schatten, den ich auf sie warf.

„Meine Worte tun mir leid", sagte ich.

Sie sagte: „Ich höre dich", schlug ihre Decken an meiner Seite zurück, ich kroch drunter und schmiegte mich an ihren schlanken braunen Körper, der zufällig nackt war und glühend heiß nach meinem kühlen Gang ohne Lendenschurz. Ein süßes Ding. Es stellte sich raus, daß sie noch keinen Mann gekannt hatte, ein richtiges Vorbild für die hohe Moral der Menschenwesen, aber ihre Instinkte waren gesund. Ei, ei, ei. Sie war schätzungsweise achtzehn und sehr geschmeidig.

Wie lange ich meine schwägerlichen Pflichten erfüllte, kann ich nicht mehr mit Bestimmtheit sagen, aber es dauerte eine ganze Weile, und schließlich kam der Punkt, wo die kleine Wunhai das gute Recht hatte, in meinen Armen einzuschlafen. Na schön, ich kroch raus, mummelte sie ein und hatte dabei ein komisches Gefühl, als ein kalter Luftzug mir zwischen die Beine fuhr. Vermutlich zitterte ich, und eine meiner anderen Schwägerinnen, die in der Nähe schlief, richtete sich auf und winkte mich zu sich.

Als ich zu ihr kam, flüsterte sie: „Soll ich noch mehr Holz aufs Feuer legen?"

„Schon gut", sagte ich, immer noch bibbernd, denn ich war unter Wunhais Büffelfellen in Schweiß geraten, der sich nun auf mir in Eis zu verwandeln schien.

„Du solltest lieber zu mir kriechen", sagte sie, „bevor du erfrierst."

Sie hieß Buddelnder Bär, war ein paar Jahre älter als Sonnenschein, so vier- oder fünfundzwanzig, hatte ein sehr breites Gesicht, was noch stärker betont wurde, da sie ihre Zöpfe hinter den Ohren trug. Sie hatte kräftige, aber hübsche Züge und war stämmig wie eine Stute. Sie hatte ihr Kleid zwar im Bett anbehalten, es aber schon hochgezogen, als ich mich zu ihr legte. Sie war als einzige der Schwestern kleiner als ich, doch ihre Muskeln ließen nichts zu wünschen übrig. Nachdem sie mir sozusagen den Zugang zum Schlachtfeld gewährt hatte, mußte ich mit ihr um den Sieg ringen, und noch lange danach hatten meine Waden blaue Flecke, wo sie ihre Fersen reingegraben hatte, als würde sie ein Pony von unten zureiten.

Hinterher wollte sie sich unterhalten: „Mir kam zu Ohren, daß diese weiße Frau von Jüngerer Bär häßlich ist und komisch riecht. Ich wußte, daß sie nicht deine Frau sein konnte. Nur ein Feigling wie er behält so eine Frau." Und so weiter, und so weiter. Sie war die boshafte Schwester, aber ich sage Ihnen, daß ein gemeiner Zug nicht das Schlechteste bei einer Frau im Bett ist. Das verleiht der Sache Würze. Das beste Kriegspony hat immer so seine Tücken und vermeidet es dadurch, vor einen *travois* gespannt zu werden.

Ich fühlte mich ziemlich ausgequetscht, als ich mich von Buddelnder Bär zurückzog, aber da ihr Gerede sie wieder aufgemöbelt hatte, umklammerte sie mich zur zweiten Runde. „Bleib bei mir", flüsterte sie. „Squaw Mais ist zu müde." Damit meinte sie die dritte Schwester, die Witwe. Ich schwöre Ihnen, daß ich bis dahin an die überhaupt nicht gedacht hatte. Sie war die größte, üppigste, älteste, so um die achtundzwanzig, und ihre zwei Kinder lagen auf den Büffelfellen neben ihr.

„Auch ich bin müde", sagte ich zu Buddelnder Bär. „Und das solltest du auch sein. Schlaf wieder." Aber ich spürte, daß sie mich beobachtete, als ich zu meinem Lager neben Sonnenschein zurückkehrte, und ich mußte dort erst mal zum Schein eine Weile liegenbleiben, bis ihr Kopf unter den Decken verschwand, bevor ich zu Squaw Mais schleichen konnte.

Ja, ich war müde und zerschunden, aber was immer mich zu diesem Rundgang trieb, war noch nicht erschöpft, solange eine Schwester übrigblieb. Squaw Mais schlief, als ich zu ihr kam, aber diesmal schlug ich ohne Umschweife ihre Büffelfelle zurück und kroch zu ihr. Sie umschlang mich, ohne dabei richtig aufzuwachen: schließlich hatte sie schon einen Mann und zwei Kinder hinter sich, so daß es für sie weder was Neues war wie bei Wunhai noch eine anstrengende Leibesübung wie bei Buddelnder Bär, sondern was genauso Natürliches wie das Essen. Sie war warm und weich und wirklich eine Wohltat für so einen dürren, nervösen Kerl wie mich.

Wer die Beste war? Das geht Sie nichts an. Vielleicht habe ich schon zuviel gesagt, denn Sie werden es mir wohl kaum abnehmen, daß meine Betätigungen in dieser Nacht nach cheyennischen Maßstäben genau das Gegenteil von lockeren Sitten darstellten. Sie waren alle meine Frauen, bei denen ich nur meine Pflicht und Schuldigkeit erfüllte.

Danach konnte ich zwar kaum noch gehen, aber eine

große Ruhe senkte sich auf mich. Ich war immer noch nicht schläfrig, aber keine Bitterkeit und keine ungelösten Probleme hielten mich wach. Ich zog meinen Lendenschurz und meine Leggings wieder an – das Hemd hatte ich bei der ganzen Tour nicht abgelegt –, wickelte mich in eine Decke und ging nach draußen.

Es tat ein bißchen weh, tief zu atmen, so kalt und unerbittlich rein war die Luft. Eine Meile weiter kläffte ein Hund im Lager von Jüngerer Bär: man konnte es deutlich hören. Der Mond war schon untergegangen und alles pechschwarz, bevor es bald Tag wurde. Ich hatte die ganze Nacht damit verbracht, meinen männlichen Verpflichtungen nachzukommen. Zweifellos hatte ich mich ein für allemal in einen hundertprozentigen Cheyenne verwandelt, soweit das durch körperliche Leistungen möglich war. Durch meine Nachtschicht hatte ich vielleicht ein oder zwei neue Menschenwesen gezeugt, und ich machte mir überhaupt keine Gedanken darüber, wie sie in einer Welt aufwachsen sollten, die sogar für Reinrassige beängstigend schnell unangenehm wurde. Nein, in diesem Augenblick kam mir alles richtig vor. Es war eins von den wenigen Malen, wo ich das fühlte: so sind die Dinge und so sollten sie auch sein. *Ich wußte, wo der Nabel der Welt lag.* Ein bemerkenswertes Gefühl, bei dem sich die Zeit im Kreise dreht und derjenige, der im Mittelpunkt steht, die Macht über alles hat, was die Form von Linien, Dreiecken und Quadraten annimmt. So wie Alte Zeltbahn die Antilopen in den kleinen Kreis seiner Sippe lockte, den aber die größeren konzentrischen Kreise aller anderen Cheyennes umgaben, den jetzigen und früheren, den Lebenden und den Geistern, denn das Mysterium ist die Fortdauer.

Es war ein großartiger Augenblick, und aus der Nacht tauchte Sonnenschein auf. Eigentlich sah ich sie nicht, sondern roch sie nur, denn es war stockfinster.

„Kannst du nicht schlafen?“ fragte ich, denn ich dachte, daß sie aus dem Wigwam kam.

„Ich war im Wald“, sagte sie, nahm meine Arme und legte ein kleines Bündel rein. Es fühlte sich wie eine warme Kohle an, war aber ein neugeborenes Kind. Sie war rausgegangen und hatte es gekriegt, während ich bei ihren Schwestern lag. „Noch ein Sohn für dich“, sagte sie. „Er wird ein großer Redner. Hast du nicht seinen gewaltigen Schrei gehört?“

Aber natürlich war ich bei den Schwestern zu beschäftigt gewesen, um die Ohren zu spitzen. Ja, ich hatte überhaupt nicht gemerkt, daß sie das Zelt verließ.

„Ich hoffe, daß unsere Feinde weit weg sind“, sagte sie, „denn als er zum Leben erwachte, bewies er kräftige Lungen.“

Nun ja, das tat meinem Medizingefühl keinen Abbruch, sondern bereicherte es eher noch. Ich drückte den winzigen Wicht an mich, Sonnenschein legte den Kopf an meine Schulter, und da geschah es. Ein glühender goldener Ball erschien am dunklen Horizont, und als er langsam am Himmel emporstieg, wechselte er herrlich die Farben, von Zinnoberrot über Gelb zu Smaragdgrün, von Türkis zu Tiefblau, dann zu Purpur und Indigoblau und Azur wie ein bewegliches Guckloch im Dach der Welt, durch das man auf den großen Regenbogen blickt, über den die Häuptlinge in feierlichem Zug zum Anderen Leben reiten. Schließlich oben, war er einen Augenblick perlmuttfarben, und dann verbrannten die Farben zu strahlendem Weiß.

„So soll er heißen“, sagte Sonnenschein. „Morgenstern.“

Ich reichte ihr meinen Sohn zurück, und sie ging ins Zelt, um ihn zu stillen.

Zufällig erhielt auch ein anderer seinen Namen von diesem himmlischen Schauspiel, das er im gleichen Augenblick hinter den Hügeln über dem Washita-Tal beobachtete. Ich nehme an, daß er es als günstiges Zeichen für das Schicksal betrachtete, das ihn als erst Dreiundzwanzigjährigen zum General machte. Und vielleicht hatte er recht, denn schon bald ritt er dem größten Sieg entgegen, der ihm je beschert werden sollte.

In späteren Jahren nannten ihn seine Crow-Kundschafter Sohn des Morgensterns. In Wirklichkeit hieß er George Armstrong Custer.

18. Die großartige Medizin aus langem Haar

Nicht lange danach wurde es im Osten hell. Ich stand immer noch draußen und war so von dem Wunder erfüllt, daß ich tatsächlich mit dem Gedanken spielte, das Eis auf dem Fluß zu brechen und ein Bad nach cheyennischer Sitte zu nehmen. Aber mein in der Nähe angepflocktes Pony scharrte, um seinen Morgentrunk zu kriegen. Sie werden es mir zwar nicht glauben, aber es sah mich wirklich mit seinen großen klaren Augen an und sagte: „Vater, nimm mich mit runter zum Fluß." Ich meine damit nicht, daß es sprach, aber es sagte es. Dann sagte es: „Uns steht ein großer Kampf bevor." Zum Teufel, Sie können glauben, was Sie wollen. Aber es sagte das. Ich war selber dabei.

Ich sagte: „Oh, du hörst das Krachen der Schneekruste unten im Tal. Das ist bloß die Herde deiner Brüder und Vettern."

„Nein", sagte mein Pony und schüttelte halsstarrig den Kopf, als ich sein Halfter vom Pflock losband. Mein und sein Atem dampften in der Kälte.

„Komm", sagte ich, „ich will es dir zeigen." Ich stieg auf und ritt aus dem Baumwollwäldchen, das sich um das Lager hinzog. Mein Zelt stand am Rand, allerdings weit genug von den nächsten Bäumen entfernt, damit die nicht im Sturm drauffallen konnten, so daß wir nur vierzig Yard zu der offenen Flußniederung reiten mußten, wo die Herde auf der Wiese graste. Da hörte ich hinter mir einen dumpfen Schuß von den Hügeln am anderen Dorfende. Trotzdem warf ich keinen Blick zurück, weil direkt vor mir eine Unmenge von Tieren in einer Reihe quer über die verschneite Flußniederung herangaloppierte. Aber die Morgenluft kann täuschen, besonders wenn sie so klar ist, daß alles aus der Ferne größer wirkt – ein Mann wie ein Pferd und ein Pferd wie ein Büffel. Darum hielt ich diesen Angriff für unsere Ponyherde in wilder Flucht vor Pawnee-Dieben. Ich wirbelte rum, um schnell mein Gewehr zu holen, als ein ganzes Blasorchester losschmetterte, Trompeten, Flöten und Trommeln. Ich dachte, ich hätte den Verstand verloren. Es war nämlich eine irische Melodie, die „Garry Owen" hieß und die ich von einem Sonntagskonzert der Postkapelle in Leavenworth her kannte. Bei den ersten Tönen bäumte sich mein Pony und wollte mich abwerfen. „Ich habe es dir gesagt", brüllte es und stürzte wie rasend auf die näherrükkende Angriffslinie zu, aber nach ungefähr fünfzig Fuß knickten seine Vorderknie ein, es kugelte in den Schnee und ließ eine lange rote Spur hinter sich zurück.

Es war in den Hals getroffen worden, während ich noch drauf saß, denn die ganze Linie hatte bei den ersten Klängen das Feuer eröffnet. Schon drei Fuß über dem Boden schien die Luft nur noch aus zischendem Blei zu bestehen. Trotzdem raffte ich mich auf und rannte unversehrt zu meinem Zelt. Vielleicht schrie ich dabei, aber das konnte ich wegen der Musik nicht hören. Ich konnte nicht mal das Hufgetrappel oder die Karabinersalven hören, so dröhnte die Militärkapelle.

Buddelnder Bär kam mit meiner Waffe und einem ledernen Munitionsbeutel aus der Zeltöffnung. Aus zehn Yard Entfernung warf sie mir das Gewehr zu und schwenkte schon den Arm mit dem Beutel, als ein kleines schwarzes Loch in ihrer breiten Schläfe entstand, wie eine Fliege, die sich dort niederließ, und sie sank tot in den Schnee. Ein weiteres Dutzend Kugeln durchbohrten die Zeltbahn hinter ihr, und als ich reinstürzte, sah ich, daß die junge Wunhai die Hälfte davon in ihren warmen braunen Busen abbekommen hatte, den ich noch vor wenigen Stunden gestreichelt hatte, und daß ihr Wildlederkleid oben völlig zerfetzt war.

Sonnenschein hockte im Hintergrund mit Morgenstern an der Brust.

„Runter, runter!" brüllte ich. „Leg dich flach!" Sie rollte sich um das Baby zusammen, und ich deckte sie mit Büffelfellen zu. Dasselbe wollte ich auch mit Frosch-Am-Hang, Squaw Mais und ihren Kindern machen, aber sie waren nicht mehr im Zelt.

Als ich zur Türöffnung zurückraste, waren die Blaujacken

so nah, daß sie über unser Zelt hinweg auf die Wigwams in dem Wäldchen dahinter schossen. Wenn ich das Zelt durch den Ausgang verlassen hätte, wäre ich ihnen unter die Hufe geraten, daher schlitzte ich die Rückseite auf und schlüpfte dort nach draußen. Überall stürmten Indianer raus, manche kamen nicht weit, bevor es sie erwischte, andere duckten sich hinter die Baumwollbäume und schossen von dort aus hauptsächlich mit Pfeilen zurück, aber die Ziele bewegten sich immerzu, außerdem rannten ihnen dauernd die eigenen Leute in die Quere.

Die Kavallerie donnerte jetzt durch die Zeltgassen, die Kapelle spielte im offenen Tal weiter, wo sie haltgemacht hatte. Diese Musik machte mich wahnsinnig. Ich warf mich hinter einem Baum platt auf den Bauch. Ich hatte meine Waffe noch nicht benutzt, aber keineswegs aus Feingefühl. Nein, ich hätte jeden Soldat unbarmherzig abgeknallt, wenn ich gekonnt hätte: sie verwüsteten mein Heim, sie hatten zwei meiner Frauen ermordet, und ihretwegen befand sich meine liebste Frau mit dem neugeborenen Kind in Lebensgefahr. In solchen Augenblicken gibt es nichts Gemeinsames mehr zwischen einem selber und dem Feind, egal ob er nun durch Blutsbande oder Sitten und Gebräuche mit einem verwandt ist.

Aber mein Gewehr war leer. Im Zelt ließ ich es immer ungeladen, falls die Kinder daran rumfummelten. Die Munition lag in diesem Beutel unter der Leiche von Buddelnder Bär, von der mich fünfzig Yard galoppierende Kavallerie trennten.

Ein paar Cheyennes waren in den Fluß gesprungen und benutzten das Steilufer als Barrikade, hinter der sie den Rückzug einer großen Schar von Frauen und Kindern mitten durch den eiskalten Fluß deckten. Ich glaubte, Squaw Mais mit ihren Kindern unter ihnen zu entdecken, aber der Pulverdampf war so dick geworden, daß er alles einhüllte, und als er sich verzog, wurde ein Pferd unter einem Soldaten weggeschossen, und er purzelte grade vor mein Gesichtsfeld. Nun richtete sich meine ganze Aufmerksamkeit auf diese Satteltaschen, denn in die packt ein Kavallerist gewöhnlich seine Reservemunition. Ich also nichts wie hin, aber bevor ich das Tier erreichte, rappelte es sich auf und rannte ohne Reiter davon. Es wurde vermutlich nur betäubt. Den Soldat hatte es dagegen schlimmer erwischt. Sein linker Stiefel lag in einem komischen Winkel zu seinem Oberschenkel. Er war ein junger Bursche, ja fast noch ein Junge, mit dem ersten Bartflaum. Unsere Augen begegneten sich, und seine flammten auf wie Fenster, hinter denen eine Fackel angesteckt wird, aber das kam vom Sterben und nicht daher, daß er mich erkannte, denn im nächsten Augenblick knickte sein Kopf nach vorne, und ich sah seinen wie eine Orange aufgeplatzten Hinterkopf. Der Cheyenne, der dazu eine hölzerne Kriegskeule mit einer eingelassenen dreieckigen Klinge aus verrostetem Eisen benutzt hatte, nahm dem Burschen Karabiner und Patronengurt ab und sauste johlend zum Fluß, kriegte aber sein Teil ab, als er vom Ufer runtersprang, spuckte beim Aufklatsch aufs Wasser Blut und ersoff in den schäumenden Strudeln.

Schon hatten die Truppen die Dorfausläufer hinter sich, und der Lärm klang gedämpfter zu mir rüber. Eigentlich wollte ich zu meinem Zelt zurück und die Patronen unter Buddelnder Bär vorholen, aber ich wußte, daß die Soldaten bald zur Säuberungsaktion wiederkommen würden, und ich befürchtete, ihnen dadurch Sonnenscheins Versteck zu verraten, so daß ich lieber zwischen den anderen Zelten mein Heil suchte und dabei den schweren Leib von Schwarzer Kessel der Länge nach ausgestreckt vor seiner Zeltöffnung entdeckte. Der hatte seinen letzten Vertrag unterschrieben. Erst der Sand Creek und jetzt auch das noch. Nicht weit von ihm lag seine Frau im Sterben.

Alte Zeltbahn, dachte ich, ich muß zu ihm. Er ist jetzt ohne Söhne und bei seiner Blindheit völlig hilflos. Also kroch ich zu seinem Wigwam zurück, der in der Nähe von meinem stand. Unterwegs kam ich an vielen toten Indianern vorbei und wurde um ein Haar von einem verwundeten Krieger, den ich nicht kannte, erschossen, aber er sackte zusammen, bevor er seinen Bogen spannen konnte. Dieser Zwischenfall erinnerte mich an mein Aussehen. Ich hatte mir zwar die schwarze Bemalung von gestern nicht aus dem Gesicht gewischt – sie hält im Winter Nase und Backen warm –, aber durch das, was ich inzwischen so getrieben hatte, muß was davon abgegangen sein. Abgesehen davon hatte ich nichts auf dem Kopf. Aber ich wußte nicht, was ich im Augenblick daran ändern konnte.

Ich stürzte in den Wigwam von Alte Zeltbahn. Da saß er doch wahrhaftig noch, aber keineswegs einsam und verlassen. Seine zwei jungen Frauen wollten ihn zur Flucht überreden. Die eine hatte ein Baby auf ihren Rücken geschnürt. Die andere war besonders aufgeregt und ging sofort mit ihrem Metzgermesser auf mich los, obwohl sie mich oft genug gesehen hatte.

Ich hielt sie mit der Mündung meines leeren Gewehrs in Schach und sagte: „Ihr Frauen, rennt um euer Leben! Ich kümmere mich um Großvater."

„Dann töte mich auch", rief Squaw Troddelquaste, die das Messer hatte.

„Raus mit dir, du Närrin!" brüllte ich, trat zur Seite und gab ihr mit dem Kolben meines Ballard einen Stoß in den prallen Hintern. „Lauft runter zum Fluß!"

Das brachte sie wieder zur Vernunft, und die andere mit dem Baby sagte: „Ich glaube dir." Zusammen trollten sie sich.

„Mein Sohn", sagte Alte Zeltbahn ganz beiläufig, „komm, setz dich neben mich, wir wollen rauchen."

Ist denn so was zu glauben? Dieser alte Mann hockte auf seinem Büffelfell und fing an, seine Pfeife zu stopfen.

„Großvater, hast du den Verstand verloren? Die Blaujakken rotten uns aus. Uns bleibt nur noch die Zeit eines Vogelflugs, um den Fluß zu erreichen, bevor sie wieder hier sind."

„Schwarzer Kessel ist tot", sagte er. „Das weiß ich. Ich bin blind und kann nicht kämpfen. Trotzdem laufe ich nicht davon. Wenn es mein Tag zum Sterben ist, dann will ich hier in einem Kreis sterben."

Na ja, ich konnte an seinem zusammengebissenen lederzähen alten Kiefer erkennen, daß ich ihm das nicht ausreden konnte.

Ich sagte: „Also gut, ich will die Pfeife anstecken." Er beugte den Kopf vor, ich packte den Pfeifenstiel mit meiner linken Hand und versetzte ihm mit der rechten Faust einen wuchtigen Schlag gegen das Kinn. Aber Alte Zeltbahn blieb unerschütterlich wie ein Fels hocken.

„Du machst dir zu viel Sorgen, mein Sohn", sagte er.

„Deine Hand hält die Pfeife nicht mehr ruhig. Gib mir Feuer, ich stecke sie selber an. Dann wollen wir rauchen, und deine Sorgen werden davonflattern wie der kleine Büffelvogel."

Ich dachte, daß ich meine rechte Hand nie mehr gebrauchen konnte, so daß ich ihm mit der linken eine glühende Holzkohle brachte. Inzwischen kam die Schießerei wieder näher. Verstehen Sie, ich wollte ihn mit diesem Schlag betäuben und dann zum Fluß runter tragen. Jetzt zog ich meinen Gewehrkolben in Erwägung, aber wahrscheinlich war sein Schädel noch härter als sein Kinn und außerdem mit diesem groben, dichten Haar gepolstert.

Er paffte seine Pfeife und brachte das übliche Rauchopfer in alle Himmelsrichtungen dar und so weiter. Mein Gott, dachte ich, er ist nicht aus der Ruhe zu bringen, er ist durch und durch ein Indianer. Sie wissen ja, daß man bei Ausländern, Wilden und so meint, sie würden sich im Notfall genauso benehmen wie man selber, ja sogar englisch sprechen. Aber in diesem Fall mußte ich ein Cheyenne werden.

Ich wurde aus Verzweiflung beredt: „Der Fluß ist Teil der großen Wasserkreise auf der Erde", sagte ich mit meiner schrillsten Fistelstimme, um das Falsetto der klassischen cheyennischen Rhetorik nachzuahmen. Es schien zu wirken: Alte Zeltbahn horchte auf und legte seine Pfeife hin.

„Die heiligen Wasser fließen durch den Leib der Erde wie das Blut durch den Menschen und der Saft durch den Baum. Alle Dinge verbindet dieser große Strom. Oh, Weißer Büffelgeist, erhöre mich! Führe deine Kinder durch den Fluß in Sicherheit!"

Ich möchte bei Ihnen nicht den Eindruck erwecken, daß ich mich in diesem Augenblick über irgendwas lustig machte. Schlagen Sie mal eine Schlacht, dann werden Sie schon sehen, wie Ihnen dabei aller Spott vergeht. Nein, ich fühlte mich plötzlich wirklich berufen. Vielleicht hatte ich den Instinkt zum Predigen von meinem Paps geerbt, ich geriet jedenfalls ausgesprochen in Fahrt.

Allerdings nicht so sehr, daß ich nicht merkte, wie Alte Zeltbahn den riesigen Vorderlader neben sich vom Boden aufhob. Mein Gott, dachte ich, jetzt erschießt er mich noch, weil ich ihn retten will, dieser verrückte alte Knacker.

Da hörte ich ein Rascheln an der Türöffnung, drehte mich um und erblickte einen zusammengekauerten Soldaten, der seine Pistole reinsteckte und in dem trüben Licht was zu erkennen versuchte.

„Buhumm!“ Ich hatte in meinem Leben noch nie so einen lauten Knall gehört wie den aus der Waffe von Alte Zeltbahn. Er mußte doppelt geladen haben, daß sie so einen Heidenkrach machte, Feuer spie und das halbe Zelt mit Rauch füllte. Und die Kugel bugsierte den blutjungen Soldat in hohem Bogen wie einen leeren Sack zur Türöffnung raus.

Der Häuptling richtete sich aus dem Winkel auf, wo er sich mit dem fünf Fuß langen Lauf zwischen seinen Mokassins zurückgelehnt und nur nach dem Gehör gezielt hatte.

„Hol mir sein Haar, mein Sohn“, sagte er. „Dann wollen wir uns weiter über den Fluß unterhalten. Vielleicht gehe ich hin.“

„Dazu ist es wahrscheinlich schon zu spät“, sagte ich. „Jetzt werden sie wie die Kojoten zu einem verwesten Aas rennen. Ich diskutiere nicht mehr mit dir.“

Ich packte ihn beim Arm und zog ihn in die Höhe. Er sträubte sich überhaupt nicht dagegen. Vermutlich hatte er sich zum Gehen entschlossen: sonst hätte ich ihn nie vom Fleck gekriegt, davon bin ich überzeugt. Ich schlitzte das Zelt mit meinem Messer auf und wollte ihn rausführen.

„Warte“, sagte er. „Ich muß mein Medizinbündel mitnehmen.“ Das war ein ungefähr drei Fuß langes, in verschlissene Häute gewickeltes, schmuddeliges Paket. Sein Inhalt war ein Geheimnis, aber ich hatte mal in das von einem gestorbenen Cheyenne geguckt, bevor sie es mit ihm auf das Totengerüst packten: es enthielt eine Handvoll Federn, den Fuß einer Eule, eine Trillerpfeife aus Hirschbein, das getrocknete Glied eines Büffels und solchen Mist. Aber zweifellos glaubte er, daß seine Kraft in diesem Krempel steckte, und wie kam ausgerechnet ich dazu, das abzustreiten? Dasselbe galt für Alte Zeltbahn. Ich holte sein Bündel zwischen altem Kram hinter dem Lager vor.

Dann brachen wir noch mal auf.

„Warte“, sagte der alte Mann. „Mein Kriegsschmuck.“ Den trug er nie, solange ich ihn kannte, weil die Häuptlinge der Cheyennes, wie ich Ihnen ja schon erzählte, nicht viel für äußeren Firlefanz übrig hatten: sie sahen fast immer am schäbigsten aus. Er bewahrte den in einer runden Lederhülle auf, die an einem Zeltpfahl hing.

„Soll ich ihn dir zeigen?“ fragte er. „Er ist sehr schön und erinnert mich an die Zeit, als ich ein junger Krieger war.“ Er machte tatsächlich schon die Hülle auf.

„Ein andermal, Großvater“, sagte ich und schulterte sie an dem Lederriemen.

Etwa da begann eine Reihe von Karabinern, Blei in das Zelt zu spucken; es klang so, als wären wir in einem Bienenkorb. Zogen wir aber ab? Keineswegs, Alte Zeltbahn mußte erst noch seinen heiligen Bogen und Köcher haben, dann eine besondere Decke und natürlich sein Pulverhorn und seine Patronentasche, seine Pfeife und seinen Tabakbeutel. Ich ging gebückt unter dieser Last, während die U.S.-Kavallerie die Vorderseite des Wigwams zerfetzte.

Ich fing an, auf Englisch zu fluchen, auf Cheyennisch zu jammern, und versuchte Alte Zeltbahn durch meinen Messerschlitz in der Zeltbahn nach draußen zu schubsen, aber vergebens, er stand wie angewachsen da und legte sich den Rest von seinem Schmuck an: Armreifen, eine Kette aus Bärenklauen, einen Brustpanzer aus winzigen Knochen und was weiß ich noch.

Nun steckten die Soldaten das Zelt vorne in Brand. Ich nehme an, daß ich an diesem Punkt zu heulen anfing. Mir machte es schon nichts mehr aus, getötet zu werden, ja mir war der Tod sogar schon willkommen, glaube ich, nur um diese Spannung loszuwerden. Ich sage, heulen; es konnte auch Gelächter sein; jedenfalls war es hysterisch.

„Komm, mein Sohn!“ sagte er. „Wir können schließlich nicht den ganzen Tag im Zelt bleiben. Die Soldaten sind dabei, es niederzubrennen.“

Endlich also führte er mich raus, weil meine Beine schwer wie Sandsäcke waren. Natürlich war nicht einmal die Kavallerie so dumm, nur die Zeltöffnung zu bestürmen. Sie hatten sich auch dahinter aufgebaut. Draußen empfingen uns sofort drei Soldaten und feuerten aus so kurzer Entfernung auf uns, daß es mir ein Rätsel ist, warum nicht mal unser Haar vom Pulver versengt wurde.

Ich kann nur bezeugen, daß sie uns nicht trafen, und während mir das fürchterliche Geknalle noch in den Ohren dröhnte, hörte ich, wie Alte Zeltbahn zu mir sagte: „Nimm keine Notiz von ihnen, mein Sohn. Ich habe jetzt erkannt, daß es nicht unser Tag zum Sterben ist."

Wenn Sie auch nur einen Funken Vernunft haben, dann werden Sie mir den folgenden Bericht darüber, wie wir zum Fluß kamen, nicht glauben. Ich glaube ihn nämlich selber nicht. Aber dann müssen Sie eine andere Erklärung dafür finden, daß ich heute hier bin, also die Schlacht am Washita 1868 überlebt habe.

Alte Zeltbahn gab mir seine Flinte, hob dieses Medizinbündel mit beiden Händen vor sich in die Höhe und fing an zu singen. Da sah ich, daß die Augen dieser Soldaten gar nicht auf uns gerichtet waren und wir an ihnen vorbeigingen, während sie noch mal auf den Schlitz schossen, durch den wir gerade rausgekrochen waren.

Ich hörte, wie einer von ihnen sagte: „Jungens, die haben wir alle erwischt. Kommt, wir wollen uns die Bescherung mal angucken." Aber ein anderer hielt ein paar weitere Salven für ratsamer, so daß sie noch mehr Blei in das leere Zelt verballerten.

Der Häuptling schritt langsam, aber schnurstracks auf den Fluß zu, sang dabei und hielt sein Bündel in die Höhe. Das Dorf wimmelte jetzt überall von Soldaten, die meisten zu Fuß, manche noch hoch zu Roß, aber das machte keinen Unterschied für uns. Wir gingen mitten durch sie durch, ohne daß sie uns direkt sahen oder hörten, obwohl die Stimme des Häuptlings von den tiefen Kehllauten bis zum schrillsten Falsetto reichlich laut war, und unser Aufzug sogar in einem Cheyenne-Lager aufgefallen wäre: erst mal Alte Zeltbahn mit geschlossenen blinden Augen, dann ich mit schwarzgestreiftem Gesicht und rotblonden Haaren, Leggings und Decke unter der Last von all dem Krempel und zwei ungeladenen Gewehren.

Jetzt näherten wir uns von hinten der Schützenlinie gegen die Indianer, die das Flußufer ein Stück unterhalb der Stelle verteidigten, wo ich sie zuerst gesehen hatte, denn die Cheyennes zogen sich langsam zurück. Die Hauptschar der Frauen und Kinder war nicht mehr zu sehen, aber ein paar

Nachzügler wateten noch hier und da durch den eiskalten Washita.

Na schön, soweit hatte es geklappt, ohne daß ich kapierte, warum wir nicht gesehen und erschossen wurden, es sei denn, dieser Husarenstreich machte uns für die Soldaten unsichtbar, aber wollte Alte Zeltbahn auch noch durch die Schützenlinie und das Kreuzfeuer marschieren?

Und ob! Ja, wir schafften es sogar ohne eine einzige Schramme, wenn mir auch sozusagen als Begleitmusik zu seinem Lied eine Menge Blei um die Ohren sauste. Allerdings etwas passierte: die Indianer stellten ihr Feuer ein, bis wir das Ufer erreichten. *Sie* sahen uns also genau, und nur diese Tatsache hielt mich davon ab, durch diese Erfahrung nicht ein für allemal meschugge zu werden. Die und der Schock, als ich bis zur Hüfte in das eisige Wasser sprang, wobei ich das Gefühl hatte, von den Zehen bis zum Nabel gehäutet zu werden.

Sobald ich und Alte Zeltbahn im Washita waren, drängten uns die anderen Indianer flußabwärts hinter den Frauen und Kindern her. Jemand sagte: „Verlaßt den Fluß an der großen Krümmung, wo das Wasser einem von einem Ufer bis zum anderen über den Kopf geht."

Vermutlich betrachteten sie mich als den Privatpfleger des blinden Häuptlings. Ich ging nicht gern, solange Sonnenschein und Morgenstern vermutlich noch unter den Büffelfellen in unserem Wigwam versteckt lagen. Aber ich konnte nichts für sie tun. Die Soldaten hatten jetzt das ganze Dorf besetzt und trieben die Frauen und Kinder zusammen, die sich nicht gewehrt hatten oder davongelaufen waren. Zweifellos würden sie bald meine zwei Lieben finden und gefangennehmen, während ich bei einem Versuch, sie zu retten, höchstens als Überläufer füsiliert werden konnte, wenn sie mich nicht schon erschossen, ehe ich mich überhaupt identifizieren konnte.

Daher wateten wir weiter, der Häuptling und ich, diesmal übernahm ich die Führung, denn bei dem Sprung ins Wasser brach sein Medizinbann, und er war nur noch ein blinder alter Mann – was eigentlich ganz seinem Charakter entsprach, nachdem er die schlimmste Gefahr erst mal hinter sich hatte. Am stärksten war er, wenn er bedroht wurde.

Das Ufer bot uns Deckung gegen die Salven, so daß wir recht gut vorwärtskamen, wenn sich auch mein Körper nach einer Weile in diesem Eiswasser wie versteinert anfühlte.

Wir wateten ungefähr eine Dreiviertelmeile, bevor wir die Frauen und Kinder vor uns überholten, denn die kleineren davon, die manchmal huckepack getragen werden mußten, hielten sie auf. Ich ließ den ganzen Krempel von Alte Zeltbahn und unsere zwei Flinten fallen und hob einen kleinen Jungen auf meine Schultern. So legten wir noch eine gute Meile bis zur Hufeisenkrümmung zurück, wo alle das Wasser verließen, um den tiefen Teil zu umgehen und nach der Abkürzung über die Landzunge weiter unten wieder in den Fluß zu steigen.

Da fiel uns eine Abteilung Kavallerie in den Rücken. Später wurde mir klar, daß Major Joel Elliot sie kommandierte, den Custer flußabwärts geschickt hatte, um eine Truppenkonzentration der Cheyennes am südlichen Ufer unterhalb unserer Familiengruppe anzugreifen. Wir hatten drei bewaffnete Krieger als Wächter bei uns, einer davon, der hieß Kleiner Fels, besaß einen Vorderlader, mit dem er einem Soldaten den Gaul unter dem Hintern wegschoß, um im nächsten Augenblick vom Gegenfeuer erwischt zu werden.

Die Frauen und Kinder sprangen wieder in den Fluß, und, ehrlich gesagt, ich mit ihnen. Als Kleiner Fels fiel, spielte ich flüchtig mit dem Gedanken, seine Flinte aufzuraffen und meinen Mann zu stehen, aber ich nahm mit einem der zwei noch übriggebliebenen Krieger Reißaus.

Fast alle Frauen und Kinder waren schon wieder unterhalb der Krümmung im Wasser, während ich und Alte Zeltbahn noch das Steilufer zu ihnen runterkletterten, als ein Mann von oben rief: „Ihr könnt zurückkommen. Wir haben sie umzingelt."

Also schubste ich Alte Zeltbahn das Ufer wieder rauf, dabei kam er mir wesentlich leichter vor als beim Abstieg.

Er sagte aufgekratzt, während er mir sein Medizinbündel reichte: „Gib mir meine Flinte. Ich will ein paar Soldaten abknallen, bevor die jungen Männer alle erledigt haben."

„Ich habe sie drüben gelassen", sagte ich und nutzte die Gelegenheit, um mich zu drücken. Viele Frauen kümmerten sich jetzt um ihn, und eine große Streitmacht der Cheyennes ritt vom Süden heran, während andere sich zwischen den Fluß und die Kavallerieabteilung geschoben hatten und die in das hohe Gras zu den Hügeln hin trieben.

Der Soldat, den der Schuß von Kleiner Fels aus dem Sattel geworfen hatte, war schon vorher hinter einer Frau her gewesen, die grade ihren Kindern die Füße umwickelte, um sie gefangenzunehmen. Sie hielt ihn sich so lange vom Leib, bis er umzingelt wurde. Jetzt sah ich, wie die Indianer ihn überwältigten, und als sie wieder abzogen, lag er splitternackt und blutig im zertrampelten Schnee.

Elliots Abteilung stieg ab und ließ ihre Pferde laufen, die in wilder Flucht durchs Tal davonrannten, und die Soldaten legten sich ins hohe Gras, wo nur der Pulverdampf aus ihren Karabinern sie verriet. Sie schossen eine Salve nach der andren ab, waren aber zu aufgeregt, um anständig zu zielen, so daß die meisten Schüsse im Winterhimmel verpufften. Als die Indianer das sahen, schlichen sie sich nicht mehr ran, sondern ritten hoch zu Roß schnurstracks auf sie zu und schlachteten sie wie die Hühner ab, während die Frauen ihnen zuschauten. Der letzte Kampf dauerte vielleicht zwanzig Minuten, und schließlich sah man nur einen Haufen Cheyenne-Rücken, die sich zum Handstreich oder Niedermetzeln bückten.

Ich weiß nicht, ob Sie schon mal ein Massaker im Winter gesehen haben. Ein hübscher Anblick ist das zu keiner Jahreszeit, aber in der Kälte friert das Blut schnell, und eine Leiche ist erstarrt, ehe man sich's versieht. Wenn man zu lange wartet, muß man ihr die Glieder brechen, um ihr das Hemd noch ausziehen zu können.

Ich erwähne das nicht aus Grausamkeit, sondern nur um zu erklären, warum ich schleunigst dorthin rannte: ich hatte eine von diesen Uniformen nötig. Fünfundvierzig Indianer mußten sich nämlich fünfzehn Leichen teilen. Ich hatte Dusel: ich stieß auf Jüngerer Bär, der am Boden kniete und mit seinem Messer rumsäbelte. Mir wurde jetzt klar, daß er einer der zwei oder drei Krieger war, die als erste mitten unter die Soldaten ritten. Er trug einen großen Kriegsschmuck, den ich nicht kannte. Sein linker Hemdsärmel war rot, und Blut tröpfelte von den Ärmelfransen auf Nase und

Lippen der Leiche, die er grade skalpierte. Er schwitzte dabei, denn vermutlich war sein Messer stumpf und sein linker Arm hatte nicht mehr die Kraft, das Haar runterzureißen, als er die Kopfhaut vom Schädel trennte.

Trotzdem war er ganz gelassen. Er erblickte meine Leggings neben sich und sagte, ohne dabei aufzusehen: „Zieh du, während ich schneide."

Ich tat ihm den Gefallen, kniete hin und packte den toten Weißen bei seinen hellbraunen, weichen Locken. Ich glaube, er war blutjung. Er hatte den Mund wie zu einem stummen Schrei aufgerissen. Ich sah ihn mir nicht genauer an, denn vielleicht war es jemand, den ich von früher her kannte, und bei dem, was ich machte, handelte es sich um was ganz Unpersönliches. Schließlich lag sein Schädel bloß, und ich war Jüngerer Bär dankbar dafür, daß er mir den Skalp rasch abnahm.

„Ich habe dich vorhin beim Handstreich beobachtet", sagte ich. „Das war wirklich tapfer."

Bär wischte sich den Schweiß von der Stirn und beschmierte sich dafür mit Blut. Er seufzte und zuckte die Achseln, freute sich aber. Dann reichte er mir sein Messer und sagte wie zu einem Gast vor einem gebratenen Truthahn: „Nimm dir was. Er hat einen schönen Ring am Finger."

„Eigentlich könnte ich sein Hemd und seine Hose gebrauchen", sagte ich.

Jüngerer Bär machte eine großzügige Handbewegung, woraufhin ich dem Soldaten Uniform und Stiefel auszog, und später fand ich auch noch seinen Hut in der Nähe. Ich klemmte mir das Zeug unter den Arm, und Bär setzte seine Arbeit fort. Der Soldat lag jetzt in seiner wollenen Unterwäsche da. Ohne daß er es wußte, hatte er mir einen Dienst erwiesen, und den wollte ich ihm erwidern, wenn er auch nie was davon erfahren würde.

Ich sagte zu Bär: „Du solltest lieber deinen Arm verbinden lassen, bevor du verblutest."

Er schien seine Verwundung erst jetzt zu bemerken, tastete die Muskeln ab und stöhnte.

„Komm", sagte ich. „Wo hast du dein Pony?" Ich sah sein Pferd ein Stück weiter stehen, und wer hielt es geduldig am

Halfter – natürlich Olga! Auch der kleine Gus war da, bewunderte die anderen Indianer, die ihre blutigen Trophäen schwenkten und ahmte mit seinem winzigen Holzmesser das Skalpieren nach. Ich nehme an, daß er damit gern richtig rumgesäbelt hätte, aber Olga hielt ihn mit der anderen Hand fest, das muß ich zu ihren Gunsten sagen.

Bär machte sich noch eine Minute zu schaffen, ohne daß ich hinguckte, und stand dann auf. Er trug diesen Skalp und schleifte das lange wollene Unterzeug wie eine Menschenhaut hinter sich her.

Jetzt mußte ich die Uniform anziehen, ein verdammt heikles Unterfangen, denn sobald ich die anhatte, war ich für die Indianer ein Feind, aber ohne die Uniform konnte ich nicht wieder ins Dorf zurück. Natürlich wollte ich dort Sonnenschein und das Baby finden. Inzwischen waren sie bestimmt Gefangene. In dieser blauen Kleidung konnte ich mich an sie ranmachen und mit ihnen im Durcheinander der Schlacht zu den Hügeln fliehen. Keiner würde einen Soldat zur Rede stellen, der eine Indianerin mit einem Baby auf dem Rücken wegtrieb.

Nach dem Gemetzel im hohen Gras setzten sich die Cheyennes wieder flußabwärts in Marsch. Ich sah den blinden Alte Zeltbahn unter ihnen, der von einer Frau geführt wurde – nein, es war Kleines Pferd, also schließlich und endlich sein Sohn, ganz wie es sich gehörte. Ich hatte meine Pflicht erfüllt und mußte mich jetzt um meine eigenen Angelegenheiten kümmern.

Die Schießerei war bis auf ein paar Salven im Tal verstummt, und aus dem niedergebrannten Lager stieg nun Rauch auf. Unsere Leute zogen zu den anderen Dörfern weiter unten am Washita. Ich glaubte nicht, daß die Soldaten in diese Richtung vorstoßen wollten, denn es war inzwischen Nachmittag, und auf den Hügeln am anderen Ufer konnte ich einen Trupp berittener Indianer sehen, die vermutlich von den Lagern flußaufwärts gekommen waren, um einen solchen Vorstoß abzufangen. Im Washita-Tal standen fünfzehnhundert Zelte, davon nur gut fünfzig in den Dörfern von Schwarzer Kessel und Alte Zeltbahn. Aber diese Lager erstreckten sich mit Zwischenräumen über zehn Meilen. Ich glaube, die Indianer lernten am Washita ihre Lektion im Dorfbau, denn acht Jahre später ließen sie am Little Bighorn River keine Lücken zwischen ihren Zelt-Kreisen, durch die Custer noch durchkonnte.

George Armstrong Custer. Bis dahin hatte ich noch nie was von ihm gehört, obwohl er sich, wenn ich mich nicht irre, schon einen Namen im Sezessionskrieg machte. Hier haben wir was, das Ihnen vielleicht nicht klar ist: die Indianer wußten bis nach der Schlacht fast nie, wer sie angriff, und manchmal auch dann noch nicht. Überlegen Sie sich nur mal, wie es mir an diesem Tag erging: ich hatte bloß zwei Soldaten aus der Nähe gesehen, den, der in den Wigwam von Alte Zeltbahn schoß, und das Opfer von Jüngerer Bär. Wir wurden im Morgengrau von Weißen in blauen Uniformen angegriffen. Niemand kannte ihren Anführer, denn er spielte für die Indianer keine Rolle. Später nahm wahrscheinlich der Soldatenhäuptling an einer Friedenskonferenz teil und begrüßte die Cheyennes mit der Bemerkung: „Wißt ihr noch, wie ich euch beim Washita geschlagen habe?“ Erst dann erfuhren die Indianer, mit wem sie es zu tun hatten.

Daraufhin nannten sie diesen Mann nun nicht etwa bei seinem weißen Namen, sondern nach irgendwas Auffallendem in seiner Erscheinung. So hieß später General Crook Dreistern, General Miles Bärenpelz, und manche nannten General Terry der Andere, ich nehme an, weil ihnen keine Namen mehr einfielen.

Als die Cheyennes und ihre Verbündeten Custer kennenlernten, nannten sie ihn Langhaar, aber ich glaube, daß neunundneunzig Prozent der einzelnen Stammitglieder ihn bei einer Parade an der Spitze seiner Truppen nicht erkannt hätten, nicht mal die Häuptlinge, die mit ihm verhandelten, nachdem er sein Haar abgeschnitten hatte. Aber das war erst viel später.

Jetzt trödelte ich hinter meinen indianischen Kampfgenossen her, die den Washita flußabwärts zogen. Von Custer hatte ich noch nie was gehört, aber das Messingabzeichen am Hut des toten Soldaten verriet mir, daß es sich bei seiner Abteilung um die Kompanie G der Siebten Kavallerie handelte. Was nun, wenn ich andere Kerle von dieser Kompanie traf? Ich riß das Abzeichen vom Hut ab und warf es weg. Dann bohrte ich mit meinem Messer an der Stelle, wo es gesteckt hatte, ein Loch in den Filz, als wäre eine Kugel durchgeflogen.

Aber ich mußte immer noch in die Uniform schlüpfen, wenn auch die anderen Indianer schon Kleidungsstücke trugen, die sie von den Soldaten erbeuteten. Hier lief ein Krieger in einer Sergeantenjacke rum, dort ein kleines Kind mit diesem Armeehemd aus grauem Flanell als Kleid und eine Frau mit wollenem Unterzeug über ihrer Wildledertracht.

Endlich kamen wir zu einem hügeligen Gebiet, und ich setzte mich so hin, als wollte ich meine Mokassinschnüre festbinden, bis der letzte Cheyenne hinter dem Hang verschwunden war. Dann kroch ich zweihundert Yard durch den Schnee, aus dem schon das erste Gras rausguckte, stand auf, orientierte mich, sah, daß der Weg zum Ufer frei war, und sprang bald in den eiskalten Washita, der mir dort bis zum Knie ging. Ich konnte grade die Uniform übers Wasser halten, die tatsächlich trocken blieb, bis ich das andere Ufer erreichte, und schon allein wegen der Wärme tauschte ich sie gern gegen dieses Wildleder, das sonst mit jedem Schritt steifer gefroren wäre.

Ich versuchte sogar, mir die schwarze Bemalung vom Gesicht zu wischen; was ich nicht abkriegte, sah wie Pulverdampf aus. Wie Sie sich selber vorstellen können, war die Uniform viel zu groß für mich. Hose und Hemd wurden zwar in der Armee schlotternd getragen, aber die Kavalleriejacke mußte tadellos sitzen. Ich knöpfte sie trotz der Kälte einfach nicht zu, und schon war dieses Problem gelöst. Meine Füße fuhren in den Stiefeln Kahn, und der Hut rutschte trotz dem Kinnband gefährlich hin und her.

Als ich so weit war, streckte ich den Kopf aus dem Gebüsch, das ich als Umkleidekabine benutzt hatte. Ich guckte einem Cheyenne-Krieger direkt ins Gesicht, der zwanzig Yard weiter hockte und einen Pfeil auf mich abschnellte, bevor ich nur mit der Wimper zucken konnte. Das Geschoß schien ziemlich langsam durch die Luft zu segeln, allerdings duckte ich mich auch nur im selben Tempo, als ob ich in einem Faß Sirup stehen würde. Die dreieckige Eisenspitze mit ihren messerscharfen Kanten schien eine besondere Vorliebe für meine Nase zu haben und folgte der, wohin ich sie auch wendete. Ich meine, so kam es mir vor. Ich hatte das Gefühl, daß ich lauter Purzelbäume schlug, und der Pfeil machte wie dressiert einen knappen halben Inch vor meinem Zinken jede Drehung mit. In Wirklichkeit passierte das alles in einem Augenblick, der Pfeil verschwand, der Cheyenne lag tot mit dem Gesicht am Boden, und ein Kavalleriekorporal ritt mit einer rauchenden Waffe auf mich zu.

„Mein Gott", sagte er, „was für ein Ort zum Kacken." Denn er meinte, daß ich deshalb im Gebüsch saß, und was blieb mir anderes übrig, als ihn anzugrinsen. „Spring auf", sagte er und zeigte auf die Kruppe seines Gauls. „Tut's nicht weh?"

Da erst sah ich aus dem Augenwinkel, daß der Pfeil so nah neben meiner rechten Schläfe in der Hutkrempe steckte, daß er mir noch gerade nicht das Fell ritzte. Für den Korporal muß es aber so ausgesehen haben, als ob er mir im Schädel steckte. Ich warf den Pfeil weg, stieg hinter ihm auf, und zusammen ging's zurück ins Dorf.

Wir kamen zu den Zelten am unteren Ende des Lagers, und dieser Koproral trabte zu einem Grüppchen von Blaujacken, wo wir abstiegen und er einen Mann salutierte.

„Sir", sagte er, „ich habe ausgekundschaftet, daß . . ."

„Einen Augenblick", unterbrach ihn der angeredete Offizier und wendete sich zu mir hin. Ich stand abseits, um mich zu orientieren, denn Truppen ritten hin und her, plünderten Zelte, trieben die Cheyenne-Frauen und -Kinder zusammen sowie die erbeuteten Ponys. Ich kannte den Ort, wo ich wochenlang gelebt hatte, kaum wieder.

„Soldat", befahl dieser Offizier, „komm her!" Mir dämmerte, daß ich gemeint war, und ich ging zu ihm. Er war ein wirklich gutaussehender Kerl, groß und prima gebaut, und ich erinnere mich, daß die Kragenzipfel seines blauen Flanellhemds mit je zwei goldenen Sternen bestickt waren. Er hatte einen gelblichen Schnurrbart, und sein blondes Haar hing ihm in Locken fast bis auf die Schultern.

Seine Augen waren eisigblau und die Brauen darüber so blaß, daß man sie nur erkennen konnte, weil sie ziemlich buschig waren. Mit einer Stimme, die wie eine Kreissäge klang, sagte er: „Knöpf deine Jacke zu!"

Ich gehorchte.

Er sagte: „Betrachte dich unter Arrest. Melde dich beim Sergeant der Wache."

Da erwies mir der Korporal, der mich gerettet hatte, noch einen Gefallen. „Mit Verlaub, Herr General", sagte er, „ich fand diesen Mann im Gestrüpp und mußte eine Rothaut töten, um ihn rauszuhauen. Der arme Kerl wurde von einem Pfeil am Kopf getroffen, und ich glaube, er hat den Verstand verloren."

Das genügte mir als Stichwort. Ich legte den Kopf zur Seite, rollte mit den Augen und ließ die Zunge raushängen.

Das Gesicht des Generals zuckte ungehalten. „Also schaff ihn schon fort", sagte er. „Hier ist das Hauptquartier und keine Nervenheilanstalt."

Mein Wohltäter sagte: „Wenn der Herr General jetzt gestatten, berichte ich ihm, was ich ausgekundschaftet habe ..."

„Nein, das gestatte ich nicht", erwiderte der Offizier. „Es kann sowieso nicht viel taugen, wenn du Irre rettest, statt den Feind zu beobachten." Er kehrte uns brüsk den Rücken und sagte zu den anderen: „Ich habe beschlossen, die erbeuteten Ponys zu erschießen."

Einer der Offiziere war ein stämmiger, väterlich aussehender Mann, dessen schneeweißes Haar unter dem Hut vorguckte. Ich merkte, daß er mich belustigt musterte, als durchschaute er das Spiel. Aber jetzt regte er sich über das auf, was der General sagte, und fing an zu protestieren.

„Die Herde besteht aus achthundert Ponys", entgegnete er. „Sollten wir nicht lieber unsere Munition sparen, ich meine, für ..."

„Ich habe beschlossen, sie zu erschießen", sagte der General, „und Sie nicht um Ihre Meinung in dieser Angelegenheit gebeten, Benteen."

Benteen warf ihm einen langen Blick unverhohlener Verachtung zu. Dann sagte er in seiner leutseligen Art zu dem Korporal, der immer noch mit mir neben ihm stand: „Du suchst dir am besten fünfzehn Mann zusammen, um unsere sämtlichen vierbeinigen Gefangenen hinzurichten. Wenn dir die Munition ausgeht, leih dir welche von den Cheyennes drüben hinter den Hügeln."

Der Korporal salutierte ihn, ich auch, und ich könnte

schwören, daß er mir zuzwinkerte. Der General merkte nichts davon, obwohl er in seinen schicken Stiefeln energisch hin und her marschierte, Befehle an Offiziere und Soldaten austeilte, von denen einer wohl der Tambourmajor war, denn die Militärkapelle schmetterte kurz danach los.

Als wir uns zu Fuß auf den Weg machten, sagte der Korporal nach ein paar Schritten: „Ich hätte gedacht, daß du klüger wärst, als dich von Arschloch Custer mit offener Jacke erwischen zu lassen. Er ist ein richtiger Hurensohn, was? Zum Teufel, ich würde dem Cheyenne eine Belohnung geben, der ihm eine Kugel durchs Herz jagt, wenn der überhaupt eins hat."

Ich sagte: „Aber dieser Benteen ist nicht übel."

„Nicht übel?" rief der Korporal wütend, weil ich Benteen so gering einschätzte. „Ich kenne Kerle in seiner Kompanie, die dich auspeitschen würden, wenn du nicht wenigstens behauptest, daß er der beste Offizier ist, der je in der verdammten U.S.-Kavallerie ritt."

„Das meine ich ja", sagte ich. In Wirklichkeit lauerte ich auf eine Gelegenheit, um den Korporal loszuwerden, und zum Gefangenenlager zu gelangen.

„Hast du gesehen, was für einen Blick er Custer zuwarf? Der schert sich einen Dreck um ihn, das kannst du mir glauben. Rang bleibt Rang, aber deshalb braucht man noch nicht die Nase hochzutragen, und der Colonel tut das ja auch nicht. Er macht sich große Sorgen um Major Elliot. Das Arschloch weigert sich nämlich, eine Patrouille auszuschicken, um ihn zu suchen. Damit war ich grade beschäftigt, als ich dich traf. Hast du ihn irgendwo gesehen?"

„Ich nicht", sagte ich. Da erst dämmerte mir, daß es wahrscheinlich Elliot und seine Abteilung war, die von den Cheyennes am anderen Ufer im hohen Gras niedergemetzelt wurden. Nur gut, daß ich das Abzeichen von meinem Hut weggeschmissen hatte.

„Benteen und Elliot haben zusammen im Bürgerkrieg gedient", sagte er. „Na, jetzt müssen wir diese Gäule abknallen. Am besten treibst du einen Karabiner für dich auf und dankst deinem Glück, daß es Custer nicht aufgefallen ist, daß du deinen eigenen verloren hast. Sonst hätte er dich mit dem Bauch im Schnee auspeitschen lassen."

„Ich habe ihn bei meinem Affen gelassen", sagte ich, denn diese Ausdrücke hatte ich gelernt, als ich nach der Schlacht am Solomon bei den Soldaten gelandet war. „Ich hole ihn schon."

„Na schön, mach dich auf die Socken und komm doppelt so schnell zurück, denn ich behalte dich im Auge", sagte er im Ton des Vorgesetzten, weil er jetzt einen Befehl ausführen mußte. Das bringt nun mal der Rang unter Weißen mit sich; ich hatte vergessen, wie schnell sich die Verhältnisse ändern können.

Sobald ich ein paar Männer und Gäule zwischen ihm und mir hatte, rannte ich zum Gefangenenlager: einige Zelte, die sie mitten im Dorf stehen gelassen und wo sie Frauen und Kinder reingetrieben hatten. Ich hörte den kläglichen Sterbegesang der Cheyennes, als ich näher kam. Diese Zelte waren natürlich von Wachtposten umzingelt, und ich machte mich schon auf Schwierigkeiten gefaßt, reinzukommen, weil ich ja nicht vorhatte, ihnen den Grund für meinen Besuch zu verraten.

Außerdem wollte ich nicht wieder von jemand geschnappt und zu einem Sonderauftrag abkommandiert werden. Vorher hatte ich mich als Weißer unter Indianern ziemlich unbehaglich gefühlt, aber das war nichts im Vergleich zu dem Gefühl jetzt, als ich mit meinen Riesenstiefeln losschlurfte, dieser Hut nur durch meine Ohren gehalten wurde und die Jacke so weit von meinem Körper abstand, daß ich wie ein leeres Faß aussah.

Aber da fiel mir das Husarenstück von Alte Zeltbahn ein, wie er mitten durchs Kreuzfeuer marschierte, übrigens war das, soviel ich weiß, das einzige Mal, wo seine Medizin gegen die Weißen was nutzte. Er hatte seine Zuversicht behalten, daran lag es; und seine Blindheit trug wohl auch dazu bei: ihn lenkte nichts ab. Ich machte zwar nicht die Augen zu, konzentrierte mich aber nur auf die eine Sache: ich blähte mich, bis ich die Uniform irgendwie ausfüllte, und schritt stramm zu dem Sergeant, der vor einer Zeltöffnung stand.

„General Custer schickt mich, um die Gefangenen zu verhören", sagte ich.

„Nun gut", antwortete er und trat beiseite. Aber ehe ich

reingehen konnte, packte er mich beim Ellbogen und kitzelte mich mit seinem Schnurrbart am Ohr.

„Hör zu“, flüsterte er, „leg für mich ein gutes Wort bei einer von den jungen Squaws ein, du wirst es nicht bereuen. Ich meine, es macht dir doch keine große Mühe, weil du ja Indianisch sprichst. Sag ihr, sie soll, wenn es dunkel ist, durch die Zeltklappe pfeifen, dann bringe ich ihr ein Geschenk mit.“ Er klopfte mir auf den Rücken, und ich nichts wie rein.

Das Zelt war mit Cheyenne-Frauen und -Kindern so vollgestopft, daß niemand Platz zum Sitzen hatte. Da standen sie und musterten mich in ihren zusammengerafften weißen Decken, viele mit aufgetrudelten Zöpfen, damit sie sich das lose Haar beim Trauern besser raufen konnten. Manche hatte aus demselben Grund lange Kratzer auf den Backen, und der klägliche Sterbegesang wurde bei meinem Eintritt nicht leiser. Aber als die kleineren Kinder meine Uniform sahen, klammerten sie sich an die Beine ihrer Mütter und vergruben ihre braunen Köpfchen in den Decken.

Eine alte Frau kreischte so schrill, daß ihr bald die Puste ausging, dann schnappte sie nach Luft und schrie beim Einatmen in einer anderen Tonlage, so daß sich ihre Lungen wieder füllten und sie in der ursprünglichen Tonart weiterjammern konnte. Nach einer Minute oder so, in der ich den Mund nicht aufmachte, hörte sie auf und sagte zu mir: „Geh und laß uns vor Kummer sterben.“

Es stellte sich raus, daß dieser letzte Gefühlsausbruch, der im großen und ganzen wohl echt war, ihr auch dazu diente, dahinter zu kommen, ob ich ihre Sprache verstand. Kaum hatte ich das verraten, hing sie auch schon an meinem Ärmel und stimmte wieder ihr Gejammer an, diesmal allerdings mit einer anderen Absicht.

„Ich bin die Schwester von Schwarzer Kessel. Wie oft habe ich ihm nicht gesagt, daß uns die Strafe treffen würde, wenn er die jungen Männer nicht davon abhielt, die Weißen zu überfallen. Aber er hat nicht auf mich gehört. ‚Halt's Maul, du dummes Weib‘, sagte er. Und hatte ich nicht recht? Schwarzer Kessel ist tot, und alle unsere Krieger, und uns Wehrlose werden die Soldaten töten. Ich habe ihm gesagt, daß es schlecht ist, Krieg gegen die Weißen zu führen, die immer unsere Freunde waren. Sie sind großartige, gute und freundliche Leute, und ich kann verstehen, warum sie die bösen Menschenwesen bestraft haben. Aber wir Wehrlosen können nichts dazu, und jetzt müssen wir sicher für unsere schlechten Männer büßen."

„Halt's Maul, du dummes Weib", sagte ich. Ich kannte sie, sie hieß Rothaar, obwohl ihr Haar grau war, und ehrlich gestanden, hatte ich bisher nie gehört, daß sie die Schwester des Häuptlings war. Ich will nicht behaupten, daß sie in dieser Beziehung log, aber wenn nicht, dann war das aber auch das einzige Körnchen Wahrheit an ihrem ganzen Gefasel. Ich machte ihr daraus keinen Vorwurf, denn, wissen Sie, sie hatte damit einen ganz geschickten Kurs eingeschlagen, und ich glaube, später sogar bei General Custer höchstpersönlich damit Erfolg, aber mir lag ja was anderes am Herzen.

Plötzlich schwenkte sie um, hörte auf zu winseln und sagte: „Möchtest du ein junges Mädchen haben, das heute nacht den Mond und die Sterne in dein Zelt bringt?"

Mittlerweile hatte ich mir natürlich die Gesichter um mich rum angesehen, aber Sonnenschein nicht darunter entdeckt.

„Sie werden euch nicht umbringen", sagte ich, „du kannst also aufhören, doppelzüngig zu quatschen. Wenn du nicht so mit deinem Lügengewäsch beschäftigt wärst, hättest du schon gemerkt, wer ich bin. Du weißt genau, daß ich kein Soldat bin. Ich bin nur zurückgekommen, um auch den Rest unseres Volkes flußabwärts in Sicherheit zu bringen, und ich habe mich so verkleidet, damit mich die Blaujacken durchlassen."

Die alte Vettel schielte mich listig an. „Natürlich weiß ich, wer du bist. Ich habe bloß gedacht, daß aus dir ein Verräter geworden ist." Das ist eine freie Überzeugung. In Wirklichkeit sagte sie, sie dachte, daß ich, als ich das Fleisch der Weißen sah, ihr Hund wurde.

„Ich suche meine Frau und mein Kind, alte Hexe, und möchte sie finden, bevor sie in dein Alter kommen, wo der Verstand einschrumpft, zu Staub zerfällt und vom Nachtwind aus den Ohrmuscheln geblasen wird."

Ihr machte diese Kabbelei allmählich Spaß, wie es nun mal bei solchen Furien der Fall ist, und sie parierte mit Anspielungen auf meine Männlichkeit und so weiter, als ob wir uns mitten im Indianerleben tausend Meilen von der U.S.-Kavallerie entfernt gegenseitig eins draufgaben, denn die Cheyenninnen waren zäh und wurden mit dem Alter noch zäher. Sie war eine verbissene alte Hündin und hätte mit einem Messer diesen geilen Sergeant vom Nabel bis zum Brustbein aufgeschlitzt, wenn sie dadurch vorangekommen wäre. Wie die Dinge lagen, diente sie ihm wohl jetzt als Kupplerin. Die ließ sich nicht unterkriegen, und ich zieh den Hut vor ihr.

Jedenfalls wußte sie nicht, was aus Sonnenschein geworden war, und ich schaute genauso vergeblich in den Zelten mit den anderen Gefangenen nach. Dann ging ich mit einer dunklen Ahnung im Magen zum oberen Dorfende, wo mein Wigwam gestanden hatte. Aber da sah ich nichts als die Asche unserer Feuer, ein oder zwei Wildlederfetzen, ein paar Büffelhaare und so. Die Soldaten hatten alle Zelte abgerissen und mit den Sachen, die noch nach der Plünderung übrigblieben, auf einem Riesenscheiterhaufen am Washita-Ufer verbrannt, den Rauch davon hatte ich schon vorher gesehen. Inzwischen war dieses Freudenfeuer nur noch ein grauschwarzer qualmender Haufen und der geschmolzene Schnee drumrum ein großer gelber Kreis.

Auf der Wiese hatten sie damit angefangen, die achthundert Ponys zu erschießen. Das war vielleicht ein Tohuwabohu, denn die sich bäumenden, schnaubenden, blutenden Tiere, die sich gegenseitig das Gedärm raus traten, als das Blei zwischen sie fuhr, müssen ein paar Kerle vom Hinrichtungskommando so in Rage gebracht haben, daß schon bald Kugeln durch das ganze Lager flogen und große Verwirrung unter den Truppen am anderen Ende stifteten. Ich nehme an, daß sie sich an Custer wendeten, denn ich sah ihn vorbeireiten, während ein Offizier auf seinen steifen Rücken einredete, aber wie gewöhnlich hörte er nicht auf ihn, und als er zur Herde kam, gab er mit seinem Seitengewehr eigenhändig ein paar Ponys den Rest, ich nehme an, um seinen Soldaten zu zeigen, wie man so was fachmännisch anstellte.

Die Militärkapelle spielte immer noch. Als nächstes ging ich zu der Stelle, wo eine Grube zum Begräbnis der Indianer geschaufelt wurde, die im Lager umgekommen waren: die Leichen lagen nebeneinander in einer langen Reihe, noch völlig angezogen bis auf ein paar Kleinigkeiten, die als Souvenirs dienten, wie Halsketten und so. Nur wenige waren skalpiert, und ich entdeckte überhaupt keine Verstümmelungen. Das muß gesagt werden: hier handelte es sich nicht um so was wie am Sand Creek, dies hier waren reguläre Truppen und keine Freiwilligen. Berufssoldaten sind immer weniger blutrünstig als Amateure.

Ich sah noch mal Schwarzer Kessel; seine Silbermedaille war verschwunden. Und dann sah ich die junge Wunhai, und ich sah Buddelnder Bär ... Es waren schätzungsweise siebzig bis achtzig Leichen, und vermutlich lagen noch mehr im Gestrüpp und im Wald, um die sie sich nicht kümmerten, außerdem hatten die Indianer wohl weitere am Fluß geborgen.

Squaw Mais mußte mit ihren Kindern und dem kleinen Frosch-Am-Hang durch den Washita entkommen sein; sie waren jedenfalls hier nicht dabei. Aber was war aus Sonnenschein und Morgenstern geworden? Gott sei Dank konnte ich sie nicht unter diesen Toten finden; andererseits steckten sie noch unter den Büffelfellen, als ich mich um Alte Zeltbahn kümmern ging. Wenn sie später zum Fluß gegangen wären, dann hätte ich sie sicher unterhalb der Hufeisenkrümmung entdeckt.

Ich verließ die Begräbnisstätte, bevor sie Wunhai und Buddelnder Bär reinwarfen und Erde über sie schippten. Ich erinnere mich, daß ich damals wie von Sinnen war und mich mit in die Grube gestürzt hätte, wenn ich länger geblieben wäre. Wunhai sah wie ein totes Vögelchen aus, aber Buddelnder Bär muß qualvoller gestorben sein, als ich angenommen hatte – aber Schluß damit, ich hatte diese Frauen wirklich gern. Sie mögen zwar nur Indianerinnen gewesen sein, aber sie hatten mir gehört, und wie wenig hatte ich für sie getan.

Ich suchte den Wald ab, ich durchsuchte das Unterholz, ich fand drei Leichen, aber keine davon war Sonnenschein, ich drang bis zum Fuß der Hügel vor, wo die Cheyennes mich erspähten und runterrannten, so daß ich mich eiligst aus dem Staube machen mußte. Sie waren zahlreich genug, um das Dorf zurückzuerobern, besonders während die Truppen die Ponys erschossen, die Zelte verbrannten, die Gefangenen zusammentrieben und was weiß ich noch, aber Custer wußte, wie man Indianer in die Defensive drängt. Es war Winter, und er steckte ihre Siebensachen in Brand. Sie lebten vom Reiten, und er schlachtete ihre Pferde ab. Er hielt fünfzig von ihren Frauen und Kindern gefangen. Sie schauten ihm hilflos zu.

Jetzt befürchteten sie, daß er die Lager unten am Washita angreifen würde. Er wußte das und beschloß deshalb, in diese Richtung zu ziehen, um die Dörfer flußabwärts zu bedrohen und so ihren Gegenangriff zu vereiteln. Das kriegte ich erst später mit. Augenblicklich hörte ich, wieder im Wald, das Versammlungssignal der Hörner. Innerhalb einer halben Stunde setzte sich das ganze Regiment flußabwärts in Marsch, die Gefangenen führten sie auf den zu diesem Zweck vom Massaker verschonten Ponys mit, und die Militärkapelle schmetterte natürlich munter drauflos.

Ich verließ mein Versteck weder, um ihnen nachzuwinken, noch um zu beobachten, was sie vorhatten. Später konnte ich ihnen ohne weiteres nach dem Gehör folgen. Denn in einem gefrorenen Flußtal kann man einen Gewehrschuß fünf Meilen weit hören: Sie können sich also die Tragweite von so einer Militärkapelle vorstellen! Die Cheyennes hatten die Hügel fluchtartig verlassen, um zu ihren Familien zu eilen. Custer hatte also mal wieder den richtigen Dreh gefunden.

Als auch die Nachhut die Hufeisenkrümmung erreicht zu haben schien, kehrte ich zu unserem ehemaligen Lager zurück. Vor ihrem Abmarsch hatte die Armee auch die Gefangenenzelte abgerissen und angezündet. Sie brannten noch. Die Kadaver von achthundert Pferden lagen auf der Wiese, hier und da zuckte noch ein Huf. Wegen der Kälte waren sie noch nicht so weit, um die Aasgeier anzulocken, obwohl ich drei lauernde Kojoten eine halbe Meile weiter im Tal gesehen hatte und ein oder zwei Raben hoch in den Baumwollbäumen. Der rauhe Nachmittagswind wirbelte schwarze Fetzen vom Scheiterhaufen am Ufer auf.

Custer hatte auch die Hunde abgeknallt, die nicht mit den fliehenden Indianern davongelaufen waren, und ihre kleinen Leichen lagen verstreut zwischen Partronenhülsen und Pfeilen und anderem Abfall. Eine Menge Blut war auf Schnee und Erde gespritzt, das im Schatten hellrot fror und nur in der Sonne versickerte und braun wurde.

Von den hundert und aberhundert Leuten, die noch vor kurzem an diesem Ort wohnten, war nur ich noch dort am Leben. Ich setzte mich ans kalte Washita-Ufer. Es war nicht das erste Mal, daß der Fluß sich blutig färbte, aber diese roten Streifen und Striche blieben nie lange in der Strömung sichtbar, sondern sie vermischen sich mit dem dahinfließenden Wasser, und irgendwo tausend Meilen weiter trinkt jemand davon, ohne zu wissen, daß er damit ein Tröpfchen vom Lebenssaft eines anderen in sich aufsaugt. Die Sonne ging hinter einer blauen goldverbrämten Rauchschwade unter, die wie eine Schärpe am westlichen Himmel hing. Man hätte meinen können, daß Custer seine persönlichen Farben sogar siegreich am Horizont flattern ließ.

Glauben Sie nur nicht, daß ich da nun voll Selbstmitleid oder Wut hockte. Ich grübelte nur. Die Umstände schienen sich für mich immer dann grundlegend zu ändern, wenn ich mich grade damit abgefunden hatte. Ich war schon sechsundzwanzig, aber soweit meine Erinnerung zurückreichte, war dies das erste Mal, daß ein einzelner mir all diese Schwierigkeiten verursacht hatte.

Ich hätte den Winter in diesem Lager am Washita verbracht, und sobald das neue Gras im Frühjahr sproß, hätten wir den Vertrag gebrochen und wären nach Norden gezogen, hätten unterwegs Büffel und Pawnees erlegt, ja vielleicht wieder Antilopen in die Falle gelockt, wenn Alte Zeltbahn dazu in der richtigen Stimmung war und die Eisenbahn nicht alles Wild verscheucht hatte, um schließlich am Powder River ein paar gute Kämpfe mit den Crows auszufechten, Bären zu jagen und Zeltpfähle in den Bighorn Mountains zu fällen. Dabei hätten diese vier Frauen mir jeden kleinsten Wunsch erfüllt.

Ich gab General Custer die Schuld für meinen Verlust. Und wenn ich auch noch nicht wußte, wie und wo, so war ich doch fest entschlossen, diesen Hundesohn umzubringen.

19.
Zum Pazifik und zurück

Was war aus Sonnenschein geworden? Da ich ihre Leiche nicht finden konnte, mußte sie entwischt sein; wahrscheinlich wartete sie ab, bis die Kavallerie am Zelt vorbeigefegt war, schlüpfte dann raus und flüchtete in die Hügel. Sie war eine einfallsreiche und resolute Person und mir in so was weit überlegen.

Ein Indianer war mit seinem Verstand und Gemüt besser dazu geschaffen als ich, so eine Schlappe hinzunehmen. Da saß ich nun und wollte einerseits Custer umbringen; andererseits kam ich zu dem Schluß, nie wieder bei den Cheyennes zu leben, weil ich es mir einfach nicht leisten konnte, noch so ein Gemetzel auf der Verliererseite mitzumachen.

Als es schon dunkel wurde, saß ich immer noch am Washita-Ufer und heckte einen Mord aus. Inzwischen war es fürchterlich kalt, und ich trug bloß ein Hemd und eine Kavalleriejacke. Die Soldaten hatten jede Decke und jedes Fell im Dorf mitgehen lassen, ganz zu schweigen von dem, was sie verbrannten, weil sie ihre Mäntel und Tornister dort zurückgelassen hatten, wo sie heute morgen ihren Angriff begannen, und die Cheyennes hatten einen Bogen geschlagen und sich dieses Zeug geholt. Daß ich keine Waffen hatte, spielte jetzt keine Rolle – erst mal mußte ich meine eigne Haut schützen, sonst sorgte das Wetter dafür, daß ich nie mehr eine Klinge in Custer bohren konnte.

Deshalb ging ich zu den Überbleibseln der Gefangenenzelte. Zum Glück war ein Wigwam nicht restlos verbrannt. Ich trat den noch glühenden Fetzen aus und wickelte mich rein. Es war ein verschlissenes Büffelfell mit spärlichen Haaren, so daß es mir wenig Wärme spendete. Aber es war nicht nur kalt, auch der Mond ging auf und warf sein Licht auf die Wiese mit den Pferdekadavern, über die sich die Kojoten hermachten, und ich sah außerdem die gespenstischen Riesensilhouetten von grauen Wölfen – widerliche

Biester. Die Geräusche ihrer Hauzähne, wie sie das Fleisch zerrissen, ihr Knurren und Heulen klang einfach gräßlich.

Ich wollte gerade ein Feuer anzünden, denn der Anblick von so viel Aas macht einem Wolf Appetit auf was Lebendiges. Ich scharrte zwischen der Asche der Zelte rum, um noch ein bißchen Glut zu finden, als ich Pferdegetrappel vom Ufer her nahen hörte. Custer hatte sein Scheinmanöver beendet, nämlich die Dörfer weiter unten am Fluß zu bedrohen, damit die Indianer ihr Lager abbrachen und flohen, ohne ihn anzugreifen. Nun kehrte er zurück.

Wölfe, Kojoten und ich verdufteten. Ich weiß nicht, wohin sich die Untiere verkrochen: ich zog mich jedenfalls ins Gestrüpp zurück, solange die Kolonne durch das verwüstete Dorf ritt, was ich mehr hörte als sah. Als die Nachhut vorbei war, folgte ich ihr in einem Abstand von einer Viertelmeile stundenlang durch das Washita-Tal, bis sie endlich ihr Lager aufschlugen. Ach, das war ein kalter und öder Marsch für mich, denn zur Kälte kam noch meine Verzweiflung. Mich tröstete nur, daß die Truppen genauso unter dem Wetter litten. Aber sie hatten wenigstens Kameraden in dieser Misere, während meine bisherigen Gefährten tot oder in alle Winde verstreut waren.

Im Handumdrehen zündeten sie große Feuer an, die den Fluß beleuchteten. Na, ich kann Custer auch noch die Kehle durchschneiden, wenn ich mir erst die Beine ein bißchen angewärmt habe, dachte ich. Ja, sonst hätte ich wahrscheinlich nicht mal mein Messer zücken können, so bibberte ich. Also schlich ich mich durch die Wachtposten und drängelte mich zu einem Feuer vor.

Ein Soldat in einer Indianerdecke sagte: „Hast du was zu priemen für mich?“ Ich schüttelte den Kopf. Der Widerschein der Flammen flackerte in seinen Triefaugen. Er sagte: „Eine glänzende Idee von Arschloch, unsere Tornister und Mäntel zurückzulassen! Dafür bekommt er bestimmt noch einen Orden.“

Der Kerl auf der anderen Seite von mir sagte: „Ich bin überzeugt, daß er seinen eigenen behalten hat und auch ein Stück Speck, das sein Bursche gerade für ihn brät.“

„Custers Glück, was, Jungens?“ Das war der Triefäugige, und jemand machte: „Pst, sonst hört es Arschloch noch.“

„Zum Teufel mit ihm", sagte Triefauge. „Was kann er denn schon tun, mich auf halbe Ration setzen?"

Der andere Soldat sagte: „Er wird ein Loch in den Schnee graben lassen und dich reinschmeißen, mein Junge."

„So?" fragte ich, um in dieser Gruppe ganz natürlich zu wirken.

„Und ob! Du mußt ein Rekrut sein, sonst wüßtest du, daß er genau das auf dem Feldzug im vorigen Sommer gemacht hat. Frag nur Gilbert", und er nickte zu einem langen, hageren Soldat mit Hakennase und Backenbart hin, der seine dürren Hände am Feuer rieb. Der sagte: „Ja, wir waren im Feld, und er hatte also nie einen Knast. Als ein paar von uns Jungens zu spät zum Appell kamen, ließ er daher so ein Loch graben, ungefähr dreißig Quadratfuß groß und fünfzehn tief, uns dann reinschmeißen und Bretter drüber legen. Verdammt heiß wurde es dort in der Knallsonne, und wir waren zu viele, um uns alle gleichzeitig hinzulegen."

„Dann verduftete Arschloch über die Hügel, um seine Alte zu sehen", sagte Triefauge. „Mitten im Feldzug gegen die Indianer. Und wißt ihr, was ihm da passierte? Er wurde ein Jahr beurlaubt, geht daraufhin einfach nach Michigan zurück und vertreibt sich die Zeit mit Angeln."

Gilbert sagte: „Ich nehme es diesem Saukerl nicht übel, daß er zu seiner Frau zurückgeht, so sehr ich ihn auch hasse, denn die ist verteufelt hübsch."

„Wirklich?" fragte ich. Ich hatte mich inzwischen ziemlich aufgewärmt und schmiedete meinen Plan.

„Das kann man wohl behaupten. Hast du nie Mrs. Custer gesehen? Junge, wenn du die siehst, winselst du, kriechst auf allen vieren und leckst den Dreck vom Boden auf, um am Abend drauf mit Rosa Handteller und ihren fünf Schwestern ins Bett zu gehen. Das ist eben der Unterschied zwischen einem General und einem einfachen Soldat. He, wer holt uns von den Gefangenen eine Squaw?"

Von da an sank das Niveau des Gesprächs, wie Sie sich vorstellen können, wenn Sie eine Ahnung vom Soldatenleben haben, so daß ich mich verdrückte und durchs Lager streifte. Wenn ich Custer ermorden wollte, mußte ich erst mal, ohne Verdacht zu erwecken, rauskriegen, wo er sich aufhielt. Das war unter sechs- bis siebenhundert Soldaten nicht leicht, zumal ich nicht groß genug war, um irgend jemand über den Kopf zu gucken.

Die cheyennischen Gefangenen hatten ein Stück abseits ein paar Feuer und lagen nun als stumme Deckenrollen am Boden, die Kinder bei ihren Müttern eingewickelt: nichts hält eine Rothaut vom Schlafen ab. Etwas weiter standen ihre Ponys in gehörigem Abstand zu den Kavalleriegäulen, die Indianerpferde nun mal nicht riechen können.

Ich kundschaftete das Biwak genau aus, das ziemlich weitläufig war und von riesigen Baumwollholzfeuern beleuchtet wurde. Was für ein Gemetzel hätten fünfzig Indianer unter diesen frierenden, müden, hungrigen Männern anrichten können! Aber der Stamm war geschlagen und überlistet worden, außerdem kämpften sie sowieso nie nachts. Custer hätte ruhig seine Wachtposten einziehen können. Nur ein tatendurstiger Feind lauerte im ganzen Umkreis. Und der war ich, und ich fand Custer endlich, nachdem ich alle Gruppen abgegrast hatte. Die Offiziere hatten ihr Feuer am Fuß eines kleinen Hügels, aber der General war nicht dabei. Er hatte sein eigenes Feuerchen auf einer Anhöhe, saß daneben auf dem Boden und schrieb beim Schein der gelben Flammen. Gelegentlich ging sein Bursche rauf und legte einen neuen Scheit auf, den er von der Abteilung der armen Teufel holte, die im Wald die ganze Nacht über Holz hakken und das ins Lager schleppen mußten.

Als sie grade wieder eine Ladung brachten, schloß ich mich ihnen an und half ihnen beim Holzstapeln, ohne daß sie mir irgendwelche Fragen stellten. Ich wartete darauf, daß der Bursche neuen Vorrat für Custer holte, und tatsächlich kam er, kurz bevor mir das Kreuz brach.

„Wie geht's dem General?" sagte ich. Nun muß ich erklären, daß der Typ, der so eine Arbeit übernimmt, auch danach beschaffen ist. Er hilft seinem Herrn beim Anziehen, trägt seinem Herrn das Essen auf, gräbt seinem Herrn die Latrine, und soviel ich weiß, wischt er sogar seinem Herrn den Hintern ab. Wenn sich so jemand nur immer um einen Menschen kümmert, scheint das seine Bedürfnisse zu befriedigen, macht ihn aber gegenüber allen anderen Sterblichen besonders hochnäsig.

„Das soll nicht deine Sorge sein“, sagte er. „Gib mir lieber zwei mittelgroße Scheite.“

„Ich dachte bloß, daß er todmüde sein muß.“

Er lachte verächtlich. „Du wirst es nie erleben, daß dem General die Puste schneller ausgeht als irgendeinem Mann in diesem Regiment. Er rastet überhaupt nur wegen Leuten wie dir. Er hat weder Schlaf noch Essen nötig. Wenn er einen Indianerstamm ausgerottet hat, lechzt er schon nach dem nächsten.“

Ich sagte: „Ich habe gesehen, daß er was schreibt.“

„Ja“, sagte der Bursche. „Bestimmt einen Brief an seine Lady. Der schreibt er fast täglich.“ Da es aber damals keine Briefkästen auf der Prärie gab, mußte Custer zur Beförderung seiner Briefe also irgendeinen Boten durch ein paar hundert Meilen Wildnis schicken. Ich hatte über diesen Mann noch nichts gehört, was mich nicht wie ein Kaktusstachel aufs Äußerste reizte.

Aber als ich grade dachte, ich hätte das Vertrauen dieses Wichts gewonnen, verstummte der plötzlich und schielte mich argwöhnisch an.

„Du, hast du es vielleicht auf meinen Job abgesehen?“

„Nein, ich doch nicht“, sagte ich hastig. „Nein, dazu bin ich viel zu dumm, Sir. Aber ehrlich gestanden, fesseln mich Helden ungeheuer. Ich nehme an, weil ich selber ein ziemlicher Feigling bin. Heute morgen beim Angriff habe ich fast in die Hosen geschissen, und nur weil ich den General da an der Spitze gesehen habe und sein Haar so schön im Wind flatterte und sein Arm uns winkte, habe ich es fertig gebracht, ihm zu folgen.“ Ich machte ein ganz verklärtes Gesicht, und er schluckte es.

„Na schön“, sagte er. „Willst du das Holz für mich tragen? Ich denke, daß es in Ordnung ist, wenn du mit zum Fuß des Hügels kommst, von wo du ihn dir genauer ansehen kannst. Aber diese Gefälligkeit würde ich keinem anderen von diesem Gesindel hier erweisen.“

„Hör zu“, sagte ich und knirschte mit den Zähnen, allerdings aus einem anderen Grund, wie er dachte, „es ist mir meinen Monatssold wert, raufzugehen und Holz auf das Feuer dieses edlen Wesens zu legen.“

Erst war er über meinen Vorschlag entrüstet, aber nachdem ich ein bißchen auf ihn eingeredet und einen Schuldschein über dreißig Dollar für den nächsten Zahltag mit einem falschen Namen unterschrieben hatte, soviel verdiente nämlich ein gemeiner Soldat, gestattete er mir gnädig, das Holz allein auf den Hügel zu tragen, es aufs Feuer zu legen und danach sofort wieder nach unten zu kommen.

Wir gingen zu dem Hügel, an dessen Fuß er stehenblieb, während ich mit meinen zwei Scheiten den Hang raufkletterte. Diese fluchenden Soldaten hatten unrecht: Custer trug keinen Mantel, er hatte sogar den Hut abgesetzt und den Hemdkragen aufgeknöpft. Allerdings hockte er ganz nah am Feuer. Sein Haar und sein Schnurrbart schimmerten wie Gold. Er sah überhaupt nicht von seinem Papier auf, das er auf einer Unterlage, nämlich einem Orderbuch, fließend Zeile für Zeile vollschrieb, wobei er seine Feder von Zeit zu Zeit in ein kleines Tintenfaß tauchte und die überflüssigen Tropfen zischend in die Flammen spritzte.

Ich schob mit dem Rücken zu dem Burschen unten am Hügel einen Scheit in die Glut, damit er nicht sehen konnte, wie meine andere Hand unter der Jacke nach dem Knauf meines Messers griff. Ein paar Funken wirbelten mit rötlichem Rauch in den schwarzen Himmel. Custer hob nicht den Kopf, denn dann hätte er den Winkel geändert, in dem das Licht auf sein edles Profil fiel. Er posierte hier genauso wie heute morgen, als er durch das Cheyenne-Lager stolzierte. Da war er „General in der Schlacht“, jetzt „Soldat nach Feierabend“.

Es ist komisch, wie ein Mann mit Custers Persönlichkeit seinen Möchte-gern-Mörder beeinflussen kann, aber ich sah mich jetzt selber in verschiedenen Darstellungen: das Messer über dem arglosen General gezückt, der General umwallt von seinen goldenen Locken, ich mit gefletschten Zähnen und am Ende der Reihe schließlich ich als „Mörder in der Klemme“.

Gott weiß, wieviel Zeit ich mit diesen kindischen Spinnereien verplempert habe. Wenn man auf Mord aus ist, soll man seine Phantasie zu Hause lassen. Die Wirklichkeit genügt, wenigstens wenn man ein Weißer ist.

Denn nun sprach Custer.

Er sagte, während er noch immer kritzelte und nicht von dem Papier aufsah: „Ich trinke jetzt meinen Kaffee."

Vielleicht verlor ich in diesem Augenblick den Mut; vielleicht hatte ich nie den Mumm, einen Mann kaltblütig abzuschlachten, aber ich dachte immer, daß die *Zuversicht* in Custers Stimme ihm in diesem Augenblick das Leben rettete und damit den Lauf der Geschichte änderte. Nennen Sie mich ruhig einen Feigling, aber ich konnte einem Mann einfach nicht die Kehle durchschneiden, der grade an seine Frau schrieb und Kaffee trinken wollte.

Daher antwortete der Mörder unterwürfig: „Ja, Sir", und rannte den Hügel runter, wo dieser Bursche wartete.

„Marsch rauf", sagte ich. „Der General befiehlt, daß du ihm ein Bad machst."

Ich glaube, ich brauche Sie nun nicht Inch für Inch auf meinen Weg mitzunehmen, nachdem ich die Siebte Kavallerie verließ – denn ich verließ sie noch in der gleichen Nacht mitten im Winter, um mich allein durch die Wildnis zu schlagen. Ich konnte nicht anders. Ich hatte meinen Entschluß nicht aufgegeben. Ich wollte Custer noch immer irgendwann umbringen, aber erst mal mußte ich ihn eine Zeitlang aus den Augen haben. Außerdem konnte ich es nicht in der Nähe dieser gefangenen Cheyennes aushalten. Und genauso undenkbar war, daß ich flußabwärts zu den freien Indianern ging. Ich saß wirklich in der Tinte.

Ich wollte zu den Siedlungen zurückkehren und mir Geld verschaffen, wie und wo war mir Wurst, um mir einen Gehrock, eine Brokatweste und einen Revolver mit Perlmuttergriff zu kaufen. So gekleidet würde ich eines schönen Tages General Custer begegnen, der mit seiner Lady durch die Straßen irgendeiner Stadt spazierte, sagen wir Topeka oder Kansas City, denn ich wußte, daß er eine Vorliebe für Städte hatte – oh, ich habe mehr über ihn rausgekriegt, als ich bisher erzählt habe: er besuchte gern feine Restaurants und Theater, kannte sogar New York wie seine Westentasche – das behauptete jedenfalls sein Bursche.

„Bitte empfehlen Sie mich Ihrer Gattin, Sir", würde ich dann sagen und ihn um ein Wort unter vier Augen bitten. Wir würden beiseite treten, während seine hübsche Lady lächelnd unter dem Sonnenschirm stehenblieb, und ich würde sagen: „Sir, Sie sind ein Hundsfott." Daraufhin würde er natürlich als Gentleman Genugtuung fordern, so daß die nächste Szene im Morgengraun auf der Prärie stattfand: wir beiden Rücken an Rücken, zehn Schritte vorwärts, schnelle Drehung und Schuß, er am Boden, und der rote Fleck um seine gestickten Knopflöcher wird größer. „Sir", sagt er mit letzter Kraft zu mir, „Sie sind der Bessere."

Ich scharrte mit einem spitzen Stock eine kalte Wurzel aus dem gefrorenen Boden, oder ich steckte mir noch mehr Blätter zur Isolierung zwischen Hemd und Jacke und schleppte mich weiter. Schon bald verlor ich jeden Zeitbegriff. Ja, ich verlor sogar den Verstand, und ich weiß wirklich nicht, wie ich überhaupt am Leben blieb. Ich sah nur eine weiße Masse wie in einem riesigen Baumwollfeld. Natürlich war es Schnee, Schneegestöber, aber ich habe das nicht als Kälte in Erinnerung, denn ich war in einer Verfassung, wo mir Temperaturen nichts mehr anhaben konnten, und ich setzte nur noch alles dran, mich nicht auf der Stelle hinzulegen und für ewig einzuschlafen.

Schließlich gab ich wohl doch diesem Bedürfnis nach. Ich war ziemlich schnurstracks nach Osten gegangen, auf den Cimarron gestoßen und ihm gefolgt: im Wahn hält man sich fast an alles, was anscheinend weiß, wohin es will. Ich durchquerte also das Indianerterritorium quer, statt mich nordwärts nach Kansas zu wenden, was ich eigentlich vorhatte, und ich nehme an, daß ich den Rand der „Creek-Nation" erreichte, als ich einfach in die weiße Prärie sank, die wie ein einziges großes Bett aussah.

Als ich wieder aufwachte, lag ich in einer Blockhütte der Creeks. Das Familienoberhaupt hatte mich auf der Jagd gefunden und hierher gebracht, wo mich diese netten Leute, er, seine Frau und mehrere Kinder pflegten, ernährten und für meine zerfetzte blaue Uniform neue Kleider gaben. Die Creeks waren Rothäute aus Georgia, die Andy Jackson geschlagen hatte, und nicht lange danach vertrieb die Regierung sie aus ihrem Land und zwang sie, sich westlich vom Arkansas River anzusiedeln, genau wie die Choctaws, Cherokees und andere. Aber diese Stämme waren schon richtig zivilisiert, wohnten in Blockhütten, zogen sich wie Weiße an, trieben Landwirtschaft und hatten vor dem Bürgerkrieg sogar eigene schwarze Sklaven.

Ich blieb bei den Creeks bis zum Frühjahr '69. Nachdem ich wieder gesund war, jagte ich, um für meinen Unterhalt aufzukommen, und half bei der Frühlingspflanzung mit, aber wenn ich auch diesen Leuten gern zur Hand ging, zeigte sich doch dabei, daß ich wie ein Cheyenne war, wo es sich um Landwirtschaft drehte.

Trotzdem war dieses zivilisierte Leben in den östlichen „Nationen" wesentlich gefährlicher, als man angesichts der friedlichen kleinen Farmen glauben konnte. Diese Creek-Familie hielt mich wegen meiner blauen Uniform für einen Deserteur, eine häufige Erscheinung in den „Nationen". Sie hatten mich gern, weil sie seit Andersons Zeit noch einen alten Groll gegen die Armee hegten, und während dem Bürgerkrieg sympathisierten die meisten Creeks mit den Südstaatlern, was an und für sich ein Witz ist, wenn man bedenkt, wie sie aus Georgia rausgeschmissen wurden, aber was ihnen am Süden gefiel, war die Sklaverei. Jedenfalls bestrafte die Zentralregierung sie, die Choctaws, Cherokees und die anderen Stämme dadurch, daß sie ihnen den westlichen Teil vom Indianerterritorium abnahm und daraus Reservationen machte, zum Beispiel für die Cheyennes. Eine natürliche Folge davon war die Schlacht am Washita.

Ich wollte aber noch sagen, daß es ziemlich viel Deserteure in den östlichen „Nationen" gab, außerdem arbeitslose Freigelassene, ebenfalls arbeitslose frühere Soldaten der Südstaaten, Indianer, die auf Abwege geraten waren, flüchtige Verbrecher, die in den Staaten gesucht wurden, Raufbolde, Halsabschneider und einfach von Natur aus gemeine Schurken. Dazu kamen noch all die Mischlinge mit weißem, schwarzem und rotem Blut, die von sämtlichen Rassen das Schlechteste mitgekriegt hatten.

Wie gesagt, es lebte sich gefährlich in dieser Gegend, sogar wenn man bloß in seiner Blockhütte und bei seinem Maisfeld blieb, denn Banden von diesem ganzen Gesindel ritten dauernd rum und ermordeten Leute. Es war ein idealer Ort für diesen Beruf, denn es gab keine nennenswerten Gesetzhüter. Wenn man jemanden umgebracht hatte, wurde man höchstens von einem Sheriff aus Fort Smith oder aus

Fort Van Buren drüben in Arkansas verfolgt, wo sich das Gericht befand, aber die waren meistens nicht besonders eifrig, weil alle Gerichtspersonen aus den Südstaaten stammten und darum im Bürgerkrieg rausgeschmissen wurden. Eine Redensart lautete damals: „Es gibt keinen Sonntag westlich von St. Louis und keinen Gott westlich von Fort Smith."

Nun war der Sammelplatz für diese üblen Elemente eine Stadt Mooskokee in der östlichen „Creek-Nation", da ging ich hin, nachdem ich diese freundliche Familie verlassen hatte, um von dort mit der Postkutsche nach Kansas zu fahren und dann mit der Union Pacific bis zur Endstation, da Caroline und Frank Delight zu finden und mein Drittel von unserem florierenden Geschäft einzustreichen, denn ich brauchte, wie gesagt, Geld. Auf jeden Fall konnte ich mir immer was von Frank pumpen, denn der war ja wohl inzwischen mein Schwager.

Die nächsten paar Jahre verbrachte ich unterwegs, hauptsächlich auf der Suche nach Caroline und Frank Delight, um Geld von ihnen zu kriegen, denn wie gesagt, konnte ich bei meiner jetzigen Pleite unmöglich Custer umbringen. Nun hatte ich in den „Nationen" nicht erfahren, daß die Union Pacific inzwischen bis nach Utah vorgedrungen und ungefähr zu der Zeit, als ich nach dem Winter '69 die freundliche Creek-Familie verließ, mit der Central Pacific verbunden worden war. Die Eisenbahn ging nun also über den ganzen Kontinent und wurde nicht mehr weitergebaut.

An jeder Station erkundigte ich mich vergeblich nach Caroline und Frank.

Auch in San Francisco entdeckte ich Caroline und ihren Mann nicht, obwohl ich an diesem Ort jeden billigen Saloon und jedes Bordell abklapperte. Dazu brauchte ich mehrere Monate, denn was unanständige Vergnügen anging, so lief diese Stadt jeder anderen den Rang ab. Ich arbeitete als Pferdeknecht in einem Mietstall, weil ich was anderes nicht finden konnte. Da erschien eines Tages ein Mann aus Südkalifornien, der erzählte, daß sie dort unten Kutscher suchten, um Frachten von San Pedro nach Prescott, Arizona, zu bringen und das gut bezahlten.

Es wurde Frühjahr '70, bis ich nach San Pedro kam und den Mann mit dem Fuhrunternehmen fand. Erst hatte er seine Zweifel, daß ein Mann mit meinen kleinen Maßen zu so was taugt.

„Das ist ein heikler Job, mein Freund", sagte er. „Wenn dich die Wüste nicht erwischt, erwischen dich die Apachen, und wenn die nicht, dann bestimmt die Räuber und Killer. Der Salton Sink ist hundert Meilen brennende Hölle, wo man seine Tiere nur im Geschirr füttert und dauernd in Bewegung bleiben muß, weil man sonst vor Hitze einfach zusammenschrumpelt. Du mußt vierhundertfünfzig Meilen in zwanzig Tagen schaffen, und ich will nicht, daß meine Maultiere dabei krepieren."

Kurz und gut, ich überredete ihn, mich doch zu nehmen, und er sagte: „Ich will's mit dir versuchen. Vor ein paar Jahren stellte ich mal einen siebzehnjährigen Burschen ein, und der machte seine Sache prima, allerdings war er für sein Alter ausgesprochen groß."

So was muß man einstecken, wenn man so klein ausgefallen ist wie ich. Aber ich erwähne das überhaupt nur, weil er sagte, daß der Bursche Wyatt Earp hieß. Ich hörte diesen Namen zum ersten Mal, aber ich behielt ihn, weil er so merkwürdig klang, wie ein Rülpser.

Der Boß hatte das Heikle dieser Fahrt wirklich nicht übertrieben, denn wir stießen tatsächlich auf all die Hindernisse, die er aufgezählt hatte, aber wenn ich daran zurückdenke, sind mir Hitze, Sand, Apachen oder Banditen immer noch wesentlich lieber als zehn Maultiere. Am schwersten fiel mir, nicht einen Knüppel zu packen und diese Biester zu Tode zu prügeln. Ich hatte ja schon bei der Planierung der Union Pacific mit Maultieren zu tun gehabt, aber der Charakter von so einem Viech verschlechtert sich mit dem Terrain, über das es trotten muß. Aber grade seine Tücken reißen es durch, was man vermutlich auch von vielen Menschen behaupten kann.

Und für mich trifft es auch zu. Ich blieb fast das ganze Jahr '70 bei der Stange und wurde nicht umgänglicher davon. Aber ich verdiente gutes Geld, kehrte im Winter nach San Francisco zurück, kleidete mich tadellos ein und kaufte mir einen Smith & Wesson, Modell *American*, das grade neu auf den Markt kam und ein herrlicher Revolver Kaliber .44 war.

Dann löste ich eine Fahrkarte 1. Klasse für die Union Pacific nach Omaha, das kostete mich hundert Dollar plus zwei Dollar pro Tag für den Schlafwagen, denn ich kehrte zurück, um George Armstrong Custer stilvoll zu töten.

Im Frühjahr '71 kam ich nach Kansas City, das beträchtlich gewachsen war, seit ich es unter dem Namen Westport kennenlernte, und vielleicht erinnern Sie sich noch, Fort Leavenworth lag ganz in der Nähe. Kaum hatte ich den Fuß in die Stadt gesetzt, da erfuhr ich auch schon, daß ausgerechnet die Siebte Kavallerie unter dem Befehl von General Custer dort ihr Winterquartier hatte.

Was nun meine Rache an Custer angeht, so können Sie in den Geschichtsbüchern nachlesen, daß er am 25. Juni 1876 im Kampf gegen die Indianer fiel, Sie wissen also, daß ich ihn in Kansas City nicht umbrachte. Bei einem Unbekannten hätte ich die Spannung bis zur letzten Minute aufrechthalten können, aber wie die Dinge liegen, muß ich zugeben, daß ich erst Anfang April nach Kansas City kam, während die Siebte Kavallerie bereits Ende März zur Prärie abkommandiert wurde, so daß Custer schon nach Osten unterwegs war. Ich hatte ihn um ein paar läppische Tage verpaßt!

Sie wundern sich vielleicht, warum ich ihm nicht sofort nachsetzte. Schließlich war er ja nicht nach China aufgebrochen, und ich hatte die ganze westliche Hälfte des Kontinents nur überquert, um ihn zu erschießen. Dafür lebte ich seit zwei Jahren, nämlich seit meinem Gelübde am Washita-Ufer.

Ich kann zu meiner Entschuldigung bloß vorbringen, daß mir irgendwas am Missouri allen Mumm raubte. Alte Zeltbahn hatte das gleiche Gefühl beim Platte River, und überlegen Sie sich nur, was ihm südlich davon passierte: erst der Sand Creek und dann der Washita. Hoffentlich hatte er daraus gelernt, lieber seinen Instinkten als seinem Stolz zu vertrauen, und war ein für allemal nach Norden gezogen.

Ich persönlich blieb in Kansas City, wo der Missouri die große Schleife macht, bevor er nach St. Louis weiterfließt.

Ich starrte in seine trüben Strudel und dachte: Custer ist also wieder auf dem Weg zur Prärie; das ist das Wichtigste. Vielleicht hatte ich ihn im geistigen Sinn verjagt, oder er hatte eine gute Medizin gegen mich, denn unser Kommen und Gehen war wirklich seltsam. Jedenfalls zog ich nicht nach Osten. Ich hatte eine komische Vorstellung von dieser Gegend: ich dachte, die wäre von St. Louis bis zum Atlantik dicht bevölkert, hauptsächlich mit Slums voll armen Ausländern aus Europa, die blasse Gesichter hatten und mächtigen, protzigen Leuten wie Custer die Stiefel leckten. Dort wäre ich besonders im Nachteil.

In Kansas City war ich nicht weit von dem Ort entfernt, wo die Pendrakes vor dreizehn Jahren lebten und höchstwahrscheinlich immer noch wohnten, denn Leute ihrer Stellung behaupten sich immer, und ich spielte mit dem Gedanken, hinzufahren und nur einen kurzen Blick auf ihr Haus zu werfen, aber sogar dazu fehlte mir der Mut. Denn ich will Ihnen was gestehen, ich liebte nach all den Kämpfen und all den Frauen Mrs. Pendrake genauso feurig wie eh und je. Das war die echte Tragödie in meinem Leben, im Gegenteil zu den vielen anderen Mißgeschicken.

Mir fiel die Sache wieder ein, weil ich mich durch die Nachricht von Custers Abmarsch verratener, verzweifelter, verlassener fühlte als in all den Jahren, seit ich Missouri verlassen hatte, und in so einer Stimmung kam mir natürlich Mrs. Pendrake wieder in den Sinn.

Na ja, wenn Custer wieder nach Westen zurückkehrte, konnte ich ihn immer noch umbringen. Das schwor ich mir, allerdings ziemlich mechanisch, denn ich machte mir wenig Hoffnung darauf.

Sämtliche zentralgelegenen Prärien waren von feindlichen Indianern gesäubert worden. Im Sommer nach der Schlacht am Washita hatten Truppen unter General Carr die Hundesoldaten der Cheyennes vernichtend geschlagen und dabei ihren Häuptling Großer Bulle getötet. Das war das Ende der Menschenwesen in Kansas und Colorado.

Und was trieb ich?

In den nächsten paar Wintern jagte ich Büffel, und im Sommer trieb ich mich in den Nestern um Kansas rum, spielte

Poker und lernte auch Pharao, das damals sehr beliebt war. Mein Gott, aber bei den Büffeln merkte man schon in der Saison '72–'73, daß die Herden zusammenschrumpften. Es gab noch immer Hunderttausende, aber keine Millionen mehr. Wenn Sie einen dieser Sammelplätze an der Eisenbahn gesehen hätten, wohin die Häute gebracht wurden, dann wüßten Sie warum. Was von der Prärie aus wie große Häuserblocks aussah, waren in Wirklichkeit gestapelte Häute, die auf den Abtransport warteten. Und auf der Prärie selbst traf man keine endlosen Herden mehr an wie ich und der Häuter '71. Nein, mit diesem gewaltigen Anblick war es auf diesem Kontinent ein für allemal vorbei.

Aber während der Büffel allmählich ausstarb, weil er wild war, nahmen seine zahmen Artgenossen zu. Die Viehherden wurden von Texas über den Chisholm Trail durch die „Nationen" nach Kansas getrieben, wo dank der Eisenbahn die Städte wie Pilze aus dem Boden schossen. In den frühen siebziger Jahren kam fast jedes Jahr ein neuer Ort in Mode, Abilene, Ellsworth, Wichita und Dodge City. Jeder davon riß sich um die Herden, denn die Cowboys wurden bezahlt, nachdem sie die Tiere in den Eisenbahngehegen abgeliefert hatten, und natürlich schmissen sie dann in den Vergnügungsstätten dieser Orte nur so mit dem Geld um sich, weil sie ja schließlich monatelang keine Frau oder sonst ein Stück Zivilisation gesehen hatten.

Das war mordseinträglich für die Geschäftsleute, und die Cowboys wurden richtig dazu ermutigt, sich auszutoben. Aber diese Kerle nahmen das oft zu wörtlich, denn sie hatten wochenlang nur Staub gefressen, Wind und Wetter getrotzt, die davonstiebenden Viecher wieder eingefangen – schon ein lauter Nieser mitten in der Nacht jagte eine Herde in die Flucht –, ja, sich vielleicht sogar gegen Viehdiebe und Indianer gewehrt. Wenn also so ein Cowboy ein Werbeschild am Trail-Rand sah wie: IN WICHITA IST ALLES ERLAUBT, dann besoff er sich, sobald er den Fuß in die Douglas Avenue setzte, zog im nächsten Augenblick seinen Revolver und knallte blindlings um sich.

Na ja, ich hatte auch so meine Auseinandersetzungen mit Cowboys und habe immer noch die Narben zum Beweis dafür, ich war nämlich mehrmals in Wichita, als dort alles „erlaubt“ war, bis sie sich einen Sheriff holten, meinen alten Bekannten Wyatt Earp, der die Sache in Grenzen hielt. Ich muß gestehen, als ich ihm zusah, wie er die Schädel mit seinem schweren Pistolenkolben einschlug, wurden mir sogar die Texaner sympathischer.

Sicher haben Sie schon gemerkt, daß ich in diesen Jahren nie zu einer bestimmten Gruppe gehörte. Ich war zwar noch nicht alt, aber ich hielt mich für ein Überbleibsel aus der Zeit vor der Eisenbahn, den Viehherden, den Revolverhelden und den Hauptstraßen mit Spielhöllen und Kramläden. Ich war damals erst Anfang Dreißig, und vielleicht handelte es sich bei mir bloß um Gefühlsduselei. Jedenfalls vergingen die Jahre, ohne daß was Nennenswertes passierte, und wenn ich daran zurückdenke, sehe ich nur ein Wirrwarr von Pokerblättern, Whiskyfahnen und dazwischen mal die Mündung einer Waffe, aber solche Gefahren überlebte ich immer irgendwie, und wenn ich auch beim Pokern mehr gewann als verlor, war ich damals trotzdem dauernd pleite. Heute glaube ich, daß ich eigentlich damit rechnete, umgelegt zu werden. Ja, ich ging sogar so weit, mich mit dem Rücken zur Tür hinzusetzen.

Ich meine, ich tat das einmal und kriegte auch prompt eine Kugel von hinten in die Schulter, ohne daß ich den Schützen je gesehen habe. Nur so. Das war nämlich in Dodge City, in der haßerfülltesten Stadt auf der ganzen Erde. Jeder haßte jeden, die Büffeljäger haßten die Maultiertreiber, beide haßten die Cowboys, die Spieler haßten jeden, der gegen sie spielte, und alle zusammen haßten die Soldaten vom nahen Fort.

Man brauchte sich nur zu zeigen, und schon hatte man sich in Dodge City einen Feind gemacht: sofort haßte einer die Visage vom andern. Wenn man in den Himmel guckte und Regen voraussagte, konnte man schon in einen Krawall verwickelt werden. Daher war ich nicht weiter überrascht, als es mich in der Schulter erwischte. Zufällig war der Kerl ein schlechter Schütze, denn die Kugel verfehlte den Knochen. Nach sechs bis acht Monaten Steifheit merkte ich bloß noch was bei schlechtem Wetter davon. Inzwischen war ich freilich aus Dodge City weg, wo ich mich auch nicht weiter ernsthaft bemüht hatte, meinen Fast-Mörder ausfindig zu machen. Mich hätte nur interessiert, genug Dynamit aufzutreiben, um den ganzen Ort in die Luft zu jagen. Denn ich bildete keine Ausnahme: ich haßte dort jeden.

Meine letzte Büffeljagdsaison war der Winter 1874–75, und wir verbrachten mehr Zeit damit, Herden zu suchen als zu schießen. Ich verdiente vom Herbst bis zum Frühjahr ungefähr dreihundertfünfzig Dollar – nur damit Sie sich ein Bild machen können, wie kümmerlich die Beute war. Kurz nachdem ich meine Häute nach Dodge City geschafft hatte, wurde ich, wie schon erwähnt, ohne ernstlichen Grund hinterrücks angeschossen.

Als ich wieder reisen konnte, zog ich nordwärts bis rauf nach Wyoming, ohne unterwegs einen einzigen wilden Indianer zu erblicken. Dafür traf ich viele, die seßhaft geworden waren, sich Torfhütten bauten und Weizen und Mais anbauten. Sie waren ausgesprochen freundlich und hatten manchmal Töchter, die sie an den Mann bringen wollten, so daß sie mich gut aufnahmen und mit mir teilten, was sie zu essen hatten – das paßte mir prima in den Kram, weil sich auf den Prärien im Landesinnern kein Wild mehr zeigte.

Die Häuser waren innen viel hübscher, als Sie glauben, denn die Frauen befestigten Tücher an der Decke, um den herabrieselnden Staub aufzufangen, und die Torfstücke waren so dick, daß sie sogar bei einem Wolkenbruch keinen Tropfen Regen durchließen. Erst am nächsten Tag stellten sich die Schwierigkeiten ein, wenn das Wasser durchgesikkert war und eine Woche lang die schlammige Brühe runtertropfte. Natürlich regnete es nur selten – das war zwar gut für die Häuser, aber verheerend für die Ernte. Außerdem ließen sich im Sommer '74 Billionen von Heuschrecken wie ein Riesentuch von Arkansas bis Kanada auf der Ebene nieder und fraßen nicht nur alles auf den Feldern kahl, sondern fielen auch über die Pferdegeschirre und Wagenplanen her, ja in Kearney, Nebraska, blieb ein Zug der Union Pacific in einer drei Fuß hohen Insektenwehe stecken. Als die Heuschrecken zwei Wochen später wieder abzogen, sah es aus, als ob nie was angepflanzt worden war: sie hatten alles bis auf den Boden ratzekahl abgeknabbert. Nun habe ich ja schon erzählt, wie schwer es ein Indianer oft hatte, sich seine drei Mahlzeiten am Tag zu beschaffen, aber es war damals auch nicht ganz ungefährlich, ein weißer Siedler zu sein.

Ehrlich gestanden, mein Herr, reizten Torfhaufen meine Wenigkeit nie besonders. Ich zog weiter nach Norden, und ich will Ihnen auch sagen warum. Merkwürdigerweise hatte es wieder mal mit den Taten George Armstrong Custers zu tun, hinter dem ich übrigens nicht mehr als Mörder her war. Nein, wenn ich mich nicht innerhalb absehbarer Zeit für eine Beleidigung rächen kann, verraucht schon bald mein aktiver Haß. Das ist wohl eine Charakterschwäche von mir. Alles in allem lag Washita nun acht Jahre zurück. Ich nehme an, daß die meisten von uns eine Art Grenze im Herzen haben – wenn ein Mensch nicht verrückt ist, stumpfen heftige Gefühle auf die Dauer ab.

Es war zwar unwahrscheinlich, daß ich ihn je zu meinem Helden machen würde, aber ich hatte überhaupt keine Lust mehr, ihn um die Ecke zu bringen. Ich dachte überhaupt nicht mehr an ihn, und als ich im Sommer '74 hörte, daß er wieder auf der Prärie war und eine Kolonne zu den Black Hills führte, um Karten von diesem Gebiet anzufertigen, ließ mich das völlig kalt.

Aber da entdeckten Wissenschaftler, die bei dieser Expedition dabei waren, gewisse Erdschichten, und der Bericht darüber fiel den Journalisten in die Hände, die ihn über das ganze Land verbreiteten.

GOLD!

Das Land der Verheißung
Aufsehenerregende Neuigkeiten aus den Black Hills.

Der funkelnde Schatz ist endlich gefunden
Ein Gürtel von Goldadern
über dreißig Meilen.

Kostbarer Goldstaubfund im Gras
Unter den Hufen der Pferde
Aufregung unter den Truppen.

In nur sechs Tagen zu erreichen.
An der ganzen Grenze werden Expeditionen zusammengestellt.

Die Black Hills waren im Vertrag von '68 den Sioux zugesprochen worden, nachdem sie die Armee vertrieben und die Forts am Bozeman Trail niedergebrannt hatten. Es war ein verteufelt hübscher Besitz, dichtbewaldet und von Bären und Elchen bevölkert. *Pa Sapa* nannten sie die Dakotas, das heißt „Heilige Hügel", denn die Indianer hielten jedes Stück Erde mit so viel Wald und Tieren für göttlich. Wenn ein Weißer so einen Ort entdeckt, wo es alles gibt, was er braucht, zieht er hin und plündert ihn leer. Eine Rothaut dagegen nicht; er hält sich zurück.

Ich war schon als Junge dort oben gewesen. Früher betete Alte Zeltbahn viel und hatte einmal die Vision, daß wir sechs Elche, zwei Bären und siebenundzwanzig Zeltpfähle erhalten sollten, und genau das nahmen wir aus den Black Hills mit und sonst nichts, und ihre dunkelblauen Wälder und silbernen Flüsse ließen wir genauso zurück, wie wir sie vorgefunden hatten. Damals hätten wir überhaupt nicht gewußt, was wir mit Gold anfangen sollten, wenn wir darauf gestoßen wären.

Aber seitdem hatte ich mich sehr verändert. Also zog ich zum Dakota-Territorium: ich wollte was von dem Gold abhaben. Ich hatte zwar '58 beim Goldrausch in Colorado kaum was mitgekriegt, aber ich war doch Weißer genug, um es noch mal zu versuchen.

Ich war nicht mehr hinter Custer her, ich suchte auch nicht mehr die Indianer. Aber prompt stieß ich auf beide.

20.
Caroline

Im Frühjahr '76 kam ich nach Cheyenne in Süd-Wyoming; in dieser Stadt hielt die Union Pacific und rüsteten sich die Expeditionen für die Goldsuche in den Black Hills aus.

Laut dem Vertrag mit den Sioux durften Weiße unter gar keinen Umständen in die Black Hills, und die Armee schickte jede Expedition zurück, die sie auf dem Weg dahin erwischte. Aber es war ungeheuer schwierig, ein so ausgedehntes Gebiet mit nur ein paar Regimentern zu überwachen. Also ein Goldgräber, der sich durch die U.S.-Armee vom Schürfen abhalten ließ, versuchte es einfach nicht ernsthaft. Denn wenn die Soldaten ihn aufstöberten, sagten sie ihm bloß, daß er das nicht durfte. Sie sperrten ihn nicht ein oder so was, und hinter dem nächsten Hügel konnte er einen Bogen um die Truppen schlagen und sein ursprüngliches Ziel weiter verfolgen.

Trotzdem erweckte diese kleine Schikane böses Blut in den Siedlungen. Wie beim Goldrausch in Colorado hieß es: Fortschritt gegen Barbarei; die Armee sollte einschreiten und die Indianer ausrotten, statt Weiße daran zu hindern, ihr Vermögen zu machen. Denn die Rothäute sahen diesem Ansturm nicht tatenlos zu, wenn sie auch nicht gewalttätig wurden. Sie schickten die ersten Eindringlinge zurück, ohne sie ins Jenseits zu befördern, wieder mal ein Beweis für ihre erstaunliche Geduld.

Kaum war ich in Cheyenne angelangt – ich meine die Stadt in Wyoming und nicht den Stamm; es gab dort keine Menschenwesen, und wenn sie sich dort hätten blicken lassen, wären sie auf der Stelle erschossen worden –, als ich auch schon zwei Kerle traf, die sich auf der Hauptstraße fürchterlich rauften. Da ich nie was zu tun hatte, was nicht warten konnte, schaute ich ihnen ein bißchen zu, und wen entdeckte ich auf der Verliererseite: niemand anders als meine Schwester Caroline.

Nun ging es mir gegen den Strich, daß irgendein Bastard meine Schwester zusammenschlug, wenn er vielleicht auch triftige Gründe dafür hatte und kleiner war als sie, und ich wollte ihn abknallen, sobald sie sich ein Stück voneinander trennten und ich freies Schußfeld hatte. Als er nun Caroline einen wuchtigen Kinnhaken verpaßte und sie zu Boden ging, griff ich nach meinem funkelnagelneuen Colt *Friedensstifter*, aber bevor ich anlegen konnte, sagte ein Kerl neben mir in der Menge: „Na, jetzt wird sich zeigen, wer die echte ist."

Eine merkwürdige Bemerkung, und sie kam grade noch rechtzeitig, sonst wäre ich zum Mörder geworden. „Die echte was?" fragte ich.

„Die echte Läster-Jane", sagte er und spuckte einen Strahl Tabaksaft zwischen seine Stiefel. „Die beiden Luder kämpfen darum. Die große Rothaarige behauptete dort in der Kneipe, sie ist Läster-Jane, aber dann kam die andere, forderte sie heraus, und nun liegen sie sich in den Haaren."

Ich steckte meinen Revolver wieder ein und musterte Carolines Gegnerin, die ihre Fäuste über den zusammengesackten Körper meiner Schwester hochriß: sie war die häßlichste Frau auf der Welt und fluchte, also ich kann Ihnen sagen, daneben klangen Carolines schlimmste Schimpfkanonaden, soweit ich mich noch daran erinnerte, wie ein frommer Choral.

Läster-Jane: ich hatte den Namen schon gehört, ohne ihr bisher persönlich begegnet zu sein. Sie hatte ein Kartoffelgesicht und war ziemlich untersetzt. Als sie sah, daß Caroline nicht mehr aufstand, versetzte sie ihr einen Tritt, spuckte auf den Boden, hob ihren Sombrero auf, der beim Kampf runtergefallen war, drückte ihn auf ihr Männerhaar und stolzierte in den Saloon.

Wissen Sie noch, wie Caroline mich vom Suff rettete? Na, sie war zu groß geraten, um ihr den gleichen Dienst zu erweisen, also füllte ich meinen Hut an so einer Tränke mit Wasser und schüttete es ihr ins Gesicht. Sie kam auch wieder zu sich und keifte: „Wo ist diese Hure? Ich bringe sie um!"

Ich hockte mich auf meine Fersen und sagte: „Du hast eins auf den Deckel gekriegt, Caroline, und ich finde, das hast du reichlich verdient, weil du dich als Läster-Jane ausgegeben hast. Warum eigentlich?"

Es dauerte ein oder zwei Minuten, bis sie sich wieder aufgerappelt hatte und mich erkannte, aber sie war immer noch zu aufgeregt, um ihrem Bruder viel schwesterliche Liebe zu zeigen. Ich half ihr erst mal wieder auf die Beine, und abgesehen von Beulen und Schrammen am ganzen Leib, einem blauen Auge, einer aufgeplatzten Lippe, einer kahlen Stelle auf dem Kopf, wo ihr Jane ein Büschel Haare samt Wurzeln ausgerissen hatte, und einem fast abgebissenen Ohrläppchen war sie sonst ganz in Ordnung. Ich fand einen Arzt, der sie verband, und da es ganz danach aussah, daß sie am Leben blieb, gingen wir in ein Restaurant, wo sie ein Steak so groß wie meine Rückseite und fünf Pfund Bratkartoffeln verschlang.

„Na", sagte ich, als sie danach in ihren schwarzen Zähnen rumstocherte, von denen die vorderen sozusagen durch die Bank weg fehlten, „na, erzählst du mir jetzt, um was es geht?"

„Wenn du ein echter Bruder wärst", sagte Caroline, „würdest du dieses Luder erschießen."

„Das tu ich vielleicht auch", sagte ich, „wenn ich erfahre, was sie denn sonst noch angestellt hat, außer daß sie dich in einem fairen Kampf unterkriegte, obwohl sie kleiner ist."

„Ich bin überhaupt nicht in Form, Jack", sagte Caroline und goß ihren Kaffee runter. „Ich fühle mich miserabel und werde wohl sterben."

Nun kann man so was bei einer Person nicht ernst nehmen, die grade ein Riesensteak verschlungen hat.

Aber Caroline fuhr fort: „Ich meine nicht körperlich, sondern seelisch."

Sie trank noch einen Schluck Kaffee und wischte sich den Mund mit dem Hemdsärmel ab. „Ein so kaltblütiger Mensch wie du kann kaum kapieren, daß jemand anders vor Liebe stirbt, Jack, aber ich wäre dir dankbar, wenn du nicht darüber grinst."

Statt darauf einzugehen, sagte ich: „Caroline, was ist eigentlich aus deinem Zukünftigen geworden, diesem Frank Delight? Den wolltest du doch '67 heiraten."

„Das hätte ich nie getan", sagte sie, „wenn ich mich nach

all den Jahren überhaupt noch richtig an diesen Kerl erinnere. Meinst du den Fuselfritzen, der hinter der Union Pacific herzog? Der entpuppte sich als mieser Lump, Jack. Ich glaube, das war, nachdem du verduftet bist und deine hilflose Schwester allein gelassen hast. Da wurde dieser Frank, wenn er so hieß, so geil und zudringlich, daß ich ihn eigenhändig niederschlagen mußte, weil mich ja kein Bruder mehr beschützte. Wohin bist du eigentlich gegangen?" fragte sie und fuhr fort: „Major North hat mir erzählt, du hast beim Kampf gegen die Indianer kalte Füße gekriegt, den Schwanz zwischen die Beine geklemmt und dich aus dem Staub gemacht."

Caroline gehörte zu den Leuten, die bei jedem zweiten Wort drei falsche Urteile fällen, und wenn man versucht, sie zu verbessern, benutzen sie die Gelegenheit nur, um ihrem Laster weiter zu frönen, so daß ich meine Einwände auf ein Minimum beschränkte.

„Danach konnte ich kaum bei der Union Pacific bleiben", sagte sie. „Also ging ich nach Kalifornien und Oregon und Arizona und Sante Fé und Texas, ich war mehrmals in Texas und Virginia City und Iowa. Ich war in vielen Orten, Jack, und habe allerlei erlebt, natürlich ohne dabei in der Gosse zu landen."

„Was ist das aber für eine Geschichte mit dieser Läster-Jane? Ich kapiere einfach nicht, warum du dich für sie ausgibst."

Caroline glotzte mich blöde an und wischte sich noch mal den Mund bis rauf zur Nase mit der Manschette ihres Männerhemds ab.

„Denn wenn die andere die echte Läster-Jane war", fuhr ich fort, „dann ist sie verdammt häßlich und scharfzüngig, und ich glaube nicht, daß viele Männer so eine Person wie die anziehend finden. Und außerdem ist eine Rauferei meines Erachtens sowieso keine Frauensache."

Caroline grinste höhnisch über meine Naivität. „Du wärst überrascht", sagte sie, „wie viele Männer scharf auf eine Frau sind, die kämpfen kann. Ich hatte überall, wo ich hinkam, eine Masse Anbeter, aber diese Hure versuchte, sie mir abspenstig zu machen. Jetzt will ich dir mal was sagen: die Leute kennen sie überhaupt nicht persönlich, sondern nur ihren Namen, und ‚Läster' ist gar nicht ihr echter Name, sie heißt nämlich Jane Carnary, aber sobald eine lustige Gesellschaft in einem Saloon ‚Läster-Jane' hört, kümmern sie sich nicht mehr drum, wer es ist, dann necken sie einen und spendieren einem was zu trinken, und man ist richtig populär. Ich hatte viel Pech im Leben, Jack, und kann es wirklich mal gebrauchen, bei solchen Spaßvögeln im Mittelpunkt zu stehen."

Die Ärmste verlor allmählich den Verstand. Ich hätte das schon vor Jahren sehen sollen. Wenn ich es mir richtig überlegte, hatte ich ihre unglücklichen Liebesaffären immer nur aus ihrem eigenen Mund gehört. Höchstwahrscheinlich hatte ihr zum Beispiel dieser Frank Delight niemals einen Heiratsantrag gemacht.

Die Sache war nämlich die: während Caroline früher ihre romantischen Katastrophen ohne weiteren Schaden überlebte, wurde sie nun nach und nach nicht grade jünger. Tatsächlich war sie jetzt vierundvierzig und, soviel ich wußte, noch nie verheiratet, worauf sie es schon seit '52 anlegte, als die besoffenen Cheyennes unsere Männer niedermetzelten.

Jedenfalls hatte ihr Verstand ein paar üble Sprünge bekommen.

Sie hatten noch kein Irrenhaus in Cheyenne, und obwohl es sicher eins unten in Denver gab, war ich nie mehr in dieser Stadt gewesen, seit ich sie '64 mit Olga und Gus verlassen hatte, so daß es mir komisch vorgekommen wäre, dorthin mit einer übergeschnappten Schwester zurückzukehren. Deshalb nahm ich Caroline auf der Union Pacific, bei deren Bau wir mitgeholfen hatten, ostwärts mit nach Omaha.

Im April lieferte ich die arme Caroline in der Klapsmühle ab, und nachdem ich sah, wo genau Omaha am Missouri lag, beschloß ich, mit dem Schiff ins Dakota-Territorium zu fahren, vielleicht bis Pierre, und von dort über Land zu den Black Hills zu ziehen. Der Fluß war nach dem Winter grade wieder befahrbar, ich nahm einen Heckraddampfer bis Yankton, wo ich in ein anderes Schiff umstieg, das *Far West* hieß, um bei Custers Letztem Posten dabeizusein.

Das ist natürlich ein Witz. Aber Sie wissen ja, wie einem alles vorkommt, wenn man später daran zurückdenkt. In Wirklichkeit hatte der erste Dampfer einen kurzen Aufenthalt in Yankton, bei dem mir viel über die *Far West* zu Ohren kam und über ihren Kapitän, einen Mann namens Marsh, der auf dem ganzen Missouri berühmt war. Es wurden eine Menge Geschichten über Flußschiffe erzählt – über Kapitäne, die im dichtesten Nebel fahren konnten und so weiter. Marsh gehörte auch dazu, und es schadete ihm überhaupt nichts, daß er mit einem Schriftsteller befreundet war, der Mark Twain hieß und der für seine Übertreibungen bekannt war.

Ich hatte nichts für und nichts gegen Marsh, sondern interessierte mich nur dafür, daß er mit der *Far West* erst den Missouri und dann den Yellowstone River rauffahren wollte, um Vorräte für den Feldzug gegen die feindlichen Indianer hinzubringen, die jetzt im Frühjahr in großer Zahl aus den Reservationen ausgebrochen waren und sich angeblich beim Powder River aufhielten. Der lag natürlich in Montana und überhaupt nicht in der Nähe der Black Hills. Tatsächlich verteidigten die Indianer die Black Hills nie ernsthaft, und ich glaube, daß sie die schon aufgegeben hatten. In Wirklichkeit waren sie mal wieder durchgebrannt, worauf die Armee ihnen nachsetzte, um ihnen so eine Abfuhr wie beim Washita zu verpassen. Verstehen Sie, beim Powder River gab es nichts wie Wildnis, weit und breit keine Siedler oder Goldsucher. Es war zwar der Geburtsort vieler Indianer, *aber er gehörte nun mal nicht zu der ihnen zugewiesenen Reservation.*

Grade das war wichtig für die Regierung, weil es einen Verstoß gegen das Gesetz bedeutete. Außerdem hatten viele jetzt die frechen Rothäute satt. Immerhin waren schon hundert Jahre seit der Unabhängigkeitserklärung vergangen, und sie hatten grade eine Jubiläumsausstellung in der Stadt Philadelphia eröffnet mit lauter neuen mechanischen Erfindungen wie die Schreibmaschine, das Telefon und den Vervielfältigungsapparat; darum fand man, es paßte einfach nicht zu so einem Land, daß ihm ein Pack Primitiver auf der Nase rumtanzte, die noch nicht mal das Rad erfunden hatten. Deshalb war auch Präsident Grant für den Feldzug.

Vorher hatte er versucht, die Rothäute freundlich zu behandeln und Quäkern die Leitung von einem Büro für Indianer anvertraut, aber das war ein glatter Fehlschlag, denn die meisten Leute halten Nächstenliebe für Feigheit und die Indianer für reinen Wahnsinn.

Sitzender Stier war am Powder River und Verrücktes Pferd und Gallapfel und eine ganze Reihe von berühmten Sioux mit Tausenden ihrer Anhänger, und im Lauf des Frühjahrs verließen immer mehr die Reservationen. Wenn sie nicht schnell eins auf den Deckel kriegten, würde das bald Usus werden. Die südlichen Büffel waren größtenteils von Leuten wie ich getötet worden, aber die nördliche Herde graste noch in Montana, und die Indianer zogen diese Nahrung dem Rindfleisch vor, das in den Reservationen an sie verteilt wurde und worum sie Agenten und Händler sowieso oft genug betrogen.

Darum schickte die Armee General Crook von Süden, Gibbon von Westen und Terry von Osten in das Gebiet, wo der Powder River, der Tongue River und der Bighorn River in den Yellowstone River münden. Diese drei Angriffsspitzen sollten die feindlichen Indianer zusammentreiben und aus ihnen Hackfleisch machen, wenn sie sich zum Kampf stellten. Infanterie, Kavallerie und Maschinengewehre wurden dabei eingesetzt, und die *Far West* sollte möglichst weit auf den Flüssen vordringen, weiter als je ein Schiff zuvor, denn sie war zu diesem Zweck mit ganz geringem Tiefgang und zwei Ankerwinden gebaut worden, mit denen sie von den Sandbänken wieder flott gemacht werden konnte.

Das alles kriegte ich in Yankton raus, aber eine noch größere Neuigkeit für mich war, daß Custer aus Washington zurück war und Grant ihm widerwillig erlaubt hatte, gegen die Indianer zu kämpfen, obwohl Custer zu Grants Ärger seinen Bruder belastet hatte. Es hatte nämlich Stunk wegen den Armeelieferanten gegeben, in die auch Orvil Grant, der Bruder des Präsidenten, verwickelt war. Nur autorisierte Lieferanten durften ihre Waren in militärischen Sperrgebieten verkaufen, so daß diese Gauner natürlich ihre Preise maßlos in die Höhe schraubten und die Truppen aussaugten. Sie unterschlugen auch Vorräte, die laut Vertrag den

Indianern zustanden, um sie unter der Hand Soldaten und Zivilisten anzubieten. Orvil Grant soll den Meistbietenden die Handelsbewilligungen zugeschoben und so die Stellung seines Bruders mißbraucht haben. Hinter der ganzen Sache stand Belknap, der Kriegsminister, und so weiter, und so weiter. Und Custer war als Zeuge bei den Verhören in Washington. Die anderen Generäle wollten Custer nämlich dabei haben, weil er sich damals so einen Namen gemacht hatte, als er das Dorf von Schwarzer Kessel völlig verwüstete.

Schon lange habe ich nichts mehr von Alte Zeltbahn und den Menschenwesen erzählt, die ich seit acht Jahren nicht mehr gesehen hatte. Die südlichen Cheyennes hielten sich seit einiger Zeit in ihrer Reservation still. Die Schlacht am Washita und andere Feldzüge hatten die Sache ein für allemal für sie erledigt: sie lebten nun von Regierungszuteilungen, trieben ein bißchen Ackerbau und ein paar schickten ihre Kinder zur Schule.

Custer wollte also diesem Volk noch mal das gleiche antun wie früher. Da betrachtete ich es allmählich wieder als persönliche Angelegenheit von mir. Ich war im Mai 1876 in Yankton, und die *Far West* lief demnächst aus, um den oberen Missouri raufzufahren und Custer dabei zu unterstützen, die Sioux und nördlichen Cheyennes abzuschlachten.

Ich ging auf das Schiff und in die Kapitänskajüte, wo ich zu Marsh sagte, daß General Custer mir telegraphiert hatte, ich sollte mich ihm als Kundschafter anschließen, weil ich in der berühmten Schlacht am Washita Erfahrungen gesammelt hatte, als wir Schwarzer Kessel und seine Halsabschneider ausrotteten; außerdem erklärte ich mich bereit, die Fahrt zu bezahlen.

Marsh sagte, es wäre ihm recht, wenn ich auf dem Deck zwischen den Kisten und Fässern Platz für meinen Schlafsack finden könnte, denn die Kabinen wären alle von Militär- oder Zivilpersonen besetzt, und es gäbe sogar einen Fuselhändler an Bord, der da oben den Truppen Whisky verkaufen wollte.

Die *Far West* tauchte ihr Schaufelrad in das schlammige Wasser des Missouri, und wir steuerten nordwärts auf die größte aller Indianerschlachten zu. Sie wissen, so was sagt man so dahin: aber damals hatten wir davon natürlich noch keine Ahnung. Jeder wußte, daß die Stämme sich versammelten und daß Custer sie bestimmt aufstöbern würde. Aber es war ein gewaltiger Irrtum, daß wir alle glaubten, sie ergriffen wieder die Flucht oder würden im Kampf vernichtend geschlagen.

21. Und noch mal Custer

Wir brauchten auf dem vom Tauwasser reißenden „Großen Schlammi", dessen Ufer überall überschwemmt waren, fast zwei Wochen bis rauf zum Fort Abraham Lincoln; als wir schließlich dort landeten, waren die Truppen unter General Terry mit Custer als stellvertretendem Kommandant ungefähr in derselben Zeit über Land direkt zum Yellowstone River gezogen.

Fort Lincoln war ziemlich schäbig und lag in der baumlosen Flußniederung am Fuße von Hügeln, von denen aus die Indianer das Lager bespitzelten; man konnte diese kleinen Steinhaufen erkennen, hinter denen sie ihre Köpfe versteckten.

Kaum war das Schiff im Hafen vertäut, als auch schon zwei Frauen an Bord kamen, eine davon war das hübscheste Weibsbild, das ich – bis auf eine Ausnahme – je gesehen hatte: elegant gekleidet und anmutig, mein Gott, was für ein überwältigender Anblick in diesem öden Land, wo der Wind dauernd über die Ebene fegt.

Mrs. Custer persönlich. Obwohl ich sie noch nie zu Gesicht bekommen hatte, erkannte ich sie sofort an ihrem reizenden runden Gesicht und ihren schönen traurigen Augen. Sie trug einen feschen Hut, eine Art Reitzylinder aus Samt, und trippelte wie ein Vögelchen über die holprige Laufplanke, die die Matrosen hingeklatscht hatten. Diese Kerle standen da und gafften nur; ich aber streckte ihr vom anderen Ende aus die Hand entgegen, und sie legte ihre federleicht auf meinen Puls, als sie das Deck betrat und mich ungezwungen anguckte, ohne sich irgendwie zu bedanken, aber sie gönnte mir mit ihrer zierlichen Nase und der sanftgeschwungenen Reihe ihrer Perlenzähne ein Lächeln. Ich will Ihnen was gestehen: ich hätte jeden Indianer auf der Prärie getötet, wenn sie mich darum gebeten oder wenigstens zugeschaut hätte. Dann rauschte sie an mir vorbei, denn ich war ein Niemand, nicht größer als sie und außerdem nach der ganzen Fahrt auf dem Schiff ziemlich verdreckt, weil die Waschgelegenheiten manches zu wünschen übrig ließen.

Also, mein Herr, was tat ich: ich trottete hinter ihr her wie ihr Kammerdiener oder wie ein Idiot, zu dem jemand nett war, und nahm von der zweiten Dame, General Custers Schwester und Leutnant James Calhouns Frau, keine Notiz, kann Sie Ihnen also auch nicht beschreiben.

Kapitän Marsh führte sie in seine Kajüte, und ich lungerte vor der Tür rum, weil ich mir angeblich was von meinem Stiefelabsatz abkratzte.

„Kapitän", zwitscherte sie, „ich flehe Sie an, nehmen Sie uns mit."

„Verzeihen Sie mir, Madame", sagte Marsh, „das ist mir nicht möglich."

Derselbe Wortwechsel wiederholte sich mehrmals, aber der Kapitän blieb fest, und ich verschwand, damit ich ihren Kummer nicht länger mit anhören mußte. Ich wunderte mich über die Frau dieses ruhmreichen Soldaten mit seinen sechshundert Mann, seinem Vorratsschiff und seinen Maschinengewehren. Sie machte sich große Sorgen, das merkte man ihrer Stimme an. Nun zitterten die Frauen im allgemeinen allein schon beim Gedanken an die Indianer, aber man würde doch annehmen, nicht ausgerechnet die, die mit dem Sieger vom Washita verheiratet war. Custer hatte die südlichen Cheyennes vernichtend geschlagen und Gold in den Black Hills gefunden. Er überlebte sogar die Feindschaft des Präsidenten der Vereinigten Staaten! Einzelne haßten ihn zwar, aber er war der Publikumsliebling Nummer eins, und Mister James Gordon Bennet vom *New York Herald* war eigens geschickt worden, um dem „Massaker" – der Indianer versteht sich – beizuwohnen. Custers Frau war eine Schönheit. Was saß ihr also quer?

Ich ging an Land, wo ich einen alten Sergeanten traf, den man vom Feldzug dispensiert hatte, weil seine Pensionierung bevorstand, einen alten Teufel mit wäßrigen Augen und einer purpurroten Nase, die mir verriet, daß er seinen Dienst oft in den Saloons von Bismarck am anderen Ufer versehen hatte.

Ich sagte: „Warum will die Frau des Generals eigentlich mitkommen, so eine feine Dame?“

„Hatte einen schlechten Traum“, sagte er, schneuzte sich in ein buntes Taschentuch und steckte das ein. „Sah einen büffelstarken Sioux, nackt bis auf den Lendenschurz, der einen blutigen Skalp mit langen blonden Locken schwenkte. Vielleicht hat sich der General deshalb noch kurz vor dem Abmarsch die Haare schneiden lassen.“

Ich sagte: „Nein, der nie! ...“

„Na schön“, sagte der Sergeant, „du bist grade erst den Fluß raufgekommen, und schon weißt du alles besser.“

„Reg dich ab“, sagte ich. „Ich meine damit nicht, daß du lügst, aber ich bin völlig durcheinander. Ich hätte nie gedacht, daß sich Custer seine goldenen Locken stutzen lassen würde. Wie sollen ihn denn die Indianer jetzt statt Langhaar nennen?“

„Sohn des Morgensterns“, sagte der alte Soldat. „So nennen ihn die Crow-Kundschafter.“

„Warst du beim Washita dabei?“

„Nein“, sagte der Sergeant, „ich mußte im Lager zurückbleiben und auf ein paar jammernde Hosenscheißer aufpassen.“ Er gehörte zweifellos zu den Kerlen, die es verstehen, sich immer in allen brenzligen Situationen zu drücken.

In diesem Augenblick verließen Mrs. Custer und die andere Dame in Begleitung Kapitän Marshs das Schiff und stiegen in eine Kutsche, die ein Soldat zum Fort lenkte. Marsh blickte ihnen nach, drehte sich dann um und sagte zu mir: „Das arme Ding, aber ich kann unmöglich Frauen mitnehmen, besonders jetzt nicht nach dem Stunk zwischen Custer und Grant. Du weißt doch, daß Custer schon mal vor ein paar Jahren vors Kriegsgericht in Kansas kam, weil er mitten im Feldzug ausrückte, um seine Frau zu besuchen.“

Der alte Sergeant lachte knarrend und rieb sich seinen Stoppelbart: da der Kommandant fort war, rasierte er sich vermutlich nicht mehr regelmäßig. Er sagte: „Der tut eigentlich immer, was er will. Bei der großen Parade am Ende des Bürgerkriegs galoppierte er an Grant vorbei, ohne zu salutieren. Behauptete, daß ihm sein Gaul durchging, aber ich habe gesehen, wie er ihm die Sporen gab.“

Marsh, der selber für seine Vergangenheit bekannt war,

wollte nichts mehr davon hören. Er sagte: „Also angenommen, daß Custer verwundet wird, dann wäre es ja noch schlimmer, wenn sie dabei ist."

„Dem sein Leben ist gefeit", sagte ich bitter.

Marsh kümmerte sich wieder um die neue Fracht von Vorräten, und der alte Sergeant lud mich ein, mit ihm rüber nach Bismarck zu fahren, wo er eine prima Kneipe kannte, ja, ich durfte sogar für ihn zahlen, wenn ich unbedingt wollte, denn er hatte seinen Sold schon versoffen. In diesem Zusammenhang erzählte er mir, daß die Truppen im Einsatz ihren Sold erst nach dem Feldzug kriegen sollten, damit sie das Geld nicht vorher in Bismarck in Alkohol umsetzen konnten. Custer wollte nicht mit einem verkaterten Regiment aufbrechen. Daher hatte die Siebte Kavallerie auf dem Weg durch die Wildnis von Montana den Sold für zwei Monate bei sich, ungefähr fünfundzwanzigtausend Dollar in Scheinen.

Ich mußte seine Einladung leider ablehnen, denn die *Far West* lief bald danach zu der großen Krümmung des Missouri aus und fuhr dann den Yellowstone River rauf, ohne unterwegs groß Station zu machen. Wir hielten nur mal, um Holz zum Heizen der Kessel zu fällen und Vorräte für eine Infanteriekolonne, die beim Glendive Creek wartete, abzuliefern. In der ersten Juniwoche landeten wir an der Mündung des Powder River und fanden dort das Biwak der Siebten Kavallerie vor.

Da wäre ich also. Was aber nun? Der Sammelplatz der Armee konnte sich sehen lassen. Außer der Siebten Kavallerie waren da noch die Infanteristen und die Leute mit den Maschinengewehren, ein Proviantzug mit hundertfünfzig Planwagen, eine Viehherde, die man aber unterwegs schon zum größten Teil geschlachtet und vertilgt hatte und ein paar hundert Pferdeknechte, Maultiertreiber und Cowboys in Zivil. Ganz zu schweigen von vierzig Indianern, die eigentlich, glaube ich, Arikaras heißen, die aber damals hauptsächlich Rees genannt wurden. Die Rees waren als Erbfeinde der Sioux mitgekommen, obwohl sie, wenn ich mich nicht irre, früher mit den Cheyennes befreundet waren, als die Menschenwesen am Missouri lebten, wo die Rees immer noch wohnten.

Ein schäbiges Pack, ziemlich klein und rußfarben, ja ich glaube, daß ein Ree sich lieber selber die Kehle durchgeschnitten hätte, wie sich mal irgendein Körperteil zu waschen. Trotzdem waren sie Indianer, wenn auch Feinde von denen, die mich erzogen hatten, aber in meiner jetzigen Stimmung fühlte ich mich zu jedem hingezogen, der kein weißes Gesicht hatte. Verstehen Sie, ich dachte an Alte Zeltbahn und ob er noch lebte, an die Dakota-Stämme, die Minneconjous, die Hunkpapas und all die anderen irgendwo westlich von uns. Es gingen Gerüchte um, daß sie wahrscheinlich am Rosebud Creek lagerten. Der hatte seinen Namen von den wilden Rosensträuchern am Ufer bekommen. Ich rechnete damit, daß sein Wasser sich demnächst mit Blut mischen würde wie das vom Washita.

Die *Far West* löschte ihre Vorräte, und ich entdeckte einen Ree, der zu der Stelle ging, wo der Fuselhändler grade seine Fässer aufstellte. Dieser Indianer war ein untersetzter Kerl in einem dreckigen Wildlederkittel, den ich für einen Dorfidioten gehalten hätte, so wie er die Fässer anglotzte.

Aber ein Soldat sagte zu mir: „Guck dir nur Blutiges Messer an. Der würde seiner eignen Mama die Kehle für einen Schluck Feuerwasser durchschneiden. Man kann sich überhaupt nicht vorstellen, daß er Arschl . . ." Er verstummte, weil er mich nicht kannte, denn ich trug keine Uniform, und unter den Cowboys waren Bosten Custer, der jüngste Bruder vom General, sowie sein Neffe Armstrong Reed. Der Soldat wollte sagen „Arschloch", besann sich aber anders. „Man kann sich überhaupt nicht vorstellen, daß er der Lieblingskundschafter des Generals ist, oder?" Er brummte: „Der verdammte Säufer."

Aber Blutiges Messer war weder jetzt noch eine ganze Weile danach besoffen, denn sogar die Indianer-Kundschafter durften nicht öffentlich in der Gegenwart von Weißen Whisky trinken. Deshalb lungerte er dort so verzweifelt rum, versuchte Leute in der Zeichensprache anzureden, und da er es schließlich nicht mehr ertragen konnte, die Fässer anzuglotzen, ohne eines anzapfen zu können, trollte er sich mit schmerzverzerrtem dunklem Gesicht wie nach dem Begräbnis von jemandem, den er liebte.

Ich holte ihn ein und fragte ihn mit Zeichen, denn ich

sprach kein Wort Reeisch: „Willst du was zu trinken haben?"

Er sagte: „Na schön." Daraufhin füllte ich bei dem Fuselhändler meine Feldflasche mit Feuerwasser und zog mit Blutiges Messer zu einer der vielen Schluchten, die an der Mündung des Powder River das Land zerklüften. Wir hockten uns hinter einen Salbeibusch, nachdem der Indianer erst seine Blase geleert hatte, um möglichst viel Whisky reingießen zu können. Seine Pisse verscheuchte eine Klapperschlange, die sich dort sonnte; es wimmelte in dieser Gegend von Klapperschlangen.

Ich ließ Blutiges Messer erst mal Zeit für einen tüchtigen Schluck und nahm dann die Feldflasche wieder an mich. Ich sah, wie ihm ein paar Tropfen übers Kinn in den Hals liefen und die in seinem Kragen nistenden Wanzen vertrieben. „Was hat Langhaar vor?" fragte ich.

Der Ree ließ die Feldflasche nicht aus den Augen. „Er hat sich das Haar abgeschnitten", sagte er, indem er mit seinen schwärzlichen Händen schnippschnapp machte.

Ich bedeutete ihm, daß ich das schon wußte, aber nicht kapierte, was das mit meiner Frage zu tun hatte.

„Das heißt", sagte er, „daß er sterben wird."

Ich gab ihm wieder die Feldflasche. Ich brauche Ihnen kaum zu sagen, was für eine Bedeutung ein Indianer Menschenhaar beimißt. Skalpe sind nicht nur Trophäen, sondern erfüllen noch einen wichtigeren Zweck: ein Mann ohne Haarschopf gilt als machtlos, sogar wenn er ans „Andere Ufer" kommt. Und wenn Indianer einen Weißen mit natürlicher Glatze sehen, halten sie ihn für einen Feigling, der sich absichtlich den Schädel kahlgeschoren hat. Mir dämmerte, daß Custer einen schweren Fehler gegen sich selbst gemacht hatte.

„Das war nicht gut", sagte Blutiges Messer, der bei jedem Schluck deprimierter wurde. Er blickte zur Sonne und sagte mit Zeichen: „Ich sehe dich nicht mehr aufgehen."

Ich wußte, daß er gleich seinen Sterbegesang anstimmte, wenn ich ihn in diesem Ton weitermachen ließ, und daß ich dann nichts mehr aus ihm rauskriegte, daher sagte ich hastig: „Aber das passiert nicht, bevor nicht all diese Whiskyfässer leer sind, trink also."

Das heiterte ihn auf, und er goß sich wieder einen hinter die Binde.

„Sind da viele Sioux und Cheyennes?"

Er sagte: „Zahlreich wie Sterne an einem klaren Nachthimmel."

Ich zeigte zum Lager: „Aber sieh dir doch all diese Soldaten an. Und es kommen noch mehr vom Westen und vom Süden."

Blutiges Messer schüttelte sein schmutziges, verfilztes Haar. Es wurde an den Schläfen schon grau. „Das ändert nichts daran", sagte er. „Wir werden alle ausgerottet. Langhaar wird nie der Große Vater im Hauptdorf der Weißen, wie es sein Wunsch ist. Ich habe ihn gern, aber seine Medizin ist schlecht geworden."

Er erzählte dann noch, daß Custer neulich abends zu ihm und den anderen Rees kam, ihnen Geschenke gab und sagte, er wolle das ganze Volk der Sioux innerhalb von einem Monat vernichten, dafür würde ihn die amerikanische Nation zum Präsidenten machen.

Nun hatte Grant tatsächlich Schwierigkeiten wegen dieser Gauner in seiner Verwaltung, und wenn man bedenkt, daß er ins Weiße Haus kam, weil er die Südstaatler schlug, könnte der Mann, der die Indianer ausrottete, auch solchen Erfolg haben, denn die waren die erbittertsten Feinde der Vereinigten Staaten in den hundert Jahren seit der Unabhängigkeit von der Tyrannei der Alten Welt.

„Ich schätze, daß er bis zum 4. Juli damit fertig sein will", lag mir auf der Zunge, aber das läßt sich verdammt schwer durch Zeichen ausdrücken. Für die Cheyennes ist der Juli der „Monat, wo sich die Büffel paaren", aber ich wußte nicht, wie die Rees ihn nennen. Jedenfalls deutete ich Büffelhörner an und den Vorgang des Fickens, wie es jeder weiße Schuljunge macht – das für den Monat und dann noch die Vier. Aber wußte der Ree dann, daß es sich um den historischen Unabhängigkeitstag drehte? Daher sagte ich, daß an diesem Tag die Soldaten einen Heidenkrach machen, mit Kanonen schießen und so weiter.

Es dämmerte auf seinem dunklen Gesicht. „Und sich besaufen?" fragte er.

„Ach, zum Teufel", sagte ich laut auf Englisch. „Ist das so wichtig? Komm, trink, du jämmerlicher Hundesohn!"

Kurz danach kippte er um, und vorsichtshalber entlud ich seine Flinte, falls er wieder zu sich käme, bevor er seinen Rausch ausgeschlafen hatte.

Ich hatte erfahren, was ich wissen wollte. Angesichts des Erfolges, den Custer diesmal brauchte, würde der Washita neben der bevorstehenden Schlacht einfach läppisch aussehen. Der Pessimismus von Blutiges Messer beeindruckte mich nicht. Mir war es Wurst, wieviel Indianer sich versammelt hatten, ich wußte nur, daß sie nichts von Organisation verstanden, über keine modernen Waffen verfügten und mit ihren Frauen und Kindern zusammenlebten.

Was konnte ich aber dagegen tun? Meine alte kindische Idee, Custer zu ermorden, kam nicht mehr in Frage. So ein Attentat würde nämlich die Siebte Kavallerie noch kampflustiger machen. Sie haßten ihn zwar alle – kaum hatte ich die *Far West* verlassen, als ich auch schon hörte, wie die Soldaten über ihn murrten: besonders aufgebracht waren sie darüber, daß er ihnen nicht vor dem Feldzug ihren Sold ausgezahlt hatte, denn bei der Kompaniestärke krepierten manche bestimmt an einem Schlangenbiß oder so was, auch wenn sie nicht auf einen einzigen Indianer stießen, und hatten dann vor ihrem letzten Einsatz nicht mal eine kleine Feierei in der Stadt veranstalten können. Aber sobald ich ihn erschoß oder hinterrücks erstach, würde er sich in einen Helden verwandeln. Außerdem führte General Terry den Befehl, so daß der Feldzug sowieso nicht abgeblasen würde.

Nachdem ich Blutiges Messer unter dem Salbeibusch zurückgelassen hatte und mir die Dinge auf dem Rückweg zum Lager durch den Kopf gehen ließ, entdeckte ich doch eine Gestalt aus meiner Vergangenheit, die am Ufer saß, wo der Powder River in den Yellowstone River mündet.

Seine Haut war noch dunkler als die eines Rees, und er trug einen Schlapphut mit einer Adlerfeder drauf. Mein Gott, er hatte sich in den letzten zwanzig Jahren kaum verändert.

Ich sagte zu ihm: „Na, Lavender, was für eine Überraschung."

Denn er war's und kein anderer. Er guckte mich höflich an und sagte, er hätte nicht das Vergnügen.

„Jack Crabb", sagte ich. „Hochwürden Pendrake in ..., Missouri."

Er musterte mich scharf und sagte: „Nur weiter." Daraufhin setzte er seinen Hut ab, um mich besser sehen zu können, stand auf, starrte mir ins Gesicht, stieß so was wie einen Seufzer aus, lachte dann laut, und ich fiel ihm um den Hals. Ich weiß nicht warum, aber ich hatte bei ihm stärker das Gefühl, einen verloren geglaubten Verwandten wiederzufinden, als das bisher bei meiner echten Familie der Fall war.

Nachdem sich die Freudenausbrüche über unser Wiedersehn gelegt hatten, sagte ich: „Was tust du denn hier? Ist Hochwürden Feldkaplan geworden?"

„Nein, der nicht", sagte Lavender, der inzwischen um fünfundvierzig sein mußte, und, wenn man genauer hinsah, schon ein paar graue Haare hatte, aber die Mahagonihaut seines Gesichts war noch ohne Falten. Er trug einen Wildlederkittel und Wildlederhosen mit Fransen, und wenn ich mich nicht irre, war sein Gürtel nach der Art der Sioux mit Perlen bestickt. „Nein", wiederholte er und fügte hinzu: „Mein Gott, ich habe schon seit Jahren nicht mehr an Hochwürden gedacht. Der starb, Jack, nicht lange, nachdem du durchgebrannt bist. Er vertilgte eines von den riesigen Mittagessen, die Lucy für ihn kochte, wollte dann ein Nickerchen machen, dabei verstopfte ein Stück Fleisch seine Luftröhre, und er erstickte, ehe man sich's versah."

Grade da biß ein Fisch an, denn er hatte sich wieder hingesetzt und seine Angel neben mir ausgeworfen. Die zog er jetzt ein, und ein hübscher gelber Barsch zappelte am Haken, den er losmachte und ans Ufer schmiß.

„Damals fand ich", fuhr Lavender fort, „daß dieser Mann glücklich starb, so wie er es auf der Welt am liebsten hatte: vollgepfropft mit Essen. Ich glaube, Lucy hatte an dem Tag Schweinebraten mit Apfelsoße gemacht."

Ich wurde zwischen Magenschmerzen und Herzflattern hin und her gerissen, als ich fragte: „Und Mrs. Pendrake? Die hat doch sicher wieder geheiratet?"

Lavender spießte einen neuen Regenwurm auf den Haken. „Die Lady", sagte er, „nein, die Lady machte alle Fensterläden im Haus zu, und ich erinnere mich nicht mal, daß sie zum Begräbnis ging. Die Kirche kriegte einen neuen Pfarrer, der in diesem Haus wohnen sollte, aber sie zog nie aus, und kein Weißer hatte den Mut, sie dazu aufzufordern, so daß der Neue woanders wohnen mußte, und soviel ich weiß, lebt sie immer noch dort."

Ich hing meinen eigenen Gedanken nach: ja, einen Moment lang hatte ich sogar die Idee, hier alles stehen und liegen zu lassen und auf der Stelle nach Missouri zurückzukehren, aber ich war inzwischen alt genug, um nicht den Verstand zu verlieren. Ich war sechsunddreißig und hatte schon zu viel mitgemacht. Wissen Sie, eine wirklich romantische Natur ist nur der, der nichts weiter tut als phantasieren. Wenn man wie ich tatsächlich Katastrophen miterlebt hat, wird man konservativ.

Aber während ich die Strudel im Yellowstone River anstarrte, die sich um Lavenders Angelschnur bildeten, sagte er: „Ich blieb noch ungefähr ein Jahr dort, aber jetzt war es das Haus einer Frau, da fing ich wieder an zu denken ..." Er schlug mit der Hand auf den Boden. „Natürlich", sagte er, „du warst es ja, der bei den Indianern lebte. Das fällt mir jetzt wieder ein, Jack. Wie du und ich darüber geredet haben. Kurz und gut, schließlich war ich ja freigelassen und konnte hingehen, wohin ich wollte, kurz und gut, ich brach eines Tages nach Westen auf, was ich ja schon eine ganze Weile vorhatte. Dieser Verwandte von mir, der mit Captain Lewis und Captain Clark ausgezogen war ..."

Er erzählte ausführlich von diesem Sklaven York, denn er hatte nicht so ein gutes Gedächtnis wie ich. Es langt, wenn ich noch erwähne, daß er nach allen möglichen Arbeitsplätzen und Abenteuern den Indianertyp fand, der seinen Vorstellungen entsprach, und das waren ausgerechnet die Sioux von Sitzender Stier!

Diese Nachricht riß mich aus meinen Gedanken. „Du doch nicht!" rief ich aus, und sofort tat es mir leid, daß ich das gesagt hatte. Verstehen Sie, Lavender war kein Schwarzer mehr. Ich meine, natürlich war er der Rasse nach noch ein Neger, aber nicht mehr der Diener von irgend jemand, er hatte auch nicht mehr diese Mentalität und war es deshalb nicht gewöhnt, daß man an seiner Glaubwürdigkeit zweifelte.

Er sah mich bloß mit offensichtlichem Stolz an, ich erkannte sofort, daß das Indianerstolz war, und sagte hastig: „Mein Gott, der alte Sitzende Stier! Das hat mich einfach umgeschmissen. Das ist doch der, hinter dem sie jetzt her sind, nicht wahr?"

Lavenders Gesicht wurde traurig. Er sagte: „Ich habe eine Sioux-Frau aus der Sippe der Hunkpapas geheiratet und mehrere Jahre in einem Wigwam aus Häuten gelebt." Er schüttelte den Kopf, so daß die Adlerfeder in seinem Hutband wackelte. „Sie sind wirklich gute Leute, und nimm nur Sitzender Stier, der ist für einen Indianer ein richtiges Genie. Wenn der sehen will, was irgendwo in der Welt vorgeht, macht er nur die Augen zu und träumt, dann sieht er es sofort ganz deutlich."

„Ja", sagte ich, „das stimmt."

Die Sonne spiegelte sich in Lavenders breiten dunklen Nasenflügeln. „Du erinnerst dich doch an Hochwürden Pendrake, Jack", sagte er. „Wie er immer Grundsätze rausposaunte. Ich glaube, er kaufte mich aus guten, ja, sogar heiligen Grundsätzen meinem alten Herrn ab und ließ mich dann frei. Darum klingt es vielleicht undankbar, wenn ich sage, ich hatte, je länger ich ihm zuhörte, immer stärker das Gefühl: er ist ein Narr."

„Das Gefühl hatte ich schon als Junge", sagte ich.

„Aber, Jack, warum hatten wir denn dieses Gefühl?" Lavender tat sehr geheimnisvoll, setzte seinen Hut ab und schmiß ihn auf den Boden, so daß sein Krauskopf zum Vorschein kam. „Denn ich war schwarz", sagte er, „aber du konntest lesen und schreiben."

Ich sagte: „Ich persönlich fand, daß er darüber redete, wie die Dinge *sein sollten*, aber nicht darüber, wie sie *in Wirklichkeit waren.*"

„Ganz richtig! Das ist es!" rief Lavender aus. „Bei den Indianern ist es dagegen genau umgekehrt ... Aber sag mir mal, warum", fuhr er fort, „haben dann aber du und ich schließlich auch die Indianer verlassen?"

Ich sagte: „Weil wir nicht als Wilde geboren wurden."

„Genau."

„Und es klappt nun mal nicht, wenn man auch andere Dinge kennt", fuhr ich fort. „Es ist völlig in Ordnung, wenn man in einem Zelt geboren, auf dem Rücken seiner Mama rumgetragen wurde, seit dem Tag seiner Geburt mit all diesem Hokuspokus gelebt und nie das Rad erfunden hat."

„Wenn man aus der Zivilisation kommt", sagte Lavender, „um bei den Wilden zu leben, gefällt einem das eine Zeitlang, bis man vor Neugier fast umkommt, was wohl zu Hause passiert, dann hält man es einfach nicht mehr aus. Man will es unbedingt rauskriegen, man kehrt zurück, und, ob es nun schön oder fürchterlich ist, man *tut* es eben."

Er zog seine Angelschnur ein, hob seinen Fang auf – Barsche und andere Fische zum Braten, und wir kehrten zum Biwak zurück, an dessen Rand sein Zelt stand.

„Das hätten wir nun alles geklärt", sagte ich. „Aber warum bist du eigentlich in dieses Land zurückgekommen?"

Die Frage war Lavender irgendwie peinlich. Er sagte: „Ich bin nicht hier, um gegen die Sioux zu kämpfen. Ich habe mich als Dolmetscher gemeldet. Wenn sie die Armee sehen, kehren sie vielleicht wieder in die Reservationen zurück."

„Glaubst du das?"

„Nein", sagte er. „Und wenn sie auf mich schießen, dann schieße ich wohl zurück."

Am nächsten Tag sah ich endlich Custer. Ich war immer noch inoffiziell da und hätte eine ganze Weile in einem Lager von dieser Größe rumlungern können, wo es, wie gesagt, viele Zivilisten als Kutscher und so weiter gab, ja, ich spielte sogar mit dem Gedanken, denn ich war als Feind unter ihnen, und es kam mir nicht so sehr als Verrat vor, wenn ich mich nicht meldete. Aber dann überlegte ich mir, daß die Leute Verdacht schöpfen und mir Fragen stellen würden, wenn ich mich zu lange rumtrieb, ohne mich irgendeiner Abteilung anzuschließen. Ich hatte Angst, meine Sympathien in irgendeinem längeren Gespräch mit einem Weißen zu verraten, denn man konnte zwischen diesem Lumpenpack keinen Schritt machen, ohne nicht zu hören, wie sie Sitzender Stier samt seinen Halsabschneidern ausrotten wollten, daß eine gute Rothaut nur eine tote wäre und so weiter. Bei diesem Thema vergaßen die Soldaten sogar ihre Abneigung gegen Custer und rühmten ihn als Held.

Ich wußte immer noch nicht genau, was ich unternehmen wollte. Das Indianerlager war noch nicht entdeckt worden, und Major Reno suchte grade mit seiner Abteilung am Tongue River danach. Vermutlich schwebte mir vor, sobald es aufgestöbert war, davonzuschleichen und die Indianer vor dem Anmarsch der Armee zu warnen, obwohl ich höchstwahrscheinlich getötet würde, ehe ich auf einen Cheyenne stieß, der mich kannte.

Daher hielt ich es im Augenblick für das beste, mich als Kundschafter zu melden, und dazu war eine Unterredung mit Custer nötig. General Terry führte zwar offiziell den Befehl, aber ich hatte den Eindruck, daß er das Reden, Custer dagegen das Handeln übernahm.

Ich ging zum Zelt, in dem das Hauptquartier vom Sohn des Morgensterns war, schwindelte mich an seinem Burschen vorbei – ein anderer wie am Washita – und trat zu dem kleinen Feldtisch, hinter dem der General saß und wie gewöhnlich was kritzelte. Ich weiß nicht, ob jemand überhaupt schon mal darauf hingewiesen hat, was für ein Schreiber Custer war: fast täglich Briefe an seine Frau und außerdem eine ganze Reihe von Frontberichten für das *Galaxy Magazine.* Ich glaube, er verfaßte grade so einen.

Er sah mit seinem nun auf Normalmaß gestutzten Haar anders aus, irgendwie schwächlicher, wenn das vielleicht auch nur am Aberglauben von Blutiges Messer lag. Immerhin entdeckte ich was, bevor er zu mir aufsah. Draußen war noch Tag, aber er benutzte schon eine Kerze als zusätzliche Beleuchtung, und während er sich über sein Papier beugte, hatte ich seinen hutlosen Schädel direkt vor Augen, und dort liefen zu beiden Seiten seiner schütteren Mittellocke zwei rosa Spitzen bis oben mitten auf den Kopf, wo sie sich fast trafen: *Custer bekam eine Glatze.*

Ich verspürte plötzlich direkt eine menschliche Regung für ihn, die mir aber bald wieder verging, weil er mich eine ganze Weile warten ließ, ohne überhaupt Notiz von mir zu nehmen.

Schließlich setzte er einen Punkt unter sein Schreiben, ließ es trocknen, legte die Feder hin und starrte mich kühl an.

„Was willst du?" sagte er mit seiner knarrenden Stimme, an die ich mich noch erinnerte.

„Herr General", sagte ich und bemühte mich, meine Abneigung zu unterdrücken, die das flüchtige Gefühl von eben verscheucht hatte, „ich wollte mich erkundigen, ob Sie vielleicht noch einen Führer oder Dolmetscher gebrauchen könnten. Bei den Sioux sind auch Cheyennes, und ich lebte . . ."

„Nein", sagte er, ergriff wieder die Feder und rief: „Ordonnanz, führ diesen Mann raus."

Der Soldat kam ins Zelt und trat zur Seite, um mich vorbeizulassen, aber ich kriegte die Wut und rührte mich nicht von der Stelle. Da packte er mich beim Arm, um mich hinauszubefördern, ich stieß ihn aber zurück und sagte: „Mensch, wenn du mich noch mal anfaßt, schlitze ich dich von oben bis unten auf."

Custer blickte auf und brach in ein tonloses Lachen aus.

„Du bist ein Hitzkopf, was?" sagte er. „Das gefällt mir. Nun gut, Ordonnanz, zieh dich zurück." Der Soldat gehorchte, während er mich finster anstierte. Custer lehnte sich mit überlegenem Lächeln auf seinem Feldstuhl zurück und sagte: „Wie kommst du denn darauf, daß du dich vielleicht für mich nützlich machen kannst?"

Ich war immer noch wütend, aber es gelang mir doch, ein paar von meinen Erfahrungen mit den Cheyennes vorzubringen, vermied dabei freilich sorgfältig alles, was mit dem Washita zu tun hatte.

„Ach, mit den Cheyennes", unterbrach er mich schon bald. „Aber nicht mit den Sioux? Mein Lieber, da kommst du acht Jahre zu spät. Wie du vielleicht gehört hast, habe ich die Cheyennes 1868 drunten im Indianer-Territorium Mores gelehrt. Du scheinst nicht auf dem laufenden zu sein."

Ich sage Ihnen, sein Grinsen brachte mich noch mehr zur Weißglut als das, was er sagte, aber ich wußte, daß ich ihn umbringen würde, wenn ich die Geduld verlor.

Daher sagte ich möglichst ruhig: „Es gibt immer noch genug Cheyennes nördlich vom Platte River, daß Sie um Ihr Leben rennen müssen, besonders, wenn die sich mit den Dakotas verbündet haben."

„Ach", sagte er, „vielleicht haben sich tatsächlich im Norden ein paar Nachzügler diesen Unzufriedenen angeschlossen, aber ich kann die ganze Bande mit einer Abteilung der Siebten Kavallerie einfach vom Erdboden fegen – es sei denn, die Indianerlieferanten haben sie mit den neusten Winchester Schnellfeuergewehren ausgerüstet, in diesem Fall brauche ich zwei Abteilungen. Meiner Meinung nach wäre ein Feldzug gegen diese Herren, gegen diese Schieber angebrachter, die einerseits mit den Regierungszuteilungen für die Indianer spekulieren und andererseits Raubzüge dieser Wilden unter ihrem Schutz entschuldigen und beschönigen."

Über dieses Thema erhitzte er sich wirklich, zog seine buschigen blonden Brauen hoch, und seine Nase wurde richtig spitz. „Ich finde es einfach schändlich", sagte er, „daß diese Schurken die Grausamkeiten gegen ihre eigenen Landsleute stillschweigend dulden – denn darauf läuft es doch hinaus. Der Regierungsbeamte in der Agentur von Red Cloud war zum Beispiel so lax zu seinen barbarischen Schützlingen, daß sie ihn durch Mordandrohungen davon abhielten, die amerikanische Flagge auf seinem Büro zu hissen!"

Dann faßte er sich, als hätte er erkannt, daß einem Generalmajor der U. S.-Armee schlecht anstand, seine Erregung einem ganz gewöhnlichen Zivilisten anzuvertrauen.

„Na", sagte er, „ich nehme an, daß dir alles spanisch vorkommt. Es tut mir leid, daß ich dich nicht als Führer gebrauchen kann, aber du kannst als Cowboy oder Kutscher, oder was du sonst treibst, wertvolle Dienste leisten. Nicht alle können an der Spitze einer Kolonne reiten: die Füße sind genauso wichtig wie die Augen."

Was jetzt passierte, glauben Sie mir bestimmt nicht. Ich geriet außer mir, als mich Custer so abwimmelte, und eh ich wußte, was ich tat, sagte ich laut und deutlich:

„Du Saukerl, ich hätte dich doch erstechen sollen, als ich Gelegenheit dazu hatte."

Kaum war mir das rausgerutscht, als mir auch schon der Schreck in die Glieder fuhr – nicht, weil ich um mein Wohlergehen Angst hatte; nein, mein Herr, mir wurde sofort klar, daß ich jetzt nie mehr entwischen konnte, um die Indianer zu warnen. Während mir die Worte noch im Kopf nachklangen, sagte Custer:

„Jedenfalls vielen Dank für deine Bereitschaft. Mir gefällt dein Mumm. An unserem Erfolg läßt sich überhaupt nicht mehr zweifeln, wenn sogar Zivilisten in unserer Vorhut dienen wollen."

Er wendete sich wieder seiner Schreiberei zu, und ich verließ das Zelt. Custer hatte nicht gehört, was ich ihm an den Kopf geworfen hatte! Er war so erfüllt von seiner eigenen Meinung, daß er irgendwelche Reaktionen um sich rum gar nicht mitkriegte. Nur so kann ich mir das erklären.

Das ist jedenfalls der Grund, warum auf keiner Liste der Leute, die die Schlacht am Little Bighorn River mitmachten, mein Name steht. Custer hielt mich für einen Cowboy und die Cowboys und Pferdeknechte hielten mich für einen Führer oder Dolmetscher, vor allem weil ich sehr oft mit Lavender zusammen war.

In diesem Lager am Powder River ließ die Siebte Kavallerie ihr ganzes überflüssiges Gepäck zurück. Zum Beispiel wurden sämtliche Säbel dort weggepackt, so daß die Bilder vom Letzten Posten, auf denen Custer sein Schwert schwingt, während die Indianer um ihn rumwirbeln, reine Lüge sind. Und die berühmte Militärkapelle, die mir beim Washita so auf die Nerven ging, war zwar von Fort Lincoln hierher gekommen, begleitete diesmal aber nicht den Angriff. Ihre grauen Gäule wurden für die Soldaten gebraucht, die den Marsch zu Fuß zurückgelegt hatten.

Ein oder zwei Tage später zog der Rest von uns den Yellowstone River vierzig Meilen flußaufwärts bis zur Mündung des Tongue River. Ich verschaffte mir ein Indianerpony mit Stoffsattel und Lederhalfter von Blutiges Messer, der ein paar Reservepferde hatte. Ich erinnere mich an diesen Kuhhandel, er kostete mich zwei oder drei Feldflaschen Whisky, kein schlechtes Geschäft, aber auch das Pony hatte bessere Tage gesehen und war nicht mehr viel wert. Es war ein dürrer Fuchs mit ein paar vom Sattel wundgescheuerten Stellen, die ich mit dem alten cheyennischen Hausmittel aus gekochtem Tabak, bitterem Gras, Tierfett und Salz kurierte.

Meine letzte Erinnerung an dieses Biwak am Powder River ist die Militärkapelle, die von einem nahen Hügel aus unseren Abmarsch begleitete. Natürlich hatten sie dazu *Garry Owen* gewählt, und diese Melodie rief mir manche

Bilder von vor acht Jahren ins Gedächtnis zurück. Natürlich wußte ich damals noch nicht, daß mit dem in der Ferne verklingenden Geschmetter auch Custers berühmtes Glück zu Ende ging.

Ich ritt mit den Packmaultieren, die jetzt die Wagen ersetzten und die Vorräte transportierten, hinten in der Nachhut, und vor mir erstreckte sich die gewaltige blaue Kolonne.

22.
Hinter dem Feind her

An der Mündung des Tongue River stießen wir auf ein verlassenes Winterdorf der Sioux, und die Soldaten stocherten darin nach Abfällen, zerbrochenen Zeltstangen und anderem Mist rum, um damit ein Lagerfeuer zu machen. Lavender fand ein altes abgetragenes Paar Mokassins und sagte, er erkenne an der Perlenstickerei, wem die gehört hatten. Ich war mir darin nicht so sicher, denn er wurde immer trübseliger, je weiter wir nach Westen vordrangen, und vielleicht beeinträchtigte das sein Urteilsvermögen.

Etwas später entdeckte er ein Begräbnisgerüst auf schwarz und rot bemalten Pfählen, auf dem der Tote noch in seinen Leichengewändern lag, samt dem anderen Kram, den die Indianer ihm mitgeben, damit er nicht nackt und hilflos zum „Anderen Ufer" kommt: Bogen, Mokassins und solches Zeug; als ich zu Lavender trat, hatte der scharfe Wind auf diesem Hügel seine Hutkrempe an einer Seite hochgeschlagen, und er starrte das Gerüst mit runterhängendem Unterkiefer an.

Dann erschienen ein paar Kavalleristen, rissen das Gerüst für Brennholz ab, nahmen Mokassins und Bogen als Andenken mit und ließen die Leiche auf dem nackten Boden liegen. Lavender rührte sich nicht, sagte aber danach zu mir: „Ich gehe angeln." Das meine ich damit, daß er allmählich ein bißchen komisch wurde.

Aber im nächsten Augenblick tauchte Custer höchstpersönlich auf seiner tänzelnden Stute auf, die drei weiße Beine hatte und Vic hieß, warf einen Blick auf die Leiche und befahl Lavender: „Zieh sie aus!" Mein Freund gehorchte und wickelte die Häute auseinander. Es lag wirklich ein toter Sioux-Krieger drin, der zweifellos schon eine ganze Weile tot war, aber man konnte trotzdem noch eine große Wunde in seiner Schulter erkennen.

Custer befahl: „Schaff sie fort!" Lavender nahm sie auf

den Arm und trug sie wie einen kleinen lebenden Menschen weg, ein Kind oder ein Mädchen, nur war sie natürlich steif und so verschrumpelt, daß sie nicht viel wog. Er ging mit der Leiche zum Ufer des Yellowstone River und warf sie ins Wasser.

So wie ich Custer einschätzte, würde er mich nicht erkennen, obwohl wir uns erst kürzlich unterhalten hatten, aber da irrte ich mich. Er sagte: „Hallo, Cowboy", und instinktiv legte ich voller Respekt die Hand an den Hut. Das hätte ich nie getan, wenn ich darüber nachgedacht hätte, aber wenn man eine Zeitlang in Custers Umgebung war, konnte man sich seiner angeborenen Autorität nicht entziehen, wenn man ihn auch noch so haßte. Dann meldete ein Soldat dem General, daß sie die Überreste eines Weißen in der Asche einer alten Feuerstelle unten im Lager gefunden hätten. Sofort sprengte er auf seiner Vic hin, und als ich zu Fuß dort ankam, hatten sie schon einen Schädel und die meisten Stücke eines Skeletts ausgebuddelt, wenn auch die Knochen völlig durcheinanderlagen, die offenbar einem früheren Angehörigen der U.S.-Armee gehörten, denn man hatte in der Asche auch ein paar Uniformknöpfe gefunden. Sie entdeckten auch große Steine und verkohlte Holzkeulen, mit denen er allem Anschein nach erschlagen worden war. Ich sah, wie die Ree-Kundschafter das Custer mit Zeichen erzählten.

Der General stieg ab und schritt zu dem Knochenhaufen. Viele Soldaten drängten sich um ihn, und einer sagte, der arme Teufel müßte jener Mann sein, den sie '73 in dieser Gegend verloren hatten. Das brachte die Soldaten zum Schweigen, die vor kurzem gemurrt hatten, daß sie Grillen fangen sollten, denn sie teilten nicht die Melancholie von Lavender oder Blutiges Messer. Bisher hatte sich kein Sioux oder Cheyenne aus Fleisch und Blut blicken lassen, und der Lagerplatz war ein halbes Jahr alt.

Aber ich schwöre Ihnen, daß dieser Zwischenfall Custer beeindruckte. Ich beobachtete ihn, während er die Knochen betrachtete. Bei dem trüben Licht im Zelt hatte ich nicht bemerkt, wie sehr er seit dem Washita gealtert war. Er war zwar erst siebenunddreißig, aber man hätte ihn auf zehn Jahre mehr schätzen können. Er hatte sich auf diesem Feldzug nicht rasiert, so daß ein tüchtiger Stoppelbart sein Gesicht bedeckte, und sein Schnurrbart und seine Augenbrauen waren zerzaust. Er setzte seinen grauen Hut ab, um den Toten zu ehren, und sein Haar war für einen sonst so gepflegten Mann wie er erstaunlich schlampig geschnitten worden. Von seiner Nase liefen Falten wie tiefe Schützengräben bis runter zu seinem Mund, und da er noch keine Zeit gehabt hatte, sich zu waschen, war er mit Staub von unterwegs bedeckt.

Zum erstenmal kam mir in den Sinn, daß ich nicht nur was dagegen hatte, daß die Indianer ausgerottet wurden, sondern auch nicht wollte, daß diese sechshundert Weißen ihr Leben verloren, ganz zu schweigen von den Rees und Lavender. Die Sache wird ausgesprochen verzwickt, wenn man darauf aus ist, mit dem Tod zu spielen. Wenn ich die Indianer warnte, lockten sie wahrscheinlich Custer in den Hinterhalt. Wenn ich sie nicht warnte, metzelte er sie nieder.

Ich sah grade zu, wie die Gebeine des toten Soldaten gesammelt wurden, als Blutiges Messer und ein anderer Ree, der Dolchstich hieß, zu mir traten und mich mit Zeichen anredeten.

„Dein Freund, der Schwarze Weiße Mann", sagte Blutiges Messer, „hat die Leiche dieses Dakota in den Fluß geworfen."

„Jetzt", sagte Dolchstich, „fischt er an derselben Stelle."

„Wir glauben", bedeutete Blutiges Messer, „er benutzt die Leiche als Köder."

Das einzige, was man einem Indianer in so einer Stimmung erwidern kann, ist, und das sagte ich auch: „Ich habe euch gehört." Daraufhin trollten sie sich.

„Weißt du, wie diese Rees aussehen?" fragte eine Stimme hinter mir. „Wie schwarze Waschweiber."

Ich drehte mich um und erblickte einen Sergeanten, der mir irgendwie bekannt vorkam, ohne daß ich ihn zuerst unterbringen konnte.

Er sagte: „Du, ich könnte schwören, daß ich dich schon mal gesehen habe. Hast du je in der Kavallerie gedient?"

Ich sagte nein. Und da erinnerte ich mich wieder an den Mann. Es war der Korporal, der mich aufstöberte, als ich hinter einem Busch am Washita grade in die Uniform geschlüpft war, und der mich mit ins Lager nahm, wo Custer mich anschnauzte, weil ich meine Jacke nicht zugeknöpft hatte. Seitdem war er befördert worden, hatte ein paar graue Haare bekommen und ein bis zwei Pfund am Bauch angesetzt, sonst war er aber der alte. Er hatte mir das Leben gerettet, und so was vergißt man im allgemeinen nicht.

Die Erinnerung an diesen Vorfall nahm mich natürlich für ihn ein, daher gab ich ihm die Hand und nannte meinen Namen. Er sagte, daß er Botts hieß.

„Na, Botts", fragte ich, „glaubst du, daß es bald zum Kampf kommt?"

Er rauchte eine kurze schwarze Pfeife, die sogar in diesem Montana-Wind scheußlich stank. Er paffte eine Rauchwolke aus und sagte: „Eigentlich nicht. Ich glaube, daß sie davonlaufen, so schnell sie die Füße tragen, wie die Cheyennes am Washita. Natürlich weiß noch niemand, wo sie überhaupt stecken. Reno sucht nach ihnen, und Arschloch wurmt es verdammt, daß Terry nicht *ihn* ausgeschickt hat. Er hat Angst, daß Reno sie aufstöbert und in die Pfanne haut, bevor er die Gelegenheit dazu kriegt, aber darüber braucht er sich keine grauen Haare wachsen zu lassen. Reno hat noch nie gegen Indianer gekämpft und hat auch nicht den nötigen Mumm dazu. Er liebt nur den Kampf zwischen sich und einer Schnapsflasche. Arschloch stürmt dagegen wie ein Stier auf jede Rothaut los, auch wenn es sich um einen Haufen alter Squaws handelt, nur um Grant gegenüber seine Weste wieder reinzuwaschen."

„Ich habe gehört, daß er selber als Präsident kandidieren will", sagte ich.

„So?" Sergeant Botts wieherte vor Lachen. „Na, zwei Stimmen kriegt er bestimmt: seine eigene und die von Mrs. Custer. Oh, und natürlich auch die von seinem Bruder Tom – diesem anderen Saukerl."

Sie sehen selber, was für eine hohe Meinung die Angehörigen der Siebten Kavallerie voneinander hatten. Die einzigen Offiziere, für die Botts was übrig hatte, waren Captain Benteen, an den ich mich noch vom Washita her erinnerte, und Captain Keogh, ein schnauzbärtiger Ire; aber sogar bei dem hatte Botts was an seiner katholischen Religion auszusetzen und daß er sich manchmal besoff, wenn er auch von

Natur aus tapfer war und sich nicht erst Mut antrinken mußte wie Major Reno.

Ich weiß nicht, wieso Botts alle wegen ihrer Sauferei verurteilte, denn wenn er mit mir zusammen war, setzte er selber unweigerlich die Feldflasche an, die der Fuselhändler dauernd nachfüllen mußte. Andererseits haßte er Custer vor allem, weil der General weder rauchte noch trank. Er verachtete die ganze Custer-Sippe und behauptete, die echte Gefahr bei diesem Feldzug drohte mehr von seiten der Custers als von den Indianern, denn außer dem General und Tom waren noch dieser jüngere Bruder Boston, der Neffe Armstrong Reed und der Mann von Custers Schwester, Leutnant Calhoun, mit von der Partie.

Ich rechnete jetzt damit, daß Botts gleich auch noch über Mrs. Custer persönlich herziehen würde, aber das konnte ich nicht dulden, ob er mir nun das Leben gerettet hatte oder nicht. Diese Lady war schön wie ein Engel. Daher ließ ich ihn stehen.

Ich stellte fest, daß die meisten Soldaten Botts' Meinung teilten. Vielleicht hatten sie Grund dazu, aber nehmen Sie mal die Indianer, gegen die wir ins Feld zogen: wenn die nicht Sitzender Stier, Verrücktes Pferd und Gallapfel verehrt hätten, wären die drei nicht ihre Häuptlinge gewesen. Rothäute finden es sinnlos, sich von Männern führen zu lassen, die sie hassen oder verachten. Das war mal wieder ein typisches Kunststück der Weißen, und die Folge davon war, daß die Siebte Kavallerie am Little Bighorn River zwei mächtige Feinde hatte: das ganze Volk der Sioux und – die Siebte Kavallerie.

Ein paar Tage nach unserer Ankunft am Tongue River trafen Kundschafter von Renos Abteilung ein, die die Mündung des Rosebud Creek erreicht hatte. Dort hatte Reno die Indianer gefunden – wenigstens ihre Spuren. Eine über eine halbe Meile breite Fährte, die Tausende von hinter den Ponys hergeschleiften Zeltpfählen zurückgelassen hatten, führte flußabwärts in das Rosebud Creek-Tal. Wir brachen alle auf, um an der Mündung des Rosebud Creek in den Yellowstone River zu ihm zu stoßen, die Siebte Kavallerie über Land, General Terry und sein Stab auf der *Far West*.

Colonel Gibbon war bereits mit seiner Streitmacht in dieser Gegend am nördlichen Ufer des Yellowstone River.

Vielleicht können Sie sich alles besser vorstellen, wenn ich Ihnen noch mal klarmache, daß der Yellowstone River in diesem Gebiet von Südwesten nach Nordosten fließt und daß alle seine südlichen Nebenflüsse ungefähr parallel zueinander verlaufen. Von Osten nach Westen gesehen, kommt erst der Powder River, wo ich mich der Armee anschloß; dann der Tongue River, wo wir den toten Sioux und das Soldatenskelett fanden; danach der Rosebud Creek, wo Reno jetzt auf uns wartete; und schließlich der Bighorn River, der sich fünfundzwanzig bis dreißig Meilen oberhalb der Mündung gabelt und dessen östlicher Arm Little Bighorn River heißt.

Als wir uns alle an der Mündung des Rosebud Creek versammelt hatten, hielten die Befehlshaber Terry, Custer und Gibbon mit ihrem Stab Kriegsrat an Bord der *Far West*, und das Ergebnis machte unter den Truppen schon die Runde, bevor die auf der *Far West* fertig waren, denn die Soldaten haben genau wie Indianer ihre geheimnisvollen Mittel und Wege, Neuigkeiten zu erfahren. Ich hörte es von Botts.

„Hier ist der Schlachtplan", sagte er. „Die Siebte Kavallerie unter Custer zieht bis rauf zur Quelle des Rosebud Creek und greift die Indianer an, falls die dort sind. Wenn nicht, dann wechseln wir rüber ins Little Bighorn Tal und ziehen das runter. Inzwischen kommen Terry und Gibbon uns flußaufwärts entgegen. Falls die Indianer dort sind, nehmen wir sie also in die Zange.

Aber so wie ich Arschloch kenne, wartet der nicht auf die anderen. Die brauchen mit der Infanterie länger als wir, und ich wette mit dir um einen Whisky, daß wir die Sioux schon geschlagen haben, bevor die beiden anderen aufkreuzen."

Das erinnerte ihn an seine geliebte Feldflasche, und er nahm einen tüchtigen Schluck, während ich sein Angebot ablehnte. „Vielleicht", sagte er und wischte sich den Mund ab, „hattest du recht, und Arschloch wird *tatsächlich* Präsident. Andererseits würde ich mich nicht wundern, wenn die Sioux in die Berge abhauen. Ich habe noch nie einen Indianer getroffen, der den Mumm zu einem richtigen Kampf hatte. Drunten beim Washita . . .“

Mit dieser Ansicht stand er nicht allein da. Die Armee glaubte immer noch, die Indianer würden weglaufen. Aber während wir am Tongue River hockten, wußte ja auch keiner von uns, daß eben diese Sioux und Cheyennes General Crooks Truppen oben am Rosebud Creek eine tüchtige Abfuhr erteilt hatten. Aber die Armee besaß damals noch keine Radios oder Telegraphenapparate, so daß wir keine Ahnung hatten, wo er steckte, noch umgekehrt, obwohl er gar nicht so weit von uns weg war und sich nach Süden zurückzog.

Einige behaupteten, daß Custer ganz niedergeschlagen von diesem Kriegsrat auf dem Schiff zurückkam, völlig im Gegensatz zu seiner sonstigen Selbstsicherheit. Aber ich hatte diese Veränderung schon an ihm bemerkt, als er den von den Sioux zu Tode gemarterten Soldat anstarrte. Aber heute glaube ich, daß diese Verwandlung noch früher begann – vielleicht schon, als er sich vor dem Abmarsch aus Fort Lincoln seine Kinderlocken abschneiden ließ. Er konnte nicht mehr den jungenhaften General spielen. Wir alle kennen diesen Männertyp, der die Blüte seines Lebens einfach überspringt, plötzlich von einer zu langen Jugend ohne Übergang alt wird, und so ein Mann kann einem wirklich leid tun.

Das deutete sich beim Sohn des Morgensterns an, wenn Sie daraus auch nicht schließen dürfen, daß er dadurch etwa bescheidener wurde. Er lehnte Gibbons Kavalleriebataillon als Verstärkung ab und pfiff auch auf die Maschinengewehre. Darin unterstützte ihn Botts ausnahmsweise, denn der Sergeant neigte wie die meisten Soldaten dazu, die Reihen zu schließen, wenn der Regimentsstolz auf dem Spiele stand.

„Die Siebte Kavallerie hat keine Hilfe nötig“, sagte Botts. „Darin gebe ich Arschloch recht.“

An der Mündung des Rosebud Creek bereiteten wir uns also vor, flußaufwärts zu ziehen, und Gibbons Truppen setzten sich zum Bighorn River in Marsch, während die *Far West* mit den Stabsoffizieren noch so lange blieb, daß sie die Parade der Siebten Kavallerie abnehmen konnten. Das war an einem Junimittag, ein kalter Nordwind blies, als wir durch das Tal voller Salbeibüsche an dem schwarzbärtigen Terry und den anderen auf dem Hügel vorbeiritten, während die gesamte Blaskapelle einen Marsch schmetterte, die Pferde tänzelten und die Wimpel flatterten.

Trotzdem war es in diesem öden Land kein erhabener Anblick, als die Vorhut wie eine dünne blaue Linie die Uferböschungen hinaufritt. Ich trottete mit den Packmaultieren am Ende der Kolonne mit, und hinter uns kam noch eine kleine Nachhut. Custer schwenkte ab, um sich von Terry zu verabschieden, er beugte sich über seine Stute und gab Gibbon die Hand, als ich grade unter ihnen vorbeizog, und der sagte: „Sei nur nicht zu gierig, Custer. Laß auch ein paar Indianer für uns übrig." Ich faßte das als Scherz auf.

Aber Custer erwiderte mit unbeweglichem Gesicht: „Ja, ja", salutierte und galoppierte zur Spitze der Kolonne, die schon hinter dem Kamm verschwand. Als ich die Höhe erreichte, drehte ich mich um und sah die Offiziere, klein wie Fliegen, zur *Far West* traben, die wie ein treibendes Blatt am Ufer vertäut war.

Also, mein Herr, kaum waren wir aus dem Lager raus, da fingen schon die Schwierigkeiten mit der Gepäckabteilung an. Meine eigene Stellung war immer noch nicht geregelt, aber ich hatte mich selber mehr oder weniger den Packern in Zivil zugeteilt. Wenn man sich ansah, wie die Vorräte auf die Tiere geschnallt waren, meinte man, daß eine Frau das gemacht hatte. Vier oder fünf Frachten fielen schon zwanzig Minuten hinter dem Lager runter. Schließlich trugen diese Maultiere die Munition, die die Siebte Kavallerie gegen die Sioux anwenden wollte, sowie die Rationen für einen vierzehntägigen Feldzug, und es war also eine gefährliche Schlamperei, so daß Custer einen Leutnant zurückschickte, um die Sache in Ordnung zu bringen. Außerdem wurde noch eine Abteilung Soldaten abkommandiert, um den Zivilisten zu helfen, aber ehrlich gestanden taugte die ganze Gepäckabteilung schon von Anfang an nichts.

Der Rosebud Creek ist kaum mehr als ein Bach, denn er ist in seiner ganzen Länge nur drei bis vier Fuß breit und drei Inch tief, ja, an manchen Stellen noch flacher, aber wo wir an dem Abend lagerten, waren ein oder zwei tiefere

Tümpel, in denen ein paar Soldaten angelten, um mal was anderes zu kriegen als den ewigen Schiffszwieback und Speck in den nächsten zwei Wochen. Jagen war verboten, denn in der Wildnis kann man einen Schuß sehr weit hören. Nachdem sein Lieblingssport so populär wurde, gab Lavender ihn natürlich auf.

Das war wieder ein Anzeichen für das seltsame Benehmen dieses Manns, der keineswegs normaler wurde, je näher wir den Sioux kamen. Ich will Ihnen erzählen, wie er sich sein Nachtlager zurecht machte: wir hatten alle Zelte zurückgelassen, um möglichst leicht bepackt zu sein. Die Soldaten schliefen auf dem Boden, und manche scharrten sich kleine Löcher für ihre Hüftknochen. Zum Glück blieb das Wetter trocken.

Aber Lavender baute sich so einen Wigwam, der aus einem Busch oder ein paar in die Erde gesteckten Stöcken besteht, über die man seine Decken breitet, so daß man eine kleine Hütte hat. Da es nicht regnete, machte er das offenbar nur, um für sich zu sein; ja, er lud mich auch nicht ein, diesen Wigwam mit ihm zu teilen, obwohl ich als sein einziger Freund galt.

Als ich abends herumschlenderte, entdeckte ich seinen Bau, der abseits stand. Er hatte oben ein Loch gelassen, aus dem Rauch kam. Ich dachte, daß er sich seinen Speck briet, und hielt ihn *tatsächlich* für übergeschnappt, denn in so einer Behausung kann man kaum aufrecht sitzen. Dann roch ich aber nicht Schweinefett, sondern Tabak, und sagte mir: ach, er pafft nur – wollte ihn aber nicht überrumpeln, so daß ich mit dem Fuß aufstampfte und ihn rief. Da öffnete sich die Decke, und sein dunkles, vor Schweiß glänzendes Gesicht erschien, denn es war schon draußen reichlich warm.

Lavender hatte eine Indianerpfeife mit einem zwei bis drei Fuß langen Stil und einem roten Steinkopf in der Hand und stierte mich stumpfsinnig und stumm an.

Nun faßte ich seine mangelnde Gastfreundschaft falsch auf, denn schließlich kannte ich ihn schon lange, hatte selber bei den Indianern gelebt, und mir war genauso mulmig zumute, daß ich mit einer Strafexpedition zu ihnen zurückkehrte. Dabei war seine Situation noch heikler als meine;

ich diente unter falschem Vorwand, aber er kriegte seinen Sold. So konnte er zur Beruhigung seines Gewissens zwar die Indianerritusse nachäffen, aber das änderte nichts an der Tatsache, daß er zu dieser Armee gehörte, die seine Freunde in die Enge treiben wollte... So betrachtete ich das damals, aber Sie sind bestimmt gescheit genug, um zu kapieren, was mir damals natürlich nicht aufging, nämlich daß ich beim Anblick von Lavender mich selber sah.

Trotzdem ärgerte ich mich und sagte: „Na, wenn du zu beschäftigt bist..." und wollte wieder gehen, da kam wieder etwas Leben in seine Augen, und er sagte: „Komm rein und setz dich." Wir ließen die Sioux-Pfeife von Hand zu Hand gehen, bis ich sagte: „Ich glaube, es nützt nichts, wenn wir abhauen."

„Nein", sagte er, „nichts."

Ich stieß eine würzige Rauchwolke aus. Er hatte irgendwoher die richtige Indianermischung, vielleicht von den Ree-Kundschaftern.

„Hör zu, Lavender", sagte ich. „Ich habe dich schon mal gefragt, ohne eine Antwort von dir zu bekommen: Warum machst du diesen Feldzug mit?"

Er sagte: „Ich wollte dieses Land noch mal sehen, bevor ich sterbe."

Ich verstand, was er meinte, aber vielen wäre es ein Rätsel geblieben, wenn sie die Kaktusse, die Salbei- und Büffelbeerbüsche, die spärlichen Baumwollbäume und Holundersträucher – denn sonst wuchs nichts in dieser Gegend –, die Erdfalten und Schluchten gesehen hätten.

„Du", fragte ich, „hast du irgendwelche Nachkommen deines Verwandten gefunden, der Lewis und Clark begleitet hat?"

„Keinen einzigen", sagte Lavender, „bei dem ich es beweisen konnte, wenn auch viele Sioux eine ziemlich dunkle Haut haben. Aber ich habe auch nicht danach gesucht, denn wenn man sich den Indianern anschließt, hat man alle Verwandten, die man braucht. Es gibt zwar Leute in einem Stamm, die sich nicht besonders gut leiden können, aber ihren echten Haß heben sie für den Feind auf."

Lavender hatte die Decke zurückgeschlagen, als ich mich zu ihm setzte, trotzdem bog sich der Busch noch immer über uns, und ein Schwarm Moskitos teilte den Wigwam mit uns. Ich wurde gleich mehrmals gestochen.

„Bei diesem Pack hier verhält es sich anders", sagte ich.

„Und ob", sagte Lavender. „Wie sie General Custer hassen und kein gutes Haar an Major Reno lassen, dem Captain Benteen einmal in der Offiziersmesse von Fort Lincoln eine runtergehauen hat. Und Captain Benteen schrieb einen bösen Zeitungsartikel über die Vorfälle am Washita. Da wollte Custer ihm eins mit der Pferdepeitsche verpassen, aber der Captain legte die Hand an seinen Revolver und sagte: ‚Na, komm nur!', da ließ es der General lieber sein."

Lavender schüttelte den Kopf. „Ich will dir mal was über Captain Benteen erzählen. Hast du gewußt, daß er aus einer Familie stammt, die im Bürgerkrieg auf der Seite der Südstaaten stand und ihn einen Verräter nannte, weil er sich der Unionsarmee anschloß? Und sein alter Paps verfluchte ihn und hoffte, daß er getötet würde. Da sorgte der Captain dafür, daß sein Paps verhaftet und bis zum Kriegsende in ein Gefängnis der Föderalisten gesperrt wurde. Stell dir das nur vor!"

„Die Cheyennes haben meinen Paps umgebracht, mich aber als Sohn angenommen." Ich weiß nicht, warum ich das sagte.

„Ich habe meinen Vater nie gekannt", sagte Lavender. „Mein Herr hat ihn weiterverkauft, bevor ich geboren wurde."

Dann erzählte ich ihm erst von Olga und Gus, dann von Sonnenschein und Morgenstern.

Als ich verstummte, sagte Lavender: „Ich habe nie gewußt, daß es so schwierig ist, ein Weißer zu sein."

„Wohl auch nicht für alle", räumte ich ein. „Nimm General Custer. Der weiß nicht nur, wer seine Familie ist, der nimmt die meisten davon auch noch mit, wenn er in den Krieg zieht."

„Das stimmt", sagte Lavender und starrte dabei unbehaglich vor sich hin.

Ich sagte: „Du hast ihn gern, wie?"

Seine Pfeife war ausgegangen, und er ließ sich Zeit, um die Asche rauszukratzen. Schließlich sagte er: „Er hat mich immer anständig behandelt, Jack. Daran muß ich mich halten. Vergiß nicht, daß er ein Soldat ist."

„Prima beim Töten", sagte ich.

„Und beim Sterben, wenn es soweit ist", sagte Lavender. Er steckte seine Pfeife in einen Lederbeutel und sagte: „Du, bist du vielleicht so nett, mein Testament zu schreiben?"

Daraufhin ging ich in der Dämmerung durch das Biwak, die Soldaten schlenderten rum, um ihr Abendessen zu verdauen, die Feuer waren jetzt alle aus, denn man kann in der Dunkelheit eine Flamme meilenweit sehen, und ich mußte erst mehrere fragen, bis mir ein Mann einen Bleistift pumpte, aber er hatte auch kein Papier außer einem Brief von seiner Frau, den er als Talisman in der Brusttasche über seinem Herzen trug. Ich sah drei Offiziere näherkommen und wollte die um eine leere Seite aus ihren Befehlsbüchern bitten, weil sie die meistens bei sich hatten.

Es waren die Leutnante McIntosh, Wallace und Godfrey. Später hörte ich von Botts, daß Custer an diesem Abend eine Stabsversammlung abgehalten hatte, ganz im Gegensatz zu seiner Gewohnheit, nur seinem eigenen Rat zu folgen. Er erklärte, daß er die Maschinengewehre ausschlug, weil die sich so schwer transportieren lassen und dadurch die Kolonne aufhalten, und daß er die Kavallerieverstärkung ablehnte, weil andere Reiter mehr Eifersucht in den eigenen Reihen stiften, als eine Hilfe gegen den Feind sind. Dann sprach er über den Feldzug und bat seine Offiziere um Vorschläge.

Das war bei Custer was völlig Neues. Bisher hatte er immer nur mit seiner knarrenden Stimme *Befehle gegeben*, ohne andere nach ihrer Meinung zu fragen. Botts behauptete, daß die Stimme des Generals fast flehend geklungen hätte. „Dieser gemeine Hundesohn. Ich überlege mir nur, warum."

Jedenfalls wird dadurch das verständlicher, was ich von dem Gespräch zwischen diesen Offizieren auffing.

„Godfrey", sagte Wallace, „ich glaube, Custer wird getötet."

Leutnant Godfrey fragte: „Wie kommst du denn darauf?"

„Weil ich ihn noch nie so reden gehört habe."

McIntosh sah nur erst den einen, dann den anderen an, ohne einen Mucks von sich zu geben. Er war ein Mischling mit einer Irokesin als Mama und für seine träge, vorsichtige Art bekannt. Er war der einzige der drei, der selber bald sterben sollte. Er muß manchmal interessante Gedanken gehabt haben.

Na, als ich das hörte, bat ich diese Offiziere nicht um Papier, sondern wartete, und bald kam Captain Keogh mit seinem großen schwarzen Schnurrbart und seinem kleinen Spitzbart ohne Begleitung vorbei.

Er war ein Ire, der in der päpstlichen Leibgarde gedient hatte, bevor er in die Vereinigten Staaten auswanderte.

„Aber selbstverständlich", sagte er, „laß dir von Finnegan einen Bogen aus meiner Schreibmappe geben."

Finnegan war sein Bursche, der laut Botts Keoghs ganzes Geld verwaltete, wenn sie in Fort Lincoln waren, damit der Captain sich nicht zu Tode soff. „Finnegan ist eher sein Vormund als sein Bursche", sagte Botts.

Ich dankte ihm und wollte gehen, als Keogh mir eine seltsame Frage stellte.

„Willst du vielleicht dein Testament aufsetzen?" fragte er.

„Woher wissen Sie denn das?"

Er lachte vergnügt, was nicht so recht zu seinen Worten paßte, und sagte dann: „Ich habe meins auch gestern abend gemacht. Allerdings nachdem mich Tom Custer und Calhoun beim Pokern ausgenommen haben, so daß ich nicht viel zu vererben habe."

„Warum haben Sie es dann gemacht?" fragte ich humorlos, denn ich stand immer noch unter dem Einfluß von Lavender und diesen Leutnants.

„Ach, nur zum Spaß", sagte Captain Keogh, und seine Augen strahlten sogar im Dunkeln.

Ich ging zu Finnegan, kriegte das Papier, kehrte zu Lavender zurück, und wir setzten unsere Testamente auf, daß jeder alles dem anderen vermachte. Die Frage war nur, wer sie aufbewahren sollte, da wir ja beide am Kampf teilnahmen, wenn es dazu kam.

„Gib sie Blutiges Messer", sagte Lavender. „Roll sie zusammen, steck sie in eine Patronenhülse und gib sie ihm."

„Warum?" fragte ich. „Der nimmt doch auch am Kampf teil, oder nicht?"

„Der nicht", sagte Lavender. „Der ist ein Feigling wie alle Rees. Beim ersten Schuß rennt er Hals über Kopf davon und bleibt erst wieder stehen, wenn er den Missouri sieht."

Das zeigt Ihnen mal wieder, daß keine Rasse das Wahrheitsmonopol besitzt. Tatsache ist nämlich, daß Blutiges Messer im Tal eine Kugel in den Kopf kriegte und sein Gehirn Major Reno von oben bis unten vollspritzte. Das spielte für unsere Testamente aber keine Rolle, denn ich verbrannte diesen Wisch. Ich hielt so eine Urkunde für schlechte Medizin. Ich gehörte nicht zu dem Teufel-komm-raus-Typ wie Captain Keogh, und aus diesem Grund kam ich vielleicht auch nicht um – im Gegensatz zu ihm.

Am nächsten Tag zogen wir den Rosebud Creek dreißig Meilen flußaufwärts, und schon nach den ersten fünf stießen wir auf die Indianerfährte, die Reno auf seiner Patrouille entdeckt hatte. Ich trottete mit den verdammten Maultieren immer noch in der Nachhut mit, die so langsam vorankam, daß die Hauptkolonne bald einen meilenweiten Vorsprung hatte. Daher waren die Spuren schon teilweise von den beschlagenen Hufen der Kavalleriegäule zertrampelt, als ich sie sah, aber es ließ sich noch deutlich erkennen, daß sie von vier- bis fünftausend Dakotas stammten. Diese Spur war über dreihundert Yard breit, und die verlassenen Lagerstellen zeigten die kreisrunden Abdrücke von über tausend Zelten.

Weniger als die Hälfte aller Indianer waren wohl ausgewachsene Krieger; aber Sie wissen ja, daß ein Indianerjunge schon mit zwölf ganz wirksam mit einer tödlichen Waffe umgehen kann.

Neben den Rees hatten wir von Gibbons Abteilung ein paar Crow-Kundschafter übernommen – denn dieser Stamm war in dieser Gegend zu Hause. Ich sagte mir, daß Custer bestimmt genug Ratschläge bekam, nachdem man die Spuren gelesen hatte, und bot ihm darum meine Dienste nicht noch mal an. Wenigstens nicht, bevor ich zufällig mit einem Leutnant sprach, der die Nachhut mit den Packtieren befehligte.

Wir hatten wieder einmal haltgemacht, um die dauernd von den Maultieren rutschenden Kisten mit Schiffszwieback und Munition zum zigstenmal festzubinden. Ich sagte zu diesem Leutnant und zeigte auf die Indianerfährte, die viel breiter als unsere eigene war: „Ein großes Dorf."

Er grinste mich wie ein Greenhorn an und räumte ein, daß es sich um ein paar hundert Feinde handelte.

Ich erkundigte mich, ob die Crow- und Ree-Kundschafter das berichtet hätten.

„Nein, das haben sie nicht", sagte er. „Aber wenn man so lange an der Grenze gedient hat wie ich, dann teilt man die Zahlen eines weißenfreundlichen Indianers immer durch drei. Diese Crows sind brave Kerle, aber Kämpfen ist nun mal nicht ihre Stärke."

Ich habe Ihnen ja schon von meinen Befürchtungen für die Indianer erzählt und daß ich auch nicht miterleben wollte, wie diese Soldaten abgeschlachtet wurden, aber bisher habe ich noch nicht erwähnt, daß ich mir auch immer mehr Sorgen um meine eigene Haut machte. Ich verließ auf der Stelle diese verdammte Gepäckabteilung, und der Leutnant, der sicher dachte, daß ich desertieren wollte, rief mir nach, daß ich meinen Sold nicht bekäme, aber wie gewöhnlich irrte er sich, denn ich ritt zur Spitze der Kolonne.

Blutiges Messer hatte mir einen elenden Klepper angedreht. Nach Indianersitte war das Pony nicht beschlagen und hatte so abgetretene Hufe, daß es auf dem holprigen Boden halb lahmte, denn die Erde war steinhart und das spärliche Gras von der riesigen Herde der Sioux ratzekahl abgefressen. Ich brauchte deshalb recht lange, um die Kolonne zu überholen, und als ich die Spitze erreichte, war Custer nicht da, weil er noch ein oder zwei Meilen vorausritt. Dafür war er berühmt: oft ließ er die Vorhut und sogar die Kundschafter einfach hinter sich, ja, mir wurde erzählt, daß er auf anderen Feldzügen dabei sogar Büffel oder Antilopen jagte. Diesmal freilich hielt er nach Indianern Ausschau, und als ich ihn eine Dreiviertelmeile weiter auf einem Hügel erblickte, sah es ganz danach aus, daß er welche gefunden hatte und von denen umzingelt wurde.

Ich peitschte das Ree-Pony zum Galopp an und war schon auf halbem Weg, um ihn zu retten, als ich feststellte, daß er bloß mit den Crow-Kundschaftern sprach. Als ich oben auf dem Hügel war, hatte Custer ihn schon wieder verlassen, aber ich erwischte noch die Crows: Dient-Den-Weißen, Halbes-Gelbgesicht, Rennt-Voran und einen jungen Burschen, der Lockenkopf hieß. Auch den Führer und Dolmetscher Mitch Bouyer, der ein Mischling war, halb Crow, halb Weißer.

Ich fühlte mich wegen meiner Vergangenheit zwischen den Crows nicht wohl, und Dient-Den-Weißen war alt genug, um schon ein erwachsener Krieger gewesen zu sein, als ich gegen sie kämpfte. Ja, er warf mir von Zeit zu Zeit einen Blick zu, und wenn er mich auch höchstwahrscheinlich nicht unterbringen konnte, spürte er wohl doch mit seinem Indianerinstinkt, daß irgendwas mit mir faul war.

Ich atmete richtig erleichtert auf, als der weiße Oberkundschafter von der anderen Hügelseite heranritt. Er hieß Charley Reynolds, war ein untersetzter, breitschultriger Mann und einer der wenigen guten weißen Kundschafter, die ich je kennengelernt habe, und kein so langhaariger Holzkopf wie Buffalo Bill Cody und viele andere.

Der einzige Haken bei einem Gespräch mit Reynolds war, daß er den Mund kaum aufmachte und so fast alles für sich behielt. Er hatte deshalb den Spitznamen „Einsamer Charley."

„Charley", sagte ich, und er starrte sofort auf den Boden, wie immer, wenn er angeredet wurde, „hast du Custer gesagt, wieviel Indianer diese Fährte gemacht haben?"

Er sagte: „Ja."

Ich sagte: „Manche Offiziere glauben nämlich, daß es sich nur um einen kleinen Trupp handelt."

Charley zuckte nur die Achseln, ohne aufzusehen, während sein Pferd mucksmäuschenstill stand.

Mitch Bouyer ritt neben mich und sagte für einen Weißen ausgesprochen grob, aber bei seinem Indianerblut völlig verständlich: „Was willst du hier?"

Ich antwortete: „Mein Haar retten."

Er sagte sachlich: „Das wird nicht leicht sein, denn wir haben einen verteufelt schweren Kampf vor uns." Er machte kehrt und ritt zu den Crows zurück, die alle niedergeschlagen auf ihren Pferden hockten.

„Es sind zuviel, um mit ihnen allein fertig zu werden", sagte ich. „Und ich wette, daß er das vorhat. Er wartet nicht auf Gibbon und Terry."

„Nein", sagte Charley leise.

„Mensch, verdammt noch mal, bring ihm das doch bei. Mir wurde erzählt, daß er auf dich hört."

„Das tut er nicht", sagte Charley und drückte seinem Pferd die Knie in die Seiten, um es anzuspornen. Da sah ich, daß seine rechte Hand in ein Taschentuch gewickelt war, und fragte ihn, ob er verwundet sei.

„Vereiterter Nagel", sagte er.

„Kannst du damit schießen?"

„Kaum", sagte Charley und ritt erschöpft von so viel Reden davon.

„Reynolds ist ein Waschlappen", sagte mir Botts abends im Lager. „Er hat Terry darum gebeten, ihn nicht auf diesen Feldzug mitzunehmen, weil er die dunkle Ahnung hätte, daß er dabei draufgehen würde."

„Botts", sagte ich, „du hast von den meisten nicht grade eine hohe Meinung. Was hältst du eigentlich von mir?"

„Jack", sagte Botts, „es gibt nicht viele wie dich, und die sind alle weiß."

Manche Leute mögen einen, weil man sich anhört, wie sie andere schlechtmachen. Wir saßen zwischen ein paar Büffelbeerbüschen und besoffen uns aus unseren Feldflaschen. Ich glaube, seit ich damals vor vielen Jahren durch die südliche Prärie streifte, um Olga und Gus zu suchen, hatte ich keinen so verdammten Vollrausch mehr.

Die Folge davon war, daß ich am nächsten Morgen einen fürchterlichen Kater hatte, als der längste Tag in meinem ganzen Leben anbrach.

23.
Am Fettgrasfluß

Der 24. Juni, ein Samstag, war ein verteufelt heißer Tag, an dem von hinten der Südwind und von vorne der Staub den Männern die Puste nahm. Es wurde so schlimm, daß die Truppen auf getrennten Wegen weiterziehen mußten, um die Nachrückenden nicht zu ersticken und auch um die Staubwolke zu verkleinern, die unseren Vormarsch verriet. Denn wir näherten uns dem Feind, und kurz nach unserer Mittagsrast überquerten wir die Stelle, wo eine zweite breite Indianerfährte aus Süden sich mit der verband, der wir bisher gefolgt waren.

Etwas später stießen wir auf einen riesigen verlassenen Lagerplatz, wo die Pfähle des Zelts für den Sonnentanz noch standen. Dazwischen waren Bilder in den Sand gemalt: Striche stellten auf der einen Seite Abdrücke von Ponyhufen dar und auf der anderen die von eisenbeschlagenen Kavalleriegäulen; dazwischen fielen Figuren weißer Männer kopfüber in die Reihen der Indianer.

Mir brummte der Schädel, und beim Geruch des Frühstückspecks schlug ich mich erst mal in die Büsche und mußte kotzen. Mir war körperlich so mies, daß ich mich zum Ausgleich wenigstens seelisch etwas beruhigt hatte. Die Rees und Crows wurden dagegen beim Anblick der Sandzeichnungen noch niedergeschlagener als vorher und redeten auf Fred Girard und Mitch Bouyer, ihre jeweiligen Dolmetscher, ein, denn Symbole beeindrucken Indianer immer mordsmäßig.

Da erschien Custer, und Bouyer erklärte ihm die Bedeutung der Bilder: „Viele Soldaten fallen kopfüber ins Sioux-Lager", und das hieß: tot.

In diesem Augenblick trat ich vor und sagte: „General ..."

Aber er unterbrach mich: „Der Cowboy, was? Na, Cowboy", sagte Custer und sah mich über seine spitze Nase scharf an, „ich dachte, dein Platz ist bei den Maultieren." Aber er war nicht verärgert, sondern eher belustigt. „Oder irre ich mich?" fuhr er fort. „Schließlich bin ich ja nur der Regimentskommandant."

„Sir", sagte ich fürchterlich verkatert, „ich weiß nicht, wie gut diese Kundschafter ihre Arbeit erledigen. Ich glaube, sie fassen ihre Berichte so ab, daß Sie sie für reinen Aberglauben halten und darum in den Wind schlagen." Bouyer und Girard warfen mir finstere Blicke zu.

„Aber", sagte ich, „bei einem Indianer ist es nämlich so, daß er Wirklichkeit und Phantasie miteinander verbindet. Diese Zeichnungen und diese Knochen wurden absichtlich zurückgelassen, damit Sie sie finden und Angst kriegen. Wenn Sie sich *abschrecken lassen* oder weitermarschieren und geschlagen werden, dann hat sich ihre Prophezeiung erfüllt. Wenn Sie aber siegen, dann handelt es sich nur um einen Zauber, der wieder mal versagt hat. Das Wichtige aber daran ist, daß die Indianer wissen, daß Sie sie verfolgen und Ihnen so zu verstehen geben, daß sie nicht fliehen werden."

Bisher hatte Custer nur flüchtig gelächelt. Jetzt warf er den Kopf in den Nacken und brüllte vor Lachen. Er schien wieder der alte zu sein und nicht mehr die traurige Gestalt, in die er sich seit dem Aufbruch vom Tongue River verwandelt hatte.

„Cowboy", sagte er, „ich habe den Ruf, ein strenger Mann zu sein. Aber ich bin bestimmt auch der einzige Kommandant, der sich die Ratschläge eines Maultiertreibers anhört. Ich habe eine Schwäche für so aus der Reihe tanzende Typen wie California Jo, Wilder Bill Hickok und wie sie alle heißen, und ich finde, daß du zu ihnen paßt. Charley Reynolds ist als Kundschafter zwar ausgezeichnet, aber zu wortkarg."

Er lachte wieder, setzte seinen grauen Hut ab und schlug sich damit auf die Stiefel. „Auf diesem Feldzug gab es bisher zu wenig Humor! Also schön", sagte er, „du willst Kundschafter sein. Von jetzt an bist du einer. Ich befehle dir, bei mir zu bleiben, das zu sagen, was dir grade in den Sinn kommt, und dich nicht um die anderen zu kümmern."

So wurde ich zum Hofnarrn beim Kommandanten der

Siebten Kavallerie ernannt, nur weil ich einfach die Wahrheit sagte. Vielleicht meinen Sie jetzt, daß ich beleidigt war, aber da irren Sie sich. Ich konnte mich nun zwar noch weniger nützlich machen als hinten bei den Maultieren, denn alles was ein Mann sagt, der Narrenfreiheit hat, wird selbstverständlich für närrisch gehalten. Aber ich war jetzt jedenfalls am Kopf der Kolonne und nicht mehr am Schwanz. Vielleicht schaffte ich es sogar, Custer durch meine sogenannten Mätzchen vor den größten Dummheiten zu bewahren. Deshalb nahm ich den Posten an, was den General wieder zum Lachen brachte, und Girard und Bouyer durchschauten die Sache und lachten auch, ebenso die Crows und Rees, wenn die auch nichts davon verstanden, aber Indianer bemühen sich nun mal immer, höflich zu sein.

Nun mußte ich zwar laut Befehl bei Custer bleiben, aber das war menschenunmöglich, sogar wenn man keinen Kater und ein besseres Reittier als mein halblahmes Pony hatte, denn die berühmte Energie des Generals war wirklich keine Übertreibung. Dauernd ritt er auf Vic hin und her, und wenn dieses Pferd müde war, brachte ihm sein Bursche Dandy. Dauernd trafen Kundschafter mit Meldungen ein, aber meistens galoppierte ihnen Custer schon eine Meile oder mehr entgegen. Dann trabte er zurück, oft auch noch ein Stück die Kolonne entlang, um mit einem Kompanieführer zu reden. Die ganze Zeit schrieb Leutnant Cooke, sein Adjutant mit den riesigen Koteletten, Befehle aus, die er durch Ordonnanzen überall hinschickte, dann kamen die Antworten, die Custer mit seinem hastigen, ungeduldigen Adlerblick überflog.

Sein Bruder Tom, eine Kopie des Generals mit weniger ausgeprägten Zügen – er war eher unverschämt als arrogant, setzte sich den Hut schief auf und so weiter –, hielt sich offenbar lieber an der Spitze auf als bei seiner Truppe, und um sich wichtig zu machen, schickte er auch Ordonnanzen zur Gepäckabteilung oder so; sein anderer Bruder Boston und sein Neffe Armstrong Reed, beides junge Burschen, benahmen sich fast dauernd wie auf einem Picknickausflug.

Ich wurde dadurch meistens übersehen und bekam an diesem Tag keine Gelegenheit mehr, den General zu belustigen, auch wenn ich es gewollt hätte, ja, ich fand noch nicht mal jemanden, mit dem ich sprechen konnte. Nur ein- oder zweimal versuchte ich, eine Unterhaltung mit dem Burschen des Generals anzuknüpfen – ein anderer, als der beim Washita, der Burkman hieß, aber mit seiner tief in die Stirn gezogenen Mütze ein Riesentrottel war und ein Brett vor dem Kopf hatte.

Wir legten dreißig Meilen zurück und schlugen um acht Uhr abends unser Biwak auf, aber kurz danach erschienen die Crow-Kundschafter mit der Meldung, daß die Fährte der Sioux nach Westen abgeschwenkt war und sie die Wolf Mountains in Richtung Little Bighorn River überquert hatten, den die Indianer Fettgrasfluß nannten, so daß wir gegen Mitternacht wieder aufbrachen. Ich glaube, keiner von uns hatte ein Auge zugemacht, denn schon bald verbreitete sich die Nachricht wie ein Lauffeuer, daß das Dorf der Feinde wahrscheinlich im Flußtal lag, und in diesem Fall würden wir es im Morgengrauen angreifen.

Natürlich traf ich bei dieser Rast Botts, der schnell was runtergeschlungen hatte und rumschlenderte, um überall seine Nase reinzustecken.

„Na, was habe ich dir gesagt“, sagte er. „Arschloch fällt schon morgen über die Indianer her, einen ganzen Tag vor dem Zusammenschluß mit Terry und Gibbon. Und bis die kommen, kann er ihnen dieses Dorf schon gehäutet und aufgeschlitzt mit den Komplimenten der Siebten Kavallerie übergeben. Der Teufel soll sein schwarzes Herz holen“, sagte er, „aber das muß man ihm lassen.“

Ich warnte Botts, er sollte nicht so laut reden, denn wir standen ganz in der Nähe des Hauptquartierzelts, aber er erwiderte, daß niemand es hören würde, denn Custer hielt mit den Offizieren Kriegsrat und war dann für alle Stimmen bis auf seine eigene taub.

Dann sagte Botts, er müßte zu seiner Truppe zurück und sich um seine Leute kümmern. Ich möchte bei Ihnen nicht den Eindruck erwecken, daß er kein guter Sergeant war.

„Diese Rekruten“, sagte er, „lassen nach solchen langen Märschen immer den Schwanz hängen, und manche haben erst einmal oder zweimal mit einem Karabiner geschossen und außer den Kaffeeschnorrern noch nie eine Rothaut gesehen. Wenn man zu schnell feuert, erhitzen sich diese Springfields und kriegen Ladehemmungen. Ich schätze, daß die Agenten unsere Feinde mit Schnellfeuergewehren ausgerüstet haben, die einen Mann in Panik versetzen, wenn er nicht kapiert, daß die Tragweite unserer Waffen doppelt so groß ist wie die der Winchesters und Henrys."

Diese Rekruten machten den dritten Teil unserer Streitmacht aus. Manche waren Iren, andere Deutsche, die rübergekommen waren, um sich vor dem Wehrdienst in der Alten Welt zu drücken, aber keine Arbeit fanden, sich zur U.S.-Armee meldeten und von wilden Indianern getötet wurden, bevor sie Englisch lernten: eine wirklich komische Erfahrung.

Bevor wir uns trennten, hörten ich und Botts die Offiziere im Zelt alte traurige Lieder singen wie *Annie Laurie* und so was und dann *Lobet Gott für alle seine Güte*, so daß ich mich in die Kirche von Hochwürden Pendrake zurückversetzt fühlte. Als Gesang an sich taugte es sicher nicht viel, aber es klang sehr hübsch in der Wildnis, und ein paar Soldaten versammelten sich um das Zelt, um zuzuhören.

Vermutlich, um die Leute aufzuheitern, hörten sie nach dem traurigen und melancholischen Teil mit *He's a Jolly Good Fellow* auf.

Botts sagte: „Wenn sie damit Arschloch meinen, dann ist das ironisch gemeint."

Die Kolonne setzte sich also in Marsch und zog die ganze Nacht einen kleinen Nebenfluß des Rosebud Creek rauf, der westlich zu den Wolf Hills führte. Es war stockfinster, weil der Mond nicht schien, so daß die hinteren Truppenteile der Spitze nur nach dem Staubgeruch und dem Geklapper der Ausrüstungen folgen konnten; ganze Abteilungen verirrten sich, es wurde gerufen und geflucht und mit Zinnbechern geklirrt, um sie wiederzufinden, und wir hatten beim ersten Tagesschimmer gegen halb drei Uhr morgens nur sechs Meilen oder so zurückgelegt, ohne seit der Nacht vorher ein Auge zugemacht zu haben.

Immerhin erreichten wir die Wolf Hills, die gar kein richtiges Gebirge waren, sondern nur ödes Land aus steilen Hügeln und Schluchten zwischen den Tälern des Little Bighorn River und des Rosebud Creek. Dort lagerten wir in einem großen Kessel, in dem das ganze Regiment Platz fand, um uns so bis zum Morgen versteckt zu halten. Dann wollten wir die Wasserscheide überqueren und in der Dämmerung über das Lager der Feinde herfallen, das angeblich auf der anderen Seite lag.

Ich fläzte mich auf den harten Boden und versuchte ein Nickerchen zu machen, was bei mir genauso wenig wie bei den anderen klappte. Ich wette, daß auch bei dieser Rast niemand schlief; dazu waren wir alle zu müde.

Ich glaube, daß Custer sich an diesem Morgen keinen Augenblick irgendwo hinsetzte, außer auf sein Pferd, und auch keinen Bissen aß. Er trug Wildlederhosen mit langen Fransen, ein blaugraues Hemd, einen grauen Hut und Stulpstiefel. Er hatte sich einen Armeegürtel aus Segeltuch mit zwei englischen Bulldog Doppellaufpistolen in Halftern und einen Hirschfänger in einer perlenbestickten Scheide umgeschnallt. Sein Stoppelbart auf Backen und Kinn war schon ganz dicht geworden, denn er hatte sich seit einer Ewigkeit nicht mehr rasiert, und da er blond war, wirkte der Bart weiß. Ich meine, weil auch sein übriges Gesicht so gealtert aussah, denn seine sonst so klaren Augen waren durch den fehlenden Schlaf blutunterlaufen, und darunter hingen schwere Tränensäcke.

Träger war er aber nicht geworden, und als eine Meldung von den Kundschaftern eintraf, daß sie von einem Hügel aus das Indianerdorf fünfzehn Meilen flußaufwärts entdeckt hatten, wusch er sich grade in einer Schüssel auf einem Dreifuß den Staub vom Gesicht ab. Schnell schlug er seinen Kragen runter und sprang auf den nackten Rücken von Vic, ohne sich abzutrocknen, denn dafür sorgte beim Reiten die Luft: schon am frühen Morgen spürte man, daß es eine richtige Backofenhitze geben würde. Custer sprengte davon, um die Kompanieführer zu unterrichten, und innerhalb einer Stunde waren wir wieder auf den Beinen und zogen zu dem Paß über die Wasserscheide.

Die Crows und die anderen Kundschafter waren auf dem Spähhügel geblieben, und als die Kolonne nahte, ritt Leutnant Varnum, der Kommandant der Kundschafter, runter und sagte: „Herr General, der Feind kennt unseren Standort."

„Nein“, sagte Custer, „den kennt er nicht.“ Er gab Vic die Sporen und jagte den Hang rauf.

Varnum folgte ihm und rief: „Sir, wir haben sechs Sioux getroffen und ihnen nachgesetzt, aber sie sind uns entwischt und zum Dorf geritten.“

Bald wurde es so steil, daß wir absteigen und zu Fuß auf den Hügel kraxeln mußten, selbst da blieb Custer immer noch an der Spitze. Varnum sah völlig verwirrt aus.

„Er glaubt einfach nicht, daß dort *wirklich* ein Dorf ist“, sagte er.

Oben waren die Crows und Rees, Mitch Bouyer, die meisten weißen Kundschafter und Lavender. Die Sicht nach Nordwesten runter ins Tal des Little Bighorn River mußte bei klarem Wetter gut sein, aber zu dieser Stunde war es durch den sommerlichen Morgendunst trüb, der für diese Gegend typisch ist.

Außerdem hatte Custer seinen Feldstecher nicht mitgenommen. Die Crows besaßen ein altes verbeultes Messingfernrohr, und das reichte Dient-Den-Weißen dem General.

„Achten Sie auf den Rauch ihrer Feuer“, sagte er, und Bouyer übersetzte. „Und auf die großen Pferdeherden in der linken Flußniederung.“

Custer starrte kurz durch das Rohr und sagte dann: „Ich kann nichts sehen.“

Rennt-Voran sagte: „Suchen Sie kleine Würmer. So sehen Ponys aus der Ferne aus, wie Maden in einer Büffelhaut, von der das Fleisch nicht abgekratzt wurde.“

Custer gab Dient-Den-Weißen das Fernrohr zurück. „Nein“, sagte er, „da ist kein Dorf.“

Da ergriff Bouyer mit einem unglücklichen Ausdruck auf seinem dunklen Gesicht selber das Wort: „Herr General, in dieser Flußniederung sind mehr Sioux, als ich in dreißig Jahren hier gesehen habe. Das schwöre ich Ihnen.“

„Nein“, sagte Custer und stolzierte zu seinem Pferd, das eine Ordonnanz festhielt.

Wir kehrten zur Kolonne zurück, und als wir noch eine halbe Meile davon entfernt waren, ritt Tom Custer heran und sagte zum General: „Armstrong, sie haben uns entdeckt!“ Eine Kiste mit Schiffszwieback war von einem Maultier gefallen, und als eine Patrouille zurückging, um sie zu holen, hatte ein Sioux sie grade mit dem Kriegsbeil geöffnet. Sie schossen zwar auf ihn, aber er entkam.

Ich weiß nicht, ob Custer dadurch seine Meinung über das Dorf änderte, aber da ein Verwandter von ihm diese Meldung überbracht hatte, nehme ich an, glaubte er wenigstens, daß einige Feinde in dieser Gegend waren, und er befahl den Trompetern, die Offiziere zusammenzurufen. Er kommandierte, sich sofort zum Angriff bereitzuhalten, da wir die Indianer ja nicht mehr überraschen konnten und sie sonst Zeit hätten, sich zu verkrümeln.

Die erschöpften Soldaten stiegen wieder auf ihre müden Gäule, der Ree, der Dolchstich hieß, spuckte auf den Zauberlehm, den er bei sich hatte und schmierte damit die Brust seiner Stammesgenossen ein, um sie vor Unglück zu schützen. Kurz danach überquerten wir die Wasserscheide.

Das war gegen Mittag an diesem verhängnisvollen Sonntag, dem 25. Juni 1876, hundert Jahre nach der Unabhängigkeitserklärung, und wenn es auch schon so lange zurückliegt, erinnere ich mich so genau daran, als wäre es heute. Mir bricht der Schweiß aus, wenn ich an die Hitze an diesem Tag denke, und wie mir mein Flanellhemd am Rücken klebte, wie mir der Staub in die Nase drang und sich auf meine Zunge legte. Ich glaube, ich änderte auch meine Meinung und fand das Land nicht mehr so hübsch, wie ich es in meinem Indianergedächtnis bewahrt hatte, denn es war von Schluchten zerklüftet und ausgehöhlt und bloß stellenweise mit rötlich-braunen Grasbüscheln oder spärlichem grauem Salbei bewachsen.

Nachdem wir die Wasserscheide überquert hatten, kamen wir zur Quelle eines Bachs, der im Frühjahr ein Nebenfluß des Fettgrasflusses sein mußte, aber jetzt ausgetrocknet war. Dort teilte Custer seine Streitmacht auf, was ihm viele vorgeworfen haben, aber wenn man die Situation so wie er versteht, dann handelte er nicht unbedingt törich.

Er glaubte nicht, daß dort ein Dorf lag, wie die Kundschafter behaupteten, obwohl er es für wahrscheinlich hielt, daß die Indianer irgendwo am Fluß waren, und zwar zwischen der Stelle, die wir erreichten, wenn wir diesem ausgetrockneten Fluß folgten und den Truppen von Terry und Gibbon, die von der Mündung her anmarschierten.

Immerhin war es möglich, daß die Sioux flußaufwärts zu den Bighorn Mountains zogen und uns in die linke Flanke fielen. Daher schickte er Captain Benteen mit drei Abteilungen schräg zur Hauptmacht nach links, um in dieser Richtung hinter den Hügeln festzustellen, ob die Luft im oberen Flußtal rein war.

Mein Freund Botts gehörte zu Benteens Kompanie, zog also mit diesen Truppen ab. Ich habe ihn in meinem Leben nie mehr wiedergesehen, obwohl ich nicht glaube, daß er umkam.

Von den restlichen acht Abteilungen behielt Custer fünf für sich und gab Major Reno drei. Die beiden Kolonnen ritten Seite an Seite das Flußbett hinunter, an dessen Ufer Bäume standen und das zur Mündung hin breiter wurde. Ich schätze, daß wir seit der Wasserscheide zwei Stunden unterwegs waren und zehn Meilen hinter uns hatten, als wir dieses einzelne Zelt erblickten. Es stand am Südufer, ein paar Indianer drängten sich darum, und wie so oft griffen wir schon fast an, bevor wir unsere eigenen Kundschafter erkannten.

Es war ein Sioux-Zelt, und drum herum gab es viele Anzeichen, daß das Lager erst vor kurzem verlassen worden war, sogar die Asche an den Feuerstellen war noch warm. Leutnant Hare berichtete Custer, daß er und die Crows fünfzig bis sechzig Feinde vertrieben hatten, als sie dorthin kamen.

Fred Girard ritt auf einen Hügel, von dem er ins Tal des Little Bighorn River spähen konnte, schwenkte seinen Hut und rief: „Da laufen eure Indianer, als wär der Teufel hinter ihnen her."

„Bouyer", befahl Custer, „sag deinen Crows, daß sie die verfolgen sollen."

Bouyer gab den Befehl an Halbes Gelbgesicht und die anderen weiter, die eine Weile durcheinanderredeten, so daß Custer ungehalten wurde, und als Bouyer sagte, die Kundschafter weigerten sich, glaubte ich dem Gesichtsausdruck des Generals abzulesen, daß er sie am liebsten ausgepeitscht hätte, wenn Zeit dazu gewesen wäre.

„Sie haben Angst", sagte Bouyer. „Es gibt mehr Sioux am Fettgrasfluß als Kugeln in den Patronengurten Ihrer Soldaten."

„Ihr seid Weiber!“ brüllte Custer, und die Kundschafter konnten genug Englisch, um das zu verstehen und zuckten zusammen, als wenn sie geschlagen würden, blieben aber untätig auf ihren Ponys sitzen, während sich die von den fliehenden Feinden aufgewirbelte Staubwolke über dem Tal auflöste.

Ich stieg ab und ging in das Zelt, wo die Leiche eines Sioux-Kriegers in schönen Gewändern auf einem niedrigen Gerüst lag. Er war noch nicht lange genug tot, um zu riechen, und daneben stand Lavender.

„Kennst du ihn?“ fragte ich.

Er sagte nein, wendete sich ab, holte die Patronen aus seiner Sharps, prüfte sie, steckte sie wieder rein, machte es genauso mit seinem Revolver und rieb sein Messer am Hemd ab, obwohl es ganz sauber aussah. Dann steckten ein paar Rees das Zelt an, so daß wir es verließen, wieder aufstiegen, und Lavender beugte sich über den Sattel, um mir die Hand zu geben. Er sagte kein Wort, ich auch nicht, denn es gibt keine Regel, wie man sich von Freunden verabschiedet, wenn man in den Kampf zieht. Ich und Lavender blieben einfach sachlich, nehme ich an, denn wir hatten ja schon längst alles besprochen.

Er schnallte seinen Federhut unterm Kinn fest und trabte mit seinem braunen Pony hinter Renos Kolonne her, die sich eilig zum Fluß in Marsch gesetzt hatte.

„Wohin gehen die?“ fragte ich Custers Ordonnanz an diesem Tag, den Trompeter John Martin, einen Italiener, der grade erst aus seinem Land rübergekommen war, in Wirklichkeit Giovanni Martini hieß und nicht sehr gut Englisch konnte.

„Zum Angriff“, sagte er.

„Auf was?“ fragte ich.

Offenbar hatte Leutnant Varnum ein Stück weiter von einem Kamm aus mehrere Meilen flußaufwärts ein Dorf gesehen, so daß Custer schließlich doch glaubte, daß eins da war, weil ein Weißer es ihm gesagt hatte, und das sollten wir jetzt angreifen.

Als Renos Nachhut verschwunden war, schloß sich Custers Kolonne an und folgte ihr, bis wir uns dem Fluß näherten. In späteren Auseinandersetzungen über die Schlacht behaupteten manche, Reno hätte auf dem Vormarsch nach Überqueren des Flusses am Ufer gewartet und damit gerechnet, daß der General hinter ihm herkam, um ihn zu unterstützen. Zu Recht oder zu Unrecht weiß ich nicht; ich habe Custers Befehle bei dieser Gelegenheit nicht mit eigenen Ohren gehört, weil ich grade mit Lavender in diesem Zelt war.

Aber ich glaube, er wollte dieselbe Taktik anwenden, mit der er beim Washita solchen Erfolg hatte, wo er auch seine Streitmacht aufteilte und das Dorf gleichzeitig aus verschiedenen Himmelsrichtungen angriff. Wir waren noch ziemlich weit von der Furt entfernt, die Reno zum Überqueren benutzen wollte, als Custer nach rechts abschwenkte und uns ungefähr parallel zum Fluß führte, allerdings hinter ein paar Hügeln, die uns die Sicht auf den Fluß nahmen. Ich hatte den Eindruck, daß wir ein oder zwei Meilen weiter unten den Fluß überqueren und am unteren Ende über das Dorf herfallen sollten, während Reno am oberen Ende angriff.

Dabei fiel mir ein, daß bei einem ähnlichen Manöver am Washita die Truppen unter Major Elliot abgeschnitten und niedergemetzelt wurden, während Custer woanders siegte. Dieser Zwischenfall soll der Grund für Benteens Haß gegen Custer gewesen sein, und jetzt schwebte Reno vielleicht auch in einer solchen Gefahr. Oder vielleicht Benteen selber, denn der war mit nur drei Abteilungen nach links abgezogen, und niemand wußte genau, wieviel Feinde es gab, noch wo sie steckten.

Custer schien es zum Beispiel gar nicht eilig zu haben. Nach der Rechtsschwenkung verlangsamte er den Schritt – was mir auf meinem Pony nur recht sein konnte, aber doch seltsam vorkam, wenn man bedachte, daß für Reno der Kampf vielleicht schon im nächsten Augenblick losging. Außerdem beunruhigte mich der Anblick des Lands vor uns. Ich konnte nicht behaupten, das Gebiet noch gut von früher her zu kennen, aber ich erinnerte mich, daß diese nördlichen Flüsse manchmal Steilufer haben, die sich meilenweit ohne einen Einschnitt hinziehen, durch den man zum Wasser runterkommt, und wenn einem das auch gelingt, braucht man noch lange nicht damit zu rechnen, dort eine Furt zu finden.

Trotzdem trödelte Custer, ja, er machte sogar an einem Bach halt, um die Pferde zu tränken. Dort ging ich zu ihm, Tom war auch da und sein Schwager Calhoun, und ich wurde mal wieder daran erinnert, daß er Benteen und Reno fortgeschickt, seine eigene Familie aber vorsorglich bei sich behalten hatte.

Ich fand, daß er ziemlich aufgelöst aussah, er fächelte sich mit seinem Hut, und verdammt noch mal, wie wünschte ich mir in diesem Augenblick, daß er sein Haar nicht abgeschnitten hätte.

Aber sobald er mich entdeckte, lächelte er. „Na, Cowboy", sagte er, „willst du mir deinen Schlachtplan unterbreiten?"

„Nein, Sir", sagte ich, „diesmal meine ich es ernst. Ich kenne dieses Land einigermaßen, und es sieht mir danach aus, daß wir meilenweit keine Furt finden."

Tom zupfte ärgerlich an seinem blonden Schnurrbart und sagte: „Armstrong, warum jagst du diesen Idioten nicht weg?"

„Er amüsiert mich", sagte der General. „Nicht wahr, Cowboy? Er ist ein Grenznarr", fuhr er fort, als wäre ich überhaupt nicht da. „Du weißt doch, daß ich eine Schwäche für diesen Typ habe."

Da entdeckte ich den Zeitungsreporter Mark Kellogg, der abgestiegen war und seinen Zügel über den Arm gehängt hatte, während er was in sein Notizbuch kritzelte. Jetzt sagte er: „Könnten Sie bitte den letzten Satz noch mal wiederholen, Herr General." – *„Daß ich eine Schwäche für diesen Typ habe"*, sagte Custer nachdrücklich und so langsam, daß Kellogg mitschreiben konnte. Da dämmerte mir, daß er grade ein Interview gab.

„Vielen Dank, Herr General", sagte Kellogg. „Hätten Sie jetzt vielleicht die Güte, kurz vor Ausbruch der Schlacht Ihre Strategie zu erläutern."

Custer fegte sich den Staub vom Hemd. „Also schön", sagte er. „Man hat mich ungestüm genannt. Dagegen wehre ich mich. Alles, was ich bisher getan habe, war das Ergebnis von Studien, die ich über imaginäre militärische Situationen angestellt habe, die eintreten könnten. Wenn ich mich auf eine Schlacht einlasse und ein Gefahrenmoment entsteht, konzentriert sich alles, was ich je gehört oder studiert habe, in meinem Verstand auf einen Brennpunkt, so daß ich die Situation wie unter einem Vergrößerungsglas sehe. Mein Verstand setzt sofort ein, aber immer auf Grund meiner Studien, um jeder Situation gerecht zu werden."

Er wollte noch mehr sagen, glaube ich, aber da kam sein Adjutant, Leutnant Cooke, der mit Reno zum Fluß geritten und als Beobachter am Ufer war, zurückgerast, wobei die Koteletten wie Vögel auf seinen Backen flatterten.

Er riß den Zügel zurück und rief von seinem schäumenden Gaul herab: „Girard meldet, daß die Indianer in voller Stärke Reno entgegenziehen."

Custer sprang in den Sattel, als wollte er seine Selbstachtung unter Beweis stellen und fragte: „Wo ist der Feind?"

„Ungefähr drei Meilen flußabwärts, als ich die Nachricht erhielt", sagte Cooke. „Inzwischen muß Reno mit ihm zusammengestoßen sein." Tatsächlich hörten wir wenige Sekunden später knatternde Schüsse.

„Wie groß ist das Dorf?" fragte Custer, aber das wußte Cooke nicht, denn der Fluß krümmte sich wie ein Korkenzieher, und in jeder Biegung nahmen einem Baumwollbäume die Sicht.

Die Soldaten bliesen zum Aufsitzen, und es gab ein ziemliches Durcheinander, um die Pferde vom Wasser wegzukriegen, aber Custer wartete erst gar nicht, sondern galoppierte den Nordhang eines Kamms rauf, und alle folgten ihm, so gut es ging, durch zwei Meilen schwieriges Gelände. Das war eine Schinderei für die Gäule, und ich glaube, daß mehrere vor Erschöpfung zusammenbrachen und ihre Reiter bei ihnen blieben, was sie, ohne daß sie es wußten, vor der bevorstehenden Metzelei bewahrte.

Dann machten wir wieder halt, obwohl die Pferde jetzt so aufgeregt waren, daß viele sie nicht mehr in der Gewalt hatten, besonders die Rekruten nicht, und durch das Bäumen und Bocken entstand so was wie Panik in der Kolonne. Aber ich muß mein Pony loben, das so aussah, als würde es bei schneller Gangart tot umfallen, aber sich im Notfall irgendwie aufrappelte und ausgesprochen tüchtig wurde: ich nehme an, daß sich jetzt seine zähe Indianerart zeigte, außerdem lag ihm so ein Gelände mehr, als diesen schweren Kavalleriegäulen.

Wir waren bisher mehr oder weniger parallel dem Lauf des Fettgrasflusses gefolgt, allerdings hinter den Hügeln, und Custer befahl Halt, um auf eine Anhöhe zu steigen und sich die Lage im Tal anzusehen – zum erstenmal an diesem Tag, müssen Sie bedenken, außer diesem Fernblick von den Wolf Mountains aus, als er nichts erkennen konnte. Bis jetzt hatte er noch keinen einzigen lebendigen feindlichen Indianer mit eigenen Augen gesehen. Das war doch recht sonderbar, als ob ein Zauber dabei im Spiel war.

Jedenfalls löste sich jetzt der Zauber, denn als wir das Steilufer raufritten und in die Flußniederung guckten, erblickten wir genug Indianer, um jedem Anspruch gerecht zu werden. Ich schätze, daß fünf- bis sechshundert geschlossen Renos Truppen angriffen, die abgestiegen waren und eine Schützenlinie gebildet hatten, die aus unserer Entfernung und Höhe wie eine schmale blaue Kette aussah. Reno hatte nur gut hundert Mann. Wir sahen jetzt auch, woher der Feind kam. Und daß ein Dorf da war, daran konnte nun wirklich nicht mehr gezweifelt werden: es fing ungefähr eine Meile flußabwärts an und reichte Gott weiß wie weit, denn wegen der Krümmungen des Fettgrasflusses sahen wir nur das untere Ende – obwohl ich noch immer nicht davon überzeugt war, ob Custer das endlich begriff. Nach der Zahl der Krieger zu urteilen, die Reno angriffen, und den Zelten, die wir sehen konnten, waren sicher zweitausend Indianer dort.

Aber selbst dann war die Lage noch keineswegs hoffnungslos. Alles in allem setzte sich die Siebte Kavallerie aus sechshundert Mann zusammen, die alle zum organisierten Kampf gedrillt waren: ein Beispiel dafür war die wirksame Schützenlinie, die Reno gebildet hatte. Eine sehr kleine Abteilung von abgestiegenen Soldaten, die sich aufs Schießen verstanden, konnte mit einer großen Übermacht von planlosen, berittenen Wilden fertig werden.

Wenn wir bald die nächste Furt erreichten, konnte Custer in das Dorf einfallen und so den Vorstoß auf Reno teilweise abfangen, und Benteen würde sicherlich auch nicht lange auf sich warten lassen, um einer Seite Verstärkung zu bringen. Außerdem rückte auch die Gepäckabteilung mit der Reservemunition und der Kavallerieeskorte heran.

Ich fand die Lage nicht mehr so übel wie vorher – wenn es sich auch bestimmt nicht um ein Kinderspiel handelte –, aber als ich Custer einen Blick zuwarf, sah ich, daß er richtig schockiert war. Er starrte wütend in das Tal, legte dabei den Kopf etwas in den Nacken und blinzelte in der Sonne. Ich vermute, daß er rasend auf Reno war, weil der den Befehl erhalten hatte, den Feind anzugreifen, und obwohl sich das nun eindeutig nicht mehr ändern ließ, sah es Custer ähnlich, ihm das übelzunehmen.

Aber plötzlich setzte der General seinen grauen Hut ab, schwenkte ihn und jubelte. Da wir anderen um ihn rum – sein Bruder Tom, Leutnant Cooke, Martin, die Ordonnanz, und meine Wenigkeit – nicht mit einstimmten, klang es ausgesprochen merkwürdig. Mit seiner knarrenden Stimme hätte er vielleicht die Truppen im Tal erreicht, wenn alles still gewesen wäre. So hatte er aber bei dem Geknalle der verschiedenen Gewehre, dem Kriegsgeheul und all dem übrigen Krach keine Chance. Ganz zu schweigen davon, daß man im allgemeinen bei einer Verteidigungsschlacht nicht hurra brüllt.

Dann wirbelte er Vic herum und sprengte zu den Truppen zurück. Tom Custers Ordonnanz stand da, und der General schnauzte ihn an: „Bestell der Gepäckabteilung, daß sie sofort über Land zu uns aufrücken soll." Mit anderen Worten, nicht auf unserem gewundenen Pfad hierher, und sie sollte auch nicht den Versuch machen, Reno zu unterstützen, obwohl der bei dem Tempo der Karabinersalven bald Munition gebrauchen konnte.

Na, wieder einer gerettet: ich meine die Ordonnanz. Sergeant Kanipe. Der Rest von uns folgte in wildem Galopp Custer auf seinem halsbrecherischen Ritt quer über die Hügel, hinter ihm flatterte sein persönlicher rot-blauer schwalbenschwanzförmiger Wimpel mit den gekreuzten weißen Säbeln, den ein Soldat auf einem schönen großen Fuchs trug. Wir wichen den schlimmsten Spalten und Steilhängen aus, aber es war trotzdem eine Pferdeschinderei. Immer wieder brachen Tiere zusammen und retteten so das Leben von ein paar weiteren zurückbleibenden Reitern, wenn ich auch hörte, daß manche nie die Nachhut erreichten, sondern unterwegs in einen Hinterhalt fielen. Denn, ohne daß wir es wußten, überquerten die Indianer schon den Little Bighorn River und drangen in die Schluchten an unserem Ufer ein.

Ich schätze, daß wir so über eine Meile vorstießen und grade zum Fuß der höchsten Erhebung der Gegend kamen, als Custer anhalten ließ. Er ritt auch diesmal zur Beobachtung rauf, und dieselbe kleine Gruppe wie vorher begleitete ihn, einschließlich meiner Wenigkeit, und außerdem sein Neffe Armstrong Reed, der sich dem Feldzug angeschlossen hatte, um auf diese Weise seine Sommerferien zu verbringen. Was sich da auf seinem jungen Gesicht widerspiegelte, vermittelte mir gewissermaßen den ersten Eindruck von den gewaltigen Ausmaßen des riesigen Indianerlagers am anderen Ufer.

Ich warf ihm zufällig einen Blick zu, als mein Pony den Gipfel erreichte. Reed war ein ausgesprochen hübscher Bursche wie alle aus der Sippe der Custers, und normalerweise sah man seinem Gesicht, das voll eifrigem Interesse war, die gute Erziehung an. Das konnte man oft bei den Jüngelchen aus dem Osten beobachten, die damals in den Westen kamen, um Abenteuer zu erleben, als wäre die Grenze eine Art Ausstellungsstück zu ihrer Bildung und Unterhaltung und nicht so eine tödliche Angelegenheit wie für uns, die dort dauernd lebten.

Seine Offizier-Onkel hatten Reed in einen Wildlederanzug gesteckt, wie sie ihn selber trugen, und ihm ein paar Waffen umgehängt, so daß er hoch zu Roß auf diesem Hügel ein erfreulicher Anblick war. Aber irgendwas Schreckliches trübte seine klaren Augen und brachte sein bartloses Kinn zum Zittern, wenn Sie aber meinen, daß ich ihn deshalb auslachte, dann irren Sie sich gewaltig, denn als ich selber ins Tal guckte, über diesen Flußlauf und den in der Sonne dunklen Rand der Bäume, erblickte ich das größte Lager von Wilden, das je auf diesem Kontinent zusammengekommen ist.

Mein Gott, es dehnte sich weiter aus, als das Auge reichte, bestimmt fünf Meilen ein Zelt neben dem anderen, und in der westlichen Flußniederung graste ihre Herde von zwanzigtausend Ponys. Ich nenne diese Zahl aufs Geratewohl, es können aber auch mehr gewesen sein, denn ich konnte nicht alles übersehen. Dieser Anblick ließ sich nur mit den Büffelmassen vergleichen, die mir südlich vom Canadian River begegnet waren.

Wieviel Indianer? Ich schätze, es waren ungefähr genausoviel wie Ponys, denn, wenn auch manche Krieger mehrere Tiere besaßen, ging ja die große Menge der Frauen und Kinder zu Fuß. Sagen wir fünfzehntausend Leute, davon vier- bis fünftausend Krieger. Und wir waren bei Custer gut zweihundert, weitere hundert bei Reno, die jetzt um ihr Leben kämpften, ungefähr genausoviel bei Benteen, und noch mal um die hundert als Eskorte der Gepäckabteilung.

Aber jetzt kommt was Merkwürdiges: bis auf ein paar entfernte Gestalten zwischen der Ponyherde, und wenn man annahm, daß die große Staubwolke flußabwärts von Menschen aufgewirbelt wurde, *sahen wir immer noch keinen Indianer an unserer Front.* Keine Seele ließ sich in dem Lagerteil blicken, der in unserer Richtung lag. Stürmten sie alle gegen Reno? Die Hügel und Flußkrümmungen verdeckten uns die Sicht auf dieses Schlachtfeld. Oder bedeutete die Staubwolke flußabwärts, daß sie trotz ihrer Stärke flohen?

Ich will Ihnen verraten, was Custer tat. Er schwenkte wieder seinen Hut, und, verdammt noch mal, er brüllte wieder hurra!

„Wir haben die Schlafmützen überrumpelt“, sagte er, ohne sich an jemand Bestimmtes zu wenden, und so schien ihm auch niemand zuzuhören, aber alle starrten weiter wie gelähmt hinunter, Tom Custer aß allerdings seinen Schnurrbart fast auf, und Leutnant Cooke zupfte nervös an seinen Koteletten.

Für mich wurde der Bann gebrochen, als diese italienische Ordonnanz Martin oder Martini mir ins Gesicht grinste und sagte: „Sie schlafen, was? Das ist ja prima.“ Er kannte nämlich den Ausdruck „Schlafmützen“ noch nicht und nahm sowieso alles, was der General sagte, ganz wörtlich.

Ich hatte aber keine Zeit, ihn aufzuklären, denn als Custer wieder runter zu den wartenden Truppen preschte, folgte ich ihm. Mir war plötzlich ein Licht aufgegangen, was die Indianer vorhatten. Sie flohen keineswegs, sonst hätten ihre Frauen die Zelte abgebrochen, Zeit dazu hatten sie nämlich noch, denn wir waren am Steilufer auf der anderen Flußseite und Reno noch ziemlich weit von ihnen weg.

Außerdem war die Streitmacht gegen Reno längst nicht groß genug, als daß sämtliche Krieger aus einem so riesigen Lager dort kämpften. Irgendwo steckten noch gut viertausend mehr, und ich glaube, daß ich die Lage des Generals durchschaute: sie hatten den Fluß zu unserem Ufer an einer tiefer liegenden Furt überquert und lauerten uns in den Schluchten auf, die vor uns lagen.

Nein, Custer lachte nicht, als ich ihm das zurief. Ich glaube, er hörte mich überhaupt nicht, sondern spornte nur seine arme Stute an, die er schon seit Meilen an diesem heißen, staubigen Tag zuschanden ritt, so daß sie schäumte und kaum mehr konnte. Als er zur Kolonne kam, brüllte er wieder: „Hurra, Jungens, die sind uns sicher! Wir erledigen sie im Handumdrehen und ziehen heim zu unserer Garnison."

Und diese Truppen, die seit vierundzwanzig Stunden nicht mehr richtig geschlafen hatten, die mindestens zu einem Viertel aus Greenhorns bestanden, die noch nie einem Indianer auf dem Kriegspfad gegenübergestanden hatten, stiegen auf ihre erschöpften oder verängstigten Tiere, antworteten mit hurra, ein anschwellender Ruf, den die Hügel zurückwarfen. Wieder setzten wir uns in Galopp, stürmten ungefähr dreihundert Yard in eine breite Schlucht runter und hielten noch mal an. Dabei ordnete sich die Kolonne vermutlich wieder, aber ich drehte mich nicht um, denn es ist kein erfreulicher Anblick, Männer in ihr Verderben rennen zu sehen.

Oh, davon war ich jetzt überzeugt. Dafür hatte das zweite Hurra gesorgt: Custer hatte den Verstand verloren.

Jeder andere hätte beim Anblick dieses Riesendorfs wenigstens sich selber eingestanden, daß er einen Fehler gemacht hatte. Das ist keine Schande: im Kampf gegen die Indianer kannte ein General nur selten die Stärke und den Plan der Feinde. Manche behaupteten, daß Custer dem Befehl zuwiderhandelte, die Indianer nicht vor der für den Zusammenschluß mit Terry und Gibbon vereinbarten Zeit am nächsten Tag anzugreifen. Aber auf so was kann man sich in der Wildnis nicht verlassen, außerdem glaubte er nach dem Zwischenfall mit dem Sioux und der Kiste Schiffszwieback in den Wolf Mountains, daß die Indianer von unserem Vormarsch wußten und fliehen würden, wenn er ihnen nicht zuvorkam.

Aber sich nach dem Anblick dieses Dorfs nicht zurückzuziehen, Reno rauszuhauen und sämtliche Streitkräfte zu versammeln – nun ja, ich nehme an, daß Custer verrückt genug war, zu glauben, daß er siegen würde, denn er gehörte zu dem Typ, der die ganze Welt in seinem eigenen Kopf mit sich rumträgt, und wenn dann die Leidenschaft so in einem aufsteigt und den Verstand überschwemmt, ersäuft die Wirklichkeit einfach jämmerlich.

Bei diesem Halt war ich in seiner Nähe, sein Hut saß schief vom Auf- und Absetzen bei den voreiligen Siegesfeiern, Schweißbäche durchzogen den Staub auf seinen stoppligen Backen, und er hatte glasige Augen.

Er rief seine Ordonnanz, Martin erschien und salutierte auf seine italienische Art. Custer redete rasch wie eine Maschinengewehrsalve.

„Bestell-Benteen-daß-es-ein-großes-Dorf-ist-und-daß-er-schnellstens-mit-dem-Nachschub-heranrücken-soll!"

Ich bezweifle, daß Martin ihn verstand, aber er salutierte noch mal schwungvoll und wollte schon aufbrechen, als Custer rief: „Warte, ich schreibe es auf", und er kritzelte was in sein Befehlsbuch.

Das war die letzte Nachricht, die je ein Mensch von Custer und von den fünf Kompanien erhielt, die ihm von dem einsamen Zelt nach Norden folgten. Sie können in den Geschichtsbüchern nachlesen, daß Martin den Weg noch schaffte, den wir gekommen waren. Als Ausländer erfaßte er die Situation nicht, die Indianer versuchten ihn zwar unterwegs in einen Hinterhalt zu locken, aber er kümmerte sich nicht darum, obwohl sein Pferd getroffen wurde. Das zeigt Ihnen wieder mal, wozu Unwissenheit manchmal gut ist. Benteen berichtete er, daß wir die Sioux in die Flucht geschlagen hatten, noch ein Grund für diesen Offizier, uns nicht zu Hilfe zu eilen. Ich meine, außer seinem Haß gegen Custer.

Von jetzt an haben Sie nur mein Wort dafür, was weiter mit Custer und seinen fünf Kompanien geschah, *denn ich bin der einzige Überlebende von diesen gut zweihundert Mann, die durch die Medicine Tail Coulee zur Furt des Little Bighorn River runterritten.*

Wenn Sie mir nicht glauben, dann suchen Sie sich einen anderen: einer dieser Schwindler, die später Briefe an die arme Mrs. Custer schrieben, obwohl manche 1876 noch Kinder waren; oder diesen Crow-Kundschafter Lockenkopf, der als einziger Überlebender der Schlacht überall ausgestellt wurde. Nur daß Lockenkopf gar nicht auf dem Schlachtfeld war, sondern den Kampf bloß teilweise von einem fernen Hügel aus beobachtete, und die Weißen, die behaupteten, dabei gewesen zu sein, sind entweder Verrückte oder Lügner. Es hat mich immer amüsiert, von Leuten zu hören, die Anerkennung für was suchten, was sie gar nicht getan hatten, während es mir bisher immer schwerfiel, meine echte Erfahrung zu verschweigen.

Kurz nach Martins Aufbruch kreuzte die erste Schlucht eine noch größere, die sogenannte Medicine Tail Coulee, in die wir links einbogen und der wir ein paar Meilen zum Fluß runter folgten, bis sie sich ungefähr eine Meile davor zu einer Niederung öffnete. Wir machten kurz halt, denn Mitch Bouyer und die Crows schwenkten auf der Steilwand darüber die Arme, und Custer wollte wissen, was sie mit ihren Zeichen meldeten. Sie konnten von ihrem Standort aus die Furt sehen und gaben zu verstehen, daß der Feind sie grade überquerte.

Custer unterbrach die Meldung mit ungeduldigen Gesten und bedeutete ihnen mit den Händen: „Na schön, ihr könnt nach Hause gehen.“

Die Crows waren nämlich nicht zum Kämpfen angeworben worden – Sie erinnern sich sicher noch, daß sie sich vorher schon mal geweigert hatten –, sondern sie sollten die Kolonne nur durch dieses Gebiet führen, das sie kannten. Wir konnten sehen, wie Bouyer sie entließ, sie blieben dort noch eine Weile auf ihren Pferden, als wir wieder aufbrachen, und sahen in der Art der Rothäute zu uns runter, die immer gleichgültig genannt wird: das ist sie zwar auch, aber das heißt noch lange nicht, daß sie keine Gefühle haben; sie wissen eben, daß sogar ein freundlicher Indianer kaum was für einen weißen Mann tun kann. Diese Crows hatten Custer immer gern, verstehen Sie, und ich hörte, daß der ganze Stamm jämmerlich weinte, als er seinen Tod erfuhr.

Bouyer hätte auch gehen können, aber es verletzte wohl seinen Stolz als Mischling, einfach mitanzusehen, wie Männer, mit denen er sich durch einen Teil seines Blutes verbunden fühlte, in ihr Verderben rannten. Er folgte den Crows ein Stück, riß mit einem plötzlichen Ruck sein Pferd rum, um wieder zu uns zu stoßen, und galoppierte zu Custer runter.

Vor uns wurde die Niederung wieder enger und bildete einen tiefen Schlund zwischen fast senkrechten Steilhängen, denn durch diese Schlucht flossen im Frühjahr das Schmelzwasser und Regengüsse ab. Man hätte keine ungeeignetere Stelle für die Kavallerie finden können, die nichts wert ist, wenn sie keinen Platz zum Manövrieren hat.

Bouyer zeigte dorthin und sagte: „Wenn wir da reingehen, kommen wir nie mehr raus." Er hatte einen Wildlederanzug an und trug einen breitrandigen Hut, aber sein schwarzes Haar war lang, und er trug irgendwelchen Crow-Tand, eine Bärenklauenkette um den Hals und einen Medizinzauber am linken Ohr.

Custer guckte ihn seltsam an. „Ich habe dir doch gesagt, daß du nach Hause gehen kannst", sagte er.

Bouyer hob seine glänzenden schwarzen Augen zur Sonne, sein Gesicht war so braun wie eine gegerbte Haut, und da er schwieg, nahm ich an, daß er sich nach Indianersitte von dem großen Feuerball am Himmel verabschiedete, um als Weißer zum Sterben bereit zu sein.

Wir trabten zügig in die Schlucht, die fünf Kompanien ordentlich in Viererreihen, als Bruder Boston zu uns stieß; eigentlich gehörte er zur Nachhut mit dem Gepäck, und ich hatte den Verdacht, daß sein Verwandter ihn der absichtlich zugeteilt hatte, um seine Gesundheit zu schonen, aber wenn es ans Handeln ging, konnte kein Custer seine Sippe verleugnen.

In jeder Kompanie der Siebten Kavallerie ritten die Soldaten auf Gäulen von ein und derselben Farbe: Tom Custers Kompanie C auf Füchsen; die Kompanie E auf Apfelschimmeln; die restlichen drei Kompanien auf schönen Falben. Die Wimpel waren schwalbenschwanzförmige amerikanische Flaggen mit konzentrischen Sternenringen auf blauem Grund. Sie flatterten in der ganzen Kolonne mitten im aufsteigenden Staub, als wir in diese trockene Schlucht tauchten, ohne was anderes zu hören als unser eigenes Hufgetrappel.

Von Zeit zu Zeit guckte ich über meine Schulter, denn bei einem Kampf weiß ich gern, wen ich hinter mir habe, und ich sehe immer noch diese Kompanie auf den Apfelschimmeln, die stets am leichtesten auszumachen sind, in ordentlichen Viererreihen traben. Aber Tom Custers Füchse an der Spitze konnten sich auch sehen lassen, manche davon wirkten im grellen Licht fast rot.

Mein Gott, was für eine Hitze. Wir hatten den Wind auf den Hügeln zurückgelassen, und ich sehnte mich nach einem Galopp, um ein bißchen Luftzug zu kriegen. Mein Hutband war pitschnaß. Ich hatte die Krempe runtergeschlagen, damit meine Nase im Schatten war, die von den vorhergehenden Tagen einen ziemlichen Sonnenbrand hatte. Seit einiger Zeit hatte ich mich nicht mehr rasiert, und unter dieser Mischung aus Staub und Schweiß fühlten sich meine Backen wie Schmirgelpapier an. Ich kaute Tabak, um meine Kehle feucht zu halten, wälzte dabei den Priem auf der Zunge hin und her, aber plötzlich war er nicht mehr saftig, sondern rauh wie ein stachliger Kaktus. Meinen Karabiner konnte ich auch kaum noch halten, weil die Metallteile in der Sonne glühend heiß geworden waren. Salziger Schweiß piekte mir in den Augen, und Cookes Schimmel vor mir blendete mich so, daß ich nicht länger hingucken konnte.

Wir hatten uns der Furt bis auf fünfhundert Yard genähert, als wir an diesem Tag die ersten Feinde an unserer Front erblickten: mehrere Sioux ritten an unserem Ufer langsam im Kreis rum, entweder wollten sie uns dazu bringen, ihnen nachzujagen oder den anderen in ihrem Versteck ein Zeichen geben. Ein Baumwollwäldchen verdeckte jetzt die Sicht auf das Lager. Dann verschwanden die Sioux, und auf einem kleinen Hügel bei der Furt tauchten vier Krieger auf. Sie schwenkten ihre Waffen über dem Kopf und riefen uns zu: *„Hey-hey-hey-hey-hey!“*

Custer ließ die Kolonne halten.

Ich kannte diesen Laut nur zu gut: es war das Kriegsgeschrei der Cheyennes. Dann machte ich was Komisches. Instinktiv legte ich meinen Karabiner an und drückte ab. Ich verfehlte sie, und Custer schnauzte mich mit funkelnden Augen und wutverzerrtem Gesicht an.

„Du Schwein", sagte er, „wer hat dir den Befehl gegeben, zu feuern? Nur *ich* habe hier was zu sagen! Ich werde dich dafür erschießen lassen. Mir ist egal, was für hohe Beziehungen du hast, du gemeiner Spitzel, auch wenn sie im Weißen Haus selber sitzen. Das kommt von eurer verdammten Indianerpolitik, den korrupten Agenten, den bestechlichen Politikern."

Ich glaube, daß er mich in seinem verdrehten Verstand für Präsident Grant hielt. Er zog seine Pistole, vermutlich um mich abzuknallen, änderte aber, wie es Verrückte nun mal tun, plötzlich seine Meinung völlig, spornte seine Stute an und rief: „Die tapfere Siebte Kavallerie, vorwärts marsch! Auf zum Angriff!"

Der davon wie behexte Trompeter blies auf seinem Instrument das Signal zum Absitzen, aber auch das klang zu dünn, um über die vordere Truppe hinauszudringen, und vermutlich konnten die hinteren wegen des Staubes nicht viel sehen, so daß erst mal Custer runter in die Schlucht stürmte, dann Cooke, Bouyer und ich zwischen ihnen wurden mitgerissen, danach stieg die erste Kompanie ab.

Inzwischen waren weitere fünfhundert Krieger über den Fettgrasfluß geschwärmt und noch mehr folgten wie Bienen aus einem aufgescheuchten Korb.

24. Der letzte Posten

Bouyer reagierte als erster. Auf seinem schnellen Crow-Pony überholte er den General, packte Vic beim Zügel und riß ihn zurück. Die Indianer schossen auf sie, und ich glaube, Bouyer wurde verwundet: ein dunkler Fleck zeichnete sich auf seinem Wildlederkittel ab, aber er kümmerte sich nicht weiter darum.

Cooke befahl inzwischen den Truppen, wieder aufzusteigen, nachdem sie das Feuer der feindlichen Schützen kurz erwidert hatten, denn wir mußten ganz eindeutig aus diesem Engpaß raus, wo die Kavallerie nicht manövrieren konnte.

Custer kam wieder zu Sinnen, es wurde ordentlich zum Angriff geblasen, wir stürmten durch die Medicine Tail Coulee fast bis runter zum Wasser, und die meisten der abgestiegenen Indianer wichen zurück, allerdings nicht so weit, daß wir die Furt trotz ihres Widerstandes überqueren konnten, denn im Fettgrasfluß wimmelte es nur so von Kriegern, Hunderte davon auf Pferden, und noch mehr wateten brusttief durch das Wasser.

Eine weitere Schlucht öffnete sich im Winkel von fünfundvierzig Grad nach rechts, da preschten wir rein und stießen auf einen Bergrücken, den wir hinaufrasten, nachdem wir unter heftigem Indianerbeschuß das grasbewachsene Ufer überquert hatten. Dabei verloren wir noch nicht viele Leute, höchstens ein paar bei der Furt, glaube ich, denn die Kolonne ritt noch in ordentlichen Viererreihen. Ungefähr eine Meile weiter nördlich war der höchste Punkt des Kamms, und ich nahm an, daß Custer den am geeignetsten für seinen Posten hielt und darauf zusteuerte.

Aber wenn man vor den Indianern davonläuft, sei es nun geordnet oder in wilder Flucht, ermutigt sie das erstaunlich, denn sie meinen dann, daß sie die Oberhand gewonnen haben. Wir wollten das Dorf angreifen, wurden aber von vier Cheyennes abgewehrt und vertrieben: so sahen es die

Feinde wenigstens, und die späteren Ereignisse gaben ihnen recht. Ich weiß nicht, warum sich Custer bei dieser lächerlichen Kraftentfaltung von vier Wilden gegen unsere zweihundert Mann ins Bockshorn jagen ließ. Vielleicht betrachtete er sie in seinem Wahnsinn für die gesamte Streitmacht der Feinde und wurde von ihrer Tapferkeit überrumpelt. Ich glaube, er konnte den Gedanken einfach nicht ertragen, daß außer ihm auch noch andere genauso mutig sein konnten.

In Wirklichkeit waren es nicht nur vier, auch waren sie nicht besonders tollkühn, sie führten uns nur ein bißchen an der Nase rum, damit die anderen Zeit hatten, den Fluß hinter ihnen zu überqueren, während noch mehr sich auf dem Gelände versteckt hielten, zu dem wir abgelenkt wurden. Sie wendeten einfach Strategie an.

Die Rollen wurden an diesem Tag am Little Bighorn River merkwürdig vertauscht. Reno war abkommandiert worden, um das Dorf anzugreifen, und wurde dagegen selber angegriffen. Custer wollte den Feind umzingeln und lief selber in die Falle. In ihrer letzten großen Schlacht kämpften die Indianer so, wie es von Weißen erwartet wurde, na, und wir saßen bald in der Klemme, die wir für sie ausklamüsert hatten, denn das war kein Gelände für die Kavallerie, und unsere ordentlichen Reihen lösten sich bei dieser Flucht schnell auf.

Da stürmte eine neue Schar Indianer von Süden heran, angeführt von dem großen Kriegshäuptling Gallapfel, obwohl wir das damals nicht wußten. Er hatte grade Reno zurückgeschlagen und ihn auf dem Hügel belagert, von wo aus Custer seinen ersten Blick auf das Dorf geworfen hatte. Sie waren mindestens tausend Mann stark und ritten mit furchterweckender Entschlossenheit auf uns zu.

Inzwischen wurde an dem Hang zum Fluß hin die Kompanie der Apfelschimmel von den Indianern, die sich dort in den Spalten versteckt hatten, ganz von uns abgeschnitten und schließlich in eine tiefe Schlucht getrieben, wo sie aufeinander aufliefen und von den von oben runterschießenden Sioux abgeschlachtet wurden, während ein paar übriggebliebene Pferde krampfhaft versuchten, die senkrechten Steilwände zu bezwingen.

Custer handelte noch überlegt. Er ließ Calhouns Kompanie absitzen und warf sie als Schützen gegen Gallapfel in den Kampf, aber sofort sprangen die Sioux von ihren Ponys und schlichen durch die Salbeibüsche heran. Sie schnellten aus ihren Verstecken Hunderte von Pfeilen gleichzeitig ab, und die prasselten, wenn sie den höchsten Punkt ihres schwungvollen Fluges erreicht hatten, in fürchterlichen Schwärmen nieder und durchbohrten die Soldaten, die keinen Feind sahen, auf den sie schießen konnten.

Ein paar Indianer umzingelten die Soldaten, die zum Halten der Pferde abkommandiert wurden, das war jeder vierte Mann der Kompanie, und sprangen vor, um mit Schreien und Deckenschwenken die Gäule auseinanderzutreiben. Dadurch konnte sich Calhoun nicht mehr von der Stelle rühren. Dann fingen sie an, seine Linie von beiden Enden bis zur Mitte hin Schütze für Schütze niederzumachen, und schließlich tauchten sie wie eine große nackte braune Woge mit *Hoka-Hey*-Geschrei aus dem Gras auf. Dieser Kriegsschrei der Sioux ertönte aus unzähligen Kehlen und überflutete schließlich Calhoun.

Mich beeindruckte besonders der Anblick ihrer bloßen Körper, denn die Wilden waren bis auf einen Lendenschurz nackt und unbemalt, auch trugen sie nicht ihren üblichen Kriegsschmuck und schnitten nur den Toten den Skalp ab. Die meisten kämpften zu Fuß, ohne ihren Mut allzu tollkühn zu zeigen, denn sie nutzten jede Deckung aus. Mein Gott, wieviel von ihnen es auf diesem verteufelten Gelände gab: es glich mit seinen Schluchten und Spalten einem Riesenschwamm, den eine mächtige Hand von Zeit zu Zeit auszuquetschen schien, und dabei quollen aus jedem Loch Wilde, überschwemmten einen anderen Teil der Kompanie und wurden wieder von ihrem Unterschlupf aufgesaugt.

Aber aus ihrem Versteck fügten sie uns mit ihrem schwirrenden Pfeilhagel große Verluste zu, außerdem hatten sie Scharfschützen, obwohl sie weniger Gewehre besaßen, als manche Leute behaupteten: aber diese wenigen, von denen die meisten nicht mal Mehrlader waren, setzten sie sehr klug ein.

Ich selber hatte einen Winchester Siebenschuß-Karabiner,

hätte ihn aber um alles in der Welt gegen die alte einläufige Sharps eingetauscht, mit der ich früher Büffel jagte, denn unsere Abteilung unter Custer befand sich jetzt auf dem Gipfel, möglichst weit vom Feind weg, wie es sich für einen General bei der Abwehr ziemt. Unter uns und auf einer tiefer liegenden Bergkuppe waren die Füchse von Tom Custers Kompanie, und links davon ritt Keogh, um die Lücke zu füllen, die durch Calhouns Untergang entstanden war; dahinter lag die tiefe Schlucht, in die die Kompanie der Apfelschimmel getrieben und abgeschlachtet worden war, weiter rechts wurde eine Abteilung von Captain Yates' Kompanie F durch den massiven Druck der Wilden aufgerieben, die schon bald durchbrachen und mit Tom und den Überresten der Kompanie F kämpften.

Es war entsetzlich, das alles mitansehen zu müssen, ohne aus diesem Abstand was dagegen tun zu können. Ich meine für mich: Custer hatte genug zu tun, und das machte er wirklich gut, trotz des Nachteils, daß er auf Grund seiner Persönlichkeit und seiner Ausbildung durch und durch Kavallerist und so eigentlich zum Vorstoß geschaffen war. Noch nie war er so zurückgeschlagen worden, daß er nicht mehr zu seinem geliebten Angriff übergehen konnte. Hier taugten unsere Pferde überhaupt nichts, so daß manche Soldaten vom Hauptquartier ihre einfach erschossen und aus den Kadavern eine Brustwehr errichteten, denn selbst ein Narr konnte erkennen, daß der Sturm auf den Gipfel bald losging. Um Ihnen zu zeigen, wie normal sich der General benahm, nur ein Beispiel: er ließ Leutnant Cooke die Namen von allen Soldaten aufschreiben, die ihre Pferde erschossen hatten, um sie nach der Rückkehr in Fort Lincoln vors Kriegsgericht zu stellen.

Das passierte eine Sekunde, nachdem er eine Ordonnanz zu Keogh geschickt hatte, daß der sich den Sioux entgegenstellen sollte, die Calhoun überrannt hatten. Und Calhoun war schließlich Custers Schwager und inzwischen offenbar mausetot, obwohl wir auf die Dauer durch diese Riesenwolke von Pulverdampf und aufgewirbeltem Staub immer weniger sehen konnten, die den frühen Nachmittag zur Abenddämmerung werden ließ.

Daß jetzt Keogh an die Reihe kam, merkten wir hauptsächlich durch das immer lauter werdende Kriegsgeheul, und dann zogen sich Tom Custers Leute ohne ihre Pferde Schritt für Schritt den Hang hinauf zu unserem Posten zurück.

Und da knallte der erste Schuß hinter uns, wo ein Steilhang nordwestlich in eine Schlucht abfiel. Bei den Tausenden von Feinden an den drei anderen Seiten hatten wir nicht weiter drauf geachtet, so daß die Indianer einen Bogen geschlagen hatten, ohne Widerstand in die Schlucht geströmt waren und uns von dort noch mal zu Tausenden auf die Pelle rückten. Sie stimmten ihr Kriegsgeschrei an: *Hoka Hey! Hoka Hey!*, manche brüllten auch den Namen ihres großen Volkes: *Dakota! Dakota!*, die meisten aber das schlichte, tief aus der Kehle kommende *Hey-Hey-Hey-Hey-Hey*, das wie eine Trauermarschtrommel anfing und sich dann zu einem rasenden Wirbel steigerte, wenn Sie sich das vorstellen können, zu unmittelbarer Leidenschaft, die wild und unerbittlich ein einziges Ziel im Auge hatte. Das waren die Cheyennes, der Mittelpunkt der Welt.

Dieser erste Schuß tötete Custers Pferd. Vic sackte langsam zusammen, beugte erst anmutig die Vorderbeine, so daß der General Zeit hatte, abzusteigen, bevor das Hinterteil zusammenbrach und sie zur Seite rollte.

Der ruhmreichste Kavallerist unter uns war jetzt unberitten. Er blickte verwirrt um sich, kam aber beim Anblick der vorstoßenden Cheyennes rasch wieder zu sich und befahl jetzt den Truppen, was er eben noch verdammt hatte: die übrigen Gäule zu erschießen und eine Brustwehr daraus zu bauen. Dabei gab es noch ein paar Gefallene.

Wir waren jetzt völlig umzingelt, die Kompanie C wurde gegen einen Steilhang unter unserem Hügel zurückgedrängt, und aus Keoghs Richtung stieg nur noch Rauch auf, und wenn der sich mal im trägen Wind flüchtig lichtete – nichts wie Indianer, Indianer, Indianer. Sie kamen immer näher und wurden immer mehr, daß es wirklich ein Wunder war, daß dieses Gelände überhaupt so viele fassen konnte, und ich dachte an Bouyers Voraussage, daß es mehr Indianer gab, als wir Kugeln hatten. Er war ein weiser und tapferer Mann: ich sah ihn fallen, als wir vor der Furt abschwenkten, näher als er kam keiner aus unserer ganzen Kolonne je an das große Dorf am Fettgrasfluß, und er war ein Mischling.

Die anderen Crows waren schon längst wieder bei ihrem Stamm, wenn auch vielleicht Lockenkopf unseren Kampf teilweise von einem entfernteren Hügel aus beobachtete, denn am nächsten Tag kam er flußaufwärts zur *Far West* und erzählte von dem Massaker, was ihm keiner glauben wollte. Aber er war auf jeden Fall nicht auf unserem Kamm. Da gab es keine weißenfreundlichen Indianer mehr, denn die Rees hatten Reno begleitet. Auch standen keine Weißen auf der Seite der Sioux und Cheyennes, wie manche behaupteten, die einfach nicht wahrhaben wollten, daß Wilde so gut kämpfen konnten: verbitterte Offiziere aus den Südstaaten, Männer von Indianerinnen, Überläufer und so weiter. Das stimmt nicht. Unsere Gegner waren hundertprozentig rot. Nur kämpften sie eben nicht mehr bloß zum Spaß, sondern waren darauf aus, uns möglichst wirkungsvoll abzumurksen und ihre Verluste dabei auf ein Minimum zu beschränken. Obwohl sie immer mehr wurden, hatte man mit dem Gewehr im Anschlag kaum ein Ziel. Sie schlichen und krochen und versteckten sich sogar noch hinter einem hutgroßen Grasbüschel; ein kümmerlicher Salbeistrauch verdeckte zwei Dutzend von ihnen. Aber bis man nachgeladen hatte, gewannen sie schon wieder dreißig Yard.

Trotzdem gönnten unsere Jungens den Springfields keine Ruhe, bis sich die Schwäche dieser Waffe zeigte, von der Botts gesprochen hatte: sie erhitzten sich beim dauernden Schießen, die grelle Sonne trug auch noch dazu bei, die der Pulverdampf allerdings etwas dämpfte, so daß Ladehemmungen auftraten und die Kugeln im Lauf stecken blieben. Manche fummelten mit ihren Messern dran rum und brachen nutzlos ihre Klingen ab. So was bringt einen vielleicht in Panik, wenn hundert Indianer auf einen persönlich zukriechen, aber ich sah trotzdem keine Verwirrung bei den Truppen, als die Lage hoffnungslos wurde. Die Sioux behaupteten später, daß eine ganze Abteilung bei Keogh und Calhoun Selbstmord verübte; ich habe so was nicht gesehen und weigere mich auch, es zu glauben.

Auf dem Kamm gab es keinen einzigen Feigling. Als die Karabiner versagten, benutzten die Männer ihre Revolver, das war genauso wirksam, als wenn Schuljungen in Missouri mit Papierkugeln schnippten. Es waren so viel Indianer, daß sie den Verlust überhaupt nicht spürten, wenn wir mal einen von ihnen abknallten.

Mit dem Rest der Kompanie unten bei der Steilwand und mit uns oben auf dem Hügel zählten wir jetzt vielleicht noch fünfundsiebzig bis hundert Mann. Aus Keoghs Richtung war keine Schießerei mehr zu hören, und rechts von uns war es schon längst still geworden, wo die Kompanie von Yates und der Apfelschimmel offenbar gefallen waren, obwohl wir das durch den Pulverdampf nicht sehen konnten.

Ich feuerte meine Winchester dauernd auf die Cheyennes ab und muß wohl auch ein paar getroffen haben, während mir der Kadaver dieses Ree-Ponys Deckung bot, dem ich notgedrungenerweise, wenn auch mit großem Bedauern, eine Kugel in die Stirn gejagt hatte, denn es hatte mir treu gedient, als es darauf ankam. Ich wußte damals noch nicht, daß sein früherer Herr, Blutiges Messer, schon unten im Tal bei Reno ins Gras gebissen hatte, aber wenn ich daran zurückdenke, scheint *es* das schon gewußt zu haben: seine großen traurigen Augen zeigten, daß es bereit war zu sterben. Es erwies sich aber auch nach seinem Tod noch als sehr nützlich für mich, denn schon bald war es mit Pfeilen gespickt, die sonst wohl meine Wenigkeit durchbohrt hätten. Ich lag nämlich jetzt halb unter seinem Bauch, denn der Pfeilhagel wurde immer dichter, und Hunderte von Eisenspitzen prasselten aus dem Pulverdampf, als ob es Rasiermesser regnete. Ein Mann neben mir wurde an zwei oder drei Stellen am Boden festgenagelt, aber erst getötet, als er sich losreißen wollte und dabei den Kopf so hoch hob, daß er mehrere Kugeln abkriegte und krepierte, bevor er sich befreien konnte.

Das war die Schwierigkeit: legte man sich flach hin, wurde man am Boden festgenagelt, stand man auf, war man ein idealer Kugelfang, rollte man sich unter einen Pferdebauch, war man zwar vorübergehend sicher, aber wehrlos, so daß die Indianer einen schließlich aufstöbern und wie eine Schlange erschlagen konnten.

General Custer zog das alles für sich überhaupt nicht in Betracht. Er stolzierte durch alles hindurch und war bisher unversehrt geblieben. Ich meine wirklich, er ging nicht geduckt, sondern aufrecht, und manchmal zeigte er mit beiden Armen in zwei Richtungen zugleich, so daß er wie ein Kreuz aussah und dann für die Indianer unter ihm eine deutliche Zielscheibe gegen den Himmel abgab. Gelegentlich drückte er seine Bulldog Pistolen ab, immer in der klassischen Haltung, die er sicher in West Point gelernt hatte, den Ellbogen wie einen Eisenhaken gebogen, der Unterarm kerzengrade. Während die Pfeile ihn umschwirrten und ihm die Kugeln um die Ohren pfiffen, stand er wie auf dem Schießplatz eines stillen Forts.

Das war vielleicht ein Anblick, wenn er auch wie ein Pferd schwitzte und von seinem kurzgeschnittenen Kopf bis zu seinen Lederzehen mit Staub bedeckt war, dazu sein offener Hemdkragen und sein stoppelbärtiges Gesicht. Und dabei lächelte er! Mein Gott, er lächelte, und ich hörte seine knarrende Stimme über den Hügel schallen und den Soldaten befehlen, hier eine Lücke auszufüllen, dort weiter auszuhalten. Sie klang ganz zuversichtlich und hoffnungsvoll.

„Ausgezeichnet, ausgezeichnet“, sagte er über mir, als ich mal kurz nach Luft schnappte, nachdem meine letzten drei Kugeln vor dem Nachladen einen unten am Hang langkriechenden Indianer verfehlt hatten, und Custer einen Blick zuwarf, flog grade ein Pfeil so nah an seinem Hals vorbei, daß er ihn mit den Federn streifte.

Ich sagte: „Herr General, wollen Sie nicht in Deckung gehen?“ Aber ich hatte damit nicht mehr Erfolg als mit allem, was ich in unserer ganzen Geschichte bisher zu ihm sagte.

Er starrte mich aus seinen himmelblauen Augen an, fanatisch wie ein Götzenbild, und sagte: „Ausgezeichnet, Jungens! Jetzt haben wir sie in die Flucht geschlagen!“ Dann schritt er die Schützenlinie ab und trat den Soldaten ermutigend gegen die Stiefel, in denen öfters die Füße von Toten steckten.

Nun ja, vielleicht gab sein Vorbild denen neuen Mut, die ihn sehen konnten. Mir wurde klar, daß er wieder übergeschnappt war wie bei seinem Soloangriff auf die Furt und die Pfeile und Kugeln ihn deshalb verfehlten, denn Geschosse haben was dagegen, einen Mann zu treffen, der verrückt geworden ist oder durch eine Medizin den Verstand verloren hat.

Ich wendete mich wieder den schießenden Indianern zu, oder versuchte es wenigstens, denn sie schlängelten sich durch das hohe Gras, und ihre Köpfe tauchten immer nur flüchtig auf und dann ein Stück neben der Stelle, wo man es erwartet hatte. Sie waren ja von Jugend auf an solches Kämpfen gewöhnt, und obwohl auch ich diese Ausbildung genossen hatte, nützte mir das überhaupt nichts auf diesem steinigen Hügel, wo nur die Tierkadaver Deckung boten.

Dann wurden wir auch noch vom Nachbarkamm sechzig bis siebzig Yard im Südwesten unter Beschuß genommen, was hieß, daß die Kompanie F endgültig untergegangen war, denn die hatte diesen Hang verteidigt. Die lauten Schüsse der Regierungskarabiner waren jetzt aus allen Richtungen zu hören, das klingt ganz anders, als wenn man sie selber bedient, und läßt sich leicht vom Knall der leichteren Waffen unterscheiden.

Die Feinde wurden durch die erbeuteten Waffen immer besser ausgerüstet, die sie nun gegen uns richteten, ohne daß sie die Ladehemmungen störten, denn sie konnten sich so viel Zeit lassen wie sie wollten, und hatten es gar nicht nötig, die Karabiner zu überhitzen. Munition hatten sie in Hülle und Fülle aus den Satteltaschen der niedergemetzelten Truppen, während unsere allmählich knapp wurde. Zwar rückte die Gepäckabteilung irgendwo an, Sie wissen ja sicher noch, daß Custer mehrere Ordonnanzen mit diesem Befehl losgeschickt hatte, aber wie sollten die sich durch all diese Feinde zu uns durchschlagen? Eigentlich nahm ich auch an, daß diese Abteilung genauso aufgerieben war wie die von Reno und Benteen.

Inzwischen hatte es die Kompanie C bis auf eine Handvoll erwischt, die zu uns raufkraxelten und hinter der Barrikade aus Pferdekadavern niederplumpsten, wobei manche noch in den Rücken getroffen wurden und Blut auf die schon Anwesenden spuckten, die sie reinzerrten, um das Leichenschauhaus zu vergrößern. Tom Custer befand sich nicht darunter, der mußte also schon seinen Teil abbekommen haben. Der junge Reed bediente neben mir seine elegante Jagdflinte, im nächsten Augenblick war er mausetot und riß den Mund auf, in dem seine Zunge schwarz wurde; Boston entdeckte ich nirgends: der war höchstwahrscheinlich schon unterwegs gefallen.

Als Mensch hatte der General also zwei Brüder, einen Neffen und allem Anschein nach seinen Schwager verloren; als Befehlshaber den größten Teil von fünf Kompanien; als Kavallerist sein Roß. An kleineren Dingen seinen Hut und eine Pistole; mit der anderen feuerte er drauflos, jetzt im Knien. Seine Hose hatte ein großes Loch, und die meisten Knöpfe von seinem zweireihigen Hemd waren abgesprungen, als er es wegen der Hitze noch weiter aufriß.

Mark Kellogg, der Journalist, lag mit dem Gesicht auf den Steinen, vermutlich war er tot, obwohl auf seinem Rükken keinerlei Verletzungen zu sehen waren, und aus seiner Rocktasche guckte das zusammengerollte Manuskript mit seinem letzten Bericht, den er nie abgeschickt hat. Sergeant Hughes, der Custers Privatwimpel trug, hatte einen gräßlichen Unterleibsschuß abgekriegt, so daß er sich am Boden krümmte, doch irgendwie brachte er es fertig, die Standarte aufrecht zu halten. Sie hing schlaff herunter und flatterte nur schwach, wenn Pfeile vorbeisausten.

Ich habe noch nicht meine eigenen Wunden erwähnt, obwohl ich einiges abgekriegt hatte. In der linken Schulter wurde ich von einer Kugel getroffen, vermutlich aus einem Vorlader, denn sie kam mit solcher Wucht, daß sie mich hochriß, ich einen Purzelbaum schoß, mit der Wirbelsäule auf den Boden knallte und mir der Atem stockte. Doch ich war sofort wieder auf dem Posten und erwischte den Indianer, der das auf dem Gewissen hatte, denn er sah mich umfallen und tauchte zuversichtlich aus seiner Deckung auf, um nachzuladen, weil dreißig Yard rechts und links von mir niemand mehr war, der auf ihn schießen konnte. Ich knallte ihm eins vor die Brust und ließ es dabei bewenden, um Munition zu sparen; er fiel um und wurde von seinen Kumpanen ins Gras zurückgezogen, wo er krepierte oder sich wieder erholte – das habe ich nie erfahren.

So machten sie es mit all ihren Gefallenen, während unsere einfach liegenblieben wie die toten Gäule, die durch die Hitze schnell verwesten, so daß das zerfetzte Fleisch schon blau wurde und jetzt mehr Fliegen auf diesem Hügel rumschwirrten als Indianer, denn selbst so ein Tumult kann diesen verdammten kleinen Biestern nichts anhaben. Ein paar hockten auf meiner blutenden Schulter, und ich spürte ihre Krabbelbeinchen, aber noch keinen Schmerz. Ein Pfeil hatte meine Backe in einem solchen Winkel aufgerissen, daß mir das Blut in den Mundwinkel sickerte und ich das erst durch den Salzgeschmack entdeckte.

Mein Kater war restlos weg, auch die üblen Nachwirkungen der zweitägigen Schlaflosigkeit waren völlig verschwunden: von nichts bekommt man so einen klaren Kopf wie von einem Massaker. Ich glaube, daß ich weder vorher noch nachher je wieder so einen klaren Blick hatte. Schade, daß ich ihn nur noch auf Wilde und Salbeibüsche anwenden konnte, denn ich war ziemlich sicher, daß es mit meiner Sicht wie mit allem übrigen bald aus war. Von uns konnten nur noch dreißig bis vierzig übrig sein. Ich wußte nicht, wie lange wir bisher gekämpft hatten; manchmal kam es mir wie eine Ewigkeit vor und manchmal wie ein kurzer Augenblick, seit wir durch die Medicine Tail Coulee auf diesen Hügel galoppiert waren.

Ich merkte, daß jemand in meiner Nähe fiel, und als ich mich umdrehte, sah ich, daß es Leutnant Cooke war, dessen prächtige Koteletten in einer Blutlache schwammen; er war die Linie entlanggekrochen und hatte dabei den Kopf eine Sekunde lang zu hoch gehoben, seine letzte. Dann erschien Custer, nicht mehr aufrecht, sondern auf allen vieren. Auch er war mit Blut bespritzt, aber nicht mit seinem eigenen, glaube ich, denn er war immer noch unverwundet.

„Cooke", sagte er und gab der leblosen Gestalt seines Adjutanten einen Puff. „Cooke, hier ist ein Befehl für Benteen." Dann spuckte er Steine und Staub aus und sagte: „Cooke, schreib auf: ‚Komm sofort, der Sieg gehört uns.' . . . Hast du das, Cooke?"

„Er ist tot, Herr General", sagte ich.

„Notier den Namen des Mannes, der das gesagt hat, Cooke", schnauzte Custer mit blutunterlaufenen Augen, die weder mich, noch den Adjutanten, sondern den Kopf meines toten Ponys anstarrten.

Ich weiß nicht, aber irgendwie kriegte ich da Mitleid mit

ihm und übernahm Cookes Rolle, ohne daß er den Unterschied überhaupt merkte.

Ich sagte: „Ja, Sir, ich werde dafür sorgen.“ Custer murmelte was, rollte sich auf den Rücken, legte die Hände unter den Nacken, starrte in den Himmel und lächelte geheimnisvoll. Ein Schwarm Pfeile flog über uns, in den geschliffenen Eisenspitzen spiegelte sich die Sonne, und dieser Hagel ging in seinem Blickfeld nieder.

Er zuckte nicht mit der Wimper – übrigens richteten die Pfeile jetzt weniger Schaden an, weil nicht mehr so viele Ziele übrig waren –, sondern sagte ungezwungen wie ein leutseliger Gelehrter:

„Wenn wir ihn so nehmen, wie wir ihn vorfinden, sei es nun im Frieden oder im Krieg“ – die Pfeile prasselten runter und blieben aufrecht in den toten Männern und Pferden stecken –, „zu Hause oder in der Ferne, wenn wir uns von allen Vorurteilen freimachen und jede Voreingenommenheit ablegen, dann werden wir in dem Indianer ein Wesen entdecken, das gründliche Studien und Forschungen wert ist.“

Ich nahm mir die Zeit, den Vorstoß von ungefähr fünfzig Wilden für ein oder zwei Minuten aufzuhalten; mir gingen die Kugeln rasch aus, denn da wir immer weniger wurden, mußte ich zum Ausgleich öfters schießen. Dabei plauderte Custer weiter vor sich hin.

Als ich nachlud, hörte ich, wie er sagte: „Es ist bedauerlich, daß der Charakter eines Indianers, wie ihn Cooper in seinen interessanten Romanen beschreibt, nicht der Wahrheit entspricht. Wenn wir ihn der schönen Romantik entblößen, mit der wir ihn solange bereitwillig bekleidet haben, wenn wir ihn aus den erbaulichen Büchern eines Schriftstellers dorthin verpflanzen, wo wir ihm zu begegnen gezwungen sind, dann verdient der Indianer nicht mehr länger, als *edler* Roter bezeichnet zu werden.“

Über ihm sah durch einen Spalt im Pulverdampf der blaue Himmel, den er anlächelte und auf den er mit einem schmutzigen Finger belehrend zeigte.

„Wir sehen ihn, wie er tatsächlich ist, und soviel wir wissen, ist und war er nie etwas anderes als ein *Wilder* in jedem Sinne des Wortes.“

Daß er ein passendes Thema gefunden hatte, ließ sich

nicht abstreiten, und sein Vortrag wurde vom Gewehrfeuer und Geheul von fünftausend Angehörigen eben dieser Rasse begleitet; ich meinte, das Gekreisch der Frauen vom Fluß her zu hören, und wußte, was das bedeutete: sie prügelten die letzten Lebensfunken aus unseren verwundeten Jungens und verstümmelten sie.

Dieser Spalt im Pulverdampf begann mich zu interessieren, weil er sich allmählich durch eine zufällige Luftströmung nach Südosten verlängerte, und nach einer Weile konnte ich gut drei Meilen des zerklüfteten Geländes übersehen, über das wir hergekommen waren, und die Sonne beschien den fernen Hügel, von dem aus Custer seinen zweiten Blick auf das Dorf geworfen hatte und wo ich in Reeds jungem Gesicht das Nahen des Todes erkannt hatte, der ihn inzwischen erwischt hatte.

Und da flatterte was Winziges! Kein Indianerwimpel war so groß, daß man ihn aus dieser Entfernung erkennen konnte, kein Federschmuck flatterte so, eine geschwenkte Decke würde dunkler, größer aussehen; außerdem bestürmten sämtliche Indianer unseren Hügel. Es mußte die Kavalleriestandarte sein, es konnte einfach nichts anderes sein, obwohl ich aus dieser Entfernung natürlich nicht die Farbe erkennen konnte.

„Herr General", rief ich in Custers Monolog hinein, „sehen Sie nur, sehen Sie doch!"

Sicher erinnern Sie sich noch an seinen wahnsinnigen Soloritt zur Furt, vor dem ihn Bouyer bewahrt hatte. Danach wurde er ja wieder normal und erfüllte seine Aufgabe als Befehlshaber, so gut er unter den gegebenen Umständen konnte. Jetzt machte er mit seinen Phantasierereien einen noch wahnsinnigeren Eindruck, aber ich schrie ihn trotzdem weiter an, bis er schließlich seine verschleierten Augen nach Osten richtete, die sich sofort aufklärten.

„Das ist Benteen!" schmetterte er und rappelte sich mitten im Pfeil- und Kugelregen auf. „Los, Jungens", rief er den auf dem Hügel liegenden Lebenden und Toten zu, „feuert eine Salve ab, um ihm die Richtung zu zeigen!"

Dann entriß er dem leblosen Haufen, der einmal Hughes gewesen war, seine eigene Standarte und schwenkte sie im Halbkreis hin und her, während wir auf das Zeichen des einzigen übriggebliebenen Leutnants mit einem zerfetzten Arm die noch funktionierenden Waffen im Chor abdrückten; es waren vielleicht zwanzig Karabiner und ein paar Pistolen, knallte aber immerhin ganz tüchtig.

Dann wurde ein Trompeter gerufen, aber es gab keinen mehr, so daß Custer uns noch eine Salve abfeuern ließ, aber als er eine dritte befehlen wollte, meldete ihm der Offizier, daß wir dazu nicht mehr genug Kugeln hatten. Ich sah jetzt, wie ein paar Indianer, die in der auf uns zustürmenden Menge gut eine halbe Meile entfernt waren, auf ihre Ponys sprangen und zu dem Hügel ritten, wo Benteen angeblich war, weil sie ihn sicher auch entdeckt hatten.

Das ferne Geflatter hielt noch eine Weile an, ohne näher zu kommen, dann nahm uns der Pulverdampf der Salven ein für allemal die Sicht. Die letzte Hoffnung war dahin, vielleicht nicht mal eine echte, denn ich glaube, daß Benteen mit seinen und mit Renos hundert Mann sich kaum zu uns hätte durchschlagen können, sondern auch abgeschlachtet worden wäre. Immerhin können Sie nachlesen, daß er den Versuch machte, aber durch den Vorstoß der Indianer in seine Richtung abgeschreckt wurde, und er und Reno sich auf den Hügel zurückzogen, wo sie bald von der Schar belagert wurden, die uns aufgerieben hatte.

Aber eins muß ich sagen, wenn ich auch durch meine eigene Lage vielleicht nicht ganz unbefangen war: Benteen hatte sich keine große Mühe gegeben, uns rauszuhauen. Damals wendeten sich nur ein paar hundert Indianer gegen ihn, während wir uns gegen Tausende wehren mußten. Er hatte die Gepäckabteilung mit der Reservemunition, wir dagegen nicht mal genug Patronen für eine dritte Salve. Er hatte überhaupt noch nicht gekämpft, während unsere Karabiner von der dauernden Schießerei Ladehemmungen hatten.

Reno war vielleicht ein Feigling, Benteen aber nicht, der fürchtete sich vor nichts: weder vor Indianern noch vor Custer, außerdem war er ein ehrenwerter Mann und so beliebt bei den Truppen, daß mir sein Lob schon zum Halse raushing. Das lag vielleicht an meiner persönlichen Abneigung gegen Popularität, da ich meistens allein in der Welt dastand, aber jetzt mußte Custer sterben, während Benteen am

Leben blieb, und Sie müssen zugeben, daß das ein Unterschied ist.

Wir kämpften also ohne Hilfe weiter, und von den übriggebliebenen Gewehren verstummte eins nach dem anderen, aber noch immer rüsteten sich die Indianer nicht zu ihrem letzten Ansturm, sondern brandeten nur immer höher hinauf, so daß wir wie auf einer Insel mitten im Hochwasser saßen. Schließlich feuerte ich meine letzte Karabinerkugel ab, zerbrach den Kolben auf dem Boden und verstopfte den Lauf mit Erde; er war zwar noch immer nicht kaputt, aber ein Wilder konnte ihn nicht gegen mich richten, ohne vorher daran rumzufummeln. Dann zog ich meinen Colt und wollte mein Messer aus meinem linken Stulpstiefel holen, entdeckte aber, daß ich durch die Schulterwunde meinen Arm nicht mehr bewegen konnte: er tat nicht weh, war aber steif. Dann eben nicht, dachte ich, weil ich nicht damit rechnete, noch am Leben zu sein, wenn die Messer an die Reihe kamen.

Da kehrte Custer zurück. Er war zum äußersten Punkt unseres Postens gegangen und schwenkte dabei immer noch die Standarte, um Benteen Zeichen zu geben, doch eine Indianerkugel hatte unterwegs den Schaft zerhauen, so daß er nur noch den Stumpf in der Hand hatte. Aber er selber war nach wie vor unverwundet, wenn auch von Staub, Pulverdampf, Hitze und Wahnsinn ziemlich mitgenommen.

Da wurde er getroffen, nur einmal, in seinem Hemd entstand direkt über dem Herzen ein Loch. Durch den Aufprall drehte er sich etwas um, ließ den Schaft der Standarte fallen und griff sich mehr aus Anstand als aus Angst an die Wunde. Er stürzte rücklings hin und spreizte die Arme wie ein Gekreuzigter, aber auf seinem geschlossenen Mund lag der Anflug eines Lächelns. Als ob er bei einem Picknick eingenickt wäre. Ich konnte nicht sehen, daß er blutete, aber irgendwie muß er das wohl getan haben.

Als Custer fiel, war ungefähr noch ein Dutzend von uns übrig, und vielleicht leisteten wir eine weitere halbe Stunde Widerstand. Ich weiß nicht, ob die anderen Soldaten – Offiziere gab es keine mehr – mitbekommen hatten, daß der General tot war. Sie hatten viel zu viel mit sich selber zu tun, als Lebende unter all den Toten und Sterbenden, und sämtliche Begriffe von Kameradschaft und Führerschaft, ja Abstammung bedeuteten ihnen nichts mehr, denn, wenn man bis zum bitteren Ende kämpft, denkt man leicht einseitig. Wenn Benteen jetzt erschienen wäre, hätten wir höchstwahrscheinlich auf ihn geschossen.

Aber selbstverständlich tauchte er nie auf, und das Horn, das am Hang in der Nähe des Flusses erklang, blies ein Sioux, der es einem toten Trompeter abgenommen hatte und natürlich kein einziges Signal kannte, sondern einfach mißtönend drauflosschmetterte. Viele von ihnen brüllten und sangen mit ihren Fistelstimmen, sie verplemperten jetzt auch ihre Munition, denn damit brauchten sie ja wirklich nicht mehr zu sparen. Ihre Knallerei machte einen Heidenkrach, und der Pulverdampf wurde dick wie Pudding.

Noch immer griffen sie nicht an. Schließlich hatte ich nur noch zwei oder drei Kugeln in meiner Pistole, und bei den übrigen verhielt es sich höchstwahrscheinlich nicht viel anders, so daß wir das Schießen ganz bleiben ließen. Einmal versuchte ich, mich umzudrehen und zu sehen, mit wem ich sterben sollte, aber die Steifheit war von meiner Schulter durch meinen ganzen Körper gedrungen, so daß ich mich kaum mehr rühren konnte. Ich legte den Kopf auf den Bauch meines Ponys, aus dem schon längst alle Wärme gewichen war, hielt die Hand mit dem Colt an meiner Seite und wartete.

Wartete und wartete ... Bald wurde das ganze Schlachtfeld im Umkreis von einer Meile still, so still, daß ich das Summen einer Fliege auf meiner Gesichtswunde hören konnte, und als ich mit meiner Backe zuckte, wo das Blut ganz hart geworden war, hörte ich sogar, wie die Kruste krachte. Man hätte wirklich meinen können, daß alle nach Hause gegangen waren.

Zehn Minuten, fünfzehn – keine Uhr hätte diese Zeit messen können, vielleicht waren es dreißig Sekunden, vielleicht zwei Stunden, da hörte ich ein Kratzen auf der anderen Seite meines Ponys und sah auf, als grade der Kopf eines Indianers mit einer einzigen großen Adlerfeder und einem knallroten Scheitel im schwarzen Haar langsam hinter dem Tierrücken auftauchte. Er hatte ein breites, braunes, unbemaltes Gesicht.

Ich schob ihm die Mündung des Colts fast unter die Nase, als ich abdrückte, und sein Gehirn war zerschmettert, ehe er sich's versah. Dann erklangen Schüsse, Schreie, Getrampel aus allen Himmelsrichtungen: wir wurden überrannt.

Fast gleichzeitig kriegte ich eins über den Schädel, und im Bruchteil einer Sekunde spürte ich, daß was Leichtes, aber alles Verhüllendes auf meinem Rücken landete. Ich hielt es für den Tod und dachte: *Du heimtückischer Schuft, das hätte ich mir ja denken können, daß du mich hinterrücks holst.*

25.
Der Sieg

Ich roch was Würziges und dann noch eine Menge anderer Gerüche, dann hörte ich Trommeln, erst die große Pauke in meinem Hinterkopf, aber ihr Dröhnen ging allmählich in gleichbleibende dumpfe Schwingungen über und dann in regelmäßige ferne Schläge. Und rasende Stimmen vom tiefkehligen Geheul bis zum höchsten Fistelgekreisch, das fast so schrill klang wie eine Trillerpfeife.

Ich machte vorsichtig die Augen auf, denn ich nahm natürlich an, daß ich mich unten in der Hölle wiederfand, und tatsächlich erblickte ich als erstes Flammen und danach den Teufel höchstpersönlich, der genauso aussah, wie ich ihn mir vorgestellt hatte, vielleicht sogar noch schlimmer: zwei Hörner ragten ihm aus der Stirn, und sein Gesicht war knallrot, er hatte zwei weiße Hauer und die gemeinsten Augen, die man sich vorstellen kann, und die waren auch noch weiß umrandet.

Er hockte neben mir und starrte mich an, und weil ich damit rechnete, daß er mich beißen wollte oder so was, aber zu kaputt und zu schwach war, mich zu rühren, entschloß ich mich, ihm in die Fratze zu spucken, denn ich glaubte, daß man Dämonen genau wie Menschen behandeln sollte: wenn man ihnen zeigt, daß man hilflos ist, liefert man sich ihnen auf Gnade oder Ungnade aus.

Aber bevor ich genug Spucke auf der Zunge gesammelt hatte, sagte der Teufel was auf Cheyennisch zu mir.

„Bist du wach?“

Dagegen ließ sich nichts einwenden: ich war von den Indianern getötet worden und also in die Hölle der Rothäute gekommen. Ich sagte: „Ja“ und sonst nichts, denn ich hätte ihn am liebsten verwünscht, aber wie Sie ja wissen, gibt es in der cheyennischen Sprache keine echten Flüche, außer daß man einen Mann ein Weib nennt.

„Nun gut“, sagte er. „Dann weißt du, daß du und ich jetzt

quitt sind und daß ich dich töten kann, ohne ein böser Mensch zu werden, wenn wir das nächstemal miteinander kämpfen."

Dann sprang er mit einem Freudengeschrei auf und rannte aus dem Zelt – da befanden wir uns nämlich –, nackt bis auf diese Büffelkappe, einen Lendenschurz und Mokassins, wenn auch vom Scheitel bis zur Sohle bemalt. Es war kein Teufel, sondern ein Indianer: Jüngerer Bär höchst persönlich.

Die Flammen stammten natürlich von dem kleinen Feuer in der Mitte des Zeltes, und der Türlappen war zurückgeschlagen, so daß ich draußen die Glut eines größeren Feuers und hin und her huschende Schatten sehen konnte.

„Er geht zum Tanz", sagte eine bekannte Stimme neben mir, „aber du solltest lieber noch eine Weile hierbleiben."

Alte Zeltbahn hockte auf dem Büffelfell, und der Feuerschein fiel auf sein walnußbraunes Gesicht.

„Willst du was essen?" sagte er.

Ich setzte mich mühsam auf und fühlte mich dabei wie ein Mehlsack, dann tastete ich mit den Fingern meine zerschundenen Körperteile ab. Meine linke Schulter war in Leder, Moos und süßlich riechendes Zeug verpackt, und auf meiner Backe hatte ich was, was sich wie gewöhnlicher Schlamm anfaßte. Mein Kopf war in Ordnung: das heißt, er tat mir schrecklich weh, aber ich konnte keinen Schädelbruch feststellen.

Schließlich sagte ich: „Großvater, ich habe nicht erwartet, dich zu sehen."

„Ich auch nicht, mein Sohn", antwortete Alte Zeltbahn. „Willst du rauchen?"

Ich sagte: „Dann bin ich wohl gar nicht tot."

Er streckte einen hornharten Finger aus und piekste mich. „Nein", sagte er, „wenn du ein Geist wärst, würde meine Hand einfach durch deinen Arm gehen wie durch Rauch." Die Tatsache, daß ich mit ihm sprach, verstehen Sie, war in keiner Beziehung ein Beweis: er redete oft mit Toten, nicht nur mit toten Menschen, sondern auch mit toten Tieren.

Ich fragte ihn, wie spät es sei.

„Die Menschenwesen und die Dakotas haben alle Soldaten auf dem Hügel ausgerottet", sagte Alte Zeltbahn, „als die

Sonne dort stand.“ Er zeigte mit der Hand zum Horizont: es mußte gegen halb sechs, sechs gewesen sein. „Jetzt“, sagte er, „ist es die Nacht darauf, und alle tanzen, um den Sieg zu feiern. Morgen töten wir den Rest der Blaujacken auf dem Hügel beim Fluß. Es war ein großer Tag.“

Er seufzte und fuhr fort: „Ich bin schon zu alt zum Kämpfen, und wie du ja weißt, kann ich nicht durch meine Augen sehen, aber ein Junge führte mich zum Steilufer des Fettgrasflusses, von dem aus man sehen konnte, wo die Soldaten waren. Ich konnte die Schlacht hören und riechen und viel davon im Geist sehen, der unter solchen Umständen mehr taugt wie die Augen, denn mir wurde gesagt, daß der Pulverdampf sowieso sehr dicht war.

Fast das gesamte Volk der Dakotas ist hier, und sie sind hervorragende Krieger, die zweitbesten auf der Welt. Aber die Menschenwesen sind natürlich die besten.“

Er geriet in Fahrt, Schweiß brach auf seinem nackten alten Bauch aus, und seine Augen strahlten.

„Die Hunkpapas haben einen weisen Mann, der Sitzender Stier heißt. Vor ein paar Tagen hielten sie einen Sommertanz am Rosenknospenfluß ab, und er zerschnitt sich den Körper an tausend Stellen und hatte ein Gesicht, wie viele Soldaten kopfüber in das Lager fielen. Dann zogen wir zu der Quelle, um Büffel zu jagen, und ein paar Soldaten schossen auf uns, da rieben wir sie auf.“

Das bezog sich offenbar auf die Kolonne, die unter General Crook aus Süden anrückte, und war der Grund, warum Terry und Custer sich nie mit ihm vereinigten.

„Dann“, fuhr Alte Zeltbahn fort und holte aus dem Krempel hinter sich ein Kriegsbeil, mit dem er herumfuchtelte, „zogen wir hierher zum Fettgrasfluß, und manche glaubten, daß diese ersten Soldaten die waren, von denen Sitzender Stier geträumt hatte, aber andere sagten: ‚Nein, sie fielen doch nicht in das Lager. Es kommen noch mehr.‘ Ich nahm an diesem Streit nicht teil, denn Sitzender Stier ist zwar weise, aber auch ein bißchen verdorben durch zu viele Aufmerksamkeiten, und Gallapfel wurde eifersüchtig. Das ist nicht gut.“

Dem konnte ich nach den Wochen in der Siebten Kavallerie nur beipflichten, und ich war irgendwie erleichtert, daß so was auch unter den Indianern vorkam. Aber das spielte sich nur vorne in meinem Verstand ab, denn tiefer als alles andere in mir rollten immer wieder die letzten Augenblicke mit Custer auf dem Hügel ab, und das blieb viele Tage, ja Monate und Jahre so. Man ist nicht mehr der alte, wenn man eigentlich sterben sollte und doch am Leben blieb.

Die ganze Nacht lang redete und redete Alte Zeltbahn, während die Trommeln weiterdröhnten und der Siegestanz nicht aufhörte, die Riesenfeuer das ganze Tal beleuchteten und die kleine Abteilung von Reno und Benteen sich auf dem Hügel verschanzte. Dann und wann nickte ich ein, und das mit gutem Recht, und ich glaube nicht, daß der Häuptling es für schlechte Manieren hielt, weil er ja nicht unbedingt mit mir redete.

Nach dem Washita war er mit seiner Sippe nordwärts durch Kansas und Nebraska in das Dakota-Territorium gezogen: gut achthundert Meilen, meistens zu Fuß, denn Sie erinnern sich sicher noch, daß Custer ihre Ponys erschoß und das übrige Lager floh, so daß Alte Zeltbahn und die Überlebenden seiner Leute nicht viel Hilfe finden konnten. Sobald sie unterwegs irgendwo in die Nähe von Farmern und Cowboys kamen, von den Soldaten ganz zu schweigen, wurde sozusagen automatisch auf sie geschossen; und wenn sie Büffel entdeckten, waren dort immer weiße Jäger mit Flinten, die im Umkreis von einer halben Meile Tiere und Indianer erlegen konnten. Die Menschenwesen überaßen sich nicht auf diesem langen Marsch.

Ich erkundigte mich nach Sonnenschein und Morgenstern, und der Häuptling sagte, sie wären nicht bei ihm gewesen, aber weil er nicht gehört hatte, daß sie getötet wurden, glaubte er, daß sie sich den Cheyennes angeschlossen haben mußten, die mit den Kiowas und Komanchen im Süden blieben. Wenn Morgenstern noch immer irgendwo unten in Oklahoma lebt, ist er ein Mischling und fünfundachtzig Jahre alt und seine Mama noch zwanzig Jahre älter. Ich habe immer gehofft, daß sie ein Stück Land mit Öl drauf besitzen, damit sie keine Decken an Touristen verkaufen müssen, um für ihren Lebensunterhalt zu sorgen.

Dann sagte Alte Zeltbahn, ohne daß ich ihn danach

fragte: „Diese gelbhaarige Frau von Jüngerer Bär starb auf dem langen Marsch nach Norden, und ihr Sohn, der auch gelbhaarig war, wurde uns in einem Kampf am Medizinvogelfluß abgenommen, wo auch mein Sohn Kleines Pferd und viele andere umkamen, und als wir dieses Land erreichten, war kaum noch jemand von uns übrig.

Aber hier trafen wir andere nördliche Menschenwesen, und alle alten Streitigkeiten wegen Jugendsünden waren inzwischen vergessen, so daß sie uns herzlich willkommen hießen, und wir wurden gute Freunde der Dakotas, weil der große Oglala Verrücktes Pferd eine Frau von den Menschenwesen geheiratet hat. So jagten und aßen wir gut, denn hier gibt es immer noch Büffel, und mehr Stämme schlossen sich uns an, Krieger wie Gallapfel und Krähenkönig und der Kriegshäuptling der Menschenwesen Lahmer Weißer Mann, auch Doppelmond, und Sitzender Stier machte Medizin, und vorige Woche schlugen wir die Soldaten am Rosenknospenfluß, und morgen töten wir den Rest auf dem Hügel."

Man kann also wohl sagen, daß auch Olga ein Opfer von Custer am Washita war, aber er hatte sich nun ein für allemal meinem Groll entzogen, und sie war sowieso schon lange Zeit nicht mehr meine Frau.

Und Gus – ihn suchte ich später überall auf den Prärien im Landesinneren, aber ich traf keinen Weißen und keinen Roten, der je etwas vom Medizinvogelfluß gehört hatte, das mußte sein cheyennischer Name sein. Daher kriegte ich nichts über ihn raus. Trotzdem möchte ich auch heute noch meinen Sohn wiederfinden, und ich würde dem gern fünfundzwanzig Golddollar geben, der mir etwas über ihn erzählen kann.

Kleines Pferd war also auch tot und sollte nie mehr anmutig seine perlenbestickten Kleider tragen.

„Ich nehme an, daß mir Jüngerer Bär heute auf dem Hügel eins auf den Schädel gab", sagte ich.

„Ja", sagte Alte Zeltbahn. „Dann warf er eine Decke über dich und trug dich über den Fluß in meinen Wigwam. Das war gar nicht so leicht, denn unsere Leute gerieten vor Freude außer sich, als der letzte Soldat fiel, und in dem Durcheinander töteten die Indianer sich gegenseitig, so daß auch viele Hände an der Last von Jüngerer Bär zerrten, um dich zu zerreißen, aber er löste seine Schuld ein, und ich habe jetzt ja auch keinen Sohn mehr außer dir."

Schließlich schlief ich für einige Stunden ein, die erste richtige Ruhe seit ein paar Tagen mit nichts wie Strapazen und Blutvergießen. Vielleicht klingt es seltsam, aber ich fühlte mich ausgesprochen sicher und wohl in diesem Wigwam, während der blinde alte Mann weiterquasselte, obwohl sich draußen die wilde Begeisterung immer mehr steigerte, und ich glaube, daß eine ganze Menge Indianer am nächsten Tag vom Feiern eine rauhere Kehle und steifere Knochen hatten als von der Schlacht.

Aber sie standen fast alle wieder quicklebendig und früh auf, um den Hügel von Reno und Benteen zu belagern. Daran konnte ich nichts ändern, wenn mir auch der Gedanke gar nicht gefiel, daß Lavender, Charley Reynolds, Botts und meine anderen Freunde bei Reno waren, falls es sie nicht schon im Tal erwischt hatte. Aber ich blieb freiwillig in Alte Zeltbahns Wigwam, als einziger Weißer mitten in dieser Unmenge von Zelten, die ich und Custer gestern von dem Hügel aus gesehen hatten.

Körperlich ging es mir viel besser, als ich aufwachte, wenn auch meine Schulter noch verdammt weh tat, aber lange nicht mehr so steif war, und ich spürte, daß das Moos oder sonst was den Rest rauszog. Auch die Schramme auf meinem Gesicht heilte unter dem Schlammpflaster, und ich merkte nur was davon, wenn ich lachte – aber danach war mir im Augenblick wahrhaftig nicht zumute.

Alte Zeltbahn hockte immer noch da und untersuchte meine Verletzungen. Es war wieder ein warmer, strahlender Tag draußen, die Sonne drang halb durch die Zeltöffnung, das Feuer war zu weißer Asche zerfallen.

„Wer hat mich verarztet?" fragte ich.

„Jüngerer Bär", sagte er. „Willst du jetzt was essen?"

Eine seiner fetten Frauen kam von ihrem Kochfeuer draußen rein und brachte mir einen Napf gedünstetes Büffelfleisch. Alles spielte sich hier völlig normal ab, denn Renos Hügel lag am oberen Ende des Lagers, während das Zeltrund der Cheyennes sich am weitesten flußabwärts und nicht in Hörweite der Schießerei befand – so groß war das Dorf.

Ich nahm den Napf, den sie mir mit ausdruckslosem Gesicht reichte, aß ein paar Bissen und sagte dann: „Großvater, soll ich dir erzählen, was ich da oben bei den Soldaten zu suchen hatte?“ Denn er selber hätte nie danach gefragt.

„Du wirst bestimmt deine guten Gründe dafür gehabt haben“, sagte er. „Laß uns erst rauchen.“

Wir tauschten also die Pfeife, und dann sagte ich: „Weißt du, wer die Blaujacken angeführt hat? General Custer.“

Zwei- oder dreimal versuchte er vergeblich, den Namen zu wiederholen, der ihm natürlich überhaupt nichts bedeutete.

„Langhaar“, sagte ich. „Das ist allerdings inzwischen kurz geschnitten worden.“

„Jetzt ist es höchstwahrscheinlich ganz abgeschnitten worden“, sagte er und lachte über diesen typischen Indianerwitz.

„Der Washita“, sagte ich. „Da führte er auch die Blaujakken an.“

„Ach so.“ Alte Zeltbahn nickte freundlich. „Ich erinnere mich an den Kampf. Er war schlecht, aber wir haben trotzdem viele Soldaten in das hohe Gras beißen lassen.“

Ich war nun genauso dickköpfig wie er und ließ nicht davon ab: „Habt ihr denn nie darüber gesprochen, wer die Soldaten dort angeführt hat?“

„Ein Weißer“, sagte der alte Häuptling. „Sie waren alle weiß bis auf ein paar Osage-Kundschafter, also müssen sie einem Weißen gefolgt sein, denn niemand folgt einem Osage.“ Dann erzählte er von seinen eigenen Erfahrungen als junger Mann im Kampf gegen die Osagen, und es dauerte eine Ewigkeit, bis ich wieder auf das Thema kommen konnte.

„Dieser Mann trug sein Haar bis auf die Schultern“, sagte ich.

„Wie ein Menschenwesen?“ fragte Alte Zeltbahn.

„Nein, er hat keine Zöpfe daraus geflochten.“

„Also wie eine weiße Frau“, sagte der Häuptling. „War er ein *homoneh*?“

Schlimmer konnte es wirklich nicht kommen. Es klingt vielleicht komisch, aber ich hatte das Gefühl, Custer irgendwas schuldig zu sein. Nachdem ich ihn überlebt hatte und obwohl er, mein Gott, bestimmt nicht hundert Prozent nach meinem Geschmack war, hatte es mich doch beeindruckt, wie er starb. Er hatte seinen besonderen Stil und war darin bei der Stange geblieben. Vielleicht ist er ein Saukerl gewesen, aber er war sein eigener Herr, der vor keinem im Staub kroch und keinem die Stiefel leckte, nicht mal dem Präsidenten der Vereinigten Staaten höchstpersönlich.

Aber das konnte ich wohl keinem Indianer je klar machen, denn für den war Unabhängigkeit die Regel und nicht die Ausnahme, also kein besonderes Verdienst. Auch konnte kein Indianer, nicht mal in der größten Erregung, zweihundert anderen befehlen, mit ihm zu sterben – weder Verrücktes Pferd noch Sitzender Stier noch Gallapfel. Das war eben der Unterschied. Was Custer auch glaubte, er starb nicht allein. Ein Weißer konnte ihn zwar als Mann von Prinzipien bezeichnen, aber vom Standpunkt der Indianer aus hatte er wohl überhaupt keine Prinzipien. Besonders, weil Soldaten im Gegensatz zu Wilden nicht zum Spaß kämpfen.

Ich beschloß, das Thema fallen zu lassen, aber ich hätte es mir ja denken können, jetzt interessierte sich Alte Zeltbahn brennend dafür. Er sagte: „Ich will diesen ungewöhnlichen Mann sehen oder wenigstens, was von ihm übriggeblieben ist, mein Sohn. Kannst du mich zu dem Hügel führen?“

Lieber hätte ich mein Bett im Lagerfeuer aufgeschlagen. Aber Alte Zeltbahn erklärte, daß die Krieger meilenweit flußaufwärts waren und die Frauen und Kinder schon am Abend vorher weitgehend die Verstümmelung und Entkleidung der Leichen besorgt hatten. Ich könnte ja so eine Büffelkappe wie Jüngerer Bär aufsetzen, Lederhemd und Leggings anziehen und mir das Gesicht bemalen. Ganz zu schweigen davon, befand ich mich ja in seiner Begleitung.

Na schön, seine Frauen halfen mir in die neue Aufmachung, schnitten extra ein Paar Leggings des Häuptlings ab, auch ein paar kleine Kinder guckten zu, ich nahm an, seine eigenen, die höchstens erst sechs bis sieben Jahre alt waren, während er jetzt mindestens schon neunzig war, und als ich einen Lendenschurz haben wollte, reichte mir eine Frau die Kompaniestandarte der Siebten Kavallerie, eine schwalbenschwanzförmige Miniaturausgabe des gestreiften Sternenbanners. Es freut mich, meinen Mitpatrioten sagen zu können, daß ich die Standarte nicht zu diesem Zweck verwendet habe. In Gegenwart von Damen pflege ich nicht zu fluchen, und ich entwürdige auch nicht unsere Nationalfarben, nicht mal im Notfall: ich benutzte mein altes Taschentuch.

Aber diesen Frauen machte die Sache jetzt großen Spaß, kichernd verkleideten sie mich als echten Wilden, hängten mir Ketten und solchen Kram um den Hals und brachten schließlich einen perlenbestickten Gürtel, an den sie grade ein paar frische Skalpe gebunden hatten.

Ich sagte: „Nein, nein!" Aber sie drängten ihn mir auf und kreischten dabei wie die Elstern. Plötzlich streifte mich eine Kopfhaut mit richtig schwarzem Kraushaar, ich packte sie, hielt sie in die Höhe und fragte: „Wo habt ihr die her?"

Ich weiß nicht, ob Sie nachempfinden können, was es heißt, den Skalp eines Freundes in der Hand zu halten. Sie sagten, sie hätten sie gegen einen blonden Skalp, den Jüngerer Bär ihnen geschenkt hatte, bei einem Hunkpapa Sioux eingetauscht, der im Tal flußabwärts den ersten Angriff der Blaujacken mit abwehrte.

„Sie stammt", sagte das fettere Weib, „von einem Schwarzen Weißen Mann, den der Hunkpapa kannte, weil dieser Mann früher bei seinem Stamm lebte und eine Dakota-Frau geheiratet hatte. ‚Was treibst du denn hier?' fragte Hunkpapa erstaunt. ‚Ich weiß es nicht', antwortete der Schwarze Weiße Mann. Sein Pferd hatte ihn abgeworfen, und er lag mit einem gebrochenen Bein am Boden, seine Flinte aber ein Stück weiter weg. ‚Du hast auf uns geschossen', sagte der Hunkpapa, ‚ich glaube, daß ich dich töten muß.' – ‚Das glaube ich auch', sagte der Schwarze Weiße Mann, und der Hunkpapa hat das dann auch getan."

Trotzdem war das wohl immer noch besser, als sein Leben lang als Stallknecht in Missouri zu schuften.

Ich nahm Alte Zeltbahn am Arm, verließ den Wigwam, und wir gingen durch das Cheyenne-Lager zur Furt, das war nicht weit, denn das Minneconjou-Dorf lag nebenan. Wie der Häuptling gesagt hatte, kämpften grade alle Krieger in der Schlacht mit, nur Frauen und Kinder liefen rum, während alte Männer in der Sonne hockten und mit ihren zahnlosen Gaumen mummelten. Manche Frauen arbeiteten wie gewöhnlich, andere trauerten laut um ihre Männer, Söhne und Brüder, denn auch die Indianer hatten Verluste erlitten, vielleicht vierzig bis fünfzig Mann, aber das fiel bei ihnen nicht weiter ins Gewicht. Sie hatten ein Begräbniszelt im Cheyenne-Lager aufgebaut, innen die Leichen auf die Gerüste gelegt, ein paar Pferde getötet und die Kadaver wie Speichen eines Rads rundrum angeordnet.

Die Kinder spielten im Sonnenschein. Ich sah einen Jungen, der sich ein Spielzeugpferd aus Lehm gemacht hatte, das eine seltsame Satteldecke trug: einen gefalteten grünen Dollarschein. Ich entdeckte auch noch andere Andenken der Siebten Kavallerie: eine Frau trug eine blaue Jacke mit Korporalsstreifen, ein paar Kinder wirbelten einen Hut mit Kinnriemen durch die Luft, und eine Armee-Unterhose lag rum, auf der am Gurtband der Name ihres früheren Besitzers stand. Ein Stück weiter: ein Hemd, steif wie Pergament vom geronnenen Blut, zerrissene Patronengurte, herrenlose Stulpstiefel. Bei der Furt häufte sich dieses Zeug, und kleine Jungens tränkten eine Ponyherde, unter denen ein paar Falben und Füchse mit dem eindeutigen Brandmal der Siebten Kavallerie waren: 7 USC.

Niemand achtete auf uns, nicht mal die Minneconjou-Frauen, die Kleider im Little Bighorn River wuschen, in den ich und Alte Zeltbahn bis zur Brust stiegen und durch die schnelle Strömung bis zum anderen Ufer wateten. Meine Aufmachung habe ich schon beschrieben, aber seine noch nicht: der Häuptling hatte seinen vollen Kriegsschmuck aufgesetzt, der zwar schon ein bißchen von Motten zerfressen war, wenn man ihn genauer betrachtete, aber trotzdem prächtig aussah; jede Adlerfeder hatte eine weiße Spitze, kleine runde Spiegel saßen an den Schläfen, und ein langer Federschweif schleifte hinter ihm her über den Boden. Sein Gesicht war knallrot bemalt, und gelbe Blitze zuckten über seine Backen. In einer Hand trug er einen großen, ganz besonderen Bogen, der unbespannt war und an einem Ende eine eiserne Lanzenspitze hatte. In der anderen Hand hatte er seinen Medizinbeutel, den ich vom Washita her kannte, ja länger noch: die Lederhülle war schon an einer Ecke zerschlissen, und eine Vogelkralle als Glücksbringer guckte raus. Ich behielt sie im Auge, schubste sie aber nicht rein, weil man die Medizin eines andern nicht anfassen darf, ja eigentlich nicht mal wissen soll, woraus sie besteht.

Ich sah, wo wir vor weniger als einem Tag durch die Medicine Tail Coulee runtergeritten waren. Die Hufe hatten den Boden aufgewühlt, und die Abdrücke von beschlagenen Kavalleriegäulen führten bis zum Wasser, aber so weit waren wir nie gekommen; sie mußten also von den erbeuteten Tieren stammen, die die Indianer mit rüber in ihr Lager nahmen.

Wir stapften durch das Seitental rauf, durch das Custer sich zurückgezogen hatte, kraxelten dann über den Hang bis zum Gipfel, und erst nach einer ganzen Weile erblickte ich die erste Leiche, aber vielleicht waren vorher schon welche in die vielen Spalten gefallen oder, nachdem man sie ausgezogen und verstümmelt hatten, reingeschmissen worden.

Aber schon bald wurden es mehr, und aus der Ferne sahen sie in der strahlenden Sonne ganz weiß wie Marmorblöcke aus, hier eine, dort zwei oder drei, ein Dutzend zusammen, so wie sie gefallen waren – meistens in Gruppen. Keine Anzeichen für wilde Panik: sie wurden aufgerieben, aber nicht in die Flucht gejagt. Und wenn man den hohen Prozentsatz der Rekruten, die Erschöpfung nach zwei Tagen ohne Rast und die Übermacht der Feinde bedenkt, so haben sie sich tapfer geschlagen.

Als wir uns den Hang raufschleppten, sagte Alte Zeltbahn plötzlich: „Nach diesem Kampf habe ich eine bessere Meinung von den Weißen. Ich wußte bisher nicht, daß auch sie mit Anstand sterben können."

„Kannst du sie denn sehen, Großvater?"

„Fast", sagte er, „ihre Leichen leuchten so."

Aber aus der Nähe sah das Marmorweiß nicht mehr rein aus, sondern war geädert und manchmal wie in Rot getaucht, das in der Hitze braun wurde. Die Leichen fingen auch schon an zu stinken und hatten Millionen von Fliegen angelockt, Vögel flogen in weiten Kreisen auf, als wir nahten, und Kojoten brachten sich hastig in Sicherheit. Außerdem lagen ungefähr hundert Pferdekadaver auf dieser Quadratmeile rum.

Ich biß die Zähne aufeinander, hielt den Atem an und schleppte mich weiter. Meine Mokassins blieben wie im Treibsand stecken, obwohl der Boden trocken wie Asche war. Trotzdem machte ich nicht schlapp, denn Alte Zeltbahn verfolgte einen bestimmten Zweck. Er war wahrhaftig kein böser Geist. Vermutlich dämmerte mir, daß ich mich nur durch ihn damit abfand, daß dieser schreckliche Hügel Tatsache war und nun mal nicht anders sein konnte.

„Ja“, sagte er und schnaubte durch seine alten ledrigen Nasenlöcher, „sie müssen glücklich am Anderen Ufer sein, weil sie als Krieger gestorben sind und nicht als Viehzüchter oder Maispflanzer oder verrückte Gräber-nach-dem-gelben-Staub oder Leger-von-Eisenpfaden-für-die-Feuerwagen. Ich will dir was sagen, mein Sohn, ich habe lange geglaubt, daß alle Weißen sich in Weiber verwandelt hatten.“

Er blieb eine Minute stehen, damit ich mich ausruhen konnte. Zwar hatte der nächtliche Schlaf und auch der Verband um meine Schulter Wunder gewirkt, aber es war trotzdem erstaunlich, daß ich überhaupt gehen, ja sogar auf einen Hügel klettern konnte. Alte Zeltbahn war keinerlei körperliche Anstrengung anzusehen, obwohl ich jetzt in der Sonne deutlich erkannte, wie uralt er war. Sein Gesicht durchzogen fast genauso tiefe Furchen wie den Boden, auf dem wir standen. Und neben seiner welken Haut, soweit man sie unter der Bemalung sehen konnte, wirkte die Lederhülle seines Medizinbeutels fast neu.

Er drehte sich jetzt um und warf einen Blick auf das Gelände, drückte dabei sein Bündel an die Brust und streckte seinen Bogen mit der Lanzenspitze nach vorne aus, an der zwei Adlerfedern baumelten.

„Dorther kam Gallapfel mit seinen vielen Hunkpapas“, sagte er, „und dorther Krähenkönig. Dort unten Lahmer Weißer Mann mit den Menschenwesen, die Minneconjous und andere Dakotas brachen durch die Linie der Soldaten, während Verrücktes Pferd und Doppelmond flußabwärts zogen, einen Bogen durch die Schlucht schlugen und den Blaujacken in den Rücken fielen.

Es war die größte Schlacht aller Zeiten, und es war die

letzte." Seine schwere Stimme brach, und zwei Tränen kullerten durch die Rinnen neben seiner breiten rot und gelb gestreiften Nase und verschwanden in den Querfalten über seiner Oberlippe.

Trotz allem, was ich durchgemacht hatte, tat er mir leid, und ich sagte: „Es kommen bestimmt noch andere", wenn ich auch nicht wußte, was er davon hatte, denn er war ja schon jetzt zu alt, um an dieser teilgenommen zu haben.

„Nein", sagte er. „Das ist das Ende."

Nach einer Weile raffte ich meine Kräfte wieder zusammen, und wir kraxelten weiter, an den Überresten der Kompanie unter dem Gipfel vorbei. Ich will mich nicht bei den Einzelheiten dieses Gemetzels aufhalten, denn ich glaube, ich habe schon oft genug erzählt, wie die Indianerfrauen nach einem Kampf auf dem Schlachtfeld erscheinen und mit den Verwundeten umgehen. Na, über das Bankett nach der Schlacht am Little Bighorn River konnten sie sich bestimmt nicht beklagen, denn da konnte sogar der Unersättlichste satt werden. Sie fanden so viele Leichen zum Entstellen vor, daß sie schließlich genug vom Verstümmeln hatten, und so blieben zahlreiche Tote unberührt, ja manche sogar völlig angezogen.

Aber Tom Custer hatten sie wirklich schlimm zugerichtet, der sah wie Hackfleisch aus. Ich hätte ihn nicht erkannt, wenn sein einer Arm nicht mit seinen Initialen, der amerikanischen Flagge und drei Freiheitsgöttinnen tätowiert gewesen wäre. Sein blonder Skalp war bis zum Nackenansatz runtergerissen, sein Schädel zertrümmert, sein Körper vom Brustbein bis zum Becken aufgeschlitzt und sein ... jetzt bin ich aber lieber still; sein Beispiel soll für alle die Geschändeten stehen, obwohl ich keinen gesehen habe, der so entsetzlich verstümmelt war wie er. Erinnern Sie sich noch an die Geschichte von Botts, daß Regen-Im-Gesicht geschworen hatte, Tom das Herz rauszureißen und es aufzuessen? Allem Anschein nach hatte er sein Gelübde gehalten, wenn er das auch später abstritt.

So erreichte ich mit den schlimmsten Befürchtungen den Hügel, und Alte Zeltbahn führte eher mich als ich ihn. Was für Grausamkeiten hatten sie wohl dem General und seinen

Leuten angetan, wenn sie so schon mit Tom umgegangen waren?

Wir kletterten über die Barrikade aus Pferdekadavern, die fürchterlich stanken und schon aufquollen, denn sie waren ja bereits mehr als einen Tag tot, und da lagen dann die weißen Leichen der Männer, die vor noch nicht mal vierundzwanzig Stunden neben mir gefallen waren. Einen Augenblick herrschte völlige Stille, aber ich nehme an, nur in meinem eigenen Kopf, denn es wehte eine leichte Brise, und nach einiger Zeit hörte ich etwas am Boden rascheln.

Hunderte von grünen Dollarscheinen flatterten im Wind, flogen dann und wann über eine nackte Leiche und bedeckten flüchtig die Scham. Es war der Sold, den Custer den Truppen erst bei der Rückkehr nach Fort Lincoln zahlen wollte. Die Indianer fanden das Geld beim Entkleiden der Leichen und schmissen es weg wie anderes Papier, Liebesbriefe, Befehle und so. So sah der Teil, wo keine Leichen gefleddert worden waren, wie ein verlassener Picknickplatz aus, weil die, bis auf die Pfeile, die aus ihnen aufragten, einem wie Schlafende vorkamen.

Bei Leutnant Cooke war außer dem Kopf auch ein Stück Backe samt den Koteletten skalpiert worden. Kellogg, der Zeitungsmensch, lag genauso da, wie ich ihn fallen sah: tipptopp angezogen und überhaupt nicht entstellt.

Alte Zeltbahn sagte: „Bring mich zum ehemaligen Langhaar."

Es ist ziemlich schwierig, Männer zu identifizieren, die tot und nackt sind. Sie sehen leicht aufgedunsen und verschwommen aus wie in einem türkischen Bad, obwohl sie so starr und steif sind.

Aber schließlich entdeckte ich General Custer; immer noch mit gespreizten Armen wie ein Gekreuzigter lag er über den Leichen von zwei Soldaten. Vermutlich war er beim Ausziehen da hingeschmissen worden. In seiner linken Brust war ein sauberes Loch und ein zweites in der linken Schläfe; die Brustwunde hatte kaum geblutet und das Loch in der Schläfe überhaupt nicht, das er wahrscheinlich abgekriegt hatte, als die Indianer über das Schlachtfeld ritten, nachdem alle gefallen waren, und zu aller Sicherheit jedem noch eine Kugel in den Kopf jagten.

Er war weder skalpiert noch verstümmelt. Mich traf sein Gesichtsausdruck. Ich schwöre Ihnen, daß er noch immer leicht spöttisch und völlig zuversichtlich lächelte.

„Das ist er", sagte ich zu Alte Zeltbahn, nahm seine Hand in meine und zeigte mit beiden hin. Der Häuptling trat zu Custer und fuhr ihm flüchtig über den Kopf. Ich hätte ihn bestimmt davon abgehalten, irgendwas Gräßliches zu tun, aber ich wußte, daß er das gar nicht vorhatte: er betrachtete den seligen General bloß in der Art von Blinden.

Dann richtete er sich auf und sagte: „War das der Mann, der die Soldaten zum Washita brachte?"

„Ja."

„Und vorher zum Sandfluß?"

„Nein, das war ein anderer."

„Ach so." Er nickte mit seinem alten Kopf unter dem großen Kriegsschmuck, und die Federn wippten alle gleichzeitig, als wenn ein Schwarm Vögel einmütig am Himmel die Richtung ändert. Das sah sehr schön aus, und ich erwähne es nur als Gegensatz zu allem anderen dort. Auf dem Schlachtfeld lebte nichts mehr, nur ich und er und die Fliegen. Die Indianer hatten schon am Vorabend ihre Toten geborgen und kehrten nicht mehr hierher zurück.

„Nun gut", sagte Alte Zeltbahn. Er berührte mit der Lanzenspitze an seinem Bogen leicht Custers nackte weiße Schulter, vollzog sozusagen symbolisch den Handstreich und sagte was zu der Leiche. Ich kann es nicht anders übersetzen wie:

„Du bist ein böser Mann, und das haben wir dir heimgezahlt."

Dann stiegen wir wieder zum Lager runter, allerdings war ich immer noch vom Ruhm und von der Tragödie der ganzen Sache erfüllt. Custer mußte erst sterben, um mich für sich zu gewinnen, aber es gelang ihm zuletzt doch noch: ich konnte einfach nicht abstreiten, daß es wirklich edel von ihm war, sein eigenes Denkmal zu sein.

Mir kam ein Gedanke, den später auch viele andere Weiße hatten, nachdem die Welt von Custers Letztem Posten erfuhr – freilich kam ich als erster drauf, weil ich ihn als erster Amerikaner dort oben tot ausgestreckt sah und weil ich auch der letzte war, der ihn lebendig gesehen hatte.

Es war ein romantischer Gedanke, aber er war naheliegend, da der General die heroische Vorstellung, die er von sich selber hatte, sogar einem Skeptiker wie mir aufgedrängt hatte.

„Großvater", sagte ich, „er wurde nicht skalpiert. Die Indianer haben ihn als großen Häuptling geachtet."

Alte Zeltbahn lächelte mich an, als wäre ich ein dummes Kind.

„Nein, mein Sohn", sagte er. „Ich habe seinen Kopf abgetastet. Sie haben ihn nicht skalpiert, weil er kahl wurde."

Im Wigwam legte ich mich wieder hin, und Sie können nachlesen, wie die Indianer den Rest der Siebten Kavallerie auf dem Reno-Hügel bis zum Nachmittag des Sechsundzwanzigsten belagerten, als ein paar Jungens vom Pferdehüten mit der Neuigkeit zu den Zelten zurückrannten, daß noch mehr Blaujacken am Fettgrasfluß von der Mündung her anrückten. Die Krieger wurden zurückgerufen, die Frauen packten innerhalb einer Dreiviertelstunde die unzähligen Zelte zusammen, und wir brachen nach Süden auf, alle, Tausende von Indianern, Zehntausende von Tieren, in einer ungefähr vier Meilen langen Kolonne, die Frauen und Kinder auf den Ponys, die die *travois* hinter sich herzogen, während die Krieger die Vor- und Nachhut bildeten.

Immer noch bemalt und mit der Büffelkappe auf dem Kopf blieb ich natürlich bei der Sippe und ritt auf einem Pony von Alte Zeltbahn neben ihm und seinen Frauen. Ein paar Indianer warfen mir beim Abzug zwar einen schiefen Blick zu, sagten aber kein Sterbenswörtchen. Ich nehme an, daß ihnen das Kämpfen zum Hals raushing und sie Scherereien lieber aus dem Wege gingen, wenn es sich machen ließ. Ich lernte was Neues dazu: Indianer können nicht mal dem Sieg lange ihre Aufmerksamkeit schenken. Ich meine, ich wußte, daß es bei ihnen zwar so nach Kämpfen zwischen den Stämmen war, aber ich hatte noch nie erlebt, daß sie Weiße vernichtend schlugen.

Am frühen Abend zog die Cheyenne-Gruppe im Tal an Renos Stellung vorbei, denn wir waren die letzten, und ich spähte zu dem Hügel rauf, konnte aber keine Menschenseele sehen, weil der Abstand ein paar Meilen betrug. Außerdem hatten die Indianer das Gras angesteckt, um unsere Bewegungen einzunebeln, und der Rauch hing immer noch in der Luft.

Die von Norden anrückenden Soldaten waren natürlich die Truppen unter General Terry und Gibbon, die sich mit Custer vereinigen wollten. Aber sie kamen einen Tag zu spät, so wie er einen Tag zu früh da gewesen war, und jetzt würden sie ihn finden, schon seit zwei Tagen tot, während die Indianer das Weite gesucht hatten.

Das können Sie alles nachlesen, auch wie sich Reno und Benteen auf ihrem Hügel verteidigten, und die Leichen von Lavender, Charley Reynolds, dem Irokesenmischling Leutnant McIntosh und Blutiges Messer, dem Ree, und all den anderen im Tal entdeckt wurden. Ich kam mit den Indianern durch diese Flußniederung, sah aber zum Glück meine teuren Freunde nicht. Vermutlich lagen sie im Wald.

Und natürlich können Sie auch ein paar hundert verschiedene Fassungen über die Schlacht am Little Bighorn River nachlesen, denn bis zum heutigen Tag ist man sich immer noch nicht darüber einig. Erst erschienen die Zeitungsberichte, dann mußte eine Militärkommission untersuchen, ob Reno ein Feigling war; sie verhörten dazu unheimlich viele Zeugen und erklärten ihn schließlich für unschuldig, obwohl grade die Offiziere, die ihn entlasteten, außerhalb des Gerichtshofs seinen Namen in den Schmutz zogen. Und auch was von der Siebten Kavallerie noch übriggeblieben war, hielt die ruhmreiche Vergangenheit hoch: sie machten gemeinsam Front gegen die Öffentlichkeit, verleumdeten sich aber privat untereinander.

Dann folgten die Schilderungen der Offiziere und Soldaten, die woanders auf dem Schlachtfeld eingesetzt worden waren, darunter auch der Bericht des Crow-Kundschafters Lockenkopf. Andere Kerle zogen durch die Reservationen und interviewten die Indianer, die gegen Custer gekämpft hatten. Das ergab natürlich ein großes Kuddelmuddel: keine zwei Wilden waren sich selbst darüber einig, was in ihrem eigenen Abschnitt passierte, weil sie nun mal unweigerlich alles mit eigenen Augen betrachteten, ganz zu schweigen von der Rolle, die bei ihnen Gewohnheiten und Befürchtungen spielten. Manche Indianer dachten, daß sie bestraft würden, wenn sie es zu grausam darstellten; andere erzählten aus Höflichkeit nur das, was er ihrer Meinung nach hören wollte. Einer behauptete, daß Custers Leute alle Selbstmord begingen; ein anderer, daß die Truppen die Furt überquert hatten, in das Dorf vorstießen, daraus vertrieben wurden und der General dann zu Tode getroffen in den Fluß fiel.

Schließlich machten sich die Gelehrten an die Arbeit, manche davon hausten auf dem Schlachtfeld, das nationale Gedenkstätte wurde, und nahmen mit Zollstöcken und anderen Instrumenten Messungen vor. Hatte Custer seinen Befehlen zuwider gehandelt? Konnte Benteen ihn rechtzeitig erreichen, um die Niederlage abzuwarten? Welchen Weg schlugen die fünf Kompanien genau ein, nachdem sie das einsame Zelt verlassen hatten? Auf jede Frage gab es zehn Antworten, für jede Einzelheit ein Für und Wider.

Aber als einziger habe ich das alles miterlebt und, bei Gott, völlig wahrheitsgemäß erzählt, soweit mich mein Gedächtnis nicht im Stich ließ. Bis zum heutigen Tage habe ich auf meiner Backe und an der Schulter die Narben der Verwundungen, die ich auf diesem Hügel über dem Little Bighorn River im Montana Territorium am 25. Juni 1876 beim Kampf gegen die Sioux und Cheyennes erhielt, als General George Armstrong Custer und fünf Kompanien der Siebten U.S.-Kavallerie bis auf den letzten Mann umkamen.

Warum ich so lange geschwiegen habe? Nun ja, die feindlichen Indianer waren in diesem Land nie besonders beliebt, aber in den Jahren nach der Schlacht am Little Bighorn River schwanden ihre Anhänger so, daß es sicher sogar noch mehr Klapperschlangenfreunde gab. Stellen Sie sich mal vor, wie ich zu den Witzbolden in irgendeinem Saloon sage: „Ja, und wißt ihr, ich wurde von meinen Freunden unter den Cheyennes gerettet ..."

Dann ging diese Epoche zu Ende, und um 1920 rum ließ ich mal bei meinen Bekannten ein paar Anspielungen fallen, verstummte aber sofort, wenn ich diesen gewissen Blick in ihren Augen sah. Da ich ja nur aus derselben Familie stamme wie mein Paps und Caroline, reagiere ich überempfindlich, wenn jemand an meinem Verstand zweifelt.

Oh, seit ich in diesem Altersheim bin und mir diese Wildwestfilme im Fernsehen angucke, lasse ich dann und wann schon mal eine Bemerkung fallen, denn es geht mir auf die Nerven, daß Indianer von Russen, Italienern und solchen Leuten mit Scheinwerferschatten und Pappmascheewaffen gespielt werden. Rothäute brauchen sich nie rasieren, und sogar die kräftigsten haben schlanke Glieder und keine Muskelpakete. Und sie haben auch keine Gangstervisagen. Wenn die Filmmenschen knapp an Indianern sind, dann sollten sie Orientalen engagieren – Chinesen, Japaner und so –, um solche Rollen zu übernehmen; denn die sind sich als frühere Vettern sehr ähnlich. Sehen Sie sich die mal ohne Vorurteile an, dann verstehen Sie, was ich meine.

Ich glaube, der Hauptgrund für mein Schweigen ist wohl das: Wer hätte mir je geglaubt? Aber ich bin jetzt schon zu alt, um mir darüber noch graue Haare wachsen zu lassen. Und wenn *Sie* mir nicht glauben, dann soll Sie der Teufel holen.

26.
Das Ende

Kaum hatte der gewaltige Zug der Indianer das Tal hinter sich, wo Lavender starb, als er sich auch schon auflöste und in alle Himmelsrichtungen zerstreute, manche zogen ostwärts zum Tongue River und zum Powder River, andere weiter bis in die Gegend der Slim Buttes, wo sie im September darauf von General Crook vernichtend geschlagen wurden. Einige kehrten sogar in die Reservationen zurück.

Sitzender Stier und seine Hunkpapas schließlich schlugen einen weiten Bogen und zogen bis nach Kanada, das die Indianer wegen Königin Viktoria das Großmutterland nannten, und sie blieben eine Zeitlang dort, wo es noch Büffel gab. Die berittene Polizei schenkte ihnen Medaillen mit dem Bild der Großmutter und sagte, daß sie willkommen wären, so lange sie keine Untertanen von ihr töten würden. Das ließen sie auch wirklich sein, denn es gab kaum Kanadier in diesem Gebiet, und Sitzender Stier war so böse auf die Amerikaner, daß er deshalb alle anderen liebte. Aber schließlich kehrte er in die Vereinigten Staaten zurück und ging später mit Codys Wildwesttruppe auf Tourneen für einen Wochenlohn von fünfzig Dollar plus Spesen und das Exklusivrecht, daß nur er die Photographien von sich selber verkaufen durfte.

Manche behaupteten, daß er zwar der geistige Führer der Sioux am Fettgrasfluß war, aber kalte Füße bekam, als Reno den unteren Teil des Dorfs angriff, und sich in den Hügeln versteckte, bis der Kampf vorbei war, weil er nicht an seine eigene Medizin glaubte. Gallapfel verbreitete diese Geschichte, und ich weiß nicht, ob sie der Wahrheit entsprach oder aus Eifersucht in Umlauf gebracht wurde.

Doch zurück zu den Tagen nach der großen Schlacht: Alte Zeltbahn beschloß, seine Sippe südwärts zu den Bighorn Mountains zu führen. Das heißt, er schlug mit seinem Pony plötzlich diese Richtung ein, und wer wollte, schloß sich ihm an. Zu denen gehörte natürlich auch ich. Ich atmete richtig auf, als ich sah, daß Jüngerer Bär nach langen Überlegungen auf seinem geschecktem Pony schließlich mit ein paar anderen Cheyennes nach Osten zog. Ich und er waren wirklich am Ende unserer gegenseitigen Beziehungen angekommen, nachdem wir nun endlich quitt waren. Nach dem Morgen, wo er sich davon überzeugt hatte, daß ich noch lebte, hatte er sich nie wieder bei mir blicken lassen, und ich drängte mich auch keineswegs danach, ihn zu treffen.

Er hatte seinen großen Tag gehabt, und nach all den Jahren freue ich mich deshalb immer noch für ihn, denn die Menschenwesen, denen er sich anschloß, wurden im Herbst von General Mackenzie besiegt, und was von ihnen übrigblieb in die Reservation unten im Indianerterritorium geschickt, wo sie das Wechselfieber kriegten und fast verhungerten. Deshalb brachen sie aus, Männer, Frauen und Kinder, und schlugen sich wieder Hunderte von Meilen nach Norden durch, zerlumpt und hungrig, nur mit Bogen bewaffnet, denn ihre Flinten hatte man ihnen abgenommen. Wenn die Rede auf Männlichkeit kommt, genügt es, glaube ich wirklich, einfach „Cheyenne“ zu sagen.

Schließlich kapierte die Regierung, daß die Cheyennes entweder ausgerottet werden mußten oder in dem Land bleiben durften, wo sie geboren waren. Deshalb wurde eine Reservation am Tongue River gegründet, und dort leben die nördlichen Cheyennes noch heute.

Ein paar andere Indianer zogen auch zu den Bighorn Mountains, aber wir ritten von ihnen getrennt und hatten nur gut zwanzig Zelte. Außer dem Häuptling kannte ich keinen dieser Leute. Meine alten Freunde waren alle tot oder fortgegangen. Obwohl ich erst vierunddreißig war, fühlte ich mich irgendwie älter als heute. Jetzt geht nur das Leben eines einzelnen Manns langsam zu Ende, damals aber eine ganz bestimmte Art zu leben. Alte Zeltbahn hatte das schon auf dem Custer-Hügel vorausgesehen, als er sagte, daß keine weitere große Schlacht mehr stattfinden würde. Damals verstand ich ihn nicht sofort, und Ihnen geht es vielleicht genauso, denn danach fanden noch viele, teils heftige Kämpfe statt, bevor die feindlichen Präriestämme die Flinte endgültig ins Korn warfen und sich für immer in den Indianerreservaten niederließen.

Es muß in einer Nacht Anfang Juli gewesen sein, wir lagerten am Fuß der Bighorn Mountains, hatten ein paar Büffel erlegt und aßen an diesem Abend saftigen Nacken, den wir mit der bitteren Galle dieses Tiers würzten, indem wir erst unsere Messer reintauchten. Der Tag war heiß gewesen, es kühlte sich aber auf dieser Höhe schnell ab, und das Feuer flackerte einem lustig ins fettige Gesicht, denn wir hatten knisterndes und duftendes Kiefernholz genommen, weil wir ganz in der Nähe eines Walds lagerten. Nach einer Weile wurde es so warm im Zelt, daß die kleinen Kinder ihre Decken abwarfen und als braune Nackedeis rumliefen.

Die dicken Frauen des Häuptlings kauten auf einer großen Haut, um sie weich zu machen, jede an einem Ende, und schwätzten dabei zwischen jedem Biß über das Liebesleben von Verrücktes Pferd, der eine Cheyennin geheiratet hatte. Ich sah diesen großen Krieger einmal, bevor wir uns selbständig machten: er hatte ein scharfgeschnittenes Gesicht und trug keinen Schmuck, weder Bemalung noch Federn; er glich einer lebendigen Waffe. Er ergab sich ein Jahr später den Soldaten und wurde bei einem Handgemenge in der Reservation erstochen, während ein anderer Indianer namens Kleiner Großer Mann ihn bei den Armen festhielt. – Nicht ich! Das war ein Sioux und deshalb auch ein anderer Name, der aber übersetzt genauso heißt.

Alte Zeltbahn wischte sein Messer an seinen Leggings ab und rülpste laut; es klang wie ein Trompetentusch.

Da fragte ich ihn, was er oben auf dem Hügel gemeint hatte. Denn ich fand es seltsam, daß er nach dem Sieg der Indianer noch pessimistischer war als nach ihren vielen Niederlagen.

„Ja, mein Sohn“, sagte er, „jetzt ist es aus, denn was kann man einem Feind noch antun, wenn man ihn geschlagen hat? Würden wir Roten gegeneinander kämpfen – so wie früher, denn das ist ein Männerberuf und macht außerdem Spaß –, dann käme jetzt die Gegenseite an die Reihe und versuchte, *uns* eine Abfuhr zu erteilen. Wir würden so tapfer kämpfen wie immer und vielleicht noch mal siegen, aber schließlich würden sie doch die Oberhand gewinnen, denn das ist *gerecht*. Es gibt kein dauerndes Siegen oder Verlieren, wenn sich die Dinge, so wie es sich gehört, im Kreis bewegen. Denn geht das Leben nicht weiter? Und wenn ich auch sterben muß, lebe ich dann nicht trotzdem in allem weiter, was *ist*?

Der Büffel frißt Gras, ich esse ihn, und wenn ich sterbe, ißt die Erde mich, und daraus wächst neues Gras. Darum geht nie etwas verloren, und alles ist jedes für immer, wenn sich auch sämtliche Dinge bewegen."

Der alte Mann steckte sein Messer in die perlenbestickte Scheide und fuhr fort: „Aber Weiße, die in graden Linien und in Vierecken leben, haben nicht meinen Glauben. Bei ihnen heißt es: entweder alles oder nichts – Washita oder Fettgrasfluß. Sie kämpfen sogar in der Nacht oder bei schlechtem Wetter. Aber sie hassen das Kämpfen an sich. Sie wollen nur siegen, und wenn sie das erreichen können, indem sie was mit der Feder aufs Papier kritzeln oder in den Wind reden, fühlen sie sich viel glücklicher.

Sie geben sich jetzt nicht damit zufrieden, Langhaars Tod an uns zu rächen, was ihnen bestimmt nicht schwerfällt. Ja, wenn wir alle in die Reservationen zurückkehrten, dann würden sie wahrscheinlich überhaupt keinen töten. Denn Töten gehört zum Leben, sie aber hassen das Leben. Sie hassen den Krieg. Früher versuchten sie, Frieden zwischen uns und den Crows und den Pawnees zu stiften, so daß wir uns die Hand gaben und eine Zeitlang nicht mehr kämpften. Aber das machte alle krank, unsere Frauen wurden frech, und wir konnten im Frieden nicht unsere schönen Kleider tragen. Also ritten wir schließlich zu dem Lager der Crows, wo ich eine Rede hielt. ‚Wir hatten euch gern, als wir euch haßten', sagte ich zu diesen Crows. ‚Jetzt, wo wir Freunde sind, können wir euch viel weniger gut leiden.'

‚Das ist ohne Sinn und Verstand', antworteten sie.

‚Es war ja nicht unsere Idee.'

Sie sagten: ‚Unsere auch nicht. Wir hielten euch Cheyennes für hübsch, wenn wir mit euch kämpften. Jetzt seht ihr wie häßliche Hunde aus.'

Es war also wirklich eine Notlage, und wir kämpften großartig miteinander."

Alte Zeltbahn schüttelte den Kopf. „Ach, diese Crows",

sagte er. „Früher waren sie gute Kämpfer, aber heute schämen sie sich, weil sie mit den weißen Soldaten reiten. Mir kam zu Ohren, daß sie am Fettgrasfluß davonliefen, und das wundert mich nicht."

Apropos schämen, mir war es auch nicht wohl in meiner Haut. Ich hatte immer noch nicht erklärt, was ich bei Custer zu suchen hatte. Wenn sich das überhaupt erklären ließ. Ich mußte es jedenfalls versuchen.

Ich sagte: „Großvater, nur wenige Leute sind so weise wie du. Wir übrigen geraten oft in Situationen, wo wir nichts anderes tun können als einfach am Leben bleiben, ganz zu schweigen davon, daß wir die Situationen oft überhaupt nicht verstehen. So geht es mir, Kleiner Großer Mann ..." Ich erkannte meinen Fehler, sobald mir das rausgerutscht war.

„Oh", sagte Alte Zeltbahn, „niemand darf seinen eigenen Namen aussprechen. Sonst stiehlt ihn vielleicht ein böser Geist, und der arme Mensch bleibt namenlos."

Ich entschuldigte mich und fing wieder von vorne an, aber der Häuptling gähnte und sagte, daß er schlafen wollte.

Als wir am anderen Morgen aufwachten und uns im kalten, kristallklaren Sturzbach aus den Bergen wuschen, zog sich Alte Zeltbahn splitternackt aus, tauchte mit seinem alten Körper unter und spritzte wie ein Spatz, und als ich grade in ein tüchtiges Frühstück reinhauen wollte, trocknete sich der Häuptling mit einer Decke ab, hüllte sich in eine andere und sagte: „Mein Sohn, ich muß heute auf einen hohen Berg gehen und etwas Wichtiges erledigen. Kannst du mich bitte dorthin führen?"

Er sagte mir, ich könnte erst was essen, wenn ich wollte, er dürfte es nicht. Dadurch wußte ich, daß er was Heiliges vorhatte; und obwohl ich eigentlich nichts damit zu tun hatte, wollte ich mich doch nicht mit einem vollen Bauch über seine Götter lustig machen. Also aß ich auch nichts, und wir brachen auf.

Ich bedauerte diesen Entschluß, als wir stundenlang bergauf kletterten, denn er hatte sich einen ziemlich hohen Gipfel als Ziel ausgesucht. Gegen Mittag hatten wir erst die halbe Strecke hinter uns und nicht mal einen Schluck Wasser bei uns, und je höher wir stiegen, um so geringer wurden die Aussichten, eine Quelle zu finden. Ich hatte mich noch immer nicht richtig von meinen Verwundungen erholt, und die Luft wurde immer dünner, je weiter wir vorankamen.

Alte Zeltbahn kletterte mit festen, kraftvollen, ja eifrigen Schritten. Er trug eine einzige Adlerfeder, diese rote Decke und darunter seinen Lendenschurz. Wenn man aus der Ferne seine Gesichtsrunzeln nicht sah, hätte man ihn wohl für einen jungen Krieger gehalten.

Stunde um Stunde ging's weiter, und als wir die Baumgrenze erreichten, war mir so schwindlig, daß ich dachte, ich würde mein Leben lang doppelt sehen. Gelegentlich machten wir halt, damit ich mich ausruhen konnte, aber der Häuptling setzte sich nie hin, sondern wartete ungeduldig im Stehen und sagte: „Komm, mein Sohn, es gibt Zeiten der Ruhe und Zeiten der Eile." Dann schleppte ich mich eben weiter.

Am Spätnachmittag erreichten wir den Gipfel. Dort oben war es recht felsig, und unser Gipfel war nur eine Spitze unter vielen. Drüben sah ich ein Dickhornschaf, das von Klippe zu Klippe sprang. Im Westen bestand die ganze Welt nur aus Bergen bis dorthin, wo die Sonne tief über den letzten Höhen hing. Ich glaube, ich sah nie wieder so einen weiten und klaren Himmel, er schien unendlich zu sein. Er war richtig hellblau wie eine Kuppel aus Saphiren, aber bei diesem Wort stellt man sich vor, daß er geschlossen war, doch das stimmte nicht: er war offen und unbegrenzt. Als Vogel hätte man schnurgerade immer höher steigen können, so schnell einen die Flügel trugen, aber man wäre doch immer an derselben Stelle geblieben.

Beim Anblick dieses großen Weltkreises wurde mir noch schwindliger. Ich taumelte nicht mehr. Ich bewegte mich und war doch ein fester Punkt mitten in einer Welt, wo alles sich aus sich selber erklärt, einfach weil es *ist*. Ob man am Fettgrasfluß war oder nicht, an diesem Ufer oder jenem, ob man am Leben geblieben oder umgekommen war – es machte überhaupt keinen Unterschied mehr.

Wir waren alle Menschen. Dort oben auf dem Berg gab es keine Trennungen mehr.

Ich drehte mich zu Alte Zeltbahn hin, um ihm zu sagen,

daß ich ihn verstand, aber er hatte sich von mir entfernt, seine Decke abgeworfen, stand mit seinem narbenbedeckten alten Körper nackt in der sinkenden Sonne und rief mit gewaltiger Stimme, die wie Donner von Gipfel zu Gipfel widerhallte: *„Hey-Hey-Hey-Hey-Hey-Hey-Hey!“*

Das war der große Kriegsschrei der Cheyennes, und er brüllte ihn zum letztenmal in alle Ewigkeit. Dabei weinten seine blinden Augen vor wilder Freude, und sein alter Körper bebte.

„Komm und kämpf!“ schrie er. „Es ist ein guter Tag zum Sterben!“

Dann brach er in Lachen aus, denn in diesem Augenblick hatte der Tod Angst vor ihm und verkroch sich in sein Zelt.

Danach begann er mit derselben dröhnenden Stimme zu dem Allgegenwärtigen Geist zu beten, ohne dabei zu wimmern, sondern kühn und frei.

„Ich danke dir, daß du aus mir ein Menschenwesen gemacht hast! Ich danke dir, daß du mir geholfen hast, ein Krieger zu werden! Ich danke dir für all meine Siege und für all meine Niederlagen. Ich danke dir für mein Augenlicht und für meine Blindheit, mit der ich weiter sehen kann.

Ich habe viele Männer getötet und viele Frauen geliebt und eine Menge Fleisch gegessen. Aber ich bin auch hungrig gewesen, und ich danke dir dafür und für den süßen Geschmack, den das Essen nach einer Fastenzeit bekommt.

Du machst alle Dinge und bestimmst ihren Weg, o Großvater, und jetzt hast du beschlossen, daß die Menschenwesen einen neuen Pfad einschlagen sollen. Ich danke dir, daß du uns vorher noch einen großen Sieg geschenkt hast. Auch wenn mein Volk allmählich von der Erde verschwinden muß, wird es in allen Männern weiterleben, die ungestüm und stark sind. Wenn dann Frauen einen Mann sehen, der stolz und tapfer und rachsüchtig ist, dann werden sie ausrufen, auch wenn er ein weißes Gesicht hat: ‚Das ist ein Menschenwesen!‘

Ich werde jetzt sterben, es sei denn, daß der Tod erst kämpfen will, und ich bitte dich zum letztenmal, mir meine alte Kraft zu verleihen, damit ich die Dinge geschehen lassen kann!“

Das Schaf, das ich schon vorher gesehen hatte, oder ein

anderes, tauchte mit seinen herrlichen verschnörkelten Hörnern auf einer nahen Klippe auf und schien uns fragend anzublicken. Aber das meinte Alte Zeltbahn nicht, und er konnte es sowieso nicht sehen. Er stieß noch mal seinen Kriegsschrei aus, und als der über die Berge hallte, erwiderte ihn rollender Donner aus dem Westen, und plötzlich ballte sich am bisher kristallklaren Himmel eine dunkle Wolke über der Sonne zusammen und wälzte sich aus der weiten Ferne auf uns zu.

Ich stand in ehrfurchtsvollem Schrecken da, während Alte Zeltbahn zu singen anfing, und als die Wolke über seinen Kopf zog, prasselte Regen auf sein erhobenes Gesicht und vermischte sich mit seinen Freudentränen.

Das dauerte vielleicht zehn Minuten oder auch eine Stunde, und als der Regen aufhörte und die Strahlen der sinkenden Sonne wieder hervorbrachen, dankte Alte Zeltbahn zum letztenmal und stellte seine letzte Bitte.

„Kümmer dich um meinen Sohn hier", sprach er, „und sorge dafür, daß er nicht den Verstand verliert."

Dann streckte er sich am Boden aus und starb auf der Stelle. Ich kletterte zur Baumgrenze runter, holte ein paar dünne Stämme und baute ihm daraus ein Gerüst. Ich hüllte ihn in seine Decke ein und legte ihn darauf. Nach einer Weile begann ich im schwindenden Licht den Abstieg.

Nachwort des Herausgebers

Kurz nachdem er an diese Stelle seiner Erzählung gekommen war, starb Jack Crabb selbst, was ich ja bereits im Vorwort geschildert habe. Es ist ein Jammer, daß wir nie mehr den Bericht über seine späteren Jahre erhalten werden, denn ich hatte den Eindruck, daß sie nicht weniger erstaunlich verliefen als seine ersten vierunddreißig Jahre. Verschiedenen seiner stets geistvollen Bemerkungen entnahm ich, daß er eine Zeitlang mit der Wildwestschau auf Tournee ging, die William F. Cody, auch Buffalo Bill genannt, leitete. Vielleicht reiste er mit dieser Truppe sogar nach Europa. Seine Anspielungen waren zweideutig, aber es liegt im Bereich der Möglichkeit, daß er bis nach Venedig gelangte und dort mit mehreren Sioux in einer Gondel photographiert wurde.

In späteren Jahren scheint er die Sandwich-Inseln – wir nennen sie heute Hawaii – besucht und dort großen Gefallen an den weiblichen Einwohnern gefunden zu haben, die damals noch nackt zu baden pflegten. Er deutete auch an, daß ihm das Lateinamerika der Jahrhundertwende nicht unbekannt war. Es gab da indirekte Hinweise auf Guatemala, Kuba, Mexiko, meistens zur Zeit der Revolution – obwohl Mr. Crabb deutlich gemacht hat, daß er keinerlei politische Überzeugungen besaß.

Das ist vielleicht ebenso bedauerlich wie die Tatsache, daß er Gewalttätigkeit offensichtlich billigte, wovon ich mich persönlich distanzieren muß. Schließlich bin ich ein Weißer und glaube, daß die Vernunft letztlich den Sieg davontragen muß, daß der Löwe sich neben das Lamm legen *wird*, wenn es mir gestattet ist, dieses wenn auch agnostische Bild zu gebrauchen, um ein ernstliches moralisches Anliegen vorzubringen. Ich äußerte mich in diesem Sinne einmal Mr. Crabb gegenüber, und seine Antwort ließ mich erschaudern: „Das ist völlig in Ordnung, mein Sohn, wenn man von Zeit zu Zeit frische Lämmer nachliefert.“

Jack Crabb war ein zynischer, ungehobelter, skrupelloser, ja im Notfall sogar ruchloser Mann. Als Förderer seiner Teilbiographie kann ich sie keinesfalls Zartbesaiteten empfehlen. Er muß ein Produkt seiner Zeit, seiner Heimat und der Umstände gewesen sein. Aber eben solche Männer trieben unsere Grenze so weit vor, bis sie den glänzenden Ozean erreichte.

Zum Schluß muß ich jedoch ganz offen etwas eingestehen. Ich war nie imstande zu entscheiden, inwieweit ich Mr. Crabbs Geschichte Glauben schenken konnte. Wie oft schrak ich nicht mitten in der Nacht mit dem schrecklichen Verdacht hoch, daß ich gefoppt worden sei, und stürzte zu meinem Schreibtisch, holte das Manuskript heraus und grübelte bis zum Morgen darüber.

Natürlich ist es höchst unwahrscheinlich, daß ein einziger Mensch auch nur ein Drittel dessen erlebt hat, was Mr. Crabb von sich behauptet. Die Hälfte? Unglaublich! Alles? Ein Mythomane! Aber wie ich werden Sie feststellen, daß man, wenn man einen Teil als Wahrheit akzeptiert, das Vorhergehende und Darauffolgende nicht einfach als unglaubwürdig abtun kann.

Ich kann behaupten, daß ich, wenn Mr. Crabb genaue Angaben über Daten, Orte und Namen machte, sämtliche verfügbaren Quellen untersucht und dabei entdeckt habe, daß er erschreckend exakt war – soweit sich bei ihm überhaupt etwas nachprüfen ließ. Allerdings gibt es einige Ausnahmen: nach den zuverlässigsten Nachschlagewerken war der einzige Neger am Little Bighorn River ein Mann namens Isaiah Dorman, aber er *hatte* früher bei den Sioux gelebt und er *wurde* in dem Tal getötet, als er unter Major Reno diente. Ein Sergeant „Botts" kommt zwar auf den Dienstlisten der Siebten Kavallerie nicht vor, aber ein Sergeant Edward Botzer wird unter den Gefallenen aufgeführt. Daß die Behauptung, Verrücktes Pferd habe keine Federn getragen, nicht stimmt, wissen wir, denn sein Kriegsschmuck befindet sich, wie ich bereits im Vorwort erwähnt habe, in meiner eigenen Sammlung, und der Händler, der ihn mir verkauft hat, ist ein Mann von höchster Integrität.

Und so weiter ... Aber ein Name fehlt auf sämtlichen

Dienstlisten, Urkunden und Akten. In den dreitausend Bänden meiner Bibliothek über den alten Westen, in Hunderten von Zeitungsausschnitten, Briefen, Zeitschriften werden Sie wie ich vergeblich nach dem geringsten Hinweis auf einen einzigen Menschen suchen, der keineswegs ein Durchschnittstyp war, sondern nach seiner eigenen Aussage an den wichtigsten Ereignissen des abwechslungsreichsten Vierteljahrhunderts der amerikanischen Grenze teilnahm. Ich meine natürlich *Jack Crabb*.

Ich verabschiede mich jetzt von Ihnen, lieber Leser, und lege die Entscheidung in Ihre Hände: entweder war Jack Crabb der verkannteste Held in der Geschichte dieses Landes oder ein Lügner von wahnwitzigen Ausmaßen. Möge jedenfalls der Allgegenwärtige Geist Gnade mit seiner Seele haben, auch mit der Ihren und mit meiner eigenen.

R. F. S.

KiWi

Paperbackreihe
bei
Kiepenheuer
& Witsch

KiWi 69

Hotel Shanghai gilt als ein »Meisterwerk der populären Literatur«. Aber die Geschichte von neun Menschen, die bei Beginn des chinesisch-japanischen Krieges 1937 aus den verschiedensten Teilen der Welt in einem Shanghaier Hotel zusammentreffen und am Ende durch eine Bombe getötet werden, ist auch mehr: ein Plädoyer für den Frieden, für das Leben in seiner vielfältigen, hinreißenden Gestalt, wie Vicki Baum es in diesen bewegenden Schicksalen beschwört.

»Vicki Baum schreibt mit zärtlichem Furor; eine große Könnerin voller Vitalität. Die Kraft ihrer Einfühlung scheint unbegrenzt. Vornehmheit, Raffinement, Grazie und reale Lebenskenntnis bauen mit an ihren Romanen. Sie ist ohne Zweifel eine ›grande dame‹ der Gesellschaftsliteratur.« *Die Tat*

Paperbackreihe
bei
Kiepenheuer
& Witsch

KiWi 80

Rocco, die Hauptfigur des Romans, hatte in den harten Jahren der Emigration in der Kommunistischen Partei diszipliniert und bedingungslos für die Befreiung Italiens vom Faschismus gekämpft. Sofort nach dem Sieg wird er in seine alte Heimat, in die Dörfer der Abruzzen geschickt, um dort als Funktionär die Interessen der armen Bergbauern und Tagelöhner zu vertreten und die Politik der Partei durchzusetzen. Die Erfahrungen mit den abenteuerlichen archaisch-anarchischen Figuren in den Tälern der Abruzzen, mit dem Leben der armseligen und ausgebeuteten »Cafoni« auf den Feldern, vor allem aber seine Konfrontation mit dem Krebsgeschwür des Stalinismus führte ihn in immer größere Distanz zur Kommunistischen Partei. *Eine Handvoll Brombeeren,* ein frühes Dokument des italienischen Neorealismus in der Literatur, ist aber nicht nur ein spannender Entwicklungsroman, sondern gleichzeitig die unsentimentale Geschichte einer großen Liebe zwischen Rocco und dem jüdischen Mädchen Stella sowie ein spannend erzählter politischer Thriller.

KiWi

Paperbackreihe
bei
Kiepenheuer
& Witsch

KiWi 81

Der liebevollen, oft auch ironischen Zeichnung ihrer Kultur, ihrer Städte, Feiertage, Wunderrabbis, Hochzeiten und Bethäuser, vor allem aber des Elends, das so viele in die Welt hinaustrieb, folgt im zweiten Teil die Beschreibung ihrer neuen Heimatorte, der Judenviertel in Wien, Paris und New York. Abenteuerliche Geschichten erzählt der Jude Joseph Roth dort über das Schicksal von Menschen, die immer wieder auf der Flucht sind und deren Tragik sich bei den einen in einer Überanpassung an ihre neuen »Heimatländer«, bei den anderen in ihrem orthodoxen Beharren auf den alten Traditionen manifestiert.

Das Buch ist aber auch eine hellsichtige und spannende Diagnose der sogenannten »goldenen« 20er Jahre. Es erfaßte frühzeitig die Zerbrechlichkeit einer Epoche, die mit unserer von ganz anderen Krisen erfaßten Gegenwart mehr gemeinsam hat, als wir oft sehen wollen.